KB060027

이야기들

STORIES: ALL-NEW TALES
by Neil Gaiman, Al Sarrantonio

Copyright ⓒ 2010 by Neil Gaiman, Al Sarrantonio
All rights reserved.

This Korean edition was published by Munhakdongne Publishing Corp. in 2022
by arrangement with Writers House LLC through KCC(Korea Copyright Center Inc.), Seoul.

이 책의 한국어판 저작권은 KCC(Korea Copyright Center Inc.)를 통해
Writers House LLC와 독점 계약한 (주)문학동네에 있습니다.
저작권법에 의해 한국 내에서 보호를 받는 저작물이므로
무단 전재 및 무단 복제를 금합니다.

이야기들

닐 게이먼과 26인 작가들의 앤솔러지

STORIES
ALL-NEW TALES

닐 게이먼 · 알 사란토니오 엮음   장호연 옮김

일러두기

1. 주석은 모두 옮긴이주다.
2. 본문 중 고딕체는 원서에서 이탤릭체로 강조한 부분이다.

사람들에게 기쁨을 주고 살아갈 힘을 주었던
세상의 모든 이야기꾼들에게
알렉상드르 뒤마, 찰스 디킨스, 마크 트웨인, 바로네스 오르치에게
무엇보다 스스로가 이야기꾼이자 이야기였던 셰에라자드에게

차례

감사의 말

긴 여행 끝에 우리를 무사히 해안까지 데려다준
키잡이 제니퍼 브렐과 메릴리 하이페츠에게
사랑과 고마움을 전한다.

그래서 어떻게 됐어?

알 사란토니오와 나는 단편소설 선집에 대해 논의하고 있었다. 그는 이미 호러와 판타지 분야에서 방대한 선집의 기획을 맡아 선집이란 이래야 한다는 본보기를 제시한 바 있었다. 이런저런 이야기를 나누던 중 우리는 공통점을 발견했다. 우리의 관심은 무엇보다 이야기였다. 우리가 못내 아쉬워한 것, 가장 읽고 싶은 것은 독자로 하여금 몰입하게 하는, 그래서 도저히 책장을 넘기지 않을 수 없게 만드는 이야기였다. 물론 글솜씨도 중요했다(이왕이면 글을 잘 쓰는 것이 좋지 않겠나?). 그러나 그것만으로는 부족했다. 우리는 마법의 번개를 휘둘러 수천 번도 더 보았던 것을 마치 난생처음 보는 것처럼 펼쳐 보이는 그런 이야기가 읽고 싶었다. 그것이 우리가 꿈꾸는 이야기였다.

그리고 서서히 바람은 현실이 되어간다……

어릴 적 나는 어른들만 보면 이야기를 해달라고 졸라대는 아이였다. 가족들은 즉석에서 이야기를 지어내거나 책을 읽어주었다. 혼자서 책을 읽을 수 있는 나이가 되자 항상 손닿는 곳에 책이 있어야 했다. 하루에 한 권, 혹은 그 이상을 읽어치웠다. 나는 이야기를 원했다. 항상 이야기가 필요했다. 허구의 이야기만이 줄 수 있는 경험을 원했다. 이야기 속에 들어가고 싶었다.

텔레비전과 영화도 아주 좋아했지만 그 이야기들은 다른 사람에게 일어나는 것이었다. 책에서 찾아낸 이야기들은 내 머릿속에서 일어났다. 그곳에 내가 있었다.

이것이 소설이 주는 마술이다. 여러분은 단어를 가지고 스스로 세상을 만들어간다.

시간이 흐르면서 나는 점점 나름의 안목을 지닌 독자가 되었다 (책을 끝까지 읽지 않아도 된다는 것을 처음 깨달았던 때가, 또 이야기가 진행되는 방식이 오히려 방해되기도 한다는 것을 처음 깨달았던 때가 생각난다). 독자로서는 성장했지만, 책을 손에서 놓지 못하게 만드는 이야기의 흡인력과 마술을 종종 간과하는 게 아닌가란 생각이 들기 시작했다. 가령 아름다운 산문을 읽을 때가 그랬다.

그것은 세 마디로 귀결되었다.

논픽션만 읽는 독자들이 있다. 이를테면 전기나 여행서만 고집하는 독자도 있고, 시만 찾는 독자도 있다. 어떤 독자들은 자기 계발에 실질적인 도움을 주는 책만 읽는다. 다가올 재정 위기를 극복하는 법, 자신감을 키우는 법, 포커 치는 법, 벌을 기르는 법을 알려주는 책을 찾는다. 언젠가 나도 양봉에 관한 책을 읽을지 모른다. 픽션을 쓰는 소설가다보니 색다른 사실을 알려주는 책은 언제나 즐겁다. 무엇을 읽든 우리는 이야기 속 사회의 일부가 된다.

물론 책을 전혀 읽지 않는 사람도 있다. 내가 아는 한 구십대 노인은 내가 작가라는 것을 알고는 오래전, 그러니까 내가 태어나기도 전에 책을 한번 읽으려고 해봤는데 무슨 말인지 도통 이해가 되지 않아 그후로는 두 번 다시 시도하지 않았다고 털어놓았다. 책 제목이 기억나느냐고 묻자 그는 마치 예전에 달팽이를 한번 먹어보려고 했지만 달팽이를 좋아하지도 않고 어떤 품종인지 기억할 이유도 하등 없는 사람의 말투로, 다 그게 그거 같다고 했다.

여전히 세 마디가 문제였다.

며칠 전에야 나는 깨달았다. 누군가가 내 블로그에 다음과 같은 글을 올렸다.

닐에게

공공도서관 어린이실 벽에 인용구를 새기고 싶은데, 선생님 글도 좋고 다른 저자의 글도 좋으니 괜찮은 것 하나만 추천해주시겠어요?

감사합니다!

린

나는 잠깐 생각했다. 책과 아이들의 독서에 대해서라면 지금껏 이런저런 말을 해왔고, 나보다 더 인상적이고 현명한 말을 남긴 사람도 있을 터였다. 그때 뭔가가 떠올라 다음과 같이 답장했다.

나라면 도서관 벽에 인용구가 새겨진 걸 보면 지우라고 할 것 같네요. 차라리 이야기의 힘, 이야기의 존재 이유를 상기시키는 말이 어떨까 싶습니다. 이야기를 해주는 사람이 듣고 싶어하는 세 마디 말, 이야기가 순조롭게 진행되고 있다는 것을, 그래서 책장이 술술 넘어간다는 것을 알려주는 세 마디 말을요.

"……그래서 어떻게 됐어요?"

이야기를 들려주다가 잠깐 멈출 때 아이가 묻는 세 마디 말. 소설에서 장章이 끝날 때 여러분이 듣는 세 마디 말. 말로 표현하든 하지 않든 사람들이 이야기에 몰입하고 있음을 알려주는 세 마디 말.

우리 같은 사람에게 허구의 이야기가 주는 즐거움은, 세상에서 벗어나 마음껏 상상을 펼칠 수 있는 즐거움이다.

알 사란토니오와 이야기하면서 장르의 경계를 갈수록 답답하게 느끼는 사람이 나만이 아님을 알게 되었다. 서점에서 사람들을 안내하기 위해 만들어진 범주가 이제는 이야기가 어떤 식으로 쓰여야 하는지 규정 짓기에 이른 것 같다는 생각이 들었다. 예를 들어 나는 판타지를 좋아하지만, 그것은 그 말이 작가에게 뛰어놀 수 있는 거의 무한한 공간을 선사하기 때문이다. 무한한 놀이터, 경계는 오직 상상력의 한계로 이뤄진다. 나는 상업적 판타지라는 발상을 좋아하지 않는다. 좋은 방향이든 나쁜 방향이든 상업적 판타지는 J. R. R. 톨킨이나 로버트 E. 하워드가 이미 파놓은 고랑을 따라가기만 할 뿐 그 너머의 세계는 등한시하는 경향이 있다. 장르 구분에 구애받지 않고 작가의 상상을 마음껏 펼치는 멋진 이야기가 아주 많다. 그것이 우리가 읽고 싶은 이야기였다.

판타지는 비방하는 사람들이 으레 생각하는 것보다 훨씬 크고 많은 것을 할 수 있다. 현실을 밝혀주기도 하고, 왜곡하기도 하고, 가리기도 하고, 감추기도 한다. 내가 알고 있는 세상이 실은 이랬구나 하는 생각이 들게 한다. G. K. 체스터턴은 판타지문학을 휴가에 비유했다. 휴가의 의의는 일상으로 돌아오는 순간 새로운 눈으로 삶을 보게 된다는 것이니까.

알 사란토니오와 나는 그런 이야기를 요청했다. 이야기가 하나둘 들어오기 시작했다. 작가들은 우리 도전에 응했다. 우리는 예상치 못했던 것을 기대했다.

"……그래서 어떻게 됐어?" 하는 이야기를.

이 작은 시도가 일으킨 진짜 마술은 이런 것이다. 이로 인해 수많은 단어들이 조합되었고, 한 번도 자신을 이야기꾼이라고 생각하지 않았던 사람들을 셰에라자드나 조지프 조컨스에게 돈이나 위스키 혹은 목숨을 걸고 이야기를 겨뤄도 되는 이야기꾼으로 만들었다. 책장을 넘기면 모험이 시작된다.

여러분을 기다리는 이야기가 있다. 그러니 이제 책장을 넘기시기를.

닐 게이먼
2009년 12월

피

로디 도일

그는 드라큘라의 도시에서 자랐다. 매일 등굣길에 브램 스토커의 집 앞을 지났다. 하나 아무렇지도 않았다. 이상한 느낌이 든 적이 없었다. 유령의 손길을 느끼거나 오싹하거나 뭔가가 훑고가는 느낌에 목덜미가 서늘하거나 하지 않았다. 사실 그 집 문에 걸린 명패도 졸업반인 열여덟 살이 되어서야 보았다. 그때까지 그 책을 읽은 적이 없고 앞으로 읽을 일도 없었다. 코폴라의 〈드라큘라〉를 보던 중에는 깜빡 졸았다. 아내가 소리를 지르며 그의 무릎을 움켜잡고 나중에는 흔들어 깨우려 하기까지 했는데도. 극장에 불이 켜지자 아내는 무척 화를 냈다.

—어떻게 그럴 수 있어?

—뭐 말이야?

—이런 영화를 보면서도 잠이 와?

—영화가 후지면 잘 수도 있지.

—데이트중이잖아.

—그건 딴 얘기잖아. —암튼 미안해. 그래서 영화는 어떻게 끝났어?

—꺼져버려. 그녀의 목소리에는 애정이 담겨 있었다—더블린에서는 이게 가능했다.

아무튼 드라큘라 따위는 정말이지 그와 아무 상관도 없었다.

그런데도 그는 피를 마시고 싶었다.

그것도 간절하게.

이 간절함은 최근 들어 생긴 것이었다. 끔찍했다. 근질거림, 충동, 비어져나오는 혀. 정말로 끔찍했다.

언제부터였는지는 확실치 않았다. 다만 증상을 언제 자각했는지는 똑똑히 알았다.

—스테이크 어떻게 익혀줄까?

—그냥 줘.

아내는 웃었다. 하지만 그는 사실대로 말한 거였다. 그가 원하는 것은 그녀가 프라이팬 위에 들고 있는 생고기 조각이었다. 바로 지금의 날것 그대로. 익히기는 무슨, 쓸데없는 짓이었다. 그를 제지하는 근육들이 느껴졌고, 동시에 그를 위해 싸우는 다른 근육들도 느껴졌다—목 근육, 턱 근육.

그때 정신이 돌아왔다.

하지만 그는 이미 깨어나 부엌에 가만히 서서 스테이크를 내려다보며 군침을 삼키고 있었다.

—살짝만 익혀줘. 그가 말했다.

아내는 그를 보고 웃었다.

―칠칠치 못하긴. 그녀가 말했다.

그는 자신을 숨겼다. 모자란 듯 굴며 원래 그런 사람인 양 했다. 몇 분 뒤 허리를 숙이고 접시에 놓인 시커멓게 탄 고기를 핥아먹었다. 아이들도 그를 따라 접시에 코를 박고 갈색 육즙까지 싹 핥아먹었다. 그는 턱이 근질근질했던 것도, 이로 물어뜯고 으르렁거리고픈 욕구도 애써 잊으려 했다. 식사가 끝나고 다들 모여 앉아 DVD를 보았다. 근사한 저녁이었다.

모든 것이 좋았다. 정상적인 삶이었다. 한동안은. 그리고 몇 주가 흘렀을까. 어느 날 냉장고 문을 여니 접시에 필레 스테이크 두 조각이 떡하니 놓여 있었다. 보나마나 몇 주째 그 상태로 있었던 게 뻔하다. 아내―이름이 베라였다―는 스테이크 고기를 그렇게 자주 구입하지 않았다. 장보기를 도맡지도 않았고, 하다못해 주로 하는 쪽도 아니었다. 그냥 그보다는 더 자주 정육점을 지나쳤을 뿐이다. 그녀가 식료품을 사고 그는 와인을 샀다. 그녀가 비누와 화장지를 사면 그는 또 와인을 샀다. 칠칠치 못하긴.

그는 스테이크를 하나 집어들고 싱크대로 갔다. 뒤를 돌아보았다. 아무도 없는 것을 확인하고 몸을 숙여 스테이크를 입에 넣었다. 그러나 한입에 다 먹어치우지는 않았다. 우선 혀로 핥았다. 아이스크림처럼. 차가웠다. 핏방울이 알루미늄 싱크대에 떨어지는 소리가 들렸고, 턱을 타고 줄줄 흘러내리는 피가 느껴졌다. 그것―그 피―는 마치 자신에게서 나온 것인 듯했다. 그는 재빨리 빨아먹었다. 한때는 뜨듯했을 텐데. 그런 생각이 들자 자신이 이미 실

망감을 잠재우고 기운을 차려—바로 이—욕구를, 별안간 생겨나
고 받아들인 중독을 좇고 있다는 사실에 구역질이 났다. 그는 으르
렁거렸다—정말로, 으르렁거렸다. 뒤를 돌아보았지만 누가 있더
라도 상관하지 않았을 것이다. 칠칠치 못하긴. 더이상 고기라고 부
르기 힘들 때까지 질겅질겅 씹다가 흐물흐물해진 덩어리를 쓰레기
통에 뱉었다. 턱을 훔치고 손을 씻었다. 셔츠를 보았다. 깨끗했다.
온수를 틀고 검은 핏방울이 붉은색, 분홍색으로 옅어지다 사라지
는 광경을 지켜보았다. 냉장고에서 남은 스테이크를 가져와 쓰레
기통에 접시를 기울여 쏟아버렸다. 그리고 쓰레기봉투를 묶어 밖
에 내놓았다.

　—저녁거리가 어디 갔지? 나중에 베라가 물었다.

　—뭐?

　—필레 스테이크 사뒀는데. —여기.

　그녀는 열린 냉장고 문 앞에 서 있었다.

　—상했던데. 그가 말했다.

　—그럴 리가.

　—상했어. 냄새나서 갖다버렸지.

　—아주 좋은 고기였는데. —여기 있어?

　그녀가 쓰레기통을 뒤졌다.

　—밖에 수거통에 내놨어.

　이런 일은 그도 미처 예상치 못했다. 앞일은 생각하지 않았다.

　—갖고 올게. 그녀가 뒷문으로 나가며 말했다. —망할 자식.

　정육점 주인 얘기였다.

―그럴 것 없어. 그가 말했다.

그는 일어나지 않았다. 후다닥 달려가 그녀를 막아서지 않았다. 그냥 식탁에 앉아 있었다. 심장―자신의 고깃덩어리―이 쿵쾅거리고 펄떡였다.

―자존심 센 사람이잖아. 그가 말했다. ―가서 따지면 껄끄러워지기밖에 하겠어? 손님이랍시고 이래라저래라 한다고.

자신의 논리가 꽤 흡족하게 들렸다. 잘 넘어갈 것 같았다.

―다진 고기 있잖아. 그가 말했다.

―그건 애들이나 좋아하지. 햄버거용이라고.

―나도 햄버거 좋아해. 당신도 좋아하잖아.

뒷문이 열려 있었다. 무더웠다. 일주일째 더위가 이어졌다. 그도 알았다. 그녀가 쓰레기 수거통을 열고 파리떼가 얼굴에 날아드는 것을 원치 않는다는 것을.

그들은 작은 햄버거를 만들어 먹었다. 아이들도 군말 없었다.

그게 그거였다.

기억을 떨쳐내려 했다. 싱크대로 몸을 숙이고 고기를 게걸스레 먹어치우던 자신이 떠올랐다. 그 모습이 눈에 선했다. 눈을 감고 머릿속에서 지우려 했다. 만약 그 모습을 아이나 아내가 본다면 어떻게 될까. 내 인생도 끝장나겠지.

그는 충동을 물리쳤다. 하지만 며칠이 지나자 다시 꿈틀거렸다. 또다시 억눌렀다. 또 냉장고를 열었다. 이번에는 양고기가 있었다. 양고기 쪽으로 손을 뻗다가 그 옆에 놓인 스티로폼 용기들 중 하나, 닭가슴살 한 팩을 집었다. 손가락으로 포장 랩을 뚫어 벗겨냈다. 고기를 접시에 덜고 허예지다시피 한 분홍색 피를 마셨다. 용기에 남은 것을 쭉 들이켰다. 그리고 토했다.

충동은 가라앉았지만 구역질이 났다. 혐오스러웠다. 다시는 하지 않으리라. 그는 다음날 출근하지 못했다. 베라가 손으로 그의 이마를 짚어보았다.

─돼지독감일지도 몰라.

─수두야. 그가 말했다. 칠칠치 못하긴.

─어렸을 때 수두에 걸렸다며. 전에 말하지 않았어?

─맞을 거야.

그녀는 걱정스러운 표정이었다.

─수두에 걸리면 남자는 불임이 될 수도 있다던데.

─이미 정관절제수술을 받았잖아. 삼 년 전에.

─아 참, 그랬지.

─그렇다니까.

어쨌든 그는 충동이 가라앉았다. 평소대로 돌아왔다. 그 생각, 그 기억─스티로폼 용기에 담긴 닭의 피맛이 떠올라 하루종일 헛구역질이 났었다. 그 생각이 떠나지 않았다. 다 나았다고 생각될 때까지 스스로를 들볶았다.

그가 갈구했던 것은 철분이었다. 사무실에 출근해 구글로 검색해보고 확신했다. 그제야 이해가 되었다. 상쾌한 바람이 얼굴을 스치듯 모든 것이 분명해졌다. 그 맛하며 외양까지, 소의 선홍색 피는 금속의 녹 같은 것이었다. 그것이 그가 그토록 탐했던 것이었다. 금속, 철분. 그는 안색이 창백했다. 텔레비전 앞에 앉으면 노인처럼 금세 곯아떨어졌다. 빈혈이었다. 그러니 철분만 보충하면 될 일이었다. 퇴근길에 그는 자몽주스―아이들은 손도 대지 않을―를 한 통 사고 철분제를 사러 약국에 들렀다. 카운터의 여자가 안경 너머로 그를 보며 아내가 먹을 거냐고 물었을 때 그는 아차 싶었다.

―같이 먹을 건데요. 그가 말했다.

그녀는 가만히 있었다.

―처방전이 있어야 해요.

―철분제도요?

―네.

그는 콘돔과 목캔디를 사고 그냥 나왔다. 집에 돌아왔을 때는 철분 이론이 엉터리라는 것을 알았고, 주스를 콘돔과 함께 산울타리 사이에 넣어두었다. 아이들 말이 맞았다. 자몽주스는 구역질났다. 그에게는 아무 문제가 없었다. 피를 마시고 싶다는 것만 빼면.

그에게는 아이들이 있었다. 그거면 되었다. 아들 하나와 딸 하나. 사랑하는 아내와 그럭저럭 참고 다닐 만한 직장도 있었다. 그는 은행에서 일했다. 경기가 한창 좋을 때 보너스 잔치의 수혜자가 될 만큼 높은 자리는 아니었지만, 가족이 인질로 잡혀 있는 동안 악당들 중 하나와 은행에 가서 금고 문을 열 만큼은 높은 자리였다. 물론 그런 일은 벌어지지 않았다. 요컨대, 그는 평범한 사람이었다. 더블린에 살고, 친구들과 종종 술―철분이 잔뜩 든 기네스―을 즐기고, 물이 줄줄 새는 학교 강당에서 일주일에 한 번 실내축구를 하고, 정기적이라 할 수 있을 정도로 종종 아내와 섹스하고, 다른 여자들, 많은 여자들과의 일탈을 꿈꾸지만 어디까지나 생각에 그칠 뿐 언감생심 엄두도 내지 않는, 마흔한 살의 이성애자였다. 평범한 사람이었다.

그는 필레 스테이크를 직장에 가져가 화장실에서 먹어치우고는 비닐봉지를 변기 물에 흘려보내려 했다. 하지만 낙하산처럼 둥둥 떠서 내려가지 않았다. 그는 봉지를 건져 주머니에 넣었다. 거울을 보며 셔츠와 넥타이 매무새를 확인했다. 물론 화장실 칸 안에 있을 때 흥분해서 정신을 놓고 고기에 달려들지 않으려고 주의하긴 했다. 말끔하고 얼룩 하나 없이 평범한 그 자신이었다. 거울에 얼굴을 바짝 들이대고 고기가 이에 끼지 않았는지 확인했다. 좋아. 자리로 돌아가 동료들과 함께 점심을 먹었다. 아침에 아보카도와 토마토로 직접 만든 샌드위치였다. 그의 냉장고에는 불경기의 여파가 미치지 않았다. 기분이 좋았다, 끝내줬다.

그는 욕구를 통제하면서 만족시키고 있었다. 스스로를 잘 돌보는 아주 유능한 의사였다. 곧 철분을 보충해 더욱 평범한 자신으로 돌아갈 터였다.

그랬기에 담장을 넘을 때는 깜짝 놀랐다. 심지어 담장을 넘는 도중이었다. 젠장, 내가 뭘 하는 거지? 사실 뭘 하는지 정확히 알고 있었다. 불경기를 맞아 옆집에서 직접 키우는 암탉을 쫓고 있었다. 그것도 새벽 세시에. 한 녀석의 머리를 막 물어뜯으려는 참이었다. 한동안 위층 창문에서 암탉들—암탉인지 병아리인지 확실치 않았지만—을 지켜본 터였다. 매일 밤 딸에게 책을 읽어준 후(봤나? 그는 이렇게 평범한 사람이다) 커튼을 치면서 녀석들을 보았다. 세 마리가 정원을 헤집고 다녔다. 그는 녀석들을, 그 발상 자체를 증오했다. 세계경제가 휘청거리자 중산층들은 곧장 감자와 당근을 심고, 병아리를 사고, 동유럽의 자산 포트폴리오는 외면했다. 그리고 은행에서 일하는 그를 적이자 악이라 여기고 더이상 말을 섞지 않았다. 무기력한 옆집 여자는 온종일 닭을 돌보면서 분주한 척할 수 있었다. 이제 내가 담장을 넘고 있으니 돌볼 닭이 한 마리 줄겠지. 그는 소리 없이 가뿐히 착지해—꾸준히 축구를 한 덕분에 튼튼했다—암탉을 향해 돌진했다.

그는 앞으로 벌어질 사태를 각오했다. 위층에—아래층이면 더 좋고—불이 켜지겠지, 어쩌면 옆집인 자기집일 수도 있고. 그러면 흠칫 놀라 담장을 도로 넘어간다. 우주왕복선을 보려고 나왔어. 오늘밤 아일랜드를 지난다고 하던데. 멈춰 서진 않겠지만 말이야. 그렇게 허세를 떨어 위기를 넘길 수 있을 터였다. 그동안 심장이 쿵쿵 갈비뼈를 때리지만 며칠 지나면 진정될 것이다. 일주일 정도. 주말만 넘기면 평소로 돌아온다.

그러나 불은 켜지지 않았다.

대신 병아리들이 꼬꼬 울었다. 우리 여기 있어.

그는 한 마리를 잡았다. 쉬워도 너무 쉬웠다. 멋진 밤이었다. 그의 손길을 기다리듯 녀석들이 일렬로 서 있는 모습이 꼭 걸그룹 슈프림스 같았다. 닭장에 가두었다가 아침에 다시 밖으로 내보내야 하는 것 아닌가? 시내에는 여우들이 돌아다닌다. 다들 보았고 그도 몇 달 전 역에서 집으로 돌아오는 길에 한 번 본 적이 있었다.

암탉을 잡았다. 부리로 쪼며 저항하지 않을까 생각했지만 웬걸,

새끼고양이처럼 그의 팔에 가만히 안겼다. 한 손으로는 자그마한 머리를, 다른 한 손으로는 딱딱하고 앙상한 다리를 잡고 쫙 펴서는 입으로 가져갔다. 그리고 깨물었다. 아니, 시늉만 했다. 피가 튀지도 않고 뼈가 우두둑 꺾이는 소리도 나지 않았다. 닭의 목이 아직도 그의 입안에 있었다. 혀에 맥박이 느껴졌다. 암탉이 겁에 질려 다리를 바들바들 떠는 것이 느껴졌다. 하지만 그는 겁줄 생각이 없었다. 그는 잔인한 사람이 아니었다. 그저 머리를 물어뜯은 다음 머리 없는 목에 입을 가져다대고 싶을 뿐이었다. 하지만 그는 자신에게 그럴 배짱이 없음을 알았다. 그는 흡혈귀나 늑대인간이 아니었다. 배를 채워야 했다―그게 느껴졌다. 나는 병아리 머리를 물어뜯고 있어요, 의사 선생. 그는 암탉을 내려놓고 담장을 넘어가려 했다.

하지만 불이 켜졌다. 그리고 그는 깨물었다. 바로 앞 아래층에 불이 들어왔다. 그리고 암탉의 머리가 깨끗이 떨어져나갔다. 피는 튀지 않았고, 별로, 그저―음―뼈와 연골과 축축한 게 느껴졌다. 그는 토하지 않으려 했다. 사람들이 그를 쳐다보겠지. 이웃, 남자나 여자 또는 둘 다―짐과 바버라가. 그러나 그는 민첩하고 침착했다. 부엌 불이고 여기 바깥은 어두우니 그를 보지 못했을 것이다. 불을 켜기 전에 보았을 수도 있다는 생각은 들지만.

목 없는 죽은 병아리가 저항하기 시작했다. 어디선가 꽥꽥거리는 소리가 났다. 떨어져나간―적어도 절반은 떨어져나간―머리가 그의 손에 있었으니 부리는 아니었다. 그에게 목을 잡힌 몸이 꿈틀거리며 몸부림쳤다. 내려줘, 내려줘.

그가 암탉을 내려놓자 달아나는 소리가 들렸다. 그는 정신을 차리고 벽을 향해 내달았다. 자기집 벽이 아니라 반대쪽, 그러니까 자기집에서 한 집 건너 집으로 달려 담장을 손쉽게 타넘었다. 한동안 자리에 앉아 숨을 고른 다음 집으로 돌아가는 길을 살폈다. 귀를 기울였다. 부엌문 열리는 소리는 들리지 않았다. 암탉도 죽음을 받아들인 모양이었다. 다른 두 마리는 아직 아무것도 몰랐다. 아니면 애도중이든가. 무척 조용했다.

그는 안전했다. 그렇다고 생각했다. 그는 멍청했고, 들떠 있었고, 오싹했고, 수치스러웠고, 날듯이 기뻤고, 안전했다. 고개를 들어 하늘을 보았다. 우주왕복선이 보였다. 밤하늘을 천천히 가로지르는 가장 밝은 별. 인데버호. 이름이 생각났다.

그는 침대로 돌아왔다.

아내는 깨어 있었다. 비몽사몽간이었다. 그의 발은 차가웠고, 체중이 매트리스에 실렸다.

—무슨 일이야?

—아무것도 아니야. 우주왕복선을 보려고 일어났어.

—그래.

그녀는 벌써 잠이 든 모양이었다.

—정말 근사했어. 아내의 등에 대고 그가 말했다. —정말로.

그는 아내의 목에 키스했다.

그리고 잠에 빠졌다. 금요일 밤, 토요일 아침이었다.

깨어나보니 침대 옆자리가 비어 있었다. 아내는 한참 전에 일어났다. 그는 기분이 좋았다—끝내줬다. 간밤에 침대로 돌아오기 전에 치실까지 사용하며 양치를 해서 잇새에 낀 흔적을 말끔히 제거했다. 눈물이 날 때까지 조용히 입을 헹궜다. 불쾌한 맛을 지웠다. 죄의식도 함께. 자신이 저지른 짓은 해선 안 되는 행동이었지만 더 중요한 것을 고려하자 죄의식은 금세 흐지부지되었다. 그것이 그가 잠들 때 곰인형이라도 되는 양 꼭 끌어안고 매달린 생각이었다. 아내의 목에 키스한 직후였다.

목이라.

사실 그렇게 간단한 것이었을지도 모른다.

피는 말하자면 그의 주의를 돌리기 위한 술수였다. 훨씬 건강하고 명백한 진실을 보지 못하도록 그의 영혼이나 그 비슷한 것이, 양심이 장난을 친 것이었다. 사실 그가 갈망했던 것은 피가 아니라 목이었다. 그는 피를 마시고 싶은 게 아니었다. 빈혈은 무슨. 간단하고 추잡한 진실은 그가 목을 물어뜯길 원한다는 것이었다. 중년에 나타나는 양상 가운데 하나였다. 그럴 만한 것이 그는 얼추 중년에 접어들었던 것이다.

섹스.

그것이었다.

그는 살아 있는 모든 것과 섹스하고 싶었다. 말이 그렇다는 것이지 그가 가장 좋아하는 것은 여자들이었다. 그는 중년에 이른 평범한 남자였다. 살날이 많이 남지 않았다. 생각해보지는 않았지만 그도 알았다. 일 년은 365일, 십 년은 3,650일이니, 앞으로 사십 년이 남았다고 치면 14,600일이다. 앞으로 14,600일을 더 산다니, 그 정도면 됐어. 고마워. 침대에 눕자 행복한 기분이 들었다. 이해를 하고 나니 충동은 사라졌다. 마음이 평온해졌지만 마음 한구석에서 뭔가가 날뛰고 있었다. 생물학적 충동이었다. 그리 오래지 않은 불과 몇 세대 전만 해도 그의 나이 정도면 이미 죽은 몸이었다. 아니면 이가 다 빠지고 침을 질질 흘리는 노인이거나. 중년, 황혼기는 현대에 들어와 생긴 개념이었다. 그의 뇌는 이해했지만 생물학적 측면—남성성—은 이를 받아들이지 못했다. 여자랑 할 날도 몇 년 안 남았어, 생물학적 측면은 그렇게 생각했다. 더 중요한 것은 자식을 가질 수 있는 날도 몇 년 남지 않았다는 것이다. 어쩌면 정관 수술이 일을 더 어렵게 만들었는지도 모른다. 그 때문에 충동이 더 격렬해져서 발광의 메시지를 보내는지도 모른다—그는 몰랐다.

인간의 마음이란 얼마나 우스운가. 섹스를 갈망하다 못해 이웃집 암탉의 목을 물어뜯다니.

그는 아래층으로 내려갔다.

−지난밤 여우가 바버라네 암탉을 한 마리 잡아갔대. 베라가 말했다.

−뭐 어쩔 수 없는 일이지.

−매정하게 말하네.

−여우가 원래 그렇잖아. 언제 그랬대?

−뭐?

−여우가 덮쳤다며?

−지난밤에. 당신 우주왕복선 보면서 무슨 소리 못 들었어?

−전혀. 비행사들 잡담 소리만 들리던데.

그녀가 웃었다. 칠칠치 못하긴.

−뭐래?

―아, 아일랜드를 무지 사랑한대. 바버라는 어때?

―망연자실해 있지.

―화났어?

―당연히 그렇지. 근데 당신 참 냉소적이다.

그러면서 그녀는 웃었다. 그 순간 그는 자신이 위기를 무사히 넘겼다는 것을 알았다.

또다시 밤이 되자 그는 아내의 목에 키스했다. 목을 깨물었다. 두 사람은 삼십 분 동안 아이들처럼 굴었고, 그후로도 삼십 분을 더 키득거렸다.

―출출한데. 그녀가 말했다.

그러면서 손으로 더듬었다.

―잠깐 있어봐. 그가 말했다.

그는 아래층으로 내려가 냉장고 문을 열었다. 접시에 놓인 고등어 두 마리가 보였다. 냉동실도 열어보고 비닐에 싸인 것을 꺼냈다. 돼지갈비 두 쪽이었다. 온수 꼭지 아래 갖다대고 비닐이 흐물흐물해질 때까지 기다렸다. 이어 비닐을 뜯어내고 갈비 한 쪽을 입에 넣었다. 너무 딱딱하고 너무 차가웠다. 전자레인지에 넣고 삼십 초간 돌린 다음 땡 소리에 아내가 내려오기를 기대했고 그럴까봐 두려웠다. 부엌 창문 옆에 서서 갈비를 잘근잘근 씹으며, 아내가 내려와 그보다 유리창에 비친 자기 모습을―블라인드가 올라가 있었다―보기를 기대했고 그럴까봐 두려웠다. 그러면 그는 돌아서서 정체를, 야식을 먹고 있는 흡혈귀의 모습을 드러낼 테고, 그녀는 이런 그의 면모를 섹시하다거나 최소한 합리적이라고 여겨

그를 용서해주고, 늘 그랬듯이 손으로 그의 머리칼을 매만지며 어쩌면 함께 갈비를 뜯고, 또 함께 담을 넘어 바버라의 남은 두 암탉을 각자 한 마리씩 처치할지도 몰랐다.

그는 남은 갈비를 쓰레기통에 버리고 다른 쓰레기에 가려 보이지 않게 통을 흔들었다.

적절한 순간을 기다리기로 했다. 비주얼이 중요했다. 스테이크 날고기를 먹다가 들키는 것과 얼린 돼지갈비를 핥다가 들키는 것은 차이가 컸다. 게다가 평생의 동반자에게 같이 하기를 권할 테니. 서둘러서는 안 된다. 광기를 보여서는 안 돼. 그는 평범한 사람이었다.

그는 위층으로 올라갔다.

그녀가 기다리고 있었다. 하지만 눕거나 일어나 앉은 게 아니라 침대에서 내려와 저쪽에 서 있었다.

—이게 뭐야? 그녀가 물었다.

그러면서 불을 켰다.

그녀의 손바닥에 머리가 있었다. 작은 머리였다.

—닭 머리네. 그가 말했다.

—어디서 났어?

—내가 찾았지.

그는 바보 얼간이였다. 양말 밑에 숨겨두었던 것이다.

—이거 바버라네 닭 맞지?

—바버라네 닭은 그보다 크지.

통하지 않았다. 그녀가 웃지 않았다.

—여우가 정원에 떨어뜨리고 간 거야? 그녀가 물었다.

그녀는 지금 그에게 빠져나갈 구멍을 알려주고 그럴듯한 스토리를 제안하고 있었다. 그러나 잘못 짚었다. 닭 머리를 찾아서 숨겨두었다고? 그는 거짓말을 인정하고 싶지 않았다. 그것은 슬프고, 어긋난 일이었다.

—아니. 그가 말했다.

—그럼. 그녀가 곁눈질로 쳐다보았다. 어떻게 된 거야?

—내가 닭을 물어뜯었어.

그녀는 그를 다시 보았다. 한참이나.

—기분이 어땠어?

—끝내줬어. 그가 말했다. 끝내줬지.

화석 형상

조이스 캐럴 오츠

1

거대한 뱃속, 거대한 심장이 쿵 쿵 쿵 맹목적으로 생명을 펌프질했다. 원래라면 한 명이어야 하지만 두 명이었다. 몸집이 크고 게걸스러운 악마 형과 그보다 작은 동생. 축축한 어둠 속에서 맥박이 울려댔다. 세차게 떨리다가 잠잠해졌다가 다시 세차게 떨리는 맥박. 악마 형은 자궁으로 흘러드는 영양분과 열과 피와 무기질을 섭취하면서 점점 자랐고 생명의 발길질을 하며 꿈틀거렸다. 아직 얼굴도 모르고 존재를 어렴풋이 짐작할 뿐인 어머니는 고통으로 움찔했고 웃으려 했지만 안색이 극도로 창백해졌다. 난간을 부여잡고 가까스로 미소를 지었다. 오! 우리 아기. 남자애가 틀림없어. 무지했던 어머니는 자신의 뱃속에 하나가 아닌 두 녀석이 있다는 것을 아직 몰랐다. 내 살의 살, 내 피의 피. 그런데 하나가 아니라 둘이었다. 그 둘도 똑같지 않았다. 더 큰 악마 형은 오로지 상대방, 더 작은 동생의 생명을 빨아들이고 빨아들이고 또 빨아들이겠다는, 어둡고 양수로 가득한 자궁의 영양분을 독차지하겠다는 일념밖에 없었다. 둘은 꼭 껴안은 것처럼 한덩어리가 되어 배와 굽은 척추가 맞닿았고, 악마 형의 이마와 동생의 뒤통수 연골이 포개졌다. 악마 형은 말을 하지는 못했지만 순수한 욕망의 덩어리였다. 여기 이게 왜 있지, 이거 뭐야! 여긴 내 자리야! 내 자리, 내 자리라고! 하지만 악마 형은 아직 입으로 음식을 먹지 못했고 날카로운 이도 없기에 동생을 찢고 씹고 삼켜 자기 뱃속에 집어넣지 못했다. 그래서 동생은 거대한 심장이 쿵 쿵 쿵 맹목적으로 생명을 펌프질하는 부풀어오른 뱃속에서 어머니가 아무것도 모른 채 둘을 낳을 때까지 살아남았다. 마침내 출산의 순간이 되자 악마 형이 먼저 머리를 밖으로 내밀고 몸을 던져 자궁을 빠져나갔다. 산소에 굶주린 듯 세차게 밀고 나와 자신의 존재를 드러내고, 새로운 세상에 놀라 몸을 부르르 떨며 첫 호흡을 하고, 우렁찬 울음을 맹렬히 터뜨리고, 작은 다리를 차고 작은 팔을 흔들어댔다. 화난 듯 자줏빛으로 상기된 얼굴, 반쯤 뜬 초롱초롱한 눈, 불그레한 아기 두피에 들러붙은 새까맣고 성긴 머리카락. 남자애다! 4킬로그램이야! 아무 이상 없는 완벽한 놈이군! 끈끈한 엄마 피에 싸여 언제 번질지 모르는 불길처럼 번들거리던 녀석은 배꼽에 연결된 탯줄이 능숙하게 잘리자 날카로운 비명을 지르고 격렬하게 발길질을 해댔다. 그때 충격적인 일이 벌어졌다. 이게 말이 되는가? 뱃속에 아기가 하나 더 있었다. 그러나 이번에는 완벽과 거리가 멀었다. 십사 분간 용을 쓰다가 힘이 다 빠졌나 싶었을 때 얼굴이 쪼글쪼글한 조그만 노인이 끈끈한 피를 뒤집어쓰고 나왔다. 또 있어! 이번에도 남자애야! 하지만 너무 작고 영양도 부실했다. 2.5킬로그램. 그것도 대부분이 머리 무게였다. 푸른 혈관이 비치는 둥그스름한 머리, 불그레한 자줏빛 피부, 왼쪽 관자놀이가 움푹 들어간 두개골, 피고름이 엉겨붙은 눈꺼풀, 힘없이 내젓는 가냘픈 주먹, 힘없이 발길질하는 연약한 다리, 가쁜 숨을 몰아쉬는 허약한 폐. 오, 불쌍한 것, 살 수 있을까? 움푹 들어간 작은 흉강에서 작디작은 척추가 배배 꼬인 듯한 무언가를 뚫고 가냘프게, 마치 멀리서 들리듯 애처로운 울음소리가 났다. 악마 형은 녀석을 경멸하며 웃었다. 엄마의 가슴을 독차지하고 풍부한 젖을 빨고 빨고 또 빨아대면서도 경멸하며 웃었고 분노했다. 이 녀석이 왜 여기 있지, 왜 '쌍둥이' '형제'인 거야. 여긴 내 자리야. 나만 있어야 해.

하지만 하나가 아니었다. 둘이었다.

모든 면에서 우선이었던 악마 형에게는 열에 들뜬 유년기였다. 모든 면에서 형의 뒤꽁무니만 따라다닌 동생에게는 빙하의 속도로 매우 더디게 지나간 유년기였다. 악마 형은 그냥 보고만 있어도 즐거웠다. 순수한 미성숙의 불꽃, 찬란히 약동하는 에너지, 모든 분자 하나하나가 생명과 욕망, 나, 나, 나로 약동하는 존재였다. 동생은 자주 아팠다. 폐에 물이 찼고 심장판막증에 시달렸다. 굽은 척추와 안짱다리, 빈혈과 식욕부진, 분만집게로 머리를 끌어내는 바람에 두개골 모양이 살짝 일그러졌다. 울음소리는 숨넘어갈 듯 앵앵거려 거의 들리지도 않았다. 나? 나? 악마 형은 모든 면에서 앞섰다. 침대에서 몸을 먼저 뒤집은 것도, 팔다리로 먼저 긴 것도, 비틀거리며 먼저 일어선 것도 형이었다. 먼저 곤추서서 의기양양한 눈을 동그랗게 뜨며 아장아장 걸은 것도 형이었다. 엄마라는 말을 먼저 한 것도 형이었다. 경이와 탐욕에 차 눈을 부릅뜨고 먹을 것을 죄다 입에 넣고 삼킨 것도 형이었다. 그가 처음으로 했던 엄마라는 말은 애원조가 아니라 명령조였다. 엄마! 뒤떨어진 동생은 악마 형을 따라 하기에 바빴다. 동작에 자신이 없었고, 팔다리가 따로 놀았고, 한쪽으로 기우뚱한 머리는 연약한 어깨 위에서 덜렁거렸다. 물기어린 눈을 깜빡거렸고, 악마 형처럼 이목구비가 시원시원하지 못해 자신 없는 인상을 풍겼다. 형이 늠름한 사내 녀석이야! 하는 소리를 들었다면, 동생은 항상 불쌍한 것! 조금 컸네라거나 불쌍한 것! 저 슬픈 미소 좀 봐 하는 소리를 들었다. 유년기에 동생은 자주 아팠고 병원에 실려가기도 여러 번이었다(빈혈, 천식, 폐울혈, 심장판막증, 골절 등등). 그럴 때면 악마 형은 동생을 그리워하기는커녕 부모의 관심을 독차지했고, 키와 몸이 더욱 쑥쑥 자랐다. 그래서 어느 순간부터 둘이 쌍둥이라는 말이—'이란성'쌍둥이라는 말까지—쏙 들어갔다. 사람들에게 쌍둥이라고 말하면 당혹스러운 미소를 지으며 이런 반응을 보였다. 쌍둥이라고요? 말이 되는 소리예요? 네 살 무렵 악마 형은 벌써 동생보다 몇 센티미터나 컸다. 동생은 척추가 굽고 가슴이 함몰되고 축축한 눈을 멍하니 깜빡였다. 그러다보니 둘은 쌍둥이가 아니라 그냥 형제로 보였다. 두세 살 차이가 나고 한쪽이 훨씬 건강한 형제. 우리는 물론 두 녀석을 똑같이 사랑해요. 침대에서 악마 형은 어둑한 물속에 바위가 가라앉아 부드러운 진흙 바닥으로 떨어지듯 금방 곯아떨어졌다. 침대에서 동생은 말라비틀어진 팔다리가 씰룩거리는 가운데 뜬눈으로 누위 있었다. 무한으로 떨어지는 것만큼이나 잠이 두려웠던 것이다. 어릴 때부터 나는 무한이 뇌 속에 들어앉은, 바닥까지 깊이를 알 수 없는 거대한 틈임을 알았다. 우리는 살아가는 동안 그 속으로 이름도 없이 얼굴도 없이 무명인 채로 떨어지고 또 떨어진다. 때가 되면 부모의 사랑도, 어머니의 사랑도, 그 어떤 기억도 다 사라진다. 그러다가 괴롭기 짝이 없는 얕은잠에서 깨어났다. 얼굴에 거품 이는 물이 흐르듯이 콜록거리며 숨을 쉬려고 발버둥쳤다. 악마 형이 방안의 산소를 거의 다 빨아들였기 때문이다. 폐가 워낙 튼튼하고 호흡이 깊고 신진대사가 왕성해서 그도 어쩔 수 없었다. 밤마다 부모가 쌍둥이 침대에 아이들을 눕히고 키스하고 사랑한다고 말하면, 얼마 후 동생은 숨이 막혀 죽는 악몽에서 깨어났다. 허약한 폐로 호흡을 제대로 못해서 허둥대고 울먹이며 도움을 청하려고 침대를 기어나와 방밖으로 가던 중 부모 침실에 못 미친 복도에서 정신을 잃었다. 부모는 이른 아침에야 아이를 발견한다.

그래도 살아보겠다고 버둥거리다니 참 가련해! 악마 형은 동생을 경멸하며 이렇게 회상했다.

물론 우리는 에드거와 에드워드를 똑같이 사랑해요. 둘 다 우리 아들이잖아요.

악마 형은 이 말이 거짓임을 알았다. 그런데도 화가 나는 건 어쩔 수 없었다. 부모가 걸핏하면 이런 거짓말을 하니 행여 사람들이 믿을 수도 있었다. 그리고 함몰된 가슴, 구부정한 척추, 천식으로 헐떡이는 호흡, 동정을 자아내는 촉촉한 눈과 부드러운 미소를 가진 작고 병약한 동생은 확실히 이 말을 믿고 싶어했다. 악마 형은 둘만 있을 때 동생을 견제하는 나름의 방법이 있었다. 아무런 (뚜렷한) 이유 없이 동생을 밀고 때리고 바닥에 넘어뜨렸다. 그러면 동생은 위에 걸터앉은 형에 맞서 무릎으로 버티며 연약한 흉곽을 바이스처럼 부여잡고 숨을 들이마셨다. 악마 형은 불쌍한 녀석의 머리를 바닥에 쾅 쾅 쾅 내리찧고 축축하고 억센 손바닥으로 입을 틀어막아 엄마에게 도움을 청하지 못하게 했다. 죽어가는 어린양의 희미하고 애처로운 엄마, 엄마, 엄마 하는 울음소리는 이런 사실을 까맣게 모른 채 아래층에 있는 엄마의 귀에 들리지 않았다. 카펫이 깔린 바닥을 동생의 머리가 쾅쾅 내리찧는 소리도 마찬가지였다. 그러다가 동생이 축 늘어져서 반항을 멈추고 호흡을 놓고 고통으로 쭈그러진 조막만한 얼굴에서 핏기가 사라질 때쯤 악마 형은 가쁜 숨을 몰아쉬며 의기양양하게 손을 놓았다.

너 같은 건 죽일 수도 있어, 병신새끼야. 엄마한테 이르기만 해봐, 어떻게 되는지.

왜 하나가 아니라 둘일까? 자궁에 있을 때부터 악마 형은 그것이 부당하고 불합리하게 느껴졌다.

학창 시절! 많은 시간이 흘렀다. 악마 형 에디는 모든 면에서 1등이었다. 작은 동생 에드워드는 모든 면에서 뒤처졌다. 초등학교 입학 때부터 둘은 쌍둥이가 아니라 그냥 형제로 여겨졌다. 아니면 성만 같은 친척이거나.

에디 월드먼. 에드워드 월드먼. 하지만 그 둘을 함께 보는 사람은 아무도 없었다.

학교에서 에디는 인기가 많았다. 여자애들이 졸졸 따라다녔고 남자애들은 그를 선망하고 따라 했다. 덩치가 크고 목소리가 우렁찼다. 타고난 리더에 운동도 잘했다. 수업시간에 발표를 도맡아 했다. 성적이 B 밑으로 떨어진 적이 없었다. 보조개가 살짝 패며 미소를 머금으면 수줍음 속에서도 진심이 느껴졌다. 상대방의 눈을 가식 없이 바라보았다. 열 살 때 에디는 어른과 악수하고 안녕하세요! 저는 에디예요 하고 말하는 법을 배웠다. 그러면 상대방은 정말 의젓하구나! 하며 경탄의 미소를 지었다. 악마 형의 부모에게는 저런 아들을 두셔서 얼마나 자랑스러우시겠어요 했다. 마치 아들이 그 하나인 것처럼. 6학년 때 에디는 학급 반장 선거에 나가 압도적인 표차로 당선되었다.

나는 형 동생이야, 잊지 마!

웃기고 있네. 저리 꺼져!

나는 형 안에 있잖아. 나더러 어디로 가라는 거야?

초등학교 때부터 동생 에드워드는 형에게 뒤처졌다. 학업이 문제가 아니었다. 에드워드도 총명하고 지적이고 호기심 많은 아이였다. 수업을 다 들을 수 있었을 때는 A도 종종 받았다. 문제는 건강이었다. 5학년 때 수업을 너무 자주 빠져서 일 년을 다시 다녀야 했다. 폐가 약해서 걸핏하면 호흡기 질환에 시달렸다. 심장도 안좋아 중학교 2학년 때 심장판막 수술을 받고 몇 주간 병원에 누워 있었다. 졸업반 때는 '한심한 사고'를 당했다. 집안에서였고, 형 에디가 유일한 목격자였다. 계단에서 굴러떨어져서 오른쪽 다리와 슬개골, 오른팔, 갈비뼈 몇 개가 부러지고 척추도 다쳤다. 한동안 목발을 짚고 절뚝거렸고 수치심과 고통에 얼굴을 찡그렸다. 교사들도 어린 월드먼을 알았다. 동정어린 눈으로 가련하게 쳐다보았다. 고등학교에 들어가면서 성적이 더욱 들쑥날쑥해졌다. A도 가끔 받았지만 C와 D, 불완전이수*가 더 많았다. 수업에 집중하기가 어려워 보였다. 통증으로 늘 안절부절못했고, 가끔 진통제 기운에 눈빛이 흐리멍덩해졌다. 정신이 돌아오면 공책 위로 몸을 잔뜩 구부리고 뭔가를 끼적였다. 대개 스케치북같이 생긴 커다란 무선 스프링노트에 쉬지 않고 뭔가를 그리거나 썼다. 찡그린 얼굴로 아랫입술을 깨물며 선생이나 반 아이들은 까맣게 잊은 채 몰두했다. 무한에 빠져든다. 시간의 주름, 구불구불 움직이는 펜, 거기에 자유가 있다! 펜은 끝이 가는 검은색 펠트펜이어야 했다. 공책은 대리석무늬 흑백 표지 제품이어야 했다. 선생이 여러 차례 "에드워드"라고 이름을 부르면 그제야 주목했는데 눈에는 성냥을 켤 때처럼 불꽃이 확 일고 수줍음 대신 원망과 분노가 이글거렸다. 날 좀 그냥 내버려둬, 나는 너희와 달라.

열여덟 살에 에디는 졸업반으로 대학 진학을 앞두고 있었고, 학급 반장이자 미식축구팀 주장으로 활동했으며, 졸업앨범에 '매우 전도유망'이라고 쓰였다. 반면 에드워드는 형에 비해 일 년이나 뒤처졌고 성적도 좋지 않았다. 이제 디스크로 인한 척추 통증으로 어머니가 학교에 휠체어로 데려다주어야 했다. 교실에서는 맨 앞 오른쪽 구석, 교사 책상 근처가 그의 자리였다. 작고 야윈 소년의 얼굴, 창백한 피부, 처진 입술 등 쇠약하고 흉측한 몰골로 앉아 진통

---

* 미국 교육과정에서 일 년 내에 다시 이수하지 않으면 F로 처리되는 점수.

제 때문에 걸핏하면 꾸벅꾸벅 졸았다. 그러지 않으면 공책에 얼굴을 박고 열심히 받아쓰는 척했는데, 실은 기괴한 도형을, 기하학적이고 인간을 닮은 형상을 그렸다. 검은색 펠트펜 끝에서 자동으로 술술 흘러나오는 것 같았다.

2학년 봄에 기관지염으로 골골거리던 에드워드는 학기를 마치지 못한 채로 학교에 다시 돌아오지 않았다. 정규교육은 그것으로 끝이었다. 그해 에디 월드먼은 십여 군데의 대학으로부터 운동선수 장학금 제의를 받았고, 영리하게도 학문적으로 가장 명성 높은 대학을 골랐다. 최종 목표는 로스쿨 진학이었다.

그림자처럼 서로 닮았다는 것은 대상을 닮았다는 뜻이다. 에드워드는 형의 그림자였다.

이 무렵 형제는 더이상 방을 같이 쓰지 않았다. 잔인하고 유치한 해묵은 감정도 이제 옛말이었다. 쌍둥이 동생을 해치려는, 산소를 모조리 빨아들이고 동생을 집어삼키려는 악마 형의 소망. 이 녀석이 왜 여기 있지! 여긴 내 자리야. 나만 있어야 해!

묘하게도 동생은 둘 사이의 유대감을 그리워했다. 형만큼 자신의 영혼에 커다란 흔적을 남긴 사람은 없었다. 그렇게 모질고 막역한 유대감은 없었다. 나는 형 안에 있어, 나는 형 동생이야, 날 사랑해줘.

그러나 에디는 웃으며 발을 뺐다. 병약한 동생과 악수하면서 약간의 반감과 가벼운 죄의식을 느꼈을 뿐이다. 부모와 작별인사를 나누고 포옹과 키스를 허락한 뒤 떠났다. 앞으로 펼쳐질 삶에 대한 기대로 들떴고, 고향과 어린 시절 살았던 집으로는 다시 돌아올 계획이 없었다. 필요할 때 잠깐 들를 수는 있겠지만, 몇 시간 지나면 다시 초조하고 지루해져서 다른 곳에 있는 '진짜' 삶으로 도피하려 할 터였다.

2

이제 이십대가 된 형제는 서로 만나는 일이 거의 없었다. 전화 통화도 하지 않았다.

에디 월드먼은 로스쿨을 졸업했다. 에드워드 월드먼은 고향에서 계속 살았다.

에디는 능력을 인정받아 뉴욕에 있는 유명한 로펌에 취직했다. 에드워드는 계속해서 '건강의 위기'를 겪었다.

형제의 부모는 갑작스럽게 알쏭달쏭한 이유로 이혼했다. 알고 보니 아버지 역시 다른 곳에 '진짜' 삶이 있었다.

에디는 명망 높은 한 보수 정치인의 후견 아래 정치에 입문했다. 에드워드는 척추 통증으로 대부분의 시간을 휠체어에서 보냈다. 그는 머릿속으로 숫자를 계산하고, 숫자와 상징기호와 유기계가 혼합된 방정식을 상상하고, 음악을 만들고, 초현실주의 화가 데 키리코와 몽상적인 예술가 M.C. 에셔의 몽환적인 그림을 닮은 배경에 기괴하지만 꼼꼼하게 디테일하고 기하학적이고 인간을 닮은 형상들로 커다란 색도화지를 순식간에 채웠다. 우리의 삶은 비참하고도 경이로운 뫼비우스의 띠다. 우리의 운명은 무한하다. 무한히 반복된다.

위대한 미국 도시의 부유한 교외 지역, 거대하고 값비싼 저택들이 즐비한 주택가에 자리한 8천 제곱미터의 부지가 딸린 콜로니얼양식의 판자벽 저택은 서서히 황폐하고 쇠락해갔다. 앞마당 잔디는 손질하지 않아 삐죽삐죽했고, 지붕널이 썩어 이끼가 자랐으며, 정문 앞에는 신문과 전단지가 쌓였다. 예전에 싹싹했던 어머니는 까칠하게 굴기 시작했고 이웃을 불신했다. 건강도 나빠지면서 늘 투덜거렸다. 원인 모를 '저주'를 받았다고 했다. 그녀는 남편이 자신을 떠난 것이, 기형으로 등이 굽은데다 눈가가 항상 젖어 있는 아들, 앞으로 자라지도 않고 결혼도 않고 평생 기괴하고 쓸데없는 '예술'에만 열정적으로 몰두할 아들에게서 벗어나기 위한 술책이었다고 이해했다.

어머니는 다른 아들, 그녀가 그토록 자랑스러워하고 끔찍이 아끼는 아들에게 수시로 전화를 걸었다. 그러나 에디는 늘 부재중인 듯했고 어머니가 메시지를 남겨도 답이 거의 없었다.

십 년이 못 가서 때가 되면 어머니는 죽을 것이다. 이제 에드워드는 걱정이 된 몇몇 친척이 어쩌다 한 번 들르는 것을 제외하면 흉가나 다름없는 집에서 은둔자로 살았다. 아래층 방 두세 개에서 생활하며 그중 하나를 작업실로 꾸몄다. 까칠해진 어머니는 그에게 그럭저럭 지낼 만큼 돈을 남겼다. 그래서 그는 작업에 몰두할 수 있었고, 가끔 사람을 불러 집을 청소하고(청소하려는 시도라도 하고) 장을 보고 식사를 준비하게 했다. 자유! 비참하고도 경이로운 것! 에드워드는 거대한 캔버스에 자신의 기괴한 꿈─이미지를 옮겼다. 그리고 화려한 상형문자 무리로 가득한 연작에 '화석 형상'

이라는 제목을 붙였다. 그는 척추 통증으로 인한 발작을 겪던 중 비참과 경이는 서로 대체될 수 있고, 하나가 다른 하나를 지배해서는 안 된다는 생각을 갖게 되었다. 이렇게 고통받는 동생에게 시간은 신열처럼 흘렀다. 하지만 동생은 고통에 시달린 것이 아니라 축복받은 것이었다. 시간은 스스로를 되감고 있는 뫼비우스의 띠였다. 몇 주, 몇 달, 몇 년이 흘렀지만 예술가는 자신의 예술 속에서 늙지 않았다. (어쩌면 육체는 늙었을지도 모른다. 하지만 에드워드는 거울이란 거울은 죄다 벽 쪽으로 돌려놓았고, 자신이 지금 '어떤 모습'인지 하등 궁금하지 않았다.)

아버지도 죽었다. 혹은 사라졌다. 그게 그거지만.

친척들은 발길을 끊었다. 어쩌면 죽었는지도 모른다.

무한에 빠져든다. 망각과 같은 무한 속으로. 그러나 우리는 이런 무한에서 생겨난다. 왜?

그러다가 별안간 인터넷 시대가 열렸다. 이제 누구도 은둔자가 될 필요가 없었다. 제아무리 외롭고 세상으로부터 버림받았어도.

인터넷을 통해 E.W.는 가상공간에 흩어져 있는 동료—영혼의 동반자—들과 소통했다. 언제든 몇 명과는 꾸준하게 연락이 닿았는데, E.W.는 필요한 것도 아주 적고 예술적 야심도 소박했으므로 자신이 웹에 올린 '화석 형상'에 관심을 보이고 구매 의사를 밝힌 몇 명만으로 충분했다. (종종 입찰 경쟁이 붙어 말도 안 되는 고가에 낙찰되기도 했다.) E.W.—예술가로서 자신을 이렇게 불렀다—의 작품을 전시하고 싶어하는 갤러리도 있었고, 군소 언론이 보도에 관심을 보였다. 이렇게 해서 20세기가 저물 무렵 E.W.는 언

더그라운드의 컬트적인 인물이 되었다. 궁핍하다는 소문이 있는가 하면 거부라는 소문도 있었고, 오래되고 남루한 집에서 장애의 몸으로 혼자 사는 은둔자라는 소문, 반대로 예술가로서 사생활을 보호하려고 신분을 숨긴 아주 유명한 인물이라는 소문도 나돌았다.

혼자였지만 결코 외롭지 않았다. 쌍둥이가 외로운가?

어딘가에 쌍둥이 형이 살고 있는 한 결코 외롭지 않다.

형제들은 서로 연락하지 않은 지 오래였다. 그러던 어느 날 에드워드가 으스스한 은하계 공간을 여행하는 기분으로 텔레비전 채널을 이리저리 돌리다가 연락이 끊긴 형을 보게 되었다. 형은 환호하는 군중에게 열정적인 연설('신성한 생명'이니 '낙태 반대'니 '가정의 가치'니 '애국적인 미국 시민'이니 하는)을 하고, 인터뷰를 하고, 신의 선택을 받은 자의 불같은 확신에 차서 카메라를 보며 웃었다. 알고 보니 악마 형은 이웃 주州의 한 지역구 하원의원이었다. 동생은 형이 그곳에 사는 줄 미처 몰랐다. 악마 형은 옆에 있는 매력적인 젊은 여인의 손을 꼭 잡고 있었다. 부인이었다. 동생은 형이 결혼한 줄도 미처 몰랐다. 악마 형은 부유하고 유력한 원로들의 후원을 받았다. 정당에서 원로들은 자신의 정치적 유산, 이른바 '전통'을 계승할 젊은이를 찾는다. 정당에서 '전통'은 경제적 이해와 같은 말이다. 이것은 그 시대 특유의 의기양양한 정치였다. 자아의 시대였다. 나, 나, 나! 여긴 내 자리야. 나밖에 없어! 카메라가 옆으로 돌며 열광적인 군중, 열렬히 환호하는 군중을 비추었다. 나에게는 우리를 인식하려는 맹목적 바람이 있다. 가장 원시적이고 격노하고 무정한 신들에게서 그랬듯이 인류는 우리를 인식할 것이다. 머나먼

은하계, 텅 빈 무한의 공간에서 우리만큼 오래된 열망은 없다.

그래서 휠체어에 구부정하게 앉은 뒤처진 동생 에드워드는 텔레비전에서 악마 형을 보고도 씁쓸하거나 소원한 감정을 느끼지 않았다. 다른 부류의 존재라면 그랬을 테지만 그는 오히려 오래되고 야릇한 열망을 느꼈다. 나는 형 동생이야, 형 안에 있어. 내가 달리 어디에 있겠어?

두 형제의 생일이 똑같다는 것은 확고한 사실이었다. 이들이 죽은 뒤에도 이 사실은 결코 변함이 없다.

1월 26일. 한겨울. 매년 이날이 되면 형제는 서로를 생생하게 떠올렸다. 상대방이 바로 옆이나 뒤에 있어서 숨결이 뺨에 와닿고 포옹하는 듯한 착각이 일었다. 형은 살아 있어. 느낄 수 있어. 에드워드는 기대감에 몸을 떨었다. 녀석은 살아 있어. 느낄 수 있어. 에드거는 혐오감에 몸서리를 쳤다.

3

형제의 마흔번째 생일인 1월 26일이 되었다. 며칠 뒤 E.W.의 〈화석 형상〉 신작으로 꾸민 전시회가 뉴욕시 웨스트가와 캐널가가 만나는 허드슨강 근처 창고 지역의 한 갤러리에서 열렸다. 그날 오후 미드타운에서 연설을 한 하원의원 에드거 월드먼은 혼자였다. 연방 번호판을 단 리무진이 도로변에 대기중이었다. 에드거는 전시

공간에 사람이 거의 없는 것을 확인하자 만족스러웠다. 여기저기 갈라진 낡은 리놀륨 바닥에 자신의 값비싼 신발 밑창이 들러붙자 짜증스러웠다. 잘생긴 하원의원은 짙은 선글라스를 쓰고, 지저분한 이곳에서 혹시 자기를 보는 사람이 있을까 두려워 누구와도 눈을 마주치지 않았다. 특히 불구자 동생 E.W.를 만나는 것이 가장 두려웠다. 거의 이십 년 동안 서로 보지 못했고 쌍둥이인데도— '이란성쌍둥이'—이제는 전혀 닮지 않았지만, 그럼에도 바로 알아보리라 확신했다. 휠체어를 탄 왜소하고 쇠약한 인물이 그리움으로 눈물이 글썽한 눈과 애석해하는 미소를 지으며 금방이라도 나타날 것만 같았다. 사람을 미치게 하는, 주먹을 날리고 싶게 만드는, 용서 따위 생각지도 않는데 감히 용서한다는 듯한 미소가 떠올랐다. 나는 형 동생이야, 형 안에 있어, 날 사랑해줘! 하지만 그런 사람은 없었다.

갤러리에는 '콜라주 회화'라고 거창하게 이름 붙인 E.W.의 작품만 있었다. 〈화석 형상〉은 아름다움이라고는 조금도 찾아볼 수 없었다. 작품이 채색된 캔버스조차 얼룩이 묻고 여기저기 찌그러졌고, 작품이 (삐뚤게) 걸린 벽은 마치 함석 천장에서 녹물이 흘러내린 것처럼 줄무늬가 졌다. 꿈, 악몽에서나 나올 법한 기하학적이고 인간을 닮은 형상들이 반투명한 내장처럼 엉켜 있는 예술작품에 하원의원은 심한 혐오를 느꼈다. 이렇게 어둡고 난해한 미술에서 그가 볼 수 있는 건 '속임수' '도착' '전복'뿐이었다. 그에게 어둡고 난해하다는 것은 곧 '영혼의 결여', 심지어 '반역'이었다. 무엇보다 참을 수 없었던 것은 〈화석 형상〉이 관객을 조롱하는 듯 느껴진다는 점이다. 어쨌든 이 관객에게는 조롱하며 수수께끼를 던지는 듯 느껴졌는데, 그는 젠장할 수수께끼나 풀고 있을 시간이 없었다. 정략적으로 결혼한 부호의 딸이 지금 세인트레지스에서 기다리고 있었다. 웨스트가와 캐널가가 교차하는 지점의 갤러리에 들른 것도 월드먼 하원의원의 당일 일정에 없었다. 그는 눈을 비비고 밤하늘과 먼 은하, 성운을 묘사한 작품을 자세히 보려고 했다. 달걀노른자가 터지듯 태양이 더 작은 태양을 집어삼키고 혜성이—저건 혹시 남성의 정충인가?—맹렬히 돌진하는 정충처럼 생긴 혜성이 푸른빛 물로 반짝이는 행성에 충돌하는 장면에서는 아름다움을 느낄 법도 했지만, 캔버스의 거친 화면에서 너무나도 느닷없이 흉하게 툭 튀어나온 것에 하원의원은 기겁하며 뒤로 물러섰다. 뭔가가 둥지 모양으로 증식한 것일까? 종양? 점토로 빚은 살과 곱슬곱슬한 짙은 색 털, 흩어진 아기의 뼛조각들—아기의 이? 미소 지을 때 보이는 그거?—을 모아놓은 것?

그것은 화석이었다. 인간의 몸에서 꺼낸 물건. 살아남은 한 쌍둥이의 몸 구멍에서 찾아낸 아주 추한 것. 결코 생명을 호흡하지 못했던 다른 쌍둥이의 화석화된 영혼이었다.

하원의원은 몹시 충격받았고 혐오감에 부르르 떨며 돌아섰다.

잠깐 걸으면서도 방금 본 광경을 비난하고 부인하느라 어질어질했다. 작품의 일부는 그래도 아름답지 않았나? 숨은 뜻을 알아내더라도 죄다 추하고 저속한 것뿐일까? 그는 자신이 위기에 처했고 곧 무슨 일이 일어나리라 생각했다. 지난 선거에서 전과 달리 아슬아슬한 차이로 의원직을 지켰는데, 그렇게 엄연한 통계적 사실 앞에서 이대로 가다가는 다음 선거에서 패배할지도 모르겠다는 불길한 예감이 들었다. 미로 같은 전시실을 돌아 입구로 나오자 유리 상판 카운터에 피부가 시체처럼 하얗고 얼굴에 피어싱을 한 따분한 표정의 여자가 보였다. 갤러리에서 일하는 직원으로 보였기에 그는 분개해 떨리는 목소리로 이렇듯 우스꽝스러운 〈화석 형상〉을 '예술'이라 볼 수 있는지 물었다. 그녀는 정중하게 당연히 예술이라고 답했다. 갤러리에 전시된 모든 작품은 예술이라고 했다. 그는 전시회가 공공기금으로 운영되는지 물었고, 아니라는 말을 듣자 다소나마 화가 풀렸다. '이른바 예술가라는' E.W.가 어떤 사람인지 물었다. 그녀는 확실치 않은 어조로 E.W.를 개인적으로 아는 사람은 아무도 없고, 갤러리 주인만이 그를 보았다고 말했다. 도시 외곽에 혼자 살고, 시내로 나오는 일이 결코 없으며, 자신의 전시회를 보러 오지도 않는다, 자신의 작품이 팔리는지, 팔린다면 얼마에 거래되는지도 통 관심이 없는 것 같다고 했다.

"'소모성' 질환에 걸렸대요. 근육위축증이나 파킨슨병 같은 거요. 하지만 살아 있는 사람인 건 확실해요. E.W.는 살아 있어요."

나는 어디로도 가지 않을 거야. 대신 형이 나를 만나러 와.

또다시 1월 26일. 불면의 밤을 보내던 에드워드는 텔레비전 채널을 쉴새없이 돌리다가 갑작스러운 클로즈업 화면에 놀란다. 에드거? 악마 형 에드거? 그날 아침 일을 찍은 뉴스 자료화면이 심야에 재방송되고 있는데, 두툼한 턱에 선글라스로 얼굴을 가리고 피부가 땀으로 번들거리는 한 남자의 모습이 크게 잡혔다. 누군가 한 팔을 들어 망신을 당하고 있는 하원의원을 기자, 사진기자, 카메라맨의 추적으로부터 가려주었다. 하원의원 에드거 월드먼은 사복 경찰들의 재촉을 받으며 한 건물로 급히 들어갔다. 다수의 뇌물 수수와 연방 선거법 위반, 연방 대법원에서의 위증 혐의로 기소되었습니다. 이미 이혼 수속을 밟는 중인 부호의 딸은 살짝 미소 지어 이가 보일락 말락 했다. 형제가 어린 시절을 보냈던 집의 아래층에서 여전히 살고 있는 에드워드는 소식이 끊겼던 형이 막 사라진 텔레비전 화면을 응시한다. 머릿속에서 울려대는 맥박이 심한 충격 때문인지, 형도 함께 울려댈 것이 분명한 고통의 발작인지, 형을 만나고 싶다는 흥분 때문인지 확실치 않다. 형은 이제 나를 만나러 올 거야. 이제 나를 거부하지 않을 거야.

에필로그

그랬다. 악마 형은 집으로, 그를 기다리는 쌍둥이 동생에게로 돌아갈 터였다.

이제 자신은 하나가 아니라 둘이라는 것을 알기 때문이었다. 더 큰 세계로 나아가 인생을 건 도박을 했다가 모든 것을 잃고 이제 다른 세계로 물러날 참이었다. 물러나면서 자존심을 버렸다. 망신을 당했고, 이혼을 당했고, 파산까지 했다. 지친 기색이 역력한 푸른 눈에 광기가 어렸다. 넓은 턱은 짧은 턱수염으로 희끄무레했고,

연방법원에서 에드거 월드먼은 오직 진실만을 말할 것이라고 맹세하며 치켜들었던 오른팔은 경련으로 떨렸다. 심장박동도 이제 다한 듯했다. 목구멍 안쪽으로 담즙 같은 신맛이 올라왔다.

여전한 경이. 불신. 물과 바람에 흙이 부식되듯 세월에 좀먹은 얼굴. 그리고 눈에 어린 광기. 이것이 나?

이제 그는 세상에서 물러나 오랫동안 외면했던 어릴 때 살던 집으로 돌아왔다. 뒤처지고 등이 굽은 동생은 오래전 어머니가 죽은 이후로도 계속 혼자 여기에 살았다. 젊었을 때 그는 시간을 그저 자신을 높이 올리고 미래로 밀어내는 조류라고만 여겼다. 이제 그는 시간을 상승하는 밀물, 도저히 말릴 수도 굽힐 수도 멈출 수도 없는 밀물이라고 이해했다. 발목, 무릎, 허벅지, 엉덩이, 가슴에 이어 턱까지 차올랐고, 궁극의 불가사의인 검은 물은 우리를 미래가 아니라 망각이라는 무한 속으로 내몬다.

자신이 태어났던 교외 마을로, 수십 년 동안 외면했던 집으로 돌아와, 그동안 주택가가 얼마나 바뀌었는지, 얼마나 많은 저택들이 아파트와 상업 지구로 바뀌었는지, 거리에 늘어섰던 플라타너스가 얼마나 마구 잘리고 통째로 뽑혔는지 보니 상실감에 마음이 아팠다. 게다가 한때 어머니의 자부심이었던 낡은 월드먼가의 집, 그토록 눈부신 흰색 저택은 이제 비바람에 회색으로 바래, 덧문이 낡아 덜렁거리고, 지붕이 썩고, 앞마당은 오랫동안 아무도 살지 않은 듯 잔디가 무성하게 웃자라 정글을 방불케 하고 쓰레기가 널려 있었다. 에드거는 에드워드에게 전화로 연락하지 못했다. 전화번호부에 에드워드 월드먼이라는 이름은 올라 있지 않았다. 가슴이 쿵

쾅거리며 두려운 마음이 들었다. 그는 죽었어, 너무 늦었어. 조바심
치며 앞문을 두들기고 안에서 반응이 있는지 살피고 다시 더 세게,
손가락 관절이 아파올 정도로 세게 두들겼다. 마침내 안에서 희미
하고 애처로운 목소리가 누구냐고 물었다. 그가 큰 소리로 대답했
다. 나야.

천천히 안간힘 쓰듯 문이 열렸다. 그리고 에드거가 상상했듯이
휠체어를 탄 그가 모습을 드러냈다. 하지만 에드거가 상상했듯이
그렇게 피폐한 몰골은 아니었다. 이십 년 이상 보지 못했던 동생
에드워드는 나이를 짐작하기 어려운 왜소한 몸집에 얼굴이 갸름하
고 창백하고 여위었지만 주름은 없어서 소년 같았다. 에드거처럼
머리카락이 희끗희끗했고 뼈만 앙상한 어깨는 양쪽 높낮이가 달랐
다. 물기어린 창백한 푸른 눈을 양 손날로 훔치며 마치 한동안 사
용하지 않은 듯 갈라진 목소리로 말했다. 에디. 들어와.

……그것이 언제 벌어진 일인지 정확하게 판단할 수 없는 건 시체가
낡은 콜로니얼양식 판자벽 저택의 아래층 방에 재가 수북이 쌓인 난로
가까이 침대로 쓰려고 끌어다놓은 가죽소파 위에서 함께 꽁꽁 언 채 발
견되었기 때문으로, 가구들로 가득한 집안에서 발견된, 수십 년에 걸쳐
모은 잔해로 보이는 물건은 아마도 E.W.로 알려진 괴짜 예술가의 작품
이거나 작품 재료로 추정되며, 두툼하게 옷을 껴입은 월드먼 형제는 유
일하게 온기가 있는 난로 앞에서 잠들었다가 불이 한밤중에 다 타고 꺼
지자 이례적인 강추위가 계속된 1월에 잠든 채 죽은 것으로 보인다.
87세의 에드거 월드먼으로 확인된 형이 역시 87세인 동생 에드워드 월

드먼의 불편한 몸을 보호하려는 듯 뒤에서 몸을 딱 붙이고 이마를 동생의 뒤통수에 부드럽게 갖다대, 두 형체는 마디진 유기체처럼 서로 꼬이고 엉켜 결국에는 화석이 되었다.

맨해튼의 도깨비불

조안 해리스

정확히는 내 이름이 아니지만, 사람들은 나를 러키라고 부른다. 바로 이곳 센트럴파크가 보이는 맨해튼의 한 호텔 펜트하우스에 산다. 나는 시간을 잘 지키고 예의와 질서를 준수한다. 모든 면에서 모범적인 시민이다. 최신 유행의 정장을 입으며 가슴털은 제모했다. 여러분은 내가 신인 줄 꿈에도 생각 못했을 것이다.

사람들이 종종 간과하는 사실인데, 신도 나이가 들면 언젠가 죽는다. 늙은 개와 다를 바 없다. 다만 좀더 오래 살 뿐이다. 도시 성채가 무너지고, 제국이 붕괴되고, 세상이 끝장나고, 동족들이 화형대에서 최후를 맞고 폐기 처분되고 대개 잊히는 것을 지켜볼 만큼 오래도록 말이다.

여러모로 나는 운이 좋았다. 나의 원소는 유행에서 결코 밀려나는 법이 없는 불이다. 지금도 얼마든지 힘을 행사할 수 있다. 여러분 안에는 꽤나 많은 원시적 충동이 아직까지 남아 있다. 내 비록 예전만큼 많은 제물을 요구하지는 않지만, 지금도 원한다면 얼마든지 사람들의 복종을 끌어낼 수 있다. 야영지의 모닥불, 평원에 치는 마른번개, 산불, 장례식 화장 불, 전기 스파크, 인체 발화 모두 내가 벌인 일이다.

하지만 여기 뉴욕에서 나는 록 밴드 도깨비불의 리드싱어 루카스 와일드다. 음, 나는 밴드라고 했다. 우리의 유일한 앨범 〈불태워버려〉가 플래티넘을 기록했을 때, 이 무슨 운명의 장난인지 공연 중에 번개가 무대로 내리꽂혀 드러머가 사망하는 비극적인 사고가 일어났다.

따지고 보면 그렇게 이상한 일도 아니다. 딱 한 차례 미국 전역에서 순회공연을 하는 내내 번개가 따라다녔고, 오십 곳의 공연장 중 서른한 곳에서 직접적인 공격을 받았으니까. 구 주 만에 세 명의 드러머와 여섯 명의 로드매니저, 트럭 한 대 분량의 장비를 잃었다. 나도 슬슬 좀 지나친 게 아닌가 생각할 정도였다.

아무튼 멋진 공연이었다.

이제 나는 거의 은퇴한 몸이다. 그래도 생활에는 별 지장이 없다. 살아남은 두 밴드 멤버 가운데 한 명으로 짭짤한 수입이 들어오고, 따분할 때면 레드룸이라는 페티시 바에서 피아노를 연주한다. 나는 콘돔을 쓰지 않지만(너무 땀이 차서) 그게 훌륭한 방지책인 건 말해 뭐하나?

지금쯤이면 여러분도 짐작하겠지만 나는 밤 유형이다. 낮에는 내 스타일이 제대로 발휘되기 어렵다. 아무래도 불이 최고의 효과를 거두려면 밤하늘이 배경에 깔려야 한다. 저녁이면 레드룸에서 피아노를 치며 여자들을 훑어보고, 이어 시내로 가서 휴식과 여흥을 즐긴다. 좀처럼 형이 등장할 만한 때와 장소가 아니었다. 그래서 그날 밤 어퍼이스트사이드 뒷골목에서 불이 잘 붙을 만한 곳을 찾고 있을 때, 〈나를 불붙여줘〉를 흥얼거리며 방화할 지점을 숙고하고 있을 때 형이 내 앞에 나타나서 깜짝 놀랐다.

내가 말 안 했던가? 이 외형으로 사는 현세에는 브렌던이라는 형이 있다고. 쌍둥이지만 우리는 가깝진 않다. 도깨비불과 화덕 불은 공통점이 거의 없으니까. 그는 화려한 생활방식을 못마땅해하고, 빵과 고기를 굽는 가정적인 일에 더 재미를 느낀다. 상상해보라. 불의 신이 기껏 식당이나 운영하다니. 창피해서 원. 어차피 내가 상관할 바는 아니다. 각자 좋을 대로 사는 거지. 말 나온 김에 언급하자면 그의 불로 굽는 스테이크는 이 동네에서 최고다.

자정이 넘은 시각이었다. 나는 술에 취했다. 남들이 눈치챌 정도로 마신 것은 아니지만 머리가 약간 어질어질했다. 도시의 반이 잠든 거리는 한산했다. 노숙자 무리가 비상구 아래서 판지 상자를 덮고 자고 있고 고양이 한 마리가 쓰레기통을 뒤졌다. 11월이었다. 하수구 창살에서 김이 올라왔고, 보도는 식은땀으로 번들거렸다.

81번가와 5번가 교차로를 막 지나 헝가리인이 운영하는 정육점 앞에서 그를 보았다. 긴 회색 외투의 깃 안으로 깜부기불 색 머리카락을 집어넣은 익숙한 모습. 큰 키에 마르고 민첩한 몸놀림. 여러분이 나라고 착각했어도 무리는 아니다. 하지만 가까이서 보면 차이가 있다. 같은 적록색이라도 내 눈은 붉은색에 가깝고 형의 눈은 초록색에 가깝다. 게다가 나라면 절대 저런 신발을 신고 다니지 않는다.

나는 유쾌하게 그를 반겼다. "내가 타는 냄새라도 맡은 거야?"

그는 뭔가에 쫓기는 표정으로 나를 돌아보았다. "쉿! 들어봐!"

호기심이 일었다. 형제간의 우애가 돈독하지는 않지만, 보통 형도 나를 반기고 보지 힐난하는 눈초리로 쏘아보지는 않기 때문이다. 그가 내 본명을 불렀다. 손가락을 입술에 대더니 지린내 나는 옆 골목으로 나를 데려갔다.

"왜, 브렌던, 무슨 일이야?" 나는 옷깃을 바로 하며 조용히 물었다.

그는 인적이 거의 없는 골목을 향해 무뚝뚝하게 고갯짓만 했다. 컴컴한 곳에 긴 오버코트를 걸친 윤곽이 네모나고, 똑같이 생긴 좁은 얼굴에 모자를 푹 눌러쓴 두 명이 있었다. 그들은 보도 가장자리에 잠시 멈춰 서서 왼쪽 오른쪽을 살피더니 신속하고 가벼운 몸놀림으로 길을 건너 늑대처럼 밤의 어둠 속으로 사라졌다.

"알겠어." 전에 본 적이 있었다. 내 피가 알고 반응했다. 다른 장소에서 다른 외형으로 나타났지만 나는 그들을 알았고 그들도 나를 알았다. 믿거나 말거나 그들은 겉모습만 사람이다. 만화 속 형사들이나 입는 오버코트 아래로는 이빨밖에 없다. "저들이 여기서 뭘 하고 있었던 거지?"

형이 어깨를 으쓱했다. "사냥."

"누굴 사냥하는데?"

그가 또다시 으쓱했다. 형은 과묵한 사람이다. 물론 사람이 아닐 때도. 그리고 나로 말하자면 수다스럽다. 말은 여러모로 도움이 된다.

"전에도 여기서 저치들을 본 적 있어?"

"네가 나타났을 때 저들을 미행하고 있었어. 오던 길로 되돌아가면서. 혹시나 우리집을 알게 되면 곤란하니까."

으음, 대충 이해가 갔다. "저들은 뭐야? 정체가 어떻게 돼? 라그나뢰크* 이후로 저런 건 못 봤는데. 내가 기억하기로—"

"쉿—"

나는 이리저리 끌려다니고 침묵당하는 데 슬슬 질렸다. 형이라고 제멋대로일 때가 많았다. 따끔하게 한마디해주려던 찰나, 근처에서 소리가 들리더니 뭔가가 시야에 쑥 들어왔다. 무엇인지 알아차리기까지 시간이 걸렸다. 이 도시에서는 부랑자를 보기 힘든데다 그는 여태 비상구 아래서 판지 상자를 덮고 있었다. 하지만 지금은 빠르게 움직였다. 낡은 오버코트 자락이 앙상한 발목 근처에서 날개처럼 펄럭였다.

그와는 오며 가며 알고 지내는 사이였다. 올드맨 무니. 여기서는 마니, 달의 외형을 하고 있었다. 가련하고 미친 녀석. (술에 취하면 종종 그렇게 된다. 꿀술의 시를 마시면 금방 취한다.) 그래도 달릴 기력은 있는지 달아나려 했다. 브렌던과 내가 한쪽으로 물러서는데 오버코트를 걸친 두 녀석이 골목 어귀에서 그를 낚아채려고 다가왔다.

아까보다 더 가까웠다. 그들의 냄새가 났다. 역한 야생의 냄새, 반쯤 부패한 냄새다. 육식동물에게 구강 위생을 가르칠 수도 없는

---

* 북유럽신화에서 오딘의 신들과 적들이 벌이는 세상의 마지막 전투.

노릇이니.

옆에서 형이 떨고 있는 것이 느껴졌다. 아니, 나인가? 모르겠다. 두려웠다. 혈관을 타고 흐르는 술기운 덕에 그나마 좀 나았다. 아무튼 나는 움직일 엄두가 나지 않아 어두운 곳에 꼼짝 않고 서 있었다. 녀석들이 골목 어귀에 서 있고, 무니도 걸음을 멈추고는 싸울까 도망칠까 저울질했다. 그러다가—

싸우기로 마음을 정했다. 잘했어. 쥐도 모퉁이에 몰리면 덤빈다. 그렇다고 나도 싸움에 가담하겠다는 뜻은 아니었다. 그의 냄새가 났다. 독특한 악취. 술냄새, 먼지내, 병약하고 고약한 시인의 냄새. 그가 두려워하는 것이 보였다. 하지만 쇠락하긴 했어도 그도 엄연히 신이었다. 그 말은 무니처럼 술에 전 늙은 신도 자신만의 재주를 부려 맞서 싸운다는 뜻이었다.

두 녀석도 결전에 대비했다.

오버코트 차림의 두 명과 미친 시인 한 명이 가로등 불빛 아래 어둑한 곳에서 삼각 대형으로 대치했다. 곧이어 두 녀석이 아까 봤던 날쌔고 매끄러운 몸놀림으로 움직였다. 무니의 몸이 갸우뚱하더니 외침이 울려퍼지며 손끝에서 빛이 뿜어져나왔다. 막강한 룬문자 주문 '티르'였다. 빛이 강철 조각처럼 어두운 공기를 가르며 인간이 아닌 둘을 향해 날아갔다. 둘은 파드되*보다 우아하게 피했다. 서로 갈라졌다가 광선이 지나가자 다시 모여 도끼날 대형으로 늙은 신을 향해 돌진했다.

---

* 발레에서 두 사람이 추는 춤.

66

무니는 티르를 구사한 여파가 컸다. 고대 문자인 룬 주문은 원체 힘이 많이 소요되는데다 그의 마법도 예전 같지 않았다. 입을 열고 주문을 외치려는 것 같았지만, 채 그러기 전에 오버코트들이 무시무시하게 초인적인 속도로 다가갔다. 지독한 냄새가 다시 났다. 오소리 굴에 들어온 것처럼 한층 고약했다. 달려가면서 코트 단추를 풀고 무니를 포위했다. 달렸다기보다는 차라리 미끄러졌다는 표현이 더 정확했다. 긴 코트를 돛처럼 쫙 펴더니 달의 신을 보이지 않게 에워쌌다.

그가 노래하기 시작했다. 그 꿀술의 시 말이다. 술에 취한 목소리가 잠시 갈라지더니 무니 본연의 목소리로 돌아갔다. 돌연 한줄기 광채가 뻗어나왔다. 포식자들이 이빨을 드러내며 으르렁거렸다. 한순간 미친 달의 신의 호화로운 노래가 들렸다. 난생처음 듣는 언어였지만, 한 단어만으로도 필멸의 존재가 황홀에 빠지고 별들이 떨어지며 인간을 죽이거나 되살릴 수 있었다.

그가 노래했다. 사냥꾼들이 순간 멈췄다. 검은 페도라 아래서 번쩍인 것은 눈물 자국이었을까? 무니는 사랑과 죽음의, 황량한 아름다움의, 한 번의 날갯짓, 한 번의 숨에 명멸하다 날갯짓하며 타들어 죽어가는 하루살이 개똥벌레의 매혹을 노래했다.

그러나 그 노래도 사냥꾼들을 몇 초밖에 제지하지 못했다. 눈물을 흘리든 아니든 녀석들은 굶주려 있었다. 양손을 쫙 펴고 앞으로 미끄러져나갔다. 나는 단추를 푼 코트 안을 잠깐이나마 들여다봤다. 그곳에는 몸이 없었다. 털도 비늘도, 살도 뼈도 없었다. 그냥 그림자였다. 혼돈의 암흑, 색깔이나 심지어 그 결핍마저 넘어선 암흑,

모든 것을 게걸스럽게 집어삼키는 세상의 구멍이었다.

브렌던이 한 발짝 움직였다. 나는 그의 팔을 잡고 뒤로 끌었다. 아무튼 너무 늦었다. 늙은 무늬는 끝났다. 하계로 내려갔다. 충돌도 없이, 구멍이 뚫린 듯 기괴한 한숨만 남기고. 이제 더이상 사람처럼 보이지도 않는 녀석들은 하이에나처럼 엄니를 번뜩이고 옷 주름 사이에서 지직거리는 잡음을 내며 그를 덮쳤다.

그들의 움직임은 전혀 인간 같지 않았다. 불필요한 동작이 하나도 없었다. 진공청소기처럼 피에서 뇌까지 남김없이 빨아들였다. 마법, 불꽃, 일가붙이 모두. 그들이 집어삼키고 남긴 것은 사람이라기보다 뒷골목 쓰레기에 누워 있는 사람 모양으로 오려낸 마분지 같았다.

이어 그들도 떠났다. 끔찍한 부재 위로 코트 단추를 잠그며.

침묵이 흘렀다. 브렌던이 울고 있었다. 그는 항상 감정이 예민했다. 나는 얼굴에서 (아마도 땀인 듯한) 뭔가를 훔치며 호흡이 정상으로 돌아오기를 기다렸다.

"정말 추했어." 마침내 내가 입을 열었다. "세상의 종말 이후로 저런 광경 본 적 있어?"

"그 소리 들었지?" 브렌던이 말했다.

"들었지. 그 노인네가 그렇게 황홀한 노래를 부르리라고 누가 생각이나 했겠어?"

형은 말없이 눈을 감았다.

갑자기 허기가 졌다. 피자를 먹자고 하려다가 그만두었다. 브렌던은 요즘 너무 과민해서 자칫 화를 낼지도 몰랐다.

"그럼 나중에 봐." 몸이 약간 불안정하게 휘청거렸다. 형제 사이란 왜 항상 이다지도 어려울까. 차라리 형을 집에 초대할 걸 그랬나 싶었다.

언제가 될지 모르겠지만 그럴 날이 오겠지. 하지만 그 외형의 그를 다시 보지는 못했다.

다음날 늦게까지 잤다. 두통과 칵테일을 마시고 나면 늘 찾아오는 구역질을 느끼며 잠에서 깼을 때 지난밤 일이 문득 떠올라―체육관에 가서 등 운동을 해야 한다는 것까지는 기억하지만 다음날자고 일어나면 얼마나 뻐근할지 미처 생각 못하듯이―발딱 일어나 앉았다.

녀석들. 나는 생각했다. 그 두 녀석들.

간밤에 생각보다 술을 퍼마셨던 모양이다. 오늘 아침에야 지난밤 일이 생각나 뼛속까지 얼어붙었기 때문이다. 뒤늦은 충격이 엄습했다. 내 상태를 명확히 인식하고 거기서 벗어나려고 룸서비스를 시켰다. 커피, 베이컨, 메이플시럽을 끼얹은 팬케이크를 먹으며 회복과정을 시작했다. 상황을 감안하면 그럭저럭 나아졌지만, 늙은 무니가 죽던 광경이 아무래도 마음속에서 지워지지 않았다. 오버코트 2인조가 그를 덮쳐 마법을 홀라당 빨아들이고는 단추를 잠그고 사라진 것도. 그것은 움직이는 시였다.

정말 운이 좋아서 피했다. 그들이 무니의 냄새를 먼저 맡지 않았다면 브렌던 형이 그날 잔칫상에 올랐을지도 모른다. 그러나 내 마음은 전혀 홀가분하지 않았다. 이 녀석들이 정말로 우리 같은 부류를 쫓고 있다면, 이번은 사면이 아니라 기껏해야 집행유예에 불과하고, 조만간 녀석들이 날카롭게 이를 갈며 내 집 앞에 나타날 것이기 때문이다.

아침식사를 마치고 브렌던에게 전화를 걸었다. 자동응답기가 대신 받았다. 그의 식당 전화번호를 찾아서 걸었다. 전화는 불통이었다.

휴대전화로 걸어볼까 싶기도 했다. 하지만 앞서 말했듯이 우리는 가까운 사이가 아니다. 휴대전화번호도 모르고 그의 여자친구 이름도, 집주소도 몰랐다. 너무 늦은 건 아니겠지. 그래도 확인해봐야지. 카르페 디엠, 그뿐이다. 나는 샤워를 하고 옷을 입고 서둘러 내려와 잔뜩 흐린 날씨에 브렌던이 일하는 플라잉피자(얼마나 멍청한 이름인지!)로 갔다. 쌍둥이 형한테서 뭔가 알아낼 수 있지 않을까 해서였다.

그곳에 도착했을 때 뭔가 잘못되었다는 것을 알았다. 열 블록 전에 이미 알았다. 사이렌, 엔진음, 고함소리, 연기에 내 예감은 확실해졌다. 쑥대밭이 된 풍경 위에 뇌운이 드리우고 온통 바늘이 꽂힌 러시아 모자처럼 번개가 번쩍이는 광경이 불길하기 짝이 없었다. 가까이 갈수록 심장이 내려앉았다. 뭔가 잘못된 게 분명했다.

주위를 둘러보며 지켜보는 사람이 없음을 확인한 나는 왼손으로 '바르칸' 주문을 걸고 쌍안경 모양을 통해 들여다봤다. 연기가 보였다. 땅에서 번개가 올라오고, 창백하고 긴장한 형의 얼굴이 보였다. 이어 불, 어둠, 그리고 우려했던 대로 '그림자'도 보였다. 무거운 오버코트를 걸친 네모난 윤곽의 앞잡이, 늑대, 그림자 사냥꾼들을 거느리고.

저 녀석들이야. 나는 욕을 퍼부었다. 또 왔어.

이제야 예전에 그들을 어디서 봤는지 생각났다. 당시에도 저 외형으로 몹시 악독하게 굴었다. 하지만 그때는 지금보다 내가 구사할 수 있는 주문이 훨씬 많았고, 그들을 제대로 주목하지 않았다. 나는 은폐의 주문을 걸어, 화장이 진행되고 있는 형 식당에서 뿜어져나오는 검은 연기 자락에 몸을 숨겼다. 내가 알기로 형이 타는 연기이기도 했는데, 지치고 쇠한 그의 모습이 내 눈에 보였다.

나는 한시도 오버코트에서 눈을 떼지 않고 드디어 현장에 다다랐다. 사방에 소방차와 경찰차들이 와 있었다. 도로 끝에 비상경계선이 쳐져 있고, 이미 플라잉피자 안쪽까지 깊숙이 헤집어버리고 이글이글 타오르는 엄청난 불길 위로 사람들이 물을 뿌려댔다.

그래봐야 괜한 시간낭비였다. 누구도 폭죽처럼 터지는 불의 신—설령 화덕 불의 신이라 해도—의 작업을 말릴 수 없었다. 화염이 높이 치솟았다. 9미터, 12미터, 15미터. 위로 쏘아올린 깨끗한 노란색 불길. 그것이 지닌 마법은 당신 종족에게는 이리저리 튀기는 불꽃으로 보이겠지만 혹시라도 몸에 닿았다가는 뼛속까지 홀랑 태워먹을 것이다.

그런데 브렌던은? 나는 생각했다. 어딘가에 아직 살아 있지는 않을까?

만약 그가 살아 있다면 달아나야 했다. 이런 화재에서는 누구도 살아남지 못할 테니까. 하지만 이런 상황에서 달아나는 것은 브렌던답지 못했다. 그는 돌아서서 싸웠다. 나는 주문을 통해 보았다.

형은 인간 세상에서 마법을 사용하는 데 단호히 반대하므로 선택의 여지가 있다면 마법을 휘두르지 않을 터였다.

나는 수수께끼를 푸는 룬 문자 '오스'로 형의 운명을 점쳐보았다. 홀쭉하고 늑대 같은 그들의 얼굴이 보였다. 이를 드러내며 웃는 형의 모습이 보였다. 한순간 거칠고 격노하며 살인 충동으로 날뛰는 내 모습이 겹쳤다. 그는 무사할 수 있었다. 형제여, 너도 알겠지만. 시간만 좀더 있었더라면 제대로 타올랐을 텐데. 그가 마음의 검을 꺼내들었다. 불길에 휩싸인 검의 날을 따라 반투명한 빛이 일렁였다. 화강암이든 비단이든 닿기만 하면 동강날 터였다. 세상이 끝난 마지막날 이후로 나는 그 검을 본 적이 없었다. 불의 신의 검에서 너울거리는 불길은 단추를 푼 오버코트 안의 그림자에 슬쩍 닿자 한줄기 연기처럼 사라졌다.

그러고 나서 캄캄해진 가운데 그들이 그를 덮쳤다. 질문에 대한 답이 내려졌다. 형은 유행에서 밀려난 것이다.

나는 손으로 얼굴을 훔치며 당면한 문제들을 생각해보았다. 첫째, 이제 쌍둥이 형은 없다. 둘째, 형이 공격자들을 함께 데려가지 않았다면(과연 그랬을까 의문이지만) 조만간 오버코트가 나를 추격할 것이다. 셋째—

내가 세번째 문제를 막 생각하려는 찰나 묵직한 손이 내 어깨를 짚었고, 다른 손이 위팔을 잡았다. 양쪽 다 아프게 꽉 눌러 관절이 조이면서 괴로웠다. 익숙한 저음의 거친 목소리가 귓가에 들렸다.

"러키. 네가 이곳에 나타날 줄은 미처 몰랐는데. 이런 아수라장이 마음에 들었나봐."

나는 비명을 지르며 팔을 빼려고 안간힘을 썼지만, 다른 녀석이 너무 꽉 잡고 있었다.

"어디 움직여보시지. 뼈가 부러질 테니." 그가 으르렁댔다. "빌어먹을, 자꾸 그러면 정말 부러뜨린다. 옛정을 생각해서 봐줬더니."

그에게 이러지 말아달라는 의사를 전했다. 녀석은 내 팔을 잡은 손아귀에 좀더 힘을 주었다. 뼈가 으스러지는 느낌에 비명을 지르자 그가 나를 골목 벽으로 세게 밀쳤다. 벽에 부딪혔다 팅긴 몸을 돌리며 마음의 검을 뽑을 태세를 취했다. 칼을 반쯤 빼든 나는 비 오는 날처럼 음산하고 우중충한 한쌍의 눈과 마주했다. 복도 지지리 없지. 요즘 엮이는 친구들은 하나같이 불만 가득한 녀석뿐이니.

나는 친구라고 했다. 동족이니 친구는 친구다. 하지만 불과 폭풍우, 사이가 좋을 리 없다. 게다가 현재 외형으로는 그가 나보다 키도 체중도 더 나가고 힘도 세다. 그는 뇌운의 얼굴을 했다. 그를 보는 순간 맞서 싸우겠다는 생각이 싸구려 향수처럼 휘발해버렸다. 검을 칼집에 넣고 만용을 접었다.

"안녕, 토르 선생." 내가 말했다.

그가 코웃음을 쳤다. "허튼짓했다가는 찬물을 뒤집어쓰게 해주지." 그가 말했다. "폭풍우를 실은 먹구름이 한 부대 대기하고 있어. 너쯤은 눈 깜짝할 사이에 꺼뜨릴 수 있어. 어디 해볼까?"

"그럴 리가. 반가워, 친구. 오랜만이야."

그가 투덜거렸다. "지금 외양에서는 아서가 내 이름이야. 아서 플루비오스. 그나저나 넌 죽었잖아." 그는 자신의 이름을 무슨 명명식이라도 하듯 또박또박 말했다.

"틀렸어. 형 브렌던이 죽었지. 그리고 내가 형의 살인에 가담했다고 생각한다면—"

"너라면 충분히 그러고도 남을 텐데." 말은 그렇게 하지만 아서도 소식을 듣고 꽤나 놀란 눈치였다. "브렌던이 죽었다고?"

"유감이지만 그래." 나는 감동했다. 그가 우리 둘을 미워하는 줄로만 알았었다.

"그럼 이게 네가 아니었어?"

"아이고, 빨리도 알았네."

그는 나를 노려보았다. "어떻게 된 거야?"

"뭐가 어떻게 돼?" 나는 어깨를 으쓱했다. "물론 그림자의 짓이지. 혼돈. 검은 수르트. 좋을 대로 불러."

아서는 나직한 한숨을 길게 내쉬었다. 어떤 소식도, 나쁜 소식이나 심지어 끔찍한 소식도 위안이 될 만큼 한참 동안 그 생각에 잠겨 있었다. "그렇단 말이지. 내가 생각하기로는—"

"마침내—"

그는 내 조롱기어린 말을 무시하고 다시 내 쪽을 돌아보았다. 비오는 날 같은 그의 눈이 번들거렸다. "늑대야, 러키. 늑대가 다시 추격에 나선 거야."

나는 고개를 끄덕였다. 늑대, 악마. 인간의 언어로는 녀석들의 정체를 정확히 묘사할 단어가 없다. 나는 그들을 하루살이라 부른다. 비록 그들의 현재 외형을 보면 그런 구석이라곤 전혀 없지만.

"스콜과 아이티야. 하늘의 사냥꾼, 그림자의 부하들이지. 태양과 달을 먹어치워. 뿐만 아니라 자신들에게 걸리적거리는 건 뭐든 다.

브렌던은 그들에게 맞서려고 했어. 아무 승산도 없이."

그러나 그는 내 말을 듣고 있지 않았다. "태양과—"

"달." 나는 지난밤 있었던 사건을 간략히 그에게 들려주었다. 그도 듣긴 했지만 딴 데 정신이 팔려 있었다.

"그러니까 달과 태양을 쫓았다는 말이지?"

"아마 그럴걸." 나는 어깨를 으쓱했다. "맨해튼에 태양의 외형을 한 존재가 있다고 하면—"

"있어." 아서가 단호하게 말했다. "이름은 서니야." 그 말을 내뱉은 그의 눈에 뭔가가 감돌았다. 우리 머리 위에 걸린 비구름이나 섬뜩하게 친근한 척 내 어깨를 잡은 납덩이처럼 무거운 그의 손보다 훨씬 불길한 눈빛이었다. 아무래도 오늘은 전에 없이 흉악한 일이 벌어질 것 같았다.

"서니. 그녀가 다음 목표물이겠군."

"절대로 그렇게는 안 될걸." 아서는 나중에 생각났다는 듯 이렇게 덧붙였다. "너도 도와야 해." 그는 여전히 내 어깨를 꽉 잡은 채 위험하고 험악한 미소를 지었다.

"물론이지." 나는 그의 비위를 맞췄다. 여차하면 도망치는 데 선수다. 루카스 와일드는 위기에 처하면 한 시간 안에 흔적도 없이 사라질 수 있었다.

그도 이를 알았다. 그가 실눈을 뜨자 머리 위의 비구름이 꾸물꾸물 움직이며 물렛가락에 감기는 털실처럼 힘을 모으기 시작했다. 밑바닥에 움푹 들어간 지점이 생겼다. 강력한 마법을 통해 공기가 깔때기 모양으로 빨려들어갔다.

"그들의 말을 기억해." 아서가 내 진짜 이름을 부르며 말했다. "네가 어디 가든 비바람이 항상 따라다닐 거야."

"날 그렇게 못 믿어?" 나는 웃긴 했지만 딱히 틀린 말이라고는 결코 생각해본 적 없었다. "기꺼이 네 친구를 도와줄게."

"좋아." 아서는 내 어깨를 그대로 잡은 채 활짝 웃었다. "우리는 그림자를 주시해야 해. 필요 이상으로 인간들에게 관여하지 말고. 알겠지?"

하늘이 어두컴컴하고 폭풍우가 몰아칠 듯한 오후였다. 당분간 이런 날이 계속 이어지게 생겼다.

서니는 브루클린 하이츠에 살았다. 조용한 거리에 위치한 복층 아파트였다. 내가 자주 가는 곳이 아니어서 그녀를 더 빨리 알아보진 못했다. 우리 같은 부류는 신중하게 거리를 두는 편이다. 여러분도 알겠지만 신에게도 적이 있으며, 마법은 가급적 휘두르지 않는 것이 좋다.

하지만 서니는 달랐다. 우선, 아서(참으로 멍청한 이름이다!) 말에 따르면 그녀는 자신의 존재를 더이상 기억하지 못했다. 종종 일어나는 일이다. 현재의 외형에 완전히 감싸여버리면 남들과 같다고 생각하게 된다. 아마도 그랬기에 그녀가 그토록 오래 무사했는지 모르겠다. 신들은 술꾼, 얼뜨기, 어린아이를 보살핀다는 말이 있는데 서니가 바로 그런 존재였다. 알고 보니 내 오랜 친구 아서가 일 년 가까이 그녀를 몰래 보살폈다고 한다. 덕분에 그녀는 사냥감을 찾아 헤매는 자들로부터 멀리 떨어져 햇빛을 누리며 행복하게 지냈다.

사실 서니 같은 자가 이웃에 살면 인간들도 의구심을 품기 시작한다. 그저 몇 달 내내 비가 내리지 않는다거나, 온 뉴욕시가 구름이 끼어 어둠침침한데 그녀가 사는 구역만 화창하다거나, 괴상하게도 북극광이 그녀의 아파트 위 하늘에서 빛난다거나 하는 것만이 아니었다. 바로 그녀가 문제였다. 그녀의 얼굴, 그녀의 미소가. 그녀가 나타나면 다들 고개를 돌리고 쳐다보았다. 어떤 남자라도, 심지어 신도 그녀와 사랑에 빠졌다.

비의 신 외형을 버린 아서는 대체로 여느 시민처럼 보이긴 했지만 그가 엄청나게 노력하고 있다는 것도 한눈에 보였다. 브루클린 브리지를 건너자마자 그가 외형을 유지하려 애쓰는 눈치가 역력했다. 예쁜 여자가 방에 들어오자 뚱뚱한 남자가 배를 집어넣으려고 하듯이. 그때 그녀의 색깔이 보였다. 멀리서 하늘의 불빛처럼 반짝였다. 그리고 아서의 얼굴에 드러난 표정, 호전적인 열망의 표정이 한층 두드러졌다.

그는 나를 나무라듯 힐끗 보았다. "좀 덜 튀어 보이게 하지 그래."

나 참, 어이가 없어서. 루카스 와일드답게 번쩍번쩍하게 꾸몄거늘. 하지만 곧이어 아서를 보고 잠자코 있는 게 좋겠다고 판단했다. 나는 빨간 코트의 부피를 줄이되 머리카락은 그대로 두고, 양쪽 색이 다른 눈을 세련된 선글라스로 가렸다.

"이러니까 좀 나아?"

"괜찮군."

우리는 그녀의 집 앞에 서 있었다. 수많은 아파트들의 뒤쪽에 있는 평범한 아파트였다. 검은색 비상계단, 작은 창문, 그리고 덩굴이 홈통을 타고 내려온 작은 옥상정원까지. 창문을 통해 불빛이 하나 보였는데 햇빛처럼 환했고 아파트를 돌아다니는 그녀의 동선을 따라 이따금 여기저기서 점멸했다.

그녀가 지금까지 발각되지 않은 게 의아했다. 아닌 게 아니라 늑대가 여태 그녀를 잡지 못했다는 게 믿기지 않았다. 그녀는 자신의 본색을 가리려는 시도조차 하지 않았다. 어리석기 짝이 없었다. 심지어 젠장, 커튼도 치지 않았다.

아서는 예의 표정으로 나를 보았다. "우리는 그녀를 보호하는 거야, 러키." 그가 말했다. "그리고 점잖게 행동해, 알았지?"

나는 오만상을 찌푸렸다. "난 항상 점잖다고. 대체 날 뭘로 보는 거야?"

그녀는 우리를 서슴없이 안으로 들였다. 신분증을 보여달라고 하지도, 젖혀진 커튼 뒤에서 미심쩍은 눈초리로 내다보지도 않았다. 나는 그녀를 예쁘지만 멍청하다고 알고 있었다. 지금 보니 마냥 순진무구한 게 대도시 생활에 어리둥절한 어린 소녀 같았다. 확실히 내가 좋아하는 타입은 아니지만 아서가 그녀의 어떤 점에 반했는지 알 것 같았다.

그녀가 인삼차를 내왔다. "아서의 친구라면 언제나 환영이에요." 아서는 커다란 손가락으로 작은 찻잔을 집느라 곤혹스러워하며 얼굴을 찡그렸고, 그러는 내내 스스로를 자제했다. 서니의 햇빛을 가리지 않기 위해……

결국 그도 한계에 다다랐다. 참다못한 그가 숨을 헐떡이며 모든 것을 풀어놓자, 구름이 꿈틀거리며 몰려오고 비가 홈통을 때리기 시작했다.

서니는 경악했다. "이런 젠장, 비잖아!"

아서는 천둥의 신의 자존심을 직격으로 강타당한 표정이었다. 그는 또다시 희미한 미소를 지어 보였다. "빗소리를 들으면 마음이 편하지 않나요?" 그가 말했다. "시를 듣는 것 같잖아요? 작은 망치가 지붕을 톡톡 때리는."

서니는 고개를 가로저었다. "웩."

나는 몰래 손가락을 튕겨 '카엔'이라는 주문을 걸었다. 벽난로 쇠살대에서 작은 불꽃이 일더니 바닥을 화르륵 가로지르며 경쾌하게 춤추었다. 내 입으로 말하기 쑥스럽지만 훌륭한 솜씨였다. 전기 벽난로임을 감안하면 특히 더 그랬다.

"와, 멋지네요." 서니가 웃음을 되찾았다.

아서는 낮게 으르렁거렸다.

"그건 그렇고, 최근 들어 근처에서 이상한 거 본 적 없어요?" 무슨 이런 멍청한 질문이 다 있어, 나는 스스로에게 말했다. 맨해튼의 브라운스톤 건물 3층에 태양의 여신이 들어와 살며 걸핏하면 불빛을 번쩍번쩍 쏘아대는 것만큼 이상한 게 있으랴고. "양복 입은 사람들 못 봤어요?" 나는 계속해서 물었다. "짙은 색 오버코트에 페도라 모자를 걸친 게, 꼭 1950년대 만화에 나오는 악당 같은 사람들요."

"아, 그 사람들." 그녀는 차를 더 따랐다. "네, 어제 봤어요. 코를 쿵쿵거리며 골목을 돌아다니던데요." 서니의 푸른 눈이 약간 흐려졌다. "친절해 보이진 않던데. 뭐하는 사람들일까요?"

브렌던과 올드맨 무니에게 벌어진 일을 말해주려는 나를 아서가 눈짓으로 제지했다. 이게 다 서니의 위력이었다. 남자들이 멍청한 짓을 서슴지 않게 만드는 위력 말이다. 멍청하고 고결하고 자기를 희생하는 일. 내 바람과 상관없이 그런 것에 휘말려들게 생겼다는 걸 나는 깨달아가고 있었다.

"당신은 걱정할 거 없어요." 아서가 활짝 웃으며 말했다. 그는 내 위팔을 꽉 잡고 발코니로 나를 이끌었다. "그냥 우리가 찾는 사람이에요. 오늘밤 우리가 여기서 망을 볼 겁니다. 무슨 일이 생기더라도 우리가 있으니 당신은 걱정할 거 없어요. 알았죠?"

"알았어요." 서니가 말했다.

"좋아요." 나는 이를 악물고 말했다(망치로 몇 대 얻어맞은 것처럼 팔이 얼얼했다). 우리만 남을 때까지 기다렸다. 서니가 커튼을 치고 나자 그에게로 돌아섰다. "무슨 속셈이야? 우리는 그림자와 늑대를 상대 못해. 지금쯤이면 너도 알 텐데. 녀석들이 무니와 브렌던에게 무슨 짓을 했는지 봤잖아. 우리에게 남은 선택지라고는 멀리 달아나는 것밖에 없어. 자네 여자친구를 데리고 한시바삐 다른 도시로, 가능하다면 다른 대륙으로 도망치는 거야. 그림자의 영향이 미치지 못하는 곳으로—"

아서는 확고했다. "나는 도망치지 않아."

"잘해봐. 그동안 즐거웠어— 아얏, 내 팔!"

"너도 도망칠 생각 마." 우리의 토르가 말했다.

"뭐 자네가 그렇게 말한다면—"

내가 다소 성급하게 대답했는지도 모르겠지만, 나는 대세에 굴복해야 할 때를 안다. 아서는 우리 둘 다 영웅으로 만들 작정이었다. 이제 그를 도와 운이 좋으면 둘 다 화를 면하느냐, 아니면 녀석들이 덮치기 전에 잽싸게 도망치느냐—

음, 내게 선택의 여지가 있었을지도 모르지만, 골목에서 양복 차림의 녀석들이 킁킁거리고 으르렁거리는 광경을 딱 보고 나니 선택하고 자시고 할 것도 없었다. 나는 마음의 검을 꺼내들었고 아서도 그랬다. 마법과 주문이 밤공기를 휘저었다. 그런다고 딱히 도움이 되리라는 생각은 하지 않았다. 형 브렌던과 미친 달의 신에게도 아무 도움이 못 되었으니까. 게다가 그림자, 혹은 혼돈이라고도 불리는 녀석은 세상의 종말 이후 남은 도망자, 변절자 세 신을 처치할 마법 정도는 지녔다—

"이봐! 여기야!" 토르가 소리쳤다.

두 쌍의 눈이 우리 쪽을 올려다보았다. 하루살이가 우리 소재를 파악하자 정전기 같은 소리를 냈다. 이를 번득이며 히죽 웃더니 비상계단을 기어올라왔다. 인간의 가면은 깡그리 던져버렸다. 상자처럼 네모난 검은색 코트 안에는 욕구를 지닌 시처럼 이와 발톱뿐이었다.

오, 대단한데, 세상의 이목을 끌지 않으려는 토르의 배려라니. 자기희생의 행위? 주의를 돌리려는 계책? 아니면 무슨 계획이라도 있나? 만약 그렇다면 이게 시작일 텐데. 앞뒤 재지 않는 자기희생은 그의 수준에 맞았다. 그건 내 알 바 아니지만, 분명한 건 대책 없이 너그러운 그가 나까지 희생시킬 작정이라는 것이었다.

"러키!" 비가 다시 내렸다. 천둥을 동반한 비가 거대한 빗줄과 고리가 되어 고개 숙인 우리 머리를 세차게 때렸다.

주변이 온통 검은색과 주황색으로 물든 가운데 빗줄기가 네온 불빛을 반사하며 반짝였다. 정전기를 띤 하늘에서 굵은 눈발이 흩날렸다. 비의 신이 스트레스를 받으면 이런 일이 일어난다. 그래봐야 나는 비에 젖을 뿐이라 우산이라도 쓰고 싶었다. 하루살이를 막지도 못했다. 번개를 미사일처럼 골목에 날렸지만(그 무렵에는 나도 번개를 불길처럼 부릴 줄 알았다) 혼돈의 늑대에게는 전혀 먹혀들지 않았다. 엄청 매끄럽고 어딘가 뱀 같은 형태의 녀석들은 3미터 아래 비상계단에서 덤벼들 태세를 취했다.

한 녀석이 달려들었다. 그때 마음의 번개가 터졌다. '하갈'이라는 주문이었다. 내 동료의 가장 강력한 무기였지만, 번개는 끔찍한 꿱꿱 소리와 함께 하루살이를 그대로 통과했고, 녀석은 코트 단추를 풀고 우리에게 다시 달려들었다. 그 속에 별들이 보였다. 별들과 무심한 우주의 정전기—

"이봐." 내가 말했다. "원하는 게 뭐야? 여자, 돈, 권력, 명예? 내가 다 갖게 해줄 수 있어. 이 세상에 제법 영향력이 있거든. 너희처럼 잘생긴 미혼이라면 연예계에서 끝내주는 성공을 거둘 수도 있는데."

그다지 현명한 단어 선택은 아니었나보다.

첫번째 늑대가 노려보았다. "끝낸다고." 녀석들의 냄새가 다시 났다. 나는 말로 해결하기는 글렀다는 걸 알았다. 첫째, 녀석들은 게걸스럽다. 둘째, 그렇게 끔찍한 입냄새로는 음악계에서 성공을 바라긴 무리다. 성공에 근접한 사례를 몇몇 알긴 했다. 가령 내 딸인 헬은—좋게 말해 전위적인—외모에도 불구하고 어떤 방면에서 상당한 팬층을 거느리고 있다. 하지만 이 녀석들은 절대 아니다. 으윽!

주문을 여러 개 걸었다. '티르' '카엔' '하갈' '이르'. 그러나 무엇도 녀석의 공세를 늦추지 못했다. 다른 늑대가 우리 쪽으로 다가왔다. 아서는 펄럭거리는 검은색 코트에 붙잡혀 고전하고 있었다. 발코니가 벽에서 뽑혀나갔다. 번개의 불꽃과 파편이 폭우 때문에 힘을 못 썼다.

젠장, 이러다가는 쫄딱 젖어 죽겠어. 나는 '솔'이라는 주문을 부려 방패를 만들었다. 그리고 남은 마법을 필사적으로 끌어모아, 한때 늑대였으나 지금은 냉혹한 복수의 화신인 두 녀석을 향해 첫번째 아에티르로 이루어진 불이란 불은 모두 던졌다. 혼돈으로부터 그 무엇도 달아날 수 없기 때문이다. 천둥도, 도깨비불도, 하물며 태양도—

"거기 밖에 두 사람 괜찮아요?" 서니가 커튼 사이로 내다보며 물었다. "인삼차 더 들래요?"

"아, 괜찮아요." 아서가 말했다. 양손에 악마 늑대를 하나씩 잡고 있던 그는 또다시 멍청한 웃음을 지었다. "서니, 안으로 들어가요. 제가 지금 좀 바빠서—"

우리의 토르가 저지하던 놈 하나가 마침내 그의 손아귀에서 벗어났다. 하지만 멀리 가지 않고 나를 향해 튀어올라 때리는 바람에 나는 뒤로 밀려나 난간에 부딪혔다. 발코니가 요란한 소리와 함께 무너져내렸고, 우리 모두 세 층 아래로 떨어졌다. 나는 지면에 납작하게 뻗었고, 하루살이가 나를 덮쳤다. 만신창이가 된 나는 이제 끝났구나 싶었다.

서니가 창밖으로 내다보았다. "도와줄까요?" 그녀가 물었다.

이제 괴물의 속이 바로 코앞에 보였다. 섬뜩했다. 동화 속 세상처럼. 자매의 발가락이 댕강 잘리고, 악당이 까마귀에 쪼여 죽고, 인어공주가 감히 사랑을 택한 대가로 남은 평생 예리한 칼날 위를 걸어야 하는…… 하지만 서니에게는 모든 것이 해피엔딩을 맞이하는 디즈니 동화였다. 얼룩다람쥐와 토끼와 빌어먹을 다람쥐(나는 다람쥐가 정말 싫다!)가 다 함께 합창하고, 늑대조차 착한 놈이고, 아무도 다치지 않는—

나는 그녀에게 빈정거리는 미소를 보냈다. "네, 그래줄래요?"

"물론이죠." 서니가 커튼을 젖히고 발코니로 나왔다.

그러자 대단히 괴이한 일이 벌어졌다.

나는 골목 바닥에 누워 그녀를 쳐다보았다. 양팔이 옆구리에 딱 붙은 내 위에 하루살이가 걸터앉아 눈알을 파먹으려는 독수리처럼 오버코트 자락을 펼쳤다. 어찌나 춥던지 손에 감각이 없고 녀석의 악취로 머리가 어찔어찔했다. 빗방울이 얼굴을 세차게 때렸고, 마법이 빠르게 고갈되어 더이상 버틸 재간이—

그녀가 가장 먼저 한 일은 우산을 펴드는 것이었다.

아서의 절박한 명령을 무시하고—그는 두번째 하루살이를 상대하느라 고전하고 있었다. 그의 본색이 현란하게 너울거렸고, 불빛이 주위에 소용돌이치면서 세찬 비로 싸우고 있었다.

그때 그녀가 미소 지었다.

태양이 뜬 줄 알았다. 밤인데도 이제까지 본 가장 밝은 빛보다 예순 배는 더 휘황했다. 골목이 눈부신 백색광으로 환해졌다. 나는 눈알이 녹아 흘러내릴까봐 질끈 감았다. 그 순간 모든 일이 동시에 벌어졌다.

먼저 비가 그쳤다. 가슴을 찍어누르던 압박이 사라지고 팔을 다시 움직일 수 있게 되었다. 너무 강렬해서 처음에는 볼 수조차 없었던 빛이 사그라져 녹색이 가미된 분홍빛을 띠었다. 지붕 위의 새들이 노래하기 시작했다. 공기 중에 꽃향기가 가득했다—지린내가 코를 찌르던 골목에 이런 희한한 일이 벌어지다니. 그리고 누군가가 내 얼굴에 손을 대고 말했다.

"이제 됐어요, 자기. 그들은 갔어요."

음, 그렇단 말이지. 눈을 떴다. 처음에는 생각보다 뇌진탕이 심각한가보다 여겼다. 아니면 토르가 내게 말해주지 않았던 것이 있거나. 그는 내 옆에 서서 숫기 없이 쭈뼛대고 있었다. 서니는 더러운 골목도 마다않고 내 옆에 무릎을 꿇은 채였다. 푸른색 드레스가 여름 하늘처럼 빛나고, 맨발은 작고 하얀 새 같았다. 그녀의 밝은 금발이 내 얼굴에 떨어졌다. 내 취향이 아니어서 다행이었다. 그런 여자는 말썽만 안겨줄 뿐이다. 그녀가 내게 여름날 같은 미소를 보냈고, 아서의 얼굴은 위험할 정도로 불그레해졌다.

"러키? 괜찮아요?" 서니가 말했다.

나는 눈을 비볐다. "그런 것 같네요. 스콜과 아이티는 어떻게 됐어요?"

"그자들요? 갔어요. 내가 그림자에게 돌려보냈죠."

아서는 믿기지 않는다는 표정을 지었다. "그림자를 어떻게 알아요?"

"오, 아서, 당신 정말 귀여워요." 서니는 발끝으로 빙그르 돌아 토르의 코에 키스를 했다. "여기서 이렇게 오래 살면서 내가 다르다는 걸 몰랐겠어요?" 그녀는 환해진 하늘을 보았다. "북극광." 그러고는 행복하게 말했다. "여기서 북극광을 더 자주 볼 수 있으면 좋을 텐데. 하지만 진심으로 고맙게 생각해요." 그녀가 계속해서 말했다. "여러분이 나를 보살펴줬어요. 다른 모든 것들도. 상황이 달랐다면, 그러니까 우리가 그렇게 다른 원소로 이루어지지 않았더라면, 어쩌면 여러분과 나는—"

그게 가능한가 싶게 아서의 얼굴이 더 붉어졌다.

"그나저나 이제 어떻게 할 건가요?" 그녀가 물었다. "당분간은 안전해요. 하지만 이제 혼돈이 우리에 대해 알게 됐죠. 그리고 그림자는 포기를 모르니까······"

잠시 생각해봤다. 좋은 아이디어가 떠올랐다. "연예계에서 일해볼 생각 없어요? 밴드 일을 알아봐줄 수 있는데······" 그녀가 노래를 잘하는지 궁금했다. 대부분의 천체는 물론 노래를 잘했다. 그렇지 않더라도 그녀라면 무대에 올라 공간을 밝혀주기만 해도 된다. 불꽃놀이에 드는 만만치 않은 비용을 아낄 수 있을 테니······

그녀가 메가와트급 미소로 답했다. "아서도 같이 하나요?"

나는 그를 보았다. "가능할 거예요. 드러머는 항상 구하고 있으니까."

생각해보니 당장 순회공연에 나서는 것도 괜찮아 보였다. 새로운 사람, 새로운 라인업, 새로운 장소—

"재밌을 것 같아요." 그녀는 동경에 찬 표정이었다. 그의 얼굴은 꼭 병 걸린 강아지 같았다. 내가 낭만적인 타입이 결코 못 된다는 사실이 이렇게 안심이 될 수 없었다. 나는 결과를 머릿속에 그려보았다. 태양의 여신과 천둥의 신이 매일 밤 함께 무대에 올라—

그 장면이 눈에 선했다. 다시 순회공연에 오른 도깨비불이라. 그러니까 우리는 지금 하늘에서 떨어지는 물고기 떼, 적도의 북극광, 허리케인, 일식, 태양면 폭발, 돌발 홍수, 번개, 그것도 아주 많은 번개에 대해 이야기하고 있는 것이다. 약간은 위험이 따르기도 할 테지, 물론.

그래도 끝내주게 재밌는 쇼가 될 것이다.

진실은 검은 산의 동굴

닐 게이먼

스스로를 용서할 수 있느냐고 내게 묻는 건가? 많은 일들은 용서할 수 있다. 그를 버려둔 일과 내 행동에 대해선 그럴 수 있다고 생각한다. 그러나 내 딸을 미워한 세월은 도저히 용서 못한다. 딸이 도시로 도망친 줄 알았다. 그때는 딸의 이름을 입에 올리지도 못하게 했다. 기도중에 내가 딸의 이름을 언급했다면 그건 언젠가 자신이 무슨 짓을 저질렀는지를, 우리 가족에게 안긴 치욕을, 제 어머니의 붉게 짓무른 눈가를 알게 되길 바라서였다.

그 일로 나 자신이 싫다. 어떤 것으로도 이 감정은 가라앉지 않을 것이다. 그날 밤 산중턱에서 일어났던 일조차도.

십 년 가까이 찾아다녔지만 행방이 묘연했다. 그러다가 마침내 우연히 그를 찾았지만, 나는 우연 같은 것은 믿지 않는 사람이다. 길을 따라 걷다보면 결국에는 동굴에 다다르게 되는 법이다.

하지만 그것은 나중 일이다. 우선 본토에 계곡이 있었고, 시내가 흐르는 부드러운 목초지에 회반죽으로 벽을 칠한 집이 있었다. 푸릇푸릇한 풀과 자주색으로 물들기 시작한 히스를 배경으로 네모나고 하얀 하늘처럼 서 있는 집이었다.

집 앞에서 한 소년이 가시덤불에 걸린 양털을 모으고 있었다. 내가 다가가는 것을 몰랐던 그는 말을 걸 때까지 고개를 들지 않았다. "나도 예전에 그랬지. 가시덤불과 잔가지에서 양털을 모아 어머니한테 갖다주면 깨끗이 씻어서 이것저것 만들어줬어. 공이나 인형 같은 것들."

그가 몸을 돌렸다. 내가 난데없이 나타나서 놀란 모양이었다. 물론 나는 수 킬로미터를 걸어 이곳에 왔고 앞으로도 가야 할 길이 멀었다. 내가 말했다. "나는 걸음이 조용한 편이지. 여기가 캘럼 매키니스의 집이니?"

소년은 고개를 끄덕이고 허리를 폈다. 나보다 손가락* 두 개 정도 더 컸다. "제가 캘럼 매키니스인데요."

"이름이 같은 딴사람은 없니? 내가 찾는 캘럼 매키니스는 어른인데."

소년은 아무 대꾸도 않고 가시덤불에서 엉킨 양털 뭉치를 풀기만 했다. 내가 말했다. "혹시 아버지 이름도 캘럼 매키니스니?"

소년은 나를 쳐다보았다. "누군데 그러시죠?"

"내가 체구는 작지만 이래봬도 어른이야. 캘럼 매키니스를 만나러 왔다."

---

* 중지 길이인 11.4센티미터를 뜻하는 길이 단위.

"무슨 용건인데요?" 소년이 머뭇거렸다. "그리고 왜 그렇게 작아요?"

"아버지에게 부탁할 일이 있어서. 어른들 일이야." 나는 소년의 입꼬리가 올라가는 것을 보았다. "작은 것이 나쁜 것만은 아니란다. 언젠가 밤중에 캠벨 집안 놈들이 우리집 문을 두드렸어. 열두 명이나 되는 가족 전체가 칼과 봉둥이를 들고 출동해서는 내 아내 모라그에게 나를 내놓으라고 협박했어. 무시당했다고 생각해서 날 죽이려고 온 거였지. 그래서 그녀가 말했어. '조니, 저기 풀밭에 가서 아버지더러 집에 오라고 하렴. 내가 보냈다고 하고.' 캠벨 가족은 달려나가는 소년을 보았어. 그들은 내가 무척 위험한 사람임을 알았어. 하지만 아무도 내가 자그맣다는 건 말해주지 않았던 거지. 설령 그 말을 들었더라도 믿지 않았겠지만."

"그래서 남자애가 당신을 데려왔나요?" 아이가 물었다.

"그 남자애가 바로 나였어. 그들은 나를 눈앞에서 놓친 거야. 나는 문을 열고 그들의 손아귀에서 유유히 빠져나갔지."

소년이 웃었다. 그리고 이렇게 물었다. "캠벨 가족은 왜 당신을 찾았나요?"

"가축의 소유권 문제로 갈등이 있었어. 그들은 소가 자기네 것이라고 생각했고, 나는 소가 언덕을 넘어 우리 쪽으로 온 순간 그들의 소유권은 끝났다고 주장했지."

"잠깐 기다려요." 어린 캘럼 매키니스가 말했다.

나는 냇가에 앉아 집을 올려다보았다. 꽤 큰 집이었다. 의사나 변호사쯤 되어야 이 정도 집을 가질 수 있겠다고 생각했다. 아무리 봐도 약탈자*의 집은 아니었다. 땅에 자갈이 보이길래 돌무더기를 쌓았다가 하나씩 개울로 던졌다. 나는 눈이 좋기에 자갈은 풀밭 위를 삭삭 스치듯 날아 물속으로 떨어졌다. 한참을 던졌을 때 소년이 돌아왔다. 키가 크고 성큼성큼 걷는 남자가 옆에 있었다. 머리가 군데군데 허옇게 세고, 길쭉한 얼굴이 늑대 같았다. 물론 이 언덕에는 늑대도 없고 곰도 사라진 지 오래였다.

"안녕하십니까." 내가 말했다.

그는 대꾸 없이 빤히 보기만 했다. 나는 이런 시선에 익숙했다. "캘럼 매키니스를 찾고 있는데요. 당신이 그 사람인가요? 그렇다면 반갑습니다. 아니라면 내 갈 길을 마저 가겠습니다."

"캘럼 매키니스한테 무슨 볼일이오?"

"그를 안내자로 고용하고 싶습니다."

"그가 어디로 데려가주길 바라오?"

나는 그를 바라보았다. "그게 참 말하기 어렵군요. 존재하지 않는 곳이라고 하는 사람도 있어서요. 미스티섬에 있는 동굴입니다."

그는 대답이 없었다. 조금 뒤 말했다. "캘럼, 집에 돌아가거라."

"하지만 아빠—"

"엄마한테 가서 평판을 달라고 해. 내가 그러라고 했다고 전하고. 네 마음에 들 거다. 어서."

아이의 표정이 당혹감에서 갈망 그리고 행복으로 바뀌었다. 그

---

* border reaver. 13세기 후반부터 17세기 초반까지 스코틀랜드와 잉글랜드 국경 분쟁의 앞잡이이자 소목장 약탈자로 살았던 이들을 뜻한다. 정치적 통합 이후 북아일랜드로 이주하였다.

는 돌아서서 하얀 집을 향해 달렸다.

캘럼 매키니스가 말했다. "누가 당신을 여기로 보냈소?"

나는 그와 나 사이를 가로질러 언덕 아래로 콸콸 흘러가는 개울을 가리켰다. "저게 뭡니까?"

"물이오."

"저 너머에 왕이 산다고 들었습니다."

당시에는 그와 일면식도 없고, 그에 대해 잘 알지도 못했지만, 그는 경계의 눈빛을 띠더니 고개를 외로 꼬았다. "당신이 누군지 어떻게 알고 믿는단 말이오?"

"나는 아무것도 요구하지 않았습니다. 다만 미스터섬에 동굴이 있고 당신이라면 그리로 가는 길을 알지도 모른다는 말을 누군가로부터 들었지요."

"나는 동굴의 위치를 말해주지 않을 거요."

"방향을 가리켜달라는 게 아닙니다. 안내자를 찾고 있어요. 혼자보다는 둘이 안전할 테니."

그는 나를 위아래로 훑어보았다. 혹시 내 체구에 대해 농담을 하지 않을까 기다렸지만 아무 말도 하지 않았다. 그 점에 대해선 고마웠다. 그는 이렇게만 말했다. "동굴에 도착하면 나는 안에 들어가지 않겠소. 황금은 당신이 직접 가지고 나오시오."

"그건 상관없어요."

"가져갈 수 있는 만큼 가져가시오. 나는 손대지 않겠소. 그래요, 당신을 데려가리다."

"수고비는 챙겨드리죠." 나는 가죽조끼에 손을 넣어 작은 주머니를 꺼내 그에게 건넸다. "그곳까지 데려다주는 대가입니다. 돌아올 때 두 배 더 드리겠습니다."

그는 주머니를 기울여 동전을 커다란 손에 쏟더니 고개를 끄덕였다. "은화라, 좋소." 그러고는 말했다. "아내와 아들에게 작별인사를 해야겠소."

"혹시 가져갈 짐은 없습니까?"

"나는 젊었을 때 약탈자였소. 약탈자는 빛처럼 빠르게 움직이지. 산을 오를 때 쓸 밧줄만 가져가면 되오." 그는 허리띠에 찬 단검을 툭툭 치고 회반죽 집으로 돌아갔다. 나는 그의 아내를 보지 못했다. 당시는 물론 그후로도. 그녀의 머리색이 어떤지도 모른다.

그를 기다리는 동안 다시 개울에 자갈을 오십 개쯤 던졌다. 그가 어깨에 밧줄을 메고 돌아왔다. 우리는 함께 길을 나섰다. 약탈자가 살기에는 지나치게 큰 집을 뒤로하고 서쪽으로 향했다.

나머지 세상과 해안 사이에 위치한 산악지대는 완만한 산으로 이루어져 있다. 멀리서 보면 구름처럼 흐릿한 자줏빛의 부드러운 곡선으로 사람들을 유혹한다. 가파르지 않아 언덕을 오르듯 쉽게 오를 수 있지만, 정상까지 가려면 그래도 하루 이상 걸린다. 우리는 산을 올랐다. 날이 저물 무렵이 되자 추워졌다.

한여름인데도 머리 위로 보이는 산 정상은 눈에 덮여 있었다.

첫날 우리는 아무 말도 하지 않았다. 할말이 없었다. 우리가 어디로 가는지 알았다.

양의 마른똥과 죽은 가시덤불을 주워 불을 피웠다. 그리고 물을 끓여 죽을 만들었다. 내가 가져온 작은 냄비에 각자 귀리 한 움큼과 소금 한 꼬집을 넣었다. 손 크기의 차이 때문에 그의 한 움큼이 나보다 많았다. 그걸 보고 그가 웃으며 말했다. "설마 먹는 양이 같은 건 아니겠지."

나는 그럴 일 없다고 말했다. 실제로 그랬다. 내 식욕은 온전한 어른의 식욕보다 작았으니까. 하지만 좋은 점도 있다. 나는 야생에서 견과류와 베리로 한참을 날 수 있지만 나보다 큰 사람이 그랬다가는 굶어죽기 십상이다.

작은 길 하나가 높은 산들을 가로지르고 있었다. 인적이 드물어, 우리가 그 길을 따라가는 사이 땜장이와 낡은 항아리를 잔뜩 실은 당나귀, 그리고 당나귀를 끄는 여자아이와 마주쳤을 뿐이었다. 내가 어린아이인 줄 알고 미소 짓던 여자는 정체를 알게 되자 얼굴을 찡그렸다. 땜장이가 당나귀를 모는 데 사용하는 회초리로 그녀의 손을 때리지 않았더라면 아마 내게 돌을 던졌을지도 모른다. 조금 더 가다보니 앞쪽에 노파와 남자가 가고 있었다. 손자라고 했는데 재 너머 집으로 돌아가고 있었다. 우리는 그녀와 함께 식사를 했다. 그녀는 첫 증손자가 태어나는 것을 보고 오는 길이라며 순산이라고 했다. 그러더니 동전을 주면 우리의 손금을 봐주겠다고 했다. 나는 귀퉁이가 떨어져나간 저지대 은화 한 닢을 주었다. 노파는 내 손바닥을 들여다보았다.

"당신의 과거에 죽음이, 미래에 죽음이 보이는군."

"죽음은 우리 모두의 미래에서 기다리고 있죠." 내가 말했다.

그녀는 잠시 말이 없었다. 높은 산악지대에서는 여름인데도 겨울처럼 매서운 바람이 울부짖으며 휘젓고 칼날처럼 공기를 갈랐다. 노파가 말했다. "나무에 여자가 있었어. 미래에 남자가 보이는군."

"그게 나한테 중요한 의미인가요?"

"언제가 될지 모르겠지만 금을 조심해요. 은이 당신의 친구야." 그렇게 내 손금 보기는 끝났다.

캘럼 매키니스에게는 이렇게 말했다. "손바닥을 데어버렸군." 그는 사실이라고 했다. "다른 손을 줘봐요. 왼손을." 그가 그렇게 했다. 노파는 손금을 유심히 살폈다. "시작한 곳으로 돌아가요. 그러면 다른 남자들보다 높아질 테니. 당신을 기다리는 무덤은 보이지 않는군. 어디로 가는 길인가요?"

그가 말했다. "그 말은 내가 죽지 않는다는 뜻이오?"

"왼손으로는 그런 점괘가 나와요. 그 이상은 나도 몰라."

그녀는 그 이상을 알고 있었다. 나는 그녀의 표정으로 말았다.

둘째 날 우리에게 일어났던 중요한 일은 그게 전부였다.

그날 밤 우리는 밖에서 잤다. 맑고 쌀쌀한 밤이었다. 하늘을 수놓은 별들이 어찌나 환하고 가깝게 보이던지 손을 뻗어 산딸기처럼 하나하나 따 모을 수 있을 것 같았다.

별하늘 아래 우리는 나란히 누웠다. 캘럼 매키니스가 말했다. "죽음이 당신을 기다리는데 나는 기다리지 않는다라. 내 운명이 더 좋은가보오."

"어쩌면요."

"하하, 터무니없는 소리. 노인네들 말이 다 그렇지. 흘려버려요."

새벽에 눈을 뜨니 안개 사이로 수사슴이 우리를 호기심어린 눈으로 지켜보고 있었다.

셋째 날 우리는 이 산악지대의 산마루까지 올랐다가 내리막으로 접어들었다.

내 동행이 말했다. "어렸을 때 아버지의 단검이 화덕 불에 떨어졌소. 내가 잽싸게 꺼냈는데 금속으로 된 자루가 어찌나 뜨겁던지. 그럴 줄 생각도 못했지만 나는 놓지 않았소. 불에서 꺼내 물속에 던졌소. 김이 났지. 아직도 그 광경이 기억나오. 그 일로 손바닥을 데어서 손이 굽었소. 아무래도 세상이 끝날 때까지 검을 갖고 다니라는 뜻 같소."

내가 말했다. "당신은 손이 그렇게 되었고, 나는 체구가 작고. 그야말로 미스티섬에서 한몫 챙기려는 멋진 영웅들답군요."

그가 웃음을 터뜨렸다. 짧고 건조한 웃음이었다. "멋진 영웅들이라." 그가 한 말은 그게 다였다.

비가 내리기 시작했다. 비는 그칠 줄 몰랐다. 그날 밤 작은 소작지 농가를 지나갔다. 굴뚝에서 가느다란 연기가 피어오르기에 주인을 불렀지만 응답이 없었다.

나는 문을 밀어 열고 다시 한번 주인을 불렀다. 어두컴컴했지만 양초의 수지 냄새가 났다. 방금 전 촛불을 끈 듯했다.

"집에 아무도 없나보오." 캘럼이 말했지만 나는 고개를 젓고 앞으로 나아가 허리를 굽히고 어두운 침대 밑을 살펴보았다.

"나와도 됩니다." 내가 말했다. "우리는 따뜻한 온기와 쉴 곳을 구하는 여행객입니다. 우리가 가진 귀리와 소금, 위스키를 나눠드리죠. 당신에게 해를 끼치지 않아요."

침대 밑에 숨어 있던 여자는 처음에는 말을 않다가 입을 열었다. "남편은 산에 갔어요. 낯선 자가 오면 무슨 짓을 할지 모르니 숨어 있으라고 했어요."

내가 말했다. "보다시피 나는 체구가 작습니다. 아이만하죠. 당신 주먹 한 방이면 날아갈걸요. 내 동행은 어른이지만 맹세코 아무 짓도 하지 않을 겁니다. 부디 친절을 베풀어 비를 피하게 해주시면 조용히 머물다 가겠습니다. 일단 밖으로 나오시죠."

먼지와 거미줄을 뒤집어쓴 여자가 나왔다. 얼굴은 검댕투성이지만 아름다웠고, 온통 거미줄에 먼지가 허옇게 앉은 머리채는 길고 풍성하며 금빛 도는 붉은색이었다. 순간적으로 딸이 생각났다. 하지만 내 딸이라면 남자의 눈을 똑바로 볼 텐데, 이 여자는 금방이라도 맞을까봐 두려운 듯 눈을 내리깔고만 있었다.

나는 그녀에게 귀리를 주었고, 캘럼은 주머니에서 말린 고깃조각을 꺼냈다. 그녀가 밖으로 나가더니 볼품없는 순무를 두어 개 가져와 세 사람분 식사를 준비했다.

나는 양껏 먹기에 충분했다. 그녀는 입맛이 없었다. 캘럼은 식사를 다 했는데도 배가 고픈 눈치였다. 그가 세 사람이 마실 위스키를 따랐다. 그녀는 조금, 그마저도 물을 섞어 마셨다. 빗줄기가 지붕을 때렸고 구석에 물이 뚝뚝 떨어졌다. 환대를 받은 건 아니지만 그래도 실내에 있으니까 좋았다.

바로 그때 남자가 문을 열고 들어왔다. 그는 말없이 우리를 쳐다보기만 했다. 불신 가득하고 성난 눈초리였다. 그는 기름 먹인 포대로 만든 망토를 끄르고 모자를 바닥에 벗어던졌다. 떨어지는 빗물이 흥건히 고였다. 숨막히는 침묵이 이어졌다.

캘럼 매키니스가 말했다. "부인께서 우리를 환대해주셨소. 숨어 있어서 찾는 데 애를 먹긴 했지만."

"우리가 신세 좀 지겠다고 부탁했습니다." 내가 말했다. "당신에게도 부탁하지요."

남자는 대꾸 없이 툴툴거리는 소리만 냈다.

산악지대 사람들은 말을 금화라도 되는 양 아낀다. 그러나 이곳 풍습에 따르면 낯선 사람이 호의를 부탁하면 들어줘야 한다. 설령 당사자나 그 혈연, 족속과 원수지간이라도 말이다.

여자가 아직 아이의 티를 벗지 못한 반면, 남편은 턱수염이 허옇게 세었다. 그래서 혹시 부녀 사이가 아닐까란 생각도 들었지만 아니었다. 침대는 하나밖에 없고 둘이 자기에도 비좁았다. 여자가 밖으로 나가 집과 잇닿은 양 우리에 가더니 숨겨놓은 귀리 비스킷과 말린 햄을 가져왔다. 햄을 얇게 썰어 남편 앞에 놓인 나무접시에 담았다.

캘럼이 남자에게 위스키를 따라주며 말했다. "우리는 미스티섬을 찾고 있소. 그곳이 정말 있소?"

남자는 우리를 쳐다보았다. 산악지대에 불어대는 바람이 매서웠고, 그 기세로 남자의 입술에서 단어를 쳐냈다. 그는 입을 오므렸다가 말했다. "그럼. 오늘 아침 산 정상에서 보았지. 있다마다. 하지만 내일도 있으리라고는 장담 못해."

우리는 농가의 딱딱한 흙바닥에서 잤다. 불이 꺼지자 화로의 온기도 사라졌다. 남자와 여자는 커튼을 치고 침대에 누웠다. 양가

죽 이불 아래에서 그가 여자를 마음대로 다루었다. 그에 앞서 우리에게 먹을 것을 주고 집안으로 들였다며 아내를 때렸다. 소리가 다 들렸다. 듣지 않으려야 않을 수 없었다. 그런 밤에 잠을 청하기는 글렀다.

나는 가난한 자의 집에서도 자봤고, 궁전에서도 자봤고, 바깥 별 하늘 아래 자기도 했다. 그날 밤 전만 해도 어디서 자든 다 똑같다고 생각했다. 그러나 새벽빛이 들기 전 깨어나자 이유는 모르겠지만 이곳을 떠나야 한다는 확신이 들었다. 손가락을 캘럼의 입술에 대어 조용히 시키며 그를 깨웠다. 우리는 작별인사도 없이 산중턱에 위치한 소작지 농가를 살그머니 나섰다. 어딘가에서 떠난다는 것만으로 그토록 기뻤던 적은 없었다.

1.5킬로미터 정도 걸었을 때 내가 말했다. "섬 말인데, 정말 있는지 물었잖아요. 확실히 섬은 저기 있어요. 아니면 없는 거겠죠."

캘럼은 머뭇거렸다. 어떻게 말을 할지 곰곰이 생각하는 눈치였다. "미스티섬은 다른 곳과 다르오. 그곳을 둘러싸고 있는 안개도 다른 곳과 같지 않소."

우리는 오랜 세월에 걸쳐 양과 사슴, 드물게는 사람들이 다니면서 닦인 길을 걸어내려갔다.

그가 말했다. "사람들은 거길 '날개 달린 섬'이라고도 부르오. 위에서 보면 생김새가 꼭 나비 날개 같다고 말이오. 나야 그게 진실인지는 모르지만." 이어서 말했다. "빌라도가 농담조로 물었다지, 진실이 뭐냐고?"

오르막보다 내리막이 더 힘들었다.

나는 그 문제를 생각해보았다. "가끔은 장소가 아닐까 생각합니다. 도시 같은 것 말입니다. 수백 개의 도로, 수천 개의 길이 있어서 어디로 가든 똑같은 곳에 이르게 되는. 어디서 출발하는지는 중요하지 않아요. 진실을 향해 가다보면 어떤 길을 택하든 결국에는 그곳에 이르게 되죠."

캘럼 매키니스는 나를 내려다보며 잠자코 있었다. 그러더니 말했다. "당신 말은 틀렸소. 진실은 검은 산의 동굴이오. 그곳에 이르는 길은 딱 하나뿐이고 위험하고 힘겹기 짝이 없소. 잘못된 길을 고르면 죽게 되오. 산중턱에서 혼자."

우리는 산등성이에 올라 해안을 내려다보았다. 저 아래 물가에 마을이 보였다. 그리고 바다 건너편에 높이 솟은 검은 산들이 안개 너머로 모습을 드러냈다.

캘럼이 말했다. "저기 당신이 찾는 동굴이 있소. 저 산속에 말이오."

지구를 이루는 뼈대로군. 그가 가리키는 곳을 보며 생각했다. 그러자 마음이 불편해져서 주의를 딴 데로 돌리려 했다. "저곳에는 몇 번이나 가봤습니까?"

"딱 한 번." 그는 머뭇거렸다. "열여섯 살 때 그곳을 찾아 헤맸지. 전해오는 이야기를 듣고, 나라면 그곳에 갈 수 있다고 믿었소. 열일곱 살에 그곳에 도착해서 금화를 잔뜩 가지고 돌아왔소."

"저주가 겁나지 않았나요?"

"어렸을 때는 아무것도 두려운 게 없었소."

"금화로는 뭘 했습니까?"

"일부는 나만 아는 곳에다 묻었고, 나머지는 내가 사랑하는 신부를 사는 데 썼소. 멋진 집도 지었고."

그는 말을 너무 많이 했다는 듯 별안간 입을 닫았다.

돌제에 도착하니 뱃사공이 없었다. 뒤틀리고 반쯤 죽은 나무 몸통에 어른 셋이 간신히 탈 만한 작은 배 한 척이 매여 있었다. 그 옆에 종이 보였다.

종을 울리자 이내 뚱뚱한 남자가 해안으로 내려왔다.

그가 캘럼에게 말했다. "뱃삯은 1실링이오. 당신 아들은 3페니만 받지."

나는 허리를 쭉 펴고 섰다. 비록 체구는 다른 사람보다 작지만 자존심은 남들 못지않다. "나도 어른입니다." 내가 말했다. "1실링을 내지요."

뱃사공은 나를 위아래로 훑어보더니 턱수염을 긁었다. "이거 죄송하게 됐수다. 내 눈이 예전만 못해서. 섬까지 데려다주겠소."

나는 그에게 1실링을 건넸다. 그가 동전을 손에 들고 무게를 가늠했다. "아일랜드 실링 동전이라, 속여먹은 건 아니군. 이런 암흑기에는 9펜스*도 큰돈이지." 하늘이 푸르른데도 물빛이 석판같이 흐릿했고 흰 물결이 연신 밀려왔다. 뱃사공은 줄을 풀고 자갈밭에서 배를 끌어 물에 띄웠다. 우리는 차가운 물을 헤치며 걸어들어가 배에 올라탔다.

바닷물을 가르며 노를 젓자 배가 부드럽게 앞으로 나아갔다. 나

---

* 아일랜드에서 사용하던 옛 실링 동전은 잉글랜드 화폐 9펜스에 해당한다.

는 뱃사공 바로 옆에 앉았다. "9펜스면 괜찮은 벌이죠. 그나저나 미스티섬의 산에 동굴이 있다고 들었어요. 그 안에 금화와 고대 유물이 가득하다던데."

그는 고개를 가로저으며 일축했다.

캘럼이 입을 다물고 나를 노려보았다. 어찌나 꼭 다물었는지 입술이 히옇게 질려 있었다. 나는 아랑곳없이 뱃사공에게 재차 물었다. "금화의 원래 주인은 스칸디나비아 남쪽에서 건너온 사람들이라는 둥 우리 전에 여기 오래 살던 사람들이라는 둥 말이 많던데요. 사람들이 오자 서쪽으로 도망갔다면서요?"

"들었소." 뱃사공이 말했다. "저주도. 내 듣기에는 저주가 황금을 지키는 것 같습디다." 그는 바다에 침을 뱉더니 말을 이었다. "난쟁이 양반, 당신은 정직한 사람이오. 얼굴에 써 있지. 동굴을 찾지 마시오. 좋을 일이 하나도 없으니."

"그 말이 맞습니다." 나는 순순히 말했다.

"그렇다니까. 웬만해선 나도 약탈자와 난쟁이를 태우고 미스티 섬으로 가진 않지." 그러더니 이렇게 말했다. "이 고장에서는 서쪽으로 간 사람들 얘기를 하면 불길하다고 여긴다오." 그후로 우리는 내내 잠자코 있었다. 바다가 점점 거칠어지고 파도가 뱃전에 부딪히며 물을 뿌렸다. 나는 물살에 휩쓸려갈까 두려워 양손으로 배를 꽉 움켜잡았다.

영겁 같은 시간이 흐른 뒤 배가 검은 돌이 깔린 돌제에 다다랐다. 우리는 돌제 양쪽에서 파도가 부서지며 일어나는 짭짤한 물보라를 얼굴에 맞으며 걸어갔다. 선창에서 곱사등이가 귀리 비스킷과 돌멩이나 다름없는 말린 자두를 팔고 있었다. 나는 1페니를 건네고 먹을 것을 조끼 주머니에 넣었다.

우리는 미스티섬에 올랐다.

이제 나는 늙었다. 적어도 젊은 나이는 아니다. 무엇을 보든 전에 보았던 다른 것을 떠올리고 처음 보듯이 느끼지 못한다. 예쁘장한 소녀, 그 불타는 듯한 빨간 머리를 보면 비슷한 백 명의 소녀와 그들의 어머니가 떠오르고, 그들이 자랄 때 모습, 그들이 죽었을 때 모습이 떠오른다. 이것은 나이의 저주다. 모든 것이 다른 것의 반영으로 보인다.

하지만 미스티섬, 현자들이 날개 달린 섬이라고도 부르는 곳에서 보낸 시간은 지금도 그 자체로 온전히 떠오른다.

그 돌제에서 검은 산까지는 꼬박 하루가 걸린다.

캘럼 매키니스는 자기 체구의 절반도 되지 않는 나더러 따라잡으려면 잡아보라는 식으로 성큼성큼 걷기 시작했다. 온통 젖어 있고 양치류와 히스로 뒤덮인 땅을 거침없이 나아갔다.

머리 위로 낮게 깔린 회색, 흰색, 검은색 구름들이 빠르게 흘러가며 서로를 가렸다 드러냈다 했다.

나는 그가 먼저 빗속을 뚫고 앞서가도록 두었다. 물기를 머금은 뿌연 실안개 속으로 그가 사라지자 그제야 뛰기 시작했다.

내게는 누구에게도 털어놓지 않은 비밀이 있다. 오직 아내 모라그와 아들 조니, 제임스, 그리고 딸 플로라(그림자가 그녀의 가엾은 영혼을 거두어주길)만이 아는데, 나는 사실 잘 달린다. 달려야 할 때면 온전한 체구의 어른보다 더 빨리, 더 오래 넘어지지 않고 달릴 수 있다. 이때가 바로 그럴 때였다. 나는 안개와 비를 뚫고 고지와 검은 바위 산등성이로 올라가 달렸다. 그래도 지평선보다는 낮았다.

이내 그의 모습을 발견했고 계속 달려 그를 앞질렀다. 나는 그보다 언덕마루 위쪽에서 달려갔다. 저 아래로 개울이 보였다. 나는 멈추지 않고 며칠이고 달릴 수 있다. 나의 세 가지 비밀 가운데 하나로, 아무도 모른다.

우리는 미스티섬에서의 첫날 어디서 야영할지 이미 이야기를 나누었었다. 캘럼은 개를 옆에 둔 노인처럼 생긴 '맨 앤드 도그'라는 바위 아래서 밤을 보내자고 말했다. 나는 오후 늦게 그곳에 도착했다. 바위 아래 비를 피할 수 있는 쉼터가 잘 보존되어 있었다. 게다가 우리보다 앞서 왔던 사람들이 나뭇가지와 잔가지 등 장작을 남겨놓았다. 나는 불을 피워 몸을 말리고 한기를 쫓았다. 나무 연기가 히스 너머로 날아갔다.

날이 어두워졌을 때 캘럼이 쉼터에 뛰어들어왔다. 자정 전에 나를 보게 될 줄 몰랐다는 얼굴이었다. 내가 말했다. "왜 이렇게 늦었나요, 캘럼 매키니스?"

그는 말없이 나를 보기만 했다. 내가 말했다. "산에서 물을 받아다가 송어를 끓여놓았어요. 불을 쬐며 몸이라도 녹여요."

그는 고개를 끄덕였다. 우리는 송어를 먹고 위스키를 마시며 몸을 덥혔다. 쉼터 뒤편에 갈색으로 마른 히스와 양치류 더미가 있었다. 우리는 그 위에 누워 축축한 외투를 단단히 두르고 잤다.

한밤중에 깨어났다. 앞목에 차가운 금속이 느껴졌다―칼날이 아니라 칼등이었다. 내가 말했다. "왜 이 밤중에 나를 죽이려 하죠, 캘럼 매커니스? 우리는 아직 갈 길이 멀었잖아요."

그가 말했다. "당신을 못 믿겠소, 난쟁이 양반."

"당신이 믿어야 하는 건 내가 아니에요. 내가 섬기는 사람들이지. 그리고 당신이 나와 함께 떠났다가 혼자 돌아간다면 캘럼 매키니스라는 이름을 알아내고 그것이 어둠 속에서 말해지도록 만들 사람들이 있어요."

차가운 칼은 여전히 내 목에서 떨어지지 않았다. 그가 말했다. "대체 어떻게 나보다 빨리 도착한 거요?"

"어찌됐든 여기서 이렇게 악을 선으로 갚고 있잖아요. 당신에게 먹을 것을 만들어주고 불도 피워주고. 나를 따돌리기 쉽지 않을 거예요, 캘럼 매키니스. 오늘 했듯이 하면 길안내라 할 수 없지. 이제 단검을 거두고 잠 좀 잡시다."

그는 아무 말도 하지 않았다. 하지만 조금 지나서 칼을 치웠다. 나는 혹시 그가 내 심장이 쾅쾅거리는 소리를 들을까봐 한숨을 내쉬지도 못했다. 그날 밤 더는 잠을 이루지 못했다.

아침에 일어나 죽을 끓이고 말린 자두를 넣어 불렸다.

산은 하얀 하늘에 대비되어 어두컴컴한 잿빛을 띠었다. 독수리들이 거대하고 깔쭉깔쭉한 날개를 펴고 머리 위를 선회했다. 캘럼은 적정한 속도로 걸었고, 나는 그가 한 걸음 뗄 때 두 걸음 옮기며 옆에서 걸어갔다.

"얼마나 남았습니까?" 내가 물었다.

"하루나 이틀. 날씨가 관건인데, 구름이 내려오면 이틀이고 어쩌면 사흘이 될 수도······."

정오에 구름이 지상으로 내려와 세상이 온통 안개에 뒤덮였다. 차라리 비가 나았다. 공기 중의 수증기에 옷이며 피부며 다 축축해졌다. 바위가 미끄럽고 위험해서 캘럼과 나는 조심조심 발걸음을 옮기느라 속도를 늦출 수밖에 없었다. 우리는 암벽을 기어오르는 대신 좁고 바위부성이에 험준한 길을 따라 산을 걸어올라갔다. 바위가 검고 미끄러웠다. 우리는 걷다가 오르고 기고 매달렸다. 비틀거리고 미끄러지고 넘어졌다. 이런 안개 속에서도 캘럼은 방향을 잃지 않았고, 나는 그를 따라갔다.

그는 길 앞에 나타난 폭포에서 걸음을 멈췄다. 참나무 몸통만큼 굵은 물줄기가 떨어졌다. 그는 어깨에서 가는 밧줄 타래를 내리더니 바위에 동여맸다.

"여기는 앞서와는 다른 곳이오." 그가 말했다. "내가 먼저 가겠소." 그는 밧줄의 한쪽 끝을 허리에 묶고 길을 따라 조금씩 나아가 떨어지는 물줄기 속으로 들어갔다. 젖은 바위 표면에 몸을 딱 붙이고 천천히 폭포를 통과하는 데만 전념했다.

나는 그가 잘못될까봐 조마조마했다. 우리 둘 다 잘못될까봐. 그가 건너는 동안 숨을 죽이고 지켜보았다. 그가 폭포 건너편에 도달했을 때에야 겨우 숨을 쉬었다. 그는 밧줄을 잡아당겨 튼튼한지 확인하고는 나에게 따라오라는 몸짓을 했다. 그때 발밑의 바위가 무너져내렸고 그가 젖은 바위에서 미끄러지며 심연 속으로 떨어졌다.

밧줄이, 내 옆의 바위가 버텨주었다. 캘럼 매키니스는 밧줄 끝에 대롱대롱 매달렸다. 그가 나를 올려다보았고, 나는 한숨을 내쉬고는 우뚝 솟은 바위벽에 붙어 버티고 서서 밧줄을 잡아당기며 그를 위로 끌어올렸다. 내가 힘겹게 그를 길 위로 다시 끌어올리자 그는 물을 뚝뚝 떨어뜨리며 욕지거리를 했다.

그가 말했다. "보기보다 힘이 세군." 나는 스스로를 나무랐다. 그가 내 얼굴에서 그것을 읽었던 모양인지 강아지처럼 몸을 부르르 떨어 물방울을 털어낸 다음 이렇게 말했다. "내 아들 캘럼이 당신 이야기를 했소. 캠벨 집안 사람들이 당신을 잡으러 왔는데, 당신 아내가 버젓이 당신을 들판으로 내보냈다고. 그치들이 당신들을 모자 사이로 착각하는 바람에."

"그냥 지어낸 이야기입니다. 시간이나 때우려고요."

"그런가? 내가 듣기로는 몇 년 전에 캠벨 집안 사람들이 자기네 가축을 뺏어간 사람에게 복수하려고 들이닥쳤다던데. 하지만 아무도 돌아오지 못했다지. 당신같이 작은 사람이 캠벨 가족 열몇 명을 죽일 수 있다면…… 보아하니 당신은 힘도 세고 날렵한 것 같은데."

괜히 멍청한 짓을 했군. 아이한테 그런 이야기를 하다니. 나는 후회했다.

그때 나는 그치들이 오줌을 누러 나오거나 친구에게 무슨 일이 벌어졌는지 확인하러 올 때마다 한 놈씩 토끼 잡듯 처리했다. 그렇게 일곱 명을 죽이자 아내도 처음으로 살인에 가담했다. 우리는 협곡에 그들을 파묻고 그 위에 작은 돌무덤을 쌓아 그들의 유령이 돌아다니지 않도록 했다. 슬펐다. 캠벨 가족이 나를 죽이려고 그렇게 왔다는 사실도 슬펐고, 우리가 어쩔 수 없이 그들을 죽여야 했던 상황도 슬펐다.

나는 살인이 전혀 즐겁지 않다. 그건 누구라도 마찬가지일 터이다. 때로는 죽음이 필요하지만 그렇더라도 죽음은 나쁜 것이다. 지금 내가 말하는 사건을 겪은 뒤에도 그 사실에 대해서는 의심의 여지가 없다.

나는 캘럼 매키니스가 준 밧줄을 잡고 폭포수가 떨어지기 시작하는 지점까지 바위를 타고 올랐다. 그곳은 폭이 좁아서 내가 건널 만했다. 미끌미끌했지만 무사히 지나갔다. 나는 밧줄을 제자리에 묶고 아래로 내려가서 동행에게 밧줄 끝을 던져 그가 폭포를 건너도록 했다.

그는 내게 고맙다고 하지 않았다. 목숨을 구해준 것도, 폭포를 지나가게 해준 것도. 그런 말은 기대하지도 않았다. 하지만 다음 말도 미처 기대하지 않았다. "당신은 온전하지 않은 흉한 사람이오. 아내도 당신처럼 작고 흉하오?"

나를 자극할 의도가 있었든 없었든 나는 화내지 않기로 했다. 그저 이렇게만 말했다. "그렇지 않아요. 키가 크지. 거의 당신만하나. 젊었을 때는 저지대 마을에서 가장 아름다운 여인이라는 말도 들었어요. 음유시인들이 그녀의 푸른 눈과 붉은빛 도는 긴 금발을 찬양하는 노래도 썼지요."

이 말에 그가 움찔하는 모습을 본 것 같았지만, 어쩌면 내 상상, 정확히는 그렇게 상상하고 싶은 바람에 가까울지도 모르겠다.

"그런데 그녀의 마음을 어떻게 얻었소?"

나는 사실대로 말했다. "나는 그녀를 원했고, 나는 내가 원하는 것을 얻는 사람이에요. 포기라는 걸 모르죠. 그녀는 내가 현명하고 친절하다고 했어요. 나는 언제든지 그녀를 부양할 능력이 되고."

구름이 다시 낮게 깔리더니 시야가 가장자리부터 흐릿해졌다.

"그녀는 내가 좋은 아버지가 될 거라고 했어요. 나는 최선을 다해 아이들을 키웠고요. 당신은 궁금하겠지만, 내 아이들 역시 키가 정상이에요."

"나는 아들 캘럼이 올바르게 자라도록 단단히 가르쳤소." 아버지 캘럼이 말했다. "그 아이는 나쁜 아이가 아니오."

"당신 곁에 있을 때나 가능한 얘기지." 내가 말했다. 그리고 말을 멈췄다. 그 오랜 세월이 스쳐가며, 꼬마 플로라가 얼굴에 잼을 묻히고 바닥에 앉아 내가 세상에서 가장 현명한 사람이라도 되는 듯 올려다보던 모습이 떠올랐다.

"도망이라. 나도 철부지 시절 도망을 갔소. 열두 살이었지. 물 건너 왕의 궁전까지 갔소. 지금 왕의 아버지 말이오."

"큰 소리로 할 얘기는 아닌 듯싶은데."

"나는 두렵지 않소. 누가 듣는다고? 독수리가? 나는 왕을 보았소. 뚱뚱한 남자였소. 외국인의 말을 잘했고 우리 말은 약간 어려워하더군. 그럼에도 우리의 왕이었소." 그는 잠깐 멈췄다가 말을 이었다. "그가 다시 우리를 다스리려면 황금이 필요할 거요. 배와 무기를 만들고 군대를 먹여 살려야 하니까."

내가 말했다. "나도 그렇게 생각해요. 그래서 우리가 동굴을 찾는 것 아니겠어요."

그가 말했다. "이것은 나쁜 황금이오. 공짜가 아니오. 대가가 따르지."

"모든 것에는 대가가 따르는 법이죠."

나는 길잡이가 되는 표지를 모두 기억했다. 양의 두개골이 있는 곳에서 기어오르고, 처음 나오는 세 개의 개울을 건너고, 네번째 개울을 따라 걷다가 돌을 다섯 개 쌓아올린 곳에서 갈매기처럼 생긴 바위를 찾고, 날카롭게 튀어나온 검은 바위벽 사이를 지나 비탈을 따라 내려가면……

다 기억이 났다. 이 정도면 길을 찾아 내려갈 수 있겠다. 하지만 안개 때문에 헷갈려서 자신하지는 못했다.

우리는 고지대에 있는 작은 호수에 다다랐다. 민물을 마시고, 새우도 로브스터도 가재도 아닌 큼직한 흰색 생물을 잡아 소시지처럼 날것으로 먹었다. 그렇게 높은 곳에서는 불을 피울 마른 장작을 구할 수 없었다.

우리는 얼음같이 차디찬 물가의 너럭바위에서 잤다. 동이 트기 전에 눈을 뜨니 구름이 잔뜩 끼어 온통 회청색을 띠었다.

"자면서 흐느껴 울더군요." 캘럼이 말했다.

"꿈을 꿔서."

"나는 악몽은 꾸지 않소."

"좋은 꿈이었어요." 사실이었다. 플로라가 아직 살아 있는 꿈이었다. 그녀는 마을 남자애들에 대해 투덜거리고, 언덕에서 소들과 함께 보낸 시간과 사소한 일들을 이야기하며, 어머니와 꼭 닮은 붉은빛 도는 금발을 넘기며 웃었다. 그 어머니의 머리도 이제는 희끗희끗하게 세었다.

"좋은 꿈을 꾸는데 그렇게 우는 사람은 없소." 캘럼이 말했다. 그리고 잠시 뜸을 들이더니 말을 이었다. "나는 꿈을 꿔본 적이 없소. 좋은 것이든 나쁜 것이든."

"전혀요?"

"젊었을 때부터 쭉 그랬소."

우리는 일어났다. 별안간 어떤 생각이 머리에 떠올랐다. "혹시 동굴에 간 뒤로 꿈을 꾸지 않게 된 건가요?"

그는 아무 말도 하지 않았다. 우리는 해가 떠오르는 가운데 산허리를 따라 안개 속을 걸었다.

안개가 점차 짙어졌고 햇빛을 받아 환했다. 여간해서는 사라지지 않아 나는 안개가 아니라 구름이라고 판단했다. 세상이 붉게 빛났다. 그리고 문득 눈앞에 나와 똑같은 체구의 작고 등이 굽은 남자가, 그의 그림자가, 유령이나 천사처럼 공중에 서서 나와 똑같이 움직이는 것이 보였다. 뒤쪽에 후광이 어른거려 그것이 얼마나 가까이 있는지 아니면 멀리 있는지 알 수 없었다. 수많은 기적을 보고 사악한 것을 보았지만 그런 것은 난생처음이었다.

"마술인가요?" 내가 물었다. 공기 중에서 마술의 낌새를 맡지는 못했다.

캘럼이 말했다. "별것 아니오. 빛의 특성이지. 그림자. 반사. 그것뿐이오. 내 옆에도 사람이 보이오. 나와 똑같이 움직이는." 그래서 뒤를 돌아보았지만 그의 옆에는 아무도 없었다.

이윽고 허공에서 붉게 빛나던 작은 남자가 희미해지고 구름이 걷히면서 날이 완전히 밝자 우리 둘만 남았다.

우리는 아침 내내 산을 올랐다. 캘럼은 전날 폭포에서 미끄러지면서 발목을 접질렸다. 앞장선 그의 발목이 벌겋게 부어오른 것이 내 눈에 보일 정도인데도 그는 속도를 늦추지 않았고 불편하거나 고통스러운 기색을 일절 내비치지 않았다.

내가 말했다. "얼마나 남았죠?" 땅거미가 지면서 세상의 경계가 흐릿해지기 시작했다.

"한 시간, 어쩌면 덜 걸릴 수도 있고. 동굴에 도착하면 밖에서 자고, 내일 아침 당신이 들어가시오. 가져올 수 있는 만큼 황금을 가지고 나오시오. 그럼 우리는 섬을 떠날 거요."

나는 그를 쳐다보았다. 흰머리가 희끗희끗하고 눈동자가 회색인 우람하고 늑대 같은 남자의 모습을. "동굴 밖에서 잔다고요?"

"나는 그럴 거요. 동굴에 괴물은 없소. 밤새 뭔가가 거기서 나와 우리를 잡아가거나 먹어치우는 일은 없다는 말이오. 하지만 날이 밝기 전에는 절대 들어가면 안 되오."

우리는 길을 반쯤 가로막고 있는 낙석을 돌았다. 온통 거무스름한 돌들이었다. 이어 동굴 입구가 보였다. 내가 말했다. "저게 다예요?"

"그럼 대리석 기둥이라도 있을 줄 알았소? 아니면 동화 속에 나오는 거인의 동굴을 기대한 거요?"

"그 정도는 아니더라도 이건 심한데. 바위 표면에 난 구멍, 어두운 그림자일 뿐. 하다못해 지키는 사람도 없어요?"

"없소. 여긴 장소일 뿐이오."

"보물로 가득한 동굴이라. 그런데 이곳을 찾을 수 있는 사람은 당신뿐이라는 말이죠?"

캘럼은 소리 내어 웃었다. 여우가 울부짖는 소리 같았다. "섬사람들도 알지. 하지만 그들은 현명해서 여기 와서 황금을 가져가지 않소. 동굴이 사람을 악하게 만든다고, 여기 들어와 황금을 가져갈 때마다 영혼을 좀먹는다고 생각해서 들어가지 않는 거요."

"그런데 사실인가요? 동굴이 사람을 악하게 만든다는 말."

"……아니. 동굴을 먹여 살리는 건 따로 있소. 그건 선도 악도 아니오. 당신은 황금을 가져가도 되오. 하지만 그러고 나면 세상은," 여기서 그는 말을 잠깐 멈췄다. "세상은 활기를 잃소. 무지개는 전보다 덜 아름답고, 설교는 전보다 덜 의미 있고, 키스를 해도 예전보다 덜 기쁘고……" 그는 동굴 입구를 보았다. 그의 눈에서 공포를 본 것 같았다. "다 덜해질 거요."

내가 말했다. "황금의 매력이 무지개의 아름다움보다 값지다고 생각하는 사람도 많을 텐데요."

"나도 어릴 땐 그랬지. 지금 당신도 그렇고."

"새벽까지 기다려야 한다는 말이죠."

"그렇소. 당신이 안에 들어가 있는 동안 나는 여기서 기다리겠소. 겁먹을 거 없소. 동굴을 지키는 괴물 따위는 없으니까. 황금을 사라지게 하는 저주도 걸려 있지 않고. 당신이 무슨 주문을 쓸 줄 안다면 모를까."

우리는 밖에서 잤다. 실은 어둠 속에서 차가운 바위벽에 기대 앉아 있었다는 편이 더 정확했다. 그런 곳에서 잠이 올 리 없었다.

내가 말했다. "나도 내일이면 이곳에서 황금을 가져가겠지만, 당신도 황금을 가져갔군요. 그걸로 집을 사고 신부를 사고 명성을 얻었고."

어둠 속에서 그의 목소리가 들렸다. "그렇소, 다 무의미한 일이었소. 아니, 그만도 못하오. 가져보고 나니 알겠소. 그리고 당신이 황금을 바쳐 바다 건너 왕이 돌아와 우리를 다스리고 세상을 기쁨과 번영과 온정으로 이끈다 해도 당신에게는 무의미할 거요. 기껏동화 속에 나오는 사람한테 일어난 일 정도일 테지."

"일평생 나는 왕을 다시 모셔오기 위해 살아왔어요." 내가 그에게 말했다.

"황금을 가져가면 그는 더 많은 금을 요구할 거요. 원래 왕이란 그런 존재요. 당신이 돌아올 때마다 황금의 의미가 줄어들 거요. 무지개도 의미를 잃고, 사람을 죽이는 일도 하찮은 일이 되오."

어둠 속에 정적이 찾아들었다. 새소리도 들리지 않았다. 정상 근처에서 몰아치는 바람만이 아기를 찾는 어머니처럼 울어댔다.

내가 말했다. "우리 둘 다 남자를 죽인 적이 있는데, 여자는 죽여봤나요, 캘럼 매키니스?"

"어른이든 아이든 여자는 죽이지 않소."

나는 어둠 속에서 재빨리 양손을 단검으로 가져갔다. 나무로 된 칼자루와 금속 날을 찾아 손에 쥐었다. 산을 벗어났을 때 불현듯든 생각이 있었다. 원래는 그에게 말할 생각이 없었다. 산을 벗어나 공격할 때까지. 단 한 번의 치명타로. 하지만 지금은 나도 모르게 입에서 그 말이 흘러나왔다. 지금이 아니면 결코 하지 않을 것이다. "사람들 말로는 어린 여자가 있었다던데요. 그리고 가시덤불도."

침묵. 윙윙거리는 바람 소리. "누가 그럽디까?" 그가 물었다. 그러고는 말했다. "신경쓸 것 없소. 나는 여자를 죽이지 않소. 명예를 아는 남자라면 여자를 죽이는 짓은……"

내가 한마디만 더 했다간 그가 입을 닫고 다시는 그 얘기를 하지 않을 것 같았다. 그래서 잠자코 있었다. 그저 기다렸다.

캘럼 매키니스가 입을 열었다. 그는 신중히 단어를 고르며, 마치 어렸을 때 듣고서 거의 잊고 있던 이야기를 기억해내듯이 말했다. "저지대의 소들이 통통하고 건강하다는 얘기를 들었소. 남쪽에 가서 멋진 붉은 소를 데려오는 자는 명예와 영광을 얻을 수 있다고 했지. 그래서 남쪽으로 갔소. 썩 마음에 드는 암소가 없던 차에 녀석들을 본 거요. 저지대 언덕에서 세상에서 가장 멋지고 붉고 통통한 소를. 그래서 녀석들을 끌고 집으로 돌아갔소.

그녀가 막대기를 들고 나를 쫓아왔소. 자기 아버지의 소라고 했지. 내가 악당에 파렴치한이고 인간 말종이라는 말도. 하지만 그녀는 아름다웠소. 화를 낼 때조차도. 내게 어린 아내가 없었다면 그녀에게 좀더 친절하게 대했을 텐데. 하지만 나는 칼을 꺼내 그녀의 목에 대면서 닥치라고 했소. 그녀는 내 말을 따랐소.

나는 그녀를 죽일 생각이 없었소. 여자는 죽이지 않아. 그건 사실이오.

대신 그녀의 머리카락을 가시나무에 묶고, 금세 벗어나지 못하도록 그녀의 허리띠에서 칼을 꺼내 땅속 깊이 박았소. 그렇게 긴 머리카락으로 그녀를 가시나무에 묶어두고 소를 몰아 집으로 가면서 더이상 그녀 생각은 하지 않았소.

이듬해 그 길을 다시 갔지. 그날은 소를 몰지 않고 둑길을 따라 갔소. 외진 곳이어서 잘 살피지 않으면 보이지도 않는 길이오. 아마 아무도 그녀를 찾지 못했을 거요."

"사람들이 찾고 있다는 얘기는 들었죠." 내가 그에게 말했다. "누군가는 약탈자가 데려갔다고 했고, 땜장이와 도망쳤다는 사람이나 도시로 갔다는 사람도 있었고. 하지만 어쨌든 여전히 그녀를 찾고 있었어요."

"아, 내가 무슨 짓을 했는지 보았소. 내가 서 있던 자리에 당신이 있었다면 내가 본 것을 똑같이 보게 되었을 거요. 참으로 악독한 짓을 했소. 아마도."

"아마도?"

"나는 안개의 동굴에서 황금을 가져갔소. 더이상 그게 선인지 악인지 모르오. 여관에서 한 아이를 시켜 전갈을 보냈소. 그녀가 어디에 있는지, 어떻게 하면 그녀를 찾을 수 있는지 사람들에게 알려주었소."

나는 눈을 감았지만 세상은 똑같이 캄캄했다.

"악입니다." 내가 그에게 말했다.

뇌리에 그 광경이 선했다. 옷가지가 떨어져나가고, 살점이 떨어져나간 그녀의 해골이. 누구나 맞이하기 마련인 벌거벗은 백골 상태로, 붉은빛 도는 금발이 위쪽의 가지에 묶여, 아이들이 갖고 노는 꼭두각시 인형처럼 가시나무에 대롱대롱 매달린 모습을.

"새벽이 되면." 캘럼 매키니스는 마치 우리가 여태 단서나 날씨에 대해 이야기하고 있었던 것처럼 말했다. "단검을 두고 가시오. 그게 관행이오. 그러고서 동굴에 들어가 당신이 원하는 만큼 황금을 가져오면 되오. 그리고 본토에 돌아가시오. 그때부터 영혼은 없소. 당신이 무엇을 가져가는지 어디서 가져가는지는 알지만, 당신에게서는 영혼이 빠져나간 거요. 당신이 바다 저편의 왕에게 황금을 갖다주면, 그는 부하들에게 돈을 주고 먹이고 무기를 사줄 거요. 언젠가 그가 돌아올 거요. 그날이 오면 악이 찾아왔다고 내게 말해주구려, 난쟁이 양반."

해가 뜨자 나는 동굴에 들어갔다. 안은 눅눅했다. 한쪽 벽을 따라 물이 흘러내리는 소리가 들렸다. 얼굴에 부는 바람이 느껴졌다. 희한한 일이었다. 산 안쪽에 바람이 통할 리 없기 때문이다.

동굴에 황금이 가득할 줄 알았다. 금괴가 장작처럼 쌓여 있고, 금화 자루가 사이사이에 놓여 있을 줄 알았다. 금목걸이, 금반지, 금접시가 부잣집의 자기 접시처럼 높이 쌓여 있을 줄 알았다.

하지만 그런 것은 없었다. 온통 그림자와 바위뿐이었다.

나는 재물을 꿈꾸었지만 여기에 그런 것은 없었다. 오직 그림자와 바위뿐.

하지만 무언가가 있었다. 나를 기다리고 있었다.

내게는 여러 비밀이 있다. 하지만 다른 모든 비밀 아래 도사린 또다른 비밀이 있다. 아이들도 모르고, 어쩌면 아내는 눈치챘을지도 모르는 것. 어머니는 방앗간 주인의 딸로 필멸의 인간이었다.

하지만 아버지는 서쪽에서 왔고 어머니와 불장난을 한 뒤 서쪽으로 다시 돌아갔다. 나는 내 혈통에 별 감정이 없다. 아버지는 어머니를 아랑곳하지 않았고, 내 존재를 알긴 하는지도 의문이다. 어쨌든 그는 작고 날렵하고 강한 몸을 내게 물려주었다. 다른 면에서도 그와 닮은 점이 있을지 모른다. 나야 모르지만. 나는 추하다. 어머니 말이 아버지는 아름다웠다는데 아마도 어머니가 속았던 듯싶다.

아버지가 저지대의 여관 주인이었다면 그 동굴에서 무엇을 보았을까.

황금을 보았겠지, 속삭이는 목소리가 말했다. 산속 깊은 중심에서 흘러나오는 그 목소리는 속삭임이 아니었다. 외로운 목소리였다. 심란하고 따분한 목소리.

"여기 오면 황금을 볼 줄 알았는데요." 내가 큰 목소리로 말했다. "이건 현실인가요, 환영인가요?"

속삭임이 웃었다. 그대는 마치 필멸의 인간처럼 생각하는군. 이것 아니면 저것이라는 식으로. 그들은 황금을 보고 만지지. 황금을 갖고 돌아가면서 그 무게를 느껴. 다른 필멸의 인간에게 황금을 주고 자기가 필요한 것을 얻고. 그런데 황금이 있는지 없는지가 중요한가? 보고 만지고 훔치고 그것 때문에 사람을 죽이는데도? 그들이 황금이 필요하고 그래서 나는 준다네.

"그들에게 황금을 주고 당신은 무엇을 얻죠?"

그런 건 없네. 나는 필요한 게 별로 없고 이제 늙었어. 너무 늙어서 여동생들을 따라 서쪽으로 갈 수도 없지. 나는 사람들의 쾌락과 기쁨을 맛봐. 그들이 필요로 하지 않는 것, 가치를 두지 않는 것을 약간씩 먹으며 살아가지. 마음을 한 번 맛보고, 양심을 한 번 핥아 한입 넣고, 영혼을 한 조각 베어물고. 대가로 나의 한 조각은 그들과 함께 이 동굴을 떠나 그들의 눈으로 바깥세상을 바라보네. 그들이 보는 것을 보다가 그들의 생이 다하면 내 것을 도로 가져가지.

"당신 모습을 제게 보여주시죠?"

어둠 속에서 보았다. 남자와 여자 사이에서 태어난 그 누구도 보지 못한 것을. 뭔가가 그림자 속에서 움직였다. 그림자들이 엉기고 위치를 바꾸면서 형체 없는 모습을 드러냈다. 내 인식이 희미해지면서 상상이 뒤섞였다. 당혹스러운 나는 가끔 이런 식으로 표현하기를 좋아한다. "내 앞에 나타난 게 형체가 있다면 내게 해를 끼치거나 공격하지 않는다."

그대가 원하는 모습인가?

멀리서 물이 똑똑 떨어지는 소리가 들렸다. "네." 내가 말했다.

그림자로부터 그것이 나와 텅 빈 눈구멍으로 나를 보고 바람에 풍화된 상아색 이빨을 드러내며 웃었다. 머리카락을 제외하고는 뼈밖에 없었다. 붉은 금발은 가시덤불 가지에 휘감겨 있었다.

"눈이 아프네요."

그대 마음에서 취한 거네, 해골 주위에서 속삭이는 소리가 말했다. 턱뼈는 움직이지 않았다. 그대가 좋아하는 것으로 골랐어. 그대 딸 플로라야. 그대가 마지막으로 보았던 모습이지.

나는 눈을 감았지만 형체는 사라지지 않았다.

약탈자가 동굴 입구에서 그대를 기다리고 있네. 무기도 없이 황금의 무게에 끙끙거리며 나오기를 기다리네. 그는 그대를 죽이고 황금을 빼앗을 걸세.

"나는 황금을 갖고 나가지 않을 겁니다."

나는 캘럼 매키니스를, 늑대 털 같은 잿빛 머리, 잿빛 눈동자를, 그의 단검을 떠올렸다. 그는 나보다 컸다. 모든 남자가 나보다 크다. 나는 남보다 강하고 빠르지만, 그도 못지않게 강하고 빨랐다.

그가 내 딸을 죽였어, 나는 생각했다. 순간 이것이 내 생각인지 아니면 그림자에서 흘러나와 내 머릿속으로 들어온 것인지 헷갈렸다. 큰 소리로 내가 물었다. "혹시 이 동굴에서 나가는 다른 길이 있습니까?"

그대는 들어왔던 길로 나가야 하네, 내 집의 입구로.

나는 그 자리에 못박힌 듯 서 있었다. 영락없이 덫에 걸린 짐승 신세였다. 이 생각 저 생각 해보았지만 소득도 위안도 해결책도 찾지 못했다.

"무기가 없어요. 그가 무기를 들고 이곳에 들어가선 안 된다고 했죠. 관행이 아니라면서."

지금은 무기 없이 내 집에 들어오는 것이 관행이다. 하지만 예전에는 꼭 그렇지만도 않았지. 나를 따라와라. 내 딸의 해골이 말했다.

나는 그녀를 따랐다. 너무 어두워서 아무것도 보이지 않았지만 그녀의 모습은 보였다.

어둠 속에서 그것이 말했다. 그대 손 밑에 있다.

몸을 구부리고 팔을 뻗었다. 동물의 뼈나 뿔 같은 자루가 만져졌다. 어둠 속에서 조심스럽게 칼날을 만졌다. 칼보다는 송곳에 가까웠다. 끝이 얇고 날카로웠다. 아무튼 없는 것보다는 나았다.

"대가가 있나요?"

모든 일에는 대가가 따르는 법이지.

"그렇다면 나도 치르죠. 그리고 한 가지 부탁이 있어요. 그의 눈으로 세상을 볼 수 있다고 했죠?"

텅 빈 두개골은 눈동자는 없었지만 고개를 끄덕였다.

"그렇다면 그가 자고 있을 때 내게 알려주세요."

그것은 아무 말도 하지 않고 어둠 속으로 사라졌다. 나는 그곳에서 혼자가 되었다.

시간이 흘렀다. 나는 물이 똑똑 듣는 소리를 따라가 바위에 괸 웅덩이를 찾아 물을 마셨다. 마지막 남은 귀리를 물에 적셔 입안에 넣고 곤죽이 되도록 씹었다. 잠들었다 깼다가 다시 잠들었다. 아내 모라그의 꿈을 꾸었다. 계절이 바뀌도록 언제까지고 나를 기다리고 있었다. 우리가 딸을 기다렸듯이, 하염없이.

뭔가가 내 손을 건드렸다. 손가락 같았다. 딱딱한 뼈의 감촉이 아니었다. 부드러운 것이 꼭 사람 같았지만 차디찼다. 그가 잔다.

나는 동이 트기 전 푸르스름한 빛 속에서 동굴을 나왔다. 그는 동굴 입구에서 고양이처럼 웅크려 자고 있었다. 아주 살짝 건드려도 깰 것 같았다. 나는 무기를 들었다. 뼈로 만들어진 자루를 잡고 바늘처럼 생긴 거뭇한 은색 날을 앞으로 내밀었다. 그리고 손을 뻗어 그를 깨우지 않고 원하는 것을 가져왔다.

좀더 가까이 다가갔다. 그가 내 발목을 움켜잡고 눈을 떴다.

"황금은 어디 있소?" 캘럼 매키니스가 물었다.

"없어요." 차가운 바람이 산허리에 몰아쳤다. 휘청거리며 뒤로 물러서는 나를 그가 잡아챘다. 그가 한쪽 팔꿈치로 땅을 짚으며 몸을 일으켰다.

"내 단검은 어디 있소?"

"내가 가져왔죠. 당신이 자는 동안."

그가 잠이 덜 깬 표정으로 나를 보았다. "대체 왜 그랬소? 당신을 죽일 마음이 있었다면 여기로 오는 도중에 해치웠을 거요. 수십 번도 죽일 수 있었소."

"하지만 그때는 황금이 없었죠."

그는 말이 없었다.

내가 말했다. "당신의 가련한 영혼을 구원하기 위해 황금을 직접 가져오지 않고 나를 시킬 생각이었다면 당신은 바보야."

그는 더이상 졸린 표정이 아니었다. "내가 바보라고?"

그는 기꺼이 싸울 태세였다. 이런 사람은 화를 돋우는 게 좋다.

"바보가 아니지. 음, 아니고말고. 내가 만난 바보와 백치 들은 행복했거든. 머리에 지푸라기를 꽂고서도. 한데 당신은 그러기에는 너무 약삭빠르지. 오직 불행을 찾아다니고 불행을 가져오고 당신이 만지는 모든 것에 불행을 안겨."

그는 일어서서 도끼처럼 손에 돌을 쥐고 내게 덤볐다. 내게는 자신과 비슷한 체구의 사람을 상대하듯 해선 안 된다. 그는 상체를 숙여 나를 치려고 했다. 그것이 실수였다.

나는 뼈로 된 자루를 꽉 쥐고 뱀이 공격하듯 뾰족한 송곳 끝을 잽싸게 위로 찔렀다. 나는 겨누어야 할 곳을 정확히 알았고, 그러면 어떻게 될지도 알았다.

그가 돌을 떨어뜨리고 오른쪽 어깨를 움켜잡았다. "내 팔." 그가 소리쳤다. "팔에 감각이 없어."

그러더니 욕을 퍼붓기 시작했다. 온갖 저주와 위협으로 공기를 더럽혔다. 새벽빛이 산중턱을 비추자 사방이 푸른색으로 물들며 아름답게 보였다. 그 빛 속에서는 그의 옷을 물들이기 시작한 피조차 자줏빛을 띠었다. 그가 한 발 뒤로 물러나 나와 동굴 사이에 섰다. 나는 고스란히 노출되어 있었다. 떠오르는 태양이 등뒤에 느껴졌다.

"왜 황금을 갖고 있지 않소?" 팔을 힘없이 흐느적거리며 그가 물었다.

"나 같은 사람을 위한 황금은 그곳에 없더군." 내가 말했다.

그가 앞으로 몸을 던졌다. 나에게 달려들며 발로 찼다. 송곳날이 손에서 날아갔다. 나는 양팔을 뻗어 그의 다리를 잡았다. 산허리에서 함께 굴러떨어지는 동안 그를 꽉 붙들었다.

그의 머리가 내 위에 있었다. 승리의 표정이 보였다. 이어 하늘이 보였고, 나는 머리 위에 있는 계곡 바닥을 향해 솟아오르다가 어느새 방향이 바뀌어 바닥을 발아래 두고 죽음을 향해 추락하고 있었다.

여기저기 부딪히며 산비탈을 데굴데굴 굴렀다. 돌과 고통과 하늘이 뒤엉켜 세상이 빙글빙글 돌았다. 나는 죽은 목숨임을 알았지만 그래도 캘럼 매키니스의 다리를 놓지 않았다.

날아가는 황금빛 독수리가 보였다. 하지만 내 위인지 아래인지 알 수 없었다. 그냥 그곳에 있었다. 새벽하늘에, 산산이 부서진 시간과 인식에, 고통에. 나는 두렵지 않았다. 두려워할 시간과 공간이 없었고 머릿속에, 마음에 남은 곳이 없었다. 나는 하늘을 가르며 떨어졌다. 나를 죽이려는 남자의 다리를 꼭 부여잡은 채. 우리는 바위에 부딪혀 여기저기 까지고 멍들었고 이어……

……멈췄다. 강력한 힘이 우리를 제지했다. 그 충격으로 나는 하마터면 캘럼 매키니스로부터 떨어져 저 아래 죽음을 향해 추락할 뻔했다. 그곳 산중턱은 오래전에 부서지고 깎여나가 유리처럼 반들반들하고 특색 없는 바위 하나만 남았다. 바로 그것이 우리 밑에 있었다. 지금 우리가 있는 곳은 바위 턱이었는데 그곳에 기적이 있었다. 수목한계선 위쪽에 제대로 자라지 못하고 뒤틀린 산사나무 한 그루가 있었다. 오래되긴 했지만 가시나무보다 크지는 않았다. 산비탈에 단단히 뿌리내린 이 산사나무가 잿빛 팔로 우리를 잡아주었던 것이다.

나는 캘럼 매키니스의 다리를 놓고 그의 몸 아래서 기어나와 산중턱에 올라섰다. 좁은 바위 턱에 서서 가파른 비탈을 내려다보았다. 내려가는 길이 없었다. 전혀.

고개를 들어 위를 올려다보았다. 그쪽은 가능해 보였다. 천천히 오른다면, 그리고 행운이 내 편이라면. 그리고 비가 내리지 않고 바람이 강하게 불지 않는다면. 어차피 내겐 선택의 여지가 없었다. 죽지 않는 다음에는 말이다.

그때 목소리가 들렸다. "나를 여기에 죽게 내버려둘 참이오, 난쟁이 양반?"

나는 아무 말도 하지 않았다. 할말이 없었다.

그가 눈을 떴다. "오른팔을 움직일 수 없소. 당신이 찔러서. 떨어지면서 다리도 하나 부러진 것 같소. 당신과 같이 못 오르겠소."

"나는 성공할 것 같아요. 실패할 수도 있겠지만."

"해낼 거요. 당신이 오르는 모습을 보았지. 나를 구한 다음 폭포를 가로지르는 모습을. 다람쥐가 나무에 오르듯 바위를 타더군."

그 정도로 내 실력에 확신은 없었다.

그가 말했다. "당신이 신성하게 여기는 모든 것을 걸고 맹세하시오. 우리가 이 땅에서 그의 종복을 몰아낸 후 바다 저편에서 때를 기다리고 있는 당신 왕의 이름을 걸고 맹세하시오. 당신이 끔찍이 아끼는 것을 걸고 맹세하시오. 그림자와 독수리 깃을 걸고, 침묵을 걸고 맹세하시오. 나를 도우러 오겠다고 말이오."

"내가 누군지 알고 하는 말입니까?" 내가 말했다.

"나는 아무것도 모르오. 그저 살고 싶을 뿐."

나는 잠시 생각했다. "맹세하겠습니다." 그에게 말했다. "내 그림자와 독수리 깃을 걸고, 침묵을 걸고, 푸른 언덕과 선돌을 걸고 맹세하겠습니다. 당신을 도우러 올게요."

"당신을 죽일 수도 있었어." 산사나무에서 남자가 말했다. 마치 세상에서 가장 재밌는 농담이라도 하듯 짓궂게 "당신을 죽일 생각이었소. 황금을 뺏어 내가 가질 참이었지."

"알고 있어요."

그의 머리칼이 잿빛 후광처럼 얼굴 옆으로 퍼졌다. 떨어지면서 긁힌 뺨에서 피가 났다. "밧줄을 갖고 오시오. 저 위에, 동굴 입구에 내 밧줄이 있소. 하지만 그것 말고도 필요한 게 더 있을 거요."

"알겠어요, 밧줄을 갖고 오죠." 나는 위쪽의 바위를 올려다보며 최선의 방법을 찾았다. 산을 오를 때면 시력이 생사를 가르기도 한다. 나는 내가 올라야 하는 지점을 살폈다. 산을 오르는 과정을 머릿속에 구체적으로 그려보았다. 우리가 싸우면서 떨어졌던 동굴 밖의 바위 턱이 눈에 선했다. 그래, 거기로 방향을 잡아야겠어.

나는 기어오르기 전에 손에 입바람을 불어 땀을 말렸다. "당신을 구하러 돌아올게요. 밧줄도 가져오고. 맹세하죠."

"언제?" 그는 그러면서 눈을 감았다.

"일 년 후." 내가 말했다. "일 년 후 이곳에 올 거예요."

나는 오르기 시작했다. 남자의 울부짖는 소리를 뒤로한 채 발을 내디디고 기어오르고, 산비탈에 몸을 딱 붙이고 위로 올라갔다. 거대한 맹금류 울음소리가 뒤섞였다. 미스티섬에서부터 계속 나를 따라다녔다, 내 고통과 시간에는 이렇다 할 차이도 없이. 그의 비명이 마음 한구석에서 들릴 것이다. 잠에 빠지거나 깨어나기 전에. 죽을 때까지.

비는 내리지 않았고, 돌풍이 몰아치며 아래로 잡아당겼지만 나를 떨어뜨릴 정도는 아니었다. 나는 기어올랐다. 무사히 기어올랐다.

바위 턱에 다다르자 동굴 입구가 정오의 햇살을 받아 더 컴컴해 보였다. 동굴로부터 돌아섰다. 산을 등지고 섰다. 벌써부터 산의 금에, 커다란 틈에, 내 두개골 깊숙한 곳에 지고 있는 그림자로부터. 나는 미스티섬을 떠나 집으로 향하는 느린 여정에 올랐다. 백 개의 도로와 천 개의 길을 따라가다보면 저지대에 있는 내 집에 이를 터였다. 내 아내가 나를 기다리는 그곳에.

불신

마이클 마셜 스미스

저녁 여섯시가 조금 넘은 시각 브라이언트공원에서 일어난 일이었다. 그는 낮 동안 반스앤노블 서점에 가까운 북쪽 길을 따라 나와 있는 삐걱거리는 녹색 철제탁자들 중 한 자리를 차지하고서, 나무들 사이 가로등 그림자 속에 혼자 앉아 있었다. 별 특징 없는 캐주얼을 따뜻하게 챙겨 입고 계절에 맞춰 나온 빨간 스타벅스 컵에 담긴 커피를 마셨다. 공원 입구 맞은편의 6번가 모퉁이 매장에서 산 것이었다. 여느 사람들처럼 줄서 있는 그를 창밖에서 보고는 그가 누구인지, 이 인근에 행사하는 영향력이 어느 정도인지 짐작하기 어렵다.

그는 전날과 전전날 저녁에도 똑같은 일을 되풀이했다. 나는 이틀 모두 타임스스퀘어부터 그를 미행해, 그가 같은 곳에서 같은 음료를 구입하고 삼십 분가량 같은 자리, 혹은 가까운 자리에 앉아 세상 구경을 하는 모습을 지켜보았다. 내가 확신한 대로, 그는 매년 이맘때 이 시간이면 늘 이러는 게 분명했다. 습관과 의식은 우리에게 크나큰 위안을 주지만, 나 같은 사람에게는 선물이다.

차라리 나비넥타이를 매는 게 나았을지도.

지금껏 그의 행동을 그저 관찰하고 기록하고 따라다니기만 했다. 그 일은 나로선 알지도 못하고 개의치도 않는 이유로 특정한 날짜에 예정되었다.

그날이 되자 나는 그의 뒤를 밟아 공원 입구로, 화장실로 들어갔다. 태연히 발길 가는 대로 거닐었다.

계단에서 잠시 멈췄다. 그는 아무런 보호도 없이 있는 듯했다. 공원에 사람들이 드문드문 있었다. 의자에 앉아 쉬거나 저물어가는 황혼 속에 산책하는, 어디를 보나 평범한 뉴요커였다. 지하철에서 시달리거나 다리와 터널을 건너거나 비행기를 타고 집으로 가서 가족이나 친구, 진짜 동반자와 연휴를 함께하기 전에 여기서 잠깐 시간을 보내는 것이다. 진짜 삶을 함께하는 사람들과 하루이틀 어쩔 수 없이 붙어 지내기 전 마지막으로 짬을 내, 달콤한 고독을 즐기거나 몰래 담배를 피우거나 부정한 키스를 하며 잊지 않겠다는 약속을 하거나 한다.

나는 공원에 있는 사람들은 신경쓰지 않았다. 일행과 대화하거나 자기 일에 골몰하느라 사전에 내 존재를 알아차리는 법은 없을 것이다. 나는 이보다 더 까다로운 상황에서 더 어려운 일도 해낸 적이 있다. 6미터 떨어진 곳에서 총을 쏘고 그대로 걸어가도 되지만, 그런 식으로 처리하고 싶지 않았다. 이 녀석에게는 그것조차

사치였다.

그가 앉아 있는 자리로 다가가며 몰래 쳐다보았다. 그는 큰일에 뛰어들기 전 혼자만의 평화로운 순간을 고즈넉이 만끽하듯 느긋해 보였다. 나는 그가 어떤 일을 생각하는지 알았다. 그리고 그것이 이루어지지 않으리라는 것도.

탁자 맞은편 의자가 비어 있었다. 나는 그 자리에 앉았다.

그는 잠시 나를 무시했다. 공원의 중앙 녹지를 따라 늘어선 높다란 나무들의 앙상한 가지를 어딘가 살짝 인자한 시선으로 응시했다. 어쩌면 계절 탓에 잎이 다 지고 난 나무들 사이로 광장 주변의 건물들을 보았는지도 모른다. 거대하고 단조로운 건물들이 훤히 보이기에 공원은 한결 넓어 보이는 동시에 한결 친근하고 허전해 보였다.

그리고 무방비였다.

"안녕, 케인." 마침내 그가 말했다.

실제로 그를 보기는 처음이었다. 사진으로만 보고 실물을 본 적은 없었던 것이다. 그래서 그가 어떻게 나를 바로 알아보았는지 의아했다. 사람을 파악하는 게 그의 일이지 싶다.

"놀라지도 않네." 내가 말했다.

그제야 그가 나를 흘낏 보더니 눈을 다시 돌렸다. 길 저쪽으로 20미터 떨어진 탁자에 앉아 있는 젊은 연인을 보는 듯했다.

두툼한 외투와 스카프로 무장한 그들은 조심스러우면서도 낙관적인 분위기 속에 목을 끌어안고 키스했다. 몇 분 뒤에 그들은 헤어졌다. 여전히 서로의 어깨에 팔을 감은 채 머뭇거리며 미소를 교환하고는 몸을 돌려 불 밝힌 나무 장식을 보고 자동차 경적을 듣고 자신들이 있는 지금 이곳을 만끽했다. 최근에 사무실 파티에서 눈이 맞아 관계를 맺게 된 모양인데, 이럴 경우 밸런타인데이쯤 되면 사무실에 어색한 침묵이 감돌기 마련이다. 그게 아니면 임신과 결혼으로 이어지고 사람들은 관심을 뚝 끊는다.

"그럴 줄 알았지." 그는 그렇게 말하고는 뚜껑을 열고 컵 안을 들여다보았다. 커피가 얼마나 남았는지 보는 듯했다. "자네가 여기 앉아 있어도 놀라지 않았어."

"무슨 뜻이야?"

"오늘 저녁에도 일을 수락한 거야? 냉정한데. 사람을 제대로 골랐어. 하긴 너 말고는 없지."

"나 듣기 좋으라고 하는 말이야? 그렇게 나를 구슬리면 혹시라도 내가 그 일을 그만두리라 생각하는 거야?"

그는 진저브레드라떼 향이 나는 수증기 사이로 나를 가만히 쳐다보았다.

"물론 하겠지. 그건 의심하지 않아."

그의 말투가 영 못마땅했다. 내 안에서 뭔가 꿈틀거리기 시작하는 것이 느껴졌다. 금연을 시도해본 사람이라면 이런 기분을 알 것이다. 불현듯 이는, 세상 모든 것을 뒤엎고 싶은 무시무시한 충동. 지금 당장, 물리적으로 가장 가까이 있는 사람부터.

나는 이것이 무엇인지 모르겠다. 이름도 없다. 그냥 내 안에 있고 그것이 깨어나면 느낄 수 있다. 늘 아주 얕은잠을 자고 있다.

"착각하지 마. 요즘 내가 커다란 집에서 아내랑 아이와 함께 산다고 이런 일을 못할 거 같아?"

"그건 네가 잘 알잖아. 앞으로도 그럴 테고."

"당연하지."

"그런데 그게 자랑할 일인가?" 그는 고개를 가로저었다. "창피한 일이지. 넌 착한 애였잖아."

"누군 안 그래?"

"아니지. 망가진 자궁에서 태어나는 사람도 있으니까. 넌 원하기만 하면 모든 걸 마음속에 품을 수 있어. 조만간 그들이 손상을 대물림하려 들 거야. 너라면 다를 수 있어. 괜히 일 어렵게 만들지 마."

"나는 내가 원해서 이렇게 된 거야."

"진심이야? 네 아버지가 어떤 사람이었는지 온 동네가 다 아는데."

나도 모르게 손이 씰룩거렸다.

"그는 아무것도 믿지 않았어. 오로지 증오뿐이었지. 남에게 상처만 주고. 그가 어렸을 때 모습이 생각나. 자라서 어떻게 될지 알았지. 내면이 죽거나 애정이 뒤틀리거나. 어쩌면 둘 다일 수도 있고. 어때, 내 말 맞지?"

"깔끔하게 처리하고 싶으면." 잠긴 목소리가 나왔다. "이런 식의 논쟁은 집어치워."

"용서해줘. 그런데 너는 날 죽이려고 여기 온 거잖아. 그것도 개인적인 이유에서, 그렇지?"

어차피 넘어야 할 문제였다. 이것이 내 경력에서 가장 큰 건임을 알았다. 이것만 해결되면 끝이다.

한편으로는 궁금증이 일었다. "대체 네가 나보다 잘난 게 뭐야? 네가 하는 일도 그렇게 다르지 않아."

"그렇게 생각해?"

"너한테 능력이 있어서 누가 무엇을 가질지 선택할 수 있다면, 누가 잘살고 누가 빈손일지 정할 수 있다면, 그리고 손가락만 까딱해서 사람 목숨도 날릴 수 있다면, 나랑 똑같을걸."

"내 생각은 다른데." 그는 컵을 다시 들여다보았다. 신경에 거슬리는 버릇이었다.

"이봐, 그냥 쭉 마셔." 내가 말했다. "시간이 없어."

"한 가지만 물을게."

"내가 널 어떻게 찾았느냐고?"

그가 고개를 끄덕였다.

"사람들이 말해주던데."

"내 부하들이?"

나는 짜증스럽게 고개를 저었다. 사실은 이렇게 된 거였다. 그의 졸개들은 저항이 만만치 않았다. 나는 그 가운데 두 명을 추적해서 붙잡았다(한 명은 퀸스의 다리 밑에 있는 국숫집에서 베트남 쌀국수를 먹고 있었고, 다른 한 명은 센트럴파크 안쪽의 나무 아래서 자고 있었다). 이들을 위협해서 다시는 그를 위해, 다른 누구를 위해서도 일하지 않겠다는 말을 받아낼 작정이었다. 하지만 두 사람 모두 냉랭하고 낯선 눈으로 쳐다보며 나의 처분을 기다렸다. 12월 말 오후 타임스스퀘어에 가 있으면 그가 나타난다고 내게 말해준 것은 이들이 아니었다.

"그럼 누군데?"

"이름을 알아서 뭐하게?" 나는 얼마간 흡족해서 말했다. "이제 다 끝났어."

그는 다시 웃었다. 하지만 한층 차가운 웃음이었다. 나는 그의 표정에서 전에 없던 뭔가를 보았다—적어도 표면적으로는. 판결을 내리고 사람 목숨이 달린 결정을 짓는 데 익숙한 사람의 흔들림 없는 침착함이었다. 남을 평가하고 시험했던 사람이 이제 대가를 치를 참이었다. 그가 신이 부여한 권리라 믿고 내린 판단으로 인해 엉뚱한 전선에 떨어지게 된 사람들이 그를 심판해달라고 부탁했다.

"자신이 이렇게 잘나고 너그러운 사람이라고 생각하지." 내가 말했다. "모두가 떠받드는 어른. 하지만 개중엔 진실을 아는 사람도 있지. 그들은 죄다 헛소리라는 걸 알아."

"내 규칙을 밝히지 않았던가? 그럴 만한 사람들은 다 보살펴주지 않았던가?"

"그래놓고 네가 원하는 걸 시켰잖아."

"그럼 넌 원하는 게 뭔데? 오늘밤 여기 왜 온 거지, 케인?"

"누가 이 일을 해주면 돈을 주겠대. 사실 여러 명이야. 함께 손잡은 거지. 그들 말이 이제 질렸다더군. 네가 그들에게 한 짓을 되갚아주고 싶대."

"그건 나도 알아." 그가 지루하다는 듯 말을 끊었다. "누군지도 대충 알겠어. 하지만 내가 묻는 건 네가 왜 여기 왔느냐는 거야."

"돈 때문이야."

"아니지. 만약 그랬다면 10미터 밖에서 나를 해치우고 지금쯤 집으로 돌아갔겠지."

"네가 그렇게 똑똑하다면 이유를 한번 말해보지 그래."

"개인적인 이유지." 그가 말했다. "그리고 그게 실수야. 너는 지금 하는 일로 괜찮게 살고 있어. 그만하면 괜찮지. 나름대로. 그건 네가 남 밑에서 일하기 때문이야. 하지만 이 일은 자네 스스로 원한 거야. 그러니 솔직하게 인정해. 개인적인 이유로 날 싫어한다고."

이 남자는 머리가 비상해서 거짓말을 하면 금방 알아챈다. 그래서 나는 입을 다물었다.

"왜지, 케인? 그날 밤 무슨 일이 있었어? 바깥이 온통 눈으로 덮이고 크리스마스캐럴과 예쁜 조명으로 가득했던 그날 말이야. 자네의 선물에 조건이나 대가가 따랐어? 엄마가 잠들어 있는 한밤중에 갚아야 하는?"

"그만해."

"얼마나 많은 사람을 죽였어, 케인? 기억은 해?"

"기억하고 있어." 나는 거짓말을 했다.

"네가 그것을 사사롭게 받아들이면 대가도 그렇게 돼. 솔직하게 이야기해봐. 정말로 그러고 싶어?"

"공짜로라도 할 거야. 넌 쓰레기고 예전부터 그랬으니까."

"불신은 아무것도 아니야, 케인. 믿음이야말로 용기와 품격이 필요하지."

"시대에 뒤떨어진 주제에."

그는 한숨을 내쉬었다. 그런 다음 컵을 기울여 남은 커피를 마저 마시고 우리 둘 사이에 내려놓았다.

"할말 끝났어." 그가 말했다.

우리가 대화를 나눈 십오 분 동안 절반 정도가 공원을 떠났다. 끌어안고 키스하던 커플을 포함해서. 가장 가까운 사람이라고 해봐야 60미터 떨어져 있었다. 나는 일어서서 재킷에 손을 넣었다.

"하고 싶은 말 없어?" 나는 그의 순하고 발그레한 얼굴을 내려다보며 물었다. "보통은 무슨 말을 하던데."

"너한테는 할말 없어."

나는 총을 꺼내들고 그의 이마 중앙에 소음기를 단 총구를 갖다댔다. 그는 꼼짝도 하지 않았다. 나는 다른 손으로 그의 오른쪽 어깨를 잡고 방아쇠를 당겼다.

광장 주변의 차량 소음에 총성이 묻혔다. 내 귀에도 거의 들리지 않았다. 그의 머리가 뒤로 젖혀졌다.

나는 잡고 있던 어깨를 놓았다. 그의 몸이 서서히 늘어지더니 허리가 꺾였고, 우람한 가슴이 의자에서 떨어지며 몸뚱이가 보도로 쿵 내려앉았다. 거의 얼굴부터 닿았다.

머리 뒷부분이 다 날아갔는데도 눈은 여전히 뜬 채였다. 무슨 말을 하려는지 보도에 닿은 수염이 달싹였다. 잠시 뒤 나는 그가 힘겹게 내뱉는 것이 단어가 아니라 일련의 소리임을 깨달았다. 총구를 그의 관자놀이에 대고 방아쇠를 다시 당겼다. 반대편 관자놀이가 날아가 돌에 흩뿌려졌다.

그런데도 그는 여전히 아까와 같은 세 음절을 내뱉으려고 했다.

마지막으로 방아쇠를 당겼다. 그제야 그는 조용해졌다. 나는 허리를 굽혀 확인하고는 그의 남은 귀에 대고 속삭였다.

"두 번 확인해라, 그거지? 멍청한 자식."

그리고 나는 공원을 나갔다. 몇 블록을 걸어 택시를 잡아타고 뉴저지의 집까지 느긋하고 긴 여정을 시작했다.

다음날 아침, 나는 여느 아버지처럼 아들이 쏜살같이 침실 옆을 내달려 계단을 내려가는 소리에 잠을 깼다. 보나마나 난롯가로 달려가는 거였다.

행운이 있길. 물론 나는 녀석의 양말이 가득차 있다는 것을 알았다.

몇 분 뒤 로런이 몸을 일으켜 앉았다. 실내복을 걸치고 창가로 가서 커튼을 열어젖혔다.

그녀는 밖의 뭔가를 보고 미소 짓더니 돌아서서 재빨리 방을 나갔다.

실내복을 입고 커피를 내리려고 부엌으로 내려갈 즈음에는 나도 그녀가 창문으로 무엇을 보았는지 알았다. 밤새 눈이 내려 안뜰을 뒤덮었고, 나뭇가지에 새하얀 눈이 걸렸다. 겨울 동화 속 나라가 새 옷으로 갈아입었다. 내키든 아니든 이따 눈사람 만드는 걸 도와야할 것이다.

거실에 가보니 아내와 아이가 마루 한가운데 책상다리를 하고 앉아 난롯가에서 가져온 양말을 확인하며 정답게 말을 주고받았다. 아무리 사탕이니 초콜릿이니 하는 시시한 선물이라 해도 양말 속에 들어가는 순간 중요한 의미를 지니게 된다. 난로 근처의 탁자

위에 큼지막하게 베어먹은 쿠키가 보였다. 로런은 이런 사소한 연출을 잘한다.

"메리 크리스마스." 내가 말했지만 아무도 듣지 못한 것 같았다.

나는 그들 옆을 지나 난롯가로 갔다. 남아 있는 양말을 집었다. 손에 들기도 전에 뭔가 다르다는 것을 알았다.

안에 아무것도 없었다.

"로런?"

그녀가 고개를 들고 나를 보았다. "호호호." 그녀가 말했다. 무표정한 얼굴이었다.

그리고 잠깐 미소 짓더니 아들과 다시 잡담을 나누기 시작했다. 그녀는 아들이 들떠서 세번째인지 다섯번째인지 양말을 다시 포장했다 풀었다 하는 모습을 지켜보았다. 그녀의 미소에 내가 투명인간이 된 듯했다. 그들은 항상 그랬다.

나는 양말을 의자 팔걸이에 걸쳐놓고 부엌으로 갔다.

뒷문을 열고 바깥에 서서 눈을 바라보았다.

고요했다. 추위밖에 없었다.

별들이 떨어지고 있어

조 R. 랜스데일

죽었다던 딜 애로스미스가 돌아오기 전, 그는 저물어가는 달빛 속에 들판을 가로지르며 자기집을 찾고 있었다. 주변 풍경이 친숙했지만 동시에 달랐다. 마치 어릴 적 떠난 고향을 어른이 되어 다시 찾아가보니 나무 그네는 없어지고, 사과나무는 베어지고, 잔디는 웃자라 있고, 사랑했던 개를 묻은 둔덕에는 변소가 세워져 있는 광경을 보는 심정이었다.

그가 들판을 가로지르는 동안 지평선으로 지는 달은 너무 오래 핥아먹은 싸구려 사탕처럼 갸름해졌고, 나무들 사이로 태양이 비쳐들었다. 고개 숙인 초록 풀과 잘 여문 옥수수처럼 노랗고 높다란 잡초에 서리가 앉았다. 하지만 그의 마음속에 보이는 풍경은 눈앞에 펼쳐진 텍사스 동부의 들판도, 그 너머로 어둑하게 줄지은 참나무들과 소나무들도, 핏빛 띠처럼 숲을 향해 들판에 구불구불 이어진 흙길도 아니었다.

그는 프랑스의 어느 들판을 보고 있었다. 길게 이어진 깊은 참호에 피투성이 사체들이 즐비했다. 팔다리가 잘린 사체도 있고 바닥에 쏟아진 오트밀처럼 뇌수가 흩뿌려진 사체도 있었다. 썩어가는 고기의 악취와 매캐한 탄약 냄새, 잔류 독가스가 공기 중에 그득했고 파리가 웽웽거리며 들끓었다. 목구멍 안쪽에서 동전 타는 맛이 났다. 가슴이 죄어들었다. 나무들이 그를 향해 돌격해오는 병사들의 어슴푸레한 음영 같았다. 잠깐이나마 그는 총도 없으면서 그들의 공격에 맞서 싸우려는 생각을 했다.

그는 눈을 감고 심호흡하고 고개를 흔들었다. 눈을 뜨자 악취는 사라지고 새벽녘의 싸늘한 공기가 콧속으로 들어왔다. 눈송이 녹듯 달의 윤곽이 희미해졌다. 하얀 뭉게구름이 하늘을 흘러가고, 나무들의 우듬지를 어루만지는 햇살이 그 사이로 내리비치면서 그림자가 몸통 아래쪽으로, 땅바닥 한쪽으로 밀려났다. 하늘이 옅은 푸른색으로 물들고, 서리가 증발하면서 풀들이 고개를 들었다. 새들이 노래하기 시작했다. 메뚜기들이 뛰어다녔다.

그는 들판을 가로질러 나무들 사이로 난 길을 따라 계속 걸었다. 집이 정확히 어디에 있고 어떻게 생겼고 어떤 냄새가 나는지, 무엇보다 자신이 집에 있을 때 어떤 기분인지 생각해내려 애썼다. 아내를 떠올리려고도 했다. 그녀가 어떻게 생겼고, 그녀 품안에 있으면 기분이 어땠는지. 하지만 기억을 샅샅이 뒤져 찾아낸 것이라고는 방 세 칸짜리 집에서 긴 무채색 원피스를 입은, 자기보다 어린 여자의 모습이 전부였다. 아내의 벌거벗은 모습도, 가슴 모양과 다리 길이도 생각나지 않았다. 마치 딱 한 번 스쳐가듯 만났던 사이 같왔다.

나무들을 지나 반대편으로 나오니 당연하게도 들판이 펼쳐졌다. 온통 쪽빛과 노란색 꽃 천지였다. 예전엔 키 큰 옥수수와 콩과 완두콩이 든 꼬투리로 빽빽했던 그곳은 오랫동안 밭을 일구지 않았다. 그가 떠난 뒤로 계속 그 상태였던 모양이다. 그는 집을 향해 작은 길을 터덜터덜 걸어갔다. 집은 그가 떠날 때 그대로 같은 자리에 서 있었다. 세월이 흐르면서 많이 낡았다. 굴뚝 위쪽이 그을고 목재는 새로 칠하지 않아 뱀허물처럼 벗겨졌다. 그가 손수 나무를 베고 쪼개서 마련한 목재였다. 돌아오는 길에 본 다른 것들처럼 집도 그의 기억보다 작았다. 집 뒤로 통나무로 지은 훈제실이 있고, 왼쪽으로 멀찍이 떨어진 곳에 역시 그가 지은 변소가 있었다. 그는 매일 아침 그곳에서 볼일을 보면서 잡지를 여러 권 읽었다.

집 앞에 돌을 쌓아 우물을 만들어놓았었다. 이제는 튼튼한 장대를 네 개 세우고 위에 지붕을 얹은 모습이었는데 그 근처에 어린 소년이 서 있었다. 그는 아들을 금세 알아보았다. 여덟 살쯤 되었을 것이다. 그가 1차대전에 참전하려고 컴컴한 대양을 건넜을 때 네 살이었다. 아이는 손잡이를 쥐고 있던 양동이를 내려놓고 집으로 달려가며 딜이 알아들을 수 없는 말을 외쳤다.

잠시 후 그녀가 집에서 나오자 그의 기억이 되살아났다. 그는 계속해서 걸었고, 네모난 입구를 배경으로 서 있는 그녀에게 다가갈수록 가슴이 점점 더 미어졌다. 그녀는 금발에 키가 크고 늘씬했으며 들판의 꽃보다 칙칙한 빛깔의 꽃무늬 원피스를 입고 있었다. 그래도 얼굴은 태양보다 환히 빛났다. 그는 이제 침대에서 발가벗은 그녀의 모습이 생각났다. 잃었던 기억이 한꺼번에 떠오르면서 마침내 집에 돌아왔다는 사실을 실감했다.

그가 3미터쯤 떨어진 곳까지 오자 겁먹은 아이가 엄마를 잡고 매달렸다. 그녀가 말했다. "딜, 당신이야?"

그는 우두커니 서서 아무 말도 하지 않았다. 그저 시원한 맥주라도 되듯 황홀하게 그녀를 바라보기만 했다. 마침내 그가 입을 열었다. "피곤하고 지치긴 했지만 나 맞아."

"나는 당신이……"

"편지를 안 썼어. 쓸 수가 없어서."

"알아…… 하지만……"

"내가 돌아왔어, 메리 루."

그들은 부엌 식탁에 어색하게 앉아 있었다. 딜 앞에 접시가 놓였고 그는 거기 담긴 콩을 다 비웠다. 열린 앞문으로 밖이 내다보였다. 우물을 지나 꽃으로 뒤덮인 들판까지 눈에 들어왔다. 복도 맞은편 창문도 열려 있어 산들바람에 커튼 자락이 살랑살랑 흔들렸다. 딜은 들판을 가로지르고 나무들 사이로 걸으며 전에 경험했던 감각을 느꼈다. 밖에서 집을 처음 보았을 때도 그랬다. 그런데 정작 집안에 들어와보니 천장은 너무 낮고 방은 너무 좁고 벽도 너무 붙어 있었다. 모든 게 너무 작았다.

하지만 메리 루가 있었다. 식탁 맞은편에 그녀가 앉아 있었다. 얼굴에 주름 하나 없고 어깨는 남자아이처럼 좁았다. 눈은 들판의 파란 꽃처럼 초롱초롱했다.

윈스턴이라는 이름의 소년은 그의 왼쪽에 앉았지만 의자를 어머니 쪽으로 끌어다놓았다. 소년은 그를 유심히 살펴보았고, 딜도 아이를 찬찬히 들여다보았다. 그에게서 메리 루의 모습은 보였지만 자신을 닮은 구석은 없었다.

"내가 그렇게 많이 변했어?" 그들이 빤히 쳐다보자 딜이 물었다. 두 사람 모두 손을 무릎 위에 올려놓았다. 그가 언제든지 식탁을 뛰어넘어와 자신들을 깨물기라도 할 것처럼.

"많이 야위었네." 메리 루가 말했다.

"집을 떠날 때만 해도 건장했는데 지금은 뼈밖에 없어. 곧 좋아지겠지." 그는 미소를 지으려 했지만 흐지부지되었다. 심호흡을 했다. "그래, 그동안 어떻게 지냈어?"

"그동안?"

"그래, 어떻게 지냈어?"

"아, 잘 지냈어. 나는 좋아."

"아이는?"

"아이도 괜찮아."

"말은 해?"

"그럼. 윈스턴, 아버지한테 인사해야지."

아이는 말을 하지 않았다.

"인사하라니까."

여전히 묵묵부답이었다.

"괜찮아." 딜이 말했다. "시간이 꽤 흘렀으니까. 나를 기억 못하겠지. 그럴 만해."

"캐나다로 가서 입대한 거야?"

"내가 그러겠다고 했잖아."

"정말인가 해서."

"이해해. 일 년 전인가 미군에 합류했어. 내가 어느 편인지는 중요하지 않았어. 어쩌나 끔찍하던지."

"알아." 그녀가 아무것도 모르면서 그냥 하는 소리임을 딜은 알았다. 그렇다고 그녀에게 뭐라고 할 수도 없었다. 그는 전쟁과 모험의 열정에 사로잡혀 가족을 내팽개치고 캐나다로 훌쩍 떠나 참전했었다. 진짜 삶이 지나가고 있고 이 기회를 놓치면 안 된다고 생각했다. 그런데 진짜 삶은 바로 여기 있었다. 그는 그것을 까맣게 몰랐다.

메리 루가 일어나서 식탁을 돌아 남편의 접시에 콩을 다시 담고, 오븐으로 가서 옥수수빵을 가져와 콩 옆에 놓았다. 그는 그 동작을 하나하나 살폈다. 땀에 젖은 그녀의 머리카락이 축축한 건초처럼 이마에 들러붙었다.

"당신 이제 몇 살이지?" 그가 물었다.

"내 나이?" 그녀가 되물으며 자기 자리에 다시 앉았다. "딜, 알면서 그래. 스물여덟이잖아. 당신이 집을 떠날 때 나이보다 더 들었지."

"이런 말 해서 미안한데 당신 생일이 언제인지 까먹었어. 아들 녀석 생일도. 실은 내가 몇 살인지도 모르겠어."

그녀는 그에게 그들의 생일을 알려주었다.

"아무래도, 기억이 나지 않아."

"나는…… 당신이 죽은 줄 알았어."

그가 집에 돌아오고 난 뒤 그녀는 이 말을 몇 번이나 했는지 모른다. 그가 말했다. "나는 아직 죽지 않았어, 메리 루. 이렇게 멀쩡히 살아 있다고."

"그래. 살아 있지."

그녀는 접시에 담긴 음식을 입에 대지 않았다. 그저 가만히 앉아 있으면 음식이 다른 것으로 바뀌기라도 할 것처럼.

딜이 말했다. "누가 우물을 고치고 지붕까지 얹었어?"

"톰 스마이츠가."

"톰? 그 꼬마?"

"이젠 꼬마가 아니야. 당신이 떠났을 때도 열여덟 살이었는걸. 그때도 꼬마는 아니었어, 전혀."

"그렇군." 딜이 말했다.

저녁식사를 마치자 그녀는 예전처럼 그에게 파이프담배를 가져다주었다. 그는 등나무로 된 흔들의자를 발견했다. 예전에도 그 자리에 있었는지는 기억나지 않았지만, 아무튼 밖에 내놓고 나무들을 보고 앉아서는 앞뒤로 흔들거리며 담배를 피웠다.

그는 예전을 생각했고 지금을 생각했다. 그리고 조금 후 자러 가야 할 때를 생각했다. 그 문제에 어떻게 접근해야 할지 몰랐다. 그의 아내였지만 몇 년 동안 떨어져 있었던데다가, 예전처럼 집에서 편하게 지내고 싶었지만 예전에 어땠는지 도무지 기억나지 않았다. 자신이 원하는 것을 어떻게 해야 하는지는 알았지만 사랑하는 법은 몰랐다. 아내가 자신을 창문으로 넘어들어와 쓰다듬어주기를 기다리는 더러운 고양이처럼 여기지나 않을까 두려웠다.

그는 앉아서 담배를 피우고 생각하고 의자를 앞뒤로 흔들거렸다.

아이가 집에서 나와 옆에 서서 그를 쳐다보았다.

엄마를 닮아 금발이었고 아이치고는 몸이 탄탄했다. 오른쪽 귀 앞쪽과 턱에 작은 딸기같이 생긴 반점이 있었다. 딜은 기억나지 않았다. 워낙 갓난아기이기도 했지만 그런 반점은 전혀 기억에 없었다. 하긴 그것 말고도 많은 것이 기억나지 않았다. 기억하기 싫은 것들은 생각났다. 그리고 메리 루의 피부. 그것도 기억났다. 만지면 버터처럼 보드라웠지.

"혹시 나 기억나니?" 딜이 물었다.

"아니요."

"전혀 기억 안 나?"

"전혀요."

"그럴 테지. 아주 어렸을 때니까. 엄마가 혹시 나에 대해 말하지 않았어?"

"별로요."

"아무 말도 안 했단 말이지."

"전쟁터에서 죽었다고 했어요."

"그래…… 어쨌든, 안 죽었어."

딜은 몸을 돌려 열린 문 안을 들여다보았다. 메리 루가 세면대의 대야에 물을 붓고 있었다. 난롯불에 데운 물에서 김이 났다. 그러자 불을 피울 장작이라도 나를 걸 그랬다는 생각이 들었다. 불을 피우고 물을 데우는 것을 도와줄 걸 그랬다. 하지만 그녀 가까이 있으면 긴장되었다. 아이도 신경쓰였다.

"학교에 다녀?" 그가 물었다.

"불타서 무너졌어요. 톰이 읽고 쓰기와 계산하는 법을 가르쳐줘요. 그 사람은 팔 년이나 학교를 다녔대요."

"낚시는 해봤어?"

"톰이랑요. 가끔 낚시와 사냥에 데려가줘요."

"활과 화살 만드는 법도 가르쳐주던?"

"아니요."

"'아닙니다'라고 해야지."

"그게 뭔데요?"

"'네, 그렇습니다' '아닙니다'라고 해. '네' '아니요'가 아니라. 그건 버릇없는 말이야."

아이는 고개를 떨구고 한 발로 흙을 긁어모았다.

"너한테 뭐라 하는 게 아니라 어떻게 말해야 하는지 알려주는 거야. 나도 연장자한테는 네, 그렇습니다, 아닙니다, 이렇게 말해. 내 말 알겠지, 아들?"

아이는 고개를 끄덕였다.

"뭐라고 말하라고?"

"네, 그렇습니다."

"좋아. 매너는 중요해. 꼭 익혀야 해. 안 그러면 제대로 살아갈 수 없어. 글을 읽고 쓸 줄 알아야 하고, 돈을 지키려면 계산도 해야 하지만 매너도 꼭 익혀야 해."

"네, 그렇습니다."

"그건 그렇고…… 활과 화살 말인데, 톰이 만드는 법을 가르쳐 주지 않았단 말이지?"

"네, 그렇습니다."

"그럼 다음에 그걸 해야겠네. 내가 가르쳐줄게. 나는 체로키 인디언한테 배웠어. 생각만큼 쉽진 않아. 제대로 만들기가 어렵다는 거야. 그걸로 잘 맞히는 건 완전 또다른 이야기고."

"총이 있는데 활이 왜 필요해요?"

"그렇긴 하지. 그래도 재밌어. 활로 사냥하면 얼마나 즐거운데. 총에 비할 바가 아냐. 그리고 말인데, 나는 총을 썩 좋아하지 않아."

"난 총이 좋아요."

"그것도 괜찮아. 하지만 총은 널 좋아하지 않아. 네가 아무리 사랑해도 말이야. 그러니 보답 없는 것에 너무 관심을 갖거나 애정을 주지 마라."

"네, 그렇습니다."

물론 아이는 그가 하는 말을 전혀 알아듣지 못했다. 딜 자신도 무슨 말을 하고 있는지 알기나 하는지 확실치 않았다. 그는 몸을 돌려 문을 들여다보았다. 메리 루가 설거지를 하고 있었다. 대야 속 접시를 문지르며 엉덩이를 약간 씰룩이는 그녀를 본 순간 딜은 비로소 자신이 살아 있는 남자임을 느꼈다.

그날 밤 침대가 비좁아 보였다. 그는 손을 아랫배에 포개고 똑바로 누웠다. 색이 바랜 빨간색 내의를 입었는데, 그가 집을 떠날 때도 이미 해졌던데다 그간 좀이 슬어 금방이라도 찢어질 것 같았다. 침대 옆 열린 창문으로 선선한 바람이 불어들어왔다. 메리 루가 옆에 누웠다. 여기저기 갖가지 색깔의 천조각으로 기운 긴 흰색 잠옷을 입었다. 머리를 풀어 길게 내려뜨린 채였다. 그가 떠날 때도 머리가 길었다. 그는 그동안 그녀가 얼마나 자주 머리를 잘랐을지, 도로 자라기까지 얼마나 걸렸을지 궁금했다.

"오랜만인걸." 그가 말했다.

"괜찮아."

"내가 할 수 없다거나 안 하겠다는 게 아니라, 그럴 준비가 되었는지 모르겠다는 거야."

"괜찮아."

"외로웠어?"

"윈스턴이 있잖아."

"많이 자랐더군. 든든했겠어."

"그렇지."

"당신을 좀 닮은 것도 같고."

"좀."

딜은 그녀를 돌아보지 않은 채 손만 뻗어 그녀의 배에 올려놓았다. "여전히 소녀 같군. 아이가 있는데도 소녀 같다니…… 내가 당신 나이를 왜 물었는지 알겠어?"

"기억 안 나서 그런 거잖아."

"그것도 그렇지만 당신이 예전과 하나도 달라지지 않아서야."

"나도 거울이 있어. 좋은 건 아니지만 더 젊어 보이게 해주진 않던데."

"그대로야."

"지금이야 여자라면 다 좋아 보이겠지." 그러고는 하던 말을 멈추었다. "그런 뜻으로 한 말은 아니었어. 난 그저 당신이 오랫동안 멀리 가 있어서…… 유럽에는 예쁜 여자가 많다고 들었어."

"예쁜 여자도 있고 아닌 여자도 있지. 그래도 당신처럼 예쁜 여자는 없었어."

"당신 혹시……"

"뭐?"

"그게…… 당신이 나가 있는 동안."

"아…… 그랬어. 두어 번 했는데 그때는 내가 집에 돌아올 줄 몰랐어. 딴 뜻은 없었어. 오해 마. 어디까지나 굶주린 배를 채우는 거나 마찬가지였으니까."

그녀는 한동안 말이 없었다. 그러고는 말했다. "괜찮아."

그도 비슷한 질문을 할까 하다가 관두었다. 그녀 쪽으로 몸을 돌려 긴장을 풀어주려 했다. 그녀는 송장처럼 뻣뻣하게 가만히 있었다. 그도 알았다. 전쟁터에서는 어쩔 수 없이 시체 사이에 누워야 할 때도 가끔 있었다. 한번은 동료 병사들과 프랑스의 한 마을을 지나다가 나무 사이에 죽어 누워 있는 여자를 보았다. 몸에 상처하나 없었다. 젊고 머리카락이 검었다. 낮잠을 자고 있는 듯 보였다. 그는 허리를 숙여 그녀를 만져보았다. 아직 온기가 남아 있었다.

동료 가운데 한 녀석이 여자의 몸이 식기 전에 돌아가면서 덮치

자고 했다. 농담으로 내뱉은 말이었다. 하지만 딜이 총구를 겨누자 그는 식겁하며 달아났다. 나중에 참호에서 두 사람은 나란히 앉게 되었다. 위스콘신에서 온 녀석으로 그와 마찬가지로 캐나다로 넘어와 참전했다. 둘은 화해했다. 위스콘신 출신이 아끼는 자기가 바보 같은 농담을 했다며 나쁜 감정은 없다고 했다. 딜도 괜찮다고 했다. 둘은 나란히 위치를 잡고 고향 이야기를 좀 하며 전투가 시작되기를 기다렸다. 전투가 벌어졌고 방독면을 쓰고 소총을 쏘았다. 그러다 위스콘신에서 온 병사가 총상을 입고 뒤로 풀썩 쓰러졌다. 얼마 뒤 교전이 잠시 중단되었다.

딜은 몸을 굽혀 그의 방독면을 벗기고 머리를 받쳐들었다. 그가 말했다. "이제 엄마 얼굴은 못 보겠지."

"괜찮을 거야." 딜이 말했다. 하지만 남자의 얼굴 절반이 날아가 있었다. 대체 어떻게 말을 하는 거지? 왜 아직 죽지 않았지? 그의 뇌수가 줄줄 흘러내리고 있었다.

"셔츠 안에 편지가 있어. 엄마에게 사랑한다고 전해줘…… 오, 맙소사, 저기 봐. 별들이 떨어지고 있어."

딜은 쓰러진 동료의 아득한 시선을 따라 고개를 들어 올려다보았다. 하늘에 별이 총총히 박혀 있었다. 포탄이 터지면서 지축이 흔들리고 하늘이 붉게 타올랐다. 대기가 베일을 씌운 듯 붉게 물들었다. 딜이 다시 동료를 보았을 때는 눈을 뜬 채 이미 숨을 거둔 뒤였다.

딜은 그의 셔츠 안쪽에 손을 넣어 편지를 꺼냈다. 그제야 그가 가슴에도 총상을 입었다는 것을 알았다. 편지가 피로 검게 물들어 있었다. 편지를 펴보려고 했지만 피에 흠뻑 젖어 흐물흐물했다. 전해줄 유품 하나 남지 않게 되었다. 심지어 남자의 이름도 기억나지 않았다. 한 귀로 듣고 한 귀로 흘렸던 것이다. 이제 그는 죽었고 마지막 말만 남았다. "별들이 떨어지고 있어."

그가 동료의 머리를 받쳐들고 있을 때 장교 한 명이 권총을 들고 참호로 내려왔다. 얼굴은 화약가루가 묻어 시커멓고 눈은 밤인데도 초롱초롱 빛났다. 장교가 딜을 보더니 말했다. "모든 것에는 다 이유가 있는 법, 그러니 낙심하지 말게." 그러고는 참호를 따라 계속 걸어갔다.

딜은 그날 밤과 그 죽음을 떠올렸다. 이어 죽은 여자가 다시 생각났다. 그녀의 시체는 어떻게 되었을까? 그들은 여자를 내버려두고 가야 했다. 나무 사이에. 누가 그녀를 묻어주었을까? 그냥 그대로 썩었을까? 개미와 비바람이 처리했을까? 그는 들판의 그녀 옆에 누워 있는 꿈을 꾸곤 했다. 그곳에 누워 그녀와 함께 허공으로 떠가는 꿈이었다.

딜은 지금 그 죽은 여자 옆에 누워 있는 기분이었다. 검은 머리가 아니라 금발이기는 하지만 나무 사이에 누워 있던 여자만큼이나 죽은 몸 같았다.

"아무래도 오늘밤은 그냥 자야겠어." 메리 루의 말에 그는 놀랐다. "차츰 되겠지. 너무 신경쓰지 마."

그는 그녀에게서 손을 거두었다. 그가 말했다. "괜찮아질 거야."

그녀가 반대쪽으로 돌아누웠다. 그는 양손을 아랫배에 올려놓고 이불 위에 누워 서까래를 보았다.

이틀 밤낮이 지났다. 그녀가 달아올라 그를 반기거나 하지는 않았지만, 그는 그녀와 함께 잠자리에 드는 것을 인생에서 가장 좋은 부분으로 여기게 되었다. 그녀의 향긋한 냄새가 좋았고 그녀의 숨소리를 듣고 있는 게 좋았다. 그녀가 깊이 잠들면 살짝, 조심스럽게 돌아누워 팔꿈치를 괴고 그녀의 모습을 바라보았다. 그는 귀향을 염원하거나 고대하며 지내지 않았었다. 하지만 이렇게 어둠 속에서 가만히 그녀를 보고 있으면 끔찍했던 지난 사 년의 시간보다 지금이 더 낫다고 확신했다.

며칠에 걸쳐 그는 아이를 데리고 숲으로 가서 활을 만들기에 좋은 나무를 찾았다. 오세이지오렌지나무를 벤 다음 도끼로 잔가지를 쳐내는 법, 활 모양으로 자르는 법, 깜부기불로 모양을 고정시키는 법을 보여주었다. 그러면서 많은 시간을 함께 보냈지만 아이는 활 만들기를 배우는 것이 즐거워도 결코 내색하는 법이 없었다. 감정을 마음속 깊이 묻어두었고 제 어머니보다 말수가 적었다. 그래서 딜은 아이가 바로 곁에 있어도 몇 미터 멀찍이 떨어져 있는 기분이었다.

딜은 아이를 위해 활을 만들고 튼튼한 줄을 맸다. 그리고 화살을 만들 만한 나무를 찾고 새둥지에서 깃털을 모아 화살에 다는 법을 보여주었다. 활을 만드는 데 거의 일주일이 걸렸고, 활을 건조시키고 화살을 만드는 데 또 일주일이 걸렸다. 남는 시간에는 한때 경작지였으나 지금은 10만 제곱미터의 꽃밭으로 변해버린 땅을 내다보았다. 작은 나무 몇 그루가 군데군데 자라기 시작했다. 그는 옥수수로 뒤덮인 들판을 상상해보았다.

딜은 도끼로 나무들을 쳐냈고, 그날 오후 저녁식사 자리에서 메리 루에게 노새가 어떻게 되었는지 물었다.

"죽었어." 메리 루가 말했다. "당신이 떠났을 때도 이미 늙었지. 더 늙어서 죽었고, 우리가 잡아먹었어."

"알뜰하게 살았군."

"아는 게 그것뿐이었으니까."

"그럼 농사를 짓지 않았다는 말인데, 지금까지 어떻게 먹고살았어?"

"톰이 이따금 이것저것 갖다줬어. 잡은 물고기도 주고, 밭에서 키운 채소도 주고, 다람쥐도 한두 마리. 돼지를 한 마리 키워 훈제해두기도 했어. 텃밭도 있었고."

"톰의 부모는 어떻게 지내는데?"

"아버지는 술로 죽었고, 어머니는 명이 다해 죽었어."

딜은 고개를 끄덕였다. "그분은 항상 골골했지. 남편이 나이가 훨씬 많았고…… 나도 당신보다 나이가 많잖아. 물론 나이차가 그 정도는 아니지만. 그 부부는 아마 열다섯 살 차이였지? 나는…… 어디 보자, 당신보다 열 살이 더 많군."

그녀는 대답이 없었다. 그는 열 살 차이는 아무것도 아니라는 대답을 내심 기대했다. 그러나 그녀는 아무 말도 하지 않았다.

"톰이 근처에 살아서 다행이야." 딜이 말했다.

"많이 도와줬어."

얼마 후 딜이 말했다. "세상이 바뀌고 있어. 당신도 언제까지 다른 사람의 도움에 의지해 살아선 안 돼. 내일 시내에 나가 씨앗을 사고 노새도 알아볼게. 제대하면서 받은 돈이 있는데 많지는 않지만 새 출발을 하기에 충분할 거야. 여기 윈스턴도 데려가서 사탕 같은 것 좀 사주고."

"난 박하사탕이 좋아요." 아이가 말했다.

"그걸로 사자꾸나." 딜이 말했다.

"그렇게 서두를 것 없어." 메리 루가 말했다. "가을 파종 때까지는 아직 시간이 있으니 전처럼 사냥도 하고 며칠 낚시라도 가든가…… 윈스턴을 데려가도 좋고. 느긋하게 좀 쉬어."

"며칠 더 쉰다고 해로울 건 없겠지. 다시 적응하는 데도 시간이 필요할 테니."

다음날 오후 딜은 윈스턴을 데리고 개울에 다녀왔다. 물고기 두 마리를 젖은 밧줄로 엮은 것을 윈스턴이 등뒤로 넘겨 들고 갔고, 물고기가 장신구처럼 달랑거리며 셔츠가 축축이 젖었다. 작아도 제법 실한 농어였다. 물고기를 잡으면서 딜은 처음으로 아이가 진짜 신나하는 모습을 보았다. 농어가 윈스턴의 등에 통통 튕길 때마다 비늘이 햇살에 비쳐 반짝거렸다. 딜은 윈스턴보다 약간 뒤처져 걸어가면서 물고기를 주의깊게 관찰했다. 물 밖으로 나온 물고기가 헐떡대며 서서히 죽어가는 모습을 지켜보았다. 개울로 돌아가 물고기를 도로 놓아주고만 싶었다. 부상당한 병사가 들판에서, 참호에서 그렇게 가쁜 숨을 몰아쉬는 광경을 보아왔다. 그 모습은 물로 돌아가야 하는 물고기와 다를 바 없었다.

집에 거의 다 왔을 무렵 딜은 말을 타고 오는 사람을 보았다. 메리 루가 그를 맞이하려고 집에서 나왔다.

메리 루가 다가가고 안장 위의 남자가 몸을 숙여 말을 주고받았다. 그리고 그녀가 한 손으로 안장을 잡고 말을 집 쪽으로 이끌었다. 딜과 윈스턴이 다가오는 것을 본 그녀는 안장에서 손을 떼고 말 옆에서 걸었다. 말에 탄 남자는 장신에 늘씬했고 어깨까지 내려온 검은 머리는 회색 모자 테 아래로 검은 잉크가 쏟아져 흘러내린 듯했다.

거리가 점점 가까워지자 말을 탄 남자가 손을 들고 인사했다. 그때 아이가 "톰 아저씨!" 하고 외치며 쏜살같이 말을 향해 달려갔다. 물고기를 달랑거리며.

그들은 식탁에 둘러앉았다. 딜과 메리 루, 윈스턴, 톰 스마이츠. 톰은 치커소 인디언 혈통이 절반 섞인 어머니에게서 피부, 머리카락, 눈동자 색을, 스웨덴계 아버지에게서 훤칠한 키와 장대한 골격을 물려받았다. 숲의 신 같은 풍모였다. 얼굴 양쪽으로 머리카락이 흘러내리고 호두색 피부는 매끄러우며 균형 잡힌 이목구비에 손발이 큼직큼직했다. 그는 모자를 무릎 위에 올려놓고 앉았다.

아이는 톰 옆에 바싹 붙어 앉았다. 메리 루는 양손을 내밀어 식탁에 올려놓은 채였다. 시선은 톰을 향해 있었다.

딜이 말했다. "그동안 우리 가족을 도와줘서 고맙군."

"그럴 것 없어요. 예전에 저를 데리고 다니며 사냥이며 낚시를 가르쳐줬잖아요. 우리 아버지는 안 그랬죠. 농사짓고 돼지치고 술이나 마실 줄 알았지. 그런 걸 가르쳐준 건 아저씨예요."

"그래도 고마워."

"도와주고 싶었어요. 뭘요, 힘들 것도 없었는데."

"이제 자네도 가족이 있을 거 아냐."

"아직요. 말 몇 마리랑 암소, 돼지, 닭을 조금 키우고 있고 제법 넓은 텃밭이 있어요. 하지만 딸린 식구는 없어요. 아직. 메리 루한테 들었는데, 쟁기를 끌 노새와 씨앗이 필요하다고요."

딜은 그녀를 보았다. 말과 나란히 걷던 잠깐 동안 톰에게 말했던 모양이다. 그는 복잡한 심정이었다. 자신이 무엇이 필요하고 말고를 다른 사람이 아는 것에 어떻게 반응해야 할지 몰랐다.

"맞아. 노새랑 종자를 살 생각이야."

"제게 쟁기를 끌도록 길들인 말이 한 마리 있어요. 노새만큼 편하지는 못하겠지만 싸게 드리죠. 아주 싸게요. 그리고 씨앗도 넉넉하게 있어요. 그러니 굳이 시내까지 가지 않아도 돼요."

"이참에 시내를 한번 둘러보는 것도 괜찮고."

"예, 그렇긴 하죠. 하지만 그런 것들은 제가 마련해드릴게요."

"윈스턴을 가게에 데려가서 사탕도 사주고 싶고."

톰이 씩 웃었다. "그것도 좋은 생각이네요. 그런데 마침 제가 오늘 아침 시내에 갔다가—"

그러더니 셔츠 주머니에서 갈색 봉투를 꺼내 식탁에 올려놓고 조심스럽게 봉투를 끌렀다. 박하사탕 두 개가 나왔다.

윈스턴이 톰을 보았다. "그거 제 거예요?"

"맞아."

"하나만이야, 윈스턴. 식사 마치고 먹어." 메리 루가 말했다. "나머지는 내일 먹자. 참고 기다린 만큼 더 맛있을 거야."

"이렇게 신경쓰지 않아도 되는데." 딜이 말했다.

"점심 들고 가요." 메리 루가 말했다. "딜과 윈스턴이 잡아온 물고기가 있어요. 감자도 있으니 구워줄게요."

"이렇게 고마울 데가." 톰이 말했다. "그렇다면 물고기 손질은 제가 할게요."

그리고 며칠이 훌쩍 지났다. 그사이 톰이 말과 씨앗을 가져오고 바로 다음날엔 말이 밭을 가는 데 필요한 농기구들까지 챙겨왔다. 딜은 시내에 갈 일이 없겠다는 생각이 들기 시작했다. 이제는 시내에 가고 싶은지도 알 수 없었다. 톰은 딜보다 가족과 허물없이 어울렸다. 그는 그런 톰에게 질투를 느끼며 가족 내에서 자기 자리를 찾고 싶었다. 톰과 메리 루는 온갖 것에 대해 스스럼없이 이야기를 나누었고 아이는 어느덧 활에 흥미를 잃었다. 실제로 딜은 장작더미 근처의 나무 아래서 버려진 활과 화살을 발견했다. 그는 그것을 주워 훈제소로 가져갔다. 건조해서 모양을 고정시키기에 좋았다. 그렇지만 과연 아이가 거기 내다버린 건지 단정하지는 못했다.

딜은 꽃이 핀 들판을 2만 5천 제곱미터가량 갈아엎었고, 다음날 톰이 닭똥 거름을 한가득 싣고 와서 그가 뒤엎은 땅에 뿌리는 일을 거들었다. 딜은 쟁기질을 하고, 톰과 함께 가을에 수확할 콩을 비롯해 노란 굽은목호박, 수박과 캔털루프멜론을 심었다.

그날 저녁 그들은 집 앞에 앉아 있었다. 딜은 흔들의자에, 톰은 부엌에서 가져온 의자에 앉고 아이는 톰 옆의 땅바닥에 앉아 막대기로 흙을 쑤셨다. 열린 문으로 유일한 빛인 램프의 불빛이 흘러나왔다. 딜은 어깨 너머로 메리 루가 세면대에 서서 설거지를 하며 엉덩이를 흔드는 모습을 보았다. 톰이 그쪽을 한 번 보고 딜을 보더니 하늘로 눈을 돌려버렸다. 별의 위치를 기억해두려는 듯.

톰이 말했다. "아저씨가 떠난 후로 같이 사냥을 못해봤네요."

"이 근처에 자주 오는 것 같던데." 딜이 말했다.

톰이 고개를 끄덕였다. "집보다 여기가 마음 편해요. 부모님이 내내 싸우기만 했거든요."

"부모님 일은 들었어."

"다들 때가 되면 떠나니까요. 죽는 방법이야 가지각색이지만 어디까지나 시간문제니 받아들여야죠."

"그래."

"언제 사냥 같이 갈래요? 주머니쥐 고기를 먹어본 지도 한참 된 거 같아요."

"나는 주머니쥐가 그렇게 싫더라고." 딜이 말했다. "너무 기름져."

"제대로 손질을 안 해서 그래요. 제가 또 잘하죠, 주머니쥐 고기 손질하는 거. 물론 가장 좋은 방법은 잡아서 우리에 일주일 정도 가둬놓고 옥수수를 먹인 다음 잡는 거예요. 그럼 살이 단단해져서 더 좋아요. 그 정도까지는 아니지만 총으로 잡아서 식초랑 이것저것 좀 넣어 누린내를 잡고 고구마랑 같이 요리하는 방법도 있고요. 제가 처치 곤란할 정도로 고구마가 많거든요."

"이이는 고구마를 좋아해." 메리 루가 말했다.

딜이 돌아보았다. 그녀가 행주에 손의 물기를 닦으며 문간에 서 있었다. "좋은 생각 같아, 딜. 같이 사냥 다녀와. 주머니쥐 요리는 내게 맡기고. 옛날처럼 톰이랑 같이 가."

"고구마를 너무 오래 못 먹었군." 딜이 말했다.

"그럼 더더욱 가야죠." 톰이 말했다.

아이가 말했다. "나도 갈래요."

"그것도 좋지만." 톰이 말했다. "이번에는 우리끼리 가는 게 좋겠다. 내가 어렸을 때 아저씨가 숲에 대해 많이 가르쳐줬거든. 그래서 오랜만에 즐거웠던 옛 추억을 살리고 싶어. 괜찮지, 윈스턴?"

행동으로 봐선 괜찮은 것 같지 않았지만 윈스턴은 대답했다. "그래요."

그날 밤 딜은 메리 루 옆에 누워 이렇게 말했다. "톰은 좋은 녀석이지만 이제 우리끼리 해나갈 수 있으니까 너무 자주 오지 않았으면 좋겠어."

"어?"

"윈스턴이 톰을 잘 따른다는 건 나도 알아. 하지만 나도 윈스턴과 다시 친해져야 해…… 흠, 녀석을 제대로 안 적이 없잖아. 당신도 그렇고…… 당신과 시간을 갖고 싶어. 적절한 시간 말이야."

"무슨 말인지 모르겠어, 딜. 적절한 시간이라니?"

딜은 올바른 표현을 찾아내려고 한참 고심했다. 자신이 어떤 감정을 느끼는지 알지만 말로 표현하려니 여간 어려운 게 아니었다. "이러나저러나 당신은 나와 결혼했잖아. 다른 구혼자들보다는 나아 보였으니까. 막상 내가 당신 생각만큼 좋은 결혼 상대는 아니었지. 하지만 이제라도 우리한테 필요한 걸 찾아야 해."

"우리한테 필요한 것?"

"사랑. 여태 사랑이 없었잖아."

그녀는 잠자코 있었다.

"일단 우리끼리 시간을 갖는 게 좋겠어. 그런 다음 톰을 다시 초대하자. 당신, 내 말뜻 알겠지?"

"그래."

"아직도 집에 완전히 돌아온 것 같지 않아. 시내에도 못 나가봤고, 사람들 만나 돌아온 소식도 못 전했고."

"누구 만나고 싶은 사람 있어?"

딜은 한참을 생각하다 말했다. "보고 싶었던 사람이라고 해봐야 당신하고 윈스턴밖에 없지만 여러 가지를 예전으로 돌려놓고 싶어…… 사람들을 만나 관계도 쌓고, 가게에서 신용을 쌓아 내년에 필요한 물품도 거래하고. 하지만 우선은 당신 옆에 있으면서 얘기를 하고 싶어. 당신과 톰은 얘기를 많이 하잖아. 우리도 그랬으면 좋겠어. 서로 대화하는 법을 배울 필요가 있어."

"톰은 말하기 편한 상대야. 말주변이 좋아. 어떤 주제를 꺼내든 그럴듯하게 이야기할 줄 알지. 일을 다 하고 나면 입을 꾹 닫지만…… 당신은 전에도 대화하는 걸 별로 안 좋아했잖아. 이제 와서 왜 그래?"

"당신이 말하는 걸 듣고 싶고, 당신이 내 말을 들어주면 좋겠어. 무슨 씨앗을 심을까 하는 얘기도 좋고, 콩 좀 건네달라거나 장작을 가져오라거나 코 좀 그만 골라는 말이어도 좋아. 일상적으로 주고받는 말들 말이야. 그리고 말인데, 나는 톰이 이 집에 얼씬거리는 게 싫어. 우리끼리, 당신과 나, 윈스턴, 이렇게 셋이서 시간을 보내고 싶어."

딜은 침대가 출렁거리는 게 느껴졌다. 돌아보니 메리 루가 잠옷을 가슴 위로 끌어올리며 벗고 있었다. 어둠 속에서 무성한 음모가 드러났고 풍만하고 둥근 가슴은 유혹적이었다.

그녀가 말했다. "그럼 우리 오늘밤부터 서로를 알아가보자고."

그의 입안이 바싹 말랐다. 겨우 이 말만 나왔다. "좋아."

그는 떨리는 손으로 내의 가랑이 쪽 단추를 풀었다. 그녀가 다리를 벌렸고 그가 위에 올라탔다. 그는 순식간에 사정했다.

"오, 이런." 그가 그녀 위에 풀썩 쓰러지며 팔꿈치로 체중을 받치려고 했다.

"어땠어?" 그녀가 말했다. "나 괜찮았어?"

"좋았는데 내가 너무 빨리 끝나버렸어. 너무 오랜만이라서 그래. 미안, 여보."

"괜찮아. 별것도 아닌데." 그녀는 그의 등을 뻣뻣하게 두드리고는 몸을 살짝 틀었다. 자신에게서 떨어져달라는 뜻으로.

"더 잘할 수 있었는데."

"내일 밤에 해."

"내일 밤 톰하고 사냥을 가기로 했어. 톰이 개를 데리고 와서 주머니쥐를 잡을 거야."

"그러면…… 그 다음날도 좋고."

"그러지 뭐. 그러자고."

그는 침대에 누워 단추를 잠그고 기분이 좋은지 나쁜지 생각해보았다. 안도감이 들었지만 정열적인 불꽃 같은 건 없었다. 차라리 그녀가 매트리스에 난 구멍이길 바랐다.

톰이 암캐 한 마리와 22구경 소총 한 자루, 삼베자루를 갖고 왔다. 딜은 벽장에서 잠자고 있던 쌍발 엽총을 꺼낸 다음 기름 먹인 가죽으로 만든 총집에서 뽑아들고 상태를 점검했다. 그리고 총과 탄약가방을 밖으로 가져갔다. 탄약은 오래되었지만 성능은 믿을 만했다. 총과 함께 잘 넣어서 건조한 곳에 보관해두었기 때문이다.

맑은 하늘에 별들이 총총했다. 갓 만든 비누 덩어리에서 잘라낸 것 같은 달이 아주 밝아서 땅이 환히 보였다. 아이는 침대에서 자고 있었다. 딜과 톰, 메리 루는 집 앞에 서서 밤하늘을 보았다.

메리 루가 톰에게 말했다. "이이를 잘 보살펴줘, 톰."

"걱정 마요."

"둘 다 몸조심하고."

"그럴게요."

딜과 톰이 숲을 향해 걸음을 막 옮기기 시작했을 때 별안간 그림자가 나타나 주의를 끌었다. 올빼미 한 마리가 들판으로 내려와 통통한 쥐를 잡아채 날아갔다. 들판 저편으로 사라져가는 올빼미 그림자를 개가 쫓았다.

두 사람은 올빼미가 밝은 하늘로 날아올라 숲으로 사라지는 광경을 지켜보았다. 톰이 말했다. "삶에 확실한 건 없어요, 그렇죠?"

"쥐라면 더욱 그렇겠지."

"산다는 건 잔혹해요."

"잔혹하지 않아." 딜이 말했다. " 저건 생존을 위한 거야. 올빼미는 배가 고팠던 거라고. 인간은 안 그래. 다른 어떤 것들과도 다르지. 개미라면 모를까."

"개미요?"

"개미와 인간은 전쟁을 벌여. 할 수 있으니까. 인간은 온갖 선언이니 연설이니 해대며 그럴듯한 구실을 갖다붙이지. 하지만 그 아래 깔린 사실은 이래. 인간은 전쟁을 원하고 할 수 있기 때문에 전쟁을 벌인다는 거지."

"어렵네요." 톰이 말했다.

"인간은 자신의 길을 가로막는 걸 뭐든 죽이고 자라나는 모든 걸 베어낼 때까지 행복할 수 없어. 길들여지지 않고 아름다운 것을 보면 지배하고 찌르고 벌하고 싶어해. 길들여지지 않았다는 이유로 말이야. 아름다움이 흥미를 끌면 그걸 죽이고 말아."

"아저씨는 이상한 생각을 하네요." 톰이 말했다.

"내가 생각해도 그래."

"우리는 잡아먹기 위해 뭔가를 죽이지만 올빼미와 달리 쥐를 먹지는 않아요. 크고 통통한 주머니쥐를 잡아서 고구마와 함께 요리해서 먹죠."

그들은 개가 저 앞쪽 어둑한 나무들 사이로 달려들어가는 모습을 바라보았다.

숲의 경계에 다다르자 나무들 그림자가 그들 위로 덮쳤다. 이어 그들은 숲으로 들어섰다. 숲속은 어둡지만 군데군데 빛이 비쳐든 틈마다 큰 가지가 어슴푸레 떠올라 보였다. 그들은 오솔길을 찾아 따라 걷기 시작했다. 빛이 갈수록 희미해졌다. 딜은 하늘을 올려다보았다. 먹구름이 몰려왔다.

톰이 말했다. "이런, 비가 올 거 같은데요. 날씨가 변덕스럽네요."

"지나가는 비야. 바람에 실려와 빗방울 좀 떨구고 금방 물러갈 걸. 비를 피할 만한 곳을 찾기도 전에."

"그래요?"

"그렇다니까. 내가 비를 얼마나 많이 봤는데. 이런 비도 익숙해. 지나가는 비야. 잠깐 퍼붓고 그대로 간다니까. 장담해. 번개도 안 쳐."

딜의 말에 응답하기라도 하듯 비가 내리기 시작했다. 번개도 천둥도 없이 바람은 점차 거세지고, 굵고 차가운 빗줄기가 쏟아졌다.

"좋은 데를 알아요." 톰이 말했다. "저기 나무 아래 가면 앉아서 비를 피할 수 있는 통나무가 있어요. 예전에 거기서 주머니쥐를 잡은 적도 있어요."

그들은 나무 아래서 통나무를 찾아내 앉아 기다렸다. 오래되고 큰 참나무로 커다란 가지가 굵고 두꺼운 잎을 화폭처럼 넓게 드리우고 있었다. 덕분에 딜과 톰은 거의 젖지 않았다.

"개가 숲속 깊이 들어간 모양이야." 딜이 말했다. 엽총을 통나무에 기대 세워놓고 손을 무릎 위에 올렸다.

"녀석이 주머니쥐를 잡으면 아저씨도 들릴 거예요. 트럼펫 같은 소리를 내죠."

톰은 22구경 소총을 무릎에 걸쳐놓고 딜을 보았다. 딜은 생각에
잠겨 이렇게 말했다. "가끔 거기 있을 때 비가 내렸어. 참호에 앉아
서 대기하고 있었는데, 참호에 물이 차면서 커다란 늙은 쥐가 휩쓸
려 들어오곤 했지. 배가 너무 고프면 녀석들을 잡아먹었어."

"쥐를요?"

"다람쥐와 비슷해. 맛은 없지만. 다람쥐도 결국엔 나무에 사는
쥐야."

"정말이에요?"

"그렇다니까."

톰이 통나무에서 앉은 자세를 바꾸었고 그때 딜이 그에게로 몸
을 돌렸다. 22구경 소총은 여전히 톰의 무릎에 놓여 있었지만 딜이
돌아봤을 때 총구는 그의 방향으로 들려 있었다. 딜은 이렇게 말했
다. "이봐, 조심해." 그 순간 깨달았다. 처음부터 알고 있었어야 했
다. 톰은 자신을 죽이려고 했다. 내내 제거할 생각이었다. 메리 루
가 들판에서 말을 타고 온 톰을 맞이할 때부터 두 사람은 딜의 유
골을 고대했다. 그래서 그를 시내에 가지 못하게 막았던 것이다.
다들 그가 이미 죽었다고 생각했다. 그 생각에 이의를 제기할 사람
이 없다면 범죄랄 것도 없었다.

"진작 깨달았어야 했는데." 딜이 말했다.

"그러게요. 개인적인 감정은 없어요. 나는 아저씨가 좋아요. 나
한테 잘해줬죠. 하지만 어쩔 수 없어요. 그녀를 얻으려면 이 방법
밖에는…… 그 엽총을 잡으려 해봐야 소용없어요. 지금 아저씨를

겨누고 있으니까. 22구경이 대단한 총은 아니지만 이 정도로도 충분하죠."

"윈스턴." 딜이 말했다. "그애, 내 아들 아니지?"

"네."

"얼굴에 반점이 있던데, 네가 아주 어렸을 때 똑같은 반점을 봤던 게 이제야 생각나는군. 잊고 있었는데 이제 기억나. 아마 머리카락 아래였지?"

톰은 아무 말도 하지 않았다. 그는 어느새 뒤쪽으로 옮겨 앉아 있었다. 그러다보니 참나무 차양 아래서 벗어나게 되어 빗방울이 모자에 떨어졌고 긴 머리카락이 얼굴 양옆에 들러붙었다.

"너는 그때 내 아내와 같이 있었어. 열여덟 살 때 말이야. 그걸 감쪽같이 몰랐다니." 딜은 그 상황이 우습기라도 하듯 웃었다. "그저 덩치 큰 아이로만 생각했어."

"아저씨는 그녀와 살기에 나이가 너무 많아요." 톰은 이렇게 말하며 소총을 조준했다. "게다가 그녀에게 진심으로 관심을 보인 적도 없잖아요. 아저씨가 떠난 뒤로 우리는 대부분의 시간을 함께했어요. 공교롭게도 내가 자리를 비웠을 때 아저씨가 돌아온 거였다고요. 젠장, 트렁크에 내 옷가지가 있는데 그것도 못 보다니. 날씨는 그렇게 잘 알면서 여자는 전혀 모르죠. 남자도 마찬가지고."

"알고 싶지도 않고, 가끔은 내가 뭘 아는지도 모르겠어. 그리고 남자건 여자건 다 똑같아…… 그런데 톰, 사람은 죽여봤어?"

"아저씨가 처음이에요."

딜은 22구경의 총구를 자신에게 겨누고 있는 톰을 보았다.

"그 짐을 떠안고 사는 건 쉽지 않아. 설령 모르는 사람이라도." 딜이 말했다. "나는 사람을 많이 죽였어. 지금도 눈을 감으면 그들의 모습이 떠올라. 그들이 죽는 모습을 실제로 봤고 상상 속에서 또 보지."

"시시껄렁한 귀신 얘긴 집어치워요. 아저씨가 죽는다고 나를 찾아오는 일 따윈 없을 테니."

비 때문에 컴컴해서 톰의 형체만 보였다. 딜은 그의 얼굴이 보이지 않았다.

"톰—"

22구경이 요란한 소리를 냈다. 총알이 딜의 머리를 때렸다. 그는 통나무에서 굴러 얼굴에 비를 맞는 자리로 떨어졌다. 어둠 속으로 추락하기 직전에 생각했다. 아주 시원하고 깨끗하군.

딜은 밖을 내다볼 수 있도록 금속판에 낸 기다란 구멍으로 참호 가장자리를 살폈다. 하늘에서 번개가 번쩍이며 가느다란 선을 그리는 것이나 시골에서 흘러나오는 불빛을 제외하면 사방이 캄캄했다. 천둥이 요란하게 울리면서 대포 소리와 분간되지 않았다. 연달아 발사된 포탄이 흙벽 근처나 지그재그 형태의 참호 속으로 떨어져 굉음을 내며 폭발하고 병사들이 인형처럼 양쪽으로 날아갔다.

그때 그는 형체들을 보았다. 그들은 길게 늘어선 유령처럼 들판을 가로지르며 움직였다. 단번에 성큼성큼 다가왔다. 딜은 소총 총구를 금속판 구멍으로 넣고 대충 목표물을 조준했다. 명령이 떨어지고 그는 발포했다. 기관총이 요란하게 불을 뿜었다. 들판은 쉴새

없이 터지는 붉은 화염으로 환하게 밝혀졌다. 형체들이 쓰러지기 시작했다. 기관총이 난사되면서 내뿜는 빛이 돌진하는 선봉대원들의 얼굴을 밝히며 시뻘겋게 물들였다. 번개가 번쩍하자 그들의 모습이 흔들려 보였다. 대포가 쾅쾅 터지고 천둥이 우르릉대고 기관총이 드르륵거리고 소총이 탕탕 발사되고 병사들이 비명을 질러댔다.

나머지 독일 병사들이 들판을 건너 진격해왔고 참호를 넘어 안으로 뛰어들었다. 백병전이 벌어졌다. 딜은 총검을 휘두르며 싸웠다. 독일 병사 한 명을 칼로 찔렀는데 군복 어깨 부분이 헐렁할 정도로 체구가 작았다. 그가 딜의 총검 공격을 견뎌내며 소총 총열을 붙잡았다. 참호 여기저기서 불길이 타올랐다. 그 순간 딜은 독일 병사의 턱에 난 노란 솜털을 보았다. 꼬마는 이것이 영광스러운 전투가 전혀 아님을 이제 막 깨달은 자의 표정을 하고 있었다.

그때 딜이 기침을 했다.

연신 기침을 하고 숨이 막히기 시작했다. 몸을 일으키려고 했지만 처음에는 말을 듣지 않았다. 간신히 일어나 앉자 얼굴에서 진흙이 떨어졌고 비가 세차게 그를 때렸다. 입안의 흙을 뱉어내고 헐떡거리며 숨을 들이쉬었다. 쏟아지는 비에 얼굴이 깨끗이 씻기고 머리카락이 이마에 들러붙었다. 한참을 그렇게 비를 맞으며 앉아 있었다. 이윽고 비가 그쳤다. 머리가 아팠다. 손을 머리로 가져갔다가 떼보니 손가락에 피가 잔뜩 묻어났다. 다시 만져보고는 머리카락을 옆으로 넘겼다. 이마에 홈이 패어 있었다. 총알은 단단히 박히지 않고 머리 앞부분을 스치며 길을 내고 지나갔다. 피를 많이 흘렸지만 지금은 출혈이 그쳤다. 무덤의 진흙이 상처를 메웠던 것이다. 얕은 무덤은 아마도 그날 아침 파놓았던 모양이다. 사전에 전부 계획했으나 비는 예상치 못했다. 비가 내려 땅이 질었고 사위가 어두워 톰은 그를 제대로 묻지 않았다. 충분히 깊게 묻지도, 충분히 단단하게 다지지도 않았다. 딜은 숨을 쉴 수 있었다. 땅이 물러 몸을 움직일 수도 있었다. 몸을 일으켜 앉기만 했는데도 흙이 옆으로 밀려날 정도였다.

무덤에서 나오려고 했지만 기력이 없었다. 몸을 틀어 얼굴을 땅에 뉘었다. 기운을 차리고 고개를 들었을 때는 비가 지나간 뒤였고 구름이 걷혀 달이 밝았다.

딜은 있는 힘을 다해 무덤에서 나와 톰과 앉았던 통나무까지 기어갔다. 엽총이 통나무 옆에 떨어진 그대로 있었다. 톰은 총의 존재를 잊었거나 개의치 않았던 모양이다. 그러나 총을 집어들 기운조차 없었다.

딜은 힘겹게 통나무에 걸터앉아 고개를 숙이고 땅만 보았다. 뱀이 부츠 위로 기어올라 어둑한 숲으로 구불거리며 기어갔다. 허리를 숙여 엽총을 집어들었다. 축축하고 차가웠다. 총신을 꺾으니 총알이 튀어나왔다. 어두워서 굳이 찾을 생각도 하지 않았다. 총열을 들고 달빛을 향해 쳐들어 총구 안을 들여다보았다. 깨끗했다. 흙이 들어가지 않았다. 그는 밖으로 튀어나온 총알은 잊고 탄약가방에서 새 총알을 두 개 꺼내 장전했다. 심호흡을 했다. 축축한 나뭇잎들을 집어 상처에 대고 꾹 눌러놓았다. 그리고 일어섰다. 비틀거리며 집을 향해 걷기 시작했다. 피에 젖은 나뭇잎이 이마에 들러붙은 모습이 숲의 신 같았다.

곧 몸을 가누며 걸을 수 있게 되었다. 숲을 벗어나 들판을 가로지르는 길로 접어들었다. 비가 그쳐 다시 밝았고 미풍이 불어왔다. 흙냄새가 진하게 올라왔다. 프랑스에서의 그날 밤 비가 내리는 가운데 번개가 번쩍이고 병사들이 진격할 때 풍기던, 알싸한 화약 냄새와 죽음의 냄새가 뒤섞인 축축한 냄새였다.

얼마나 걸었을까. 들판 한복판에 병충해를 입은 농작물처럼 시커먼 집이 눈에 들어왔다. 굉장히 작아 보였다. 지난번보다 훨씬 더 작아 보였다. 그에게 중요했던 모든 것이 계속 줄어드는 것만 같았다. 암캐가 그를 맞이하려고 나왔지만 무시해버렸다. 개는 슬금슬금 멀어지더니 그가 지나온 숲 쪽으로 달아났다.

그는 문 앞으로 가 발로 걷어찼다. 문이 우지끈거리고 삐걱거리다가 쾅 열렸다. 재빨리 안으로 들어갔다. 침실로 향했다. 문이 열려 있었다. 그는 방으로 들어섰다. 열린 창문으로 비쳐든 달빛이 방안에 가득했다. 아주 환해서 침대에서 한창 그 짓을 하고 있는 톰과 메리 루가 똑똑히 보였다. 그 순간 딜은 그녀와 가졌던 짧은 시간이 떠올랐고, 그녀가 톰 이야기를 못하게 하려고 자신을 허락했다는 것을 깨달았다. 톰과의 행각을 들키지 않으려고 그런 식으로 행동했던 것이다. 딜의 몸속에서 뭔가가 꿈틀거렸다. 그는 그것이 남자라는 존재의 핵심임을 알았다. 그가 노려보자 두 사람이 그를 보고 얼어붙었다. 메리 루가 "안 돼" 하고 소리쳤고, 톰이 그녀의 다리 사이에서 잽싸게 몸을 일으켰다. 홀딱 벗은 채 침대 한가운데 잠시 서 있다가 여우가 굴로 들어가듯 창문으로 몸을 던졌다. 딜이 엽총을 들어 쏘았지만 창틀 일부가 떨어져나갔을 뿐 톰은 이미 달아난 뒤였다. 메리 루가 비명을 질렀다. 침대 옆으로 다리를 빼고 일어서려 했지만 몸이 말을 듣지 않았다. 다리에 힘이 빠졌다. 그녀는 도로 침대에 앉아 그의 이름을 소리쳐 불렀다. 딜의 내면 깊숙한 곳에서 뭔가가 불렀다. 기나긴 부름이었다. 깊고 어둡고 확실한. 피 묻은 나뭇잎이 이마에서 떨어졌다. 그는 엽총을 들어 쏘았다. 총알이 그녀의 가슴을 갈가리 찢었고, 그 힘으로 몸이 뒤로 밀리면서 침대 위를 가로질렀고 뒤통수가 창문 아래 벽에 닿았다.

딜은 가만히 서서 그녀를 보았다. 눈을 뜨고 입을 살짝 벌린 채였다. 그녀의 머리카락도 보았다. 침대시트가 피로 검게 물들었다.

그는 총신을 꺾고 탄약자루에서 총알을 꺼내 쌍발총을 재장전했다. 복도 맞은편 문으로 갔다. 아이가 자는 작은 방이었다. 발로 차서 방문을 열었다. 안으로 들어서니, 아이가 잠옷 바람으로 창문을 통해 기어나가고 있었다. 그는 아이를 향해 쏘았지만 기껏해야 녀석의 발바닥에 작은 파편들이 구멍을 냈을 뿐이다. 제 아비처럼 윈스턴은 잽싸게 창문으로 빠져나갔다.

딜은 열린 창문으로 성큼성큼 걸어가 밖을 내다보았다. 아이가 달빛이 비치는 들판을 토끼처럼 가로지르며 마을 쪽으로 펼쳐진 검은 숲을 향해 내달리고 있었다. 딜은 창문을 타넘어 아이를 쫓기 시작했다. 그때 톰이 보였다. 톰은 오른쪽으로 달아나 예전에 협곡과 블랙베리 재배지가 있던 곳으로 달려갔다. 딜은 그를 쫓았다. 빠른 걸음으로 걷기 시작했다. 다른 병사들과 함께 들판을 지나며 언제라도 총알이 날아들어 단번에 끝장날까봐 조마조마해하던 광경이 상상되었다.

거리가 점차 좁혀졌다. 맨발이 톰에게 악재였다. 그는 절뚝거렸다. 발에 풀의 가시가 잔뜩 박히고 돌에 찔리고 긁힌 모양이라고 딜은 생각했다. 톰의 그림자가 돌부리에 걸려 비틀거리다가 일어섰다. 마치 영혼이 그 주인에게서 벗어나려고 버둥거리는 것처럼.

협곡과 블랙베리 숲은 여전히 그곳에 있었다. 협곡에 이른 톰은 덩굴에 덮이지 않은 빈자리를 발견하고 비탈을 조심조심 내려갔다. 딜이 바로 뒤쫓아 협곡으로 후다닥 뛰어내려갔다. 협곡은 젖어 있었고 아까 내린 비로 풋풋한 냄새를 풍겼다. 톰이 협곡의 반대편 비탈로 기어올라 저멀리 시커멓게 무성한 블랙베리 덤불로 들어가는 모습이 보였다. 그는 성큼성큼 뒤쫓았다. 톰이 사라진 자리에 이르니 그가 블랙베리 덩굴에 매달려 있었다. 덩굴이 팔과 머리를 휘감아 꽉 붙잡힌 모습이 마치 그 자리에 못박힌 것 같았다. 톰이 발버둥칠수록 덩굴의 가시는 그를 단단히 옭아맸다. 몸을 이리저리 뒤틀고 돌리던 그는 곧 딜이 서 있는 방향을 마주보게 되었다. 딜의 바로 위쪽 협곡 기슭에 블랙베리 덩굴에 휘감긴 채 한 팔을 앞으로 뻗고 다른 팔은 복부에 고정된 그의 모습은 자연이 포장해서 보낸 크리스마스 선물 같았다. 인간과 개미가 가장 열심인 것을 할 수 있는 절호의 기회였다. 그는 거친 숨을 내쉬었다.

딜은 눈앞의 사물을 식별하려는 개처럼 고개를 살짝 돌렸다. "사격 솜씨가 형편없더군."

"이럴 이유 없잖아요, 딜."

"이유가 있어서 이러는 게 아니야. 인간의 습성이지."

"무슨 소리예요? 나는 지금 부탁하는 거예요. 이렇게 빌 테니 제발 죽이지 마요. 그녀가 시켰어요. 그녀는 당신이 오래전에 죽은 줄 알았어요. 우리끼리 지내던 시절이 좋았다고 하면서."

딜은 심호흡을 하며 공기의 맛을 음미하려 했다. 조금 전까지만 해도 깨끗하던 공기에서 씁쓸한 맛이 났다.

"아이는 달아났어." 딜이 말했다.

"맘대로 가서 쫓아요. 하지만 난 죽이지 마요."

딜의 얼굴에 미소가 번졌다. "어린 녀석도 결국 어른이 되지."

"헛소리하지 마요, 딜. 지금 잘못 생각하는 거예요."

"그건 둘 다 마찬가지 아닌가."

딜은 엽총을 들어 쏘았다. 톰의 머리가 날아갔다. 덩굴에 걸린 몸이 축 처지면서 협곡 가장자리에 매달렸다.

아이는 제 아비보다 몸놀림이 훨씬 빨랐다. 딜은 아이를 찾아 땅을 샅샅이 살폈다. 달빛의 도움으로 아이의 흔적을 읽을 수 있었다. 풀이 누운 곳과 젖은 흙에 찍힌 발자국이 눈에 들어왔다. 그러나 아이는 벌써 한참 전에 숲으로 달아났고 어쩌면 마을에 도착했는지도 몰랐다. 그도 알고 있었다. 그것은 더이상 중요하지 않았다.

숲을 떠나 들판으로 돌아오는 길에 팬케이크 바위에 다다랐다. 납작하고 둥근 사암이 층층이 쌓인 모습이 거대한 팬케이크 같다고 해서 붙은 이름이었다. 그는 그곳을 까맣게 잊고 있었다. 바위 앞에서 걸음을 멈추고 맨 위를 올려다보았다. 아래에서 꼭대기까지 6미터였다. 어렸을 때가 기억났다. 아버지가 말했다. "저기 높이가 6미터야. 용감한 사내 녀석이라면 삼 분 안에 꼭대기까지 오를 수 있어야지. 물론 나도 그럴 수 있고 말이야. 너도 할 수 있는지 어디 한번 볼까."

그는 삼 분 안에 꼭대기에 오르는 데 실패했다. 이후 몇 차례 더 시도했지만 한 번도 오르지 못했다. 아버지에게는 그것이 중요했다. 모종의 어떤 이유로, 모종의 인간적인 이유로. 그는 지금껏 그것을 까맣게 잊고 있었다.

딜은 엽총을 돌 옆에 기대놓고 부츠와 옷을 벗었다. 셔츠를 찢어 끈을 만들고는 총을 묶어 맨어깨에 걸쳤다. 탄약가방도 다른 쪽 어깨에 둘렀다. 그리고 바위를 오르기 시작했다. 꼭대기까지 올랐다. 시간이 얼마나 걸렸는지 모르지만 기껏해야 삼 분 정도일 거라고 짐작했다. 그는 팬케이크 바위 위에 서서 밤의 풍경을 바라보았다. 저 아래 그의 집이 보였다. 바위 위에 책상다리를 하고 앉아 엽총을 허벅지에 걸쳐놓았다. 하늘을 올려다보았다. 별들이 밝게 빛났고 그 사이사이의 공간이 한없이 깊었다. 할 수만 있다면, 그는 별을 따고 싶었다.

문득 몇시쯤 되었을지 궁금했다. 달의 위치가 바뀌었지만 아직 해가 떠오를 무렵은 아니었다. 이곳에 며칠은 앉아 있었던 것만 같았다. 간간이 꾸벅꾸벅 졸았고, 꿈속에서 개미가, 숱한 개미 중 한 마리가 되어 연기가 올라오고 불꽃이 타오르는 땅의 구멍을 향해 나아갔다. 그는 다른 개미들과 함께 진격했고, 한 번에 한 마리씩, 구멍 속으로 들어갔다. 제 차례가 되기 직전 그는 앞선 개미들이 불속에 떨어져 시커멓게 바스러지는 모습을 보았고, 그들을 뒤따라 허둥지둥 나아가던 순간 잠에서 깨어나 달빛에 물든 들판을 내려다보았다.

그의 집 방향에서 한 남자가 말을 타고 오고 있었다. 체구가 어찌나 큰지 타고 있는 말이 대형견 정도로 보였다. 오랫동안 보지 못했지만 딜은 누군지 금방 알아보았다. 로보 콜린스였다. 딜이 전쟁에 나갔을 당시 카운티 보안관이었다. 그는 이쪽으로 다가오는 로보를 지켜보았다. 아무 생각 없이 그저 보고만 있었다.

딜의 엽총 사정거리를 조금 벗어난 지점에 로보가 말을 세웠다. 그는 말에서 내려 안장의 총집에서 소총을 꺼내들었다.

"딜, 로보 콜린스 보안관일세."

들판 건너 로보의 목소리가 크고 또렷하게 들렸다. 바로 옆에 앉은 사람이 말하는 것 같았다. 달빛이 밝아서 양쪽 입꼬리로 늘어진 콧수염까지 똑똑히 보였다.

"자네 아들이 내게 와서 무슨 일이 있었는지 다 말해줬네."

"그애는 내 아들이 아니야, 로보."

"자네 말고는 모두가 아는 사실이지. 그나저나 그렇게까지 할 이유는 없지 않았나? 자네 집에 가봤고 협곡에서 톰도 찾았네."

"둘 다 죽었겠지."

"자네는 해선 안 되는 짓을 했어. 자네 부인이잖나. 톰이 부인을 희롱했으니 자네에게도 나름의 이유는 있었지. 판사도 그렇게 봐줄지 몰라. 그러니 찬찬히 생각해보자고, 딜. 잘 해결될 수도 있어."

"그놈이 나를 쐈어."

"그럼 얘기가 완전히 달라지지. 우선 총부터 내려놓고 마을로 돌아가서 어떻게 할지 보자고."

"그놈이 나를 쏘기 전에 이미 나는 죽은 몸이었어."

"무슨 소리인가?" 로보가 물었다. 그는 한쪽 무릎을 꿇고는 윈체스터 소총을 다른 쪽 무릎에 걸쳐놓고 나머지 손으로 말의 고삐를 붙들었다.

딜이 엽총을 들어 개머리판을 바위에 단단히 대고 세워서 총구가 하늘을 향하게 했다.

"여기는 사정거리 밖이야." 로보가 말했다. "그 엽총으로는 나를 못 맞혀. 하지만 나는 자네를 쏠 수 있지. 여기서 달에 있는 파리 똥구멍도 맞힐 수 있다고."

딜은 일어났다. "그래, 어렵겠지. 그런데 아주 조금만 가까이 가면 될 것 같기도 하단 말이야."

로보도 일어나면서 말의 고삐를 놓았다. 말은 움직이지 않았다. "바보 같은 짓 말라고."

딜은 임시로 만든 엽총의 끈을 어깨에 걸치고 바위 뒤편으로 기어내려가기 시작했다. 그쪽은 로보에게 보이지 않았다. 올라갈 때보다 빠른 속도로 내려갔다. 무릎과 발이 돌에 걸려 찢어졌지만 감각이 없었다.

딜이 바위 옆으로 돌아왔을 때 로보의 위치는 조금 전과 큰 차이가 없었다. 말에게서 약간 떨어져 윈체스터 소총을 옆으로 내려들고 서 있었다. 그는 벌거벗은 딜이 흔들림 없이 다가오는 것을 바라보았다. 로보가 말했다. "이래봐야 아무 소용 없어, 딜. 오랫동안 못 봤는데, 이제 윈체스터로 겨냥하면 자네 얼굴이 아주 잘 보이겠어. 쓸데없이 괜한 짓 마."

"쓸데없는 짓이란 없어." 딜은 걸음을 빨리하며 엽총의 끈을 어깨에서 벗었다.

로보는 뒤로 살짝 물러나 소총을 어깨 높이로 들었다. "마지막 경고야, 딜."

딜은 멈추지 않았다. 엽총 개머리판을 허리 쪽으로 세게 당기자 총신이 꺾였다. 그러면서 총알이 튀어나가 우박처럼 로보의 6미터 앞에 떨어졌다. 그 순간 로보가 발사했다.

딜은 누가 자신을 밀쳤다고 생각했다. 꼭 그런 느낌이었다. 누가 몰래 옆으로 다가와 어깨를 밀친 것 같았다. 다음 순간 그는 땅에 누워 별을 올려다보고 있었다. 고통이 느껴졌지만 전에 자신의 상태를 깨달았을 때 느꼈던 고통과는 달랐다.

잠시 후 그의 손아귀에서 엽총이 빠져나갔다. 로보가 옆에 무릎을 꿇고 앉았다. 한 손에는 윈체스터 소총을, 다른 손에는 엽총을 들고.

"내가 자네를 죽였어, 딜."

"아니." 딜이 말하며 피를 토했다. "애초에 살아 있지도 않았어."

"폐에 먹였나보군." 로보는 사격 솜씨를 자랑하듯 말했다. "자네는 해선 안 되는 짓을 했어. 그나마 아이가 무사히 달아나서 다행이지. 그애는 아무 잘못 없어."

"아직 차례가 되지 않은 것뿐이야."

딜의 흉부에 피가 고이고 있었다. 누가 입에 깔때기를 꽂고 피를 들이붓는 것 같았다. 그는 무슨 말을 더 하려고 했지만 뜻대로 되지 않았다. 기침과 함께 피만 좀 나와 가슴에 뜨뜻하게 튀었다. 로보는 총을 옆에 내려놓고 딜의 머리를 자신의 허벅지에 올려 숨이 막히는 것을 덜어주려 했다.

"마지막으로 할말 있나?"

"저길 봐." 딜이 말했다.

그의 시선은 하늘을 향해 있었다. 로보도 올려다보았다. 그의 눈에는 밤과 달과 별들이 보였다. "저기 봐. 보여?" 딜이 말했다. "별들이 떨어지고 있어."

"아무것도 떨어지지 않아, 딜." 하지만 로보가 내려다봤을 때 딜은 숨을 거둔 뒤였다.

주브널 닉스

월터 모슬리

1

그녀는 내 이름을 주브널 닉스라고 짓고 나를 밤의 아이로 만들었다.

나는 급진당원들의 거점인 스플린터 서점에서 열린 토요일 밤 집회에 참석중이었다. 흑인학생회연합이 백인 급진 조직들과 손잡고 일하는 문제에 대해 의견을 표명하는 자리였다. 우리는 우리의 체계와 운동과 궁극적 해방운동이 백인 단체들에 너무도 오랫동안 흡수되어왔다고 생각했다. 그들은 우리의 친구이자 동맹인 척했고, 혹은 정말로 그렇게 믿었다. 하지만 결국 우리는 공동체와 무관한 목적을 떠맡게 되었고, 어느덧 민중의 필요와 목적을 저버리는 길로 나아갔다.

연설은 대단히 성공적이었다. 그곳에 모인 흑인과 백인 모두 내 말을 진지하게 받아들이는 듯했다. 나는 우리 목표를 표명하는 것만으로도 승리라 여겼다. 다가오는 혁명의 틀이 공고히 세워지기 전에 서둘러 노선을 확정하는 것이 중요했다.

나는 대단히 젊었다.

그녀가 내게 다가온 것은 연사들이 차례로 의견과 호소, 맹세를 늘어놓고 연대를 부르짖은 뒤였다. 백인이고 키가 작고 안색이 창백했으며, 헐렁한 청바지와 색이 바랜 파란색 티셔츠를 입고 있었다. 예쁘지도 않고 화장도 별로 하지 않았다. 하지만 눈만은 시선을 사로잡는 매력을 지녔다. 눈동자 색이 무척 짙어서 거의 검은색에 가까웠고 그 아래로 가끔씩 은색이 내비쳤다.

"당신 연설이 마음에 드네요." 그녀가 말했다. "남자라면 다른 사람의 도움에 기대기 전에 자신의 힘으로 설 수 있어야죠."

그녀가 사용한 '남자'라는 말이 내 호기심을 자극했다. 옷차림으로 판단하건대 그녀는 페미니스트 같았다.

"맞는 말입니다." 내가 말했다. "흑인은 백인 양반의 도움 없이도 길을 개척할 수 있어요. 오히려 백인들이 우리 힘을 필요로 하죠."

"모두가 당신의 힘을 원해요."

그러면서 그녀가 내 눈을 들여다보며 왼쪽 손목을 어루만졌다. 손가락이 차디찼다.

"나랑 커피 한잔 할래요?" 그녀가 물었다.

'아니요'라는 말이 목구멍에 걸렸지만 입 밖으로 나온 말은 "그러죠"였다. "잠깐은 괜찮아요." 그러고는 어색하게 덧붙였다. "내 민중과 보고서로 돌아가야 해서요."

"나는 루마니아 출신이에요." 서점 건너편에 있는 카페에 자리

잡고서 그녀가 내게 말했다. "부모님은 돌아가셨고 세상에 나 혼자 죠. 가끔 프리랜서로 원고 편집을 하고 밤이면 모임에 나가요."

"정치 집회인가요?" 나는 그녀의 눈동자 뒤쪽에서 발하는 달빛을 경탄하며 보았다.

"꼭 그런 건 아니에요." 그녀는 어깨를 으쓱하며 별것 아니라는 시늉을 했다. "낭독회, 강의, 전시 개막행사 같은 곳에도 가니까. 그냥 사람들 곁에 있는 게 좋아요. 잠깐이나마 소속감을 느낄 수 있거든요."

"혼자 살아요?"

"네, 그게 편해요. 관계는 별 의미가 없는 것 같고, 몇 주 지나면 혼자였던 때가 다시 그리워지니까요."

"나이가 어떻게 돼요?" 그녀의 말하는 방식이 독특해서 나이가 궁금해졌다.

"어려요." 그러면서 그녀는 자신의 말 속에 농담이 숨겨져 있기라도 하듯 미소 지었다. "밤에 우리집 갈래요?"

"백인 여자는 취미 없어요, 줄리아." 그게 그녀가 내게 말해준 이름이었다.

"나랑 같이 집에 가요." 그녀가 다시 말했다.

"집 앞까지 바래다줄게요." 마지못해 그렇게 말했다. "그다음엔 센트럴하우스로 돌아가야 해요."

"센트럴하우스?"

"이 지역의 흑인학생회 임원들과 상급생들이 할렘에 브라운스톤 주택을 하나 빌려서 같이 살아요. 거기서 앞으로의 일을 준비하기도 하고."

그녀는 내 말에 웃으며 자리에서 일어났다.

"줄리아." 카페에서 나와 조금 걸어가고 있을 때 한 남자가 불렀다. "잠깐 기다려."

키가 크고 체격이 건장한 금발의 백인이었다. 대학교 풋볼선수 같기도 했다. 나와 같은 학교에 다니는 학생일지도 몰랐다.

"마틴." 그녀는 미지근하게 그를 반겼다.

"어디 가는 길이야?" 그는 왼쪽 팔뚝에 두꺼운 거즈를 붙이고 있었다.

그녀가 대답하지 않자 그는 험악한 얼굴로 나를 쳐다보았다.

"이봐, 여긴 내 여자친구야." 그가 말했다.

나는 대답하지 않았다. 대신 싸울 태세를 갖췄다. 그는 몸집이 컸고 나는 기껏해야 미들급이어서 이길 가능성은 희박했지만.

"다치고 싶지 않으면 저리 가." 풋볼 선수가 말했다.

어조에 애원의 기색이 있었다. 그래서 그가 더욱 위험해 보였다.

"이봐," 내가 말했다. "방금 이 여자를 만났는데 나더러 저리 가라고?"

그가 나를 향해 손을 뻗었다. 나는 있는 힘껏 한 방 먹일 채비를 했다. 백인 녀석 앞에서 꽁무니 빼고 달아나는 짓은 결코 하지 않을 작정이었다.

"그만해, 마틴." 줄리아가 말했다. 음절 하나하나가 못을 내리치는 망치처럼 힘이 넘쳤다.

마틴은 손가락을 선풍기 팬처럼 뻗었다가 화상이라도 입은 듯 뒤로 뺐다.

"저리 가, 그리고 다시는 날 귀찮게 하지 마." 그녀가 말했다.

마틴은 키가 180센티미터가 훌쩍 넘고 몸무게 105킬로그램 정도에 온몸이 근육질이었다. 그런 그가 돌풍에 저항하는 남자처럼 몸을 부르르 떨었다. 목 근육이 불거졌고 얼굴을 찡그리며 흉하게 이를 드러냈다. 일 분가량 그렇게 시위를 하다가 돌아서서 비틀비틀 자리를 벗어나 거리 저편으로 사라졌다. 움츠러든 채 휘청거리는 모습이 흡사 두들겨 맞고 꽁무니를 빼는 사람 같았다.

"그와 싸울 생각이었군요." 줄리아가 말했다.

나는 대답하지 않았다.

"다쳤을 텐데." 그녀가 말했다.

그러면서 내 팔을 잡고 맨해튼의 다운타운을 지나 브루클린브리지의 보행자 통로로 데려갔다. 나는 순순히 걸어갔다. 싸움이 붙기 일보 직전이었던 상황에서 피와 근육에 한껏 쌓인 에너지에, 두들겨 맞을 것이 거의 확실했다는 공포까지 더해져 펄펄 넘쳤다.

그녀는 함께 걸으면서 자신이 루마니아에서 어떻게 살았는지 이야기했다. 공산당으로부터 도망쳐 뮌헨으로 갔고 한동안 집시들과 함께 살았다고 했다. 서늘한 10월의 저녁이었다. 나는 묵묵히 듣기만 했다. 그녀는 내 팔을 꼭 잡고 책 속에 나오는 이야기를 들려주듯 자신의 삶을 신나게 재잘거렸다.

반대편으로 건너가자 그녀는 창고가 많고 주택은 거의 없는 구역으로 이끌었다. 우리는 계단통을 내려갔다. 도로보다 낮은 곳에 출입구가 있었다. 그녀는 열쇠도 없이 문을 밀어 열었다.

긴 복도를 지나자 계단이 나왔고 우리는 최소한 세 층은 더 내려갔다. 또다른 복도가 이어졌다. 이어 문이 나왔고 그녀는 열쇠를 꺼내들고 열었다.

좁고 어둠침침한 방이었다. 한구석에 단풍나무 탁자가 놓여 있고 바닥에 싱글 매트리스가 있었다. 창문은 물론 없어서 수백 년간 밀폐된 무덤처럼 메마르고 퀴퀴한 냄새가 났다.

뒤에서 문이 닫히고 나는 돌아서서 줄리아의 눈을 보았다. 양쪽의 달이 형형하게 빛났고 미소에 숨이 멎었다. 그녀는 푸른색 티셔츠를 벗고 헐렁한 바지마저 벗어 알몸이 되었다. 그녀에게 달려들면서 나는 마틴이 나를 위협했을 때부터 죽 걷잡을 수 없는 성욕에 사로잡혀 있었다는 것을 깨달았다. 바지를 내리자 줄리아가 웃기 시작했다. 나는 그녀를 작은 매트리스로 이끌어 곧 하나가 되었다. 바지가 발목에 걸려 있었다. 신발을 여전히 신은 채였다. 하지만 벗을 틈이 없었다. 그녀 안에 있어야 했다. 그녀를 가져야 했다. 계속. 아무것도 나를 말리지 못했다. 몸속을 빙빙 도는 집요한 욕망은 오르가슴을 느낄 때나 잠시 누그러질 뿐이었다.

그러는 내내 줄리아는 웃으면서 내게 외국어로 말을 건넸다. 가끔씩 내 머리카락을 뒤로 쓸어넘기고 그 섬뜩한 눈빛으로 내 눈을 들여다보았다.

나는 그녀 위에서 몸을 이리저리 틀었고 그녀는 차가운 팔다리로 나를 휘감았다. 나는 멈출 수 없었다. 몸을 풀 수도 없었다. 난생

처음 자유라는 것을 느꼈다. 아니, 알았다. 이 열정만이 내 존재의 핵심을 건드린다는 것을 이해했다.

　의식을 잃었던 기억이 없는 채로 깨어났다. 하지만 다른 방의 침대에 있는 걸 보니 기절했던 모양이다. 손목과 발목이 침대의 네 귀퉁이에 묶여 있고 알몸이었다.

　이 방도 창문이 없고 곰팡내가 났다. 지하 깊은 곳이라는 느낌이 들었지만 아무튼 소리를 질렀다. 목이 아프도록 비명을 지르고 고함을 쳤지만 아무도 오지 않았다. 아무도 듣지 않았다.

　몇 시간이 흘렀다. 나는 몸부림치고 소리를 질렀지만 쇠사슬은 튼튼하고 벽은 두꺼웠다. 줄리아가 나를 위해 놓아둔 기둥 모양의 노란 초가 타고 있었다. 이대로 지하무덤에서 죽는 건가 싶었다.

　간혹 백인우월주의자들이 뉴욕의 흑인학생회를 노리고 꾸민 음모일지 모른다는 걱정이 들기도 했다. 그들은 나를 사로잡고 성명을 발표하려는 걸까? 나를 폭행하거나 불에 태울까? 대의를 위해 희생되는 순교자가 되는 건가?

　얼마나 시간이 흘렀을까 마침내 문이 열리고 줄리아가 들어왔다. 문이 닫히기 전에 있는 힘껏 비명을 질렀지만 그녀는 아랑곳하지 않았다. 대신 미소 지으며 침대 옆으로 와 앉았다.

　그녀는 맨발까지 내려오는 빨간색 벨벳 가운을 입었다. 뒤에 두건도 달려 있었다.

　"이 방은 다른 방과 또다른 방에 겹겹이 둘러싸여 있어. 지하 깊숙한 곳이라 네가 아무리 소리쳐도 들리지 않아."

"대체 왜 나를 이렇게 묶어둔 거야?" 나는 목소리에 두려움이 묻어나지 않도록 애써 침착한 척했다.

그녀는 대답하는 대신 자리에서 일어났다. 호화로운 가운이 바닥으로 떨어지고 나처럼 벌거벗은 몸이 되었다. 순간 숨이 멎었다. 하지만 나를 아찔하게 만든 게 벌거벗은 그녀의 몸인지 눈동자인지는 몰랐다.

그녀는 또다시 웃더니 내 옆에 무릎을 꿇고 앉았다. 그러고는 재빨리 머리를 숙여 내 왼쪽 팔뚝을 물었다.

나는 이후 많은 날을 아래와 같은 상태로 보냈다.

이토록 생소한 기분을 어떻게 설명할까? 내가 경험하는 모든 감정이 감당할 수 있는 지점을 넘어 확장되는 느낌이었다. 고통은 내가 삐걱대는 화음에 맞춰 내지르는 노래였다. 피는 나의 삶뿐만 아니라 나보다 먼저 살았던 모든 사람의 삶으로 흘러넘쳤다. 전율하는 그녀의 기쁨이 야생동물처럼 내 가슴팍에 올라타 어리석은 문명의 존재를 지우려고 발톱으로 할퀴며 찢어발겼다.

몸이 활처럼 휘며 등이 들렸다. 나는 풀어달라고 소리를 질렀고, 고통은 그칠 줄 몰랐다. 줄리아와의 섹스를 갈망했을 때보다 더 강렬하게 그녀에게 피를 바치고 싶은 욕구가 들끓었다. 나는 다시 갓난아기가 되었다―생의 새로운 감각들로 지나치게 흥분해서 쇠사슬이 내 황홀경을 제지해줬으면 했다.

매트리스에 몸이 풀썩 떨어졌을 때 나는 더이상 존재하지 않았다. 애벌레에서 변태한 나방이 날아가고 남은 빈껍데기였다. 속에 든 것도 없고 주위를 둘러싼 것도 없었다. 나는 애초에 진정으로 살아본 적이 없었으므로 죽지 않았다. 꿈틀거리는 애벌레와 퍼덕이는 벌레는 그저 탈바꿈을 하려고 나의 무기력한 존재를 이용했을 뿐. 내게 남은 것이라고는 희미한 미소가 불러일으키는 찰나의 여파 비슷한 공허뿐이었다.

"주브널 닉스." 한 목소리가 속삭였다.

"뭐라고?" 내가 쉰 목소리로 물었다.

"그게 당신 이름이야."

의식이 정처 없이 흘렀다. 몇 주나 몇 달같이 느껴지는 몇 시간이었다. 정신을 잃거나 잠에 빠진 것이 아니었다. 하지만 주위 세상을 전혀 인식하지 못했다. 림보 같은 상태에서 인종과 성별과 종을 초월한 정신을 대표하는 다양한 감각체들이 다가왔다.

"당신은 알면 위험해." 그런 존재 가운데 하나가 말했다. 실체 없는 노란색 후광만이 보였다.

"발각되면 위험하다는 뜻인가?" 나는 말이 아닌 다른 방식으로 물었다.

"아는 게 위험하다는 말이야." 텅 빈 후광이 대답했다.

"무슨 말인지 모르겠어."

"그렇다면 아직 희망이 있군."

"주브널." 인간의 목소리가 들렸다.

눈을 떴다. 줄리아가 보였다. 예전처럼 청바지와 티셔츠를 걸치고 침대 발치에 앉아 있었다. 그녀는 갈망하는 시선이라고밖에 설명할 수 없는 눈초리로 나를 쳐다보았다.

"줄리아."

그녀가 미소를 지었지만 탐욕스러운 눈빛은 그대로였다.

"당신은 달콤한 사람이야." 그녀의 속삭임이 내 귀에는 소리가 울리는 긴 복도에서 지르는 고함으로 들렸다. "서점 밖에서부터 당신의 달콤한 냄새를 맡았지. 그래서 거기 들어간 거야."

"당신은 마틴의 팔을 물고 놓아주었어. 내 말 맞지?"

"다들 처음에 물고는 놓아주었어. 수백 명…… 어쩌면 수천 명일 거야."

나는, 늙은 나는 안도의 한숨을 쉬었다.

"그리고 이제 당신도 놓아주고 싶어." 그녀가 말했다. "그런데 당신의 피가 내게 노래해."

그녀는 내 오른쪽 허벅지 안쪽, 무릎과 사타구니 중간을 쓸었다. 차가운 손가락이 그곳을 문지르자 음험한 기쁨이 일었다.

그녀는 방금까지 만지던 지점 바로 위로 허리를 숙이고는 달처럼 생긴 눈으로 내 눈을 바라보았다.

"물어." 나는 몹시 두려웠지만 그렇게 말했다.

이어지는 나흘 동안 그녀는 내 팔과 다리를 물어 피를 마셨고 마지막으로 배꼽 바로 위를 물었다. 희열과 두려움이 끝없이 몰려왔다. 나는 먹지도 자지도 않았고, 배설 욕구도 느끼지 못했다. 내 몸은 그녀가 내 피를 마실 때를 제외하면 완벽한 휴식 상태였다.

"우리는 결코 과하게 마시는 법이 없어." 어느 저녁 내 피를 실컷 마시고 그녀가 말했다. 그녀는 내 허벅지를 베고 똑바로 누워 자신의 도착적 행위를 음미했다. "우리는 살아가기 위해 많은 피가 필요치 않아. 살인과 낭비가 삶에 필수인 너희와 다르지. 신선한 피한 컵이면 여러 날을 버틸 수 있어."

"그렇다면 왜 나를 매일 무는 거야?" 내가 물었다. 두려움 섞인 질문이 아니었다. 물린 직후에는 약에 취한 듯 몽롱해지고 순종적이 되었다. 나는 그저 그녀의 말뜻을 알고 싶었다.

그녀가 일어나 앉았다. 검은색이던 눈이 묘한 빛을 띠며 하얗게 반짝였다.

"우리는 너희처럼 번식할 수 없어." 그녀가 말했다. "그래서 후계자를 만들어야 해. 우리가 물면 약물이 나오는데 대부분의 사람에게 독으로 작용하지. 하지만 너처럼 달콤한 일부 사람에게는 우리의 독특한 기질을 물려줄 수 있어. 우리는 이를 가리켜 연인이라고 불러."

"나를 사랑해?"

"너의 맛이 좋은 거야."

"그러니까 내가 스테이크를 좋아하는 것처럼?"

혐오의 표정이 그녀의 얼굴에 떠올랐다.

"아니, 죽은 거 말고 너와 나 안에 동시에 살아 있는 생명 말이야. 내 안으로 들어온 생명이 느껴지는데 그게 바로 너인 거야. 이것, 이맛이 살아 있는 생명체가 얻을 수 있는 가장 강렬한 경험이지."

"마틴은 어떻게 된 거야?" 그녀가 나를 떠날지도 모른다는 느낌이 들어 물었다. 나를 물고서 떠나는 것이 싫었다. 그녀가 함께 있어야 어둠이 나를 덮치지 못할 것 같았다.

"아까도 말했지만 우리가 무는 것은 약물과 같아. 그래서 물리면 우리를 원하게 돼. 보통은 우리를 잊거나 꿈이라고 기억하지. 하지만 때로는 쫓아다니기도 해. 어쩌면 우리의 공생도 그렇게 될 수 있어. 마틴이 나를 만났던 곳으로 너를 데려온 게 실수였어. 그의 갈망은 대단하거든. 하지만 내가 그를 다시 문다면 틀림없이 죽을 거야."

"그를 문 지 얼마나 됐는데?"

"이 년."

"상처는 아직 아물지 않았고?"

"그렇지는 않을 거야. 가끔 붕대를 매는 건 그때 일을 기억하기 위해서야."

"너는……" 내가 말하려는 순간 그녀가 차가운 손을 이마에 대 나를 기절시켰다.

마지막으로 물린 다음날 아침 눈을 떠보니 침대의 사슬이 풀려 있었다. 등이 곧은 의자에 내 옷들이 단정하게 개어져 있었다. 그 위에 주브널 닉스라는 이름이 적힌 크림색 봉투가 놓여 있었다. 방 안은 조용했고, 왜인지는 몰라도 나는 줄리아가 영영 떠났음을 알았다.

물린 곳이 욱신거렸지만 아프지는 않았다.

나는 황급히 문을 열고 나갔다. 내가 있던 비좁은 방을 에워싼 복도가 나왔다. 복도 저쪽에 첫번째 복도를 둘러싼 또다른 복도로 이어지는 문이 있었다. 완충재 같은 두 복도에는 가구는 고사하고 카펫도 깔려 있지 않았다. 내가 발견한 또다른 방이라고는 좁은 화장실이 전부였다. 그곳을 보는 순간 내 몸이 정상으로 돌아오고 있고, 떠나야 한다는 걸 깨달았다.

주브널에게

지금부터 우리 둘 중 하나가 더이상 존재하지 않을 때까지 너는 내 사람이야. 그리 길지는 않을 거야, 어쩌면 몇백 년일 수도 있고. 지금부터 몇 주, 몇 달 동안 너 자신에 대해 많은 것을 알게 될 거야. 두려워하지 마. 절망하지도 말고. 너는 내 자궁에서 태어난 자식이나 마찬가지야. 나도 네 사람이고. 물론 오랫동안 서로 보지 못하겠지만. 너 자신의 본능과 충동을 믿어. 그리고 너의 갈망과 열정에 따라 행동해. 언젠가 다시 만나겠지. 서로가 안전해지는 날. 이 방은 이제 네 거야. 편하게 써.

사랑을 담아
줄리아

만년필로 단어 하나하나를 정성 들여 쓴 편지였다.

나는 좁은 방으로 돌아가 주위를 둘러보았다. 바닥에 아무것도 깔리지 않아 투박한 송판이 드러나 있었다. 침대는 단순했다. 의자는 하나뿐이었다. 문득 그 방이 줄리아의 삶을 말해주는 시 같다는 생각이 들었다. 이제는 나를 위한 시였다.

자리에 앉은 내 귀에 아득히 음악소리가 들렸다. 첼로 같았다. 잠시 후 이 음악이 내 피의 노래임을 깨달았다.

한참을 그렇게 앉아서 그녀가 나를 물기 전에 입에 물고 있던 약물이 무엇이었을까 생각했다. 나는 일어나 지하 깊은 곳에 위치한 방에서 나갔다. 다시는 돌아오지 않을 생각이었다.

날이 눈부시게 밝았다. 모든 것이 또렷하고 크게 들렸다. 오랫동안 어두운 곳에 있어서인지 눈이 따갑고 피부가 금세 햇볕에 탔다.
공기와 경치에 수정처럼 맑은 기운이 감돌았다. 다리를 건넜다. 몸이 날아갈 듯 가벼웠다. 주위 사람들이 몸집이 굵고 행동이 왠지 어설퍼 보였다. 그런 그들이 친근하게 느껴졌다. 브루클린브리지를 반쯤 건넜을 때 내가 그날 한 번도 인종에 대해 생각하지 않았음을 깨달았다. 백인, 흑인, 황인 모두 내 눈에는 똑같아 보였다.
나는 스스로를 질책하며 내가 알고 있는 정치적, 인종적 현실을 보려 했다. 감금되었던 탓에 현실감각이 무뎌진 것이라고, 직시하는 능력을 줄리아가 앗아간 것이라고 되뇌었다.
그러나 아무리 노력해도 지나가는 남녀에게서 흠이라고는 찾을 수 없었다. 그리고 줄리아…… 달과도 같은 그녀의 눈과 외국어 억양이 섞인 말투가 떠올랐지만 분노나 두려움, 비난의 감정, 복수의 열망은 조금도 일지 않았다.
발걸음을 내디딜 때마다 기분이 가벼워졌고 행복했다. 세상 모든 것이 스스로의 삶과 운명에 바치는 흥겨운 찬가를 부르는 듯했다. 새들과 벌레들, 심지어 공기 중의 화학적 향기조차 오래전 사라지고 감각과 기억 속에만 생생하게 남은 뭔가를 그리워하게 만들었다.

나는 소리 내어 웃었고 가볍게 스텝을 밟으며 걸었다.

할렘과 센트럴하우스까지 계속 걸어가기로 했다.

북적이는 5번가를 걷는 동안 왕자라도 된 기분이었다. 사람들은 부지불식간에 신하가 되었고 나는 자혜로운 왕족이었다. 이따금 그들 사이에서 밝은색 광관이 보일 때면 아는 것의 위험을 경고했던 노란 후광이 떠올랐다.

센트럴파크에 도착하니 하늘에서 울리는 노랫소리가 불쾌한 소리로 바뀌었다. 울부짖음에 가까웠지만 개의치 않았다. 나무들이 제각기 나이와 무게를 속삭였다. 나와 가는 방향이 아예 달랐다. 핏속에서 통통 퉁기는 소리가 나고 머리가 어질어질해서 공원 벤치에 앉았다.

지나가는 사람들을 보고 헤헤거리며 웃었다. 몇몇 사람들이 걱정스러운 표정으로 쳐다보았다. 예전 같았으면, 지난주만 해도, 나는 내 인종을 의식하며 내가 흑인이어서 사람들이 그렇게 쳐다보는 것이라고 여겼을 것이다. 하지만 이제는 사람들이 내 피에 흐르는 경험을 감히 이해하지 못하는 것이라고 생각했다.

태양이 나를 향해 비명을 지르고 있어서 자리에서 일어나려고 했다. 그제야 내 몸이 얼마나 허약한지 깨달았다. 나는 그대로 보도로 고꾸라졌다. 땅에 닿기 전에 의식을 잃어 통증을 느끼진 않았다.

어디선가 태양이 지고 있었다. 지평선 너머 사라진 태양이 마지막으로 외친 뒤 적막이 찾아들었다. 그 깊은 적막에 나는 누가 맨살에 얼음을 잔뜩 끼얹기라도 한 듯 화들짝 깨어났다. 병원 침대에서 몸을 일으켜 창밖을 내다보았다. 황혼의 어둠이 내리고 있었다.

"이봐, 무슨 일이야?" 한 남자가 말했다.

나는 몸을 돌려 그를 보았다. 방안 침대에 누워 있는 여섯 명 중 한 사람으로 회색 턱수염에 약간 더 진한 회색 콧수염을 기른 백인 남자였다.

"내가 어떻게 여기 왔죠?" 내가 물었다.

"사람들이 끌고 왔어. 꼭 죽은 줄 알았다니까."

옷은 그대로 입고 있었다. 낮의 흥분이 물러나고 밤의 확실성이 밀려왔다. 어둡고 위험한 전율이 나를 채웠다.

거리로 나오고 나서야 맨발이라는 것을 깨달았다. 그러나 맨살이 콘크리트와 아스팔트에 닿는 촉감 따위 신경쓰지 않았다.

공원으로 발길을 돌렸다. 그곳에서 먹잇감을 찾기 시작했다.

갈색 피부의 젊은 여자가 한적한 오솔길을 걸어가고 있었다. 두려운 기색이라고는 없었다. 나는 같은 방향으로 걷다가 그녀를 지나칠 때 한 팔로 그녀의 허리를 감아 당기고는 새로 생긴 아랫니 하나로 목을 물었다. 작은 구멍이 났는데 이 정도 상처는 금세 아물 터였다. 그녀는 팔 초가량 저항하더니 이내 손으로 내 뒷목을 애무했다.

"당신 누구죠?" 그녀가 속삭였다. "나를 어떻게 한 거예요?"

그녀의 피가 입안으로 천천히 흘러들었다. 난생처음 경험하는 아주 풍요롭고 호화로운 식사였다. 신성을 찬양하는 축일에 신들이 먹는 스테이크, 버터, 진한 레드와인이었다.

"제발 말해줘요." 그녀가 떨리는 목소리로 속삭였다. "내게 무슨 일이 일어나는 거죠? 도처에서 감각이 느껴져요." 그러면서 내게 몸을 바짝 붙이고 비볐다.

나는 계속 마셨다.

그녀는 공원에서 내게 이런저런 이야기를 했다. 지나가는 사람들은 우리를 보며 어지간히도 급한 연인이라고 생각했다.

내가 그녀의 풍성한 하사품을 맛보는 동안 그녀는 삶의 비밀을 속삭였다. 그녀의 욕망과 실망, 사랑과 실수가 피를 통해 내게 흘러들었다. 마음 한구석에서는 내가 그녀의 생명의 혈청뿐만 아니라 영혼마저 먹고 있다는 생각이 들었다.

이런 즐거운 경험이 십오 분가량 이어지던 중 갑자기 통증과 함께 그 이빨이 잇몸 속으로 들어갔다. 나는 몸을 뒤로 뺐고 그녀가 나를 향해 손을 내밀었다.

"당신은 누구죠?" 그녀가 물었다.

"주브닐 닉스."

"나를 어떻게 한 거예요?" 그러면서 오른손을 들어 자신의 목에 손가락을 갖다댔다.

"약물이야."

"더." 그녀는 말을 더듬었다. "더 해주세요."

"내일 같은 시각에 이 자리에 오면 나를 만날 수 있어."

그녀는 다른 말을 하려 했지만 내가 손가락으로 입술을 막았다.

"가." 그녀는 즉시 내 말에 복종했다.

나는 어린 사슴이나 날랜 포식자처럼 가벼운 몸으로 쏜살같이 공원을 뛰어다녔다. 나도 모르게 웃음이 터져나왔다. 첫번째 먹이는 나를 잊을 것이다. 설령 기억해서 돌아온다 해도 내가 몇 주간 그 자리에 가지 않으면 된다. 여하튼 그녀를 다시 문다면 약물이 정맥에서 독극물로 변하리라는 것을 알았다.

할렘까지 한달음에 달려갔다. 하지만 센트럴하우스가 있는 거리에 이르자 멈칫했다. 처음으로, 뭔가가 변했다는 것을 머리로 이해했다. 그때까지는 감각에 의지해 행동했다. 그런데 그 순간 맨발에다 숨에서 피 냄새를 풍기며 정치공동체로 들어가서는 안 된다고 자각했다.

나는 거리 맞은편 건물 옆으로 들어가 별로 힘들이지 않고 벽을 기어올랐다. 지붕으로 올라가 짙어가는 어둠 속에 시커멓게 쭈그리고 앉아 친구들을 몰래 살폈다.

세실 봉탕과 미네르바 젠킨스가 늦은 저녁 건물 정문으로 나왔다. 나는 모든 감각을 그들에게 집중했다. 그들은 방금 끝난 회의에 대해 이야기했다. 나의 실종을 논의하는 자리였다. 그들은 내가 어떤 백인 여자와 함께 자리를 뜨는 것이 목격되었다고 했다.

"지미는 항상 못 믿을 놈이었어." 세실이 말했다. "아마 그년과 살림을 차리고 한창 신이 나 있겠지."

동물이 으르렁거리는 소리가 들려서 흠칫 놀란 나는 아무도 없는 지붕을 둘러보았다. 그제야 짐승 같은 소리가 분노한 내 안에서 나온 것임을 알았다.

"지미는 그런 애가 아니야." 미네르바가 말했다. "너도 알잖아. 무슨 일이 난 게 틀림없어. 트로이 말대로 경찰에 신고하자."

"경찰이 센트럴 주위를 뒤지게 할 순 없어. 그러다가 무기가 발각되면 어떡해?"

우리는 다가오는 혁명을 대비해 소총과 탄약을 지하실에 비축해두었다. 계엄령이 내려지고 흑인 탄압이 시작되면 사용할 생각이었다.

"뭐라도 해야겠어, 세실."

"그래, 서점에 다시 가서 이야기하자."

사흘 동안 그 지붕에 머무르며 예전 동료들의 말을 엿들었다. 낮에 태양이 떠올라 윙윙 울려대며 하늘을 가로지르면 한동안 혼수상태에 빠졌다. 그러다가 밤이 되면 기운을 차리고 내 친구들을 마치 먹잇감이라도 되듯 지켜보았다.

나흘째 되던 날, 센트럴하우스에서 북쪽으로 세 블록 떨어진 골목에서 젊은 남자를 쫓았다. 문 앞에서 그를 덮쳐 어깨를 물었다. 내가 그의 생명의 혈청을 마시는 동안 그는 훌쩍이고 흐느껴 울었다. 성적으로 영 불편했다. 앞으로 불가피한 경우가 아니라면 여자의 피를 마시자고 다짐했다.

"나한테 무슨 짓을 했어요?" 불분명하게 말했지만 여전히 두려움이 묻어났다.

"가." 스스로도 낯설 만큼 낮고 굵은 목소리로 말했다.

그는 달아났다.

이 무렵 센트럴하우스에 대해선 까맣게 잊었다. 나는 밤새 거리를 돌아다녔다. 두리번거리되 갈급하지 않았고, 위험한 존재이되 위협은 아니었다.

새벽이면 브루클린의 창고 지구로 돌아갔다. 줄리아가 나를 데려갔던 곳으로. 그녀가 맨 처음 나를 데려갔던 방에서 두 층 아래의 지하무덤 같은 침실이 그때부터 나의 거처가 되었다. 열쇠는 그녀가 내 주머니에 넣어두었다.

거리에서 한참 내려온 어두운 곳에 있으니 멀리서 태양의 노랫소리가 들렸다. 나는 지하감옥에서 안전함을 느꼈다. 그리고 위험도.

2

그것은 삼십삼 년 전, 그러니까 1976년 10월의 일이었다. 그후로 지금까지 나는 줄리아 소유였던 지하 방에서 살고 있다. 소유권을 이어받은 그곳을 거처로 삼고 침대에서 자거나 등이 곧은 의자에 앉아 지냈고, 가끔씩 밖으로 나가 조심성 없는 보행자를 덮쳐 피를 마셨다. 때로는 약물로 신체를 마비시킬 정도만 문 다음 그들의 돈으로 호텔방을 빌려 저녁 내내 그들의 목을 천천히 핥고 늑대처럼 으르렁거렸다.

지금까지 나는 한 명도 죽이지 않았고, 내 변이에 대해 많은 것을 알아냈다.

가장 중요한 사실 중 하나는 상처가 아주 빨리 아문다는 것이다.

이 사실은 어느 저녁 젊은 폭력배 일당과 마주친 뒤 알게 되었다. 프로스펙트공원에서 여자의 피를 마시고 있는데 그들이 우리를 공격했다. 그쪽은 여덟 명이었지만 힘이 넘치는 나는 너끈히 물리쳤다. 나중에 알고 보니 가슴에 세 차례 칼을 맞았다. 폐에 구멍이 뚫렸고, 아마 심장도 손상되었을 가능성이 높았다.

병원에 갈까 생각했지만, 다쳤을 때 인간과 접촉하는 것이 왠지 꺼려졌다. 그래서 그냥 집에 가서 죽기로 했다.

며칠 동안 가슴에 통증을 느끼며 침실 바닥에 누워 있었다. 일주일 정도 지나자 회복했고 밖으로 나가 피를 마실 수 있었다. 지금은 가슴에 희끄무레한 흉터 세 군데만 남았다.

나는 책을 읽거나 영화를 보지 않으며, 텔레비전과 신문에도 관심이 없다. 아주 최근까지도 인간과의 접촉은 희생자들이 쾌감을 느끼며 내 귀에 속삭이는 말이 고작이었다. 나는 며칠에 한 번 인간을 덮쳐 피를 마시고 내 지배력 아래 침투하는 영혼까지 자양분 삼아 살았다. 며칠씩 지하 침실에 가만히 앉아 희생자들의 부드러운 속삭임을 음미한다. 그들의 은밀한 욕망과 충족되지 못한 꿈에 대한 말이, 내가 가질 수 없는 삶의 가능성들을 불어넣는다. 때로는 황홀경에 빠진 입술이 들려주는 비밀에 몇 시간이고 빠져든다. 나는 그들이 기억하는 이미지를 볼 수 있고, 그들이 다른 사람에게 숨겨온 감정을 느낄 수 있다.

처음 몇 년 동안은 여자들만 먹잇감으로 삼았다. 목을 무는 행위의 친밀성 때문이었다. 그러나 세월이 흐르면서 남자들도 사냥하기 시작했다. 피에 대한 취향이 생겨 특정한 맛과 향을 선호하게 되었다. 때로는 마음에 드는 사람을 찾지 못해 헛걸음할 때도 있다. 그리고 보통 젊은 여자들을 선호하긴 하지만 유독 주의를 끄는 다른 사람들도 있다.

내 본성에 관해 알아낸 사실들이 또 있다. 일례로 보름달에 알레르기 반응이 일어난다. 그런 밤, 달의 섭정기에 노출되면 심한 열병과 두통에 시달리다 못해 앞이 안 보일 지경이다. 보름달이 뜬 밤에 외출하면 일주일 넘게 무기력증에 시달린다.

이 과정에서 나의 신체적 특성과 관련하여 또다른 이상한 점을 알아냈다. 열병을 앓아 골골할 때면 대부분의 정상인들은 내 공격을 막아낼 수 있다. 그러면 나는 영양분을 흡수하지 못해 더욱 쇠약해진다. 이런 상황에서는 어쩔 수 없이 무기력한 먹잇감을 찾아나서야 한다.

처음으로 보름달 알레르기에 시달려 몸이 허약해졌을 때 휠체어에 탄 노파가 눈에 띄었다. 책임감 없는 간병인은 잠시 자리를 비우고 내 지하실에서 멀지 않은 강가로 내려가 공중전화를 걸고 있었다. 나는 노파 뒤로 슬금슬금 다가가 목을 물었다.

그녀의 꿈은 조각나 있었고 피도 묽었지만, 나로서는 그게 최선이었다. 아무쪼록 그녀가 내 공격으로 죽지 않기만을 바랐다. 나는 변이한 이후 세상에 무수한 형태로 존재하는 생명에 대해 본능적으로 경외감을 느낀다. 거미, 바퀴벌레, 쥐, 인간 할 것 없이 모든 생명체는 저마다 살아갈 권리가 있다. 나는 노파의 맛없는 피를 약간만 마시고 몸을 회복하기 위해 황급히 사라졌다.

사 주가 지난 후 다른 간병인과 걸어가는 노파를 보았다. 그녀는 나이에 비해 건강했고, 새 도우미와 행복하게 대화를 나누고 있었다. 그 순간 내가 문 것이 치료 효과를 발휘했음을 깨달았다. 내가 옆을 지나갈 때 늙은 먹이가 방긋 웃었던 기억이 난다. 마치 나에 대해 알고 있는 눈치였다. 뒤에서 공격했기 때문에 나를 보지 못했을 텐데도.

내 삶을 이루는 또다른 면은 광관이었다. 원형의 테두리를 그리는 빛인데, 인간의 눈에는 보이지 않는 듯했다. 온갖 색깔에 다양한 속성을 지녔다. 다른 광관을 공격하고 파괴하는 약탈적인 녀석이 있는가 하면, 나와 교감이 가능한 광관도 있었다. 아무튼 나와 통하는 광관은 많지 않았다. 내게 모습을 드러내기 싫은 것인지, 아니면 내 충동과 필요가 배척하는 것인지는 모르겠다. 어쨌든 나와는 다른 면에 존재하므로 물리적으로 접촉하거나 서로에게 영향을 미치지 못했다.

내가 알아본 유일한 광관은 줄리아가 나를 주브널 닉스로 만들 무렵 접근했던 노란 존재였다. 그것은 가끔 나타나 지식과 인식에 관한 아리송한 메시지를 전했다.

"너는 비밀로 남겨두어야 하는 것을 알아가고 있어." 한 차례 이상 그렇게 말했는데, 언어로 말한 것이 아니라 의미가 우리 사이의 공간을 가로질러 내 마음에 들어왔다.

아홉 달 전까지도 나는 이 메시지를 대수롭지 않게 여겼다.

당시 나는 나에게 물리기 전만 해도 휠체어에 의지해야 했던 노파를 워터가에서 지켜보는 중이었다. 이제는 간병인도 없이, 손자로 보이는 아기를 혼자 돌보고 있었다.

나는 노파에게 아득한 부성애를 느꼈다. 여름날 저녁이었고 수평선 너머로 해가 저물어서 어지럽거나 할 염려도 없었다.

"따라와." 머릿속에서 목소리가 들렸다.

돌아보니 내 뒤의 허공에 울퉁불퉁한 노란색 광관이 떠 있었다. 따라가려고 일어서자 묘하게 새된 목소리가 말했다. "나중에."

"나중에 따라오라고?" 나는 허공에 대고 물었다.

광관이 사라졌고, 나는 지하의 집으로 돌아가 광관이 다시 나타나기를 기다렸다. 최근에 피를 마셔서 사냥할 필요가 없었다.

그날 밤 늦은 시각에 노란빛이 내 방에 나타났다. 말없이 나를 집밖으로 이끌었다. 브루클린브리지의 보행자 통로로 접어들자 광관이 시야에서 사라졌다.

나는 통로를 따라 걸었다. 늦은 저녁이었고 계절에 어울리지 않게 선선해서 산책 나온 사람들이 간간이 보였다. 첫번째 교탑을 막 지나쳤을 때, 교량 난간에 올라가 뛰어내리려는 한 여자가 보였다.

힘이 솟으며 몸이 민첩해졌다. 난간으로 곧장 달려가 막 떨어지는 여자의 손목을 잡았다. 그녀를 끌어올리고, 혹시나 다시 시도하지 않을까 싶어 허리를 꼭 붙들었다.

"이건 좋은 생각이 아니에요." 내가 말했다. 오랜만에 큰 소리로 말하다보니 목소리가 갈라져 나왔다.

"당신 눈이 왜 그래요?" 그녀가 물었다.

나도 모르게 웃음이 나왔다.

"자살하려고 했군요." 내가 말했다.

"지금은 때가 아닌가봐요. 아무리 봐도 그러네요." 그녀는 약간 애석한 표정으로 난간 옆을 돌아보았다. "커피 한잔 사줄래요?"

그녀의 이름은 이리디아 레이몬이었다. 캘리포니아 북부에서 태어나 자랐고, 뉴욕에는 회화를 공부하러 왔다.

"고등학교 동창이랑 결혼했는데 요즘 사이가 안 좋아요." 그녀는 브루클린하이츠의 텔테일 빈 커피숍에서 내게 말했다.

조금 전 자살을 시도했던 사람과는 거리가 멀어 보였다.

나는 광관을 본데다 사람의 목숨을 구하느라 감각이 고양된 상태여서 그녀의 향을 식별하기까지 약간 시간이 걸렸다. 그녀의 피에서는 지금껏 한 번도 느껴보지 못한 꽃향기가 났다. 원초적인 수준에서 나를 매료시켰다. 그러다보니 커피숍에서 당장 그녀를 물고 싶은 충동을 억눌러야 했다.

"그게 자살하려던 이유예요?" 내가 물었다.

"타버는 항상 우울해요. 일하지 않을 때면 집안을 어슬렁거리고 내 그림을 질투하죠. 내가 일할 때마다 어떻게든 훼방을 놔요. 내 주의를 끌고 집에서 뭔가 문제점을 찾아내면서. 어디에 물이 샌다든가 청구서 요금을 내지 않았다든가 하는 식으로. 내 집중력을 방해할 수만 있다면 무엇이든요. 자기 기분을 위해서라면 내가 내 인생을 살지 못해도 상관하지 않아요."

"그건 진짜 대답이 아니에요."

"내가 대답해야 할 이유라도 있나요, 주브널? 그건 그렇고 무슨 이름이 그래요?"

"예전에 심하게 아팠던 적이 있어요. 어떤 여자가 내 생명을 구해줬죠. 그리고 주브널 닉스라는 이름을 쓰면 어떻겠냐더군요."

"왜요?"

"'밤의 아이'라는 뜻이거든요."

"시 제목 같네요."

"병의 후유증으로 자연광에 노출되면 알레르기가 나요. 햇빛이 비치는 날에 외출하면 힘들어요. 밖에 너무 오래 있으면 의식을 잃기도 하고."

"발진도 나나요?" 자살을 시도한 지 한 시간도 되지 않았는데 그녀가 살짝 웃었다.

"아뇨. 하지만 환한 달빛에도 알레르기가 나요."

"우아, 그런데도 이 이름이 더 좋아요?"

"최고죠. 매일 밤 내 존재의 한계를 인식하고 황홀경을 경험하니까요."

처음 밝히지만 그 말은 사실이었다. 나는 저주를 받거나 쇠약해진 것이 아니다. 가족이나 친구들이 그립지 않다. 수십 년 전 알았던 내 삶은 이제 실험실 미로에 갇힌 쥐처럼 보였다. 내 성별, 인종, 반복되는 일상, 이런 것들은 필멸의 사슬이자, 내가 떨쳐버린 속박이다.

"황홀경이라고 했나요?" 그녀가 물었다.

그녀의 눈이 내게 사랑을 불러일으켰다. 그녀의 숨결에서 출산의 냄새가 났다.

"왜 뛰어내리려고 했어요?" 내가 물었다.

"이런저런 이유가 합쳐진 거죠." 그녀는 무미건조한 투로 말했다. "타버가 있는 집에는 가고 싶지 않았고, 그림을 다시 그릴 생각도 없었어요."

"그와 헤어지면 되잖아요."

"그러면 그는 죽을 테고, 나는 그의 죽음을 영원히 안고 살아야해요."

"또 그럴 건가요?"

"아뇨." 그녀는 생각에 잠겼다.

이리디아의 피부는 짙은 구릿빛이고 커다란 눈은 아몬드 모양이었다. 길고 숱이 많은 황갈색 머리를 하나로 땋은 것이 굵은 밧줄을 연상시켰다.

"이유는요?"

"나는 운명을 믿어요. 내가 포기한 마지막 순간에 당신이 나를 구했어요."

"내가 당신을 구했기 때문에 다시는 자살하지 않을 거라는 말인가요?"

"그 이유만은 아니에요." 그녀는 테이블 너머로 손을 뻗어 차가운 내 손을 잡았다. "나는 이미 뛰어내렸어요. 중력이 나를 아래로 잡아당기는 걸 느꼈어요. 나 자신을 죽음에 내줬을 때 당신이 나를 잡아 끌어올렸어요."

우리는 서로의 눈을 뚫어지게 응시했다. 정신이 혼미해졌다.

"태양을 포기할 수 있어요?" 내가 물었다.

"절대 못하죠. 나는 수채화가이고 태양이 없으면 영혼이 말라죽어요."

"하지만 죽으려고 했잖아요."

"다시는 그러지 않아요."

그 순간 나는 비로소 내 삶의 주인이 되었다. 이전의 모든 것이 금세 명확히 정리되었다. 나는 이십이 년간 미리 정해진 경로를 따르며 인간으로 살아왔다. 인종, 성별, 국적, 언어를 부여받았다. 나는 세상이 만든 존재였다. 그리고 줄리아가 내게로 와서 나를 만들었다. 나라는 존재는 허술하기 짝이 없어서 그녀가 변이를 일으키자 종잇장처럼 얇디얇은 정체성은 갈가리 해체되었다. 나는 이름조차 유지하지 못했다. 오십오 년간 한 번도 스스로 선택해보지 못했다. 항상 다른 누군가의 손에 이끌리고, 만들어졌다. 학창 시절 정치운동도 타성적으로 어딘가에 소속되고자 하는 열망에서 비롯된 것이었다.

이리디아는 단순한 몸짓으로 자신의 정체성을 찾았고, 새로운 빛을 보고는 자신의 방향을 바꾸었다.

"오늘밤 우리집에 갈래요?" 내가 물었다.

"하지만 아침에는 타버에게 돌아가야 해요."

"그래요."

나는 이리디아를 물고 싶어, 그녀를 인간에서 포식자 아이로 바꾸고 싶어 안달했다. 키스를 하고 사랑을 나눌 때 아래턱의 엄니가 근질거렸다. 하지만 용케 자제했다.

그녀를 변이시키면 우리가 헤어져야 한다는 것을 본능적으로 알았다. 내가 내 힘에 눈뜨기 전에 줄리아가 나를 떠났던 이유도 바로 이것이었다. 우리에게 사랑의 향기는 치명적이다. 우리가 아이를 만들면 어쩔 수 없이 잡아먹어야 한다.

이리디아가 브루클린브리지에서 뛰어내릴 때 아래에 있던 구렁텅이처럼, 허기가 내 안에서 입을 벌렸다. 이것이 내가 나와 같은 존재를 결코 마주치지 못했던 이유다. 우리는 대단히 드물다. 실로 우리의 사랑은 허기이며, 태곳적 인간이 그랬듯이 우리는 우리 자신의 가장 좋은 먹잇감이다.

"진짜 이름이 뭐야, 주브널 닉스?" 몇 시간 동안 사랑을 나누고 난 뒤 그녀가 물었다.

나는 이름을 떠올리느라 잠시 생각하다가 더듬거리며 말했다. "볼티모어의 제임스 트레몬트."

"확실해?" 그녀는 그렇게 말하며 내 배꼽에 입을 맞췄다.

"오래전 얘기야."

"그렇게 늙지도 않았으면서."

"보기보다 나이 많아."

그녀의 콧구멍이 벌름거리자 내 턱 아래 침샘에 독이 차올랐다. 나는 독을 꾹 누르며 그녀의 왼쪽 젖꼭지에 입을 맞췄다.

"깨물어줘." 그녀가 속삭였다.

"조금 이따."

"지금 해줘."

"그것도 못 기다리면 다음에 어떻게 만날래?"

그녀는 텅 빈 지하실 침대에 일어나 앉았다.

"당신 같은 남자는 처음이야." 그녀가 말했다.

"그래, 비겼다." 이렇게 말을 많이 하긴 수십 년 만에 처음이었다.

"당신은 음악도 안 듣고, 책도 안 읽고, 하다못해 벽에 걸린 그림도 없네."

"오랫동안 내게는 음식과 잠만 있으면 충분했어."

"지금은 어떤데?"

"너무 많아서 열거하지도 못하겠어."

"타버한테 오늘밤 일을 말할까봐." 그녀가 조용히 말했다.

"그래."

"그를 떠날 수는 없어."

나는 그녀에게 말하고 싶었다. 내 가슴을 옥죄는 사랑은 너와 결코 함께할 수 없다고―네 영혼을 향한 허기가 너무 크다고.

"우리 다시 볼 수 있어?" 내가 물었다.

"당신도 떠나지 않을 거야." 그녀는 확신에 찬 목소리로 말했다.

"왜? 당신은 내가 어떤 사람인지 모르잖아."

"내가 알았던 누구보다 당신을 잘 알아. 내 목숨을 구해준 사람이잖아. 그리고 그게 당신 천직이야―사람 목숨 구하는 일 말이야."

3

나는 앤트워프 빌딩 꼭대기층에 사무실을 얻고 간판을 내걸었다. '주브널 닉스: 문제를 해결해드립니다.'

도시 곳곳의 공중전화부스와 게시판을 찾아다니며 작은 명함을 붙이고, 이리디아의 동생 몬트로즈에게 부탁해서 작은 웹사이트를 만들었다. 무가지 두 곳에도 광고를 냈다. 투자금은 내 희생자들 가운데 상대적으로 여유가 있는 사람들한테 빌렸다. 나중에 돌려줄 생각이기에 그들에게 부당한 영향력을 행사한 것은 일단 눈감기로 했다.

이 일은 본성에 어긋나기 때문에 나는 자영업의 길을 택했다. 나 같은 존재는 밤에 일반 세계의 눈을 피해 숨어 지내야 한다. 인간에 빌붙어 살아야 하는 운명이며, 실제든 상상이든 곤경에 처한 사람들을 도와서는 안 된다.

이제 나는 운명의 조류를 거스르기로 했다.

영업시간은 해질녘부터 새벽까지다. 어떤 문제든 다 들을 것이다. 여드름 고민도 좋고, 살해나 투옥의 위협도 상관없다. 사정을 들어보고서 의뢰를 받아들이거나 거절하고, 고객의 지불 능력에 따라 수임료를 받는다. 주말은 이리디아와 함께 보낸다.

나는 실종자를 찾고, 온갖 사소한 질병을 치료하고, 가끔 목숨도 구한다.

타버 레이몬이 나를 증오하지만 걱정하지 않는다. 나는 위험이 가까워오면 바로 감지하기 때문에 여간해서는 내게 해를 끼치지 못한다. 이리디아는 가끔 걱정된다. 하지만 그녀는 옳고 그름이 분명하고, 납득하기는 어렵지만 자신만의 길을 걸어가는 사람이라 나로서는 그녀를 거절할 방도가 없다.

무엇보다 곁에 그녀가 없으면 내가 못 견뎠다. 한번은 그녀가 삼 주 동안 캘리포니아의 집에 간 적이 있었는데, 흡사 긴장증 같은 상태에 빠졌다. 거의 한 달 동안 그러다가 이리디아와 몬트로즈가 내 지하실로 찾아오고 그녀가 몇 시간이나 함께 있어주자 겨우 정신이 돌아왔다.

내 삶이 그리 좋아 보이지 않는다는 건 나도 안다. 하지만 좋은 점도 있다. 매일 누군가의 도움이 필요한 사람들이 나를 찾는다. 그러면 나는 아이들 숙제를 도와주고, 여자를 쫓아다니는 스토커를 물리쳐준다. 고소공포증을 없애주기도 하고, 살인을 그만두고 싶어하는 연쇄살인범을 영원히 잠재우기도 했다.

모든 게 그럭저럭 잘 돌아갔다. 어느 날 새벽 열두시 육분 한 여자가 사무실로 들어오기 전까지는.

그녀는 키가 184센티미터인 나보다도 훌쩍 크고 피부가 구더기보다 하앴다. 검고 긴 머리는 풍성했다. 강렬한 레이저 같은 녹색 눈만 아니었다면 미인 소리를 들을 법했다. 입은 드레스는 검은색 같기도 하고 녹색 같기도 했고, 빨간색 유리로 된 하이힐을 신었다.

"닉스 씨?" 그녀가 물었다.

"접니다." 낯설게도 두려움이 밀려들었다.

"젊군요."

"보기보다 나이가 많습니다."

그녀는 사무실을 쓱 둘러보았다. 나는 실내를 지하의 집처럼 꾸며놓았다. 등이 곧은 참나무 의자가 세 개 있고, 브루클린이 내다보이는 창문 아래 둥근 참나무 탁자를 놓았다. 벽에 걸린 장식품이라고는 밝은 햇살 아래 잡초를 그린 수채화 한 점이 전부였다.

"앉아도 될까요?" 그녀의 목소리는 남성적이지도 여성적이지도 않았다. 인간의 목소리와 거리가 멀며 아주 깊고 풍성한 울림을 지녔다.

"물론이죠." 내가 말했다.

그녀는 가까운 의자에 앉았고 나도 맞은편에 앉았다. 그녀가 내 눈을 들여다보았고 나는 시선을 피하지 않으려고 집중했다. 그러자 그녀가 웃었다. 포식자의 미소였다. 그것에 대해서라면 내가 누구보다 잘 안다.

그녀는 아름다웠다. 타오르는 불처럼 위험하고 손대지 못할 아름다움이었다.

그녀의 콧구멍이 벌름거렸다. 일 분 정도 흐르자 내게 명함을 건넸다. 왼쪽 아래에 붉은 글자로 '마헤이 X. 데몰라'라고 쓰여 있었다.

그게 다였다. 직위도 직업도 주소도 전화번호도 없었다. 하다못해 이메일 주소나 엠블럼도 없었다. 결국 그 이름의 의미를 모른다면 아무것도 모르는 셈이었다.

"어떻게 도와드릴까요, 데몰라 씨?"

그녀는 웃었고 또다시 몇 초간 나를 쳐다보았다.

"그림이 놀랍네요." 마침내 그녀가 말했다.

"무슨 뜻이죠?"

"당신의 영업시간과 직업은 태양과 거리가 있는 것 같아서요."

"여자친구가 화가입니다. 사무실 분위기가 밝아질 거라며 선물로 주더군요."

"진지한가요?"

"뭐라고 하셨죠?"

"진지한 사이냐고요?"

"용건이 뭡니까, 데몰라 씨?"

"애완동물을 잃어버렸어요." 황제를 유혹하고 아이들을 겁먹게 만들고도 남을 미소였다.

"개인가요?"

"희귀종이죠. 크고 사악한."

"무슨 말씀인지……"

"레이너드가 혹시라도 위험하게 굴까 걱정이네요."

그녀의 눈빛이 달라졌다. 그 때문에 내가 주의를 기울였는지, 아니면 위험이라는 단어가 나를 자극했는지 모르겠다.

"어떻게 위험하다는 겁니까?"

"녀석은 육식성이고 몸집이 커요."

"도시에서 개가 사람을 공격하고 돌아다니면 동물관리소에서 출동할 겁니다."

"덩치와 달리 레이너드는 시궁쥐예요. 도시 밑에 방치된 지하철 터널로 이어지는 길을 찾아낸 모양이에요. 거기에도 사람들이 사는데, 당신이 말한 동물관리소의 탐지망이 미치지 않죠."

나는 도시 아래 자리한 가지각색의 황폐한 지하무덤들을 잘 알았다. 그곳에서 사냥을 하고, 도시의 소리를 피해 땅속 깊은 곳에서 며칠씩 쉬기도 했다.

"얼마나 크다는 건가요?"

"많이 크죠."

마헤이는 맨살로 만든 것처럼 보이는 커다란 흰색 가방을 들고 있었다. 그 안에서 길이가 45센티미터 정도 되는 파란색 벨벳 두루마리를 꺼내 내게 건넸다.

나는 천을 풀었다. 검은색 칼이 나왔다. 길이가 어림잡아 30센티미터는 되었고, 손잡이가 금속 날과 하나로 이어져 있었다.

"이걸 가져가요." 그녀가 말했다.

"일을 맡겠다고 한 적 없는데요."

"자신감을 가져요, 닉스 씨."

나는 무슨 말을 더 하고 싶었지만 그냥 검은색 칼을 둘둘 말아 들고는 일어섰다.

"그럼 이제 시작하는 게 좋겠네요."

"아래층에 세워놓은 차까지 배웅해줘요." 아까보다 격식을 덜 차린 말투였다.

가까운 엘리베이터를 타자 사방에서 깊은 숲속의 냄새가 덮쳐왔다. 달콤한 냄새가 아니라 밝음과 어둠, 부패와 생장의 냄새였다. 거의 압도적이었다.

거리로 나서니 선홍색 링컨타운 리무진이 정문에 서 있었다. 밝은 녹색 정장 차림의 작고 뚱뚱한 남자가 데몰라 씨를 기다리고 있었다.

운전사에게로 가는데 누가 소리쳤다. "이봐, 닉스!"

목소리의 주인이 차도를 뛰어 건너 곧장 다가왔다. 흰색 운동복 바지와 회색 후드티를 걸친 타버 레이몬이었다. 그가 재빠른 동작으로 후드티 주머니에서 권총을 꺼내들었다. 나는 너무 놀라 그 자리에 얼어붙었고, 운전사도 방어할 생각을 못했다. 하지만 마헤이는 날렵했다. 손을 뻗어 네 손가락으로 총을 든 타버의 팔뚝을 잡았다. 그의 팔이 스파게티 가닥처럼 생기 없이 축 늘어졌다.

"네 손에 죽을 사람이 아니야." 그녀는 냉랭한 말투로 말했다. "오늘밤은 안 돼."

타버는 권총을 떨어뜨리고 비명을 질렀다. 그리고 몸을 돌려 달아났다. 오른팔이 옆으로 축 늘어져서 걸음걸이가 우스꽝스러웠다.

나는 돌아서서 아마존 여전사 같은 내 고객을 쳐다보았다.

"방금 뭐였죠?" 내가 물었다.

"당신은 사랑을 해선 안 돼요, 닉스 씨. 그 못과 가시가 레이너드의 커다란 이빨처럼 반드시 당신을 말뚝에 박을 테니까."

이 말과 함께 그녀는 뚱뚱한 운전사가 잡고 있는 차문 쪽으로 갔다.

그들이 탄 차가 떠나는 모습을 지켜보며 본성에 반하는 이 행동이 과연 좋은 것인지 처음으로 의문이 들었다.

그랜드센트럴역도 새벽 한시에는 한산했다. 나는 IRT선 입구를 통해 지하 승강장으로 내려갔다. 심야 이용객이라봐야 젊은 연인들, 취객, 펑크족, 부랑자 몇 명이었다. 열차가 들어오자 거의 모두가 승차했다.

나는 승강장 맨 끝으로 가서 선로로 뛰어내렸다. 동작이 워낙 빨라서 설령 누가 보았더라도 제지할 새가 없었을 것이었다.

북쪽으로 800미터쯤 가면 금속 사다리가 하나 있고, 이리로 내려가면 복잡하게 얽힌 지하 터널과 복도로 이어진다. 이중 하나는 포복으로 가야 하는 낮은 공간으로 이어지고 그곳에서 더 내려가면 또다른 통로와 터널이 나왔다. 몇몇 통로는 지하철 노동자들이 물자를 보관하고 쉬기도 하는 사무실과 창고로 이어졌다. 사람들이 잘 모르는 도랑도 있어서 이곳을 통하면 지하의 여행객들이 도시 아래의 도시를 돌아다닐 수 있었다.

캄캄한 터널을 삼십 분가량 걸어가자 악취가 훅 끼쳐서 무릎을 꿇고 몸을 낮췄다. 성냥을 켰다. 나는 불빛 없이도 어두운 곳을 다닐 수 있다. 줄리아를 만나고 얻게 된 능력 가운데 하나다. 하지만 부딪히지 않고 다닐 수 있다고 사물이 보이는 것은 아니다.

성냥을 켜자 처참하게 훼손되고 썩은 시체가 드러났다. 사람이긴 하지만 남자인지 여자인지 확인이 어려웠다. 살과 배, 가슴을 도려냈고 얼굴은 완전히 물어뜯었다. 살점 대부분이 뜯겨나갔다. 그나마 손은 그럭저럭 온전했지만 옹이투성이에다 지저분했다.

누군지 모르겠지만 죽은 지 오래된 것 같지는 않았다. 지하도에는 죽은 살에 환장하는 생명체가 많다. 바퀴벌레, 쥐, 파리가 시체 주위에 들끓었다. 나는 주춤 뒤로 물러서면서 마헤이 X. 데몰라가 찾는 애완동물이 새삼 궁금해졌다.

길을 따라 여섯 구의 시체가 더 있었다. 악취에 넌더리가 났다. 어둠 속에서 황급히 달아나는 소리에 나마저 속이 뒤집힐 지경이었다.

'빛의 도시'라 불리는 지하공동체로 발걸음을 옮겼다. 네이선 찰스라는 사람이 수년 전 설치한 전기 연결구가 있어서 붙은 이름이었다. 이스트 73번가 아래 위치한 동굴에는 램프, 선풍기, 비디오 플레이어, 심지어 컴퓨터도 있었다. 예전에 밤에 돌아다닐 때 가끔 들르다가 이렇게 묘한 곳에 사는 사람들 몇몇과 알게 되었다.

지하공동체로 가는 길에 더 많은 시체—훨씬 많은 시체를 발견하게 될까봐 조마조마했다.

"거기 누구야?" 한 남자가 물었고, 밝은 빛이 내 눈에 비쳤다.

섬광에 모든 감각이 일시적으로 마비되었지만, 나는 누구의 목소리인지 알아차렸다.

"레스터, 나야, 주브널."

"주브널?" 빛이 옆으로 치워졌다. "여기는 웬일이야?"

"여기서 웬 개가 당신네 사람들을 공격한다며. 도와줘야지 싶어서 내려왔지."

"엉덩이 붙이고 앉아." 나의 몇 안 되는 친구 중 하나인 그가 말했다. "여기서 우릴 공격하는 건 개가 아니야. 빌어먹을 괴물이지. 젠장. 팔 한 번 휘둘렀다가 로니 빙엄의 팔이 뜯겨나갔어. 그는 비명을 지르며 죽었어."

빛이 얼굴에서 치워지자 내 친구 레스터의 모습이 보였다. 그는 내 또래이고(따라서 나보다 훨씬 나이가 들어 보였다) 나만큼 키가 크며 흑인에 대머리였다. 내가 지하동굴에서 살 때 만난 친구였다. 나는 그가 좋았는데 삼십 년 동안 밖에 나가본 적이 없다고 해서였다. 그는 사회에서 밀려난 사람들끼리 모여 사는 '빛의 도시'를 이끄는 자애로운 시장이었다.

"지금까지 몇 명이나 죽었어?" 내가 물었다.

"열댓 명. 북쪽 구역에 벙커를 만들었어. 지금 모두 거기 있어. 녀석은 그 안으로 못 들어와. 하지만 우리도 식량과 물자를 가지러 밖에 못 나가지. 큰 총도 필요해."

울부짖는 소리가 터널과 동굴이 복잡하게 연결된 거대한 지하 공간을 울렸다. 소리가 내 모든 감각을 자극했다. 시큼한 맛과 매캐한 냄새가 공격했고, 피부가 따끔거리고, 날카로운 비명의 광경이 눈앞에서 춤을 췄다. 온몸이 얼얼했다. 그러더니 문득 앞쪽 한 지점으로 주의가 쏠렸다.

"저거야." 레스터가 말했다. "아까 말한 짐승."

"저쪽에 있군." 내가 말했다. "어서 가, 레스터. 가서 물자와 무기를 챙겨. 녀석은 내가 맡을 테니까."

"너 미쳤어, 주브널? 애송이 주제에 객기 부리지 마. 녀석은 끄떡도 안 해. 내가 정면에서 22구경을 갈겼는데도 꿈적 않았다고."

레스터가 팔을 잡길래 나는 그를 옆으로 밀쳤다. 나는 보통 남자들보다 힘이 훨씬 세다. 레스터가 넘어지면서 조금 굴렀다. 나는 몸을 돌려 앞으로 계속 갔다.

녀석이 또다시 울부짖었다. 울음소리가 환각을 일으켰다. 온갖 짐승에 쫓기는 사람들이 보였다. 죽음의 냄새가 풍기고 별들이 울기 시작했다. 남자들과 여자들이 강간당하고 도살되고, 이어 잡아먹히는 광경이 보였다. 사악한 공격자들은 생긴 모습이 꼭 아이 같았지만 숲에서 가장 오래된 나무들보다 나이가 많았다.

환각이 끝났을 때 나는 무릎을 꿇은 채 머리에 대못이 박힌 듯한 고통에 시달리고 있었다.

나는 일어서서 재빨리 '빛의 도시' 방향으로 움직였다.

암벽을 파낸 굴에 형성된 판자촌만도 못했다. 여든 명가량 사는 마을을 밝혀온 전깃불 아래 텐트와 처마, 소화기, 가구가 있었다. 입구에서 맨 안쪽에 거대한 철문이 있었다. 지하에 왜 금고가 있는지는 아무도 몰랐다. 레스터의 사람들이 남기고 간 물건들이 그곳에 있었다.

철문 위 자연적으로 생긴 바위 턱에 마헤이 X. 데몰라의 애완동물이 웅크리고 있었다. 온몸이 황금빛 털로 뒤덮이고 주둥이만 검은색 줄무늬인데 빨간색 피가 묻어 있었다. 발의 생김새가 손에 가까워, 네 발로 쭈그린 자세지만 금방이라도 똑바로 일어설 것 같았다.

내 목구멍에서 으르렁거리는 소리가 났다. 이성적 사고는 깡그리 사라졌다. 깊고 소름끼치는 분노가 근육에 차올라 노래했다. 머리 위에서 짐승이 사납게 울부짖었다.

그때 마헤이의 개 위쪽 어둠 속에서 눈이 하나 보였다. 그것은 나를 노려보더니 짐승이 바위 턱을 뛰어내릴 때는 신기해하는 빛을 띠었다.

흐릿한 황금빛 물체가 다가왔다. 나는 몸을 던져 구르고 녀석을 잡고 물고 찢고 싶었다. 마음은 그랬지만 그 눈에 압도되어 그게 무슨 의미인지……

레이너드가 들이받아 내 몸이 날아갔다. 녀석은 돌처럼 딱딱했다. 수십 년 만에 처음으로 나는 한낱 인간에 지나지 않았다. 레이너드는 앞발을 들고 처음에는 내 얼굴을, 이어 가슴을 할퀴었다.

나는 두 주먹을 휘둘렀지만 소용없었다. 녀석은 내 팔을 물고, 급기야 머리로 내리쳐서 나를 바닥에 고꾸라뜨렸다. 나는 감각이 없었지만 증오심은 여전했다. 레이너드가 내 위에 있었다. 녀석의 벌린 입에서 허기와 증오와 사악한 예견으로 가득한 악취가 풍겼다.

그때 탕탕거리는 작은 소리가 일곱 번 났다. 순간적으로 레이너드가 내 팔을 잡아 찢은 소리라고 생각했다. 하지만 그때 꾸르륵 목을 울리는 외침이 들렸다. 내 이름을 부르는 소리였다.

주브널.

그 순간 생각의 편린들이 폭포수처럼 쏟아졌지만 하나로 연결되지는 않았다. 그곳에는 레스터의 얼굴이 있고 22구경 권총도 있었다. 조금 전의 탕탕거리는 소리는 그 때문이었다. 그는 무기를 써서 나를 구하려 했고, 우리 둘 다 죽음을 피하기는 글렀다. 작은 권총이 그가 가진 유일한 무기였다.

내 무기가 생각났다. 허리띠에 찔러넣은 검은 쇠칼.

나는 파란색 벨벳 두루마리를 풀려고도 하지 않았다. 레이너드가 고개를 들고 제 얼굴을 따끔하게 쏜 게 무엇인지 찾을 때 두루마리째 가슴에 찔러넣었다.

녀석의 울부짖음은 굳이 표현하자면 폭발하는 별들의 불협화음 같았다. 나는 추락했다. 끝없는 공허 속으로 떨어졌다. 이제 가망이 없었다. 나라는 관념도 마찬가지였다. 피를 흘리고 증오만 남아 죽어가는……

"주비, 그만해!" 레스터가 소리쳤다. 그는 나를 짐승의 시체에서 떼어내려 하고 있었다. 나는 움직이지 않는 녀석의 몸뚱이에 칼을 찌르고 또 찔렀다. 녀석이 내게 보여준 환영에 분노했다. 녀석이 환영을 도로 가져가길 바랐다.

"이미 죽었어!" 레스터는 소리치며 나를 겨우 떼어냈다.

나는 상처와 출혈로 기진맥진했지만 분노가 좀처럼 가시지 않았다.

손에 쥔 칼이 부르르 떨렸다. 나는 돌아섰다.

"주브널." 레스터가 불렀다.

"아직 죽지 않았어, 아직 아니야."

나는 터널을 터벅터벅 걸어갔다. 어디로 가고 있는지 나도 몰랐다. 손안의 쇠칼이 펄떡였다. 그것은 기분이 좋은 것 같기도 하고 병든 것 같기도 했다. 꽉 움켜쥔 주먹에 갇힌 땅벌처럼 살아서 화를 내는 것 같기도 했다.

벽이 움푹 들어간 곳의 버려진 야영지를 가로질렀다. 거기서 지저분한 트렌치코트를 찾아 입었다. 피 묻은 상처를 코트로 가리고 칼은 소매 안으로 넣었다.

지하철로 올라와 28번가 역으로 나왔다. 비틀거리며 밖으로 올라서니 여명이 밝아왔다.

"닉스 씨." 걸걸한 목소리가 나를 불렀다. 어쩌면 아니었는지도 모른다.

마헤이의 뚱뚱한 운전사가 선홍색 리무진 옆에 서 있었다.

그는 뒷문을 열더니 잡고 기다렸다. 나는 거절할 기운도 없었다.

"반가워요, 닉스 씨." 내가 옆자리에 앉자 마헤이가 말했다.

나는 대답하지 않았다.

"레이너드는 찾았나요?"

"네. 하지만 내가 어떻게 해주길 원하는지는 말하지 않았죠. 그래서 녀석을 죽였습니다."

"그랬군요. 칼은 가져왔나요?"

칼의 진동이 팔뚝에 전해졌다. 나는 칼을 넘겨주고 싶지 않았다. 하지만 마헤이의 녹색 눈빛을 보니 따르지 않을 수 없었다. 나는 칼을 꺼내 그녀에게 건넸다. 그녀는 살가죽 가방에서 비닐시트를 꺼내 손을 대지 않고 칼을 집었다.

가방에 칼을 넣고 그녀는 나에게 딴은 상냥한 미소를 지었다. 그리고 현금 다발을 건넸다.

"어디서 내려드릴까요, 닉스 씨?"

사무실 바닥에서 육십 시간도 넘게 잤다.

내 작은 사무실에는 화장실이 딸려 있고 벽장에 여벌의 옷이 있다. 이틀 반을 정신없이 자고 난 뒤 세면대에서 대충 씻고 옷을 갈아입었다. 그리고 창가 의자에 앉아 어둠에 물든 밖을 내다보며 아직 살아 있음에 감사했다.

몸에 난 상처는 거의 아물었지만 기억은 여전히 나를 괴롭혔다. 레이너드와 나는 공통점이 있었다. 그는 나와 같은 존재였다. 그의 울부짖음은 지식을 전했고, 그의 악취는 우리가 알고 있는 생명의 또다른 진화 경로에 대해 말해주었다.

마헤이도 나와 혈통적으로 연결된 존재였다. 확실했다. 그나저나 그녀가 손대지 않으려 했던 검은 칼은 대체 무엇일까? 그리고 내 상상에 불과할 리 없는, 엄연히 실재하는 그 눈은 또 무엇이란 말인가.

노크 소리가 들렸다.

잠시나마 타버가 총을 들고 오거나, 아니면 마헤이나 그녀의 똘마니가 진동하는 칼을 들고 찾아온 것은 아닐까 생각했다.

레이너드 같은 존재는 문을 두드리지 않는다.

"누구야?"

"무섭게 왜 이래." 그녀가 말했다.

문을 열었다. 내가 머리에서 발끝까지 빠짐없이 사랑하는 여자가 노란색과 흰색 옷을 입고 눈앞에 서 있었다.

그녀가 내 눈을 보았고, 나도 그녀를 보았다.

"우리 얘기 좀 해." 그녀가 말했다.

나는 그녀를 안으로 들였다.

우리는 의자에 마주보고 앉았다. 키스도 없이 함께 있기는 몇 달

만에 처음이었다.

"무슨 일이야?"

"타버가 지금 정신병원에 있어. 정신이 나갔고 오른팔은 완전히 마비됐어."

"어허, 그래?"

"가끔 정신이 돌아오는데, 그 사람 말로는 당신이 그랬다던데."

"그게 말이야—"

"어떻게 된 일이야?"

"타버가 권총을 들고 여기 왔었어."

"뭐?"

"날 찾아와서 총을 꺼내들었어. 그런데 쏘기도 전에 나와 같이 있던 여자, 그러니까 내 고객이 팔을 잡았고, 그는 소리를 지르며 달아났지. 하지만 내가 보기에 어디를 베이거나 하지는 않는데."

"그렇다면 타버는 대체 왜 몸이 마비되고 정신이 나간 거야?"

나는 망설였다. 그때까지 내 정체, 내 능력을 아는 사람은 없었다. 비밀은 밤과 같다. 눈에 보이지 않으므로 우리는 의심하고 두려워한다. 하지만 나는 더이상 어둠 속에 살고 싶지 않았다. 이리디아, 내가 사랑하는 그녀에게 사실을 숨기고 싶지 않았다. 설령 사실이 밝혀져서 그녀를 잃는다 해도 잠시나마 그녀가 나를 알아준다면 그것으로 족했다.

"당신에게 줄리아라는 여자에 대해 얘기해주고 싶어." 내가 말했다. "그녀는 내 이름을 주브널 닉스라고 짓고 나를 밤의 아이로 만들었지."

칼

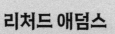

리처드 애덤스

이 이야기에 나오는 모든 일은 1938년에 벌어졌다.

필립이 실제로 숲에 놓인 칼을 봤을 때 그의 삶은 아예 본질부터 달라졌다. 말하자면, 마음속 상상이 오싹한 가능성이 되었다. 그는 걸음을 멈추고 고개를 돌려 주위를 살핀 다음 두 발짝 뒤로 물러났다. 이어 진짜 칼인지 확인해야겠다는 듯 뚫어지게 쳐다보았다.

그래, 틀림없는 진짜 칼이었다. 한동안 비참하고 헤어날 길 없는 두려운 심정에 사로잡혀 있었는데 간만에 눈이 번쩍 뜨였다.

그때까지 그는 피할 수 없는 극심한 육체적 고통이 조만간 밀어닥치리라는 끔찍한 불안에 시달리고 있었다. 마음속에서 똑같은 테이프가 계속 돌아가는 듯했다. 시발점은 어제 스태퍼드가 마지막으로 한 말이었다. "내일 밤 기도시간 끝나고 도서관에서 보자. 너 자신에게 감사하라고." 스태퍼드가 돌아서서 가버리자 그 말이 감옥 창살처럼 필립의 마음을 옥죄었다. 그 시간을 앞두고 스태퍼드의 말이 머릿속에서 좀체 지워지지 않았다.

이번 학기가 시작되고 스태퍼드가 기숙사 반장으로 임명되면서 필립은 그의 주된 희생양이 되었다. 그뿐 아니라 누가 봐도 그랬다. "스태퍼드는 널 싫어하잖아?" 존스가 말했다. "그런데 넌 찍소리도 못하지." 브라운이 옆에서 거들고, 둘이 크게 웃었다.

학기 내내 그의 공격이 이어졌다. 갈수록 비열한 처벌이 계속되었고, 급기야 지난주에는 기숙사 도서관에서 때리기까지 했다. 고통이 극심했고―이제까지 겪었던 것 가운데 최악이었다―이제 또다시 되풀이될 참이었다.

지난밤 그는 거의 한숨도 못 잤다. 아침을 먹지 못했고 점심도 먹는 둥 마는 둥 했다. 말을 섞는 상대라고는 존스와 브라운뿐이었다.

그런 그가 반휴일半休日 오후에 혼자 축축이 젖은 숲속을 걷다가, 칼을 발견했던 것이다. 별안간 눈앞에 나타난 칼에 그는 생각이 뚝 멎었다.

텔레비전에서 본 칼과 아주 비슷했다. 많은 사람들이 여론의 호소에 못 이겨 경찰에 넘겨줘야 했던 칼 말이다.

그는 허리를 굽혀 칼을 집어들었다. 근사한 칼집에 든 칼은 길이가 족히 30센티미터는 되었고 끝이 날카로웠다. 그리고 지금, 딱 맞춰서, 상상이 현실로 나타났다.

신비한 힘이 그에게 칼을 보냈다. 칼을 사용하라는 명령을 내린 것이다. 그는 항상 상상을 즐겼다. 복수의 상상, 성적 환상, 초능력 상상 등등 끝이 없었다. 그는 혼자만의 상상 속에 상당하리만치 파묻혀 사는 아이였다.

칼을 사용하라는 명령이라. 그렇다면 언제 어디서 사용해야 할까? "주인이시여, 한밤중에 아무도 모르게 사용하겠나이다." 그는 말을 멈추었다. 마음을 고쳐먹었다. 하지만 처음 생각이 머릿속을 떠나지 않았다. 물론 칼을 진짜 사용할 생각은 아니었다.

만약 사용한다면 어떻게 될까? 상상이 되지 않았다. 한 가지는 확실했다. 엄청난 소동이 벌어질 것이다. 정말 무시무시한 소동이. 그런데 아무도 그가 벌인 일이라는 걸 모른다면?

그는 다시는 얻어맞지 않을 것이다. 엄청난 소동에 덮일 테니까. 모든 것이 바뀌겠지. 그래, 그게 핵심이었다. 모든 것이 바뀔 것이다. 그의 인생을 포함해서.

그가 칼을 가진 것을 아무도 몰랐다. 게다가 그가 그것을 계획대로 사용한 후에 칼의 소유자라며 나설 사람도 없었다. 그날 밤 기숙사 기도시간 전에 그는 자신이 할 일을 정확하게 생각해두었다.

잠자리에 들려고 계단을 올라가던 그는 생각에 골몰해서 누군가와 부딪히고 말았다. "젠장, 제번스, 눈을 어디다 두고 다녀?" "미안해, 어― 미안해, 어―"

상급생들은 대개 독방을 썼다. 그는 두 학기째 독방을 썼다. 그날 밤 불이 꺼지고 어둠 속에 조용히 누운 그는 잠에 빠지지 않으려고 애썼다.

하지만 깜빡 잠들고 말았다. 깨어나서 손목시계를 보니 두시였다. 계획을 물릴 마지막 기회였다. 그러나 그는 밀어붙일 작정이었다. 어차피 잃을 게 없었다.

칼은 챙겼나? 전등은? 탈의실에서 집어온 수건도 챙겨야지. 그는 방문을 열고 복도로 나가 가만히 섰다. 아무 소리도 들리지 않았다. 스태퍼드의 방까지는 그리 멀지 않았다(지문이 묻지 않게 조심조심).

이제 스태퍼드의 침대 옆에 서 있었다. 똑바로 누운 그의 고른 숨소리가 들렸다. 전등을 켜 스태퍼드의 목을 비추고 한 번의 동작으로 칼을 찔러넣었다. 칼날이 워낙 날카로워 거의 아무런 느낌도 없었다. 칼자루를 손에서 놓고 한 번의 동작으로 수건을 펼쳐 목과 칼을 덮었다. 방으로 재빨리 돌아간 그는 전등을 서랍 속에 넣고 침대에 도로 누웠다.

이 모든 것을 그는 생생히 기억했다. 그래서 어떻게 되었을까? 물론 엄청난 소동이 벌어졌다. 학교가 발칵 뒤집혔다. 전국이 충격에 휩싸였다. 신문, 교장, 경찰, 지문 채취. (무슨 속셈인지 그는 지문 채취에 기꺼이 응했다.)

그가 스태퍼드의 미움을 받는 아이였다는 것을 경찰에게 아무도 말하지 않은 모양이었다. 사실 그런 아이는 꽤 있었다.

학기말에 그가 학교를 그만두고 싶다고 말하자 부모는 흔쾌히 그러라고 했다.

나는 그의 대부다. 그에게 늘 우호적인 관심을 가져왔다. 우리는 오랫동안 가까운 친구였다.

지난주 그가 우리집에 저녁을 먹으러 와서는 모든 것을 털어놓았고, 자수하고 싶다는 생각을 자주 했었다고 말했다. 그래서 나는 그런 생각일랑 집어치우고 그 비밀을 아무에게도 말하지 않을 테니 염려 말라고 했다. 나는 누구에게도 말하지 않을 참이다.

그러니 여러분도 비밀을 지켜주길.

무게와 치수

조디 피코

세상에서 가장 큰 소리는 아이의 부재다. 세라는 아침에 눈을 뜬 순간 저도 모르게 아이의 소리를 기다렸다. 공단 리본이 부스럭거리는 것 같은 키득거리는 소리, 침대에서 탁 뛰어내리는 소리. 하지만 그녀의 귀에 들리는 것이라고는 에이브가 어젯밤 미리 맞춰둔 커피메이커가 부엌에서 쉭쉭거리다가 추출이 끝나자 성난 듯 탁탁 뱉으며 멈춘 소리가 전부였다. 그녀는 자고 있는 에이브의 몸 굴곡 너머 시계를 흘깃 보았다. 한순간 남편의 금빛 어깨를 어루만지거나 검은 곱슬머리를 훑을까도 생각했지만, 늘 그렇듯 행동으로 옮기기 전에 기억에서 그 생각 자체가 깜박 사라졌다. "일어날 시간이야." 그녀가 말했다.

에이브는 그녀 쪽을 돌아보지 않고 가만히 있었다. "알았어." 목소리 상태로 보아 그 역시 제대로 자지 못한 게 분명했다.

그녀는 몸을 돌려 바로 누웠다. "에이브."

"알았어." 그가 다시 대답했다. 그리고 단번에 침대에서 일어나 욕실로 들어가버렸다. 한참 동안 샤워기 물을 틀어놓고만 있었다. 물소리에 묻혀 울음소리가 밖에 들리지 않으리라 생각했겠지만 아니었다.

에이브의 인생에서 최악의 날은 여러분이 생각하는 그날이 아니었다. 딸의 관을 고르러 간 날이었다. 세라가 그에게 대신 가달라고 사정사정했다. 딸이 마치 작아져 못 입는 옷들을 담아둔 상자라도 되듯 건조하고 안전하게 보관해둘 자리를 상담하는 것을 도저히 못 견디겠다고 했다. 장의사는 머리를 흉하게 빗어 넘겼고, 회색 눈이 친절해 보였다. 그는 먼저 에이브에게 딸의 모습을 보았느냐고 물었다. 그러니까 그후에 말이다. 의사와 간호사가 치료를 중단하고 튜브를 다 제거하고 응급카트를 치운 뒤 그와 세라가 작별인사를 하도록 자리를 비켜주었다. 세라는 절규하면서 병실을 뛰쳐나갔다. 에이브는 바스락거리는 비닐 매트리스 커버를 씌운 침대 가장자리에 앉아 손가락을 딸의 손가락에 걸었다. 가슴이 미어지는 가운데 한순간 딸의 움직임이 느껴진 것 같았다. 하지만 그가 흐느끼면서 침대가 흔들린 것이었다. 그는 한참을 그렇게 앉아 있다가 딸을 무릎으로 끌어올리고, 마치 본인이 환자라도 되듯 침대로 기어올라갔다.

그가 기억하는 것은 딸이 얼마나 미동도 없었는지, 그의 손길이 닿은 딸의 피부가 어떻게 잿빛으로 변해갔는지가 아니었다. 그날 아침 딸을 안고 응급실 문을 통과했을 때에 비해 무게가 미세하게 가벼워졌다는 것이었다. 그는 무게와 치수를 재는 게 직업이었던지라 그토록 비통한 순간에도 이런 차이에 민감하게 반응하는 것이 놀랍지 않았다. 사람이 죽으면 21그램이 줄어드는데 이는 영혼의 무게라던 법의학자의 말이 떠올랐다. 딸을 팔로 안으며 그는 척도가 완전히 잘못되었다는 걸 깨달았다. 상실은 리그*로 측정해야 했다. 딸이 처음으로 이가 빠졌을 때, 남자애에게 반했을 때, 졸업식 날 학사모를 은빛 하늘로 던졌을 때와 같은 선형적 타임라인에서, 그가 딸과 함께 보내지 못한 시간의 길이로. 상실은 각도처럼 둘레를 돌아가며 측정해야 했다. 둘 사이의 각도인 분(′), 이별의 도(°)로.

옷은 따님이 좋아할 법한 것으로 입히면 됩니다. 장의사가 말했다. 혹시 좋아했던 파티복이 있어요? 아니면 나무에 오를 때 늘 입던 오버올도 좋고, 축구 유니폼도 괜찮습니다. 휴일에 즐겨 입던 티셔츠는 어떻습니까?

그 외에도 몇 가지 질문과 결정이 이어졌다. 마지막으로 장의사는 에이브를 다른 방으로 안내해 관을 고르게 했다. 견본품이 벽쪽에 쌓여 있었다. 칠흑색, 적갈색 석관들이 어찌나 반질반질한지 그의 피폐한 얼굴이 비쳤다. 장의사는 에이브를 방의 한쪽 끝으로 데려갔다. 왜소한 관 세 개가 씩씩한 군인들처럼 벽에 기대 세워져 있었다. 그의 엉덩이 높이까지 오는 관도 있었고, 작은 것은 빵 보관상자 정도 되었다.

---

* 길이 단위. 1리그는 약 4.8킬로미터.

에이브는 황금색 테두리 장식이 둘러진 광택 있는 흰색 관을 골랐다. 딸의 침실에 놓인 가구와 비슷했기 때문이다. 그는 관에서 시선을 떼지 못했다. 장의사는 알맞은 크기라며 그를 안심시켰지만, 에이브가 보기에는 자신의 딸처럼 생명력 넘치는 아이를 담기에 충분치 않았다. 이날 그가 두른 슬픔의 거북 등껍질을 묻어둘 정도는 확실히 아니었다. 이 말은 딸이 떠난 뒤에도 슬픔은 가시지 않으리라는 뜻이었다.

장례식은 에이브도 세라도 다니지 않는 한 교회에서 열렸다. 이런 일을 겪고도 여전히 신을 믿는 세라의 어머니가 준비했다. 처음에는 세라가 반발했다. 그들 부부는 숱한 이상적 논의를 통해 종교가 세뇌에 가깝다고 성토했고, 아이의 믿음은 스스로 알아서 선택하도록 내버려두자고 정하지 않았던가? 하지만 세라의 어머니 펠리시티는 고집을 꺾지 않았고, 세라는 여전히 충격에 휩싸여 있어서 맞설 힘도 없었다. 부모라는 사람이 어떻게 목사가 자기 딸에게 몇 마디 말도 못하게 막는다니? 펠리시티는 울먹이며 말했다. 이제, 세라는 신도석 맨 앞줄에 앉아 있었고 목사의 설교가 무감각한 미풍처럼 참석자들에게로 흘러들었다. 그녀의 손에는 딸이 어디를 가든 항상 가지고 다녔던 작은 청록색 강아지 인형 '비니 베이비'가 들려 있었다. 털이 빠지고 해져서 무슨 종인지 알아보기도 어려웠다. 세라가 주먹을 꽉 쥐고 있어서 충전재에 밀려 솔기가 터질 것처럼 느껴질 정도였다.

짧고 찬란했던 그녀의 인생을 기리면서 슬픔도 사랑에서 나오는 것임을 기억합시다. 슬픔은 어떻게 보면 잔혹한 특권입니다.

세라는 어째서 목사가 정말로 중요한 사실들을 언급하지 않는지 의문이었다. 가령 딸이 두루마리 휴지 심만 있으면 몇 시간이고 비디오카메라 놀이를 하며 놀았던 일, 아잇적 배앓이를 할 때 비틀스의 〈서전트 페퍼〉 음반을 틀어주면 울음을 뚝 그쳤던 일 같은 것 말이다. 그녀는 어째서 목사가 여기 모인 사람들에게 자신의 딸이 이제 막 체조의 텀블링 동작을 배웠다는 것, 밤하늘에서 북두칠성을 찾아낼 줄 안다는 것을 말해주지 않는지 이해할 수 없었다.

오, 주여, 당신의 이 아이를 이제 자비로운 당신 품으로 보내나이다. 영원한 평화가 있는 축복받은 안식으로, 천사들이 노니는 곳으로 보내오니 받아주소서.

이 대목에서 세라가 고개를 들었다. 당신의 아이라니, 그애는 내 아이야.

십 분 뒤 식이 끝났다. 차를 타고 묘지로 향하려고 모두가 밖으로 나가는 동안에도 그녀는 꿈쩍 않고 앉아 있었다. 사전에 에이브와 따로 이야기된 것으로, 이 장례식과 관련해 사실상 유일하게 요청한 사항이었다. 자신의 어깨를 짚는 에이브의 손과 귀를 스치는 그의 입술이 느껴졌다. "당신 아직도—"

"맞아." 그녀는 말을 끊었다. 그러자 에이브도 자리를 떴다.

그녀는 무수히 많은 꽃들로 둘러싸인 관으로 걸어갔다. 자신의 결혼식 부케처럼 가을꽃으로 꾸며져 있었다. 그녀는 어렵사리 딸의 모습을 보았다. 건강하고 완벽하게 정상으로 보여 이곳에선 너무도 아이러니하게 느껴졌다.

"안녕, 아가야." 그녀는 나직이 부르고는 작은 녹색 강아지 인형을 딸의 팔 밑에 밀어넣었다. 그리고 장례식에 가져온 큰 손가방을 열었다.

관뚜껑이 닫히기 전에 마지막으로 딸을 보는 사람이 자신이라는 게 중요했다. 칠 년 전 맨 처음 딸을 본 사람이 자신이었듯이 마지막으로 딸을 보는 사람도 자신이길 원했다.

손가방에서 책을 꺼냈다. 귀퉁이가 접히고 닳다 못해 책등이 갈라지고 몇 장은 떨어져나가 사이에 끼여 있었다. "커다란 녹색 방에," 그녀가 책을 읽기 시작했다. "난로가 있고, 빨간색 풍선이 있고……"

여기서 잠시 머뭇거렸다. 보통 이 대목에 이르면 딸이 "황소가 달을 뛰어넘는 그림이 있고" 하며 끼어들었기 때문이다. 하지만 지금은 세라가 대신 읽어야 했다. 끝까지 다 읽었다. 눈물이 걷잡을 수 없이 쏟아지면서 글자가 잘 보이지 않아 그냥 외운 대로 읊었다. "안녕, 별들아." 그녀가 들릴락 말락 작은 소리로 말했다. "안녕, 공기야. 안녕, 세상의 모든 소리들아." 그리고 거친 숨을 들이마시며 손가락으로 딸의 입술을 어루만졌다. "잘 자."

교회 홀에서 에이브는 징글징글하게 많은 음식을 보며 페이스트리, 데블드 에그, 캐서롤 덕분에 사람들이 자신에게 무슨 말을 건네야 할지 몰라 어색한 상황이 가려지고 있다고 생각했다. 누군가가 갖다준 음식이 잔뜩 담긴 접시를 들고 서 있었지만 한입도 먹지 못했다. 가끔 친구나 친척이 다가와서 멍청한 소리를 늘어놓았다. 어떻게 지내? 괜찮은 거지? 힘들겠지만 이 시간도 금방 지나갈 거야. 이런 말을 들을 때면 접시를 내려놓고 손에서 피가 나도록 상대를 패주고 싶었다. 가슴에서 좀처럼 가시지 않는 허전한 아픔과 달리 그런 고통은 차라리 납득이라도 되기 때문이었다. 다들 어색한 검은색 양복에 스티로폼 접시를 든 에이브를 흘긋 쳐다볼 뿐 진짜 속내를 말하지 않았다. 그 일이 내가 아니라 너한테 일어나서 참 다행이야.

"실례합니다."

에이브가 돌아보니 처음 보는 여자가 있었다. 중년이고 눈가 주름으로 미루어 보아 젊을 때 웃음이 많았던 것 같았다. 어쩌면 펠리시티와 같은 교회에 다니는 사람일 수도 있었다. 그녀는 나팔수선화 구근이 담긴 상자를 들고 있었다. "얼마나 상심이 크세요." 그렇게 말하며 상자를 내밀었다.

에이브는 접시를 옆의 의자에 내려놓고 상자를 받아들었다. "이걸 심어요. 그래서 봄에 싹이 트면 딸을 생각해요." 그녀가 말했다.

그녀는 그의 팔을 살짝 건드리고 자리를 떴다. 에이브가 매달릴 희망을 주고.

세라가 에이브를 만난 것은 로스앤젤레스에 처음 갔을 때였다. 몇몇 친구들이 그녀를 여송연 클럽에 데려갔다. 회원 전용으로 사무용 빌딩에 들어가 도어맨에게 암호를 대면 무슨 엘리베이터를 타라고 알려주는 그런 곳이었다. 클럽은 건물 꼭대기층에 있었다. 친구들은 그녀에게 멜 깁슨의 담배 저장실을 보여주며 동부에 대한 향수를 달래주려고 했다. 어두컴컴했다. 제멋에 취해 뮤지션 기분을 내고 싶은 배우들이 기타를 잡고 밴드와 즉흥연주를 할 법한 곳이었다. 하지만 그럴수록 세라는 자신이 정말 원하던 곳을 떠나 새로운 일자리를 찾아서 이 도시로 오게 된 처지가 더욱 짜증스러웠다.

친구들과 바에 앉았는데 잉크처럼 까만 머리의 잘생긴 남자가 옆에 있었다. 그의 미소를 보는 순간 세라는 소용돌이에 빨려든 기분이었다. 친구들은 코즈모폴리턴을 주문하고 경쟁적으로 그에게 작업을 걸었다. 그 과정에서 그가 밴드에서 드럼을 연주하고 이름이 에이브라는 것을 알게 되었다. 친구 한 명이 화장실에 갔다 오며 소리쳤다. 별들 봤어? 에이브가 몸을 기울이며 세라에게 춤을 청했다. 그들은 녹음된 재즈 트랙에 맞춰 아무도 없는 댄스플로어에서 연기처럼 움직였다. "왜 나를 골랐죠?" 세라가 물었다.

그는 그녀의 등허리에 대고 있던 손을 딱 그만큼 가까이 끌어당겼다. "당신 친구가 별 얘기를 했을 때 이 지긋지긋한 곳에서 하늘을 올려다본 사람은 딱 한 명, 당신밖에 없었으니까요."

석 달 뒤 두 사람은 함께 매사추세츠로 갔다. 그리고 여섯 달 뒤 결혼했다. 하객들은 에이브러햄과 세라가 거대한 일족을 이룰 것이라며 축하와 농담을 했다.* 하지만 성서와 달리 두 사람이 아이를 갖기까지는 오랜 시간이 걸렸다. 정확히 팔 년이었다. 세라가 임신을 포기해야겠다고 생각할 만큼 긴 시간이었다. 그러나 임신

---

* 구약성서에 나오는 아브라함과 사라에 빗댄 농담.

소식에 누구보다 기뻐했을 만큼 짧은 시간이기도 했다. 그녀는 이 것이 시련의 끝이 아니라 시작일 수 있으리라고는 꿈에도 생각하지 못했다.

교회에서 집으로 돌아가는 길에 세라가 에이브를 돌아보며 식료품점에 잠깐 들르자고 했다. "집에 아무것도 없어." 여러모로 확실치 않다는 듯 말했다. 두 사람은 정신이 멍해서 자신들의 행색이 어떤지 신경쓸 겨를이 없었다. 오후 한시에 양복과 타이, 진주목걸이와 하이힐 차림으로 냉동식품 코너를 지났다. 상점을 죽 돌며 달걀, 빵, 치즈, 우유 등 누가 봐도 일반적인 물품을 골랐다. 어느 가정에서나 소비하는 것들이었다. 시리얼 코너에서 에이브는 저도 모르게 아이가 좋아하는 킥스 베리로 손을 뻗었다가 더이상 필요 없다는 것을 깨닫고 태연하게 옆에 있는 시리얼을 집었다. 자신이 결코 먹을 일이 없을, 밀짚처럼 끔찍하게 생긴 밀기울 시리얼이었다.

그들은 계산대에 가서 줄을 섰다. 딸이 통조림 수프와 냉동 완두콩의 바코드 찍는 것을 거들겠다고 나서도 성가셔하지 않던 여자가 계산대에 있었다. 그녀는 두 사람을 알아보고 미소 지었다. "우아, 멋지게 차려입었네요." 그들의 복장을 슬쩍 보고는 윙크했다. "요즘은 애들을 놔두고 이렇게 식료품 쇼핑을 하며 데이트를 즐기나보죠."

에이브와 세라는 얼어붙었다. 이 여자는 모르는 모양이었다. 하긴 어떻게 알겠는가? 딸이 집에서 베이비시터와 같이 〈프린세스 다이어리〉를 육백번째 보고 있거나 터퍼웨어 통을 두들기며 놀고 있다고 생각하는 게 분명했다. 에이브가 신용카드 영수증에 서명하고 있을 때, 점원이 금전등록기 아래로 손을 넣어 막대사탕을 하나 꺼냈다. "애가 파란색 사탕을 좋아하죠? 제가 보고 싶어한다고 전해주세요."

"네." 에이브는 사탕 막대가 구부러지도록 꽉 쥐며 말했다. "그럴게요."

카트를 밀며 먼저 밖으로 나가는 세라를 그가 뒤쫓아갔다. 태양이 너무 눈부셔서 눈물이 났다. 세라가 에이브에게로 돌아서더니 말없이 쳐다보았다. "왜?" 에이브의 목소리가 거칠게 나왔다. "내가 뭐 잘못했어?"

사흘 후 세라는 잠자리에 일어나 가장 좋아하는 스웨터를 꺼내 입었다. 소매 끝으로 팔이 7센티미터도 넘게 삐죽 나왔다. 짜증이 나서—에이브가 세탁을 잘못해서 줄어들었나?—다른 스웨터를 입었는데 그것도 작았다. 그녀는 거울 속의 자신을 멍하니 쳐다보다가 소매를 팔꿈치까지 걷어올렸다. 이러면 아무 문제도 보이지 않는다.

식기세척기에서 그릇들을 꺼내며 애써 태연한 척했다. 이제 의자 위에 올라서거나 에이브에게 부탁하지 않고도 찬장 맨 위까지 손이 닿았다.

유급휴가 마지막날, 에이브는 병원에서 딸과 같이 있었던 때를 떠올렸다. 창유리에 불가사리 그림이 붙어 있었다. 대기실에서 차례를 기다리는 동안 세라는 무려 세기가 바뀔 무렵의 잡지를 읽고 있었고, 딸은 '숨은 물건 찾기' 놀이를 하자고 했다. 지난 칠 년 동안 이 놀이를 워낙 많이 해서 정신을 반쯤 놓고도 할 수 있었다. 딸이 목표물을 중간에 자꾸 바꾸는 바람에 놀이가 제대로 이어지지 않았다. 그는 문 위의 출구 표시, 욕실 손잡이, 맨 오른쪽에 있는 불가사리를 대다가 점점 인내심이 바닥나선 빨리 차례가 되어 이런 바보 같은 놀이를 그만했으면 했다.

딸은 목감기에 걸린 것뿐이었다. 열이 38.3도에 못 미쳤으니 아직 걱정할 정도는 아니었다—38.9도 넘게 열이 치솟으면 이야기가 달랐다. 세라가 어렵사리 터득한 사실이었다. 예전에는 손거스러미가 일거나 머릿기름딱지만 생겨도 댓바람에 소아과의사를 찾으며 난리법석을 떨었다. 하지만 딸이 자라면서 점차 건강관리에 자신이 붙었다. 그래서 기침 한 번 한다고 의사에게 바로 달려가지 않았고, 귓병이 나면 하룻밤 지켜본 뒤 검진을 받으러 갔다. 이번에 세라는 아이를 학교에 보내지 않고 바이러스 감염인지, 패혈성 인두염인지 확인했다. 그들은 부모로서 해야 할 일을 했다. 의사의 말에 귀기울였고 원칙대로 했다. 저녁시간이 되자 모르는 증세가 나타났다. 패혈성 인두염으로 죽는 아이는 없겠지만 그래도 방심은 금물이다. 이 세상에는 전 지역을 쓸어버리는 지진해일이 일어나기도 한다. 에스키모 여자의 모유도 수은에 오염될 수 있으며, 어처구니없는 이유로 전쟁이 발발하기도 한다. 세상에는 이렇듯 말도 안 되는 일이 계속 일어난다.

에이브는 할 수만 있다면 '숨은 물건 찾기' 놀이를 천년이라도 계속하고 싶었다.

다음날 에이브가 출근하자 세라는 청소를 했다. 대충 진공청소기를 돌리고 자루걸레로 닦는 것이 아니라 화장실을 손으로 박박 문지르고 라디에이터 환풍구의 먼지를 제거하고 벽을 닦았다. 서랍장을 열고 맞지 않는 스웨터를 몽땅 꺼내 봉투에 담았다. 발목까지 오지 않고 껑충해진 바지들도 따로 한 무더기 쌓였다. 부엌 서랍을 뒤져 사용하지 않는 커피 텀블러와 그레이비소스 그릇, 체리 피터*를 꺼냈다. 이어 에이브의 옷을 색깔별로 분류했다. 유효기간이 지난 알약을 내다버렸다. 냉장고 선반을 닦고, 몇 달 전에 한 번 사용하고는 처박아두었던 케이퍼, 겨자, 양고추냉이를 처리했다.

벽장도 정리했다. 현관 쪽 벽장을 열자 여태 겨울잠을 자고 있는 코트들과 바닥의 러버메이드 수납 박스 안에 긴 장갑처럼 아무렇게나 내던져진 부츠가 보였다. 복도 벽장에는 새하얀 수건들과 향기 짙은 포푸리가 있었다. 그녀는 맨 위 선반 뒤쪽으로 팔을 뻗었다. 그녀도 안간힘을 써야 겨우 손이 닿는 은밀한 곳으로, 딸을 위한 크리스마스 선물을 미리 사서 보관해두는 장소였다. 원격조정 로봇, 요정 인형 만들기 세트, 분장 도구를 하나하나 꺼냈다. 일찌감치 1월이나 3월, 5월에 보자마자 딸이 좋아할 줄 알고 챙겨둔 보물들이었다. 세라는 길어진 팔로 이 선물들을 안고 한참이나 꼼짝 않고 서 있었다. 이보다 더 확고할 수 없는 증거 앞에 몸이 마비된

---

* 손잡이를 눌러 체리 씨를 빼내는 기구.

채로. 딸은 집에. 돌아오지. 않는다.

세라는 복도 중간에 앉았다. 플라스틱 로봇의 비닐 포장을 벗기고 배터리를 넣어 욕실까지 돌아다니게 했다. 분장 도구를 꺼내 분홍색 깃털 목도리를 목에 둘렀다. 하트 모양의 작은 거울을 보며 진분홍색 립스틱과 반짝이는 파란색 아이섀도를 바르자 행복한 매춘부가 되었다.

전화가 울려 침실로 달려가서 받았다. "별일 없어?" 에이브가 물었다.

"괜찮아." 세라가 말했다. 광대처럼 빨갛게 칠한 뺨과 야한 입술이 침실 거울에 비쳤다. "걱정 마."

그녀는 전화를 끊고 부엌으로 가서 커다란 검정 쓰레기봉투를 꺼냈다. 뒤뜰의 낙엽이나 벽장의 물건까지 몽땅 담을 수 있을 만큼 컸다. 그녀는 새것인 딸의 장난감을 봉투에 담아 어깨에 지고 차로 갔다. 쓰레기 수거일이 아니었으므로 시영 쓰레기장으로 운전해 가서 입구에서 표에 도장을 받고 계곡으로 한 차례 쓰레기를 내다버렸다. 그리고 자신이 잃어버린 것들이 가득 담긴 이 봉투가 사람들이 실제로 버리는 물건들로 채워진 다른 봉투들 사이에 자리 잡을 때까지 지켜보았다.

약사들은 세밀한 세계에 산다. 그래서 에이브는 좀 배웠다 하는 사람들도 대개 있는지조차 모르는 측량 단위를 대학교에서 배웠다. 작은 젤라틴 캡슐 안에 약을 채워넣는 사람들 아무나 붙잡고 물어봐도 20그레인은 1스크루플인 걸 알 것이다. 3스크루플은

1드램(약량)이다. 8드램(약량)은 1온스(약량)*다. 따라서 1온스는 24스크루플, 혹은 480그레인에 해당한다.

에이브는 24스크루플을 재는 중이었다. 하지만 그가 산타페 학술대회에서 얻어온 화이자 제약회사의 작은 고무 매트에 쏟아놓은 알약과는 상관없었다. 스쿠르플scruple이라는 단어는 참 재밌다. 단수형일 때는 불안을 뜻하지만 복수형이 되면 난데없이 원칙, 윤리의 집합이 되니 말이다. 그는 이제야 그렇게 간단한 일임을 이해했다. 유감스러운 일을 한 번만 겪어도 이제까지 인생을 잘못 살았음을 깨닫게 되는 법이다.

그는 딸이 죽기 전날 방을 청소하라고 말한 것을 후회했다. 학교 가을 음악회가 끝나고서 자랑스러운 마음과 별개로 친구들 앞에서 딸이 창피해할까봐 안아주지 못했던 것을 후회했다. 가족을 호주로 데려가지 않은 것을 후회했다. 그들이 여전히 가족일 때, 손자를 만날 기회를 갖지 못한 것을 후회했다. 칠십칠 년이 아니라 칠 년밖에 함께하지 못한 것을 후회했다.

에이브는 이런 생각들을 물리치고 알약을 다시 재기 시작했다. 그러나 바지가 자꾸 엉덩이 아래로 내려와 추켜올려야 했다. 결국에는 약병들이 늘어선 벽 뒤로 들어가 흰 가운의 단추를 풀고 허리띠를 꽉 조였다. 요 근래 통 먹질 않았으니 체중이 주는 것도 당연했지만 너무 갑작스러웠다. 허리에 맞게 조절하려면 아예 구멍을 새로 내야 할 판이었다. 그 정도로 급격히 야위었다.

---

* 드램과 온스는 상용 단위일 때와 약제 무게를 나타낼 때가 다르다.

좌절한 그는 허리띠를 빼버리고 뒷방에서 물건 포장에 쓰는 노끈을 풀어 대신 허리에 둘렀다. 다시 안에 들어가 주문을 마무리할 생각이었지만, 그러는 대신 물건을 들이는 약국 뒷문으로 나가 무작정 걷기 시작했다. 모퉁이를 돌아 세 블록을 걸어가서 신호등을 건넜다. 매일 집으로 갈 때마다 지나치는 '올라프'라는 술집에 이르렀다. 이제 겨우 오전 열한시였지만 영업을 하고 있었다.

안으로 들어설 때 그도 바지춤을 노끈으로 동여맨 자신의 행색이 가난한 찰리 채플린처럼 보인다는 걸 알고 있었다. 예전에 드럼을 치던 시절 이후로 낮에 술집에 들어가기는 처음이었다. 이른 시각인데도 바에 다섯 명이 있었다. 밤에 술집을 찾는 사람들과는 달랐다. 불운한 신세들이었다. 일상적인 노동을 몇 시간 더 견디려고 위스키(1드램!)를 들이켜는 사람들, 집으로 돌아가 자기 전에 간밤의 기억을 떨어낼 필요가 있는 콜걸, 진을 병째로 마시며 젊은 시절을 추억하려는 노인네들이었다.

에이브는 의자에 기어올랐다. 기어올랐다는 표현이 정확했다. 여기까지 오느라 생각보다 피곤했던 모양이다. "제임슨* 있어요?" 그가 바텐더에게 물었다. 바텐더는 번개 모양의 비뚜름한 미소를 지으며 그를 보았다.

"어린 친구가 용감하네." 그가 말했다.

"뭐라고요?"

바텐더는 고개를 저었다. "신분증 있어?"

---

* 위스키 브랜드.

에이브는 마흔두 살이었고, 신분증 확인을 요구받은 건 까마득한 옛일이었다. 관자놀이께 머리카락이 희끗했다. 그는 주머니에서 지갑을 찾았지만, 늘 그렇듯 약국 로커에 두고 왔다는 것을 알았다. "지금 없는데요."

"그럼 제임슨은 안 되겠는걸. 나중에 스물한 살이 되면 와."

에이브는 어리둥절한 표정으로 그를 쳐다보았다. 의자에서 뛰어내려 가까스로 중심을 잡았다. 약국으로 돌아가는 길에 번들번들한 뷰익의 엔진 덮개, 빵집의 통유리창, 물웅덩이에 비친 자신의 모습을 계속 들여다보았다. 아이를 잃으면 그 아이와 함께 보냈던 세월도 잃는 걸까?

딸이 죽은 지 일주일이 지났고 세라는 여전히 딸 생각을 멈출 수 없었다. 치커리커피 향이 퍼지거나 달콤한 머핀이 혀에서 녹기 전에 어린 딸의 피부와 입맞춤부터 떠올랐다. 신문을 집어들면 빨래를 마치고 작은 양말을 갤 때의 고무밴드 감촉이 손가락에 느껴졌다. 어느 방에선가 개구리처럼 문법을 통통 건너뛰며 재잘거리는 딸의 목소리가 음악으로 들려왔다.

반면 에이브는 딸을 잃기 시작했다. 눈을 감고 딸의 얼굴을 떠올려보았다. 생각은 났지만 날이 갈수록 가장자리가 자꾸 어슴푸레해졌다. 몇 시간이고 딸의 침실에 앉아 베갯잇에 여전히 배어 있는 딸기망고 샴푸 냄새를 맡거나 책장의 책들을 딸의 시선에서 열심히 읽어나가려 했다. 딸의 손가락 그림을 펼쳐보기도 하고, 웃통을 벗고 작은 거울 앞에 서서 가슴에 딸의 심장을 그리기까지 했다.

세라는 대개 어머니가 하라는 것과 반대로 행동했지만, 이번에는 어머니의 조언을 받아들여 교회에 가보았다. 딸의 장례식에서 연주되던 찬송가가 문득 생각나서 몸서리를 쳤고, 제단에 관이 없는 것을 보고 마음을 굳게 다잡았다. 집무실 문을 두드렸다. 목사가 그녀를 안으로 들이고는 차를 대접했다. "어머니가 무척 염려하시더군요."

세라는 입을 열고 뭔가 통명스럽고 못된 말을 하려다가 그만두었다. 물론 걱정하겠지. 그게 원래 어머니의 일 아니던가? 그래서 지금 여기에 온 것이기도 하고.

"하나만 물어볼게요." 세라가 말했다. "왜 제 딸이죠?"

"무슨 말씀인지……"

"하느님 아버지 어쩌고 하는 건 알겠어요. 천국의 왕국도 알겠고요. 그런데 세상에는 일곱 살 아이가 수백만 명은 있잖아요. 왜 꼭제 아이를 데려가야 했나요?"

목사는 곧바로 대답하지 못했다. "하느님이 자매님 딸을 데려간게 아닙니다. 병으로 죽은 거죠."

세라는 코웃음을 쳤다. "어련하시겠어요. 편할 때만 하느님이지." 그녀는 스스로가 감정적으로 무너지기 직전 아슬아슬한 상태임을 느끼며 대체 어쩌자고 여기에 올 생각을 했을까 후회했다.

목사가 그녀의 손을 잡았다. 그의 손은 따스하고 푸석하고 푸근했다. "천국은 멋진 곳입니다." 그가 조용히 말했다. "따님은 그곳에서 지금 우리를 내려다보고 있답니다."

세라는 숨통이 콱 막혔다. "제 딸은 스키장에서 리프트를 타면 호흡 곤란을 일으켜요. 엘리베이터에서도 겁을 먹고, 이층 침대도 싫어해요. 높은 곳이라면 아주 질색을 한다고요."

"이제 그렇지 않을 겁니다."

"그걸 어떻게 알아요?" 세라는 폭발했다. "죽고 난 다음이 어떤지 무슨 수로 알아요? 그러니까 그게…… 끝이 아니라는 것을 어떻게 아느냐고요?"

"모릅니다." 목사가 말했다. "희망하는 거죠. 저는 따님이 천국에 있다고 믿습니다. 만약 그곳에서도 겁이 난다면 예수님이 안전하게 지켜주실 겁니다."

눈물이 뺨을 타고 흐르자 세라는 고개를 돌렸다. "그애는 예수가 누군지 몰라요. 나밖에 모르는 아이예요."

에이브는 자신이 중력을 거스른다는 것을 알았다. 부엌에 서서 물을 한 잔 마시고 있으면 발뒤꿈치가 살짝 들렸다. 거리에서 빠르게 걷다보면 걸음 사이사이 저도 모르게 몸이 위로 떠올랐다. 그래서 바지 주머니에 작은 돌을 몇 개 넣고 다녔다. 이제는 바지가 하나같이 너무 길었다.

어느 토요일 딸의 침대에 앉아서 나누었던 대화가 떠올랐다. 결혼하고 나서도 쭉 여기 살아도 돼요? 그렇게 딸이 물었고, 그는 환하게 웃으며 그러면 정말 좋겠다고 말했다.

하지만 남편은 어떻게 할 건데? 그가 물었다.

딸은 신중히 생각하더니 대답했다. 간이침대를 펴면 되죠. 내 친구들이 자고 갈 때 그러잖아요.

현관 초인종이 울렸다. 에이브가 아래층으로 내려가보니 딸이 가장 친한 친구로 여겼던 꼬마가 눈이 빨개진 채 엄마 옆에 서 있었다. 실제로 딸의 방에서 간이침대를 마지막으로 사용했던 아이이기도 했다. "에이브, 반가워요." 여자가 말했다. "귀찮게 한 거 아닌지 모르겠네요."

"아니에요!" 그는 지나치게 밝은 목소리로 말했다. "아니에요! 전혀요!"

"에밀리가 고민이 있다고 하네요. 그림을 한 장 그렸는데 여기 가져다주고 싶다고 해서. 걸어놨으면 하나봐요." 꼬마가 에이브에게 종이 한 장을 내밀었다. 크레용으로 두 아이를 그린 그림이었다. 한 명은 그의 딸처럼 검은 머리였고, 다른 한 명은 에밀리처럼 금발이었다. 둘이 손을 꼭 잡고 있었다. 머리 위로 태양이 이글거리고 발밑은 풀밭이었다.

에이브는 자신이 에밀리와 거의 같은 키가 되었다는 것을 알았다. 그래서 아이의 눈을 들여다보기 위해 몸을 웅크리지 않아도 되었다. "정말 예쁘구나." 그가 말했다. "딸 침대 위에 붙여놓을게." 그는 아이의 머리에 쓰인 왕관을 만지려는 듯 손을 뻗다가 이 행동이 자신에게 위로가 되기보다 오히려 상처를 주리라는 것을 깨닫고 마지막 순간에 팔을 뒤로 뺐다.

"괜찮아요?" 에밀리의 어머니가 작은 목소리로 말했다. "안색이……" 그녀는 적절한 말을 찾느라 말꼬리를 흐리더니 그냥 포기하고 고개를 저었다. "당연히 괜찮을 리가 없겠죠. 정말로 유감이에요, 에이브. 진심이에요." 그녀는 마지막으로 그를 보고는 에밀리의 손을 잡고 진입로를 걸어나갔다.

에이브의 손에 힘이 들어가 크레용 그림이 구겨졌다. 그는 에밀리가 보도에 너저분하게 깔린 낙엽을 발로 차서 작은 소용돌이를 일으키는 것을 지켜보았다. 그녀의 어머니는 앞만 보고 걷느라 자신이 이 사소한 경이를 놓쳤다는 사실조차 몰랐다.

세라와 에이브는 서로 거의 말을 하지 않았다. 그러던 어느 날, 에이브가 딸의 방에 들어가보니 세라가 책꽂이에서 책을 꺼내 상자에 담고 있었다. "지금 뭐하는 거야?" 충격을 받은 그가 물었다.

"이게 계속 신경쓰여. 복도에 두면 되니까 괜찮아."

"안 돼."

세라가 멈칫했다. "안 된다니 무슨 뜻이야?"

에이브는 상자 하나에서 그림책을 한 움큼 꺼내 책꽂이에 도로 밀어넣었다. "당신은 애를 놓아줄 준비가 되었는지 모르지만 난 아직 아니야."

세라의 얼굴이 벌겋게 달아올랐다. "놓아주다니? 당신은 지금 내가 놓아준다고 생각하는 거야? 대체, 에이브, 내가 원하는 건 그저 정상적인 사람처럼 다시 기능하는 거야."

"하지만 당신은 정상이 아니야. 우리는 정상이 아니야." 그의 눈에 눈물이 그렁그렁했다. "아이가 죽었어, 세라."

세라는 한 대 얻어맞은 것처럼 움찔했다. 그녀는 몸을 돌려 방을 나갔다.

에이브는 바닥에 주저앉아 머리를 쥐어뜯었다. 삼십 분쯤 그렇게 있다가 일어나서 복도를 지나 침실로 갔다. 세라가 침대에 모로 누워 지평선 너머로 허둥지둥 지는 태양을 바라보고 있었다. 에이브는 그 옆에 누워 아내의 몸을 감싸안았다. "아이를 잃었어." 그가 말했다. "당신마저 잃고 싶지 않아."

세라가 그를 향해 돌아누워 손바닥으로 그의 뺨을 어루만졌다. 키스를 했다. 할 수 없었던 모든 말을 전했다. 둘은 서로를 위로하기 시작했다. 몸을 만지고 입술을 스쳤다. 다정하게. 바닥에 옷가지가 떨어져 쌓이고 에이브는 그녀 위에서 쓰러지지 않도록 힘을 주고 버티며 그녀를 꼭 붙잡고 몸을 겹쳤다.

예전처럼 완벽하게 하나가 되지 못했다. 그들은 떨어졌다. 불편했다. 그녀가 내가 이렇게 해볼게, 라고 말했고, 그는 이건 어때, 라고 말했다.

나중에 세라가 잠들고 나자 에이브는 일어나 앉아 침대 밖으로 길게 삐져나온 아내의 하얀 발을 물끄러미 바라보았다.

다음날 아침 에이브와 세라는 어둠 속에 누워 있었다. "한동안 혼자 지내는 게 좋겠어." 세라는 이렇게 말했지만 정작 하고 싶던 말은 이게 아니었다.

"원한다면 그렇게 해." 에이브도 본심과 반대되는 말을 했다. 말도 안 되는 일이 실제로 벌어지는 이 새로운 세상에서는 언어도, 논리도, 두 사람조차도 들어맞지 않았다.

세라가 침대에서 일어나면서 시트를 가져갔다. 결혼생활 십오 년 동안 그녀가 할 필요 없던 배려였다. 그래서 에이브는 곧장 알아챌 수 있었던 것을 놓쳤다. 그의 몸이 줄어든 만큼 세라의 몸이 커져 있었다. 이처럼 실체가 확실치 않은 것을 측정할 수만 있다면, 그 정도는 아마 그들이 잃어버린 딸의 크기며 너비와 정확히 맞아떨어질 것이다.

세라는 다락의 제일 높은 서까래에 올려놓은 가방에도 너끈히 손이 닿았다. 에이브가 옆에서 짐 꾸리는 것을 지켜보았다. 문 앞에서 두 사람은 뻔히 지키지 못할 걸 알면서도 약속했다. "전화할게." 세라가 말했고 에이브는 고개를 끄덕이며 대답했다. "잘 지내."

그녀는 어머니와 함께 지내기로 했다. 에이브로서는 결혼생활 내내 상상도 못한 일이었지만 그래도 긍정적인 신호로 받아들였다. 세라가 껄끄러운 사이인데도 펠리시티를 선택했다면, 이것은 아무리 불가능해 보여도 모든 아이는 결국 부모에게 돌아온다는 희망을 뜻했다.

그는 의자를 창가로 끌고 갔다. 이제 키가 너무 작아져서 창턱 너머가 내다보이지 않았다. 그는 의자 쿠션을 밟고 서서 여행가방을 차에 싣는 세라를 보았다. 그의 눈에 그녀는 거대해 보였다. 거인처럼—그는 그것이 바로 모성의 위력이라고 생각했다. 모성은 여자를 실제보다 커 보이게 만든다. 그는 차가 더이상 보이지 않을 때까지 서 있다가 의자에서 기어내려왔다.

그는 이제 일을 하지 못했다. 키가 너무 작아서 카운터에 팔이 닿지 않았다. 운전도 불가능했다. 페달이 너무 멀어서 밟을 수가 없었다. 이제 할 수 있는 일이 없어진 에이브는 예전보다 더 황량해진 집안을 돌아다녔다. 물론 딸의 방에도 자주 갔다. 그는 몇 시간이고 딸의 도구로 그림을 그리고, 가짜 음식과 금전등록기로 놀이를 하고, 서랍을 열어 아이의 옷들을 살펴보고 딸이 마지막으로 그 옷을 입었던 때를 맞히며 놀았다. 디즈니 CD를 처음부터 끝까지 다 들었다. 봉제인형들을 증인처럼 일렬로 세웠다.

그런 다음 작년 크리스마스에 자신이 딸에게 만들어준 인형의 집으로 들어갔다. 문을 닫고 풀로 꼼꼼히 바른 벽지와 빨간색 벨벳 2인용 소파, 부엌 싱크대를 둘러보았다. 계단을 올라 침실로 가서 가슴 높이까지 올라오는 창문 밖을 내다보았다. 경치가 완벽했다.

도깨비 호수

마이클 스완윅

1646년, 삼십년전쟁이 끝나기 직전이었다. 어설픈 측면공격 작전으로 전세가 불과 한 시간 만에 확실한 승리에서 비참한 참패로 뒤집히자 헤센 기병 정찰대는 여파를 피해 북으로 달아났다. 그들은 도중에 붙잡아서 길잡이로 삼은 농부가 독일 슈페사르트 지역에서 가장 높은 산악지대라고 장담한 곳의 기슭에서 야영을 했다. 그중에는 선동가 기질에 거짓말을 밥먹듯 하는 요한 폰 그리멜스하우젠이라는 젊은 장교가 있었다. 동료들 사이에서 위르겐으로 통했는데, 영어로 치면 잭 정도 되는 이름이었다.

　　전선은 멀고 시골은 경계심이 없었으므로 정찰대는 마을을 지나며 음식과 백포도주를 푸짐하게 얻었다. 그래서 그날 밤 실컷 먹고 마셨다. 음식이 떨어지자 길잡이를 불러 여기가 어디쯤인지 물었다. 쓸모가 다하더라도 그들이 자신을 죽일 생각이 없다는 걸 눈치챈(고로 최대한 비위를 맞춰 그들을 안심시킨 뒤 모두 잠들었을 때 어둠을 틈타 몰래 도망칠 궁리를 하던) 길잡이는 흔쾌히 대답했다.

"아래쪽으로 400미터쯤 곧장 가면 뭄멜제—그 지역 사투리로 '도깨비 호수'라는 뜻—가 나오는데, 그곳은 바닥을 알 수 없을 만큼 깊고, 요상하게도 물속에 한번 들어갔다 하면 뭐든 다른 걸로 바뀐답니다. 이를테면 조약돌을 몇 개 손수건으로 묶어 물속에 담갔다가 꺼냈더니 완두콩이나 루비가 되고, 독사의 알이 되기도 하더랍니다. 게다가 집어넣는 조약돌이 홀수이면 뭐가 됐든 짝수가 되어 나오고, 짝수를 넣으면 홀수가 된다나요."

"그야말로 신선놀음이군." 잭이 말했다. "호숫가에 가만히 앉아서 조약돌을 루비로 바꾸면 되잖아."

"뭐가 될지는 몰라요." 농부가 지적했다. "꼭 보석으로 바뀐다는 보장이 없다니까요."

"그야 그렇지만 백 번에 한 번만 보석이 나와도…… 며칠을 낚시해도 그보다 못 건질 때가 허다한데."

정찰대원 여럿이 몸을 앞으로 기울이고 유심히 듣고 있었다. 관심 없는 듯 고상하게 먼 곳으로 눈길을 던진 사람도 행여 큰 재물을 놓칠세라 말을 삼갔다. 자신이 그들의 탐욕을 부채질했음을 뒤늦게 깨달은 농부는 곧 말을 덧붙였다. "하지만 아주 위험한 곳이에요! 루터가 저주를 받았다고 말한 바로 그곳이죠. 호수에 돌을 던지면 금세 폭풍이 일어 우박과 번개와 강풍이 몰아쳐요. 깊은 물속에 사슬로 묶인 악마들이 산다고요."

"아니지, 그건 폴터스베르크에 있잖아." 잭이 한마디 툭 던졌다.

"폴터스베르크!" 농부는 침을 뱉었다. "폴터스베르크가 공포에 대해 뭘 안대요? 이 근방에 사는 농부가 한 명 있었는데, 가장 아끼는 쟁기 끄는 말이 다리가 부러져서 죽여야 했어요. 그러다 호기심이 일어 말의 시체를 끌고 가 호수에 던졌대요. 시체가 잠겼다가 위로 떠올랐는데, 맙소사, 살아난 거죠. 하지만 끔찍하게 변했더랍니다. 칼처럼 날카로운 이빨이 튀어나오고, 다리는 네 개가 아니라 두 개이고, 거대한 박쥐 날개 같은 게 달렸다나 뭐라나. 고통스러운 비명을 지르며 밤하늘로 날아갔다는데, 어디로 갔는지는 아무도 모른답니다.

더 끔찍한 것은 시체가 호수로 떨어지면서 농부의 얼굴에 물이 약간 튀었는데, 그러자 두 눈이 완전히 지워져서 그후로 앞을 못 보게 되었다는군요."

"앞을 못 본다면서 말이 변한 건 어떻게 알았지?" 잭이 빈정거리듯 엷은 미소를 띠며 물었다.

농부는 입을 열었다가 도로 닫아버렸다. 잠시 후 그가 말했다. "또다른 이야기가 있는데, 악당 둘이 여자를 죽여 그 시체를—"

잭이 그의 말을 잘랐다. "자네 말을 듣느니 우리가 직접 가서 알아보겠어."

그의 말에 동조하는 수군거림이 일었다. 칼끝으로 쿡쿡 찔리자 농부는 모두를 아래로 안내했다.

뭄멜제로 가는 길은 가파르고 길이 제대로 나 있지 않았다. 그래서 도착할 무렵에는 병사들의 심기가 꽤나 불편했다. 그들은 천한 농사꾼 길잡이뿐만 아니라 잭을 두고서도 투덜거렸다. 곰곰이 생각해보면, 잭이 부를 얻을 수 있다고 정말로 믿어서가 아니라—산전수전 다 겪은 군인이 왜 그따위 이야기를 믿겠는가?—타고난 장난기가 발동해서 이 여행을 고집한 게 명백했기 때문이다.

그들의 기분을 알 리 없는 잭은 부서져내리는 돌 방파제 끝에서 어슬렁거렸다. 모자에 두어 줌 담아온 체리를 하나씩 먹고 씨를 물에다 뱉었다. "저기 저건 뭐지?" 그는 물에 잠긴 커다란 돌 같은 것을 무심히 가리켰다. 대략 직사각형 모양이고 한쪽으로 기울었다. 또렷한 보름달 덕분에 사방이 대낮처럼 밝아서 잘 보였다.

"할아버지가 살아 계신 시절에," 농부는 자신의 평판을 만회하려는 듯 열심히 설명했다. "뷔르템베르크 공작이 호수의 깊이를 알아보려고 뗏목을 만들어 호수에 띄우도록 했답니다. 그런데 납을 매단 줄을 아홉 개나 내려보냈지만 바닥에 닿지 않았대요. 그리고 나무의 성질과는 반대로 뗏목이 가라앉기 시작하더랍니다. 그래서 다들 겁을 집어먹고 황급히 뭍으로 올라왔죠. 물론 물에 흠뻑 젖은 채로요. 그들은 이후 노년에 끔찍한 질병으로 고생했다죠."

"그러니까 저게 뗏목이란 말이군."

"자세히 보시면 나무에 새겨진 뷔르템베르크가의 문장이 보일 겁니다. 닳긴 했지만 확실히 보이죠." 그러면서 남의 말을 잘 믿는 사람이라면 그대로 넘어갈 만한 희미한 표지를 손으로 가리켰다.

잭은 벌컥 성을 내며 그를 나무랐다. "이런 몹쓸 놈을 봤나! 체리 씨가 물에 가라앉는 것을 쭉 지켜봤지만 아무 일도 일어나지 않았어. 하나가 둘이 되지도, 둘이 열일곱 개로 바뀌지도 않았어. 그중 아무것도, 단 한 개도! 루비나 에메랄드, 독사, 황소는 고사하고 물

276

고기가 되려는 기미조차 보이지 않았다고."

농부는 정신없이 항변하며 잭을 피해 방파제에서 허둥지둥 달아났다. 잭도 그를 순순히 놓아줄 생각이 없었다. 그래서 쥐와 맹견의 쫓고 쫓기는 게임이 벌어졌다. 농부가 쥐고 정찰대원들이 맹견이었다. 한쪽이 수적으로 우세했지만 다른 한쪽은 필사적이고 잔꾀가 많았다.

마침내 잭이 붙잡으려는 찰나 농부는 가까스로 그의 팔을 피했고, 그 순간 동료 두 명이 낄낄대며 잭을 잡고 공중으로 휙 던져 뭄멜제에 빠뜨렸다.

아래로 아래로 가라앉았다. 잭은 숨이 막혀왔다. 물이 수정처럼 맑았지만 저 아래는 무시무시한 깊이를 반영하듯 칠흑 같았다. 동료들에 대한 분노가 치솟은 나머지 어느 순간 숨통이 트였는데도 바로 알아채지 못했다. 이런 기이한 현상에 놀라워하기도 전에 호수 저 아래의 움직임이 눈길을 끌었다. 멀리서 수많은 개구리들이 이리저리 살랑거리는 것처럼 보였다. 하지만 가까이 다가갈수록 인간의 모습과 아주 흡사해 보였다. 다만 피부가 초록색이라는 점, 해초를 비롯한 수중식물들을 엮어 옷으로 입고 있다는 점이 달랐다.

점점 더 많은 물의 정령들이 새가 물속으로 뛰어들듯 솟구쳐올라 잭의 주위를 빠르게 둘러쌌다. 숫자가 워낙 많아서 그는 순순히 따르는 수밖에 없었다. 요정들은 찡그린 표정으로 잭에게 뭄멜제 바닥으로 내려가라고 가리켰다. 공중을 선회하며 하늘에서 내려오는 새떼처럼 그를 저 아래로 데려갔다.

마침내 잭의 한 발이 호수 바닥에 가볍게 닿자 침니 구름이 풀썩 일었다. 나머지 발이 바닥에 닿아 또다시 구름이 일었을 때, 그는 뭄멜제 왕의 징표로 보이는 금은 의복을 차려입은 물의 요정인지 공기의 요정인지 하는 존재(그는 호수의 정령을 세세히 분류할 정도로 잘 알진 못했다)가 자신을 기다리고 있는 것을 보았다.

"좋은 날일세, 잭." 왕이 말했다. "어때, 몸은 괜찮나?"

"신의 은총으로 다치지도 해를 입지도 않았어요." 잭이 소리쳤다. "그런데 내 이름을 어떻게 아십니까?"

"친애하는 친구여, 자네의 모험에 대해선 내 읽었네. 가장 최근에 몹쓸 동료들이 자네를 이 호수에 빠뜨린 것도 말이지." 왕의 반다이크 칼라와 긴 콧수염이 물에 살랑살랑 흔들렸고, 이것을 보고 자신이 지금 필멸의 인간에게 적합하지 않은 매개물을 들이마시고 있다는 사실을 불현듯 깨닫자 잭은 목이 꽉 막혔다. 왕이 웃음을 터뜨렸다. 자연스럽고 인정 넘치는 웃음이어서 잭도 따라 웃게 되었다. 그제야 웃을 수 있는 사람은 죽거나 숨을 헐떡이는 상태가 아니라는 것을 깨닫고 두려움을 물리쳤다.

"여긴 어딘가요?" 잭이 물었다. "그리고 여기에는 어떤 사람들이 삽니까?"

"왜 이런 말이 있지 않나. '위에서와 같이 아래에서도.' 우리도 농장과 도시가 있네. 섬기는 신은 당신들과 다를지 몰라도 여기도 교회가 있지. 바다건초로 지붕을 이고, 해마가 밭에서 챙기를 끌고, 헛간에서 바다소의 우유를 짜지. 고양이 물고기가 쥐 물고기를 쫓고, 난쟁이가 오물을 뒤져 홍합과 보석을 찾고. 여기 처녀들은 몸에 비늘이 있지만 미모가 물위 세상의 처녀들에 뒤지지 않고 생각만큼 미끈거리지도 않네."

그렇게 뭄멜제의 왕은 대화를 주도하며 그가 아직 밝히지 않은 운명으로 잭을 기분좋게 이끌었다. 잭을 안내했던 물의 요정들은 두 사람 뒤에 편안하게 떼를 지어 자기들끼리 웃고 떠들었고, 옆으로 휙휙 움직이는 모양새가 꼭 거대한 피라미떼 같았다. 그들은 굽이진 길 위로 헤엄쳐 갔다. 거대한 해초 숲을 지나자 별안간 번쩍거리는 흰색 도시가 눈앞에 펼쳐졌다.

해저 대도시는 경이로움 자체였다. 건물 벽은 (왕의 설명에 따르면) 진주 가루로 벽토를 발라 하얗게 반들거렸다. 노면에는 보석 원석을 깔지 않았지만, 외벽을 장식하는 수많은 프레스코 벽화에 원석이 박혀 있었다. 전쟁 그림은 찾아볼 수 없고, 온통 놀고 있는 아이들과 정숙한 구애를 나누는 연인들 그림이었다. 이슬람과 아시아의 영향이 멋들어지게 조화를 이룬 건축 양식이었다. 첨탑과 파고다가 조화롭게 어울렸고, 맨 아래층뿐 아니라 위쪽 층층마다 입구가 있었다. 그 와중에 잭은 문에 자물쇠가 없고, 궁전 입구를 지키는 경호원이 보이지 않는다는 사실을 눈여겨봤다. 이토록 경이로운 광경은 본 적이 없었다.

그러나 무엇보다 잭을 놀라게 한 것은—적어도 그의 관심을 끈 것 중에선—도시로 돌아오는 아버지를 맞이하러 나온 왕의 딸 포세이도니아 요정이었다. 날씬하고 완벽한 모습을 본 순간, 그는 그녀를 차지하기로 마음먹었다. 그리 어려운 일도 아니었던 게, 잭은 균형 잡힌 몸매에 군인답게 자세가 곧았고, 그가 숨김없이 탄복하며 바라보자 그녀는 행복해하며 얼굴을 붉힐 뿐 아무런 거부감을 보이지 않았다. 게다가 바닷속 사람들은 이교도여서 기독교의 예법 따위에 구애받지 않았다. 두 사람의 서로에 대한 호감은 금세 육체적 표현으로 이어졌다.

시간이 흘렀다. 며칠 어쩌면 몇 달이었는지도 모른다.

어느 늦은 오후, 시트와 베개가 난잡하게 흐트러져 있고 푸르스름한 한낮의 빛이 침실 창문으로 비쳐드는 공주의 침대에 누워 잭은 목청을 가다듬고 망설이다 말했다. "오, 소중하고 귀여운 당신, 내가 궁금한 게 있답니다."

"뭐든 말해봐요!" 정열적인 어린 요정이 말했다.

"한 가지 마음에 걸리는 게 있어서 말인데, 사소한 거지만 자꾸 신경을 깔짝깔짝 긁어대서 아무리 떨쳐내려 해도 되질 않는군요. 내가 이 풍요롭고 화려한 땅에 처음 도착했을 때 당신 아버지가 그랬죠. 내 모험에 대해 읽었다고. 대체 무슨 마법을 부린 거죠? 상상도 못할 진기한 책이 있는 건가요?"

"오, 내 사랑하는 악당." (잭의 성격을 오해하지 않고 있는 그대로의 모습을 사랑한다는 것이 그녀의 가장 큰 매력이었다.) "다른 책이 또 어디 있겠어요?"

잭은 방을 샅샅이 둘러보았다. "아무리 봐도 책은 없는데."

"어리석긴, 당연히 여기 없죠. 여기 있다면 당신이 어떻게 그 안에 있겠어요?"

"내 눈을 즐겁게 해주는 당신이지만, 그 대답은 무슨 소리인지 도무지 모르겠군요."

"날 믿어요. 아버지가 이 책에서 당신을 읽었고, 당신이 이 책을 떠나는 일은 없으니까."

이쯤 되니 잭은 슬슬 화가 나기 시작했다. "이 책이라고 했나요? 어떤 책 말인가요? 당신 대답은 도통 뭐가 뭔지 모르겠어요!"

그러자 포세이도니아도 웃음이 사라지고 목소리가 높아졌다. "가엾게도 내 말을 정말 이해 못하나보군요."

"내가 이해했다면, 지금 이렇게 단순하고 간단한 대답을 얻자고 바보처럼 당신에게 애걸하고 있겠어요?"

그녀는 희미하게 슬픈 미소를 지으며 그를 쳐다보았다. "아무래도 아버지와 얘기해보는 게 좋겠어요."

"어리고 나긋나긋한 내 딸이 정력이 부족해서 실망인가?" 뭄멜제의 왕이 물었다.

"그건 차고 넘칩니다." 잭은 요정들의 충격적이리만치 노골적인 화법에 익숙해진 지 오래였다.

"그렇다면 내 딸에 만족하고, 자네가 누리는 태평한 삶을 즐기게. 마냥 쾌락으로 넘치는 이 장을 넘어서는 질문을 구하지 말고."

"또다시 알쏭달쏭한 말씀을 하시는군요! 폐하, 이런 게 저를 얼마나 힘들게 하는지 모릅니다. 청하옵건대, 제가 아무것도 모르는 아이라 생각하고 쉽게 설명해주셨으면 합니다."

왕은 한숨을 내쉬었다. "책이 뭔지는 아나?"

"물론이죠."

"마지막으로 책을 읽은 게 언제지?"

"그게 그러니까—"

"됐네. 자네가 아는 사람 중에 책을 읽는 사람은?"

"함께 지낸 자들이라고 해봐야 죄다 거칠고 난폭한 병사인데, 이들은 도서관을 보면 그 안의 것들을 모닥불 지필 장작으로 쓸 수 있을까 생각하는 게 고작이라서."

"그래도 어린 시절에는 책을 읽었겠지. 어디 생각나는 줄거리가 있으면 말해보겠나?"

잭은 아무 말도 하지 못했다.

"그것 봐. 책에 나오는 등장인물들은 책을 읽지 않는다니까. 누가 방에 들어오면 책을 탁 덮어버리지. 아니면 자기가 상상하던 것이 책에 쓰여 있는 걸 보고 혐오스러운 표정으로 내던져버리거나, 누군가 별로 듣고 싶지 않은 주제로 설교하면 책에 몰입한 척하며 얼굴을 가릴 뿐. 요는 책을 읽지 않는다는 걸세. 책은 순환적이라서 각각의 책이 효과적으로 무한해지지. 그래서 모든 책을 다 읽지 않고는 한 권도 끝냈다고 말할 수 없다네. 자네가 지금 어떤 부분에 있는지 찾는 확실한 방법은 이거지. 올해 읽은 책이 한 권이라도 있나?" 왕은 눈썹을 치켜뜨고 대답을 기다렸다.

한참의 침묵 끝에 잭이 말했다. "아니요. 없습니다."

"그래서 자네가 여기 있는 걸세."

"하지만…… 어떻게 이런 게 가능한가요? 어떻게 우리가……?"

"그야 식은 죽 먹기지." 왕이 대답했다. "나로 말할 것 같으면 『짐플리치시무스』라는 책의 5권 11장부터 17장까지 나오네. 이 정도면 괜찮은 삶이지. 그런데 내가 사는 궁전의 벽이 종잇장처럼 얇고, 창문은 그냥 펜으로 쓱쓱 그린 것이고, 내 행동은 작가의 변덕에 의해 제한된다면 어떻겠나? 나는 늙지도 죽지도 않으며, 자네가 내 딸과 낭만적인 곡예를 벌이는 와중에 잠깐 시간을 내서 나를 보러 와주니, 우리의 대화는 항상 즐거울 수밖에."

침울하니 잭은 반들반들하게 닦인 자개 창문 밖을 멍하니 바라보았다. "실재하지 않는다니 받아들이기가 어렵네요." 한참을 생각하더니 이렇게 말을 이었다. "여전히 말이 안 돼요. 현재 내 상황과 조건이 거의 똑같이 간다고 치죠. 하지만 나는 전쟁에서 많은 것을 보았어요…… 그러니까 생각하기도 싫은 것들 말입니다. 어떤 사람이 그런 세상을 만드나요? 대체 누가 내가 가끔 그 일부가 되기도 했던 참혹함에서 즐거움을 얻는단 말인가요?"

왕이 말했다. "나는 예술가가 아니지만, 아마도 그는 상상할 수 없이 더 큰 자신의 세상에서 아무런 존중도 받지 못하는 사람일 걸세. 길에서 자네와 마주쳐도 못 알아보고 지나가겠지. 대화를 하면서 그가 자네에게 좋은 인상을 주지 못하는 것도 전적으로 가능한 일이야. 그러니 그―혹은 그녀―에게 괜한 기대를 하는 건 부질없다네. 그도 훨씬 막강한 자신의 창조자에게 별 기대를 하지 않을 테니."

"그 말인즉슨 우리를 만든 작가의 세상이 우리 세상보다 나을 게 없다는 뜻인가요?"

"더 나쁠 수도 있네. 작품을 보면 대충 그가 사는 세상이 어떤지 유추되지. 우리의 건축은 장식적이고 낭만적이야. 그러니 그의 세상은 평범하고 지루할 걸세. 아마도 회색 콘크리트 건물에 모든 창문이 판에 박은 듯 똑같겠지. 그렇지 않다면 굳이 우리 세상을 이렇게 세세한 부분까지 흥미롭게 상상했겠나?"

"그 논리대로라면 우리의 세상이 무례하고 폭력적이면 그의 세상은 평화와 고상함의 전형이라는 뜻이겠군요."

"그보다는 그의 세상이 위선으로 가득찬 곳이면 우리의 세상은 세속적인 활기가 넘친다고 말해야겠지."

잭은 고개를 천천히 가로저었다. "어떻게 이 세상에 대해 그렇게 많이 알죠? 저는 아는 것이 거의 없는데 말입니다."

"등장인물에는 두 가지 유형이 있네. 자네 같은 유형은 항상 이런 식이지. 바지를 손에 들고 창밖으로 달아나고, 피도 눈물도 없는 주교들을 등쳐먹으려고 외국 고관 행세를 하고, 불빛 없는 골목에서 악당이 휘두르는 칼에 맞고, 집에 일찍 돌아와보니 막 결혼한 신부가 침대에서 자기 정부의 남편과 뒹굴고 있지."

"제 일기장을 읽어보기라도 한 것 같군요." 잭이 놀라워하며 말했다. "그런데 제가 일기를 썼던가요?"

"그야 자네는 플롯을 이끌어가는 것이 주된 목적인 능동적 유형이니까. 반면 나는 상황을 설명하고 내러티브의 내적 의미를 드러내는 반성적 유형에 가깝고. 보아하니 혼란스러운 것 같은데, 그렇다면 잠시 이야기를 바꿔보지."

그러자 간단히 책장을 넘기기라도 한 듯 어느새 잭은 늦은 오후의 황금빛 햇살을 받으며 쾌적한 정원에 서 있었다. 뭄멜제의 왕은 수수하고 단순하지만 철학자 왕에 걸맞은 왕좌에 앉아 있었다.

"제법 잘 어울리는데." 말없이 두리번거리는 잭을 보며 왕이 말했다. "잘하면 당신도 반성적 인물로 바뀔 수 있겠어."

"여기는 어디인가요?"

"내 친구 펜데르미스트 박사의 자야나 정원이지. 이곳은 항상 오후인데 여기서 우리는 질료와 형상, 인식론, 그 밖의 하찮고 덧없는 여러 주제들에 대해 많은 이야기를 나눴네. 훌륭한 박사는 신중하게도 자신의 존재를 드러내지 않아 서로 비공개로 이야기했지. 하긴 그는 책 속에 살고 있는 인물이니. 하지만 그게 무슨 대수겠나? 여기는 세상의 이치에 대해 평온하게 논할 수 있는 신비한 장소네. 실은 그러지 않기가 어려울 정도로 제격인 곳이야."

별안간 벌새 한 마리가 잭 앞에 나타나 부단히 날갯짓하는 보석이라도 되는 듯 허공에 떠 있었다. 잭이 손가락을 하나 내밀자 새가 그 위를 맴돌며 미친듯이 파닥거렸다. 피부에 와닿는 미세한 공기의 흐름이 느껴졌다. "이것은 무슨 마술인가요?" 그가 물었다.

"내 딸일세. 비록 이 장면에는 등장하지 않지만 자신의 소망을 알리고 싶어서 형상으로 이렇게 표현하는 거지. 고맙구나, 얘야, 이제 떠나도 된다." 왕이 손뼉을 치자 벌새는 사라졌다. "자네가 우리 허구의 왕국을 떠난다면 그 아이는 크게 상심할 걸세. 하지만 틀림없이 또다른 허구의 주인공이 올 테고, 포세이도니아는 과거의 경험에서 뭔가를 배우거나 가해자인 남자라는 족속에 대해 적개심을 품는 아이가 아니니까. 그냥 자네에게 그랬듯이 마음을 터놓고 그를 열렬하게 또 맞이할 테지."

그 말에 잭은 당연하게도 질투가 살짝 일었지만 곧 물리쳤다. 그는 논의의 요점으로 곧장 들어갔다. "이것은 학술적인 토론인가요?

아니면 실질적인 면을 두고 하는 말인가요?"

"판데르마스트 박사의 정원은 다른 곳과는 다르네. 자네가 우리 세상을 완전히 떠나고 싶다면 그건 전혀 어려운 일이 아니야."

"그런 다음에 다시 돌아올 수 있나요?"

"애석하게도 불가능하네." 왕은 유감이라는 듯이 말했다. "어떤 인생이든 한 번 이상의 기적은 어렵네. 그리고 엄밀히 말하자면 우리에게는 그것조차 과분하지."

잭은 지팡이를 집어들고 화단을 따라 오가며 키 큰 꽃봉오리들을 거칠게 내리쳤다. "그렇다면 저는 아무 정보도 없이 결정을 내려야 한단 말인가요? 무작정 심연으로 뛰어내리거나 아니면 언제까지고 의심을 품은 채로 그 가장자리에 남으라고요? 아까 말씀하신 대로, 즐거운 생활이군요. 하지만 또다른 삶이 있다는 걸 알고 그 삶이 어떤 것인지 전혀 모르는 상황에서 제가 이 삶에 만족할 수 있을까요?"

"진정하게나. 만약 그게 문제라면 다른 삶을 보여주지." 붐멜제의 왕은 무릎으로 손을 뻗어, 잭이 미처 알아채지 못했던 커다란 가죽 장정본의 책장을 넘겼다.

"할일이 산더미처럼 쌓였는데 언제까지 그렇게 멍하니 앉아 있을 거야? 세상에 당신처럼 게으른 사람은 살다살다 처음 봐."

잭의 뚱뚱한 아내가 등을 긁으며 부엌에서 나왔다. 예전에 갸름했던 그레첸의 얼굴은 둥그스름해졌고, 들리지 않는 음악소리에 맞춰 춤을 추듯 움직였던 다리는 이제 약간 절뚝거렸다. 그래도 잭은 그녀만 보면 마음이 사르르 녹았다.

그는 거위깃펜을 내려놓고 지금까지 쓴 것 위에다가 모래를 뿌렸다. "당신 말이 백번 옳아." 그가 상냥하게 말했다. "항상 옳지."

그는 장작을 패고 물을 긷고 사육제 때 잡을 돼지에게 먹이를 주려고 밖으로 나가다가 뒷문에 걸린 거울 속 자신의 모습을 보았다. 좀이 슨 것처럼 턱수염이 듬성듬성한 늙고 수척한 사내가 겁에 질려 쳐다보고 있었다. "딱한 친구." 그는 혼잣말을 했다. "자네는 그레첸과 만난 지 몇 분 만에 건초 다락에서 뒹굴던 멋지고 젊은 군인이 아니야. 벌써 오래전 얘기군."

밖으로 나가니 차가운 바람이 얼음 알갱이를 얼굴에 날렸다. 장작더미의 나무토막이 한데 얼어붙어서 도끼의 뭉툭한 끝으로 내리쳐서 떼어놓은 뒤에야 쪼갤 수 있었다. 우물로 가보니 얼음이 어찌나 두텁게 얼었던지 깨느라 땀이 날 지경이었다. 이어 음식찌꺼기를 담은 양동이의 뚜껑을 눌러놓은 돌을 치우고 돼지우리로 들고 가다가 얼음에 미끄러져 찌꺼기를 옷에 흘리고 말았다. 일정보다 몇 주 앞당겨 옷을 빨아야 하는 것은 물론 겨울에 참으로 고역스러운 일이지만 돼지에게 먹이를 주는 게 급선무였으므로 땅에 흘린 찌꺼기를 맨손으로 퍼서 양동이에 도로 담았다.

툴툴거리며 무거운 발걸음으로 집에 돌아온 늙은 잭은 손을 씻고 깨끗한 옷으로 갈아입은 다음 자리에 다시 앉아 글을 썼다. 몇 분 뒤 아내가 방에 들어왔다. "여기 왜 이렇게 추워!" 그러더니 금방 불을 피웠다. 잭은 방까지 장작을 나르는 데 힘을 쓰느니 차라리 추위를 참는 편을 택하는 사람이었다. 그레첸은 남편 뒤에 서서 그의 어깨를 손으로 짚었다. "빌헬름에게 또 편지 쓰는 거야?"

"아니면 누구겠어." 잭이 투덜거렸다. "이렇게 뼈빠지게 일해서 돈을 부치는데, 녀석은 절대로 답장을 안 해! 가끔 답장을 해도 어찌나 짤막한지! 허구한 날 술 마시고 빚까지 져가며 옷을 해 입고 여자들 꽁무니나 쫓느라—" 그는 말을 하려다 멈추고 기침을 했다. "그것도 정숙한 여자들이면 말을 안 해."

"그야 그렇지만 당신도 그 나이 때는—"

"나는 그 나이 때 절대 그런 짓 안 했어." 잭이 성내며 말했다.

"물론 아니지." 그녀가 말했다. 그는 돌아보지 않아도 아내의 미소를 느낄 수 있었다. "가엾은 사람."

그녀는 잭의 정수리에 입을 맞추었다.

잭이 다시 등장하자 태양이 구름 뒤에서 모습을 드러냈다. 정원은 포세이도니아의 영향인지 백 가지 밝은 색깔로 빛났다. 꽃들이 희롱하듯 잭을 향해 얼굴을 들고 꽃망울을 활짝 터뜨렸다.

"그래, 어땠나?" 뭄멜제의 왕이 말했다.

"이가 거의 빠졌더군요." 잭이 우울하게 말했다. "요통은 좀체 가시질 않고, 애들은 다 자라서 집을 떠났고. 죽음을 기다리는 것 말고는 앞날에 남은 게 없었습니다."

"그건 판단이 아니라 불평의 나열이지 않나?"

"그래도 문의 다른 쪽 삶에 진정성이 있다는 건 인정해야겠죠. 여기 삶에선 찾아보기 어려운 타당성과 복잡성이 있더군요."

"그럼 마음을 정했겠군."

이동하는 빛이 어두워지고 바람이 한숨소리를 내며 나무들 사이로 지나갔다. "하지만 이곳 삶에는 다른 삶에는 없는 목적성이 있어요."

"그것 또한 사실이네."

"하지만 설사 우리의 존재에 목적이 있다 해도—저는 그렇다고 확신하는데—그게 뭔지 눈곱만큼도 알고 싶지 않습니다."

"그 문제에는 쉽게 답할 수 있네!" 왕이 말했다. "우리는 독자를 즐겁게 하려고 존재하는 거라네."

"그 독자가 대체 누굽니까?"

"독자에 대해선 말을 아낄수록 좋아." 뭄멜제의 왕이 목소리를 높였다. 그가 일어섰다. "이만하면 충분히 이야기를 나눈 것 같군. 이 정원에는 문이 두 개 있네. 하나는 우리가 왔던 곳으로 돌아가는 문이고, 다른 문은…… 방금 자네가 잠깐 보았던 다른 곳으로 이어지지."

"혹시 '다른 곳'을 부르는 이름이 있나요?"

"일부 사람들은 그걸 현실이라고 부르지. 적절한 이름인지는 물론 논란의 여지가 있지만."

잭은 콧수염을 잡아당기고 뺨 안쪽을 깨물었다. "선택하기가 정말 만만치 않군요."

"하지만 잭, 우리는 이 정원에 영원히 있을 수 없네. 조만간 선택을 해야 하지."

"옳은 말씀이십니다. 결심을 굳혀야죠." 정원은 숨을 죽이고 그의 결정을 기다렸다. 황소개구리도 수련이 핀 연못의 고요한 수면을 휘젓지 않았다. 풀밭에서도 이파리 하나 흔들리지 않았다. 기대로 인한 긴장감이 공기 중에 감돌았다.

그는 선택했다.

그래서 때때로 위르겐이라 불리는 요한 폰 그리멜스하우젠은 좁고 숨막히는 문학의 영역을 벗어났다. 물론 뭄멜제에서도 벗어났다. 진정한 인간이 되어 변덕스러운 역사의 흐름에 맡겨진 것이다. 이 말은 그가 수백 년 전에 죽었다는 뜻이다. 만약 그가 허구의 인물로 남았다면 지금도 우리 곁에 머물러 있을 것이다. 물론 당신과 내가 매일매일 겪는 풍부한 경험은 못했겠지만.

그가 옳은 결정을 한 것일까? 그것은 신만이 안다. 신이 없다면, 그 누구도 알 수 없는 일이리라.

영적 스승 맬런

피터 스트라우브

훗날 스스로 '성장기'라고 부르는 시절이 거의 끝날 무렵 미국의 영적 스승 스펜서 맬런은, 험상궂은 외모와 딴판으로 온화한 성격의 독일인 스승 우르당과 함께 인도 전역을 넉 달간 여행했다. 여행이 석 달째 접어들었을 때 그들은 산크왈 마을에 사는 위대한 성인인 요기*를 알현할 기회를 얻었다. 하지만 맬런과 우르당이 마을 어귀에 도착하자마자 묘하고 불길한 일이 벌어졌다. 까마귀 한 마리가 하늘에서 수직으로 곤두박질치더니 쿵 소리를 내며 떨어져 날개를 퍼덕거리다가 그들 코앞의 흙바닥에서 죽어버렸다. 마을 사람들이 모여들기 시작했다. 까마귀 때문인지, 아니면 자신들이 피부가 희멀건 이방인이어서인지 맬런은 알지 못했다. 전혀 알아들 수 없는 말로 지껄이는 낯선 사람들에게 둘러싸이자 그는 애써

_____

* 요가와 명상을 통해 정신을 수련하는 사람.

불편한 심정을 떨치려 했다. 곤란하기 짝이 없는 상황을 맞아 거의 매일 보통 두 시간씩 명상을 할 때 이따금 찾아들던 마음의 평정을 얻으려 노력했다.

발톱이 10센티미터 가까이 부풀어오른 지저분한 발 하나가 죽은 새를 뒤집으며 한쪽으로 치웠다. 마을 사람들은 점점 더 다가들어 이제 손이 닿을 정도였다. 몸을 기울여 뭐라고 열심히 떠들어대면서 두 사람의 셔츠와 허리띠를 잡고 앞으로 밀었다. 그들에게, 아마도 스펜서 맬런에게 놀라운 의식을 수행해달라며 재촉하고 애원하고 간청하는 중이었다. 뭔가 해주길 바라지만 그게 무엇인지는 확실치 않았다. 메마른 땅에서 나지막한 오두막 한 채가 신기루처럼 떠오르자 그제야 그들이 무엇을 원하는지 어렴풋이 알 것 같았다. 누가 옆에서 그의 소매를 세게 잡아당겼고 새처럼 파닥거리는 시늉을 해 보이며 오두막으로, 필시 그의 오두막인 곳으로 들어가서 뭔가를 보라고 간청했다. 검은색 손톱으로 오른쪽 통방울눈을 찔러대며 직접 봐야 한다고 가리켰다.

내가 선택되었구나. 맬런은 생각했다. 우르당이 아니라 내가 무지하고 고통받는 이 사람들에게 선택되었어.

어둑하고 무더운 구내로 들어서자 커다랗고 무감각한 눈동자에 팔다리가 나뭇가지처럼 빼빼한 작은 소년이 보였다. 죽어가는 듯했다. 콧구멍과 입 주위로 누런 부스럼 딱지가 앉아 있었다.

몸을 떠는 마을 사람 하나가 맬런을 바라보면서 한 손을 들어 손끝으로 아이의 커다란 이마를 가만히 쓸었다. 그러고는 맬런에게 아이가 누워 있는 짚자리 가까이 오라고 손짓했다.

"보면 모르겠어?" 우르당이 말했다. "아이를 만지라잖아."

맬런은 실제로 무엇을 해달라는 건지 모르겠고 끔찍한 병이 옮을까봐 두렵기도 했지만 마지못해 한 손을 뻗어 앙상한 아이의 머리 쪽으로 손가락을 내렸다. 공중화장실에서 흘러나온 악취 나는 오물에 최대한 슬쩍 손가락을 담그는 모양새였다.

나의 명예를 생각해서라도 아이가 기적같이 나으면 좋겠군. 그가 생각했다.

접촉의 순간, 그는 작은 에너지 입자 하나가, 수은처럼 빠르게 흐르는 빛나는 에르그*가 자신의 손에서 연약한 아이의 두개골 너머로 곧장 이동하는 것을 느꼈다.

엄청나게 흥미진진하고 가히 놀라운 현상이 벌어지는 동안, 아이 아버지가 무릎을 털썩 꿇더니 고맙다고 웅얼거리기 시작했다.

"이 사람들이 어떻게 나에 대해 아는 건가요?" 그가 물었다.

"진짜 중요한 건 사람들이 자네 행동을 어떻게 생각하느냐지." 우르당이 말했다. "그리고 자신들이 어떻게 해서 안다고 생각하느냐 하는 거고. 일단 요기를 만나뵈러 왔으니 서두르자고."

우르당도 방금 벌어진 일이 어떻게 된 영문인지 모르는 게 확실했다. 우주의 균형이 회복된 것이다. 새가 죽었고 아이가 살아났다. 맬런은 죽음과 회복을 조율하는 지레 받침점이었다. 그야말로 인도에서나 할 수 있는 경험이었다. 이제 위대한 요기가 그를 아들로 받아들이고, 자신의 집과 암자를 내주고, 유례없는 능력을 가진 제

_____

* 에너지 단위.

자로 맞이할 터였다.

마을의 골목길을 따라가면서 맬런은 태평하게 손가락 두 개를 뻗어 옆의 진흙벽에 대고 짧게 훑었다. 별다른 계획이나 목적 없이 그냥 무슨 일이 일어날지 지켜볼 생각이었다. 자신의 손길이 닿으면 어떤 식으로든 우주가 바뀌리라는 것을 알았다. 과연 흡족한 결과가 나타났다. 벽에 그의 손가락이 훑고 지나간 두 줄이 파란색 네온으로 밝게 빛났고 눈이 타들어갈 것처럼 강렬해졌다. 마을 사람들은 빙글빙글 돌고 팔을 내저으면서 황홀감으로 와글와글 떠드는 사이사이 새된 기쁨의 탄성을 연발했다. 다른 사람들과 마찬가지로 맬런도 발걸음을 멈추고 그 놀랍고 기적 같은 벽을 보았다. 윙윙거리는 전기적 잡음이 맬런의 몸속 공간을 꽉 채웠다. 손가락에서 불꽃을 발사할 수도 있을 것만 같았다.

그 꼬마를 다시 만져야겠어. 그가 생각했다. 그러면 자리에서 벌떡 일어나겠지.

강렬한 파란색 줄이 순식간에 식어 오그라들고 벽 본래의 탁한 황갈색으로 돌아갔다. 마을 사람들은 앞으로 몰려가 벽을 만져보고 몸을 대보고 말을 걸었다. 벽에 키스한 사람들의 입과 코에 하얀 먼지가 묻었다. 맬런만이, 어쩌면 우르당도, 그의 마법의 증거가 그토록 빨리 사라진 것을 보며 아쉬워했다.

실망의 기색이라고는 조금도 없이 군중이 다시 와글와글 주위로 모여들어 그를 앞으로 밀었다. 지저분하고 시커먼 손으로 다정하게 툭툭 치고 부드럽게 쓰다듬었다. 마침내 그들은 노란색 높은 벽과 철문이 있는 곳에 이르렀다. 우르당이 군중 사이를 뚫고 앞으로 나가 문을 열었다. 키가 큰 꽃이 만발한 정원이 나왔다. 저멀리 정원 끝에 우아한 테라코타 건물이 있었다. 정교한 타일 장식이 된 정문 양쪽으로 창문이 나란히 나 있었고, 어린 여자들의 거무스름한 머리가 창문에 비쳤다. 여자들은 깔깔거리며 뒤로 물러났다.

마을 사람들이 맬런과 우르당을 앞으로 밀었다. 그들 뒤에서 문이 철컥 닫혔다. 멀리서 달구지 소리가 들렸다. 우윳빛 테라코타 건물 뒤편에서 소 울음소리가 났다.

인도의 모든 게 맘에 쏙 들어! 맬런은 생각했다.

"가까이 오시게." 감정이 묻어 있지 않은 쩌렁쩌렁한 목소리가 들렸다.

허리에 새하얀 도티 천을 두른 작은 남자가 정원 중앙의 분수 바로 앞에 가부좌를 하고 있었다. 방금까지 맬런은 남자도 분수도 알아채지 못했다.

"당신이 우르당이겠군. 당신의 가장 유별한 추종자는 누군가?"

"스펜서 맬런입니다." 우르당이 말했다. "하지만 스승님, 외람되오나 그는 유별하지 않습니다."

"이 사람은 모든 면에서 유별하네." 작은 사내가 말했다. "앉으시게."

두 사람은 그의 앞에 앉았다. 성의껏 가부좌를 틀었는데 우르당이 어렵지 않게 완벽한 자세를 취한 반면 맬런은 약간 애를 먹었다. 아주 긍정적으로 보면 가능성이 매우 높은 얘기라고 생각했다. 자신은 정말로 유별한 사람일지도 몰랐다. 맬런과 같은 유별함은 곧 특출남으로 이어지는데, 스승은 이를 이해했으나 가엾은 우르당은 이해하지 못했다.

위대한 성인은 아무 말 없이 그들을 찬찬히 뜯어보았다. 빡빡머리와 호두처럼 단단한 얼굴이 빚어내는 뾰족뾰족 각진 부분과 반지르르한 곡선 때문에 침묵이 더욱 신비로웠다. 그 침묵의 성격을 통해 맬런은 자신들의 존경을 표하는 방문에 요기가 마냥 기뻐하는 것은 아니라고 추측했다. 물론 그를 불편하게 하는 요인은 우르당일 터였다—이런 신성한 곳에 우르당이 있는 것이. 구 분에서 십 분 정도 지나고 요기가 고개를 한쪽으로 돌려 꽃인지 분수인지를 보며 차와 벌꿀 케이크를 내오라고 했다. 화려한 색깔의 어여쁜 사리를 걸치고 작은 종이 매달린 샌들을 신은 검은 머리 소녀 둘이 간식을 내왔다.

"여러분이 우리 마을에 왔을 때 까마귀 한 마리가 하늘에서 떨어져 죽었다는 게 사실인가?" 요기가 물었다.

우르당과 맬런은 고개를 끄덕였다.

"뭔가를 알리는 징조네, 우르당. 그 의미를 알아내야 해."

"한말씀 드리면," 우르당이 말했다. "제 생각에는 상서로운 징조 같습니다. 죽음을 먹어치우는 것이 죽음에 삼켜졌으니 말입니다."

"하지만 죽음이 우리 마을로 굴러들어오지 않았나?"

"그 직후 이 젊은이가 죽어가는 아이의 이마를 만져 건강을 되찾게 해주었습니다."

"이런 나이와 위치의 젊은이가 할 수 있는 일이 아니네." 요기가 말했다. "그런 능력을 발휘하려면 엄청난 영성이 필요한데, 그렇더라도 충분치 않지. 수십 년간 공부하고 명상해야 하니."

"하지만 실제로 일어난 일입니다. 죽음이 사라졌어요."

"죽음은 결코 사라지지 않네. 다른 곳으로 이동할 뿐이지. 당신 제자 때문에 마음이 무척 심란하군."

"마을 사람들이 스승님 집으로 저희를 안내했을 때, 제가 데려온 이 사내가 팔을 뻗어—"

요기는 한 손을 내저어 그를 조용히 시켰다. "나는 그런 과시에는 관심 없네. 불꽃놀이는 나를 감동시키지 못하지. 물론 재능이 있다는 걸 가리키지만 그게 대체 무슨 소용이고, 결국 어떤 의도로 드러나겠나?"

스승이 계속 말을 이었다. 맬런은 죽어가는 아이를 만졌지만, 그렇다고 그가 아이에게 건강을 되찾아주었나? 설령 그렇다 해도 정말로 그가 능력을 발휘해 치유한 것일까? 믿음만으로도 일시적으로 다른 힘들처럼 치유력을 발휘할 수 있다. 맬런은 경전을 익혔나? 불교의 가르침에 대해 얼마나 아는가?

우르당은 맬런이 불교도가 아니라고 대답했다.

"그렇다면 여기에는 왜 온 건가?"

맬런이 진심을 말했다. "스승님의 축복을 받으려고 왔습니다."

"당신은 내 축복을 받을 수 없소. 내가 당신에게 축복을 구하리다." 성자는 마치 오랜 적을 대하듯 말했다.

"제 축복을요?" 맬런이 물었다.

"아이에게 했듯이 내게도 똑같이 해주구려."

어리둥절하고 짜증이 난 맬런은 앞으로 뛰어나가 손을 뻗었다. 요기가 그랬듯이 그도 축복해주기를 거절하고 싶었지만, 우르당이 보는 앞에서 그렇게 유치하게 굴 수는 없었다. 요기는 몸을 숙여 자신의 이마를 허락했다. 맬런은 뜨거운 에너지 입자가 손에서 나와 성인의 두개골로 흘러들어가는 느낌이 전혀 없었다.

요기는 얼굴을 찌푸렸다. 비열한 술책은 없었다. 그는 잠시 눈을 감았다.

"어떠신가요?" 맬런이 말했다. 우르당은 제자의 무례함에 기겁했다.

"내가 생각했던 대로야." 스승이 눈을 뜨며 말했다. "나는 여기 있는 스펜서 맬런을 감당할 수 없네. 더이상 내게 요구하지 마시게. 모든 것이 분명하게 보이니. 유별하기 그지없는, 그것도 위험할 정도로 유별한 이 작자는 우리 마을에 벌써 무질서를 일으켰네. 그는 당장 산크왈을 떠나야 하네. 그리고 그를 여기에 데려온 우르당 당신도 함께 떠나게."

"원하신다면 그렇게 하겠습니다." 우르당이 말했다. "하지만 어쩌면—"

"그만. 더는 듣고 싶지 않군. 당신이 하루바삐 명예롭게 이 제자와 갈라서길 바라네. 그리고 젊은이……"

그는 슬픈 눈으로 맬런을 쳐다보았다. 맬런은 가까이에서 맴도는, 노하고 우려하는 그의 영혼이 느껴졌다.

"부디 하는 모든 일에 아주 신중하기를 바라네. 하지만 아무것도 하지 않는 것이야말로 가장 현명한 일이야."

"스승님, 왜 저를 두려워하십니까?" 맬런이 물었다. "저는 스승님을 흠모하고 싶을 뿐입니다." 실제로 그는 스승을 만나기 전부터 그런 소망을 품고 있었다. 하지만 이제는 이 마을과 겁에 질려 시기하는 요기를 떠나고 싶은 마음뿐이었다. 그리고 우르당이 자기를 떠나고 싶어해도 상관없었다.

"부디 나를 잊어주면 고맙겠군." 스승이 말했다. "이제 두 사람 모두 이 마을을 떠나게."

우르당이 문을 여니 골목길은 텅 비었다. 마을 사람들은 이미 집으로 달아난 뒤였다. 날이 어둡고 비가 내리기 시작했다. 밖으로 나서기도 전에 땅이 진창으로 변했다. 병든 아이가 있는 가난한 남자의 집에서 커다란 울음소리가 들렸다. 기쁨의 소리인지 고통의 소리인지 그들은 몰랐다.

잡았다 풀어주기

로런스 블록

낚시를 오래 하다보면 물속을 알게 된다. 낚시꾼에게는 여러 해 동안 재미를 본 특정한 지점이 있기 마련이다. 연중 특정한 계절에 하루 중 특정한 시간대가 되면 그곳을 찾아간다. 환경에 알맞은 도구를 고르고 적절한 미끼를 써서 운을 시험한다.

만약 입질이 없으면 자리를 옮긴다. 다른 지점을 고른다.

그는 커다란 SUV 차량을 몰고 주간고속도로를 돌아다니고 있었다. 제한속도보다 8킬로미터 낮은 속도로 오른쪽 차선을 지켰다. 출구를 지날 때마다 속도를 잠시 늦춰 히치하이커들을 살폈다. 네 개의 출구를 연달아 지났는데 집이나 인근 캠퍼스 혹은 다른 곳으로 가려는 대학생들이 늘어서서 엄지를 치켜들고 서 있었다. 히치하이커는 널렸고 그들은 항상 어딘가로 가려 하지만, 목적지나 이유는 그에게 중요하지 않았다.

그는 북쪽으로 차를 몰며 다섯번째 출구로 빠져 남쪽 방향 입구로 들어섰다. 그렇게 해서 네 개의 출구를 지나치면 다시 밖으로 나와 북쪽으로 차를 돌렸다.

느긋이 기회를 보는 중이었다.

각 출구마다 히치하이커들이 있었지만 그의 발은 한 번도 브레이크를 밟지 않았다. 발은 페달 근처에 머물렀지만 매번 그대로 지나쳐야 할 이유가 눈에 들어왔다. 오늘은 여학생이 많았다. 개중에는 딱 달라붙는 청바지에 브래지어 없이 달랑 티셔츠만 입은 유혹적인 여학생도 있었지만 하나같이 남자친구나 다른 여학생이 옆에 있었다. 혼자서 히치하이크를 하려는 학생이 딱 한 명 있었는데 남학생이었다. 그는 남자애한테는 관심이 없었다. 여자애를 원했다. 그것도 혼자 다니는 여자애를.

누가복음 5장 5절, 선생님, 저희가 밤새도록 애썼지만 한 마리도 못 잡았습니다.

어떤 날은 하루종일 운전을 하고 다녀도 기름을 채울 때 말고는 차를 세울 이유가 생기지 않았다. 하지만 진정한 낚시꾼이라면 밤새도록 한 마리도 잡지 못해도 그 시간을 헛수고라고 여기지 않는다. 진정한 낚시꾼은 끈질기게 기다릴 줄 안다. 물가에 앉아 때를 기다리며 지난날들을 하나하나 떠올리는 데 집중한다. 특정한 물고기가 어떻게 미끼를 덥석 물면서 낚싯바늘에 걸렸는지. 어떻게 격렬하게 저항했는지.

그리고 어떻게 팬에서 지글지글 구워졌는지.

차를 세우자 그녀가 배낭을 집어들고 빠른 걸음으로 다가왔다. 그는 차창을 내리고 어디까지 가는지 물었다. 그녀는 머뭇거리며 그를 한번 슬쩍 보더니, 차를 얻어 타도 괜찮은 사람이라고 판단했 는지 8, 90킬로미터쯤 가면 나오는 마을 이름을 댔다.

"좋아요. 거의 집 앞까지 데려다줄 수 있겠는걸요."

그녀는 뒷좌석에 가방을 던져놓고 조수석에 앉았다. 차문을 닫 은 다음 안전벨트를 맸다.

고맙다는 뜻으로 무슨 말을 했고 그도 적절히 뭐라고 대꾸했다. 이어 북쪽으로 향하는 차량 행렬에 합류했다. 그는 그녀가 자신을 재빨리 훑어보면서 어떤 사람이라고 판단했을지 궁금했다. 무엇을 보고 차를 얻어 타도 괜찮은 사람이라고 판단했을까?

그의 얼굴은 기억에 남지 않았다. 딱히 두드러진 데 없이 평균적 인 얼굴이었다. 뭐, 평범했다. 눈에 띄는 구석이라고는 일절 없는.

몇 년 전에 한번 콧수염을 길러보았다. 좀 개성 있는 얼굴이 되 지 않을까 싶어서였지만 수염은 영 어색하기만 했다. 입술 위에 이건 뭐지? 계속 기르다보면 언젠가 익숙해질 거라는 생각에 그대로 두 었는데, 그럴 일은 결코 없으리라는 것을 깨닫고 싹 밀어버렸다.

그리하여 다시 쉽게 잊히는 얼굴로 돌아왔다. 특징적이지도 않 고 위협적이지도 않은, 안전한 얼굴로.

"낚시꾼이라고요." 그녀가 말했다. "아버지도 낚시하러 다니길 좋아했어요. 일 년에 한두 번 주말에 친구들과 함께 낚시 가면 아이스박스에 물고기를 잔뜩 담아 돌아오곤 했죠. 그러면 어머니는 생선 손질에 매달렸고요. 일주일 내내 온 집안에 비린내가 진동했어요."

"나는 그럴 일이 없답니다. 잡았다가 풀어주는 타입의 낚시꾼이니까요."

"아이스박스에 담아오지 않는다고요?"

"아예 아이스박스가 없어요. 아, 전에는 있었죠. 시간이 지나면서 낚시는 일종의 레저 스포츠가 되었어요. 바늘에서 물고기를 조심히 빼내 다시 물에 놓아주면 번거롭지도 않고 훨씬 편해요."

그녀는 잠시 말이 없었다. 그러더니 물고기들도 그것을 즐긴다고 생각하느냐고 그에게 물었다.

"물고기가? 흥미로운 질문이군요. 물고기도 그 게임을 즐길까? 잘 모르겠네요. 물고기한테 즐긴다는 말을 써도 되는지도 모르겠고. 살려고 발버둥치는 경험을 한 물고기는 어떻게 보면 더 강렬한 삶을 살게 된다고 볼 수도 있겠죠. 하지만 과연 물고기도 좋은 일이나 나쁜 일로 받아들일까요?" 그가 슬쩍 웃어 보였다. "헤엄쳐 달아나는 녀석들을 보면 살게 되어 기뻐한다는 느낌을 받긴 해요. 하지만 그건 어디까지나 물고기에 나를 이입한 것뿐이지 어떻게 느끼는지는 잘 모르겠어요."

"그렇겠네요."

"그런데 정말 궁금한 게 있어요. 물고기가 그 경험을 통해 뭔가를 배운다면, 다음엔 더 경계하게 될까요? 아니면 다른 낚시꾼이 던진 미끼를 보고 마찬가지로 달려들까요?"

그녀가 잠깐 생각하더니 이렇게 말했다. "물고기니까요, 아마 달려들지 않을까요?"

"그렇죠?" 그가 말했다. "내 생각도 그래요."

그녀는 예뻤다. 경영학 전공으로, 독서를 좋아해서 선택과목은 대부분 영문학 수업을 듣는다고 했다. 고동색이 살짝 섞인 갈색 머리에 몸매도 좋아 가슴과 엉덩이가 빵빵했다. 아이 낳기 좋은 체형이군, 그가 생각했다. 서너 명은 낳겠어. 임신할 때마다 체중이 늘 테고, 그러면 예전 몸매로 돌아가기는 힘들겠지. 안 그래도 오동통한 얼굴은 점점 너부데데해지고 눈도 총기를 잃어가고.

한순간 그는 그녀가 그런 모든 일을 겪지 않도록 해주고 싶었다.

"다음 출구에서 내려주시면 돼요. 괜히 저 때문에 돌아가면 안 되니까요."

"별로 그렇지도 않아요. 이 길을 따라 쭉 가면 되나요?"

"아, 네. 정 그렇다면 저기 모퉁이에서 내려주세요."

하지만 그는 교외에 있는 그녀의 집 앞까지 데려다주었다. 뒷좌석에서 배낭을 꺼내 현관문 쪽으로 가는 그녀를 그가 불러세웠다.

"저 그런데, 아까부터 물어보고 싶은 게 있었어요. 혹시 불안해할까봐 그냥 있었는데."

"네?"

"모르는 사람 차를 얻어 타는 거 불안하지 않아요? 위험하다고 생각하진 않아요?"

"아, 그런데 뭐 다들 그러니까요."

"그래요."

"지금까지 그래왔어도 별문제 없기도 했고요"

"그래도 여자 혼자서—"

"보통은 여럿이서 같이 타죠. 남자친구 아니면 다른 여자애랑. 하지만 이번에는……"

"운에 맡겨본 거로군요."

그녀의 입가에 미소가 살짝 떠올랐다. "다행히 괜찮았잖아요."

그는 잠시 말없이 그녀의 눈을 쳐다보았다. 이어 말했다. "오늘 우리가 얘기했던 물고기 기억해요?"

"물고기요?"

"다시 풀려날 때 물고기가 어떤 기분일까, 경험에서 배우는 게 있을까 얘기했잖아요."

"무슨 말인지."

"모든 사람이 다 잡았다가 풀어주는 낚시꾼은 아니란 거죠. 꼭 명심해요."

그가 SUV에 시동을 걸고 출발할 때까지도 그녀는 여전히 의아한 표정으로 그 자리에 서 있었다.

그는 만족감을 느끼며 집으로 돌아왔다. 태어나서 자란 집을 한 번도 떠난 적이 없었다. 십 년 전 어머니가 돌아가신 후로는 줄곧 혼자 살았다.

우편함을 확인해보니 수표가 든 봉투가 여섯 통 들어 있었다. 그는 낚시 미끼를 통신판매했다. 넉넉잡아 한 시간이면 수표를 처리하고 택배 주문을 포장할 수 있었다. 온라인 판매를 하고 신용카드로 대금을 받으면 돈을 더 많이 벌 수 있겠지만 그는 많은 돈을 원하지 않았고 원래 하던 대로 하는 게 편했다. 매달 같은 잡지에 같은 내용의 광고를 실었다. 오랜 단골들이 다시 주문했고 종종 새로운 고객도 생겨나서 꾸준한 매출이 유지되었다.

그는 파스타를 삶고 미트소스를 데웠다. 양상추를 썰어 샐러드를 만들고 올리브오일을 끼얹었다. 부엌 식탁에서 식사를 마친 다음 그릇을 씻고 텔레비전 뉴스를 봤다. 뉴스가 끝나자 음소거로 해놓고 그 여자애에 대해 생각했다.

그는 그녀가 불러일으킨 환상에 빠졌다. 외진 길. 테이프로 그녀의 입을 막는다. 그녀가 벗어나려 몸부림치다가 팔이 부러진다.

그녀를 발가벗긴다. 구멍이란 구멍은 하나하나 욕보인다. 공포심을 유발하기 위해 신체적 고통도 준다.

마지막으로 칼로 그녀를 끝장낸다. 아니지, 손으로 목을 조른다. 아니지, 팔뚝으로 목을 감아 체중을 실어 질식시킨다.

아, 그 쾌감, 그 짜릿함, 그 기분좋은 해방감이라니. 흡사 실제로 일어난 일처럼 생생했다.

하지만 실제로 일어난 일은 아니다. 그는 그녀를 털끝 하나 건드리지 않고 놓아주었다. 무슨 일이 일어날 수 있었는지 막연한 암시만 해주었다. 실제로 일어난 일이 아니므로 손질할 물고기도 없었다. 처리해야 할 시체도, 없애야 할 증거도, 범죄의 쾌감을 떨어뜨리는 후회의 감정도 없었다.

잡았다 풀어주면 그만이다. 그게 비결이다, 잡았다 풀어주기.

　가로변 술집에는 토들인이라는 이름이 있었다. 하지만 그렇게 부르는 사람은 아무도 없었다. 대신 간질환으로 세상을 뜨기까지 오십 년간 가게 주인이었던 사람의 이름을 따서 로이스라고 불렀다.
　그는 술을 많이 마시는 편이 아니라서 간질환은 걱정할 필요가 없었다. 어린 히치하이커를 집 앞까지 데려다주고 사흘이 지난 오늘밤 그는 여러 술집을 전전하며 마시고 싶었다. 로이스는 그가 4차로 들른 곳이었다. 1차에서는 맥주를 주문해 두 모금 홀짝이다 나왔고, 2차에서는 아무것도 주문하지 않았다. 3차에서는 콜라를 주문해 거의 다 마셨다.
　로이스에서는 생맥주를 팔았다. 그는 바에 서서 생맥주를 한 잔 주문했다. 그가 들어본 적 있는 영국 노래가 흘러나오고 있었다. 겨우 한 소절만 기억하는 노래였다.

　　맥주를 한 잔 주문했더니
　　절반은 물이더라
　　영주가 가진 거라곤
　　그나마 쓸 만한 딸 하나더라

　맥주맛은 확실히 맹탕이었지만 그는 신경쓰지 않았다. 대신 여기에는 그를 끌어당기는 흥미로운 것이 있었다. 바로 그 때문에 이곳을 찾는 것이었다.

옆으로 의자 두 개 건너에 여자가 앉아 있었다. 목이 긴 잔으로 무언가를 마시고 있는데 안에 오렌지 조각이 들어 있었다. 얼핏 보니 히치하이크를 했던 그 여학생을 닮았다. 혹은 방탕한 길로 빠진 그녀의 언니이거나. 블라우스가 너무 작아 단추를 하나 더 끄르고 있었다. 도톰한 입술에 바른 립스틱은 번지고 손톱의 매니큐어는 군데군데 벗겨졌다.

그녀는 잔을 들다가 이미 다 마신 것을 깨닫고 놀랐다. 어찌된 일인가 싶은지 고개를 설레설레 저었다. 그러는 동안 그는 바텐더를 손짓으로 불러 그녀의 빈 잔을 가리켰다.

새 술잔이 앞에 놓이자 그녀는 잔을 들고 돌아보며 말했다. "고마워요, 신사네요."

그가 가까이 다가가 앉았다. "그리고 낚시꾼이기도 하죠."

미끼를 무엇으로 할지 중요하지 않을 때도 있다. 어떤 때는 낚싯대를 던질 필요조차 없다. 그저 가만히 앉아 있으면 물고기가 배 위로 뛰어오른다.

그녀는 그가 한 잔 사기 전에 이미 여러 잔을 마신 상태였다. 그러고 나서도 그가 추가로 사준 두 잔을 더 마셨다. 그로서도 여자에게 술을 사거나 술 마시는 모습을 지켜보는 것이 아무렇지 않았다.

그녀의 이름은 마르니였다. 여러 번 되풀이해서 말하는 바람에 잊어버릴 염려가 없었다. 게다가 몇 번이고 물어본 그의 이름을 기억할 염려도 없어 보였다. 그가 잭이라고 대답하자─물론 거짓이다─자꾸 까먹어서 미안하다고 했다. 그러면서 그때마다 "난 마르

니예요"라고 말했다. "마지막이 i로 끝나죠"라는 말을 덧붙일 때가
많았다.

몇 년 전 술집에서 이와 비슷한 상황에서 어떤 여자를 만났던
일이 그는 생각났다. 아주 다른 종류의 술주정뱅이였지만, 마르니
가 간디댄서를 격파하듯 급히 들이켜듯이 그녀도 하비월뱅어를 줄
기차게 마셔댔다.* 당시 그녀는 말수가 점점 줄면서 눈이 멍해졌다.
미리 물색해둔 장소로 그가 데려갈 즈음에는 이미 취해서 정신이
나간 상태였다. 그는 아주 흥미로운 계획을 준비해놓았다. 그리고
그녀는 거의 혼수상태가 되다시피 해서 자신에게 무슨 일이 일어
나는지 전혀 몰랐다.

그는 그녀가 죽었다고 상상하면서 범했고, 깨어나기를 기다렸
다. 그런데 깨어나지 않았다. 짜릿했다. 생각보다 더 흥분되었다.
하지만 결국엔 마음을 가라앉혔다.

그리고 잠시 상황을 따져보고는 아주 신중하게 그녀의 목을 부
러뜨렸다. 그리고 다시 범했다. 그녀가 단지 잠들어 있는 것이라고
상상하면서.

이번에도 아주 좋았다.

"나한테 남은 거라곤 집이 다예요." 그녀가 말했다. "전남편이 애
들을 데려갔죠. 그게 말이 돼요? 판사가 나더러 엄마 자격이 없다
고 했어요. 진짜 그게 말이 돼요?"

---

* 간디댄서와 하비월뱅어는 모두 칵테일 이름.

전남편이 그녀에게 남겨주었다는 집은 확실히 주정뱅이가 사는 집 같아 보였다. 불결한 정도까지는 아니지만 너저분했다. 그녀가 그의 손을 잡아끌고 층계를 올라가 침실로 갔다. 집안의 다른 곳과 마찬가지로 어수선했다. 그녀가 뒤돌아서서 그를 꼭 안았다.

그가 떼어내자 그녀는 의아한 표정을 지었다. 그는 집안에 마실 게 있는지 물었다. 냉장고에 맥주가 있고 냉동고에 보드카도 있을 거라고 했다. 그는 금방 가져오겠다고 했다.

오 분쯤 뒤 롤링록 맥주 한 캔과 200밀리리터짜리 보드카를 들고 돌아와보니 그녀는 발가벗은 채 대자로 뻗어 코를 골고 있었다. 그는 맥주 캔과 보드카 병을 침대 옆 테이블에 내려놓고 담요를 덮어주었다.

"잡았다 풀어주기." 그는 그렇게 말하고 그곳을 나왔다.

낚시가 단순한 비유만은 아니었다. 이틀 후 그는 현관문을 열고 나가 차가운 가을 아침을 맞았다. 하늘이 잔뜩 흐리고 습도는 예전보다 낮았다. 서쪽에서 선선한 바람이 불어왔다.

낚시하기 딱 좋은 날씨였다. 그는 장비를 챙기고 어디로 갈까 생각했다. 이런 날 낚시하기에 안성맞춤인 시냇가 둑으로 차를 몰았다. 즐겨찾는 지점으로 가서 한 시간 동안 낚시를 했다. 떠날 무렵엔 송어 세 마리를 잡았다 풀어주었다. 하나같이 힘이 어찌나 세던지 꽤나 힘겹게 씨름해야 했다. 송어를 다시 풀어주면서 녀석들이 자유를 얻었는지, 새로운 삶을 얻을 자격이 되는지 생각해보았다.

그런데 그게 무슨 의미일까? 물고기에게 무언가를 얻거나 자격이 된다는 말이 가능할까? 사람은 어떨까? 살아남기 위해 필사적으로 노력하면 살 수 있는 자격을 얻게 될까?

노다리를 생각해보았다. 도다리는 바닷물고기고 바닥에 산다. 낚싯대에 걸려 올라가는 상황에서도 그다지 몸을 뒤집거나 하지 않는다. 그렇다면 도다리가 송어보다 도덕적으로 열등한 존재일까? 선천적으로 각인된 행동이 그렇다 해서 살 자격이 상대적으로 없다고 할 수 있을까?

그는 집으로 돌아오는 길에 가게에 들러 햄버거와 바삭한 감자튀김을 먹었다. 커피를 한 잔 마시고 신문을 읽었다.

집에 돌아와서는 낚시 도구들을 잘 닦고 정리한 후 원래 있던 자리로 치웠다.

그날 밤 비가 내렸다. 비는 사흘 동안 오락가락했다. 그는 온종일 집안에 틀어박혀 작은 텔레비전만 보았다.

밤에는 안락의자에 기대앉아 눈을 감고 지난 기억들을 떠올렸다. 몇 달 전 한번 세어본 적이 있었다. 어머니가 돌아가시기 훨씬 전부터 시작된 이 일이 그동안 몇 번이나 있었는지 세어보았다. 초기에는 욕구가 왕성했다. 잡히지 않은 게 기적이라고 종종 생각했다. 예전에는 사건 현장 여기저기에 DNA를 남겼으니 미세증거라할 만한 것은 또 얼마나 많았겠나.

어찌됐든 그는 용케 잡히지 않았다. 만약 경찰이 체포했다면, 약간이라도 공권력의 주의를 끌었다면, 그는 금세 자수했을 것이다. 다 말하고 자백했을 것이다. DNA는커녕 미세증거도 필요 없었다.

그냥 자신을 가둘 작은 감방과 열쇠면 충분했다.

그가 저지른 사건은 많았다. 하지만 사건 발생 범위가 넓었고, 패턴을 따르지도 않았다. 그는 독특한 취향을 가진 다른 살인범들에 관한 글을 읽었다. 그들은 기본적으로 비슷한 여자를 사냥했고 비슷한 방식으로 살해했다. 굳이 따지자면, 그는 살해 방식과 희생자 선택에 신중하게 변화를 주는 쪽이었다. 조심하려고 그런 것은 아니었다. 삶의 재미, 이쪽이 듣기 좋다면, 죽음의 재미를 위해서였다. 두 가지 악 가운데 하나를 선택해야 한다면 아직 경험해보지 않은 악을 택하겠다. 메이 웨스트*의 말이다. 그도 공감했다.

그는 방식을 바꾼 뒤로도, 그러니까 잡았다가 풀어주는 낚시꾼이 되고 나서도 마치 신성한 손길이 자신을 보호해주는 느낌을 받곤 했다. 세상 모든 것의 존재 이유나 우주를 이끄는 힘 같은 것은 없다고 과연 누가 말할 수 있을까? 그가 잡히지 않은 것도 이유가 있어서일 것이다. 하지만 무엇 때문에? 잡았다가 다시 풀어주라고?

곧 그런 생각이 터무니없다고 결론 내렸다. 그는 희생자 여자들을 모조리 죽였다. 그러고 싶어서였든 그럴 필요가 있어서였든 간에. 그리고 살인을 그만둔 이유는 더이상 그럴 필요도 없었고 그러고 싶지도 않았기 때문이다. 무엇보다 잡았다가 풀어주는 것이 더 짜릿했다.

이런 일이 얼마나 자주 있었을까? 간단히 말하자면 그도 몰랐고

---

* 미국의 배우이자 극작가, 가수.

알 수 있는 방법도 없었다. 그는 일절 전리품을 챙기지도, 기념품을 보관하지도 않았다. 기억은 남아 있지만 기억이란 게 실제로 벌어진 사건을 회상하는 것인지 그냥 머릿속 상상을 되새기는 것인지 구분하기가 사실상 불가능했다. 실제로 벌어졌던 일이든 아니든 기억은 다 생생했다. 그렇다면 무슨 차이가 있을까?

그는 텍사스에서 붙잡힌 연쇄살인범에 대해 생각해보았다. 그 멍청이는 자꾸만 자신이 저지른 범행 사실을 새롭게 자백해 경찰을 아무 표시 없는 무덤으로 데려갔다. 그랬더니 일부 희생자들은 그가 다른 주에 구금되어 있는 동안 살해된 것임이 밝혀졌다. 그는 모종의 이유로 경찰을 속인 걸까? 아니면 자신이 저지르지도 않은 범행을 그저 생생하게 자세히 기억하고 있었던 걸까?

그는 비가 내려도 개의치 않았다. 고독한 유년기를 보냈고 고독한 어른으로 성장했다. 친구를 가져본 적도, 그럴 필요를 느낀 적도 없었다. 사람들과 어울린다는 허상이 가끔은 좋을 때도 있었다. 그러면 술집이나 식당에 가거나 쇼핑몰을 거닐거나 극장에 영화를 보러 갔다. 그저 낯선 사람들 사이에 있고 싶어서. 하지만 대부분의 시간은 혼자여도 괜찮았다.

어느 비 오는 날 오후, 그는 책장에서 책 한 권을 뽑아들었다. 아이작 월턴의 『조어대전釣魚大全』이었다. 이미 수없이 읽고 들춰보았던 책이다. 그런데도 매번 새로운 생각거리를 던져주었다.

조물주가 창조한 오락 가운데 조어보다 정적이고 고요하고 순결한 것은 없다. 언제나 그랬듯이 그의 가슴을 파고드는 구절이었다. 한 가지 바꾸고 싶은 것이 있다면 조어라는 단어였다. 그는 낚시라는 말을 선호했다. 마찬가지로 조인釣人이라는 말보다 낚시꾼이라는 말을 더 좋아했다. 스티븐 리콕은 조어라는 단어가 낚시를 할 줄 모르는 사람들이 갖다붙인 말이라고 했다.

날이 개자마자 그는 식료품 목록을 작성해 쇼핑몰에 갔다. 카트를 밀며 통로를 돌아다니면서 달걀, 베이컨, 파스타, 소스 캔을 집었다. 그리고 세탁세제 두 종류 중 뭐가 더 나을지 저울질할 때 여자가 눈에 들어왔다.

그는 그녀를 찾으려고 그곳에 간 것이 아니었다. 아무도 찾고 있지 않았다. 머릿속에 세제랑 섬유유연제 생각뿐이었다. 그런데 눈을 들어보니 그녀가 있었다.

그녀는 아름다웠다. 히치하이커처럼 어리고 예쁜 여자도, 마르니처럼 술집에 죽치고 있으면서 아무하고나 자는 헤픈 여자도 아니었다. 진정한 미인이었다. 배우나 모델은 아니었지만 그렇게 활동해도 손색없을 외모였다.

짙고 긴 머리카락, 긴 다리, 운동선수처럼 탄탄하면서 동시에 여성스러운 몸매. 갸름한 얼굴에 오뚝한 코, 살짝 도드라진 광대뼈. 하지만 그의 반응을 이끌어낸 것은 그녀의 아름다움이 아니었다. 뭐라 말하기 어려운 다른 특징이었다. 별안간 타이드와 다우니 세제가, 카트에 들어 있는 모든 물건이 하찮게 여겨졌다.

그녀는 평상복 바지, 연파란색 티셔츠에 긴소매 셔츠를 단추를 채우지 않고 겹쳐 입었다. 시선을 잡아끄는 차림새가 전혀 아니었다. 하지만 무엇을 걸치든 하등 중요하지 않았다. 그녀는 긴 쇼핑

목록을 간간이 들여다봤는데 카트에는 아직 몇 가지 물건밖에 없었다. 그는 시간이 있었다. 충분히 여유가 있다고 판단해 우선 카트를 계산대로 가져가서 현금으로 계산했다. 장보던 카트를 그냥 두고 나가면 사람들이 나중에 기억할 우려가 있었다.

그는 장바구니를 카트에 싣고 자신의 SUV로 걸어가면서 이따금 입구 쪽을 돌아보았다. 장바구니를 뒷좌석에 싣고 운전석에 앉았다. 이어 그녀를 기다리기에 괜찮은 장소를 물색했다.

그는 공회전 상태로 끈기 있게 기다렸다. 시간은 신경쓰지 않았다. 얼마나 흘렀는지도 몰랐다. 자동문이 양옆으로 열리고 여자가 나올 때까지 언제까지고 편히 기다릴 수 있을 것 같았다. 조급한 사람은 낚시를 할 수 없다. 그저 기다리는 것, 참을성 있게 가만히 기다리는 것이 낚시가 주는 즐거움의 일부였다. 낚싯바늘을 수면 아래로 담그자마자 입질이 오고 한 놈 두 놈 연이어 낚인다면, 낚시하는 즐거움이 어디 있겠는가? 차라리 그물을 던지고 말지. 아니, 송어떼가 지나는 강물에 수류탄을 던져넣고 위로 떠오르는 놈들을 주워담는 게 더 낫겠다.

아, 저기 그녀가 나왔다.

"저는 낚시꾼입니다." 그가 말했다.

다짜고짜 이렇게 말하지는 않았다. "좀 도와드릴까요?" 그렇게 시작했다. 그녀가 쇼핑한 물건들을 막 트렁크에 실으려고 할 때 그가 뒤쪽에 차를 세우고 뛰어내려 도와주겠다고 했다. 그녀는 미소를 지었고 고맙다는 말을 하려 했으나 기회가 없었다. 딱딱한 고무

케이스에 C건전지가 세 개 들어가는 전등을 한 손에 든 그가 그녀의 어깨를 붙잡아 돌려세우고는 뒤통수를 가격했다. 그는 쓰러지는 그녀를 붙잡았다가 조심해서 내려놓았다.

눈 깜짝할 사이 그녀를 SUV 조수석에 기대놓고 그녀의 차 트렁크에 장본 물건을 넣고 닫아버렸다. 그녀는 완전히 의식을 잃었다. 너무 세게 때렸나 싶어서 맥을 짚어보니 아직 죽지는 않았다. 덕트 테이프로 손목과 발목을 묶고 입을 봉한 다음 안전벨트도 단단히 조였다. 그리고 그녀를 태운 차를 출발시켰다.

마트에서 그녀가 나오기만 기다렸던 때처럼 그는 인내심을 갖고 그녀의 의식이 돌아오기를 기다렸다. 난 낚시꾼이야. 그렇게 생각하며 그 말을 해줄 기회를 기다렸다. 운전중에 전방을 주시하면서 이따금 그녀를 힐끗 보았다. 그녀는 변함이 없었다. 눈은 감겨 있고 근육은 풀어진 채였다.

이윽고 보조도로로 들어선 지 얼마 되지 않아 그는 그녀가 깨어났다는 것을 알았다. 그녀를 보니 똑같은 것 같았지만 뭔가 달라졌음을 눈치챘다. 그래서 잠시 그녀를 침묵 속에 두었다가 느닷없이 입을 열어 자신은 낚시꾼이라고 말했다.

그녀는 반응이 없었다. 하지만 그는 자신의 말을 들었다고 확신했다.

"잡았다가 풀어주는 낚시꾼이죠. 그게 무슨 말인지 이해 못하는 사람도 있어요. 아무튼 나는 낚시를 즐겨요. 그 무엇도 줄 수 없는 것을 내게 주거든요. 스포츠라 해도 좋고 소일거리라 해도 좋은데, 낚시는 지금도 하고 있고 늘 해왔던 일이죠."

이렇게 말하고 생각해보았다. 예전부터 늘 해왔던 일? 거의 그렇지. 아주 어렸을 때 기억이 뒤뜰을 파내 직접 잡은 벌레를 미끼로 써서 대나무 막대기로 낚시하던 것이었다. 그리고 성인이 되어 가장 먼저 했고 가장 오래 기억에 남은 일도 또다른 종류의 낚시와 관련된 것이었다.

"처음부터 잡았다가 풀어주는 낚시꾼이었던 건 아닙니다. 예전에는 왜 그 고생을 해가며 잡은 물고기를 도로 놓아줄까 싶었죠. 뭔가를 잡았으면 죽여야 하고 죽였으면 먹어야 한다고 생각했어요. 명쾌하잖아요, 안 그래요?"

안 그래요? 하지만 그녀는 아무 대답이 없었다. 대답할 수가 없었다. 테이프를 입에 붙여놓았으니까. 그래도 의식이 없는 척하려는 시도는 이제 포기한 모양이었다. 그녀는 눈을 뜨고 있었다. 표정은 여전히 읽을 수 없었지만.

"그러다가 흥미를 잃었어요. 죽이고 그러는 거 말이죠. 대부분의 사람들은 낚시만 생각하지, 웬일인지 죽이는 것까지는 생각하지 않으려고 해요. 물 밖으로 나온 물고기가 숨 몇 번 헐떡이다가 순순히 죽는 줄 알죠. 처음에는 조금 퍼덕거리다가 그걸로 끝난다고 말이에요. 하지만 봐요, 실은 그렇지 않아요. 물고기는 물 밖에서 생각보다 오래 버틴다고요. 그러니 갈고리로 끌어올려 곤봉 같은 것으로 머리를 쳐야 해요. 그래야 빠르고 편하게 죽어요. 하지만 그렇게 되면 물고기를 죽인다는 사실을 피할 수 없겠죠."

그는 계속해서 말했다. 잡았던 물고기를 풀어주면 죽여야 하는 성가신 일을 안 해도 되고, 내장을 제거하고 비늘을 벗기고 찌꺼기를 치우는 불쾌한 과정도 면할 수 있다고 했다.

아스팔트도로가 끝나고 비포장도로로 접어들었다. 오랜만에 왔지만 길은 그가 기억하는 그대로였다. 숲속으로 난 한적한 길을 따라가다보면 그가 언제나 좋아했던 장소가 나왔다. 그는 이제 말을 멈추고 그녀가 자신의 말을 찬찬히 생각하고 이해하도록 시간을 주었다. 잡목림 안에 차를 댈 때까지 입을 꾹 다물었다. 나무들에 가려 길에서 보이지 않는 곳이었다.

"이 말만은 해야겠어요." 안전벨트를 풀고 여자를 차에서 끌어내며 그가 말했다. "저는 잡았다가 풀어주는 낚시꾼 생활을 아주 좋아해요. 귀찮은 일은 하나도 겪지 않으면서 낚시의 즐거움은 오롯이 누릴 수 있거든요."

그는 여자를 바닥에 똑바로 눕혔다. 타이어 레버를 가지고 와서 그녀의 양쪽 무릎뼈를 내리쳤다. 발목에 묶은 테이프를 풀고 손목과 입에 감은 테이프는 그대로 두었다.

그녀가 입고 있는 옷을 찢어서 벗겨냈다. 자기도 옷을 벗어 단정하게 개켜놓았다. 에덴동산의 아담과 이브 같다고 그는 생각했다. 수치심 없이 벌거벗고 있는. 선생님, 저희가 밤새도록 애썼지만 한 마리도 못 잡았습니다.

그는 그녀 위에 올라탔다.

집에 돌아와 옷가지를 세탁기에 넣고 목욕물을 받았다. 하지만 욕조에 바로 들어가지 않았다. 아직도 몸에서 나는 그녀의 향기를 서둘러 씻어내지 않을 생각이었다. 향기를 들이마시며 아까의 경험을 떠올려보았다. 하나도 빠짐없이. 마트에서 그녀를 처음 보았던 순간부터 목을 부러뜨릴 때 나던, 잔가지가 꺾이는 것 같은 딱 소리까지.

그리고 자신이 잡았다가 풀어주는 패턴에서 처음으로 벗어났던 순간 또한 떠올렸다. 당시 찬찬히 생각해보았는데 충동적으로 벌인 짓은 아니었다. 적당한 여자, 그러니까 치어리더 타입의 어린 금발 여자, 살짝 들창코고 한쪽 뺨에 애교점이 있는 여자가 나타났을 때 그는 마음의 준비가 되어 있었다.

나중에는 스스로에게 화가 났다. 내가 퇴행하고 있는 걸까? 잡았다 풀어주기 규칙을 저버린 걸까? 하지만 이런 생각들을 곧 물리쳤고, 이번에는 고요한 만족만을 느꼈다.

그는 여전히 잡았다 풀어주는 낚시꾼이다. 앞으로도 쭉 그럴 것이다. 하지만 그렇다고 계속 채식주의자로 살아야 한다는 뜻은 아니지 않은가?

아무렴, 절대 그럴 수 없지. 가끔은 푸짐한 식사도 해야 하는 법이다.

물방울무늬 드레스와 달빛

제프리 포드

일곱시에 그가 그녀를 데리러 왔다. 지붕이 젖혀지고 뒤쪽에 수직판이 골포스트처럼 돌출된 에메랄드빛 벨베데레 컨버터블을 몰고 왔다. 그녀는 아파트 3층 창문으로 그가 건물 입구 쪽 보도 연석에 차를 대는 모습을 내다보았다.

"어이, 덱스, 그 잠수함은 어디서 났어?"

그가 챙이 좁은 중절모를 뒤로 젖히며 고개를 들었다. "전원 갑판으로!" 그러면서 하얀 가죽시트를 툭툭 쳤다.

"잠깐 기다려." 그녀는 웃음을 터뜨리며 키스를 날렸다. 파란색 실을 꼰 카펫이 깔린 거실을 지나 천장이 얼룩지고 회반죽에 금이 간 작은 욕실로 들어갔다. 거울 앞에 서서 몸을 숙이고 화장이 제대로 됐는지 확인했다─연지랑 파우더는 이만하면 잘 먹었어. 아이섀도는 피콕블루색이고 마스카라는 남색이었다. 드레스 안으로 손을 넣어 거들을 얼른 정리하고 옷매무새를 가다듬은 다음 뒤로 물러서서 전체적인 모습을 점검했다. 어깨끈 없는 검정 드레스의 자잘한 흰 물방울무늬가 우주의 별들 같았다. 그녀는 옆으로 돌아서서 숨을 들이마셨다. "어휴." 그러며 숨을 내쉬었다. 간이부엌을 지나는 길에 흠집이 잔뜩 난 싱크대 상판에서 은색 휴대용 술병을 집어들어 핸드백에 넣었다.

하이힐이 나무 계단을 내려오며 요란한 소리를 냈다. 첫번째 층계참을 돌자마자 순간적으로 균형을 잃고 넘어질 뻔했다. 현관문을 밀고 저녁 불빛 속으로 걸어나오니 영원과도 같은 상쾌한 바람 한줄기가 불어왔다. 덱스가 조수석 문을 잡고 연석에서 기다리고 있었다. 그녀가 다가가자 가볍게 모자를 들고 허리를 살짝 굽혔다.

"근사해 보이네요, 부인." 그가 말했다.

그녀는 걸음을 멈추고 그의 뺨에 키스했다.

차도는 텅 비었고 인도에도 사람 그림자 하나 없었다. 허물어져가는 높은 빌딩들 창문 여기저기서 희미한 노란 불빛이 간간이 보일 뿐이었다. 도시 전체가 텅 빈 느낌이었다. 덱스는 크래프트에서 좌회전해 도시 외곽으로 나갔다.

"한참 만이야, 애덜린."

"쉿, 그 얘긴 그만. 오늘밤 어디로 데려갈지나 얘기해줘."

"원하는 데 어디든지."

그녀가 그의 어깨를 툭 쳤다.

"칵테일 한잔 하러 갈래." 그녀가 말했다.

"좋아. 아이스가든에 가서 춤추고 한잔한 다음 자정 넘어 사막에 나가 별을 보는 거야."

"당신은 역시 선수야." 그녀가 몸을 앞으로 숙여 라디오를 켰다. 울적한 색소폰 연주 버전의 〈우리가 이별할 때〉 선율이 밀랍을 먹인 실뭉치가 풀리듯 그들의 목을 휘돌아 차창 밖 바람에 실려 날아가버렸다.

어스름이 깔리는 밤공기를 질주하는 차 안에서 그녀가 두 사람의 담배에 각각 불을 붙였다. 아르마딜로 한 마리가 50미터 앞에서 헤드라이트 불빛을 받으며 황급히 달아났다. 샐비어 향기가 몰려와 애덜린의 오키드 향수 냄새와 뒤섞였다. 텍스가 입에 담배를 물고 자유로운 손을 그녀의 무릎에 얹었다. 그녀는 그 손을 자기 손으로 가져가 깍지를 꼈다. 날이 어두워지고 아스팔트도로가 흙길로 바뀌었다. 먼 언덕의 윤곽 위로 달이 꿈 속의 기포처럼 서서히 떠올라 거대한 크림파이 같은 얼굴로 애덜린의 데콜타주*에 눈길을 던졌다. 그녀는 미소를 지으며 좌석에 몸을 기대고 눈을 감았다. 잠깐이다 싶었는데 눈을 뜨니 벌써 칠레삼나무가 줄지어 늘어선 긴 도로를 내려가는 중이었다. 번쩍거리는 아이스가든의 둥근 진입로로 이어지는 길이었다. 텍스가 입구에 차를 세웠다. 주차원 제복을 입고 빨간 머리에 주근깨가 난 아이가 다가왔다.

"텍스 씨, 오랜만이시네요. 얼굴 잊어버리겠어요."

"사진이라도 찍어놔, 짐―짐." 텍스가 은화 동전 하나를 공중으로 튕겼다. 아이가 동전을 잡아 조끼 주머니에 넣고 애덜린에게 차문을 열어주었다.

---

* 옷깃을 넓게 파서 목과 어깨, 가슴을 드러낸 스타일.

"어떻게 지내, 짐?" 차에서 내려 보도 연석으로 올라서도록 거드는 아이에게 그녀가 물었다.

"좀 나아졌어요." 그러면서 그는 자신의 조끼를 툭툭 쳤다.

덱스가 차 뒤로 돌아가 애덜린의 팔을 잡고 커다란 야자수 화분을 지나 짧은 터널로 내려갔다. 탁 트인 사막 하늘과 무성한 정원 숲으로 둘러싸인 넓은 직사각형 안뜰이 나왔다. 비할 바 없이 아름다운 식물군이 수정처럼 햇빛을 반사해 눈이 부셨다. 덱스와 애덜린은 아치형의 주랑현관 가장자리에 잠시 서서 왁자하게 술 마시는 사람들을 살펴보았다. 테이블과 의자, 댄스플로어가 자리한 넓은 공간 너머에서 오늘밤 공연팀인 '네이밥과 머저리들'이 익살스러운 연주를 하고 있었다. 구경꾼들의 머리 위로 크롬 트롬본과 마이크를 양손에 들고 재즈풍으로 편곡된 〈허약한 무릎과 젖은 음부〉를 노래하는 네이밥이 보였다.

흰색 턱시도에 빨간색 페즈*를 쓴 남자가 다가왔다. 작고 통통한 몸에 가느다란 콧수염을 길러 마치 오십 살 먹은 아이가 변장한 것 같았다. 덱스가 모자를 벗고 한 손을 내밀었다. "몬드리안." 그가 말했다.

지배인은 가볍게 허리를 숙여 인사했고, 시끄러운 주변 소리 때문에 목소리를 살짝 높였다. "항상 찾아주셔서 감사합니다."

애덜린도 손을 흔들어 인사했다.

"오늘밤은 특히 더 아름다우시군요." 그가 말했다.

---

* 터키나 중동 사람들이 주로 쓰는 챙이 없고 위가 약간 좁은 원통형 모자.

"두 사람 자리. 댄스플로어 근처로 부탁해요." 덱스가 몬드리안의 코앞에 빳빳한 20달러 지폐를 내밀었다.

통통한 남자가 허리를 굽혀 인사했다가 몸을 펴며 지폐를 낚아챘다. "따라오시죠, 손님." 그러고는 몸을 돌려 테이블과 바글바글한 사람들이 빚어내는 미로 속으로 천천히 나아갔다.

사람들로 혼잡한 홀을 가로지르면서 애덜린은 자신을 알아보고 이름을 부르는 사람들에게 손을 흔들었다. 덱스도 자기를 향해 누가 소리치면 윙크를 하고, 엄지를 치켜들고, 방아쇠 당기는 시늉을 했다. 몬드리안은 무대 앞 바로 왼쪽에 자리를 잡아주었다. 애덜린의 의자를 빼주고 그녀가 앉자 허리를 굽혀 인사했다.

"진 링클 두 잔." 덱스가 말했고, 지배인은 순식간에 인파 사이로 사라졌다.

애덜린은 지갑에서 담배 두 개비를 꺼내 테이블 중앙에 놓인 작은 촛불로 불을 붙였다. 덱스가 몸을 앞으로 내밀자 그의 입술 사이에 한 대 물려주고 자기도 담배를 피웠다.

"다시 활동하니까 어때?" 그가 물었다.

그녀는 활짝 웃으며 담배연기를 길게 내뿜고 고개를 끄덕였다. "좋아. 처음엔 좀 어색했지만. 지금은 딴생각 안 해."

"잘됐네." 그는 모자를 벗어 옆의 빈 의자에 올려놓았다.

그때 음악이 그치고, 대신 사람들이 웃고 떠드는 소리, 술잔과 식기 부딪히는 소리가 공간을 채웠다. 네이밥이 무대에서 뛰어내려 바닥에 웅크렸다가 그대로 앞으로 굴러 덱스 옆에서 벌떡 일어섰다.

"덱스터."

"여전히 열정적이군." 덱스가 웃으면서 밴드리더와 악수를 나누었다.

"바비, 나한테 키스 안 해줄 거예요?" 애덜린이 말했다.

"내가 얼마나 이 순간을 기다렸는데요." 그가 몸을 획 숙여 그녀의 입술에 키스했다. 키스가 길어지자 덱스가 테이블 밖으로 다리를 뻗어 밴드리더의 엉덩이를 찼다. 다들 웃었다. 네이밥이 테이블을 돌아 자리에 앉았다.

그는 가냘픈 팔로 팔짱을 낀 채 좁고 긴 머리통을 흔들며 말했다. "두 사람 다 오늘밤 별을 보러 나왔군."

"겸사겸사해서요." 애덜린이 말했다.

"그러니 자리 좀 봐줘." 덱스가 말했다.

"그럼, 늘 앉던 자리지. 그리고 말인데, 킬헤퍼가 이제나저제나 자네를 기다렸다고."

웨이트리스가 분홍빛 얼음과 가든에서 직접 주조한 진으로 만든 칵테일 두 잔을 들고 왔다. 불빛을 받은 유리잔을 통해 통통한 체리에서 이는 작은 방울들이 보였다. 덱스가 젊은 웨이트리스에게 5달러를 찔러주었다. 그녀는 그에게 미소 지으며 자리를 떴다.

"킬헤퍼, 망할 녀석." 덱스가 잔을 들어 애덜린의 잔에 부딪쳤다.

"그는 거의 매일 밤 여기 와. 구석에 앉아서는 주판알을 튕기며 장부에 숫자들을 적어." 네이밥이 말했다.

"킬헤퍼는 완전히 미친 사람이잖아요." 애덜린이 말했다.

"이상한 사람이죠." 네이밥이 고개를 끄덕이며 말했다. "요전날 한산했을 때—두 사람처럼 고상한 손님들이 들르지 않는 날은 대개 한산하죠—술을 한잔 사더군요. 그러면서 세상은 수로 이루어져 있다고 했어요. 별이 떨어진다는 건 모든 것이 자신으로 나뉜다는 뜻이라고요. 그러더니 담배연기를 뿜어 동그라미를 만들고는 '이것처럼'이라며 그 가운데를 가리키더군요."

"그게 무슨 말이에요?" 애덜린이 물었다.

네이밥은 소리 내어 웃고는 고개를 가로저었다. "차라리 짐—짐의 얘기를 듣는 게 낫죠."

"그 녀석이 오늘밤 여기 나타나서 그 재수없는 웃음을 짓는다면, 내가 턱을 갈기겠어." 덱스가 말했다.

애덜린이 담배를 한 모금 빨고는 미소 지었다. "하여간 애들처럼 굴기는. 오늘 여기 춤추고 술 마시러 온 거 아니야?"

"당연하지, 자기." 덱스는 남은 진 링클을 털어넣고 체리 줄기를 이로 물었다. 체리를 앞에 문 채로 술잔을 옆으로 치웠다. 애덜린이 몸을 숙이고 그의 어깨에 한 팔을 두르며 체리에 입술을 갖다댔다. 천천히 입만 사용해 체리를 먹다가 둘은 긴 키스를 나누었다.

키스가 끝나자 옆에 있던 네이밥이 말했다. "애덜린 씨는 역시 예술가라 다르네요."

덱스가 진 링클을 또 한 잔 주문했다. 그들은 잠시 옛 추억에 잠겼다. 밝게 빛나는 태양과 푸른 하늘의 기억이 가물가물했다.

"휴식시간이 끝났군." 네이밥이 남은 잔을 후딱 입에 털어넣고 말했다. "두 사람 다 좋은 시간 보내라고."

"〈이름과 전화번호〉 부탁해요." 무대로 뛰어가는 밴드리더에게 애딜린이 말했다. 네이밥은 도움닫기를 해 펄쩍 뛰어올라 공중제비를 한 바퀴 넘고는 마이크 스탠드 옆에 한쪽 무릎을 꿇은 자세로 착지했다. 그러더니 격자시렁을 휘감고 올라가는 넝쿨처럼 천천히 일어섰다.

덱스와 애딜린이 박수를 쳤다. 다른 손님들도 무대로 돌아온 연주자에게 박수를 보냈다. 호리호리한 가수는 마이크를 잡기 전에 잠시 혼자서 춤을 췄다. '머저리들'이 자리를 잡고 각자 악기를 들었다.

"몬드리안 씨, 조명 좀 어둡게 부탁해요." 네이밥의 목소리가 정원을 넘어 사막에까지 울려퍼졌다.

테이블마다 중앙에 놓인 촛불 조명이 어두워졌다. "오오." 네이밥이 감탄의 소리를 냈고 관객들이 환호했다.

"더 어둡게요."

지배인 몬드리안은 그가 요청한 대로 했다. 아이스가든의 희미한 황갈색 불빛 사이로 휘파람소리와 우우 하는 함성이 터져나왔다. 바리톤 색소폰이 낮은 음을 냈다. 사막에서 바람에 날리는 회전초를 연상시켰다. 다음으로 현악기 등장. 피콜로의 화려한 취주와 네이밥의 크롬 트롬본의 슬라이드 연주가 이어졌다. 그가 마우스피스를 빼고 음악에 맞춰 손가락을 튕기며 노래했다.

"그대여, 가슴이 찢어지네요
당신의 이름과 전화번호를 봤어요
펼쳐진 책 바로 그곳에 적힌

내 살이 타기 시작해요
두려움이 뒤섞인 달콤한 기억이 밀려와요.
당신이 두 다리로 내 머리를 꽉 죄던
당신의 이름과 전화번호를 봤을 때……"

네이밥이 2절로 접어들 때 덱스가 자리에서 일어나 애덜린에게
손을 내밀었다. 그는 어둠을 뚫고 흔들리는 커플들의 바다로 그녀
를 이끌었다. 그들은 손을 꼭 잡고 다리를 엇갈리고 입술을 포갠
채 천천히 어둠을 헤쳐나갔다. 바다 깊은 곳에서 거역할 수 없는
물결이 일자 그들은 음악에 맞춰 그 흐름에 몸을 맡겼다.

노래가 끝나자 애덜린이 말했다. "화장실 좀 다녀올게."

조명이 다시 들어왔고, 그들은 댄스플로어를 나와 카지노와 오
락실과 객실이 있는 큰 건축물로 향했다. 베네치아 궁전 양식으로
지어진 3층짜리 건물은 달빛을 받아 눈만 형형한 어둠 속 괴물이
었다. 덱스는 현관에서 그녀에게 20달러를 건네며 말했다. "테이블
에서 만나."

"알았어." 그녀는 들릴락 말락 한 목소리로 말하며 그의 뺨에 키
스했다.

"괜찮아?"

"늘 똑같지 뭐." 그녀는 가벼운 한숨을 내쉬었다.

그는 소리 내어 웃으려다가 그냥 미소만 지었다. 거기서 서로 헤
어졌다. 덱스는 댄스플로어를 빙 둘러 자리로 돌아오는 길에 네이
밥을 보았다. 노래하던 연주자가 그를 흘깃 보고는 고갯짓으로 한

테이블을 가리켰다. 킬헤퍼가 와 있었다. 턱시도를 차려입고 예의 백 개의 이가 드러나는 미소를 뿜내면서 시가를 피워 물고 하늘을 바라보고 있었다.

덱스는 그 자리로 가서 킬헤퍼 맞은편에 앉았다. 킬헤퍼는 계속해서 하늘을 응시하며 말했다. "진 링클 시켜뒀어."

덱스는 새로 놓인 술잔을 보고 손을 뻗었다.

"오늘밤은 별들이 끝내주네." 킬헤퍼가 시선을 내리며 말했다.

"유감스럽게도 난 그럴 기분 아닌데." 덱스가 말했다. "이번에는 또 무슨 일이신가, 교수 나리? 러시안룰렛? 카드 밑장 빼기? 눈 가리고 칼 던지기?"

"내가 잘못 계산한 걸 자꾸 거론하는데. 시간이 무너지는 것은 오직 반복을 통해서야."

"거 알아듣지도 못할 헛소리는 집어치워."

"너무 그러지 마. 내가 이해하고 하는 말이니까. 계산을 해봤어. 여기서 얼마나 나가고 싶어?"

"나가고 싶냐고? 여기 어떻게 들어왔는지도 모르는데. 악마가 아니라고 다시 한번 말해보지 그래."

"난 그저 상황과 운명이라는 분야를 다루는 평범한 교수야. 상상력이 지나치게 풍부하긴 하지만."

"그럼 그 정신 나간 미소는 뭐야? 그놈의 광대 짓은 또 뭐고? 자네의 그 잘난 시가에서는 내가 어렴풋이 기억하는 바다 냄새밖에 안 나잖아."

"나야 늘 사교적이니까 좋은 시가를 피울 만하지. 백 개의 이도

곱셈을 응용한 숨은 재주야."

"나 지금 더럽게 피곤해." 덱스가 말했다.

킬헤퍼가 재킷 주머니에 손을 넣어 주사기를 꺼내더니 테이블에 올려놓았다. "그럼 해결책을 알려주지."

커다란 주사기에 비취색 액체가 담겨 있었다.

덱스는 그것을 보고 고개를 저었다. 눈가에 눈물이 맺혔다. "지금 장난해? 그게 해결책이라고? 세상에 이렇게 서글픈 물건도 없겠다."

"날 믿어." 킬헤퍼는 여전히 웃고 있었다.

"아직 모르나본데, 우리는 다시 여기로 돌아왔어. 대체 뭐야? 독약? 감기약 시럽? 헤로인?"

"모든 걸 잊기 위한 나만의 비법이지. 자유의지를 위한 방정식을 추출한 것. 나는 이것을 '어둠 속의 웃음'이라고 불러." 킬헤퍼가 윤기 나는 검은 머리카락을 자랑스럽게 뒤로 넘기며 말했다.

덱스도 웃을 수밖에 없었다. "진짜 사악한 미치광이네. 좋아, 해보지. 어떻게 하면 돼?"

"지금 몬드리안이 3층에 있어. '화끈한 객실' 4번 방에서 내 여자 동료를 기다리는 중이지. 이국적인 서비스를 기대하고 있을 텐데 불행히도 그건 안 될 일이야. 자네가 가서 그를 죽여." 킬헤퍼는 서둘러 시가를 톡톡 눌러 끄고는 손가락을 튕겨 지나가는 담배 판매원을 불러세웠다. 여자가 덱스 옆에 서서 어깨에 둘러멘 담배 상자를 열었다. 담배는 없고 손수건으로 감싼 무언가가 놓여 있었다.

"정말 세심하군." 덱스가 총을 집었다. 그러고는 일어서서 허리

춤에 넣었다. "치료약은 어떻게 줄 거야?"

"날이 새기 전에 갖다주지. 서둘러. 몬드리안은 팁이 아까워서 그렇게 오래 있지 않을 수도 있으니까."

"그런데 그를 왜 제거하려는 거지?" 덱스는 옆 의자에서 모자를 집어들며 물었다.

"그는 컴퓨터 루프야. 진짜 제로섬게임."

건물 3층의 길고 어두운 복도 입구에서 야간 근무자가 그를 멈춰 세웠다. 총열을 자른 엽총을 왼손에 쥔 위압적인 대머리 친구였다.

"뭐 재밌는 거 없나, 제미니?" 덱스가 물었다.

"당신이 찾아온 게 재밌는 뉴스네요, 덱스. 방이 필요한가요?"

그가 고개를 끄덕였다.

"10달러만 받죠. 옛정을 생각해서 특별히 해주는 겁니다." 제미니가 너털웃음을 터뜨렸다.

"고마워." 덱스가 10달러를 그의 손에 쥐여주었다. "아가씨도 바로 뒤따라올 거야."

"'화끈한 객실' 5번 방입니다." 덩치 큰 친구의 말이 긴 복도를 따라 울렸다. "그럼 재미 보십쇼."

"그러지." 덱스는 걸음을 늦추고 힐끔 뒤돌아보며 제미니가 다시 자리에 앉아 계단참 쪽을 보고 있는지 확인했다. 그는 문을 차례로 지났다. 여섯 개를 모두 지나자 양쪽 벽에 희미한 가스등이 하나씩 켜져 있었다. 4번 방을 지날 때 보니 문이 살짝 열려 있었지만 방 안은 어두웠다. 그는 총을 뽑아 가슴 앞에 댔다.

문을 열고 미끄러져들어가 조용히 닫았다. 높다란 아치형 창문 하나로 달빛이 들어왔지만 여전히 어두워서 사물을 분간하기가 어려웠다. 그는 방안을 천천히 둘러보았다. 의자, 커피테이블, 화장대의 형체가 차츰 눈에 들어왔고, 옆쪽으로 조금 떨어진 곳에 딱 봐도 침대인 물체가 있었다. 침대 가장자리에 앉아 있는 자의 두두룩한 실루엣이 눈에 들어왔는데, 머리 꼭대기에 얹힌 물건의 모양은 한눈에 봐도 페즈가 분명했다.

"오, 나의 사막의 꽃, 이제 왔는가?" 몬드리안의 목소리였다.

덱스는 재빨리 방을 가로질렀다. 상대의 옆에 붙어 왼쪽 관자놀이라고 생각되는 곳을 파악한 뒤 엄지로 공이치기를 당기고 검지를 방아쇠에 걸었다. 하지만 그가 미처 방아쇠를 당기기 전에 꾸부정하게 앉아 있던 그림자가 엄청난 기세로 그에게 달려들었다. 덱스는 화들짝 놀랐다. 조그맣고 유순한 녀석이 그렇게 적극적으로 달려들 줄 몰랐던 그는 카펫 위로 나동그라졌고 총도 어둠 속으로 날아갔다. 그는 일어서려 했지만 지배인이 샌드백 아홉 개쯤 되는 덩치로 위에 올라타더니 한 손으로 목을 졸랐다. 덱스는 간신히 몬드리안의 얼굴에 한 방 먹였지만, 페즈 그림자는 끄떡도 하지 않았다. 그림자와 뒤엉켜 계속 구르다가 부분적으로 달빛이 비치는 곳까지 갔다. 덱스는 위에서 번뜩이는 칼날을 보았다. 하지만 습격자의 무릎에 팔이 눌려 꼼짝도 못했다. 내리꽂는 칼날을 막을 수 없겠다는 생각에 고통을 예감하며 숨을 크게 들이마셨다. 그때 불이 켜지고 총소리가 들렸다. 그를 공격하던 자가 나가떨어졌다.

덱스는 비틀거리며 일어서서 돌아보았다. 애덜린이 열린 문 옆에서 있었다. 총구에서는 아직도 연기가 피어올랐다. 복도 저쪽에서는 제미니가 호각을 불며 아이스가든의 어깨들을 부르고 있었다.

"잘했어, 자기. 이제 불 끄고 문 닫아."

그녀가 문을 닫고 들어왔다. 하지만 스위치는 내리지 않았다. "보라고." 그녀가 총으로 그의 뒤쪽 바닥을 가리켰다. 그가 돌아보니 킬헤퍼의 백 개의 이를 드러낸 미소가 눈에 들어왔다. 교수의 턱에 페즈가 고무줄로 묶여 있고, 총알이 이마에 만든 커다란 구멍이 제3의 눈처럼 보였다.

"쥐새끼 같은 녀석." 덱스는 몸을 구부려 떨어진 모자를 줍고 킬헤퍼의 재킷 주머니를 뒤졌다. 시가 한 대를 넣을 수 있는 보관통밖에 없었다. 그는 그것을 재킷 안쪽 주머니에 챙겨넣었다.

"그들이 와." 애덜린이 말했다. 불을 껐다. 복도에서 분주히 뛰어다니는 발소리와 목소리가 들렸다. "방마다 뒤지고 있어."

"총을 쏘며 나가자." 덱스가 말했다.

옆으로 온 애덜린이 그의 귀에 대고 속삭였다. "멍청하게 굴지마. 비상계단으로 가면 돼."

덱스가 창가로 갔다. 애덜린은 구두를 벗었다.

어쩌된 일인지 몬드리안이 차를 대기시켜놓았다. 덱스와 애덜린이 옷 여기저기가 긁힌 채 숨을 헐떡이며 아이스가든 정면에 도착했을 때 벨베데레는 지붕이 젖혀지고 시동이 걸린 채 대기하고 있었다. 짐-짐이 애덜린을 위해 조수석 문을 잡고 있었다.

"신발이 멋지네요." 짐-짐이 그녀의 맨발을 가리키며 말했다.

"새 패션이야, 짐." 애덜린이 말했다.

덱스는 재빨리 차를 돌아갔다. 몬드리안이 그쪽에서 문을 열어주었다. 덱스가 운전석에 오르면서 말했다. "오늘밤 일은 기분 나쁘게 생각하지 마요." 그러고는 고의적 살인을 덮으려고 팁을 찔러주었다. 몬드리안은 허리를 살짝 굽히며 팁을 얼른 챙겼다.

"언제나 정성껏 모시겠습니다. 그럼 안전한 운행 되시길." 지배인은 그렇게 말하고 차문을 닫았다.

덱스가 주머니에서 은화 동전 하나를 꺼내 가속페달을 밟으며 차 뒤로 튕겼다. 짐ー짐이 잡아챘다. 동전이 아이의 조끼 주머니로 들어가기도 전에 벨베데레는 벌써 칠레삼나무 길 중간을 내달리는 빨간색 점으로만 보였다.

"발 아파 죽겠어." 차가 아이스가든 입구를 굉음을 내며 빠져나와 사막 고속도로로 질주했다.

"자기 정말 끝내줬어." 그가 말했다.

"운이 좋았지." 그녀의 목소리가 바람을 타고 위로 올라갔다.

"오늘 일은 정말 두고두고 기억할 거야."

"그것도 괜찮지. 그런데 이번에는 무슨 게임이었지?"

"어둠 속의 웃음." 덱스가 오른쪽으로 급하게 핸들을 꺾었다. 그리고 운전석 쪽으로 쏠리는 애덜린의 어깨를 한 팔로 감싸안았다. 차가 도로를 벗어나 달빛을 받으며 달렸다. 회전초들이 차체에 부딪히고 뒤로 먼지가 일며 사막에 긴 꼬리를 그렸다. 애덜린이 라디오를 켜고 디트 월러더가 낮은 목소리로 부르는 〈당신을 기억해요〉에 채널을 고정했다.

두 사람은 반짝이는 별빛 아래 담요를 깔고 누웠다. 선선한 바람이 불어왔다. 어두운 형체의 선인장이 곳곳에서 보초를 섰다. 10미터쯤 떨어진 벨레데레의 라디오에서 현악기 연주가 흘러나왔나. 애널린이 은색 술병을 기울여 한 모금 마시고 덱스에게 건넸다. 그는 시가 꽁초를 모래에 튕기고는 한 모금 마셨다.

"이거 뭐야?" 그가 눈을 가늘게 뜨고 물었다.

"모든 걸 잊기 위한 나만의 비법."

"그건 킬헤퍼의 대사잖아. 오늘밤 그를 만났어?"

그녀는 고개를 끄덕이고 그의 가슴에 뺨을 갖다댔다. "여자화장실에서. 내 옆 칸에 있었어. 날 기다리면서."

"그는 항상 앞질러. 내가 우리 자리로 돌아가니 거기 앉아 있더라고."

"옆 칸에서 나더러 몬드리안을 죽여줬으면 좋겠다고 했어. 내가 싫다고 하니까 해결책이 있다면서 살인 대신 다른 걸 제시하겠다더군. 그래서 보여달라고 했지. 그랬더니 내 칸의 문이 벌컥 열렸고 그가 앞에 서 있었어. 하마터면 소리를 지를 뻔했어. 어쩔 줄 몰랐지. 변기에 앉아서 어떡하겠어. 그는 예의 바보 같은 미소를 지으며 지퍼를 내렸어."

덱스가 한쪽 팔꿈치로 바닥을 짚으며 몸을 일으켜세웠다. "죽여버리겠어."

"너무 늦었어. 그는 바지에 손을 넣어 비취색 액체가 든 커다란 주사기를 꺼냈어. 그러고는 이렇게 말했어. '주사기 바늘 끝이 보이지? 이게 끝없이 이어지는 네 이야기에 종지부를 찍어줄 거야. 여기서 나가고 싶어?' 나는 그가 얼른 꺼졌으면 싶어서 고개를 끄덕

였어. 그가 내게 총을 건네면서 몬드리안이 '화끈한 객실' 4번 방에
있댔어."

한동안 침묵이 흘렀다.

"그래서 결국 몬드리안을 제거하기로 했구나." 덱스가 말했다.

"그런 셈이지. 우리는 아이스가든에 도착했을 때 킬헤퍼의 계획
에 말려들 운명이었어. 다른 방법이 없잖아? 몬드리안이 종이 죽으
로 만들어진 사람이면 좋겠지만, 결국 그게 핵심이겠지. 예의바른
사람이지만, 밖으로 나가는 티켓을 얻을 수만 있다면 얼마든지 죽
일 수 있어."

"네가 그리울 거야." 덱스가 말했다.

"널 여기 혼자 내버려두고 떠나지 않아. 너 주려고 챙긴 거야."

"네가 쓰려던 게 아니었어? 자기, 나 정말 감동받았어."

"그럴까도 생각했는데, 그렇게 되면 너는 더이상 날 찾지 않을
테고, 나는 드래그스빌의 형편없는 아파트에 처박혀 금간 회반죽
벽이나 보며 쳇바퀴 돌듯 살아갈 테니까."

"내가 몬드리안의 머리를 날려버리려 했던 것도 널 위해서였어.
네가 재미없어하는 것 같아서."

"너 자신에 대해선 생각해본 적 없어?" 그녀가 물었다.

덱스가 일어나 앉아 저멀리 보이는 한쌍의 헤드라이트를 가리
켰다. "총 가지러 가자." 그는 일어나 애덜린을 일으켜세웠다. 그녀
가 옆에 떨어진 속옷을 주워 입었다.

"누구 같아?" 그녀가 먼저 차로 와 있는 그에게 다가와 물었다.

그가 그녀에게 권총을 건넸다. "아이스가든 깡패들이겠지."

담요에서 조금 떨어진 곳에 차가 와서 섰다. 덱스는 벨베데레 옆으로 손을 넣어 헤드라이트를 켰다. 불빛에 낡아빠진 검은색 차가 모습을 드러냈다. 차라기보다 덮개 달린 마차 같았다. 운전대가 달리고 말이 없을 뿐. 문이 열리고 몬드리안이 내렸다. 우산을 펴들고 작은 상자를 들고 있었다. 그가 살금살금 세 발짝 앞으로 걸어오더니 "덱스터 씨" 하고 불렀다.

"비라도 온답니까?" 덱스가 물었다.

"별요. 별이 떨어지니까요."

벨베데레 뒤에 웅크리고 있던 애덜린이 웃었다.

"두 분을 위해 선물을 가지고 왔습니다." 몬드리안이 말했다.

"발밑에 두고 가요." 덱스가 말했다.

몬드리안은 모래에 상자를 내려놓고도 차려 자세로 서 있었다.

"왜, 또 무슨 볼일이 있습니까?" 덱스가 물었다.

몬드리안은 잠자코 있었고, 애덜린이 속닥였다. "팁 줘야지."

덱스가 우산에 대고 두 발을 쏘았다. "잔돈은 챙겨요." 그가 소리쳤다.

몬드리안이 허리를 굽히며 "정말 감사합니다" 하고 말했다. 지배인이 차를 타고 떠나자 애덜린이 상자를 챙기러 갔다. 덱스는 담요로 돌아와 그녀의 무릎에 놓인 상자를 보았다. 각각의 변이 20센티미터인 정육면체 상자로, 은박지 포장에 빨간 리본이 달려 있어서 선물상자처럼 보였다.

"폭탄일지도 몰라." 그가 말했다.

그녀는 잠시 망설이더니 "될 대로 되라지" 하고는 포장지를 뜯었다. 판지상자 날개의 틈 사이로 손톱을 밀어넣어 양쪽으로 젖히고 뚜껑을 벗겼다. 그리고 상자 속에 손을 넣고 킬헤퍼의 주사기를 꺼냈다. 다시 손을 넣고 이리저리 뒤졌다.

"하나밖에 없어." 그녀가 말했다.

"이제 그의 게임이 뭔지 알겠지."

그녀는 주사기를 들어올렸다. 비취색 액체가 달빛을 받아 반짝거렸다. "아름다워." 그녀가 한숨을 쉬었다.

"어서 해." 덱스가 말했다.

"아냐, 네가 해." 그녀는 주사기를 그에게 건넸다.

그는 손을 내밀었다. 손가락이 주사기의 금속 부분을 스칠 때 멈췄다. "아냐." 그는 고개를 가로저었다. "이건 네가 맞아야 해."

"어쩌면 효과가 없을 수도 있어." 그녀는 주사기를 둘 사이의 담요에 조심스레 내려놓고 두 번 툭툭 치고는 손을 치웠다.

"주사위로 결정하자." 덱스가 한 손가락으로 주사기를 쓸어내렸다. "승자가 맞는 거야."

애덜린은 잠시 말이 없다가 고개를 끄덕였다. "하지만 그전에 마지막으로 춤을 추고 싶어."

덱스가 일어나 차로 가서 라디오 볼륨을 높였다. "운이 좋은걸." 그가 말했고, 〈물방울무늬 드레스와 달빛〉의 첫 소절이 사막에 흘러나왔다. 그는 천천히 몸을 들썩이며 그녀에게 돌아왔다. 그녀는 드레스 주름을 매만져 펴고 거들을 추켜올리고는 그에게 팔을 두르고 턱을 그의 어깨에 기댔다. 그도 그녀의 허리를 안고 음악에 맞춰 천천히, 나른하게 돌았다.

"자, 그럼 해볼까?" 그녀가 속삭였다.

"좋지."

천천히 세 번 돌고 나서 애덜린이 말했다. "설마 당신 주사위가 로디드 다이스*인 걸 내가 잊었겠어?

덱스가 머리를 젖히고 크게 웃었다. 바로 그 순간 응답하기라도 하듯 별들이 떨어지기 시작했다. 밤하늘에 밝은 빛의 꼬리가 그려졌다. 처음에는 조금이었는데 곧이어 백 개, 그리고 그 이상이 창공의 제자리에서 벗어나 쏟아졌다. 서쪽 저편, 처음 별들이 떨어진 자리에서 우르릉 소리가 울리고 불꽃이 터지며 치솟았다. 가까운 곳과 먼 곳에서 똑같은 소리와 불꽃이 뒤따랐고, 덱스와 애덜린은 불바다 한가운데서 키스를 나누었다.

"일곱시에 날 데리러 와줘." 그녀가 그의 귓불에 아랫입술을 대고 속삭이고 그를 힘껏 껴안았다.

"그럴게." 그가 약속했다. "꼭 데리러 갈게."

천상의 심부름꾼 가운데 하나가 굉음을 내며 정확하게 그들 위로 떨어졌다. 아이스가든 크기만한 유성이었다. 벨베데레가 은화 동전처럼 공중으로 튕겨올랐고, 모든 것이 먼지로 사라졌다.

---

* 특정한 숫자가 자주 나오도록 한쪽에 납을 넣은 주사위.

패배자

척 팔라닉

쇼는 당신이 고열에 시달리며 하루종일 집에서 텔레비전을 볼 때와 똑같다. 〈레츠 메이크 어 딜〉이나 〈휠 오브 포춘〉 같은 프로그램이 아니다. 몬티 홀도 팻 세이작*도 나오지 않는다. 크고 우렁찬 목소리가 방청석에 있는 당신 이름을 부르며 "다음 참가자입니다. 어서 내려오세요"라고 말하는 쇼고, 당신이 라이스어로니**의 가격을 알아맞히면 파리에서 일주일을 지낼 수 있는 항공권을 얻게 된다.

그런 쇼다. 상품은 무난한 옷가지나 음악이나 맥주처럼 쓸모 있는 것이 아니다. 진공청소기나 세탁기 같은, 예컨대 당신이 누군가의 하녀라면 아주 좋아할 것들이다.

돌격 주간이다. 제타 델트Zeta Delt에 입회한 모든 사람이 이 커

---

* 각각 〈레츠 메이크 어 딜〉과 〈휠 오브 포춘〉의 진행자.
** 즉석요리 볶음밥.

다란 전세 스쿨버스에 올라타고 어느 텔레비전 스튜디오로 가서 이 게임쇼의 녹화를 방청하는 것이 전통이다. 규칙에 따르면, 제타 델트 회원은 '그리크 제타 델타 오메가 딜스Greek Zeta Delta Omega deals'라는 검은색 글자가 실크스크린으로 인쇄된 똑같은 붉은색 티셔츠를 입는다. 먼저 작은 헬로키티 우표를 한 장, 어쩌면 반 장 받고, 쾌감이 일기를 기다린다. 헬로키티가 찍힌 작은 종이를 혀에 올리고 빨거나 삼키는데 사실은 애시드 흡착지다.

당신이 하는 일은 이렇다. 회원들은 스튜디오 방청석 중앙에 붉은색 무리를 이루고 모여 앉아 텔레비전 화면에 모습이 잡히려고 소리를 꽥꽥 지른다. '감마 그랩스 사이스Gamma Grab's Thighs'도 '람다 레이프 데이츠Lambda Rape's Dates'도 아니다. 여러분은 제타 델트다. 모두가 되고 싶어하는 바로 그 제타 델트.

애시드를 하면 어떻게 되는지 아무도 말해주지 않는다. 정신이 획 돌아 자살을 하거나 누군가를 산 채로 잡아먹을지도 모른다.

다 전통이다.

당신이 고열에 시달리는 어린아이였을 때부터 그들이 이 게임 쇼에 부르는 참가자들이 있다. 커다란 목소리는 매번 놋쇠 단추가 달린 군악대 제복을 입은 미국 해병을 부른다. 후드티를 입은 할머니도 꼭 있다. 무슨 말을 하는지 반은 알아들을 수 없는 이민자도 있다. 배가 불룩 나오고 셔츠 주머니에 펜을 잔뜩 꽂은 로켓 과학자도 있다.

당신도 자라면서 이 광경을 본 기억이 날 것이다. 이제 제타 델트 회원들이 모두 당신을 향해 함성을 지르기 시작한다. 어쩌나 요란한지 그들은 눈을 질끈 감고 있다. 모두가 붉은색 티셔츠를 입고 커다랗게 입을 벌린다. 손을 들어 자리에 앉은 당신을 통로로 밀어낸다. 커다란 목소리가 당신의 이름을 부르고 무대로 내려오라고 한다. 당신이 다음 참가자다.

당신 입에서 분홍색 풍선껌 맛이 난다. 인기 있는 헬로키티다. 누가 형이 관리인으로 근무하는 과학실에서 밤에 만들어주는 딸기 맛이나 초콜릿 맛이 아니다. 종이우표가 목구멍을 내려가다가 중간에 걸렸다. 당신은 텔레비전 방송에서 웩웩거리고 싶지 않고, 낯선 사람들이 지켜보는 가운데 그 장면이 녹화되어 영원히 남고 싶지도 않다.

스튜디오의 모든 방청객이 붉은색 티셔츠를 입고 통로로 걸어오는 당신을 돌아본다. 모든 카메라가 당신을 줌인으로 잡는다. 당신이 기억하는 그 모습 그대로 모두가 박수를 친다. 라스베이거스의 조명이 터지고 무대 위의 모든 것을 밝힌다. 새로운 것이지만 당신은 이미 지겹도록 보고 또 본 것이고, 자동적으로 미국 해병이 서 있는 자리 옆의 빈 책상으로 간다.

게임쇼 진행자—알렉스 트레벡*이 아니다—가 한 손을 흔들자 무대가 통째로 움직이기 시작한다. 지진이 난 게 아니라 보이지 않는 바퀴가 돌면서 벽 전체가 움직인 것이다. 여기저기서 조명이 켜졌다 꺼졌다 하고, 깜빡 깜빡 깜빡, 사람이 입으로 말하는 속도보다 더 빨리 깜빡거린다. 이 커다란 무대 뒷벽이 옆으로 밀리더니

---

* 퀴즈 쇼 〈제퍼디〉의 진행자.

장신의 패션모델이 걸어나온다. 딱 붙는 드레스에 달린 족히 백만 개는 되는 반짝이가 눈부시다. 길고 앙상한 팔을 흔들어, 여러분이 아마도 추수감사절에 누군가의 집 식당에서 칠면조 구이와 얌과 갖은 음식들이 차려진 상태로 보았을 8인용 식탁 세트를 소개한다. 패션모델의 허리는 다른 사람의 목둘레와 비슷하다. 젖꼭지는 당신의 머리만하다. 라스베이거스의 화려한 조명이 사방에서 깜빡거린다. 커다란 목소리가 누가 이 식탁을 만들었는지, 무슨 나무로 만들었는지 말한다. 추정되는 소매가격을 말한다.

진행자가 작은 상자를 위로 든다. 마술사처럼 그 아래 무엇이 있는지 모두에게 보여준다. 천연 상태의 빵 그 자체. 샌드위치나 프렌치토스트를 만들어 먹는 바로 그 빵. 당신의 어머니가 농장이나 빵이 자라는 곳에서 찾는 바로 그 빵.

당신이 빵의 가격을 알아맞히기만 하면 식탁과 의자가 전부, 간단히 당신 것이 된다.

당신 뒤쪽에서, 붉은 티셔츠 차림의 제타 델트 회원들이 모여들어 몸을 맞대고, 그 모습이 스튜디오 방청석 중앙에 거대한 붉은색 주름을 그린다. 당신을 쳐다보지도 않는다. 머리카락이 한데 엉켜 거대한 털뭉치를 이룬다. 영원 같은 시간이 흐르고 당신의 전화가 울린다. 제타 델트가 한목소리로 얼마를 부르라고 말한다.

빵은 내내 그 자리에 있다. 갈색 껍질에 싸인 채로. 커다란 목소리가 열 가지 필수 비타민과 미네랄이 들어 있다고 말한다.

늙은 진행자는 마치 전화기를 난생처음 본다는 표정으로 당신을 쳐다본다. 그가 말한다. "그래, 가격을 정했나요?"

당신이 말한다. "8달러 아닌가요?"

할머니의 표정은 심장마비가 일어나 구급대라도 불러야 할 것만 같다. 후드티의 한쪽 소맷부리로 구깃구깃한 크리넥스 휴지 조각이 튀어나와 있는 모양새가 흰 솜이 밖으로 삐져나와 펄럭거리는 것 같다. 마치 그녀가 항상 끼고 살아서 이제는 폐물이 된 테디베어 인형인 듯.

당신이 머리 굴리는 것을 막으려고 미국 해병이, 그 개자식이 말한다. "9달러."

그러자 그를 막으려고 로켓 과학자가 말한다. "10달러, 10달러로 하겠습니다."

뭔가 꼼수가 있는 게 틀림없다. 할머니가 "1달러 99센트로 할게요" 하자 요란한 음악이 울리고 조명이 깜빡거린다. 진행자가 할머니를 무대로 끌어올리고, 그녀는 울면서 게임을 한다. 테니스공을 던져 소파와 당구대를 얻는 게임이다. 그녀의 늙은 얼굴은 후드티 소맷부리에서 꺼낸 크리넥스처럼 짜부라지고 쭈글쭈글하다. 커다란 목소리가 다른 할머니를 불러 그녀의 자리에 앉히고, 모든 것이 계속 진행된다.

다음 라운드는 감자 가격을 맞히는 것인데, 음식이 되기 전의 진짜 감자, 그러니까 아일랜드나 아이다호, 기타 'I'자로 시작하는 곳에서 광부든 누구든 막 캐낸 생감자다. 감자칩이나 감자튀김으로 만들기 전의.

정답을 맞히는 사람은 무대 한쪽 끝에 세워진 드라큘라 관처럼 생긴 나무상자에 든 커다란 시계를 상품으로 받는다. 교회 종이 달려 있어서 시간을 맞춰놓으면 댕댕 소리가 난다. 당신의 엄마가 전화로 '할아버지 시계'라고 한다. 화면으로 시계를 보여주자 엄마는 싸구려 같다고 말한다.

당신은 텔레비전 카메라와 조명을 받으며 무대에 서 있다. 제타 델트 회원 전원이 당신과 통화 대기 상태이고, 당신은 전화를 가슴에 대고 말한다. "엄마가 알고 싶어해요. 이보다 더 근사한 상품이 또 남아 있나요?"

당신은 화면으로 감자를 보여준다. 엄마가 묻는다. 늙은 진행자가 저걸 A&P에서 샀다니, 아니면 세이프웨이에서 샀다니?*

아빠에게 단축 다이얼로 전화를 건다. 그는 소득세 부담이 어떻게 되는지 묻는다.

어쩌면 헬로키티일지도 모른다. 커다란 드라큘라 시계의 얼굴이 당신을 매섭게 노려본다. 숨겨진 비밀의 눈 같다. 눈꺼풀이 활짝 열려 있고, 이가 보이기 시작하고, 1천조 마리의 살아 있는 거대한 바퀴벌레들이 상자 안에서 이리저리 돌아다니는 소리가 들린다. 슈퍼모델들은 피부가 밀랍처럼 창백하고 아무것도 보지 않은 채 웃고 있다.

당신은 엄마가 말한 가격을 부른다. 미국 해병은 1달러를 더한다. 로켓 과학자는 그보다 1달러 더 높게 부른다. 이번 라운드에서는 당신이 승자다.

모든 감자들이 자그마한 눈을 뜬다.

---

* A&P와 세이프웨이는 미국의 대형 식료품점 체인이다.

다만 이제 당신은 부엌 냉장실을 꽉 채운 암소 한 마리의 우유 가격을 맞혀야 한다. 부엌 선반을 꽉 채운 아침식사용 시리얼의 가격을 맞혀야 한다. 그다음은 둥근 통에 담겨 바다에서 곧장 가져온 천일염이다. 한 사람이 평생 먹을 것보다 많은 양으로, 이 정도 소금이면 마르가리타 수천조 잔의 가장자리에 올리기에 충분하다.

제타 델트 회원들이 일제히 당신에게 미친듯이 문자를 보낸다. 당신의 수신함이 꽉 찬다.

이제 부활절 달걀이다. 평범한 흰 달걀들이 특별한 마분지 상자 안에 담겨 있다. 열두 개 들이다. 순백의 미니멀리즘 그 자체…… 그래서 언제까지 봐도 질리지 않을 것 같다. 이제 당신은 노란색 샴푸처럼 생긴 큰 병을 상대해야 한다. 요리용 오일처럼 진해 보이는데 어디에 쓰는 물건인지는 모른다. 이어 당신이 알아맞혀야 하는 것은 꽁꽁 언 물건의 가격이다.

당신은 한 손을 컵 모양으로 오므려 눈에 대고 쭉 훑어본다. 제타 델트 회원들 모두 섬광에 넋이 나가 있다. 서로 다른 가격을 외쳐대는 소리밖에 들리지 않는다. 5만 달러, 100만 달러, 1만 달러. 머리가 돈 사람들이 그냥 아무 숫자나 외친다.

텔레비전 스튜디오는 어두컴컴한 정글 같고, 사람들은 소리를 꽥꽥 지르는 원숭이다.

입안의 어금니를 악물자 충전재의 뜨거운 금속 맛이 난다. 안쪽 이에 씌웠던 은이 녹은 것이다. 한편, 축축한 땀이 겨드랑이에서 팔꿈치까지 흘러내려 제타 델트 티셔츠 양쪽이 검붉게 물든다. 녹은 은과 분홍색 풍선껌 맛이 난다. 낮인데도 수면 무호흡증처럼 숨이 가쁘다. 의식적으로 숨을 한 번…… 또 한 번…… 쉬어야 한다. 뾰족한 하이힐을 신은 슈퍼모델들이 나와서 방청객에게 전자레인지를, 러닝머신을 들이댄다. 당신은 그것이 정말 좋아 보이는지 가늠하려고 뚫어져라 응시한다. 그들은 당신더러 거시기를 돌려보라고 하고, 그러자 물건이 데굴데굴 구른다. 신은 서로 다른 그림들을 완벽히 어울리게 맞춰야 한다. 그들은 당신이 행동심리학 원론 수업에 사용되는 흰쥐라도 되듯 어떤 베이크드빈 통조림이 더 비싼지 골라보라고 한다. 그 야단이라봐야 상품이 잔디깎이다.

당신의 엄마가 가격을 말해준 덕분에 당신은 관리가 편하고 쉽게 닦이고 얼룩이 지지 않게 비닐이 덮인 물건을 얻는다. 평생 휴가 때마다 재미있게 즐길 수 있고 가족들도 좋아하는 놀이 이용권을 얻는다. 최근 개봉한 블록버스터 서사극과 관련된 구세계 부적 도장을 손에 쥔다.

당신이 어렸을 때 고열에 앓아누워 심장이 쿵쾅거리고 호흡을 가눌 수 없었을 때도, 누가 집에 전자오르간을 가져올지 모른다는 생각을 하면 마음이 편했다. 아무리 아파도 이 쇼를 보고 있으면 열이 내렸다. 번쩍거리는 조명과 안뜰 가구를 보면 기분이 나아졌다. 어떻게든 치유가 되었다.

영원과도 같은 시간이 흐른 후 당신은 마침내 쇼케이스 라운드에 오르는 기회를 잡는다.

당신과 할머니, 둘만 남았다. 그녀는 아까와 마찬가지로 후드티를 입고 있고, 누군가의 할머니일 테고, 세계대전과 핵폭탄의 시대를 살았고, 어쩌면 케네디가家 사람들과 에이브러햄 링컨이 암살

되는 것을 보았을지도 모른다. 지금은 테니스화 발끝을 까딱거리며 손뼉을 치고 있다. 슈퍼모델들과 번쩍거리는 조명에 둘러싸인 그녀에게 커다란 목소리가 SUV 차량과 와이드스크린 텔레비전과 바닥까지 내려오는 모피코트가 상품으로 걸려 있다고 말한다.

애시드 때문이겠지만 영 이해가 되지 않는다.

그러니까 당신의 삶이 너무도 지루하다면, 그리고 라이스어로니와 핫도그 소시지의 가격을 안다면, 런던의 호텔에서 일주일 보내는 것이, 로마행 비행기를 타는 것이 최고의 보상이다? 다른 곳 말고 이탈리아에 있는 로마 말이다. 일상적인 잡동사니가 머리에 잔뜩 들어 있으면 장신의 슈퍼모델이 스노모빌을 준다?

정말로 당신이 얼마나 똑똑한지 알아보는 게임쇼라면, 양파 체다치즈 베이글의 칼로리가 얼마인지 물어봐야 한다. 계속해서, 시간대에 따른 휴대전화 통화료가 어떻게 되는지 물어봐야 한다. 제한속도를 50킬로미터 초과했을 때 벌금이 얼마인지 물어봐야 한다. 봄 휴가철 카보행 비행기 왕복 요금이 얼마인지 물어봐야 한다. 당신은 패닉 앳 더 디스코 재결합 공연의 좋은 좌석 가격을 한 자릿수까지 정확히 댈 수 있다.

롱아일랜드 아이스티의 가격을 물어봐야 한다. 마샤 샌더스의 임신중절 비용도. 헤르페스를 치료하는 비용이 얼마나 비싼지 물어봐야 한다. 가족에게는 이 사실을 감추고 싶겠지만. 유럽 예술사 교재 가격을 물어봐야 한다. 황송하게도 300달러다.

헬로키티 우표를 받느라 얼마나 돈이 들었는지 물어봐야 한다.

후드티 할머니가 쇼케이스의 액수를 적당히 적어낸다. 늘 그렇듯이 그녀가 서 있는 참가자 책상 앞쪽 전광판의 작은 전구들에 불이 들어오며 예상금액이 나타난다.

제타 델트 회원들이 일제히 소리를 지른다. 당신의 휴대전화가 계속 울려댄다.

당신의 쇼케이스를 위해 슈퍼모델이 생 비프스테이크 225킬로그램을 꺼내든다. 스테이크는 바비큐에 들어가고, 바비큐는 모터보트 위에 올라가고, 모터보트는 그것을 끄는 트레일러 안에 들어가고, 트레일러는 픽업트럭에 연결되고, 픽업트럭은 오스틴, 그러니까 텍사스 오스틴에 마련한 새집 차고에 들어간다.

어느새 제타 델트 회원 모두가 일어난다. 자리에서 일어나 의자를 밟고 올라가서 환호하고 손을 흔들어댄다. 당신의 이름이 아니라 "제타 델트!"를 연호한다. "제타 델트! 제타 델트!" 방송에 녹화될 정도로 크게 외친다.

애시드 때문이겠지만, 당신은 난생처음 보는 늙은이를 상대로 원하지도 않는 시시껄렁한 것을 두고 싸우고 있다.

애시드 때문이겠지만, 여기서 당장 경영학 전공을 선언한다. 회계 일반론 수업은 개소리.

뭔가 목구멍을 내려오다가 중간에 턱 걸려 웩웩거린다.

고의로, 우발적으로, 당신은 100만 달러, 1조 달러, 무한 달러 99센트를 써낸다.

일순간 모두가 조용해진다. 라스베이거스 조명이 깜빡거리는 작은 소리만 들리는 것 같다. 깜빡깜빡, 깜빡깜빡.

한참 시간이 흐른 후 게임쇼 진행자가 당신 바로 옆으로 바짝

다가와 낮은 소리로 말한다. "이러면 곤란해. 이 게임에서 이기려면……"

바짝 들이댄 진행자의 얼굴이 수백만 개, 수천만 개의 조각으로 갈라져 보인다. 짜글짜글한 얼굴은 분홍색 화장으로 겨우 붙어 있다. 험프티덤프티 혹은 지그소퍼즐처럼. 영원과도 같은 시작 이래 지금까지 똑같은 게임쇼를 진행해오면서 얻은 전투의 상흔이나 다름없는 주름살. 항상 똑같은 방향으로 빗어넘긴 희끗희끗한 머리.

커다란 목소리가 묻는다—난데없이 우렁차게 울리는 굵은 목소리로, 당신 눈에는 보이지 않는 거인의 목소리로—그가 묻는다. 다시 한번 금액을 말씀해주시겠습니까?

당신은 삶에서 무엇을 원하는지는 모를지언정 그게 할아버지 시계가 아니라는 것은 안다.

100만 달러, 1조 달러…… 당신이 말한다. 너무 큰 숫자라서 참가자 책상 앞의 전광판에 다 들어가지 않는다. 게임쇼 세상의 환한 불빛을 모두 더한 것보다 더 많은 동그라미가 필요하다. 어쩌면 헬로키티 때문이겠지만 두 눈에서 눈물이 줄줄 흐른다. 당신은 어린 아이였을 때 이후 처음으로 다음에 무슨 일이 일어날지 몰라서 운다. 눈물로 티셔츠 앞이 엉망이 된다. 붉은색이 거무스름해져 그리크 오메가 딜을 알아볼 수 없다.

방청석에 내려앉은 거대한 침묵 속에 제타 델트 회원 한 명의 목소리가 들린다. "꺼져버려!"

당신 전화기의 작은 액정에 문자가 뜬다. '병신 같은 자식!'

문자? 당신의 엄마가 보낸 것이다.

후드티 할머니가 승리의 눈물을 흘린다. 당신은 어떻게 된 영문인지 몰라서 흐느낀다.

결국 스노모빌과 모피코트는 할머니 차지다. 모터보트와 비프스테이크도. 식탁과 의자와 소파도. 양쪽 쇼케이스의 모든 상품이 그녀의 것이다. 당신이 써낸 가격이 턱없이 높아서다. 그녀는 좋아서 팔짝팔짝 뛰고 새하얀 의치를 보이며 연방 미소를 짓는다. 게임쇼 진행자는 모두에게 손뼉을 치라고 한다. 제타 델트 회원들만 따르지 않는다. 할머니의 가족이 무대로 올라온다. 자식들, 손자들, 증손자들 모두 무대를 돌아다니며 번쩍거리는 SUV 차량을 만져보고 슈퍼모델을 만져본다. 할머니는 게임쇼 진행자의 쩍쩍 갈라진 분홍색 얼굴 여기저기에 빨간 립스틱의 키스 자국을 남긴다. "감사합니다. 감사합니다." 그녀가 말한다. "감사합니다"를 연발하다가 눈동자가 뒤로 돌아가고 후드티의 가슴께를 움켜잡을 때까지.

서맨사의 일기

다이애나 윈 존스

BSQ 스피크이지 시리즈 2/ 89887BQ에 녹음되었고, 런던 리젠트 스트리트의 쓰레기통에서 발견됨.

2233년 12월 25일
피곤해서 빈둥거리고 있는 중. 엄마 생일파티에 참석했다가 어젯밤 늦게 파리에서 돌아왔다. 동생은 임신중이라 참석하지 못했고(게다가 스웨덴에 산다), 엄마는 딸 중에 하나라도 새아빠를 보러 와야 하지 않겠냐며 고집을 피웠다. 사실 목적은 다른 데 있었다. 엄마는 한 무더기의 남자들을 내게 소개해주면서 그들이 얼마나 부자인지 말했다. 나도 엄마의 궤적을 밟도록 만들 모양이다. 기본적으로 돈을 보고 하는 결혼 말이다. 고마워요, 엄마. 하지만 돈은 패션쇼 무대에 서는 것만으로 충분히 벌고 있다. 게다가 리엄과 헤어진 후 남자와는 잠시 거리를 두고 있는 중이다.

엄마가 수집한 보석 가운데는 나를 졸졸 따라다니며 "La vide cc n'est pas le nknt"('진공이 곧 무無는 아니다'라는 뜻의 기발한 프랑스식 말장난 같다)라고 말한 프랑스 철학자도 있었고, 자꾸 내게 몸을 기대려고 한, 눈이 사시인 콜롬비아 영화감독도 있었다. 어디서 이런 사람이 왔나 싶은, 모조 다이아몬드 치아를 해넣은 괴팍한 백만장자도 있었다. 나는 새로 산 스틸트스킨을 신은 바람에 그들보다 우뚝 솟아 있었다. 실수였다. 그들은 내가 어디 있는지 금세 알았다. 졸졸 따라다니는 그들에게 질려서 결국 자리를 떴다. 심야 고속열차를 잡아타고 런던으로 돌아왔다. 열차는 이름만 고속이지 늦은 시간인데도 만원이라서 내내 서서 와야 했다.

지금까지도 발이 아프다.

아무튼 방해받지 않고 평화로운 시간을 보내고 싶어서 하우스봇에게 상대가 누가, 무엇이 되었든 부재중으로 응답하도록 지시했다. 예전에는 크리스마스에 사람들이 모여 선물을 주고받았다니 생각만 해도 웃긴다. 몸서리가 쳐진다. 오늘날에는 크리스마스를 가장 평화로운 날로 여긴다. 나는 순백의 거실에 앉아 평온을 즐기고 있다. 생각해보니 이것도 다 엄마의 덕이다. 이 멋진 아파트도 새아빠가 사준 선물이니 말이다. 아니, 그전 새아빠였나? 모르겠다.

이런! 누군가 초인종을 눌렀고 하우스봇이 응답했다. 응답하지 말라고 했는데.

이제는 크리스마스 선물 같은 걸 주고받지 않는다고 내가 말했던가? 그런데도 꼭 하는 사람이 있다. 하우스봇이 평평한 꼭대기에 하필이면 트리를 얹고 이쪽으로 굴러왔다. 어떤 종류의 나무인지 모르겠다. 잎이 하나도 없고, 보낸 사람의 표찰도 없었다. 가지에 작은 고리버들 새장만 달랑 매달려 있고, 그 안에 몸집이 꽤 큰 갈색 새 한 마리가 있었다. 새장을 열어주자 빌어먹을 새가 내 손을 쪼았다. 기분이 안 좋았나보다. 녀석은 소파 밑으로 숨으면서 카펫에 똥을 쌌다.

크리스마스트리는 무릇 자연 속에 있어야 하는 법. 하우스봇더러 바깥 안뜰의 수영장 옆에 갖다두게 했다. 거기서 나무는 앙상해 보였다. 새가 배가 고픈지 카펫을 쪼아먹으려고 했다. 넷에 들어가 어떤 종류의 새인지 알아보았다. 한 시간을 뒤진 끝에 자고새로 짐작되는 사진을 찾아냈다. 사냥이 합법인 새인 것은 분명했다. 녀석을 잡아먹으라는 건가? 옛날에는 크리스마스에 새를 먹었다고 알고 있다. 웩. 넷에 다시 들어가 자고새가 뭘 먹는지 알아보았다. "고객님, 죄송하지만 조류 사료 전품목 할인행사에 들어가는 12월 27일부터 배달 서비스가 재개됩니다." 그래? 그럼 당장 어쩌지?

와, 하우스봇이 옥수수 통조림을 해결책으로 내놓았다. 접시에 담아 소파 밑에 밀어넣었더니 새 울음소리가 그쳤다.

나무에도 뭘 좀 줘야 하나?

2233년 12월 26일

말도 안 돼! 나무가 또 배달됐다. 또 자고새가 든 새장과 함께. 이번에는 반송하려고 현관문까지 후다닥 뛰어갔다. 최소한 배달원에게 누가 보낸 건지 물어보려 했다. 하지만 배달원은 내게 예쁜 흰

비둘기 한쌍이 든 새장을 내밀고는 가버렸다. 그가 몰고 떠난 밴에는 회사 로고도 붙어 있지 않았다. 나는 문을 열어준 하우스봇에게 애꿎은 화풀이를 했지만 소용없는 일이었다. 하우스봇은 구사할 줄 아는 문장이 육십 개밖에 되지 않다보니 내가 소리를 끌 때까지 "부인, 배달 왔습니다"라는 말만 반복했다.

소파 밑에서 자고새끼리 싸우게 내버려두었다.

비둘기장을 안뜰로 가져가서 열었다. 그런데 이 녀석들이 참 잘도 날아가네! 나는 녀석들에게도 꼼짝없이 붙들린 신세가 되었다. 그래도 귀리죽은 먹겠지. 자고새는 먹지 않는다. 이젠 옥수수 통조림도 다 떨어졌다.

포기했다. 오늘 하루는 옛날 영화나 보면서 시간을 보낼 작정이었다.

리엄이 전화했다. 어쩜 새 네 마리랑 나무 두 그루나 보낼 수 있느냐고 나는 따졌다. 그가 말했다. "뭔 소리야? 네가 아직도 내 손목시계를 차고 있는지 물어보려고 전화했는데." 나는 전화를 끊었다. 멍청한 놈.

2233년 12월 27일

오늘부터 할인행사 시작! 불쾌하기 짝이 없는 새들에게 모이를 주느라 사이트에 늦게 들어갔다. 그런 다음 조류 사료 사이트에 가보니 실망스럽게도 배달은 최소 20킬로그램부터 가능했다. 그 많은 모이를 어디 두라고? 컴퓨터를 끄고 동네 가게에 가봤다. 여전히 닫혀 있었다. 내친김에 카나비가까지 걸어가서 문 연 가게를 찾아 옥수수 통조림 열 개를 사 들고 왔다. 해러즈에서 칼라와 사브리나와 함께 커피를 마시기로 약속했는데 너무 늦게 도착해서 만나지 못했다.

일진이 안 좋은 날이다. 게다가 할인 매장에서 살 만한 물건을 하나도 건지지 못했다.

스틸트스킨 때문에 아픈 발을 이끌고 집에 돌아오니 거실 한복판에 또다시 배달된 나무가 떡하니 놓여 있었다. 나무에 묶인 자고새 한 마리, 새장에 든 흰 비둘기 한쌍까지는 똑같고 커다란 우리에 든 다른 새 세 마리가 추가되었다. 이것들을 옮기는 데만도 꽤 시간이 걸렸다. 그러다 문득 내가 어렸을 때 두번째 아빠가 사준 그림책이 생각났다. 'Hen'의 'H'자 아래 이와 비슷하게 생긴 새가 있었다. 다만 책에 그려진 놈은 둥글둥글하고 갈색에 순하게 생겼다. 암탉은 그렇게 생긴 모양이었다. 이렇지는 않았다. 암탉인 것 같기는 하지만, 심술궂은 마녀 같은 얼굴, 보기 싫게 얼룩덜룩한 깃털, 머리 위의 늘어진 빨간 부위가 꼭 외계 생명체 같았다. 내가 집에 도착했을 때만 해도 녀석들은 서로 맨살을 쪼아대느라 정신없었다. 추하고 작은 깃털이 방안에 가득했다. 나는 하우스봇에게 빽 소리를 지르며 전부 안뜰로 내가라고 했다. 그러고서 서둘러 닭들을 풀어놓았다. 녀석들은 꼬꼬댁거리고 돌아다니면서 자고새, 화분, 세 그루의 나무를 쪼아댔다. 딱 봐도 배가 고픈 모양새였다. 나는 한숨을 쉬고 조류 사료 사이트에 다시 들렀다. 문제가 있었다. 어떤 종류의 새를 위한 모이인가요? 라는 질문이 나왔다. 나는 암탉, 비둘기, 자고새라고 입력했다. 20킬로그램짜리 자루 세 개가 배달되었다. 자루마다 다른 라벨이 붙어 있었지만 내용물은 내가 보기에 똑같았다. 세 자루 모두 개봉해서 안뜰에 조금씩 뿌리고 자고새 몫으로 실내에도 뿌렸는데, 다들 종류를 가리지 않고 먹었다.

그러고 나니 피로가 몰려왔다. 칼라와 사브리나에게 전화를 걸었다. 사브리나는 못 말리는 애였다. 반값 할인하는 분홍색 스틸트 스킨을 찾아내고서 머릿속이 온통 그것을 살까 말까 하는 생각뿐이었다. "동전 던지기로 정해." 그나마 칼라는 내 처지를 이해해주었다. "도와줘! 자꾸만 새를 보내는 스토커에게 괴롭힘을 당하고 있어."

"리엄이 장난치는 거 아냐?" 칼라가 말했다. 과연 그럴듯했다. 그가 시계니 뭐니 물었던 건 핑계고, 실은 내가 집에 있는지 확인하려 전화했던 것이다. "그리고 네 하우스봇인가 뭔가 하는 녀석한테 동물 들이지 말라고 말 안 했니?"

"했지! 했어. 그런데도 젠장 더럽게도 말을 안 들어먹네."

"프로그램을 다시 깔아!" 칼라가 조언했다. "오류가 생긴 게 틀림없어."

혹시 리엄이 프로그램을 새로 깔았나? 그래서 한 시간이나 매뉴얼을 붙들고 버튼을 누르다가 열이 뻗쳐서 리엄에게 전화를 하고 말았다. 자동응답기가 받았다. 그럴 줄 알았어! 험한 말을 잔뜩 해주었다. 그는 뭐라는지 잘 알아듣지도 못할 것이다. 하우스봇이 청소를 하다가 깃털에 구멍이 막혀 요란하게 윙윙거리고 있었기 때문이다. 어쨌든 기분은 한결 나아졌다.

2233년 12월 28일

할인 매장에서 매우 즐거운 오전을 보내고 쇼핑백 여섯 개를 들고 집에 돌아오니 앵무새 네 마리가 기다리고 있었다. 물론 자고새 한 마리(나무도), 비둘기 두 마리, 암탉이라 부르기도 뭣한 녀석 세 마리도 함께. 하우스봇은 내가 프로그램을 다시 깔려고 한 적이 없는 듯 노력을 무위로 돌렸다. 안뜰은 이제 배설물로 작은 숲을 이루었다. 비둘기는 나무 위에 앉았고, 암탉은 그 아래를 바삐 돌아다녔다. 실내는 종종걸음치는 자고새 네 마리와, 앵무새가 걸터앉는 용도지만 거들떠보지도 않는 커다란 고리 네 개의 차지였다. 빨간 앵두새는 내 침실을 좋아했다. 녹색 녀석은 욕을 해대며 계속 날아다녔다. 알록달록한 두 녀석은 앵두새용 횃대만 아니면 아무 데나 걸터앉았다. 결국 횃대를 옷장에 집어넣었다. 하우스봇이 돌아다니면서 자꾸 부딪혔기 때문이다. 앵무새용 모이 20킬로그램을 주문했는데 이번에는 확실히 지난번 것과 달랐다. 앵무새는 모이를 접시에 담아 식탁에 올려놓아야 먹었다. 가끔씩 방을 돌아다니다가 미친 사람처럼 헛웃음을 터뜨렸다. 내가 적응한 걸까, 체념한 걸까.

아냐! 그럴 리 없어.

누가 가르쳤는지 이 망할 앵무새들은 이제 하루종일 "서맨사, 사랑해!"를 외치고 있다.

나는 수수한 옷을 걸치고 스틸트스킨을 신고 리엄의 아파트로 쳐들어갔다. 그는 꼴이 형편없었다. 잠옷 차림에 면도도 하지 않고 머리도 빗지 않았다. 그래서 술에 취한 줄 알았다. 집안 꼴도 똑같이 끔찍했다. 그가 문을 열자마자 목청껏 소리를 지르며 밀고 들어갔으므로 그 꼴을 똑똑히 보았다. 그가 잠옷 차림이어서 화가 더 났다. 보나마나 안에 여자가 있다는 뜻이었기 때문이다. 하지만 아무도 없었고 그는 그냥 늘어져 있다 나온 것뿐이었다. 그가 말했다. "제발 소리 좀 그만 지르고 차근차근 설명해봐." 그래서 자초지종을 말했다. 그가 웃음을 터뜨렸다. 그 모습에 화가 치밀어 소리를 질렀다. "네가 새들로 나를 스토킹하고 있는 거잖아!" 놀랍게도 눈물이 왈칵 쏟아졌다.

더 놀랍게도 리엄은 다정하게 반응했다. "이것 봐, 새미, 너 앵무새가 얼만지는 알아?" 몰랐다. 그가 말해주었다. 아주 비쌌다. "앵무새 값을 안다고 또 의심할까봐 미리 말해두는데, 지난달 앵무새에 관한 기사를 읽은 것뿐이야. 언제부터 나한테 앵무새 네 마리를 살 만한 돈이 있었다고 그래? 그리고 나는 암탉을 어디서 사는지 몰라. 자고새는 말할 것도 없고. 그러니 네게 이런 짓을 하는 건 딴 놈이야. 내가 아니라. 이런 장난을 치려면 부자여야 해. 하우스봇에 접근해서 네 명령을 무시하고 새들을 안으로 들이게 할 만큼 똑똑해야 하고. 그러니 네가 아는 부자들을 잘 생각해보고 이런 짓을 할 법한 놈한테 가서 소리를 질러. 나한테 이러지 말고."

나는 굴복했다. "그러니까 괜히 헛걸음한 셈이네. 발만 아프게."

"그거야 네가 그런 멍청한 신발을 신고 있으니까 그렇지."

"똑똑히 말하는데 이거 스틸트스킨 신상품이야. 얼마나 비싸게 주고 산 건데."

그는 웃음을 터뜨려 내 화를 돋우더니 말했다. "그럼 택시 타고 집에 가."

택시를 기다리는 동안 리엄이 내게 한 팔을 두르고는—우리가 헤어졌다는 사실을 잊은 듯 스스럼없이—말했다. "가여운 새미, 좋은 생각이 있어. 그거 어떤 나무야?"

"내가 어떻게 알아? 잎도 다 떨어지고 없는데."

"거 문제네. 그럼 부탁 좀 하자. 스토커가 다음에 또 어떤 비싼 걸 보냈는지 내게도 알려줘."

"봐서." 그때 택시가 왔다. 나는 최신형 택시가 마음에 안 든다. 기계로 작동하는 계산서가 미터기에서 나와 '팁'이라고 말하며 만만치 않은 금액을 요구한다. 그래도 리엄이 한 짓이 아니라는 것을 알았으니 영 헛걸음은 아니었다.

2233년 12월 29일

리엄이 무슨 생각을 하는지 모르겠지만 그의 말이 맞았다! 나무와 새들이 또 도착했다. 자고새 한 마리, 암탉 몇 마리, 비둘기 몇 마리, 앵무새 네 마리가 더 시끄러운 놈들로 왔다. 나를 배신하고 이것들을 집에 들인 하우스봇이 알아서 하게 내버려두었다. 그래도 먹이를 주는 건 내가 직접 해야 했다. 살아 있는 생명체에게 먹이를 주도록 하우스봇의 회로망을 조정하는 것이 불가능하기 때문이다. 하우스봇은 내가 그만두라고 명령하지 않는 이상 그저 돌아다니면서 새 모이 더미를 청소할 뿐이었다. 어쨌든, 닭장들과 새로 온 나무를 안뜰로 옮기게 내버려두고 할인 매장으로 출발했다. 계단을 반쯤 내려왔을 때 배달원이 와서 작은 꾸러미를 내밀며 서명하라고 했다.

누군가가 이제는 책을 보냈다! 넌더리가 나서 집으로 다시 들어갔다. 열어보지 말까 생각도 했지만, 리엄의 말도 있고 해서 열어보기로 했다. 얼마나 귀한 책일까? 포장지를 뜯으며 생각했다. 오래된 성경? 『위니 더 푸』 초판본? 그런데 책이 아니었다. 책 크기의 보석 상자가 바닥에 떨어졌다. 하우스봇이 치우기 전에 얼른 집어들었다. 열어보고는 헉하고 놀랐다. 다섯 개의 반지가 들어 있었는데 하나같이 번쩍거리고 값비싸 보였다. 하나는 다이아몬드—모조인지는 모르겠지만—가 잔뜩 박혀 있고 다른 반지들도 사파이어, 에메랄드 같은 값진 보석들로 장식되어 있었다. 모두 금반지 세팅이었다. 그리고 상단에 쪽지가 있었는데, 직접 쓴 게 아니라 가게 점원이 쪽지를 넣어달라는 부탁을 받고 쓴 것처럼 둥글고 정성스러운 필체였다. '당신을 열렬히 사모하는 이로부터. 나와 결혼해주세요.'

"미쳤냐? 너랑 결혼하게!" 나도 모르게 소리를 질렀다.

반지는 다 너무 작았다. 그것만 봐도 리엄은 아니었다. 그는 전에 내게 약혼반지를 사준 적이 있어서 내 손가락이 조금 굵다는 것을 안다. 물론 교활하게도 일부러 그랬을 가능성도 있지만. 어쨌든 반지를 보낸 사람은 아주 화려한 취향인가보다. 모양새가 꼭 어른들이 어린 여자애에게 선물하는 플라스틱 유리 반지 같길래 할인 매장에 가는 길에 상자째 챙겨가 보석감정사에게 봐달라고 했다. 전부 진짜였다. 다 팔면 스틸트스킨 다섯 켤레는 살 수 있었다. 세상에!

원래는 리엄에게 말할 생각이었다. 그런데 옥스퍼드가에서 칼라와 만나면서 까먹고 말았다. 그녀는 내 얘기를 듣더니 정체를 알 수 없는 스토커랑 결혼할 생각이 있느냐고 물었다. "전혀!" 내가 말했다. "우리 엄마라면 그럴지도 모르지."

2233년 12월 30일

맙소사! 이제는 거위 여섯 마리가 왔다. 물론 나무, 자고새, 비둘기들, 암탉들, 앵무새 네 마리도 같이(열두 마리가 된 앵무새들이 생난리를 치고 있다). 거위라니 믿기지 않았다. 내가 현관으로 갔을 때는 한 팀의 인부들이 이 녀석들을 집안으로 들여놓은 뒤였다. 하우스봇 위에 올라탄 녀석도 있었다. 거위는 덩치가 컸다. 게다가 온순하지도 않았다. 너무 커서 소파 밑에 숨은 자고새를 공격하지는 못하고 다섯 놈이 안뜰로 나가 암탉들을 일거에 제압했다. 밖에서 나는 꽥꽥, 꼬꼬댁 소리에 안에서 질러대는 앵무새 소리가 묻혀버렸다. 거위 한 마리는 실내에 그대로 있었다. 소파 쿠션에 앉아서 알을 품으려는 모양이었다. 밖에 나가 무리와 어울리게 해보려고 했더니 성을 내며 목을 길게 빼고 부리로 쪼아댔다. 그래서 이 녀석은 소파에 그대로 앉아 있게 되었다. 커다랗고 하얀 보트처럼 생겨서 가끔씩 방해하지 말라는 듯 노란 부리를 휙 돌리면서 단춧구멍 같은 눈으로 노려봤다.

그나마 오늘 아침 있었던 좋은 일이라면 지난번과 같은 배달원이 또 반지 소포를 들고 나타났다는 사실이다. 친절한 청년이었다. 선망의 눈으로 나를 바라보았다. 수령증에 서명하는 동안 그가 머뭇거리더니 이렇게 말했다. "실례지만, 텔레비전에 나오는 패션모델 아니세요? 캣워크?" 그렇다고 했다. 현재 출연중인 방송은 없지만. 그는 완전히 감명을 받은 듯 비블비블 사라졌다.

오늘 받은 반지들은 모두 앤티크 팬시 골드였다. 어제와 같은 메시지도 들어 있었다. 리엄은 그의 아파트, 봉급, 영혼을 몽땅 저당 잡혀도 이런 것 하나 살 형편이 못 된다. 그를 용서한다.

거위에게 먹이를 줘야겠다 싶어서 조류 사료 사이트에 다시 들렀다. 그들은 시퍼렇고 끈적끈적한 사료가 든 방수 자루를 보냈다. 그런데 거위들은 관심을 보이지 않았다. 대신 닭모이를 먹어치웠다. 닭들이 항의했지만 또다시 쫓겨나고 말았다. 이 난리통을 수습하려고 닭모이 한 자루를 통째로 안뜰 구석에 쏟아부었는데 이것 때문에 또 싸움이 벌어졌다. 그때 비가 내려 거위들이 모두 실내로 들어왔다. 안뜰에 면한 미닫이문을 자동으로 여닫는 센서는 하우스봇이 밖으로 나가 수영장 청소를 할 수 있도록 낮게 설정되어 있는데, 그 높이가 딱 거위만했던 것이다.

그 순간 나는 우주에서 똥오줌을 가장 못 가리는 생물이 거위라는 사실을 알게 되었다. 내 생활공간은 이제 배설물 천지였다. 거위들이 커다란 세모 발로 그것들을 밟고 뒤뚱뒤뚱 돌아다녔다. 괜히 건드렸다가는 화를 당할 것 같았다. 나는 열이 뻗쳐서 리엄에게 전화를 걸었다.

그가 말했다. "전화하지 마. 하우스봇이 조작될 정도면 아마 네 전화도 도청당하고 있을 거야. 모퉁이 카페에서 만나자."

내 전화를 이렇게밖에 못 받아? 게다가 그 카페는 우리가 사귈

때 만나던 곳이잖아? 나는 이를 갈면서도 비옷을 입고 나갔다.

그는 비를 맞으며 밖에 서 있었다. 비옷을 입으니 멋져 보였다. 내가 좋아하는 커피가 뭔지도 잘 알고 주문했다. "이젠 또 뭐야? 거위라도 보냈나?"

나는 소스라치게 놀랐다. "그걸 어떻게 알았어?"

"그리고 어제랑 오늘 금반지 다섯 개?"

"맞아, 그런데 너무 작아."

"아하." 그는 왠지 재미있어하는 눈치였다. "그렇다면 너를 흠모하는 사람은 그냥 부자가 아니라 대책 없는 낭만파야. 옛날 노래 가사에 맞춰 구애의 선물을 보내고 있어. 이백 년 전에 되게 유명했던 〈십이 일간의 크리스마스〉라는 노래야."

"누구든 간에 내가 얼마나 화나 있는지 모르는 게 확실해."

"그 멍청한 작자는 너한테 구애한다고 생각할걸. 아마 중세 복장이나 무기를 걸치고 느릿느릿 걸어다니는 모임의 회원일 거야. 하지만 너희 하우스봇을 길들일 정도로 첨단 기술에 밝은 편이고. 전화도 도청하고 있을걸. 그러니 네가 아는 부자들 중에 이런 조건에 맞는 사람을 찾아봐. 한번 잘 생각해보라고."

이제껏 생각해보려고 애를 썼다. 하지만 침대 가로널에 앵무새들이 줄지어 앉아 있고, 나머지 녀석들은 사랑한다고 소리치며 덮치듯 날아오는 환경에서 생각하기가 어디 말처럼 쉬운가. 생각이 제자리에서 맴돌았다. 나는 앉아서 커피잔으로 똑똑 떨어지는 빗방울을 바라보면서 머리를 쥐어짰다. 내가 아는 부자는 많다. 직업이 직업이다보니 말이다. 하지만 대개 언론 관계자들이고 낭만과는 거리가 멀다. 상상 이상으로 냉소적인 이가 많다. 내가 그중 한 명을 언짢게 했나…… 그리고 패션디자이너는 대부분 게이인데.

"음, 그렇다면 다른 추측도 가능해." 리엄이 말했다. "매력이 전혀 없는 남자일 수도 있어. 여자들의 관심을 끌려고 많은 돈을 쓰고 다녔을 거야. 사실 좀 한심하지."

그 순간 엄마가 크리스마스이브에 소개해주었던 정말 밥맛인 남자들이 생각났다. "바로 그거야!" 나는 소리쳤다. "고마워, 리엄! 저녁에 엄마한테 전화해야겠어."

"너희 엄마가 벌인 일 같지는 않은데."

"아니, 그게 아니라." 자초지종을 설명했더니 그도 내 짐작이 맞을 것 같다고 했다. 우리는 한참 그 얘기를 나누었다. "그건 그렇고 나무는 배나무일 거야." 그가 목록을 건네주며 말했다. "그렇다면 다음에 무슨 일이 일어날지도 예상할 수 있어." 그러고는 일어나 자리를 떴다.

나는 너무 화가 나서 목록을 읽어보지도 않았다. 봤어야 했는데.

2233년 12월 31일, 섣달 그믐날

오늘 가야 할 파티가 세 곳이다. 새들에게 점령당한 아파트에서 되도록 빨리 벗어나고 싶다. 그전에 엄마에게 전화를 했다. 고래고래 소리를 질렀다. 엄마도 처음에는 내가 미친 줄 알았을 것이다. 하지만 진정하고 거위들 이야기를 했더니—집에 돌아와보니 소파에 앉은 놈은 기어코 알을 낳았다—그제야 내게 진짜 문제가 생겼다는 것을 이해하기 시작했다. 엄마는 돈 얘기를 할 때처럼 조심스러우면서도 품위 있게 말했다. "아마 프란츠 도데카를 말하나본데. 물론 그 사람이 그런 일을 했다는 뜻은 아니야. 멀티폰이랑 스피크이지, 하우스홀드 로보틱스가 다 그 사람 거야. 아주 부자란 말이지. 당연하게도 아주 존경받는 사람이고."

"엄마가 소개해줬던 괴짜들 중 누구야?"

"괴짜라니, 얘가." 엄마는 나무라듯 말했다. "매력적인 모조 다이아몬드 치아를 한 분인데, 기억나지?"

그 섬뜩한 남자가 도데카? 어울리지도 않는 세로줄무늬 양복을 입은 작고 뚱뚱한 남자? 창백하고 주근깨투성이인 얼굴, 역시 주근깨투성이인 두피 위로 숱이 적은 붉은색 머리카락을 쓸어넘긴 그 남자? 그는 내내 그 끔찍한 번득거리는 이빨을 드러내며 내게 소름끼치는 웃음을 지어 보이고 있었다. 이 멍청이가 내 일기, 전화, 하우스봇을 소유하고 있는 작자라니! 이빨에 목구멍이나 막혀버리라지. "그 사람한테 전해줘. 이제 새들 보내지 말라고. 그래봐야 소용없다고. 원래도 관심 없었지만 이딴 식으로 괴롭히는 바람에 정나미가 다 떨어졌다고. 제발 꺼지라고 그래!"

엄마가 항변했다. 집안에 큰돈이 굴러올 기회를 차버리는 게 영 내키지 않는 것이었다. 하지만 설령 우주가 다 그의 것이라 해도 그런 등신이랑 결혼하는 일은 절대 없을 거라고 열 번도 넘게 말하니까, 그제야 이렇게 대꾸했다. "얘야, 그럼 내가 전화해서 좀더 세련된 방식으로 하라고 말할게."

엄마가 친애하는 프란츠에게 전화를 했는지 모르겠지만 별 소득이 없었다. 오늘 아침에는 백조가 도착했다. 그것도 일곱 마리나.

그리고 거위 여섯 마리 등등과 금반지 다섯 개도 추가로 받았다. '당신을 영원히 사모하는 프란츠'라고 적힌 섬뜩한 애원의 쪽지도 들어 있었다. 가게 점원이 굴려 쓴 필체로 보니 더욱 기괴했다. 엄마가 전화를 하긴 한 모양이다. 자신의 정체가 탄로났다는 것을 아는 것 같으니. 그런데도 하던 짓을 멈추지 않을 작정인가보다.

백조는 마취된 채로 배달되었다. 축 늘어진 녀석들을 배달원들이 한아름 안고 거실을 지나 안뜰로 데려갔다. 그러고는 조심스럽게 풀장에 밀어넣었다. 거위들이 뒤뚱거리며 따라갔다. 이제 열두 마리가 된 녀석들은 아무데나 알을 낳았다. 암탉—이쪽도 알을 낳았다—과 소리지르는 새로운 초록 앵무새 한쌍으로는 부족하다는 듯이 말이다. 백조는 내가 외출하러 나설 때 막 깨어났다. 그전에 하우스봇이 오믈렛을 만들어주려 했는데 하마터면 토할 뻔했다.

2234년 1월 1일, 새해 첫날

오, 살았다! 하긴 도데카 같은 백만장자도 새해 첫날 택배를 보낼 수는 없겠지. 새가 오지 않았다. 다른 아무것도. 살았다! 백조랑 거위가 싸우지나 않으면 좋겠는데. 오늘 새벽 네시쯤 돌아와보니 집안 냄새가 말이 아니었다. 끔찍했다. 새똥에 썩어가는 모이에 빠진 깃털까지. 하우스봇으로는 감당이 안 되었다.

스틸트스킨 신는 것도 포기해야 하나. 어젯밤 이후로 발이 계속 아프다. 엄지발가락이 뒤틀린 모양이다. 정신없이 놀았던 기억이 어렴풋하지만, 마컴스의 불꽃놀이 파티에서 리엄과 우연히 마주쳤던 기억은 똑똑히 난다. 리엄이 내 스틸트스킨을 비아냥대더니 자기가 준 목록을 읽어보았느냐고 물었다. 나는 알고 싶지 않다고 대답했다. 친애하는 프란츠 씨에 대해서도 말해주었다―그랬던 것 같다. 전화를 바꾸고 하우스봇도 버리라고 리엄이 주장했던 기억이 가물가물 난다. 뭘 알고나 하는 소리인지!

그나저나 내일은 더 많은 백조와 거위가 집에 올 텐데. 엄마 힘으로도 멈출 수가 없으니. 이제 안뜰 수영장에 새가 들어갈 공간도 없다. 그때 갑자기 옆집 저택이 생각났다. 내 전전 새아빠 소유인데 널따란 정원에 소위 장식용 연못까지 갖추고 있다. '새아빠 5번'으로 전화해야겠다. 내가 알기로 그는 엄마와의 결혼생활에서 회복하느라 아직도 발리의 오두막에서 지내고 있다.

어렵사리 전화가 연결되었다. 그는 언제나 그렇듯 이번 일과 관련해서도 내게 자상했다. "하는 짓이 너희 엄마랑 똑같네! 프란츠 도데카를 내가 좀 아는데, 자기밖에 모르는 부자인데다 강박적이기까지 하지. 여기 발리로 와라. 그가 괴롭히지 못하게 돌봐주마."

음, 그럴 수는 없었다. 근친상간 같은 느낌이 들었다. 대신 옆집 정원을 쓰게 해달라고 부탁했다. 그는 흔쾌히 응하면서 출입문 암호를 알려주었다. 그러면서 관리인 겸 정원사가 싫어할지도 모르니 윌킨슨 씨에게 전화해서 얘기해두겠다고 했다. "그리고 연락 좀 자주 해라. 여기 발리는 매일매일이 똑같아. 나한테는 맞긴 한데 가끔은 먼 데 소식도 듣고 싶어."

2234년 1월 2일

새아빠 5번에게서 허락을 받아내어 다행이다. 전날 왔어야 할 백조와 갓은 새들이 도착했다. 오늘 몫까지 더해져 축 늘어진 백조는 열네 마리가 되었고, 거위 열두 마리가 더 왔다. 녀석들을 전전 새아빠 집의 현관문을 지나 정원 언못으로 옮기도록 안내했다. 서위들은 그곳이 마음에 드는 눈치였다. 나무, 비둘기, 암탉이 왔을 때도 마찬가지로 안내했다. 하지만 앵무새는 보기보다 약하다고 해서 그냥 집안에 데리고 있기로 했다. 금반지 열 개가 더 늘었다.

이제 새 모이가 심각하게 부족한 지경이 되었다. 동네 가게에 가봤지만 내일까지 문을 닫았다. 조류 사료 사이트도 이번주는 휴무였다.

말도 안 돼! 백조 따위가 아니었다. 동네 가게 앞에서 막 길을 건너려는데 음매 하고 울며 타박타박 걸어오는 소떼가 보였다. 여덟 마리였다. 여덟 명의 아가씨가 소떼를 몰았고, 당연히 남들의 시선을 의식하는 표정이었다. 운전자와 보행자가 너나없이 멈춰 서서 구경했다. 피카딜리에서부터 따라온 사람도 있는 듯했다. 아무렴, 요즘 런던에서 소를 구경하는 일이 흔하겠나.

창자가 꼬이는 것 같았다. 내 앞으로 온 소떼라는 것을 알았다. 실제로 그랬다. 대체 도데카라는 이 작자는 무슨 생각을 하기에 내가 여덟 마리의 소를 받고 좋아하리라 여기는 걸까? 소떼는 낭만과는 거리가 멀어도 한참 멀다. 코는 질질 흘리지, 걷는 내내 똥을 싸대지. 내가 안내해 새아빠 5번의 근사한 현관을 지나 정원으로 나갈 때까지 계속 똥을 쌌다. 소몰이 아가씨들에게 말했다. "내키면 이 집에서 자고 가요. 침실이 열네 개니까요. 길 따라 내려가면 테이크아웃 피자집도 있어요. 편할 대로 지내요." 그즈음 나는 머리가 상당히 어질어질했다. 앵무새도 도움이 되지 않았다.

이제 상황이 점입가경으로 흘렀다. 소떼를 넣고 나서 삼십 분쯤 지나서 윌킨슨 씨가 집으로 찾아와 소들이 잔디를 밟는다며 고함을 질렀다. 서둘러 녀석들을 처리하겠다고 말했다. 엄마에게 전화할 작정이었다. 도데카의 전화번호를 얻어내 당장 여기 와서 가축들을 치우라고 전화할 것이다. 본인은 얼마나 가축들을 사랑하는지 두고 봐야지. 하지만 그러기 전에 가슴이 높이 솟은 깐깐한 여자가 문간에 나타났다. 조류보호재단에서 나왔다며, 길 건너 이웃들이 동물학대로 나를 신고했다고 했다. 그들이 셈해보니 내 집에 백일곱 마리의 다양한 새들이 배달되었는데—참견도 잘해서!—이 새들을 다 수용하기에는 집이 좁단다. 더 넓은 곳에 새들을 풀어놓지 않으면 기소될 수도 있다고 했다.

윌킨슨 씨도 다녀간 마당에 그런 말까지 듣게 되자 인내심이 바닥났다. 그녀더러 당장 꺼지라고 했다.

2234년 1월 3일

아니, 인내심의 끝을 본 건 오늘이었다. 어젯밤 엄마에게 전화해서 한참 말다툼을 벌인 끝에 도데카의 개인 전화번호를 알아냈다. 그런데 뭐라고 말해야 할지 몰랐다. 앵무새 때문에 생각하기가 어려웠다. 게다가 오 분에 한 번꼴로 벌어지는 백조와 거위의 한바탕 전쟁까지. 맙소사, 새들이 이토록 사악한 존재일 줄이야! 거위 알을 깔고 앉아 도데카에게 전화하려다가 그만둔 터였다. 오늘은 꼭 전화하리라 마음먹었다.

소몰이 여자들이 찾아와 늘어놓는 징징거리고 투덜대는 소리로 하루를 시작했다. 옆집에 침상은 있지만 시트도 담요도 없고, 잠자리가 바뀌어서 편히 잘 수 없다고 했다. 또 그녀들이 짠 75리터의 우유도 골칫거리였다. 그냥 버리라고 하자 너무 아깝다고 했다. 어찌어찌 그들에게서 벗어났다. 대신 온라인으로 시트와 담요를 주문해주기로 했다. 그 비용만 해도 엄청났다.

그리고 또 새 배달. 이젠 새 모이도 거의 바닥났다. 이것들을─백조를 포함해─모두 새아빠네 정원에 몰아넣은 다음 동네 가게로 부리나케 달려갔다. 거기에선 카나리아 모이밖에 취급하지 않았다. 그거라도 몽땅 사는 수밖에 없었다. 부대자루를 들고 비척거리며 집 쪽으로 걸어오는데, 처음 보는 종류의 화물차가 집 앞에 멈춰 서고 저 배신자 하우스봇이 붙임성 있게 현관문을 열어주는 참이었다. 차에서 내린 사람들이 부품들을 내려 조립하기 시작했다. 나는 길을 건너가 도대체 뭣들 하는 거냐고 물었다.

"비켜주세요, 아가씨. 이것들을 모두 이 집안에 들여놔야 합니다."

"뭔데요?"

"트램펄린요."

집으로 뛰어들어가 카나리아 모이를 바닥에 뿌리고는 리엄이 주었던 목록을 찾기 시작했다. 마침내 목록을 발견했을 때는 사람들이 첫번째 트램펄린을 안으로 들이고 있었다. 총 아홉 개란다. 그걸 어떻게 다 안에 집어넣겠다는 건지 나도 모르겠다. 목록을 펼칠 때 작업자 중 하나가 소파에서 알을 품고 있던 거위로부터 공격을 받았다. 그래서 거위를 진정시키기 위해 다들 밖으로 나갔다. 리엄의 목록에는 이렇게 적혀 있었다. '아홉째 날: 아홉 명의 도약하는 영주, 열째 날: 열 명의 춤추는 아가씨, 열한째 날: 열한 명의 피리 부는 연주자……'

더이상 읽지 않았다. 나는 소리를 지르며 침실로 달려갔다. 앵무새란 앵무새는 다 모여서 "서맨사, 사랑해!"를 외치고 있었다. 반지 꾸러미를 전부 핸드백에 안전하게 넣고는 가까운 공중전화로 달려 갔다. 망가지지 않았기를 빌며.

다행히 전화는 말짱했다. 리엄과 전화가 연결됐다. "이제 또 뭐야?" 짜증 섞인 목소리였다.

"리엄, 나 방금 트램펄린 아홉 개를 받았어. 다음번엔 발레 댄서랑 스코틀랜드 백파이프 연주자 맞지?"

"확실해, 어제 젖 짜는 아가씨가 집에 왔다면."

"리엄, 더이상 못 참겠어."

"내가 어떻게 해주면 좋겠어?"

"나랑 결혼해줘. 이 지옥에서 날 꺼내줘."

무섭고 긴 침묵이 이어졌다. 그가 전화를 끊은 줄 알았다. 그랬더라도 그를 뭐라고 할 수 없었다. 마침내 그가 말했다. "내가 그저 탈출구에 불과한 존재가 아니라고 맹세할 수 있어?"

맹세했다. 진심으로. 프란츠 도데카 덕분에 리엄이야말로 내 남자임을 깨달았다고 했다. "나랑 결혼 안 해주면 비행기 타고 스웨덴으로 가서 여동생이랑 살아야 해. 아니면 새아빠 5번이 있는 발리로 가든가."

"좋아. 그럼 지금 여기로 올래?"

"금방 갈게. 그전에 도데카 먼저 손 좀 보고." 나는 그와 놀랄 만큼 많은 애정표현을 주고받은 뒤 전화를 끊었다. 그리고 이번이 정말 마지막이기를 바라며 집으로 달려갔다.

집에 도착하자 미니버스 한 대가 오더니 다홍색 망토와 화관을 쓴 건장한 청년 여섯 명과 역시나 건장한 중년 남성 세 명이 내렸다. 다들 샴페인 병을 들고 있었는데 뭔가 재미난 일을 고대하는 눈치였다. 그들은 내 앞에서 집에 샴페인을 부었다. 나는 그들 사이를 비집고 들어가 마지막 트램펄린을 억지로 욱여넣으려는 사람들과 날뛰는 거위와 겁에 질린 자고새를 지나 전화기에 다다랐다. 친애하는 프란츠 씨가 도청하고 있을 게 분명했다. 번호를 누르는 동안 남자들이 트램펄린에 올라가 진지하게 깡충깡충 뛰기 시작했다. 어쩌다 거위 한 마리도 합세했다. 손으로 한쪽 귀를 막고 도데카의 자동응답기에 연결되는지 확인했다. 좋아.

삐 소리가 난 다음에 말했다. "프란츠 씨, 보내주신 것들 모두 잘 받았습니다. 정말 마음에 쏙 드네요. 제 아파트로 한번 놀러오시지 않을래요? 조만간 꼭 뵙기를 바랍니다." 프란츠가 도착하고 배신자 하우스봇이 그를 이 난장판으로 안내하는 광경을 생각하니 기분이 좋았다.

상황은 갈수록 악화되었다. 집을 나올 때 보니 또다른 소떼가 길을 따라 오고 있었다. 음매 울고 똥을 싸며. 반대 방향에서는 조류보호재단인지 뭔지에서 나온 덩치 큰 여자가 다가오고 있었다. 옆에 경찰도 보였다. 윌킨슨 씨가 새아빠 집의 현관 밖으로 튀어나왔다. 나는 반대 방향으로 도망쳐 소떼를 지나쳤다. 그때 다섯번째 반지 소포를 들고 차에서 막 내리는 잘생긴 배달원을 만났지 뭔가.

그를 멈춰 세웠다. "저 알죠? 그냥 여기서 사인할게요." 그는 친절하게도 그렇게 해주었다. 나는 소포를 들고 내달렸다. 리엄의 집에 도착해서 그에게 말했다. "이거 지참금이야!"

"안 돼, 리엄, 내 말 아직 안 끝났어!"

남자 목소리: "멍청하게 굴지 마, 서맨사. 그가 듣잖아. 우리가 어디 있는지 들키고 싶어? 괜히 쓸데없는 소리 지껄여서 그가 알기 전에 이것부터 버려야겠어."

일기는 여기서 끝난다.

실종자가 묻힌 자리

스튜어트 오넌

그녀는 페리의 식료품점 빌로의 계산원이었다. 오래전에 이혼했고 두 아들도 나가 살아서 독일셰퍼드 올리만이 유일한 벗이었다. 그 사건이 처음 보도되었을 때부터 신문과 텔레비전의 모든 기사를 무슨 추리소설 읽듯 탐독했다. 그리고 동료들, 고객들과 사건에 대해 이야기했다. 너무 지나쳐서 매니저가 그만하라고 지적할 정도였다. 그녀는 일찍이 실종자 가족모임 웹사이트에 방문해 방명록에 일일이 격려의 메시지를 남겼다. 그러던 중 제임스 웨이드가 소녀를 킹스빌 서쪽 어딘가에 묻었다고 자백하자 자료를 모으기 시작했다. 잠이 오지 않는 밤이면 침대에 앉아 복사본과 지도를 들여다보았다. 가능성이 높다고 확신했다. 그토록 강한 예감이 잘못될 리 없다고 믿었다.

그녀는 자신이 뭘 하는지 아무에게도 말하지 않았다. 그 정도로 바보는 아니었다. 처음이 가장 어려웠다. 스스로가 왠지 어리석게 느껴졌던 것이다. 차고에서 올리가 지켜보는 가운데 부삽, 모종삽, 손전등, 목장갑을 차 트렁크에 실었다. 문을 열자 올리가 뒷좌석에 올라타서는 어디 멀리 떠나는 사람처럼 들떠서 이쪽저쪽 차창으로 뛰어다녔다.

"진정해. 놀러가는 거 아니니까."

걸어다니며 수색하는 일은 생각보다 시간이 많이 걸렸다. 그사이 발견한 불길한 것이라고는 썩은 갈매기 사체가 전부였지만 실망하지 않았다. 3002번 도로의 쇼핑지구 뒤편, 사람의 발길이 닿지 않아 무성한 잡초를 헤치며 걷는 것이 모험으로 느껴지고 샅샅이 살펴보는 것에서 성취감을 느꼈다. 그 지역 수색이 끝나면 다음 지역으로 넘어갔다.

나중에는 볼트커터나 가벼운 워킹스틱같이 좀더 본격적인 장비도 구비했다. 그녀가 성경처럼 신봉하는 웹사이트의 전문가들이 추천해준 것이었다. 그녀는 종교적인 열의에 차 모든 것을 기록했다. 돌아다닌 곳을 비디오카메라에 담고 집에 돌아오자마자 현장 노트를 정리했다.

가을이 되자 근무시간을 밤으로 옮겼다. 낮시간을 효율적으로 활용하기 위해서였다. 두어 주 지나면 땅이 얼 테고, 그러면 봄이 될 때까지 작업을 중단해야 했다. 조급함을 느끼던 차에 멘토 외곽에서 널빤지 울타리가 쳐진 물품보관소를 발견했다. 뒤쪽 소나무숲 사이로 비포장도로가 나 있고, 아이들이 목재에 형광 빨간색 스프레이로 알아보기 어려운 글귀들을 써놓았다.

함께 담장을 따라 걷던 올리가 멈춰 서더니 잡초로 덮인 흙더미에 코를 대고 킁킁거렸다. 그녀는 두 번이나 줄을 잡아끌며 자리를 떴지만 개는 자꾸 그곳으로 되돌아갔다. "착하지." 그녀는 녀석에게 간식을 주고 나무에 줄을 매놓았다.

워킹스틱으로 흙더미를 찔러보았다. 모래가 섞인 푸석한 흙이라 차로 돌아가 부삽을 가지고 왔다.

첫번째 구멍을 깊게 팠고 그다음에는 1미터 간격으로 얕게 팠다. 몰골이 말이 아니었다. 고개를 숙여 어깨에 얼굴을 문질러야 했다. 밤은 선선했다. 잠시 쉬며 물을 한 잔 마시고 있자니 목에 맺힌 땀에 몸이 선득선득했다. 담장의 중간쯤 다다르자 하늘이 어두워지기 시작했다. 물품보관소 네 귀퉁이의 투광조명등이 켜지고, 윙 소리가 나고 날벌레가 모여드는 가운데 기괴한 그림자를 드리웠다. 휴대전화를 확인해보니 얼추 다섯시였다. 이제 집에 돌아가 출근 준비를 해야 했다. 무방비 상태로 밤새 현장을 방치하느니 FBI에 신고하는 게 낫겠다 싶어 전화를 했다.

그들은 시간이 너무 늦었다면서 내일 사람을 보내겠다고 했다.

큰아들에게 전화해서 불평을 늘어놓았더니 그는 이런 일을 한 지 얼마나 되었느냐고 물었다.

FBI에서 나온 요원도 똑같은 질문을 했다. 그는 서류철과 벽난로 위의 여자애 사진, 부엌에 압정으로 붙여놓은 커다란 지도를 살펴보았다.

"그저 도움이 될까 하고요. 만일 우리 애가 그런 일을 당했더라면 누구라도 도와주길 바라지 않겠어요?"

"그렇죠." 요원은 아주 당연하다는 듯 달래며 말했다.

다음날 그들은 그녀를 지도에 표시되지 않은 교외로 데려갔다. 그리고 굴착기가 담장을 따라 도랑을 파는 현장을 지켜보게 해주었다. 윈드브레이커를 입고 라텍스 장갑을 낀 요원들이 금속체로 흙을 걸러낸 다음 개들이 냄새를 맡도록 방수포에 펼쳐놓았다. 혼자서 이런 작업을 하려면 몇 주는 걸릴 터였다. 그녀는 신고하기를 잘했다고 생각했다. 아이의 어머니가 소식을 듣고 기뻐하는 모습을 상상해보았다. 공을 인정받는 건 바라지도 않았다. 그저 아이가 집으로 돌아갈 수 있다면 그걸로 족했다.

그들은 아무것도 발견하지 못했다. 흙뿐이었다. 벌레도. 그냥 우연의 일치였다. 요원 말로는 요즘에는 사방에 낙서가 있다고 했다.

말인즉슨 그녀가 미쳤다는 뜻이었다.

그녀를 차에서 내려주며 요원이 감사의 말을 했다. "선의로 하신 일이었다는 거 압니다."

그랬던가? 생전 모르는 사람의 실종된 딸을 찾으러 다녔던 데는 아무도 자기를 필요로 하지 않는다는 것도 이유로 작용했음을 그녀는 인정했다. 그녀에게는 올리밖에 없었다.

그후로 이런 일에서 손을 떼겠다고 아들들에게 약속했다. 지도를 떼고 실종자 사진을 서랍에 넣고는 남은 가을이 지나가는 것을 바라보았다.

겨울에는 약속을 지키기가 한결 수월했다. 이 시간 동안 그녀는 자신의 전략을 되짚어보고 구비한 장비들을 장만했다. 흙을 파헤치는 데 쇠스랑을 추천하는 사이트도 있고 곡괭이를 추천하는 곳도 있었다. 그녀는 국토횡단 여행이라도 떠나는 사람처럼 차 트렁크에 넣을 물건들 목록을 재차 보강했다. 올리를 탐지견 온라인 코스에 등록하고 뒤뜰에서 누더기 천으로 훈련시켰다. 녀석은 한 번도 제대로 찾지 못하고 그녀가 힌트를 주기를 바라듯 멀뚱멀뚱 쳐다보기만 했다.

"너 합격하고 싶기는 한 거야?" 그녀가 말했다. "아니면 내가 괜히 시간낭비만 하는 건가?"

그녀는 시시각각 웹사이트에 들어가 채팅방을 돌아다니며 새로운 뉴스가 없나 확인했다. 어느 날 아이의 시체가 발견되었다는 소식이 올라오는 건 아닌지 걱정되었다. 하지만 몇 달째 별다른 소식이 없었다. 이 년 하고도 반년이 지난 사건이었다. 가족을 제외하면 그 아이를 찾는 사람은 그녀가 유일할 것이다.

3월이 되어 언 땅이 녹자 지도를 다시 붙였다. 큰아들 방에 수사본부를 차렸다. 아들 책상을 비우고 서랍에 자신의 노트를 채웠다. 코르크판을 새로 장만해서 스케줄표를 붙였다. 날씨만 괜찮으면 일주일에 나흘을 수색했다. 지난가을에는 너무 안달한 나머지 감정이 앞섰다. 마치 자신에게 신통한 능력이 있기라도 하듯 아이를 곧바로 찾아낼 수 있으리라 기대했다. 이제는 좀더 침착하게 체계적으로 접근할 필요가 있었다. 성공하려면 작업 방법을 알아야 했다.

올리는 차 타고 산책 나간다고 마냥 좋아했다. 자격증은 땄지만 사체 냄새에 재채기나 했다. 다른 개 냄새에만 관심을 보이면서 발견 즉시 한쪽 다리를 올리고 오줌을 싸서 자기 냄새로 뒤덮었다. 여름으로 넘어갈 때까지 올리가 발견한 거라고는 벌통이 유일했다. 벌떼를 잘못 건드리는 바람에 콧등을 쏘였다. 그나마 버티고

서서 벌떼와 싸우려 드는 것을 그녀가 줄을 잡아당겨 겨우 끌고
갔다.

그녀는 무심코 작은아들에게 말하고 말았고, 작은아들은 큰아들
에게 말했고, 이를 전해들은 큰아들이 전화해서 그만두기로 하지
않았느냐고 따졌다.

"난 네가 왜 그렇게 화를 내는지 모르겠구나."

"엄마가 걱정돼서 그러죠."

"이해가 안 되네."

"걱정된다니까요."

그후로 큰아들은 전화할 때마다 으레 수색이 어떻게 되어가는
지 물었다.

그녀는 거짓말을 하고 싶지 않았다.

"똑같지 뭐."

"그게 무슨 뜻이에요?"

똑같다는 말은 수색 범위를 서쪽으로 넓혀가고 있다는 뜻이었
다. 주간고속도로의 출구 하나를 수색하는 데만 꼬박 몇 주가 걸렸
다. 화물차 휴게소와 폭죽 매장 뒤편의 벌레투성이 풀숲을 뒤지고
다녔고, 담장이 보일 때마다 낙서가 있든 없든 주변을 샅샅이 파보
았다. 무릎이 삐걱거리고 팔이 쑤셨다. 그래서 매장에서는 컨베이
어 위로 몸을 구부려야 했고, 우유 한 상자를 드는 것도 힘에 부쳐
다른 사람의 카트를 빌렸다. 그녀는 아들의 말이 맞을지도 모른다
고 생각했다. 이 일을 하기에는 너무 늦었다.

제임스 웨이드의 자백이 거짓말일 가능성도 있었다. 하지만 지

도 여기저기에 표시된 핀이 늘어가자 더이상 그런 문제에 신경쓰지 않기로 했다.

8월에 배수로를 뛰어넘다가 발목을 삐어 삼 주를 날렸다. 일정에 차질을 빚었고, 큰아들에게 괜히 잔소리 들을 구실만 늘었다. 그녀는 이를 만회하려고 일주일에 닷새를 수색했지만, 서두르다가 일을 그르치는 게 아닐까 하는 생각이 들었다. 날씨는 포근했다. 인디언서머*가 10월까지 이어졌는데, 날이 도와준다면(날씨 채널에 따르면 그럴 확률이 높다) 작업을 마칠 수도 있을 것 같았다.

어느 화창한 오후, 그녀는 라이더 트럭 차고지 뒤편에 있는 페어포트 부두에 있었다. 올리가 솔잎 더미로 덮인 얕게 함몰된 지대 앞에서 발걸음을 멈추고 납작 엎드렸다. 앞발에 머리를 올리고 귀를 뒤쪽으로 납작하게 접었다. 꼭 벌받는 자세 같았는데, 그녀가 한 번도 가르친 적이 없는 것이었다.

"자자, 일어나." 그녀는 휘파람을 불고 손뼉을 쳤다. 올리는 꿈쩍도 하지 않았다. 간식으로 유도해서 나무에 묶어야 했다. 그런 뒤에도 올리는 몸을 낮추고 웅크렸다.

라이더는 물품보관소가 아니었다. 표지판이 잔뜩 달려 있지만 담장은 초록색 플라스틱 널을 사이사이 잇댄 철책이었다. 아무튼 그녀는 카메라를 가지러 갔다.

함몰된 곳은 욕조처럼 생겼다. 길이가 150센티미터쯤 되고 주변 지대보다 살짝 낮게 파여 있었다. 그녀는 낙엽들과 솔잎을 치우고

---

* 겨울로 넘어가기 전에 한동안 따뜻한 날씨가 이어지는 현상.

쇠스랑을 옆에 눕혀놓았다. 담장을 따라 카메라를 옆으로 돌리면서 "2008년 11월 3일, 오후 한시 이십칠분"이라고 음성을 녹음했다.

주변 풍경을 충분히 담은 다음 카메라를 내려놓고 쇠스랑을 집어들었다. 움푹 들어간 정중앙을 팠다. 표면을 갈퀴로 쿡쿡 찔러보다가 한 발로 깊숙이 박아넣고 손잡이를 잡아당겼다. 주변의 땅이 쪼개지며 부서졌다. 쇠스랑을 다시 박아넣고 지레처럼 들어올리자 구멍이 생겼다.

뒤에서 올리가 낑낑댔다.

"쉬잇."

세번째로 쇠스랑을 내리꽂았다가 떠냈을 때 기다란 천조각이 걸려나왔다.

진흙과 흰곰팡이로 지저분했지만 분명 초록색 나일론 천이었다. 구멍에서는 하얀 솜조각이 비어져나온 것이 보였다.

그녀는 쇠스랑을 내려놓고 장갑을 벗어던졌다. 그러고서 천을 잡아당기자 흙더미에서 5, 6센티미터 더 나왔다. 침낭 외피였다. 두툼한 지퍼 솔기가 보였다. 한 손가락으로 표면에 묻은 잘게 부서진 진흙을 쓸었더니 썩은 이가 드러났다.

드디어! 그녀는 생각했다. 브라이언은 이제 뭐라고 할까?

이 순간이 오기만을 고대했을 때는 안에 무엇이 있는지 보고 싶지 않았다. 작업을 멈추고 사람을 불러야 했다. 하지만 작년 이후로 그녀는 그럴 수 없었다. 구멍 옆에 무릎을 꿇고 앉아 맨손으로 땅을 팠다. 이번만은 확실히 해야지. 그래야 아무도 미쳤다고 하지 않지.

바람 속의 레이프

진 울프

"벌써 한 시간 오십이 분째 밖에서 저러고 있어." 에나가 말했다. "플레이트를 고정하는 데만 이십팔 분이 걸렸어. 그를 복귀시키려고 계속 시도중이야."

브레넌이 턱을 쓰다듬었다. 큰 턱은 수염이 자라 까끌까끌했다. "대답은 해? 교신에?"

"가끔. 안 할 때도 있고."

"의식은 있는 거지?"

"그런 거 같아."

"해리성 장애야?"

에나가 어깨를 으쓱했다.

"교신해봐."

"그럴게." 에나가 마이크 스위치를 올렸다. "여기는 에나, 레이프. 옆에 브레넌이 같이 있어. 지금 뭐해?"

"일출을 보고 있어, 에나. 행성 그림자가 서서히 물러나고 있는 중이야. 지평선 위로 태양이 떠올라. 지금 조금씩 보이기 시작해. 이제 막 불어온 태양풍이 산들바람처럼 부드러워."

브레넌은 되도록 차분하게 말하려 했다. "레이프, 넌 태양풍을 느낄 수 없어. 우주복을 입고 있잖아."

"아냐, 느낄 수 있어."

에나가 말했다. "제발 돌아와, 레이프. 조사는 다 끝났어. 할일을 다 했잖아. 그러니—"

브레넌이 끼어들었다. "임무 완료야, 레이프. 저 아래에 생명체는 없어. 암석과 코어 샘플, 자료들을 다 살펴봤는데, 생명체가 서식할 수 있는 행성이지만 생명은 없어. 종자를 퍼뜨리면 이백 년 뒤 인간이 살 수 있을 거야. 어쩌면 그보다 적게 걸릴 수도 있고."

레이프는 아무 말도 하지 않았다.

에나가 말했다. "나 남자한테 이렇게 애걸해본 적 없거든—"

"새다. 새가 보여."

브레넌이 코웃음을 쳤다. "젠장, 새라니. 거긴 아무것도 없어. 설사 있다 해도 그 위에서는 아무것도 안 보여."

에나가 말했다. "내 생각도 좀 해줘, 레이프. 최소한 나를 생각해서라도 돌아와. 지구까지 돌아가는 데 십오 년이 걸려. 만약 브레넌이 죽기라도 하면 어떡해?"

대답이 없었다.

"월트가 죽었어. 바버라랑 알라이아도 죽었고. 브레넌도 죽을지 몰라. 그러면 나 혼자 함선을 몰고 돌아가야 해. 미쳐버릴 거야. 난

못해. 실험 결과 너도 봤잖아. 아무도 그렇게 못한다는 거." 그녀는 잠시 말을 멈추고 기다렸다. "제발 나를 생각해서라도 돌아와."

레이프가 외쳤다. "너희도 이 새들을 봐야 해! 이 선명한 색상들 하며 관모며 벼슬이며 축 늘어진 육수肉垂를!"

브레넌이 말했다. "레이프, 넌 지금 꿈꾸고 있는 거야."

"내가 이런 꿈을 꿀 수 있을 리 없어. 나한테는 이런 걸 상상해낼 여지가 없어. 누구도 이런 새들을 상상할 수 없어. 아주 큰데 가까이 다가올수록 점점 작아져. 계속 작아져서 이제 보석만해."

뭔가 대답을 기대하며 에나가 브레넌을 쳐다보았더니 그가 우주복으로 갈아입고 있었다. 에나는 마이크를 껐다. "나가서 데려오게?"

"그래야 한다면 그래야지."

"몸싸움으로 제압할 수는 있겠지만, 그전에 그를 잡을 수 있겠어?"

"잡을 거야."

에나가 다시 마이크를 켰다. "레이프, 내가 가진 거 다 줄게. 돌아오기만 한다면 네 노예라도 될게." 그녀는 마른침을 삼켰다. 소리가 제대로 전달되고 있는지 불안했다. "네 일도 내가 다 해줄게. 물론 내 일도 내가 해야겠지. 지구에 돌아가기만 하면 우리는 영웅이야. 내가 목욕도 시켜주고 제복도 빨아서 다려줄게. 군화도 닦아주고 계급장 광도 내줄게. 전에 나더러 예쁘다고 했던 거 기억나? 이렇게 예쁜 노예 갖고 싶지 않아?"

브레넌이 투덜거렸다. "그가 정말 그렇게 말했어?"

"원한다면 너랑 잘 수도 있어. 하고 싶은 대로 해. 시키는 대로 다 할게. 제발."

레이프가 말했다. "새들이 내 안에 둥지를 틀고 있어. 신경섬유에 걸터앉아 혈관에 흐르는 피를 마시고 있어. 날개를 퍼덕이면서 노래를 불러. 나무는 여름이 되면 이런 기분이겠지."

참다못한 에나가 마이크를 껐다. "나한테 관심이 없나봐."

"우리에게 관심이 없어." 브레넌이 말했다. "지금 상황이 그래."

레이프가 말했다. "내가 뻗은 가지 사이로 바람이 속삭이는 소리가 들려. 새들이 그곳에 둥지를 틀고 있어." 황홀해하는 그의 목소리가 들렸다. 에나의 스크린에 은빛 불가사리가 보였다. 팔다리를 쭉 뻗고, 헬멧의 가리개에 햇빛이 반사되어 얼굴이 보이지 않는 불가사리. 천천히, 바퀴가 돌듯 불가사리가 몸을 돌렸다.

에어로크가 개방되는 소리가 들렸다. "데리러 가는 거야?"

브레넌이 에어로크 안으로 들어서며 말했다. "행운을 빌어줘."

"그럴게." 에어로크가 닫혔고 그녀는 덧붙였다. "너랑 레이프, 둘 다 행운을 빌게. 서로 죽이거나 그러지 마."

조금 있다가 그녀는 또 말했다. "무엇보다 내게 행운이 있기를."

가만히 앉아서 지켜보는 것 말고는 할일이 없을까? 그녀는 벨트를 풀고 위로 떠올라 팔을 저어 갔다.

월트는 그녀가 마지막으로 보았을 때와 똑같은 모습이어야 했다. 너무도 빨리 냉각되어 얼음 결정이 형성되지도 않았다. 눈을 감은 채 완전히 죽은 그의 모습.

그렇지 않았다. 죽은 건 맞지만 여전히 거기 있었다. 너무 빨리 냉각되어 영혼이 미처 몸에서 빠져나갈 시간이 없었어, 그녀가 생각했다. 브레넌은 지구로 돌아가면 그를 다시 살려낼 수 있을 거라고 생각했다. 브레넌이 옳을지도 몰랐다.

월트의 눈은 완전히 감기지 않았다. 원래 감겨 있었나?

확실해. 하지만 월트는 잠자는 척하는 사람처럼 실눈을 뜨고 보고 있었다.

"브레넌이 레이프를 데려오면 그와 잘지도 몰라. 브레넌하고도 자야겠지. 하지만 월트, 넌 죽었잖아." 에나는 잠시 말을 멈추었다. "어쨌거나 넌 지금 죽은 거잖아. 그러니까 바람피우는 거 아니야."

공기처럼 투명한 플라스틱 보호막 뒤에서 월트가 말없이 그녀를 쳐다보았다.

"내 말 이해하지?" 에나는 뚜껑을 닫기 시작했다. "게다가 나는, 우리는 너랑 별로 다르지 않아. 우리 여자들은."

그녀는 타원형의 어두운 복도를 유영하며 함교로 돌아갔다. 복도는 소리의 반향 없이 고요하기만 했다. 뭔가 수상쩍은 느낌이었다. 방음 처리가 잘되어 있다지만 이렇게 아무 소리도 들리지 않는 것은 드물었다. 복도에서 이제 혼령들의 속삭임이 들려왔다. 알라이아의 혼령, 바버라의 혼령.

월트의 혼령.

스크린을 보니 브레넌이 레이프의 허리를 줄로 감아 모선으로 돌아오고 있었다. 떠오르는 베타 안드로메다의 빛을 받아, 브레넌 뒤로 늘어진 주황색 줄이 그들이 궤도를 따라 도는 아직 캄캄한 행성을 배경으로 환상적인 고리와 소용돌이무늬를 그렸다. 에나가 마이크를 켰다. "별일 없었어, 브레넌?"

"전혀."

그녀는 뷰포인트를 바꾸어 브레넌이 에어로크로 들어오는 모습을 보았다. 그가 뒤돌아 레이프를 안으로 끌어올리기 시작했다. 저항하지는 않았지만…… 그녀는 진정제를 주사기에 넣었다. 레이프가 그렇게 힘이 센 편은 아니야, 라고 혼잣말을 했다. 그리고 정신병자들은 다 힘이 세다는 생각을 제쳐놓았다.

선내로 들어온 레이프는 도움 없이 혼자 헬멧을 벗었다. 넋이 나간 표정이었다. 특히 눈빛이 그랬다. 진정제를 놓기에 목이 가장 적당했다.

긴장이 풀린 레이프가 몸을 흔들었다. 브레넌이 말했다. "잘 생각했어."

"아프지 않을 거야." 에나가 레이프의 우주복을 벗겼다.

"나는 새들로 가득차 있어." 그가 말했다.

"알아."

"새들이 내 안에 둥지를 틀었어. 내가 말했나?"

별생각 없이 그녀가 고개를 끄덕였다.

"우리는 새들의 나무야. 저 아래 나무가 없는 건 그래서야. 우리 나무들은 이제 막 도착했거든." 레이프는 잠시 말을 멈추었다. "앉고 싶어."

"좋을 대로 해." 브레넌이 말했다. "부츠 벗어. 의자에 앉혀줄게."

레이프가 가만있자 브레넌이 바닥에 들러붙은 자석 부츠에서 그를 들어올렸다. 조종석에 앉히고, 에나가 벨트를 채워주었다.

첫 도약으로 4000분의 1광년을 주파했다. 다음 도약을 위해서는 삼십육 시간을 충전해야 했다.

"우리 지구로 돌아가는 거야?" 레이프가 물었다. 졸린 목소리였고, 자신을 좌석에 묶어두고 있는 버클에는 손대지 않았다.

브레넌이 말했다. "맞아." 그는 레이프의 우주복을 접고 있었다.

"회전기 안에서 좀 걸어야 해." 에나가 그에게 말했다. "브레넌이랑 나처럼. 네가 예전에 바깥으로 조사 나갔을 때 그랬듯이. 할 수 있겠어?"

레이프는 그녀의 말이 들리지 않는 듯했다.

"하루에 두 시간. 안 그러면 지구에 도착할 때쯤 다리가 부러지고 말걸." 브레넌이 말했다.

에나에게 좋은 생각이 떠올랐다. "레이프, 네 팔다리가 나뭇가지라고 했잖아. 가지가 부러지면 어떻게 되지?"

레이프가 그녀를 쳐다보았다. "둥지가 아래로 떨어져."

"맞아, 그거야!"

"지금 회전기로 가야겠어." 레이프가 버클을 풀었다. "하루 세 시간은 해야지. 잊어버리지 말자."

레이프가 나가자 브레넌이 킥킥대며 에나를 팔로 껴안고 키스했다. 그리고 몸을 떼고 속삭였다. "이 우주선에 너보다 영리한 여자는 없어."

네번째 도약을 위해 충전하고 있을 때 에나는 새소리를 처음 들었다. 맑게 지저귀는 소리가 환기장치에서 흘러나왔다. 이십 분간 수색한 끝에 3번 표본창고에서 소리의 진원지를 찾아냈다. 새는 깔끔하게 분류해놓은 암석 자루들 사이에 둥지를 틀고 있었다.

까마귀보다 약간 큰 정도로, (그녀 생각에) 새에 정확히 부합하지는 않았다. 나름모꼴 비늘로 덮인 구불구불한 목은 오히려 뱀에 가까웠다. 길고 구부러진 부리 양옆으로 톱날 같은 이빨이 보였다. 에나가 가까이 다가가자 날개를 펴고 그 앞쪽 가장자리에서 튀어나온 발톱으로 그녀를 위협했다.

"해치지 않아." 에나는 부드럽게 말을 걸었다. "정말로 그럴 생각 없어. 넌 우리 셋에게 대단히 귀한 존재니까. 외계 생명체잖아." 하지만 차분함을 유지하기가 어려웠다.

새가 갑자기 경고음을 요란하게 내면서 날개를 퍼덕거렸다.

그녀는 표본 자루에서 물러섰다. "먹을 걸 갖다줄게. 뭘 좋아하는지 모르겠다. 몇 가지 가져와볼게." 인간의 음식을 먹을 수 있을까?

브레넌은 재충전 계기판을 확인하고 있었다. "충전 상태가 양호해. 다음번 도약은 일정대로 진행할 수 있을 거야."

"레이프가 말한 새는 진짜였어." 그녀는 자기 조종석으로 왔다.

"농담 마."

못 믿겠다는 그를 보며 그녀가 고개를 끄덕였다. "정말이야. 저소리 안 들려? 환기통에서 넘어오는 소리."

잠시 후 그가 자리에서 일어나더니 뒤쪽 환기통에 가 섰다. 에나는 혼자 웃었다.

"베어링이 떨어지려고 하네. 팬 하나가 말썽인 모양이야. 내가 고칠게."

그가 복도를 향해 이렇게 소리쳤고, 그녀는 대답했다. "행운을 빌어!"

그녀가 충전 상태를 살피고 있을 때 레이프가 어슬렁거리며 들어왔다. "도와줄까?"

"괜찮아." 그녀가 미소 지었다. "지금 네가 할 수 있는 최고의 일은 샤워하고 깨끗한 옷으로 갈아입는 거야. 그렇게 할래? 날 위해서?"

레이프가 고개를 끄덕였다.

"고마워! 입고 있는 옷은 세탁실에 놔둬. 내가 나중에 빨게. 주머니 비우는 거 잊지 말고."

"주머니에는 아무것도 없어." 레이프는 그녀가 말하기를 기다리는 것 같았다. "알았어. 비울게."

도약할 시간이 거의 다 되었을 때 브레넌이 돌아왔다. "함선에 새가 있어!"

"설마!" 에나는 짐짓 놀라는 척했다.

숨을 헐떡이면서 그는 적당한 도관을 잡고 흔들리는 몸을 멈추었다. "자기도 그걸 봤어야 해! 나보다 더 커!"

"본드 마셨어?" 에나가 싸늘하게 말했다. "나를 자기라고 부르지 마. 당장 그만둬. 한 번만 더 그랬다간 봐."

"H데크에 있어. 자, 내가 보여줄게."

"우리 중 한 명은 함교에 남아 있어야 해. 꼴을 보아하니 너보다는 내가 남는 게 좋겠어."

"레이프도 할 수 있어."

"레이프는 여기 없잖아. 그리고 여기 혼자 뒀다간 무슨 짓을 할지 누가 알아."

"그 새 진짜야. 사진이라도 찍어올까?"

살짝 그에게 미안한 생각이 들면서 그녀는 고개를 저었다. "아냐, 아냐, 그러지 마. 잡아서 우주선 밖으로 날려버려. 우주 공간으로. 그러면 내가 뷰어로 볼게."

"이 새가 어떤 의미인지 몰라?"

"어떤 의미긴. 레이프가 다른 사람에게 환영을 감염시킨 거지. 아니면 네가 본드를 마셨거나. 후자의 경우가 더 마음에 드네."

"가서 잡을래. 잡아서 가둬야지. 그런 다음 너한테 보여줄게. 그리고 나 없을 때 도약하지 마. 넌 권한이 없잖아."

"자격증이 없다 뿐이지. 이젠 나도 너만큼 도약을 잘해."

"도약하지 마!"

그리고 그는 가버렸다. 에나는 감시 카메라로 그의 모습을 쫓으며 혼자 웃었다. 좌측 상단 화면에 충전 완료 불이 들어오자 그녀는 도약했다.

하루도 더 지나서야 브레넌이 돌아왔다. 에나는 해치 손잡이에 줄을 매달고 552개 기기들 사이에서 무중력상태로 부유하면서 함교에서 잤다. 레이프가 들어와 그녀에게 물과 음식을 챙겨주었다. 브레넌이 어디 있는지 찾아보려고 감시 카메라를 확인하고 있을 때 브레넌이 그녀의 어깨를 툭 쳤다.

"너 도약했지. 느낌으로 알았어." 그는 엄한 표정을 지으려고 애썼지만 초췌하고 의기양양해 보일 뿐이었다.

"물론이지. 너라도 그랬을걸. 도약했어. 충전 표시에 불이 들어오고 파워 램프가 깜빡이는데 그럼 어떡해? 진동이 왜 생기는지는 모르겠지만 에이, 거의—"

"웃기고 있네." 브레넌은 조종석 벨트를 맸다. 스크린을 살펴보더니 두 번 클릭하고는 다시 살펴보았다.

"새는 잡았어?"

"잡았어." 브레넌이 고개를 끄덕였다. "3번 하역망을 들고 살금살금 다가갔지. 녀석이 도망치려고 하기에 용접 토치를 휘둘러 내 쪽으로 몰아서 잡았어."

"지금 어디 있는데?"

브레넌은 한숨을 쉬었다. "빈 식량 저장소에 넣어두었어. 아직도 망에 걸려 있는지 모르겠다."

"십오 년이나 거기 둘 순 없어."

"맞아. 망에서 꺼내 비디오 촬영을 하고, 죽이고 또 촬영하고, 뼈를 발라 보관해야지." 그리고 나직이 덧붙였다. "어디까지나 뼈가 있다면."

에나가 말했다. "세포 표본도. 어쩌면 머리를 냉동 보관해야 할지도 몰라."

"그래."

"나한테 말 안 한 거 있지?"

"그 새가…… 속임수를 쓰려고 했어. 믿기지 않겠지만."

"레이프가 말한 새가 진짜 있다고 했을 때 내 말 안 믿었지."

브레넌이 자세를 똑바로 했다. "네 말이 사실인지 난 아직도 확신이 안 서. 내가 헛것을 봤을 수도 있잖아. 기록기를 가져올까?"

"누군가는 함교를 지켜야 해."

"레이프가 남으면 돼. 내가 데려올게."

이번에는 그녀도 반대하지 않았다.

채소 로커는 C데크에 있었다. 브레넌이 10번 통로에서 로커 손잡이 하나를 잡았다. "이거야. 솔직히 말할게, 자기. 아직도 녀석이 안에 있는지는 모르겠지만, 내가 여기 두긴 했어. 던져넣고 문을 잠갔어." 그가 주머니에서 열쇠를 꺼냈다. 종이클립만한 플라스틱 조각이었다.

에나가 탄식했다. "원래 그 열쇠는 월트가 보관하고 있었던 건데. 그랬으면 우리가 그렇게 마구 먹어대지 않았겠지."

"월트는 죽었어."

그녀가 고개를 끄덕였다. "그러니까 지금 내가 당기는 대로 마구 먹어대잖아."

"셋이 죽었어. 그러니까 식량은 괜찮아. 걱정 안 해도 돼."

"그래서 내가 이렇게 먹나봐. 지루해지면 사람이 더 그래."

그녀를 보면서 브레넌이 고개를 끄덕였다. "그래서 월트가 열쇠를 관리했던 거구나."

"나는 적당히 먹지를 못하겠어. 자꾸만 먹게 돼. 어쨌든 계속 그러려고 해. 제복이 전부 헐렁해졌어." 잠시 있다가 그녀가 말을 이었다. "로커 안 열고 뭐해?"

"잠깐만. 지루하니까 먹는다? 네 말이 맞아. 반대로 우울해지면 안 먹게 되지. 너무 우울한 사람은 굶어죽기도 한다니까. 너는 섹스를 미끼로 레이프를 꼬드기려고 했어. 다 들었어."

에나가 천천히 고개를 끄덕였다.

"내가 섹스를 원하지 않는다는 말은 아니야. 그건 거짓말이야. 너도 알겠지만 모든 남자는 섹스를 원해. 하지만 나는 섹스만을 원하진 않아. 난 네가 날 사랑해주길 원해. 월트를 사랑했던 것처럼 나를 사랑해주길 원해. 그래, 순전히 내 이기심이지. 빌어먹을. 맞아. 하지만 그건 널 위해서이기도 해."

브레넌은 잠시 말을 멈추었다. "넌 애써 웃으려고 했지. 네가 웃으면 좋겠어."

"나도 그래."

"학교에서 키스했을 때, 너도 반응했잖아."

그녀가 고개를 끄덕였다.

"그럼 희망이 있네?"

"희망에는 날개가 달려 있어." 에나는 브레넌의 대답을 기다렸다. 대답이 없자 덧붙였다. "에밀리 디킨슨이 한 말이야."

"그래, 알아." 브레넌이 채소 로커 쪽으로 다가갔다. "이런 얘긴 접어두고 새나 보여주길 바라지? 신경쓰이니까. 나도 알아. 이런 얘기는 너한테도 도움이 될 것 같으니까 내가 계속하는 거야. 나라고 바버라를 그리워하지 않는 것 같아? 어두운 선실에서 깨어나 옆에 바버라가 있는 줄 아는 일이 없다고 생각해? 우리는 서로가 필요해. 너는 그 말을 믿을 필요가 없겠지만."

"내가 믿고 안 믿고는 중요하지 않아."

"젠장, 중요하지 않다고? 난 네가 필요해. 그러니 절대 포기하지 않을 거야. 곧 알게 돼. 그리고 에나……"

"뭐?"

"우리는 살아서 지구로 돌아갈 거야. 우리 둘 다."

그녀가 브레넌에게 키스했다. 함교에서 했던 키스와 비슷했다―그러나 똑같지는 않았다.

"새가 아직도 여기 있을지 모르겠어." 조금 있다가 브레넌이 말했다. "그놈은 속임수를 쓰거든."

"우리는 녀석이 레이프 안에 둥지를 틀 수 있다고도 생각하지 않았잖아."

"그렇지. 한데 그놈들 정체가 뭐지? 악마? 천사가 아닌 건 확실한데."

"적절한 말이 없지 않나. 개념 자체가 없어. 우리가 새로 만들어야 할 거야."

"할 수 있다면."

브레넌이 로커를 열었다. 벌보다 작은 뭔가가 빠져나왔다.

"달아났어. 달아나버렸다고. 대체 어디로 갔지?"

"'가까이 다가올수록 점점 작아진다.'"

"그게 무슨 말이야?"

"함선으로 데려오기 전에 레이프가 했던 말이야."

브레넌이 턱을 문질렀다. 그 모습을 보며 즐거워하는 스스로에게 에나는 다소 놀랐다.

"내가 쫓아갈 때는 작아지지 않던데?"

에나가 고개를 끄덕였다. "녀석이 다가오지 않았기 때문에 그래. 네 쪽에서 거리를 좁혔지."

그때 도약이 일어났다.

"시팔 새끼! 너도 느꼈어?"

"응." 그녀는 어느새 브레넌의 팔을 붙들고 있는 것을 알아차리고 손을 놓았다. "나도 느꼈어. 함교에 있는 레이프 짓이야."

"그래, 가봐야겠어." 브레넌은 시계를 들여다보았다. "재충전이 완료되었던 거야."

그녀가 고개를 끄덕였다. "어느 방향으로 도약했는지 알아보자."

다음날 그들은 레이프를 조종석에 묶어놓고 재판을 열었다. "내가 검사야." 브레넌이 설명했다. 더이상 화난 목소리나 표정은 아니었지만 무척 진지했다. "넌 피고이자 변호사이기도 해. 에나는 판사. 우리는 이게 공정하다고 봐. 네 생각은 중요하지 않아. 나는 널 기소할 거야. 네게는 변론할 기회가 주어질 테고, 어떻게 처벌할지는 에나가 결정해."

"죄가 있다면." 에나가 말했다.

"네 죄가 인정되면 그녀가 처벌을 결정할 거야. 알겠지?"

"너희를 해칠 생각은 없었어." 레이프가 말했다. 혼잣말을 하고 있었을지도 몰랐다. "그냥 돌아가고 싶었을 뿐이야. 연료가 47퍼센트나 남아 있어. 식량은—"

브레넌이 주먹을 쳐들고는 에나를 보았다.

그녀는 고개를 가로저었다. "레이프, 우리는 친구였잖아. 다시 사이좋게 지냈으면 해. 지금부터 서로."

"알았어."

"좋아. 이건 재판이야. 난 판사고. 이해하지?"

"나 멍청이 아니야. 단지 돌아가고 싶을 뿐이야."

"나도 알아. 그럼 브레넌, 시작해볼까?"

"그는 우리의 임무를 방해했습니다. 사고가 아닙니다. 부주의도 아닙니다. 고의였습니다. 우선 그 망할 새들을 들여왔습니다. 얼마나 많은지는 모르겠지만 상당히 많습니다. 우리는 녀석들을 몰아서 죽여야 합니다. 몇 년이 걸릴 수도 있고, 완전히 다 잡을 수 없을지도 모릅니다."

레이프가 발언하려는 순간 브레넌이 제지했다. "그는 지난번 우리의 도약을 무산시켰습니다. 그는 우리에게, 그리고 임무에 향후 십오 년간 위험요소로 작용할 겁니다. 그를 살려둔다고 칩시다. 그러면 가둬놓고 식량을 제공해야 합니다. 둘이서 다른 할일도 많은데 말입니다. 또 감금 상태를 수시로 확인해야 합니다. 한시도 마음을 놓을 수 없으니까요. 우리 중 한 명은 그와 함께 회전기를 걸어야 합니다. 아마도 그건 제가 해야겠죠. 단둘이 있으면 그가 당신에게 달려들지도 모르니까요. 만약—"

"너한테도 달려들 수 있어." 레이프가 말했다.

"그래." 브레넌이 씩 웃었다. "한번 해보시지?"

"충분히 그럴 겁니다." 에나가 곰곰이 생각해보았다. "성공할 수도 있겠죠. 당신이 방심한 틈을 타면. 피고와의 논쟁은 이쯤에서 그만하죠."

그녀가 레이프에게 지적했다. "피고는 발언 순서가 올 때까지 정숙하세요. 안 그러면 테이프로 입을 막겠습니다."

브레넌이 목청을 가다듬고 말했다. "옳은 말씀입니다. 그가 성공할 거라 생각하지는 않지만 시도는 할 겁니다. 조만간 저를 공격하겠죠. 그가 성공하면 임무는 그대로 끝장입니다. 망하는 거죠. 여섯 명의 목숨과 수십억 달러가 무위로 돌아가는 겁니다."

에나가 고개를 끄덕였다.

"위험요소는 그뿐이 아닙니다. 이 함선은 감옥 용도로 지어지지 않았습니다. 어디에 가두든, 몇 년이 지나면 그는 탈출 경로를 찾아낼 겁니다. 저는 누구도 죽이고 싶지 않습니다. 신은 아실 겁니다. 레이프에게 사형선고를 내리는 것만은 피하고 싶다는 것을. 그래서 말인데 다른 벌로 대체할까 합니다. 십오 년간 그에게 진정제를 놓을 수 있을까요? 약이 충분히 남아 있습니까?"

에나가 고개를 저었다.

"그럼 일 년 치라도?"

"가벼운 잠에 빠지게 할 정도라면 일 년 치는 됩니다. 이 년까지는 안 되고요."

"가벼운 잠이라면 깨어날 수도 있지 않습니까?"

"그건 알 수 없습니다."

브레넌은 한숨을 쉬었다. "알겠습니다. 지금껏 제 논지를 들었으니, 합법적으로 그를 사형에 처할 수 있습니까? 저도 당신도 법에 대해 잘 모르고, 확신하지 못합니다. 그러니 당신에게 그를 죽여달라는 것도, 제가 죽이는 걸 도와달라는 것도 아닙니다. 저 혼자 하겠습니다. 우주복을 입히지 않은 채로 그를 에어로크에 밀어넣겠습니다. 그리고 그 일을 일지에 기록하겠습니다. 지구로 돌아가면 나는 재판에서 살인죄를 언도받을 겁니다. 아닐 수도 있겠지요. 운에 맡겨보겠습니다. 이제 피고의 말을 들어보죠."

"난 임무를 위험에 빠뜨리지 않았어." 레이프가 말했다. "이미 설명했잖아. 식량과 연료는 충분해. 에어플랜트의 작동 상태도 양호하고. 내 의도는 지구로의 귀환을 며칠 늦추는 것뿐이었어. 그게 다야. 너희 둘이 함선을 지구로 가져가도 아무 무리 없어. 설령 너희가 죽어도 귀환은 가능해. 우리 여섯은 비상사태에 대처하기 위해 승선한 거야. 함선이 베타 안드로메다에 도착하고 나면 우리가 필요하기 때문이지. 우리는 맡은 임무를 완수했어. 적어도 세 사람 몫 이상을 했다고. 사진을 찍고 자기장을 측정하고 지도를 그리고 나머지 일들까지."

"발언 끝났어?"

"아니. 넌 내가 새들을 끌어들였다고 했지? 네 말이 맞다면, 사실이 아니지만 만약 그렇다고 치면, 난 훈장을 받아야 해. 너희 중 누구도 외계 생명체를 발견하지 못했잖아. 작은 조각 하나, 흔적 하나 발견한 게 없어. 나는 발견했고, 살아 있는 표본을 함선에 가져왔어. 너희는 인정 못하겠지. 하지만 너의 기소 내용이 타당하다면 그것이 사실이고 나는 영웅인 셈이야."

에나가 말했다. "하지만 피고는 기소 내용을 부인한다는 거죠?"

"당연하지. 새들은 내가 우주복을 입고 우주 공간에 있을 때 내 안으로 들어왔어. 말했잖아. 그곳에 있었다고."

마지못해 에나가 고개를 끄덕였다.

"나는 함선으로 돌아오고 싶지 않았어. 감염되었으니까. 브레넌이 강제로 날 끌고 온 거야. 새들을 함선 내부로 들인 게 범죄라면, 범죄자는 브레넌이야. 내가 아니라."

"너는 우리 임무를 고의로 방해했어." 브레넌이 말했다.

에나가 손을 들었다. "그 내용이라면 이미 들었습니다. 그리고 지금은 레이프의 변론시간입니다. 검사는 끼어들지 마세요."

레이프가 말했다. "내게 변론할 기회를 주겠다고 했지? 한 가지 더 말할 게 있어. 일 분도 안 걸려. 해도 되지?"

그녀가 고개를 끄덕였다. "계속해."

"브레넌은 나를 죽이겠다고 위협하고 있어. 내가 베타 안드로메다로 돌아가 거기서 죽고 싶어하는 거 너도 확실히 알 거야. 난 우주복을 입고 다시 밖으로 나갈 거야. 그렇게 하게 해줘. 일지에는 내 이름 옆에 K라고 써. 내가 자살했다고 적어. 사실이니까. 너희 중 누구든 나를 살해한 죄로 기소되더라도 베리스코프 영상을 판독하면 무죄가 입증될 거야."

에나가 미소를 지었다. "브레넌 생각은?"

"너만 좋다면."

"지금 이대로는 아냐. 레이프, 일단 네가 해줘야 할 일이 있어. 함선 전체를 뒤져서라도 새들을 잡아와. 몽땅. 그리고 그것들을 네 속에 다시 넣어. 한 번 네 속에 들어간 적이 있으니까 제대로 접근하면 다시 들어갈 거야. 그러면 원하는 대로 베타 안드로메다에 너를 놓아줄게."

불가사리처럼 레이프가 팔다리를 쭉 뻗자 새들이 날아들었다. 모든, 혹은 거의 모든 새들이. 이제 그가 태양풍에 마른잎처럼 날아갔다. 수레바퀴처럼 빙글빙글 돌면서.

그의 공기가 떨어져가고 있다. 그의 육신은 죽을 것이다. 그리고 죽지 않는 무언가가 마침내 자유로워져 우주와 그 너머를 유랑할 것이다.

죽음이 그의 곁에서 기다리고 있었다. 따뜻하고 어둡고 친숙한 죽음을 레이프는 어서 맞이하고 싶었다.

선실에서 에나는 작은 갈색 병을 흔들며 혼자서 웃었다. 함교에서 브레넌이 그녀를 안심시킬 때 그에게서 애프터셰이브 향이 희미하게 났다. 남은 항해기간 내내 쓸 만큼 충분한 양을 가져오지는 못했을 테니 어디다 비축해두었다가 이제야 쓰는 것이다.

기분좋으면서도 정확히 무슨 향인지 알 수 없는 그 향기가 그녀의 머릿속에 남았다. 월트가 썼던 애프터셰이브는 뭐였지? 향수는? 예전에는 알았는데 이제 생각나지 않았다. 지금은 브레넌의 희미한 향기만이 기억에 남았다. 러시안레더? 스파이스? 둘 다 아닌 것 같다.

에나는 갈색 병을 돌려 라벨을 읽었다. 식료품 로커에서 발견한 후로 몇 번이나 읽었던 라벨이었다. '바닐라 추출향.'

그녀에게서 쿠키 냄새가 날 것이다.

병을 열고 묽은 갈색 액체를 전략적인 다섯 지점에 발랐다.

돌아가면 브레넌이 그녀를 반길 것이다. 두 사람은 키스하고 셔츠의 단추를 풀고 이어—

무슨 소리가 들려 그녀는 백일몽에서 깨어났다. 오른손목에서 새 한 마리가 노래했다.

결혼 선물

캐럴린 파크허스트

몸이 좋지 않아서 이본에게 연락해 와달라고 할 참이었다. 요즘에는 그렇게 생각하는 사람이 많지 않지만 자매란 모름지기 서로 돕고 살아야 한다. 사람들이 가족에 대한 책임감을 좀더 진지하게 받아들인다면 세상이 그렇게 엉망일 리가 없다…… 하지만 전화는 계속 울리고만 있었다.

"여보세요." 이본이 전화를 받았다.

"이본, 오후에 우리집에 와주지 않을래? 몸이 안 좋아."

수화기 저편에서 한숨소리가 들렸다. 게다가 그녀가 그런 기색을 감추려고 했다는 것이 믿어지지 않았다. "아를레트, 많이 안 좋아? 나 지금 결혼식 준비하느라 할 일이 너무 많아."

"아, 그래, 결혼식. 얼마 안 남았나?"

"이번주 토요일이야. 언니도 알잖아."

"그래, 나도 갈 수 있으면 좋겠다. 그런데 하루종일 몸이 안 좋아서 그때까지 나을지 모르겠어."

"또 시작이네……"

"아픈 게 내 잘못은 아니잖니? 그래도 네가 도와주면……"

긴 침묵이 흘렀다. 수화기 저편에서 손가락에 이국적인 약혼반지를 끼고 있는 이본의 모습이 눈에 선했다. 그 나이의 여자가. "알았어. 아서한테 심부름 몇 가지 부탁하고 갈게. 삼십 분 뒤에 도착할 거야."

전화를 끊고 베개에 몸을 기댔다. 흡족했다.

사실인즉 이 결혼식은 의당 내 결혼식이어야 했다. 이본과 나는 아서를 동시에 만났고, 처음에 그가 관심을 보인 사람도 바로 나였다. 성서 시대에 그랬고 내가 보기에 역사적으로 중요한 시기들에도, 집안에 미혼인 자매가 둘 있으면 동생이 언니보다 먼저 결혼할 수 없었다. 그것은 불법이었다. 법을 어기고 달아나 결혼식을 올리면 사형에 처해졌다. 이본에게 그 이야기를 해주어야겠다. 예전 같았으면 그녀는 목이 잘렸을 것이다.

우리가 아서를 만난 건 이본이 내 일흔 살 생일을 축하해주려고 데려간 노인 유람선 관광에서였다. 그녀의 아이디어였지만 썩 좋은 생각은 아니었다. 선실은 비좁고 음식은 형편없고 승객은 따분한 노인네들뿐이었다. 이본이 티켓을 건네며 말했다. "누가 알아? 괜찮은 홀아비라도 만나게 될지." 여자가 남자보다 세 배나 많았고 그나마도 머리가 벗어지고 이가 빠지고 노망난 이들뿐이었다. 손가락으로 수프를 떠먹으려는 사람을 실제로 내 눈으로 보았다. 그러니 아서가 식당에 들어왔을 때, 키가 훤칠하고 허리가 꼿꼿하며 무성한 은발이 선박풍 샹들리에 조명을 받아 반짝거리는 그가 등장했을 때는 식당 안의 할망구들이 일제히 허리를 펴고 자세를 고쳐 앉았다. 내 옆자리에 그가 앉았을 때 속으로 생각했다. 나 좀 봐요. 내 매력에 홀딱 반하게 만들 생각이었다. 그래서 시사 문제로 가볍게 대화의 물꼬를 텄다. 정신이 말짱한지 알아보기 위한 테스트였다. 그는 다른 노인들과 다르게 요즘 무슨 약을 먹는지 따위는 얘기하지 않았다. 그것만으로도 그 테이블의 어떤 누구보다도 훌륭한 대화 상대였다. 그와 나는 식사 내내 떠들고 웃었다. 이본은 소파 커버처럼 존재감 없이 배경에 머물렀다. 항상 그런 식이었다. 사람이 무르고, 답답하리만치 따분했다. 내가 아니었으면 벌써 오래전에 세상이 그녀를 집어삼켰을 것이다.

이본은 말없이 앉아 갈빗살 요리를 자기 접시에 덜어갔다. 그런 여자를 좋아하는 사람은 세상에 없다. 그동안 나는 그를 유혹한다는 큰 그림의 밑바탕을 깔기 시작했다. 일이 순조롭게 흘러갔고 나는 그를 손아귀에 넣었다고 확신했다. 아서와 아를레트, 아서와 아를레트, 마음속으로 계속 노래를 불렀다. 황홀했다. 신은 아실 것이다. 내가 그런 행복을 맛볼 자격이 있다는 것을. 이본도 안다. 남편 스티븐과 사별한 뒤로 내가 얼마나 외롭게 지냈는지. 동생은 혼자 지내도 개의치 않는다. 그 생활에 익숙하다. 하지만 나는 결혼을 해야 되는 사람이다. 머릿속으로는 벌써부터 교회 장식과 테이블 꽃 장식을 생각했다.

그런데 식사를 마쳤을 때 묘한 일이 벌어졌다. 먼저 자리에서 일어난 아서가 손을 내밀어 나를 일으켜주고는 똑바로 보며 말했다. "저와 같이 거닐며 달구경을 하시겠습니까, 이본 씨?"

위에서 신물이 약간 올라왔고 온몸이 조여들었다. 눈빛을 반짝이며 고개를 쳐드는 이본을 쏘아보았다. 나는 아서에게 퉁명스럽게 말했다. "이름을 제대로 불러주시면 좋겠네요."

잠시나마 아서의 얼굴이 냉정해지더니 시선이 나와 이본 사이를 오갔다. 그러더니 눈을 휘둥그레 뜨며 점잖게 놀랐다는 표시를 하고는 사과의 말을 열심히 늘어놓았다. "정말 죄송합니다. 소개하실 때 제가 잘못 들었던 모양입니다. 그러니까 이본 씨는 동생인 거죠?"

"네, 맞아요." 나는 그렇게 말하고 입을 꼭 다문 채 숄을 둘렀다. 그런 실수를 저지른 데 대해 좀더 용서를 빌게 할 심산이었다.

"너그러이 용서해주세요." 그런 다음 이게 그거랑 무슨 상관이 있다고 이렇게 덧붙였다. "두 분이 정말 꼭 닮으셨네요."

그것은 그가 저지른 치명적인 실책이었다. 이본과 나는 쌍둥이처럼 빼닮았다는 소리를 평생 들어왔다. 하지만 나는 그렇게 생각하지 않는다. 전혀! 정확히 말하면, 이본과 나랑은 열세 달 터울이다. 그애 없이 나 혼자만 있었던 그 소중한 열세 달을 되찾기를 얼마나 자주 바랐던가! 피부나 머리, 눈 색깔은 비슷했지만 내 이목구비가 훨씬 우아했다. 칭찬이랍시고 이본과 나를 비교하는 사람은 뭘 몰라도 한참 모르는 사람이다. 그런 사람은 사람 보는 눈을 되도록 빨리 배워야 한다.

"죄송해요." 내 목소리는 뷔페를 망치는 하찮은 백조 얼음조각만큼이나 싸늘했다. "초대는 감사하지만 오늘은 좀 피곤해서 아무래도 어려울 것 같군요." 그러고는 볼품없는 동생을 데리고 미끄러지듯 자리를 떴다.

반나절 정도 아서와 적당한 거리를 두다가 그가 나의 환심을 얻으려고 애쓰는 모습을 보며 서서히 나를 허락할 셈이었다. 하지만 다음날 아침 그 작전이 실패했음을 알았다. 아서는 나는 안중에도 없고, 마치 수년 동안 찾아 헤맨 진귀한 새를 발견하기라도 한 듯 이본에게 홀딱 빠져 애지중지했다. 그들은 아침나절 선상 카지노에 가더니 늦은 오후에는 볼룸댄스 교습반에 등록했다. 나는 혼자 갑판 의자에 앉아 분해서 속을 끓이며 지나가는 파도만 바라보았다.

사실대로 말하자면, 이본과 내가 이런 상황에 처한 건 이번이 처음도 아니었다. 죽은 남편 스티븐과 내가 처음 만났을 때―당시 나는 스물한 살, 이본은 스무 살이었다―그는 이미 이본과 사귀고 있었다. 우리 자매는 아버지의 빵집에서 일하고 있었는데, 나는 남편감을 찾을 때까지 일하기에는 그럭저럭 괜찮다고 생각했다. 하지만 이본은 그렇지 않았던 모양인지 지방 대학에 수업을 들으러 다니기 시작했다. 그녀는 사서가 되고 싶어했다. 도서관에서 "쉿" 하고 조용히 시키려면 학교를 다녀야 한다는 양. 아무튼 나중 일은 아무도 모르는 거니까. 당시 이본과 같은 시간에 버스를 타는 청년이 있었다. 둘은 펼쳐든 책 너머로 서로를 힐끔거리곤 했다. 그리고 한쪽이 수줍게 웃어 보이면 다른 쪽은 당황해서는 눈길을 돌렸다. 정말 낭만적이지 않은가? 책을 읽다가 훔쳐보고 시선을 피하는. 영화 〈카사블랑카〉도 그토록 낭만적이지는 않았다. 마침내, 그렇게 일 년이 지나고—이 숙맥들이 진도 나가는 데 꼬박 일 년이 걸렸다—청년이 이본 옆자리로 옮겨와 말을 걸었다. 그 뒤로 그들은 함께 버스를 타고 책에 대해 이야기하며 붙어다니는 사이가 되었다. 청년의 이름은 스티븐이었다. 그는 시인이었다. 하지만 어디까지나 그가 하는 말이었고, 사실은 시인이 되고픈 회계사였다.

어느 날 이본이 가족들과의 저녁식사 자리에 그를 데려왔을 때 나는 얼마나 놀랐는지 모른다. 빵집을 찾는 무수한 남자들과 내가 시시덕거릴 때도 책에 코를 박고 있던 소심한 애가 사귀는 남자를 집에 데리고 오다니!

그리하여 이본은 용기를 내서 안녕하세요라고 말하는 데만 일 년이 걸린 수줍고 얼빠진 남자를 집으로 데려왔고, 우리는 거실에 앉아서 그를 쳐다보았다. 미리 말해두지만 그는 잘생겼다. 사슴 같은 커다란 눈망울에 다리도 길어서 쭉 뻗으면 거실 한복판에 닿았다. 서로를 바라보는 모양새가 꼭 구멍 밖을 힐끔힐끔 내다보는 한 쌍의 생쥐 같은 이본과 스티븐을 지켜보며 나는 이 청년에게는 그를 다른 존재로 변모시켜줄 여자가 필요하다고 생각했다. 이본처럼 소심한 여자가 아니라 활기차고 대담한 여자. 두 사람의 미래를 상상하면 평생 시끄러울 일 없는 고요한 밤이 그려졌다. 나란히 앉아 상대방이 "차에 우유 넣어줄까?"라고 말해주기를 기다리는. 아니면 같이 책을 읽든가. 이것은 이미 하고 있었겠지. 생각만 해도 하품이 나왔다. 이 스티븐에게는 인생의 즐거움을 가르쳐줄 수 있는 여자, 거침없이 속마음을 털어놓는 여자가 필요했다. 스티븐과 나는 함께할 운명이었다. 나는 단번에 알아보았다. 우리야말로 행복을 누릴 자격이 있지 않나? 이본이 그런 남자에게 뭘 해줄 수 있겠나? 그녀에게는 해야 할 공부가 있었고, 그것은 고독한 길이었다. 그녀는 혼자 있을 때 가장 행복했다. 고로 나는 우리 모두의 행복을 위해 스티븐을 이본에게서 떼어내기로 했다.

생각만큼 만만한 일은 아니었다. 스티븐은 나로서는 이해가 가지 않는 이유로 이본에게 푹 빠져 있었다. 그래서 나는 좀더 교묘한 방식으로 추파를 던졌다. 그가 다니는 길에 장갑을 떨어뜨리거나 어깨가 시리다며 그의 팔에 기댔다. 이런 방식은 곧장 먹혔다. 그러던 어느 날, 운명이 나를 도왔다. 셋이서 가까운 호수로 피크닉을 가기로 했는데—이 무렵 나는 스티븐과 이본의 데이트에 슬쩍 끼곤 했다—이본이 아파서 갈 수 없게 되었다. 스티븐은 일정을 취소하려고 했다. 나는 슬픈 얼굴을 하고서 아침 내내 데블드에 그를 준비했다고 말하며 둘만이라도 즐거운 하루를 보내면 어떻겠냐고 했다. 예상대로 이본은 내 편을 들며 좋은 시간을 보내다 오라고 했다. 정말 이애는 뭐가 자기를 위한 건지 모른다. 그렇게 해서 스티븐과 둘이서 호수에 가게 되었다. 우리는 호젓한 장소에 자리잡고 근사한 수양버드나무 그늘에 앉아 오후를 보냈다. 서로 웃고 떠들며 멋진 시간을 보냈다. 나중에 이본은 어떻게 자기한테 그럴 수 있느냐며 따졌지만, 당시 이본은 안중에도 없었다. 우리는 사랑에 빠졌고 그것만이 중요했다. 나는 아버지 위스키를 몰래 피크닉 바구니에 넣어갔다. 스티븐도 나도 술이 세지 않아서 조금씩 마셨는데도 취기가 올랐다. 그러다가 별안간 폭풍우가 몰려와 그의 차 뒷좌석에서 비를 피했다. 그다음 벌어진 일은 상상에 맡기겠다. 그래서 나는 항상 우리 사랑은 자연의 힘이 맺어준 거라고 말했다.

물론 눈물과 비난이 없었던 것은 아니다. 그러나 한 달 후 내가 스티븐에게 임신한 거 같다고 했을 때, 우리 둘의 결혼만이 최선의 해결책으로 보였다. 내가 생리주기를 잘못 계산했고 임신이 아님을 알았을 때는 이미 신혼여행을 마치고 돌아온 뒤였다.

한동안 이본은 우리집에 얼씬도 하지 않았다. 스티븐과 이본은 같이 있을 때마다 어색해하는 것 같았다. 그래서 나는 두 사람이 한때 앓았던 사랑의 감정을 정리하지 않는 것을 절대 용납하지 않겠다는 뜻을 분명히 했다. 두 사람은 나의 의중을 재빨리 알아들었다.

스티븐과의 결혼생활은 행복했다. 처음에는 내가 바라던 식의 남편이 아니었지만, 나의 지도로 변하기 시작했다. 나는 그가 시를 쓰고 독서하는 것을 포기하도록 했다. 그가 시간을 보내는 시시껄렁한 일들을 다 버리고 일에만 집중하게 만들었다. 그러자 몇 년 만에 회사에서 높은 자리까지 승진했고, 근사한 생활을 할 만큼 돈도 많이 벌었다. 스티븐은 나랑 결혼할 당시의 미숙하고 무른 성격을 버리고 대신 남자다운 냉철함을 개발했다. 한동안 우리는 아이를 가지려 애썼지만 뜻대로 되지 않았다. 내 자궁에 문제가 있었는데, 그런 이야기까지 듣고 싶진 않을 것이다. 솔직히 말하자면 차라리 잘된 일이라고 생각한다. 나는 모성적인 여자가 아니니까.

우리가 결혼하고 몇 년 지났을 때 엄마가 크리스마스 장식물을 주었다. 예술적인 안목을 지닌 엄마의 크리스마스트리는 언제나 놀라울 따름이었다. 엄마는 수년에 걸쳐 아름다운 크리스마스 장식들을 수집했고 개중에는 상당히 값나가는 것도 있었다. 이본이 언젠가는 그것들을 물려받길 항상 바랐다는 것을 나는 알고 있었다. 엄마가 그것들을 내게 줘서 이본이 적잖이 마음의 상처를 입었을 것이다. 하지만 조만간 그녀는 크리스마스 가족 모임에서도 제대로 대접받지 못하는 시집 못 간 노처녀 신세가 될 게 분명했다. 그러니 그녀에게 장식물을 준다는 것은 말이 안 되었다. 엄마는 실용적인 사람이라서 나만큼이나 이 사실을 잘 알았다. 그게 세상의 이치임을 아는 사람이었고 나나 당신이 뭐라 할 계제가 아니었다. 그런데 이본은 남들이 다 아는 이 이치를 납득하지 못했고 대수롭지 않게 여겼다. 솔직히 말하면 사십오 년이 지난 지금도 마찬가지일 것이다.

엄마의 장식을 물려받고 나서 돌아온 첫 크리스마스에 나는 성대한 가족 파티를 열었다. 나는 훌륭한 햄 요리 정찬을 준비했고, 다 같이 흠잡을 데 없는 크리스마스트리 아래 앉아 선물을 열어보았다. 스티븐이 피아노를 연주했고—내가 유일하게 허락한 취미다—우리는 밤늦게까지 캐럴을 불렀다. 모두가 떠나고 난 뒤 이본은 남아서 뒷정리를 하겠다고 했다. 혼자서 파티를 준비하느라 고단했던 나는 그러라고 하고는 잠자리에 들었다. 이본은 부엌에 있었고, 스티븐은 여전히 피아노 앞에 앉아 연주하고 있었다.

두 시간쯤 지나 깨어보니 침대 옆자리에 스티븐이 없었다. 아래층 불이 켜져 있어서 거실로 살금살금 내려갔다. 스티븐과 이본이 소파에 함께 앉아 있었다. 둘이 얼싸안고 이마를 맞댄 채 서로의 눈을 들여다보고 있었다. 그녀는 그의 목덜미를 쓰다듬으며 나지막이 말하고 있었다. 마룻바닥이 삐걱 소리를 내는 바람에 그들이 고개를 들고 나를 보기 직전, 이본의 입에서 나온 두 단어를 들었다. 똑똑히. "아를레트랑 헤어져요."

그때, 말했다시피 마룻바닥이 삐걱거렸고, 둘은 도둑질하다 들킨 사람처럼 고개를 홱 들었다. 어떤 의미에서는 도둑질중이었다.

"내 집에서 나가!" 나는 누구에게랄 것도 없이 고함을 질렀다. 그들은 얼어붙은 채 가만히 앉아 있었다. 나는 트리 장식물 하나―흰색 도자기로 만든 천사 인형―를 뽑아 배신당한 여자로서 생각지도 못한 힘을 발휘해 그들에게 던졌다. 그들 머리 위쪽 벽을 맞고 바닥에 떨어졌다. 날개 하나가 떨어져나갔지만 박살나지는 않았다. 생각보다 단단한 물질로 만들어진 모양이었다.

물론 스티븐은 나랑 헤어지지 않았다. 현명한 판단이었다. 그에 대해 뭐라고 말하든 그는 진지하게 책임을 졌다. 그도 나랑 결혼한 게 잘한 일이라고 생각했을 것이다. 사실 그 일 이후 별로 달라진 건 없었다. 있다면 그 일로 인해 모피 코트를 얻었다는 것, 부부싸움을 할 때마다 써먹을 수 있는 패 하나를 쥐게 되었다는 것 정도다. 그리고 이본이 집에 들러 훌쩍이며 미안하다고 말했을 때, 나는 두 팔을 벌리고 안아주었다. 친구는 가까이, 적은 더 가까이. 그후로 이본과 스티븐은 단 일 분도 둘만의 시간을 가진 적이 없었다. 삼십 년 동안 단 한 순간도. 스티븐이 죽기 두 시간 전 병상에서 이본에게 따로 작별인사를 하게 해달라고 했을 때 내가 뭐라고 했는지 아는가? 안 된다고 했다. 절대 안 돼. 그게 전부였다.

사진들을 보니 이런저런 생각이 난다. 유람선을 타본 적이 있는지 모르겠지만, 없다면 괜히 돈 낭비하지 마시길. 정말 짜증나는 게 거기선 끊임없이 당신을 찍어대고 사진을 팔려고 든다. 아예 이런 기념사진만 전시하는 복도가 따로 있어서 지나가면서 무리 가운데 당신 얼굴이 찍힌 사진을 골라야 한다. 실제로 우울하기 짝이 없는 일로, 모든 사진이 거기서 거기다. 소떼처럼 우르르 트랩을 올라가는 사진, 몸에 맞지 않는 이브닝드레스를 입고 매번 똑같은 농담—"당신이 여기 있으면 배는 누가 몰아요?"—을 듣는 불쌍한 선장 옆에서 포즈를 취한 사진. 그리고 재미있게 즐기고 있는 듯 보이려고 카메라 앞에서 억지웃음을 짓는 사람들과 자신도 다를 바 없음이 드러난다. 나라면 그런 사진에 동전 한 닢 쓰지 않겠다.
하지만 이본이 깨어 있는 시간 내내 아서와 붙어다니자(어디까지나 깨어 있는 순간만 그랬다, 뭐랄까—그때가 인생에서 가장 격정적인 일주일이었을 만큼 그녀는 지나치게 조신했다) 나로서는 시간이 남아돌았다. 그래서 동생의 배반이 시작된 순간을 찾아낼 겸 농장 동물들이 전시된 복도를 따라 걸었다. 이본과 아를레트가 함께 도착하는 사진이 여기 있군. 두 자매는 한껏 행복해 보였다. 외롭게 혼자 도착한 아서 사진도 있군. 여기 이본과 아를레트가 총천연색 카리브해를 배경으로 찍은 사진도 있네. 반짝거리는 가짜 별을 배경으로 한 사진도. 여기는 공식 파티 날 가장 예쁜 옷으로 차려입고 홀로 서 있는 아를레트! 금혼식을 올리는 부부처럼 함께 포즈를 취한 이본과 아서 사진도 있었다. 둘이 함께 있는 모습을 보라. 어울리지 않는다는 걸 바로 알 수 있다. 내가 고소해하며 하는 말이 결코 아닌 게, 일단 사진이 못 나왔다. 셔터를 누르는 순간 아서가 고개를 돌려 그인지 알아보기가 어려웠다. 그 순간 뭔가 이상한 점을 알아챘다. 사진들을 다시 쭉 훑어봤는데 아서 얼굴이 제대로 나온 게 한 장도 없었다. 어떤 이유에서인지 사진이 찍히는 걸 원하지 않는 것 같았다. 그때 생각이 퍼뜩 머리를 쳤다. 이 남자 뭔가 숨기고 있구나.

물론 걱정되는 것은 동생 이본의 안위였다. 행색이나 집안 장식으로는 티가 안 나지만, 그녀는 돈이 아주 많았다. 물론 아무도 그렇게 될 줄 몰랐다. 사서 월급이라고 해봐야 책을 사보고 공영 방송사에 기부금을 내기에도 빠듯하니까. 하지만 그녀가 일하는 도서관에 자주 들르던 남자가 있었다. 매일 아침 도서관에 와서 신문을 보던 자그마한 노인이었다. 그가 이본을 아주 좋아했던 모양이다. 그래서 무슨 일이 있었다는 건 아니다. 아서가 나타나기 전까지 이본의 인생은 그냥 그랬으니까. 두 사람은 이야기를 나누기 시작했고, 그녀는 그에게 예외적으로 신문을 보는 동안 너무 눈에 띄거나 흘리지만 않는다면 커피를 마실 수 있게 해주었다. 내게도 이 남자에 대해 이야기한 적이 있었다. 그녀가 관심 있어할 만한 기사를 보여준다거나 얼마 안 가 그녀가 마실 커피도 함께 가지고 오기 시작했다는 것이었다. 그래서 내가 말했다. "이본, 네 인생은 영화배우 같다. 어쩜 그렇게 항상 스릴이 넘치니." 그러던 어느 날 이 남자가 자다 죽었고, 이본에게 오백만 달러에 가까운 돈을 유산으로 남겼다. 당신은 그런 부자가 왜 도서관까지 와서 신문을 볼까 싶겠지만, 아무튼 이 사건은 모두를 깜짝 놀라게 했고 신문이란 신문마다 이본에 관한 기사로 장식되었다. 그녀는 기자들에게 이렇게 말했다. "그렇다고 제 인생이 달라지진 않아요." 복권에 당첨된 다음 날 헬리콥터를 구입한 사람의 말처럼 허황되게 들리겠지만, 그녀의 말은 진심이었다. 도서관 사서를 그만두지 않았고 여전히 싸구려 미용실에서 머리를 잘랐다. 한심하게도.

그래서 모든 사진에서 얼굴을 감춘 아서의 모습을 발견했을 때 처음엔 이본이나 싸구려 머리가 창피해서 같이 사진 찍히기가 싫은가 싶었다. 하지만 그보다 이전에 찍은 사진, 그러니까 아를레트의 너그럽고 여린 마음을 짓밟아 뭉개기 전에 찍은 사진들도 똑같이 그런 걸 보고 뭔가 있다는 것을 깨달았다. 그는 이본과 함께 있는 모습이 남들 눈에 띄는 걸 꺼렸던 게 아니라 자신의 모습을 드러내는 것 자체가 싫었던 것이다.

집에 돌아왔을 때—육지에 발을 디디는 게 그토록 기뻤던 적이 없었다—나는 아서의 뒤를 캐보기로 마음먹었다. 생각보다 일이 쉽게 풀렸다. 텔레비전 앞에 앉아서 〈공개 수배 쇼〉를 보다가 해당 웹사이트가 있다는 것을 알게 되었다. 그래서 작년에 이본이 내게 선물로 사준 컴퓨터를 켜고 사이트를 둘러봤다. 믿기지 않겠지만 한 시간 만에 아서를 찾아냈다. 그의 본명은 아서가 아니라 마틴 에드워드 재프였다. 덴버에서 그가 결혼했던 한 여성의 실종사건과 관련하여 수배중이었다. 부유한 여인, 폭풍처럼 몰아친 구애. 지겨우리만치 흔해빠진 스토리다. 솔직히 이본처럼 순진한 애가 또 어디 있을까? 나는 그의 사진이 실린 신문 한 부를 덴버에 주문했다. 그리고 이본의 주목을 끌기에 적절한 순간을 기다렸다.

이본과 전화를 끊고 베개에 기댄 나는 오늘이 과연 그날이 될지 아닐지 알게 되기를 기다렸다. 도착하려면 한 시간 이상 걸리겠지. 시간이 걸릴수록 그녀에게 불리해진다―솔직히 그녀는 오 분 거리에 산다. 처음에는 잠자코 있을까도 생각했다. 자업자득이야, 제 무덤을 판 거야, 나는 생각했다. 하지만 그러다가도 괜히 마음이 약해진다. 어쨌거나 하나밖에 없는 동생이니까. 사실을 털어놓기가 그리 쉬운 일은 아니다. 이렇게 직전에 결혼식을 취소해야 한다는 것은 죽기만큼 괴로운 일일 것이다. 최근 그녀는 어느 때보다 행복해 보였는데, 내가 뭐라고 그런 행복을 빼앗는단 말인가? 그래서 이본이 아래층에서 나를 위해 수프를 데우는 동안 벽장에서 크리스마스 장식 상자를 꺼냈다. 안에는 그녀가 그렇게 갖고 싶어했던 시시한 유릿조각과 반짝거리는 장식들이 옛날 신문지에 싸여 있었다. 내가 왜 그렇게 오랫동안 이것들에 집착했을까? 하나를 꺼내 풀어보았다. 한쪽 날개가 부러진 흰 천사였다. 그 도자기 천사를 덴버의 신문기사에 꼭 싸서 상자 깊숙이 묻어두었다. 이본이 올라오는 기척에 상자를 얼른 닫고 침대에 누웠다.

이본이 수프와 크래커를 쟁반에 담아들고 들어왔다. 리츠 과자 대신 퍼석퍼석한 크래커를 가져온 걸 보자 계획이고 뭐고 다 취소하고 아서에 대해 스스로 알아내게 내버려둘까 싶기도 했다. 하지만 나는 심호흡을 하며 그녀가 내 동생이란 사실을 상기했다. 게다가 그녀가 이미 바닥 가운데 있는 상자를 발견했다.

그녀가 침대에 쟁반을 내려놓고 상자를 가리켰다. "이게 뭐야?" 빤히 표시가 되어 있고 그녀도 백 번은 넘게 본 상자일 텐데 그렇게 물었다. 정말 짜증나는 인간이다. 아서는 자기가 어떤 여자를 얻었는지 모르겠지.

하지만 나는 미소 지으며 토요일 결혼식에 올라올 싸구려 웨딩 케이크의 아이싱처럼 알랑거리는 목소리로 말했다. "결혼 선물이야. 이거 갖고 싶어했잖아." 그녀 얼굴에 언제 봐도 꼴 보기 싫은 표정이 떠올랐다. 자기를 때릴지 모르는 주인 손에서 고기를 받아먹는 개처럼 기쁘면서도 겁에 질린 어정쩡한 표정 말이다.

"정말이야, 언니?" 울먹이는 목소리였다. 그녀를 꼬집어주고 싶었다.

"이제부터는 크리스마스에 내가 너희 집에 가야 할 것 같아서. 그러니까 이게 맞지."

"오! 아를레트." 그녀가 울면서 나를 껴안아 하마터면 수프 그릇이 엎어질 뻔했다. "그래서 나더러 오늘 집으로 오라고 했구나. 언니처럼 다정한 사람은 세상에 없을 거야!"

"역시 넌 날 알아보는구나." 나는 그렇게 말하고 크래커를 깨물었다.

나는 그녀가 뭔가 의미 없는 말을 재잘대면서 상자를 안아들고 내려가 차로 가는 것을 보았다. 깨진 천사 인형을 싸고 있는, 안쪽

깊숙이 숨겨진 아서의 얼굴 사진이 떠올랐다. 눈썰미가 있다면 그녀도 크리스마스 즈음엔 발견할 것이다. 설령 그전에 무슨 일이 생기더라도 내 책임은 아니다. 나로서는 할 만큼 했다.

그리고 결코 그런 일은 없겠지만, 혹시 그전에 무슨 일이 벌어지더라도 내가 상황을 주무를 수 있다. 조금만 지도해주면 아서도 내게 어울리는 남편이 될 테니까.

소설 속의 삶

캣 하워드

그가 또 나를 자기 소설 속에 등장시켰다.

헤어지고 나서는 그러지 말라고 했는데. 사실 우리가 헤어진 이유도 그것이었다. 뮤즈가 되는 것도 나쁘지 않을 것 같지만, 막상 되어보면 사정이 다르다.

처음 그의 소설 속 인물이 되었을 때는 우쭐했다. 소설 속 세계는 내 평범한 일상과 달리 너무도 멋져서 자꾸 생각났다. 그래서 그 세계로 빨려들어갔다. 그가 오직 나만을 위해 만들어낸 세계, 그곳에서 나는 모든 것이고, 결코 다다를 수 없는 이상적인 존재였다. 한마디로 너무도 매혹적인 세계였다.

그가 소설을 끝내고 내가 현실로 돌아와서 제일 먼저 했던 일은 넓적다리가 뻐근하도록 사랑을 나누는 것이었다. 우리가 처음으로 가진 관계였다. 그는 이제껏 자기가 경험한 섹스 가운데 최고였다고 했다.

이전에도 그가 쓰는 소설 속으로 빠져든 사람이 있었느냐고 묻자, 자신이 아는 한 없다고 했다. 아, 물론 그는 아는 사람들을 바탕으로 캐릭터를 만들었다. 그들의 삶을 조금씩 훔쳐내어. 몸짓이며 말버릇, 특이한 눈 색깔과 걸음걸이까지. 작가치고 그런 사소한 도둑질을 하지 않는 사람은 없다.

나는 그에게 이번에는 또 어떻게 했는지 물었다.

"나는 당신과 사랑에 빠졌어. 온통 당신 생각뿐이야. 마라를 쓰는 동안 내 머릿속에는 당신이 있었어. 항상."

내가 소설 속으로 곧장 빠져드는 것은 아니라서 마라가 나오지 않는 부분에서는 무슨 일이 벌어지는지 몰랐다. 그래서 완성된 초고를 읽었을 때 어디서 본 듯한 기시감과 알쏭달쏭함이 묘하게 뒤섞인 기분이었다.

현실세계 속 나의 성적 방종에 영감을 얻은 것이 확실한 그의 차기작은 에로틱한 중편소설이었다. 앨리는 육체적으로나 성적 취향이나 나보다 훨씬 유연한 인물이었다.

그 소설을 정말 재미있게 읽었다. 어느 날 잠자리에서 앨리가 재미있게 여기는, 하지만 그는 변태적이라고 생각하는 것을 시도했다. 그후로 그가 나를 등장시킨 소설 속 섹스 장면에는 구강성교만 나왔다.

남자들이란 참 뻔하다. 제아무리 문학 천재일지라도.

어쩌면 문학 천재일수록 더 그럴지도.

다음에 그가 또 나를 등장시켰을 때 나는 직장을 잃었다. 당시 그가 작업중이던 소설이 있었는데, 그가 노라에 대해 쓰려고 펜을 들면 나는 내 삶에서 그냥 사라져버렸다. 글이 잘 풀릴 때는 한 번에 며칠 혹은 몇 주씩.

그는 당시 나한테 무슨 일이 있었는지 몰랐다고 했다. 내 아파트에 들러서 집에 별 이상이 없는지 살펴보고 화초에 물을 주었다. 기억이 났을 때. 글쓰기에 몰입해서 아무것도 눈에 들어오지 않을 때가 아닌 한.

그의 말로는, 그 시기 자신의 머릿속에는 항상 내가 있었다. 생각의 언저리에. 마치 그렇게 말하면 내가 안심하기라도 하듯.

이런 일은 더 자주 일어났다. 그가 글을 쓰기 시작하면, 집필이 끝날 때까지 나는 소설 속에 머물렀다.

내가 그의 글 속에서 사는 시간이 길어질수록 현실세계의 삶은 그만큼 짧아졌다. 그리고 현실세계에서 실제 인물로, 나로 살아간다는 게 어떤 것인지 잘 생각나지 않았다.

글이 순조롭게 써지는 동안에는, 누가 대신 일이 돌아가는 상황을 파악하고 모든 결정을 내려주는 가운데 나는 따스하고 안락한 느낌에 싸여 지냈다. 그것은 높이 매달린 줄 아래 안전망이었다. 모든 것이 아스라하고 초점이 흐리고 가장자리가 뭉개져 있었다.

나는 결과에 대한 걱정 없이 모험을 해도 되었다. 어쨌거나 항상 그의 생각 언저리에 있었으니까.

그러다가 모든 게 얼어붙는 날이 왔다. 나는 춥고 하얀 방에 있었고, 나와 대화하던 인물들은 조각상이 되어 방안을 가득 채우고 있었다.

이 사람 저 사람에게 다가가 대화를 나누려고 했지만 소용없었다. 방안을 돌아다니며 출구를 찾았지만 보이지 않았다. 온통 하얀 벽과 바닥, 천장뿐이었다. 큰 방이었는데도 사방이 조여드는 듯한 압박감이 엄습했다.

나는 방 한가운데로 가서 바닥에 다리를 꼬고 앉았다. 그리고 기다렸다.

머릿속이 텅 비었던 경험이 있는가? 하나의 생각이 사라지고 다음 생각이 들 때까지 머릿속에 생각이 전혀 존재하지 않는다. 그저 백색소음뿐이다. 혹시 그런 기분을 느껴보았는가?

그런 텅 빈 느낌이 영원히 지속된다고 상상해보라. 빠져나갈 수도 없다. 머릿속이 비기 전에 어떤 생각을 하고 있었는지 모르기―기억하지 못하는 것이 아니라―때문이다. 그래서 어떻게 생각을 다시 이어가야 하는지 모른다. 아무것도 없다. 침묵뿐이다. 하얀 침묵.

그곳에는 시간도 없다. 그러니 광대하고 폐쇄공포증이 느껴지는 하얀 방에 얼마나 오래 앉아 있었는지 알 도리가 없다. 점점 그렇게 된다.

얼마나 오래 거기서 기다렸는지 모르겠다. 그러다 갑자기 한 번도 본 적 없는 낯선 방으로 옮겨졌다. 현실세계의 방이었다. 그리고 그가 있었다.

그는 눈가에 주름이 지고 머리가 희끗희끗했다. 글이 막혔다고 그가 해명했다. 손에서 놓지 않고 끝장을 보려고도, 잠시 다른 작품에 착수하려고도 해보았지만 하나같이 신통치 않았다. 그래서 그날 아침, 그는 소설을 폐기하기로 마음먹었다.

나는 글이 막혔을 때 나를 현실세계로 되돌리려고 시도했었는지 물었다.

그는 사실 거기까지는 생각이 미치지 못했다고 했다.

그때 그와 헤어지기로 결심했다.

나중에 알고 보니 내가 떠나 있는 동안 그는 꽤 성공을 거두었다. 특히 다층적이고 현실적인 여성 캐릭터를 그려내 문단의 총아로 각광받고 있었다.

한 인터뷰에서 그는 마라가 한때 사랑했던 연인이었다고 밝혔다. 인터뷰어는 낭만적이라고 했다.

낭만은 무슨. 이별은 전혀 낭만적이지 않다.

나의 일부가 영영 사라지거나 그의 입맛에 맞게 변형된 다른 여러 여자들의 모습으로 바뀌어버렸다. 분명 그들도 나였다. 하지만 그의 시각으로 바라본 나, 과장되고 살짝 변형되고 편향된 진실이었다.

라디오를 켜고 노래를 듣다가 집시 펑크를 좋아하는 건 앨리였지 하는 기억이 났다. 이 주 동안 내가 좋아하는 빵을 끊은 것은 피오나처럼 글루텐 알레르기가 있다고 믿었기 때문이다.

석 달 동안 내 이름이 마라인 줄 알았을 때도 있었다.

물론 중간중간 정상 상태로 돌아왔다. 하지만 그가 소설을 위해 나의 소소한 부분을 차용할 때마다 세게 잡아당겨지는 느낌이 들었다. 나는 좋아하는 향수도, 처음으로 가슴이 무너졌던 기억도 잃었다. 나의 작은 조각들이 고통 없이 하나둘 벗겨져나갔다. 그가 '끝'이라고 쓰고 나면 간혹 원래대로 돌아오기도 했다. 하지만 그렇지 않을 때가 더 많았다.

나는 그에게 더이상 나를 소재로 글을 쓰지 않기로 했던 약속을 상기시켰다. 그는 그러려고 한 것이 아니라고 변명했다. 그냥 여기저기서 조금씩 가져다 쓰다보니 그렇게 된 것뿐이라고 했다. 그는 좀더 신중해야 한다. 그리고 사실 나는 내 모습에 우쭐했다.

하지만 그다음에 내 삶에서 일주일이 사라졌다. 그 단편소설은 정말 재미있었다. 이머전은 멋진 캐릭터였고, 내가 되고 싶은 여자였다. 하지만 그게 중요한 것이 아니었다.

중요한 것은 그가 또다시 나를 훔쳤다는 사실이었다. 나는 사라졌고 내가 어디 있었는지 몰랐다. 나 자신에 관해 기억하지 못하는 것들이 더 있었다. 내가 가장 좋아하는 색이 정말 초록색이었나?

나는 컴퓨터를 켜고 미친듯이 자판을 두드렸다. 나에 관해 기억나는 사항들을 죄다 입력했다. 하지만 파일을 훑어보니, 이제는 생각나지 않는 기억의 결락들이 있었다. 모방된 사건들도 있고.

숨이 가빠져서 옷을 다 벗고 몸을 살폈다. 내 몸은 정신보다 진짜이길 바라면서. 하지만 무릎에 난 상처가 열두 살 때 자전거를 타다가 넘어져서 생긴 건지, 열일곱 살 때 해변에서 날카로운 바위에 찍힌 건지 아리송했다. 내가 손을 이렇게 흔들며 인사했던가? 이런 상황에서 내가 울었던가?

아마도 누구라도 울겠지.

나 자신에 대해 다시 써보려 했다. 말린 꽃잎을 모아둔 상자들, 옛날 졸업앨범들에 강박적으로 끼워놓은 구깃구깃한 입장권 쪼가리들을 뒤졌다. 친구들에게 차례로 전화를 돌려 옛 추억을 떠올리

며 스무고개를 하다시피 했다

그런데 그것도 뭐든 기억하는 게 있어야 물어볼 수 있지. 누가 친구인지도 알아야 하고.

소용없었다. 내가 그의 소설 속으로 끌려들어가는 것이 그가 재능이 뛰어나서인지, 내가 저주에 걸려서인지는 모르겠지만, 내 힘으로는 되풀이할 수 없는 불가해한 마법이었다.

그리고 여전히, 내 삶의 결락은 늘어만 갔다. 새로운 변화가 생기기도 했다. 어느 날 일어나보니 머리가 하얗게 변해 있었다. 노인의 백발이 아니라 록 스타나 엘프 여왕 같은 백금색.

나는 도로 염색하지 않았다.

그의 단편소설들을 모은 선집이 출간되었다. 그는 베스트셀러 작가 반열에 오르고 주요 문학상 후보로도 선정되었다.

나는 내가 커피에 우유를 넣어 마시는지마저 까먹었다.

그가 연락해서 만나자고 했다. 아직도 나를 사랑한다고 했다. 내 살결, 목소리, 체취가 그립다고 했다. 나도 그것들이 그립기는 마찬가지였다. 그래서 그러자고 했다.

술집에서 다가오는 나를 금세 알아보지 못했다고 그가 말했다. 뭔가 달라졌다고 했다. 나는 내 과거 모습이 어땠는지 모른다고 그에게 말했다.

그가 우리 둘의 몫을 주문했다. 나는 잠자코 내버려두었다. 내가 뭘 좋아하는지는 그가 잘 알 테니까.

그가 구상한 소설에 대해 말을 꺼냈다. 자신의 최고작이 될 거라고 했다. 피부에 전기가 탁탁 튀며 흐르고 머릿속에서 쿵쿵거리고 메아리치는 단어들이 느껴진다고 했다.

내가 읽어볼 수 있도록 개요를 적어왔다면서 어떤지 봐달라고 했다. 그는 얇은 폴더 하나를 탁자 위로 내밀었다.

이제 와서 새삼스럽게 내 허락을 구하는 이유가 무엇인지 명백히 물었다. 긴 작품이라고 했다. 대서사시라고. 얼마나 걸릴지는 자신도 잘 몰랐다. 지난번 내게…… 그런 일이 있고 나서. 아무튼 그는 내 의향을 구했다.

형식적일지라도 그렇게 물어봐주니 고마웠다.

나는 폴더 표지를 손가락으로 톡톡 두드릴 뿐 펼쳐보지 않았다.

웨이터가 내 접시 오른쪽에 마티니 잔을 조심스럽게 내려놓았다. 우습군. 마티니를 즐겨 마시는 건 매들린이라고 생각했었는데. 하지만 나는 마티니를 홀짝이고는 눈을 감고 날카로우리만치 깔끔한 맛을 음미했다.

나는 그러라고 했다.

딱 한 작품만 더. 이 걸작을 위해. 그의 눈빛이 열망으로 타오르는 게 보였다. 하지만 조건이 있어.

뭐든지 말해. 그가 말했다.

나는 소설이 완성되고 나서도 거기 계속 머무르게 해달라고 했다.

그는 안 그래도 내가 그런 부탁을 하지 않을까 생각했다고 말했다. 그랬다니 뜻밖이었다. 그가 고개를 끄덕여 동의했고, 그 문제는 마무리되었다.

저녁식사를 하며 편안히 대화를 나누었다. 이따금 그의 눈빛이 흐려졌는데, 그럴 때면 머릿속으로 플롯을 짜고 있는 중이었다.

이번에는 그가 내 이름을 무엇으로 정할지 궁금했다. 물어보려다가 그게 뭐 대수인가 싶어서 관두었다. 그러고 보니 내 진짜 이름이 무엇인지도 확실치 않았다. 그레이스인가? 아마 그랬던 것 같다. 그레이스.

계산서를 기다리는 동안 그가 폴더 위에 뭐라고 휘갈겨쓰기 시작했다. 나는 그것을 지켜보았다.

'레이프는 그녀의 목소리에 먼저 반했다. 자기소개를 하는 그 목소리에 빠져들었다. 그녀는 이름이······'

과거를 반복하다

조너선 캐럴

에이먼 라일리는 잘생기고 헐렁한 사람이었다. 그는 모르는 사람이 없는 듯했다. 식당 웨이트리스들까지도 알았다. 그가 문을 열고 들어서면 그녀들의 시선이 온통 집중되었고, 자리에 앉자마자 진심으로 추파를 던지기 시작했다. 나는 이런 일을 우리 둘 다 처음 가보는 여러 장소에서 번번이 목격했다. 그에게 여자들을 아는지 물어보면 그는 항상 아니라고 했다.

에이먼은 숨김없이 말하는 편이었고 그게 통했다. 사람들은 그가 고약하게 굴 때조차, 심지어 꽤 자주 그러는데도 관심을 가져주었다. 그는 안팎으로 더럽기 짝이 없는 낡고 흉한 메르세데스를 몰았다. 차에 누구를 태우려면 조수석에 있는 물건들을 뒷좌석으로 던져야 했다. 가끔은 믿기지 않는 물건도 있었다. 수맥을 탐지하는 막대, 기저귀 박스(그는 미혼이다), 하이알라이* 나무 바스켓 등등. 한번은 유명 여배우의 자필 사인 사진이 심하게 구겨져 있기도 했다. 그의 글씨체는 타자기로 친 것인 줄 착각할 정도로 단정했다. 일기를 꼼꼼하게 썼고 가는 곳마다 지니고 다녔지만 아직까지 내용을 본 사람은 없었다. 그의 애정사는 재앙의 연속이었다. 우리는 여자들이 왜 그의 곁에 오래 머무르지 않는지 궁금했다.

그는 내 여자친구인 에바와도 이 주 정도 사귄 적이 있었다. 나는 용기를 내어 여자친구에게 그와 왜 헤어졌는지 물어보았지만 별 소득이 없었다. "성격 차 때문이지."

"그리고?"

"그게 다야. 특정한 관계에서 서로 잘 맞지 않는 사람들이 있잖아. 가령 친구로는 괜찮은데 연인이 되면 엉망진창이 되고 유해하기까지 한 관계. 나한테 에이먼은 같이 어울려 놀기엔 좋았지만 남자친구로는 영 아니었어."

"왜?"

그녀의 눈이 가늘어졌다. 보통은 화제가 끝났으니 그만 이야기하고 싶다는 표시다. 그런데 이번에는 아니었다. "앉아봐."

"응?"

"앉아보라고. 얘기해줄 테니까. 좀 길어."

나는 시키는 대로 앉았다. 에바가 하라고 하면 해야 한다. 왜냐하면, 음, 왜냐하면 에바니까. 그녀는 디저트와 외교정책, 진실에 관심이 많고, 위험한 상황에서 일하는 것과 경이로운 것을 좋아한다. 반드시 이 순서대로 좋아하는 건 아니다. 그녀는 파키스탄의

---

* 에스파냐와 남미에서 인기 있는 실내 구기 종목.

스핀카이 라그자이나 시에라리온처럼 극도로 위험한 전 세계의 지역들을 돌아다니는 특파원 기자다. 자신과 소규모 촬영 스태프를 떨어뜨리고 이륙하는 군용 헬리콥터가 일으키는 바람 때문에 머리나 헬멧을 누르고 있는 모습을 텔레비전 뉴스에서 볼 수 있다. 무장한 전초기지나 전날 밤 반군의 습격으로 초토화된 마을이 주로 배경이다. 그녀는 두려움을 모르고 자신만만하며 성미가 급하다. 지금은 임신중이라 집에 머무르고 있다. 우리는 뱃속 아기가 내 아이라고 확신하지만 에이먼의 아이일 가능성도 있다.

에바 맬컴과 알고 지낸 지는 십이 년인데 나는 그중 십일 년 정도 그녀를 사랑하고 있다. 그 십일 년 동안 그녀는 이따금 와가두구나 알레포같이 기상천외한 장소에서 밤늦게 전화하는 것을 제외하면 내게 일절 관심을 표하지 않았다. 이런 전화는 예외 없이 통화 상태가 불량하고 잡음이 심했다. 위성전화가 등장하기 전에는 한창 대화중에 갑자기 먹통이 되기 일쑤였다. 우리의 수다에 지쳐버린 전화가 이만 자러 가고 싶어서 그러는 것 같았다.

나중에 그녀가 인정하길 한동안 내가 게이인 줄 알았다고 했다. 하지만 세상 끝 파견지에서 돌아와서 내가 잰 시크와 동거중인 것을 보고 에바 맬컴은 머릿속 그 생각에 종지부를 찍었다.

불쌍한 잰. 그녀는 운이 없었다. 나는 늘 에바를 멀리서 짝사랑하며 살게 될 거라고만 생각했다. 그녀가 내게 시간을 내주는 것만으로도 감지덕지하며, 영웅적인 삶을 사는 이 용감하고 재능 있는 여성을 우러르며 살 거라고 생각했지, 그 이상은 감히 꿈꾸지 못했다.

그때 그녀가 총에 맞았다. 씁쓸한 아이러니인 것이, 쉬파리가 들끓고 그늘마저 50도가 넘으며 악당들이 탱크 대신 동물을 타고 다니는 끔찍한 오지에서 당한 것이 아니었다. 그 사건은 그녀가 사는 뉴욕 아파트에서 네 블록 떨어진 편의점에서 일어났다. 와인 한 병이랑 치즈두들 과자 한 봉지를 사러 잠깐 나갔다가 난생처음 총을 들고 편의점을 털러 온 리키라는 얼간이와 맞닥뜨린 것이었다. 나중에 그는 순전히 실수로 발사되었다고 했다. 두 발이었다. 그중 한 발이 에바의 어깨를 스치고 지나갔다. 하지만 글록 G36 소형 권총이었으므로 '스쳤다'는 말은 어디까지나 절제된 표현이었다. 리키가 고래고래 소리치자마자 그녀도 다른 사람들처럼 바닥에 엎드렸다면 그런 일은 벌어지지 않았을 것이다. 그러나 에바는 역시 그녀답게 무슨 상황인지 알아보려고 그냥 서 있었다. 그리고 마침 그녀 쪽을 향하고 있던 총구에서 총알이 발사된 것이다.

에바는 기자로서 끔찍한 일을 많이 목격했지만 언제나 부상당하지 않고 무사히 빠져나왔다. 심각한 부상을 입은 사람들이 흔히 그렇듯이 그 사건도 그녀에게 트라우마로 남았다. 퇴원하고 나서는 "일 년 동안 여행하고, 남자들과 섹스하고, 잠적했다". 직접 한 말이다.

"팔걸이 붕대를 하고 엉덩이가 화끈거리는 상태로 병원에서 나왔지. 142퍼센트 정도 미쳤던 거 같아. 앞으로 두 배 더 열심히 살자, 그렇게 생각했어. 두 배 더 많은 것을 보고, 가능한 한 많은 남자를 경험하고 싶었어. 난 거의 죽을 뻔했잖아? 그런 경험을 하고 나니 더 많은 걸 원하게 되었어. 더 많은 삶, 더 많은 섹스, 더 많은 새로운 장소……

그래서 기자생활 하면서 적립했던 마일리지를 다 써버렸지. 그런 다음에는 내게 신세진 사람들에게 부탁해서 가고 싶은 데를 돌아다녔어. 러시아 남서부에서 꽤 많은 시간을 보냈어. 그곳은 오일 머니와 탐사대가 몰려들어 마치 새로운 서부 개척시대를 맞은 것 같더군.

내가 이트를 만난 것도 바쿠에서였어."

에바는 꼭 이런 식으로 말했다. 텔레비전에서 보도할 때는 관련 정보를 정확하고 군더더기 없이 전달했다. 하지만 개인적인 이야기나 일화를 말할 때는 스스로 열중한 나머지 듣는 사람이 '바쿠'나 '이트'를 모를 수도 있다는 사실을 간과했다. 세상에 그런 걸 아는 사람이 얼마나 된다고.

"마지막 두 단어 좀 설명해줘."

"아제르바이잔." 그녀가 답답하다는 듯 말했다. "바쿠는 아제르바이잔의 수도야."

"좋아. 바쿠는 그렇고, 이트는 뭐야?"

"젤룸."

"젤−룸?"

"이트는 젤룸이랑 같은 말이야. 일종의 점쟁이인데 무당에 더 가까워. 점쟁이면서 현자 같은 존재지. 하지만 아제르바이잔에서 젤룸은 여자만 될 수 있어. 남자는 안 돼. 아제르바이잔은 대단히 마초적이고 남성중심사회인데, 재미있지."

"이제 알겠어, 바쿠와 이트."

그녀는 몸을 숙여 내 한쪽 입가에 키스했다. "말을 끊고 못 알아들은 부분을 질문해줘서 고마워. 대개 사람들은 나 혼자 떠들게 내버려두거든."

"계속해."

"좋아. 여행이 끝날 무렵 나는 바쿠에서 좀더 시간을 보내고 싶었어. 내가 좋아하는 소설 『알리와 니노』*의 배경이 거기거든. 소설을 읽어보면 바쿠는 지구상 어느 곳보다 낭만적인 장소로 나와. 사실은 아니지만 그게 중요한 건 아니고.

나는 사분치라는 지역을 방문하고 있었어. 막수드라는 가이드가 안내해줬어. 영어가 유창한 아제르바이잔 사람으로 예전에 방송국 일로 갔을 때도 함께 일해서 잘 아는 사이야. 내가 뭘 좋아하고 어떤 것에 관심 있는지 알지. 이번엔 일로 간 게 아니라서 그냥 관광 안내를 부탁했어.

사분치에 갔을 때 막수드가 러시아에서 가장 유명한 젤룸이 거기에 산다는 거야. 그러면서 한번 만나보지 않겠느냐고 했어. 손금, 점성술, 타로점 같은 건 그냥 애들 장난이고, 예언자, 무당, 영매는 우리에게 가르침을 주지. 그래서 좋다고 했어. 이트를 만나고 싶다고.

이름이 라미야였는데 아제르바이잔 말로 '배운 사람'이라는 뜻이래. 그녀는 1950년대에 공산당 공공주택계획의 일환으로 지어진 삭막한 회색 콘크리트 아파트에 살고 있었어. 모든 건물이 똑같

---

* 1937년에 출간된 쿠르반 사이드의 소설.

이 생겨서 길을 잃기 십상인 곳이지. 방 두 개짜리 아파트 같던데 우리가 본 건 거실뿐이었어. 한낮인데도 캄캄하더라. 라미야는 소파에 앉아 있고 옆에 아기침대가 놓여 있었어. 우리가 그곳에 있는 내내 손 하나를 아기침대에 넣고 있었는데, 꼭 아기가 울지 않게 어르는 것 같았어.

사리에 앉자 그녀가 막수드에게 내가 랄 발라를 아느냐고 물었어. 울지 않는 아이라는 뜻이야. 그가 아니라고 하자 그녀는 먼저 나한테 그걸 설명해주라고 했어. 당연히 나는 아제르바이잔 말을 모르니까 두 사람이 무슨 얘기를 주고받는지 몰랐지. 하지만 그녀가 말을 끝내자 막수드가 얼굴을 찌푸리는 건 봤어. 나를 이해시키기가 아주 난감하다고 생각했나봐.

막수드가 내게 랄 발라를 설명해주는 동안에도 그녀의 손은 아기침대 안에 있었어. 왜 그러는지는 나중에야 알았지."

에바는 잠시 말을 멈추고 나를 쳐다보았다. 이제부터 말하기가 까다로운 부분이라서 힘을 내려는 모양이었다.

"자, 이제부터 정확히 어떤 일이 있었는지 말할게. 믿든 안 믿든 그건 네 자유지만 내가 진심이라는 건 믿어줘. 라미야가 나에 대해 말했던 것들 때문에 그래. 그녀는 나 말고는 절대 아무도 모르는 사실과 사소한 일들까지 알고 있었어. 아무도 모르는 것들, 알겠어? 부모님이나 언니도 전혀 모르는 사실 말이야. 그녀는 나의 아주 사적인 비밀들을 마치 목록을 보며 읽어내려가듯 술술 읊었어.

그전에 먼저 울지 않는 아이에 대해 설명할게. 전설에 따르면 러시아에는 이 울지 않는 아이가 언제나 세 명이래. 하나가 죽으면 곧 다른 하나가 태어나서 죽은 아이를 대신하는 거지. 마치 티베트의 달라이라마처럼. 또, 울지 않는 아이는 태어나기 전에 부모를 선택한대."

"태어나기 전? 아이가 태어나기 전이라는 말이지?"

"맞아. 라미야는 임신을 처음 알았을 때부터 뱃속의 아기가 울지 않는 아이란 걸 알았대. 그래서 아기가 태어났을 때 놀라거나 불안해하지 않았어."

"자기 배에서 태어난 아기를 보고 왜 불안해해? 뭐가 잘못됐나?"

에바는 다음 말을 해야 되나 말아야 되나 망설이는 것 같았다. "아기는 죽어 있거든. 즉, 반은 죽어 있고 반은 살아 있다는 거야. 반쯤은 이승을 살아가고 반쯤은 저승을 살아가는 거지."

"저승이라고?"

"그래, 사후세계. 말했듯이 아기는 반은 살아 있고 반은 죽어 있는 상태야. 결코 나이를 먹지 않지. 상당히 오래 사는데, 그들도 얼마나 오래 살지는 몰라. 아기마다 다르니까. 아기는 죽을 때도 처음 태어났을 때랑 똑같은 모습으로 죽어. 몇십 년을 사는 아기도 있어. 움직이지도 먹지도 숨쉬지도 않아. 눈을 뜨는 일도 없고. 하지만 심장은 뛰고 있어. 여기가 가장 중요한데, 바로 신의 말을 전하는 곳이거든.

자신에 관한 몇 가지 비밀을 듣고 그녀가 진실을 말하고 있다고 확신하게 되면, 라미야에게 두 가지 질문을 할 수 있어. 무슨 질문이든 가능해. 과거에 관한 것이든 미래에 관한 것이든 뭐든지. 라미야는 울지 않는 아이에게 손을 대고 있어서 어떤 질문에도 대답할 수 있어. 다만, 허락된 질문은 딱 두 가지야."

"그래서 너는 뭘 물었어?"

에바는 고개를 가로저었다. "말하지 않을래. 하지만—" 그녀는 말을 멈추었다. 그리고 일어나서 창가로 갔다. 나는 그대로 앉아서 어떻게 해야 할지 눈치만 살폈다. 그녀에게 갈까, 앉아 있을까, 말을 할까, 가만히 입다물고 있을까.

그녀는 김이 서린 창문에 손가락을 대고 기다란 곡선을 그렸다. 내 손가락에도 차갑고 축축한 느낌이 전해지는 것 같았다. 그 순간 그녀가 한 말은 내 허를 완전히 찔렀다.

"에이먼 라일리가 너한테 자신의 과거에 대해 말한 적 있어? 어렸을 때 얘기 말이야."

"에이먼? 그가 이 일이랑 무슨 상관인데?"

"상관이 많지." 에바는 창문에 양손을 대고 재빠르게 문지르기 시작했다. 무언가를 지우기라도 하려는 것처럼. 그러더니 내게로 얼굴을 돌렸다. "그냥 내 말에만 대답해줘. 다 연결돼 있어. 너는 그의 과거에 대해 같이 얘기해본 적 있어?"

"아니."

"에이먼의 아버지는 파일럿이었어. 수년 동안 가족을 공포에 몰아넣었지. 때리기도 하고 다른 못된 짓도 많이 했어. 진짜 사디스트야. 곧잘 하던 짓이 가족들이 모두 집에 있는 줄 알면서도 집 위로 낮게 비행해서 겁을 주는 거였지. 에이먼은 그게 너무 무서워서 엄마랑 형제들이랑 침대 밑이나 지하실에 숨곤 했어. 언젠가는 아버지가 모는 비행기가 집에 충돌해 식구가 다 죽게 될 거라고 생각했대."

"그래서 어떻게 됐어?"

"그 인간이 또 술주정꾼이어서, 어느 날 술에 취해 운전하다가 다리 밑으로 떨어져 죽었대. 잘된 일이지."

"세상에! 그래서 에이먼이…… 아 참, 무슨 말을 했었지?"

"한번은 그의 행동거지가 하도 지긋지긋해서 내가 뺨을 때린 적이 있어. 그제야 자기 어렸을 때 얘기를 해주더라고. 그러니까 왜 그렇게 사는지 이해가 가더라. 그렇다고 그의 행동이 짜증나지 않게 되었다는 말은 아니야. 그냥 사정이 있었구나 하는 정도……"

"끔찍하군. 불쌍한 녀석."

"그래. 그게 그가 그렇게 괴상하게 구는 이유의 전부인지는 나도 모르겠어. 하지만 영향을 미쳤겠지."

나는 팔짱을 낀 채 물었다. "그런데 그게 울지 않는 아이랑 무슨 상관이야?"

"라미야가 내게 말해준 것 중 하나가 내가 저주의 일부라는 거였어."

나는 팔짱을 천천히 풀었다. 그러고서 어떻게 반응해야 할지 몰랐다. "무슨 말이야? 네가 저주를 받았다니?" 내 목소리에는 의심과 절박함이 동시에 실려 있었다. 이런 경우 손이랑 목소리는 얼마나 거추장스럽고 쓸모없는 존재인지. '저주' '죽음' '암' 같은 한마디 말에 느닷없이 위기가 닥쳤을 때는 정작 손이나 목소리로 대체 무얼 어떻게 해야 할지 모르게 된다.

그녀는 고개를 가로저었다. "아니, 내가 저주의 일부라고. 아마어.” 그리고 말을 이었다. “라미야는 내가 미국으로 돌아가면 임신하게 된다고 했어. 그리고 정말 그렇게 됐잖아. 그런데 내 아기는 좋든 싫든 아빠랑 똑같은 삶을 살게끔 저주받았다는 거야. 사소한 점은 조금 다를 수 있지만.” 그녀는 말을 멈추고 잠자코 있었다. 그리고 나를 똑바로 바라보기만 했다. 말뜻이 충분히 이해되기를 기다리는 것 같았다.

"애아빠가 누구인지는 라미야가 말 안 해줬어?"

"응. 상대가 누구든 간에 저주는 이어진다고 했어."

"그게 나일 수도 있잖아."

"맞아. 유전자검사를 하면 아빠가 누군지 금방 알아낼 수 있겠지만, 그러기 전에 너한테 먼저 이 얘기를 해주고 싶었어. 이 문제에 관한 한 너는 아주 중요한 사람이니까."

"그렇겠지." 본의 아니게 냉소적이고 비열한 말투가 나왔다. 나는 그녀에게 결코 비열하게 굴고 싶지 않았다. 하지만 왜 지금에야 이 이야기를 하는 걸까? 좀더 일찍 해주지 않고?

침묵이 더 흘렀다.

"에바, 널 사랑해. 그런데 이건 말도 안 되는 소리야. 아라비안나이트같이 황당한 얘기를 나더러 믿으라고? 울지 않는 아이며 젤룸이며 저주…… 그게 진짜인지 어떻게 알아?"

"라미야와 만난 후 내게 벌어졌던 일들 때문이지. 그녀가 앞으로 일어날 일들이라고 말해주었던 것들. 하나도 빠짐없이 실제로 일어났어. 임신, 에이먼과의 연애, 그리고 무엇보다 너."

"나라니, 그게 무슨 말이야?"

그 순간 여태 덜덜 돌아가던 세탁기가 땡 소리와 함께 멈추었다. 에바는 입을 다물었다. 쉽사리 질문에 답해주지 않을 것 같았다. 나는 인상을 쓴 채 방을 가로질러 세탁기로 갔다. 뚜껑을 열고 젖은 세탁물을 꺼내려고 허리를 숙였다.

"에바?"

"응?"

"세탁기에 웬 글자가 잔뜩 들어 있어." 나는 물에 젖은 커다란 흰색 K를 꺼내 손바닥에 펴보았다. 자세히 보다가 들어서 그녀에게 보여주었다. 길이가 25센티미터쯤 되고 천으로 만들어졌다. 세탁기 안을 다시 들여다보니 옷가지 대신 물에 젖어 축 늘어진 대문자들이 잔뜩 보였다.

에바는 놀라지 않는 눈치였다. 사실 내가 K를 들어 보였을 때 고개를 끄덕이기까지 했다.

"내가 넣었어."

"네가 넣었다고? 빨래는 어디 있는데?"

"욕실에."

"왜 그랬어? 왜? 저것들은 뭐야? 뭐하는 건데?"

"네 개만 더 꺼내봐. 보지 말고 꺼내. 그냥 손을 뻗어서 집히는 대로 네 개만. 그러고 나면 말해줄게."

나는 뭐라 말하고 싶었지만 관두었다. 세탁기 안으로 손을 넣어 크고 부드럽고 축축한 천조각을 집었다. 빙고게임 숫자 고르기 같았다. 글자 네 개를 꺼내자 에바는 바닥에 늘어놓고 무슨 단어가 되는지 보라고 했다. 내가 꺼낸 글자는 K, V, Q, R, O였다.

"어떤 순서로 놓아도 단어가 안 돼. 모음이 하나야."

멀찍이 떨어진 그녀의 자리에서는 글자가 보이지 않았다. "어떤 글자가 나왔는지 말해봐."

"K, V, Q, R, O."

그녀는 양손으로 무릎을 탁 때렸다. "에이먼이 고른 글자들하고 똑같아."

"뭐라고? 에이먼도 이걸 했어? 그에게도 세탁기에서 젖은 글자를 꺼내라고 시켰단 말이야?" 목소리가 높아지는 것이 느껴졌고 나중에는 거의 소리를 지르다시피 했다.

"그래, 너희 둘을 위한 테스트였어. 무슨 답이 나올지는 이미 알고 있었지만, 그래도 확인해야 했어." 별일 아닌데 왜 그렇게 호들갑을 떠느냐는 말투였다.

세탁기에서 젖은 글자를 꺼내는 테스트라. 에이먼도 했고. 울지 않는 아이, 이트, 저주. 나는 우리가 알고 지낸 이래 처음으로 에바를 원수 대하듯 쳐다보았다.

"에바가 미쳤다고 생각해?"

"물론이지. 걔는 제정신이 아니야. 아니면 내가 왜 찼겠어?"

"네가 찼다고? 그녀는 반대로 말하던데."

에이먼은 코웃음 치며 귓불을 잡아당겼다. "너도 들어봤을 거야. 정신과의사와는 사랑에 빠지지 말라는 말. 왜냐하면 세상에서 가장 미친 사람들이니까. 나라면 거기에 종군기자도 추가하겠어. 종군기자와도 사랑에 빠지지 말라고. 끔찍한 일들을 너무나도 많이 목격하거든. 그들이 본 고통과 죽음은 뼛속 깊이 스며들어 머릿속을 휘저어놓지. 에바는 균형감각을 잃었어.

너한테도 울지 않는 아이에 대해 말했구나. 그래서 날 찾아온 거지?" 그는 말 안 해도 안다는 듯 내 대답을 기다리지 않고 보드카 병을 들어 한 모금 마셨다. "괜찮아. 다 미친 짓이야. 하지만 재밌었어. 얘기 자체는 흥미롭더군. 그러다가 세탁기에서 글자들이 나오고, 꽁꽁 언 짐승이 등장하고—"

"꽁꽁 언 짐승?"

그가 내 어깨를 툭 쳤다. "에바가 그 얘긴 안 했나보네. 어허, 아직도 놀랄 것투성이라고! 에바랑 같이 지내다보면 점점 가관일걸. 나는 꽁꽁 언 짐승 얘기를 듣고 그녀를 떠났지. 지금 생각해보면 다행이었어, 휴."

"하지만 뱃속의 아기가 네 아이라면 어쩔 거야?"

에이먼은 턱을 괴고 바닥을 내려다보았다. "그렇다면 에바와 아기가 편히 지낼 수 있도록 최선을 다해 돌봐야지. 하지만 그 여자랑 같이 살지는 않을 거야. 절대로. 그녀는 제정신이 아니야." 그는 차분하지만 단호하게 말했다. 이 문제에 대해 벌써 예전부터 생각을 거듭한 끝에 결론을 내리고 이제는 마음이 편안한 듯했다.

"하지만 잠깐, 생각해봐. 그녀가 사실이라고 말한 게 정말 사실이라면 어쩔래? 만약 네가 애아빠고 아이가 너랑 똑같은 삶을 살아가야 한다면?"

"내 삶이 뭐 어때서? 그 정도면 잘 살았는걸."

"네 아버지가 너희 가족에게 했던 일은?"

"그래, 끔찍한 일이었지. 하지만 나는 내 가족에게 그런 짓을 할 생각이 전혀 없어. 나중에 가족이 생긴다 해도." 그가 나를 보고 씩 웃었다. "난 파일럿 면허도 없어. 그러니까 내가 에바 집 위로 날아가 들이받을 걱정은 안 해도 돼."

이어 그가 말했다. "그건 그렇고, 너희 아버지는 어때? 좋은 분이었어? 만약 애아빠가 너라면 어쩔 거야? 에바가 걱정 안 해도 돼?"

"난 아버지 얼굴을 본 적이 없어. 두 살 때 집을 나갔거든."

"거봐! 가족 얘기 해서 미안하지만, 저주란 게 진짜 있다면 네가 나보다 더 위험해. 너는 아버지가 어떤 사람이었는지, 지금 어떤 사람인지 전혀 모르니까. 어쩌면 우리집 꼰대보다 더 악질일 수도 있잖아."

우리는 서로를 보았다. 침묵이 흘렀다. 그것은 그가 방금 한 말을 둘 다 수긍한다는 뜻이었다.

에이먼이 킬킬대면서 고개를 절레절레 흔들었다. "불쌍한 에바, 최악의 경우 그 저주가 사실이라면 에바는 애아빠가 어느 쪽이든 헤어나지 못할 운명이네. 나는 괴물 같은 아버지를 두었고, 너는 살인자 잭일지도 모를 신비에 싸인 아버지를 두었고."

나는 풀죽은 목소리로 말했다. "하지만 우리 아버지는 좋은 사람일 수도 있어."

"좋은 사람이 가족을 버렸겠나?"

"너도 에바를 버렸잖아."

갑자기 그의 목소리가 거칠어졌다. "그녀는 내 가족이 아니야.

그리고 난 아빠가 되고 싶다고 말한 적 없어."

누군가가 본의 아니게 내뱉은 말 때문에 마음을 굳히게 되는 경우가 종종 있다. 에이먼이 자기는 아빠가 되고 싶지 않다고 말한 그 순간, 내 마음속에서는 에바의 아이 아빠가 되고 싶다는—세상 그 무엇보다도—소망이 분명해졌다. 그토록 단순한 진실이었다. 나는 그녀를 사랑했다. 나를 받아주기만 한다면 평생 그녀의 반려자가 되고 싶었다. 에이먼의 아이라도 상관없었다. 저주가 있더라도 상관없었다. 에바 맬컴이 항아리에 든 파리처럼 미쳐 날뛴다 해도 상관없었다. 그녀와 함께할 수 있다면 무엇이든 할 수 있었다.

에이먼에게 그렇게 말하자 그는 축성하는 사제처럼 한 손을 들어 허공에 성호를 그었다. "난 네가 바보인지, 마조히스트인지, 세상에서 가장 멋진 놈인지 모르겠다. 너도 알겠지만 사람이 나이를 먹는다고 더 나아지지는 않아. 그저 성향이 강화될 뿐. 에바가 지금 미쳤다면 시간이 갈수록 광기는 더 심해질 거야."

"나도 알아. 하지만 에바는 미치지 않았을 수도 있어."

"어쩌면 그럴지도. 하지만 그렇다면 반대로 저주가 진짜라는 뜻이고, 너는 온갖 말도 안 되는 일들을 겪어야 한다는 뜻이야. 이러나저러나 사나운 팔자를 피할 수 없어."

"뭐 그럴 수도 있겠지. 그나저나 그녀가 오늘 유전자검사 결과 받으러 병원 간 거 알지?"

에이먼은 숨을 크게 들이마시고는 짧게 내뱉었다. "결과가 어떻게 나왔는지 내게도 알려줘."

"그럴게." 나는 오른손을 내밀어 그와 길게 악수를 나누었다.

그가 웃었다. "넌 좋은 놈이야, 정말. 에바 같은 여자에게 목을 매다니. 진짜 스탠딩 코미디 감이야."

"에이먼, 가기 전에 아까 그 짐승 얘기 좀 해줘."

"아니야, 굳이 지금 그 얘기를 들을 필요는 없어. 그냥 그녀가 나한테 한 얘기야. 못 들은 걸로 해." 그는 다시 한번 내 어깨를 툭 치고 술집을 나갔다.

에바의 아파트에 와보니 그녀는 없었다. 그래서 그냥 문을 열고 들어갔다. 복도 테이블 위 눈에 잘 띄는 자리에 서류가 놓여 있었다. 맨 위에 굵은 검은색 글씨로 '꼭 읽어봐'라고 쓰인 노란 쪽지가 있었다. 서류를 집어들자 쪽지에 그보다 작은 글씨로 쓴 내용이 눈에 들어왔다.

'유전자검사 결과야. 너도 에이먼도 애아빠가 아니야. 난 겁쟁이라서 직접 말할 용기가 나지 않았어. 저녁에 언니 만나고 들어올게. 어디 가지 말고 집에 있어. 그럼 얘기해줄게. 또다른 남자가 있었다는 말을 하지 않아서 미안해. 너랑 사귀는 동안에도 만나는 남자들이 있었어.

이렇게 된 마당에 그게 뭐 중요하냐고 할지 모르겠지만, 라미야랑 저주에 관해서만은 거짓말한 적 없어. 이젠 애아빠가 누군지도 모르겠어. 오늘 아침까지만 해도 너나 에이먼 둘 중 하나일 거라고 생각했는데. 하지만 라미야랑 저주는 지어낸 얘기가 아니야. 너를 사랑하는 마음도 진짜야. 제발 떠나지 말아줘. 이런 말 할 자격 없다는 거 알지만 부탁해.'

멍하니 서류를 훑어보았지만 숫자와 그래프투성이라서 무슨 의

미인지 알 수 없었다. 마지막에 요약된 글을 읽어도 마찬가지였다. 정신이 나가서 글이 눈에 들어오지 않았다.

코트를 걸친 채 서류를 들고 거실로 가서 소파에 앉았다. 에바와 함께 대화를 나누고 섹스를 하고 때로는 말없이 책을 읽거나 함께 앉아 있는 것만으로도 행복했던 소파였다. 서류를 다시 한번 읽어보려 했지만 도무지 눈에 들어오지 않았다. 그래서 소파 앞에 놓인 커피테이블에 올려두려고 허리를 굽혔다.

처음 보는 커다란 판형의 사진집이 놓여 있었다. 제목이 '프리즈 프레임'이었다. 책장을 펼쳐보니 온통 죽은 짐승, 물고기, 파충류의 충격적인 연출 사진들이었다. 동물의 왕국이었다. 그것도 꽁꽁 언. 하나같이 꽁꽁 얼어붙은 죽은 동물을 찍은 사진이었다. 등을 찍은 사진, 옆구리를 찍은 사진, 시장의 얼음 위에 놓인 사진, 지나가는 차량에 치여 죽은 게 확실한, 눈 덮인 휑한 도로 위의 사진. 사진들은 아름다우면서도 신랄하고 섬뜩했다. 사진집을 넘기면서 에바의 꽁꽁 언 짐승을 아직 보지 못했느냐는 에이먼의 질문이 머릿속에 계속 떠올랐다. 그가 말한 게 바로 이 책이었나? 아니면 다른 게 또 있나?

사진을 열 장쯤 넘기자 위쪽에 초록색 플래그를 붙여둔 페이지가 나왔다. 자주 펼쳐보는 페이지인지 책장이 잘 벌어졌다. 이 사진은 다른 사진들과 달랐다. 팔에 아기를 안고 있는 검은 옷의 여인 사진이었다. 눈이 내리고 있어서 주위는 온통 하얬다. 여자와 아이가 유일한 색깔이었다. 아기는 사진사에게 보여주지 않으려는 듯 여인이 팔로 감싸안고 있어서 겨우 보일까 말까 했는데, 죽은 듯이 하얬다. 사진집에 실린 다른 피사체처럼 아기도 얼어 있는 것 같았다.

하지만 이 사진에서 가장 눈길을 끄는 건 여인의 표정이었다. 평온하기 그지없었다. 죽은 아기를 안고 있지만 슬픔을 초월한 듯 인간을 넘어선 성스러운 표정이었다. 평화로워 보였다. 혹은 일종의 초월적 광기를 통해 평온함을 얻은 듯했다. 나는 이 이미지가 너무도 강렬하고 아름다워서—마땅히 달리 표현할 말이 없다—꼬박 일 분은 뚫어져라 보았다. 최초의 마력에서 겨우 벗어난 뒤에야 하단의 정보로 눈을 돌렸다. 사진사 이름은 없었지만 촬영 장소는 아제르바이잔, 바쿠, 사분치였다.

치료사

제프리 디버

하나

사무실이 있는 병원 근처 스타벅스에서 그녀와 우연히 마주쳤다. 나는 한눈에 그녀에게 문제가 있다는 것을 알아챘다.

하긴 정신적으로 고통받는 사람을 알아보는 게 내 직업이니까.

당시 나는 환자 기록을 들여다보는 중이었다. 오십 분 상담—종종 상담 전 지금처럼 좋아하는 라떼를 마시며 기운을 차린다—직후에 적어둔 것이었다. 나는 기억력이 꽤 좋은 편이지만 상담치료 분야에서 일하려면 "부지런하고 지칠 줄 몰라야 한다". 내가 좋아하는 교수님이 늘 강조하는 말이다.

이곳은 롤리 외곽의 번화한 상점가에 위치해 있다. 시각은 오전 열시 삼십분, 5월 초의 쾌청한 날씨였다. 커피 한잔 하려고 들른 사람들로 매장 안이 북적거렸다.

내 옆 테이블은 비어 있지만 의자가 없었다. 얌전한 암청색 드레스를 입은 흑갈색 머리의 늘씬한 백인 여성이 다가와 남는 의자를 가져가도 되는지 물었다. 나는 그녀의 동그란 얼굴을 슬쩍 쳐다보았다. 『굿 하우스키핑』 표지 모델로 어울리겠어. 하지만 『보그』 스타일은 아니야. 나는 미소 지으며 말했다. "그러시죠."

답례로 고맙다는 인사말도 미소도 없었지만 나는 놀라지 않았다. 그녀는 의자를 잡아 돌리고는 요란한 소리와 함께 앉았다. 내가 추파를 던져 거절의 뜻으로 그런 게 아니었다. 내 미소는 어딜 보나 사교적인 인사치레였으니까. 나는 그녀보다 나이가 두 배는 많고, 딱 봐도 머리가 벗어지고 책상과 도서관만 오가는 치료사처럼 생겼다. 결코 그녀의 타입이 아니었다.

그녀의 냉랭한 반응은 자신이 겪고 있는 정신적 고통 때문이었다. 그래서 곤혹스러워진 건 오히려 나였다.

나는 자격증을 소지한 상담사다. 직업윤리상 그래픽디자이너나 개인 트레이너처럼 자기 사업을 선전해서는 안 되었다. 그래서 잠자코 내 환자 기록으로 돌아왔다. 여자는 커다란 가방에서 종이뭉치를 꺼내 살펴보기 시작했다. 급하게 음료수를 홀짝였지만 딱히 뜨거운 음료를 즐기는 것 같지는 않았다. 놀랍지 않았다. 고개를 숙인 채 욱신거리는 눈으로 간신히 살펴보니 그녀가 들여다보고 있는 건 수업계획서였다. 7학년 시간표 같았다.

학교 선생이라…… 더욱 안타까웠다. 나는 어린 학생들에게 영향을 미치는 사람들이 가진 정서적, 심리적 문제에 특히 민감하다. 개인적으로는 어린이 환자를 받지 않는다. 그건 내 전공이 아니다. 물론 심리학자라면 아동심리에 대한 기초적인 이해를 겸비해야 한다. 나나 동료들이 상대하는 성인들의 문제가 바로 이 시기에 비롯되기 때문이다. 특히 열 살, 열한 살 무렵은 아주 예민한 발달기라서 내 옆자리에 앉은 선생 같은 사람에게서 영영 씻을 수 없는 상처를 받을 수도 있다.

물론 내가 이 분야에서 오랜 경험을 쌓았다고는 해도 오진할 수 있다. 하지만 잠시 후 여자가 전화 통화를 할 때 내 우려는 사실로 확인되었다. 처음에는 목소리에 날이 약간 서 있기는 해도 부드럽게 이야기했다. 말투나 사용하는 어휘로 보건대 가족이나 아이와 통화하는 듯했다. 그녀에게 애가 있구나 하는 생각에 가슴이 내려앉았다. 그녀는 금세 화를 내며 언성을 높였다. 그럼 그렇지. 그녀는 이성을 잃어가고 있었다. "어쨌다고? ……내가 무슨 일이 있어도 그러지 말랬잖아? ……내 말 안 들을래? 또 바보짓 할 거야? ……좋아, 회의 끝나고 집에 가서 봐. ……그때 얘기해."

휴대전화였으니 망정이지 유선전화기였다면 통화 종료 버튼을 누르는 대신 수화기를 쾅 내려놓았을 것이다.

여자는 한숨을 쉬고 커피를 한 모금 마셨다. 그러고는 화가 나서 수업계획서 여백에 메모를 끼적거렸다.

나는 고개를 숙이고 환자 기록을 바라보고 있었다. 커피 맛이 완전히 달아나버렸다. 어떻게 할까 고민했다. 나는 사람을 돕는 데 재주가 있고 또 좋아한다(물론 여기에는 유년 시절로 거슬러올라가야 나오는 이유가 있다). 그녀를 도울 수 있을 것 같았다. 하지만 생각처럼 쉽지 않은 일이었다. 사람들은 종종 자신이 도움이 필요한 상태라는 것을 모르고, 알더라도 도움을 청하기를 거부한다. 평소라면 이런 우연한 만남에 그다지 신경쓰지 않는다. 자신의 문제를 찬찬히 들여다보고 상담을 받아야 할 필요성을 깨달을 때까지 기다리는 편이다.

하지만 이 여자는 심각했다. 지켜보면 볼수록 증상이 뚜렷했다. 자세가 경직되어 있고, 유머를 모르며, 자기 일을 전혀 즐기지 못하고, 한잔의 여유도 모르고, 초조하게 강박적으로 끼적거렸다.

게다가 그녀의 눈. 적어도 내겐 그 눈이 그런 증상을 가장 확실하게 말해주고 있었다.

그 눈……

그래서 한번 시도해보기로 했다. 라떼를 리필하고 오는 길에 그녀의 테이블에 냅킨을 떨어뜨렸다. 사과하며 냅킨을 주웠다. 그러면서 그녀가 작성한 수업계획서를 보고 허허 웃었다.

"제 여자친구도 학교 선생인데요. 그놈의 수업계획서가 정말 지긋지긋하다더군요. 어찌할 바를 몰라해요."

여자는 방해받고 싶지 않은 기색이었다. 하지만 아무리 그런 정신 상태라고 해도 사회적 관습을 무시할 수는 없는 노릇이다. 그녀는 고개를 들어 당혹스러움이 역력한 짙은 갈색 눈으로 나를 보았다. "따분한 일이죠. 학교 이사회에서 꼭 하라니 별수 있나요."

어색하긴 했지만, 그래도 차갑게 언 대화의 벽을 허물었다.

"마틴 코벨이라고 합니다."

"애너벨 영이에요."

"어느 학교에서 가르치나요?"

롤리에서 한 시간 거리에 있는 노스캐롤라이나 중부의 웨더비라는 제법 큰 마을 이름이 나왔다. 이곳에는 교사 회의가 있어서

왔다고 했다.

"제 여자친구 팸은 초등학교 교사예요. 당신은요?"

"중학교요."

중학교라, 질풍노도의 시기다.

"실은 여자친구도 중학교로 옮길까 고민중이거든요. 여섯 살짜리들을 가르치는 데 질렸나봐요…… 거기 뭔가를 적고 있던데." 그러면서 고갯짓으로 계획서를 가리켰다.

"그냥 적어보는 거예요."

나는 잠시 망설였다. "저, 이렇게 만난 것도 인연인데, 실례가 되지 않는다면 집 전화번호를 드려도 될까요? 그러니까 잠시 짬을 내서, 강요하는 건 아니고요, 팸과 통화를 해주시면 어떨까 해서요? 중학교에 대해 이런저런 조언을 해주시면 좋겠다 싶어서."

"오, 아니에요. 제가 무슨. 저도 중학교 선생 노릇 한 지 삼 년밖에 안 되는 걸요."

"한번 생각해보세요. 본인의 일을 잘 아는 분 같아서 드리는 말씀입니다." 그러면서 명함을 건넸다.

마틴 J. 코벨, 이학 석사, 사회복지학 석사
행동치료사
전문 분야: 분노 관리와 중독 치료

명함 상단에 집 전화번호와 함께 '팸 로빈스'라고 적었다.

"한번 생각해보죠." 그녀는 주머니에 명함을 넣고는 다시 커피를 마시며 수업계획서를 들여다보았다.

나는 할 만큼 했다. 여기서 더 나아가면 오히려 그녀를 밀어내는 결과만 불러올 것이다.

십오 분 후에 그녀는 시계를 보았다. 참석중인 회의를 재개할 시간인 모양이었다. 그녀는 내게 쌀쌀맞은 미소를 지어 보였다. "얘기 즐거웠어요."

"저도요."

애너벨은 수업계획서와 노트를 챙겨 가방에 넣었다. 그녀가 일어서는데 십대 남자아이가 불룩한 배낭으로 툭 치고 지나갔다. 그녀의 눈빛이 흔들리며 내가 익히 아는 표정을 지었다. "젠장, 눈을 어디다 두고 다니는 거야?" 그녀가 낮은 목소리로 꾸짖었다.

"아이고, 죄송해요—"

그녀는 불쌍한 아이에게 꺼지라고 손짓했다. 카운터로 가서 커피에 우유를 더 넣어달라고 했고, 입을 닦고 냅킨을 버렸다. 그리고 뒤도 돌아보지 않고 차가운 얼굴로 문을 열고 나갔다.

나도 삼십 초 정도 기다렸다가 카운터로 갔다. 쓰레기통 입구를 들여다보니 그녀가 버린 구겨진 냅킨 옆에 내 명함이 있었다. 어느 정도 예상한 일이었다. 접근방식을 달리하기로 했다. 그녀를 포기할 생각은 없었다. 그녀도 그녀지만 주변에 있는 사람들이 너무 위태로운 상태였다.

하지만 약간 술책을 쓸 필요가 있었다. 내 환자가 될 수도 있는 사람에게 다짜고짜 당신의 문제는 유년기의 상처나 관계의 실패에 기인한 게 아니라 눈에 보이지 않는 실체가 당신의 영혼에 바이러스처럼 딱 들러붙어서 나쁜 영향을 미치는 것이라고 말할 수는 없었다.

다른 시대나 지역이었다면 그 선생이 악령에 사로잡혔다고 했을지도 모른다. 하지만 이제는 우리도 과학적으로 훨씬 많이 알게 되었다. 아무튼 그 주제는 찬찬히 접근하는 편이 좋다.

애너벨 영은 '님neme'의 영향 아래 있었다.

님은 워싱턴의 저명한 생물학자이자 연구자인 제임스 페더가 처음으로 만들어낸 용어다. 부정적이라는 뜻의 '네거티브negative'와 사회에 급속히 확산되며 복제 양산되는 문화현상을 가리키는 말인 '밈meme'을 합성한 것이다.

나는 밈이라는 말을 차용하는 바람에 오해를 불러일으킬 소지가 다소 생겨났다고 생각한다. 실제 님과 달리 왠지 추상적인 개념을 떠올리게 하기 때문이다. 몇 년 전 출간된 장문의 책에서 내가 밝힌 바 있듯, 님은 "인간에게 극단적인 감정 반응을 불러일으키는 무형의 에너지가 모인 실체로, 가장 흔하게는 숙주나 숙주가 속한 사회에 해로운 행동을 야기한다."

어쨌든 '님'은 모든 치료사와 연구자가 편의적으로 사용하는 명칭으로 자리잡았다.

또한 이 용어는 과학적으로 입증된 복합개념을 중립적으로 기술할 뿐만 아니라 수천 년간 진실을 흐려온 용어들을 피할 수 있게 해준다는 이점도 있다. 이를테면 유령, 영혼, 루돌프 오토가 말하는 누미노제*, 망령, 불교에서 말하는 아귀, 시골 지역에 출몰한다는 화이트레이디**, 일본의 요괴, 악마 같은 것 말이다.

이런 허구의 전설과 미신들은 과거에 님을 과학적으로 설명하지 못해서 생겨난 것이다. 어떤 현상을 합리적으로 설명하거나 계량화하지 못할 때 무지의 공백을 메우려고 민간전승의 이야기들이 만들어진다. 생명이 무생물에서 생겨난다는 자연발생설도 그런 예에 속하며 이 믿음은 수천 년이나 지속되었다. 썩은 음식이나 고인 물에 구더기와 기생충이 생겨났다는, 얼핏 과학적으로 보이는 관찰이 이런 믿음을 지지했다. 이런 낡은 견해는 루이 파스퇴르의 등장으로 비로소 뒷전으로 밀려났다. 루이 파스퇴르는 생명이 자라기 위해서는 알이나 박테리아처럼 살아 있는 물질이 반드시 존재해야 한다는 것을 반복적으로 통제된 실험을 통해 증명했다.

님도 마찬가지였다. 유령에 씌었다거나 악령에 사로잡혔다는 말은 어디까지나 편하게 둘러대는 허구에 지나지 않는다. 이제 우리는 그렇게 어리석지 않다.

어릴 적 나는 훗날 님이라고 불리게 되는 이런 것들에 대해 전혀 들어본 적이 없었다. 어디까지나 특별한 사건을 계기로 접하게 되었는데, 바로 부모와 형의 죽음이었다.

내 가족은 사실상 님에 살해되었다고 할 수 있다.

열여섯 살 때 가족이 다 함께 우리 학교에서 열리는 알렉스 형의 농구 경기를 보러 갔다. 경기중에 아버지와 핫도그 가판대에 들

---

*독일 신학자인 루돌프 오토는 종교적 체험의 근본을 '두려운 신비'로 설명했다.

**수도승과 사랑에 빠졌다가 발각되어 굶어죽은 유령.

렀다. 상대팀 선수의 아버지가 근처에서 콜라를 마시며 경기를 지켜보고 있었다. 갑자기—지금도 그때 기억이 생생하다—그가 완전히 돌변했다. 느긋하니 온후하던 그가 신경을 곤두세우고 주위를 경계하는 것이었다. 그리고 그 눈…… 확연히 달라져 있었다. 눈빛이 검고 사악해 보였다. 나는 무슨 일이 일어났다고, 그가 뭔가에 씌었다고 생각했다. 소름이 끼쳐 한 발짝 물러났다.

갑자기 그가 분노를 터뜨렸다. 맹렬히. 코트의 어떤 상황이 그를 폭발하게 했다. 파울이었을 수도 있고 오심이었을 수도 있다. 그는 알렉스 팀을 향해 소리를 질렀다. 코치와 심판을 향해서도 소리쳤다. 길길이 날뛰다가 아버지와 부딪쳐 신발에 콜라가 쏟아졌다. 자기 잘못인데도 도리어 아버지를 비난했다. 말다툼이 일어났고, 그가 이상한 분노에 사로잡혀 이성을 잃었다는 것을 눈치챈 아버지가 우리를 관람석 뒤쪽으로 피신시켰다.

경기 종료 후에 심란했지만 나는 끝난 일이라고 생각했다. 아니었다. 남자는 주차장까지 따라와 소리를 지르고 아버지에게 집요하게 싸움을 걸었다. 그의 부인이 울면서 그를 잡아끌고 사과했다. "이 사람 원래 이런 사람 아니에요. 정말이에요!"

"입 닥쳐, 쌍년아." 그는 불같이 화를 내며 아내를 때렸다.

충격을 받은 우리는 얼른 차에 올라타고 주차장을 빠져나갔다. 십 분 뒤 I-40 고속도로를 달릴 때도 다들 아무 말도 못하고 있었다. 그때 자동차 한 대가 차선 세 개를 가로질렀다. 경기장의 그 남자가 우리를 향해 차 방향을 홱 틀었다. 그 바람에 우리 차가 도로를 벗어났다.

당시 운전대를 잡고 있던 그의 분노로 뒤틀린 얼굴이 지금도 똑똑히 기억난다.

법정에서 그 남자는 자신도 어찌된 일인지 모르겠다며 울먹였다. 뭔가에 사로잡혔다고 말했다. 하지만 그런 변명은 통하지 않았다. 그는 세 건의 일급살인죄로 유죄를 선고받았다.

사고 후 병원에서 퇴원한 뒤에도 나는 그에게 벌어졌던 일을 머릿속에서 지울 수 없었다. 스위치 켜듯 순식간에 돌변하던 모습이 너무도 선명하게 뇌리에 남았다.

그때부터 나는 갑작스러운 인격 변화, 분노, 충동에 관한 책들을 찾아 읽기 시작했다. 그러다가 페터 박사를 비롯한 연구자들과 치료사들의 글을 접하게 되었다. 누구는 이론이라 생각하고 누구는 실재로 받아들이는 '님'이라는 개념에 매료되었다.

'님'의 기원에 대해서는 설이 분분하다. 내가 지지하는 것은 가장 논리적이라 생각되는 이론이다. 그에 따르면 님은 인간 본능의 흔적이다. 호모사피엔스로 진화하는 과정에서 생물이 갖게 된 심리적 구성물의 필수 부분이며 생존에도 꼭 필요했다. 인류 역사 초기에는 지금 같아서는 악행이나 범죄행위로 간주될 법한 행동도 해야 했다. 예컨대 폭력을 저지르거나 분노를 표출하고 충동적, 가학적, 탐욕적으로 행동하는 것. 그러다가 사회가 만들어지고 발달하면서 이런 어두운 본성의 필요성이 점차 사라졌다. 정부, 군대, 사법 체계가 생존의 문제를 떠맡게 되었다. 이제 폭력, 분노 같은 어두운 본성은 불필요할뿐더러 사회의 이익을 해치는 것이 되었다.

어찌된 일인지—이와 관련해서는 여러 이론이 있다—이런 어두운 행동을 부추기는 강력한 신경 자극이 인간에게서 분리되어 독자적인 개체로 존재하게 되었다. 일종의 에너지 주머니라 할 수 있다. 나는 연구를 통해 이렇게 에너지가 갈라져나온 선례를 찾아냈다. 바로 텔레파시다. 오래전에는 정신감응이 흔했다. 그런데 현대의 통신기술이 출현하면서 초감각적 지각이라 부르는 것이 더이상 필요하지 않게 되었다. 많은 어린아이들에게서 여전히 이런 능력이 관찰되는데, 흥미롭게도 휴대전화와 컴퓨터 사용이 늘면서 아이들 사이에서도 텔레파시 사용이 현격히 줄어들고 있다.

어떤 경로로 발생했든 간에 님은 존재하며 현재 수백만 개에 이른다. 인플루엔자바이러스처럼 공중에 떠돌아다니다가 취약한 사람을 만나면 그들의 영혼에 통합된다('통합된다'는 말은 '기생하다' '감염시키다' 같은 말처럼 가치 판단이 포함되지 않으며 '사로잡히다'처럼 종교적 함의를 가지지도 않는다). 충동, 분노, 우울, 혼란, 공포—더불어 육체적 쇠약까지도—에 빠진 사람이 있으면 님은 곧바로 감지하고서 감정 조절을 관장하는 뇌 부위인 대뇌피질을 파고든다. 감정적으로 안정되고 의지가 굳고 절제력이 강한 사람은 대체로 피하는 경향이 있다.

님은 눈에 보이지 않는다. 그런 점에서는 전자기파, 적외선, 자외선과 비슷하다. 하지만 이런 것들은 휴대전화, 텔레비전, 라디오에서 나는 잡음을 통해 가까이 있음을 인지할 수 있는 데 반해 님은 숙주가 통합되고도 알아차릴 수 없다. 그저 기분이 갑작스럽게 바뀔 뿐이다. 님을 즉각적으로 감지하는 사람도 있다. 내가 그런 사람이다. 그렇다고 '특별한' 것은 아니다. 그저 청각이 예민하거나 시력이 좋은 것과 비슷하다.

님도 사고를 할까?

어떤 면에서는 그렇다. 하지만 사고는 아마 틀린 표현일 것이다. 님은 의식과 본능을 가진 벌레와 비슷하다. 생존력이 대단히 강하다. 님도 죽는다. 숙주가 죽으면 님도 소멸되는 것 같다. 나 개인적으로는 님이 서로 소통한다고 생각하지 않는다. 여태 아무 증거도 발견하지 못했기 때문이다.

그렇다고 해서 님이 끼치는 해를 얕잡아 봐서는 안 된다. 님의 통합으로 발생하는 분노와 충동적 행동은 강간, 살인, 폭력, 성적 학대로 이어지고, 약물 남용이나 언어폭력 같은 좀더 교묘한 위해를 낳는다. 님은 숙주의 생리와 형태에 영향을 미치기도 한다. 여러 해 전 일련의 해부를 통해 확인된 사실이다.

처참했던 개인적 체험 이후로 나는 님의 피해를 줄이는 데 도움이 되는 분야에서 일하기로 결심했다. 그래서 치료사가 되었다.

내 접근방식은 행동치료다. 여러분이 님의 영향하에 있다면, 몇 년 전 시카고에서 열린 심리치료 학술대회에서 한 치료사(지금은 그만두었다)가 농담처럼 말했듯이, 쫓아내려 해서는 안 된다. 증상으로 다루어야 한다. 나는 환자가 자제력을 발휘하도록 온 힘을 쏟고, 여러 기법을 동원해 파괴적인 행동을 피하거나 최소화하려고 노력한다. 대개의 경우 환자가 자신이 님의 숙주임을 안다고 해서 문제가 되지는 않는다. 물론 진실을 알고 편안해지는 사람도 있고 아닌 사람도 있다. 아무튼 나는 행동치료사라면 누구나 사용하고 대체로 성공을 거둔, 확실하고 기틀이 확립된 방법을 사용한다.

물론 실패할 때도 가끔 있다. 직업의 속성상 어쩔 수 없다. 강력한 님이 통합된 환자 두 명이 자살한 일이 있었다. 자신의 목표와 님의 영향으로 저지르는 행동의 충돌을 해결할 수 없었던 것이다.

여러 해 동안 마음에 걸렸던 게 또 있다. 나 자신에게 닥쳐올 위험 말이다. 나는 님이 활개치고 퍼져가는 것을 막는 데 일생을 바쳤다. 그래서 가끔은 님이 나를 위협적인 존재로 인식하지는 않을까 궁금하다. 내가 님을 지나치게 의식하는 건지도 모른다. 너무 인격화하는 것은 조심할 필요가 있다. 하지만 몇 년 전 사건이 뇌리를 떠나지 않는다. 학술대회 참석차 뉴욕에 갔다가 하마터면 습격을 당할 뻔한 적이 있었다. 이상한 건 그 학생이 내가 묵던 호텔 근처 명문교의 모범생이었다는 사실이다. 경찰서에 갈 일이 일절 없이 살아온 학생이었다. 그런데도 긴 칼을 소지하고 있었다. 마침 비번인 경찰이 근처를 지나다가 칼을 들고 내 뒤를 쫓는 아이를 보고 붙잡아서 화를 면했다.

늦은 밤이라 제대로 보지 못했지만 아이의 눈빛으로 짐작건대 님의 영향하에 있었던 게 틀림없다. 나를 죽여야 살 수 있다는 님의 생존본능에 휘둘렸던 것 같다.

뭐 아닐 수도 있다. 설령 그게 사실이라 해도 나는 굴하지 않고 위험에 처한 사람들을 구하는 일을 계속할 것이다.

애너벨 영 같은 사람들 말이다.

스타벅스에서 우연히 그녀와 마주친 다음날 노스캐롤라이나 주립대학 도서관에 가서 몇 가지 조사를 했다. 주州 자격증 기관의 데이터베이스와 구글을 검색해서 그녀가 서른 살이고 웨더비카운티의 챈텔웨스트 중학교에 근무한다는 사실을 알아냈다. 삼 년 전 남편과 사별했다는 사실이 흥미로웠다. 아홉 살 난 아들이 있는데 아마도 그녀가 화를 내던 통화 상대로 짐작된다. 그녀가 근무하는 학교 정보에 따르면 애너벨은 한 해 평균 서른다섯 명의 학생을 가르쳤다.

정보를 종합해보면 그녀는 많은 아이들의 삶에 극적이고 끔찍한 충격을 안겨줄 수 있었다.

애너벨 본인의 삶의 질도 문제였다. 남편이 죽은 시기에 님의 영향을 받게 된 게 틀림없었다. 그렇게 갑작스러운 상실을 겪으면 감정적으로 취약하고 예민해지기 마련이다. (나는 바로 그 시기에 그녀가 일터로 돌아왔다는 점에도 주목했다. 그녀에게 통합된 님은 어쩌면 그녀만큼이나 여린 다수의 사람들에게, 학급 아이들에게 영향을 미치려고 그녀를 선택했는지도 모른다.)

애너벨은 분명 똑똑한 여자니까 상황을 깨닫고 심리 상담을 받으러 갔을지도 모르겠다. 하지만 님이 완전히 통합되어 숙주가 된 사람은 어느 시점이 지나면 님이 야기하는 부적절한 행동에 익숙해지거나 중독된다. 그러면 달라지려고 하지 않는다. 내 평가로 그녀는 그런 시점을 넘긴 것 같았다. 따라서 그녀가 연락하는 일은 없을 것이기에, 나는 기다리지 않고 내가 할 수 있는 유일한 일을 했다. 웨더비로 간 것이다.

수요일 일찍 도착했다. 노스캐롤라이나 중부를 가로지르는 도로는 운전하기에 쾌적했다. 롤리 외곽에서 길이 두 갈래로 갈라졌고 나는 좀더 시골 느낌이 나는 길로 들어섰다.

노스캐롤라이나의 옛 정취를 간직한 그곳은 우거진 잡초 사이로 담배 창고와 작은 부품공장—대부분 오래전에 문을 닫았다—이 나지막이 자리하고 있었다. 그나마 확실하게 영업중인 트레일러 주차장과 목조 단층집에는 나스카*에 대한 애정과 공화당 지지의 증표가 널려 있었다.

웨더비에는 재개발된 시내도 있지만 그저 허울뿐이었다. 두 블록을 지나면서 살펴보니 화랑과 골동품점에 손님이 하나도 없었다. 텅 비다시피 한 식당은 몇 달마다 다른 이름이 쓰인 차양이 바꿔 달릴 게 뻔했다. 웨더비에서 그나마 장사가 되고 사람들이 모이는 곳은 새로 지어진 골프장 근처의 쇼핑몰과 상업지구, 주택단지 정도였다.

모텔로 들어가 샤워를 한 후 정찰을 시작하며 챈텔 중학교를 탐색했다. 하교시간에 맞춰 학교 근처에 차를 대고 기다렸지만 애너벨 영은 그림자도 보이지 않았다.

저녁 일곱시 반경 학교에서 6킬로미터 이상 떨어진 그녀의 집을 찾아냈다. 막다른 길에 위치해 있고 칠이 벗겨진, 이십 년쯤 된 아담한 콜로니얼양식 집이었다. 진입로에 차가 없었다. 나는 나무 아래에 차를 대고 기다렸다.

십오 분이 지나자 차 한 대가 들어왔다. 그녀의 아들이 타고 있는지는 확실히 보지 못했다. 도요타가 차고로 들어가고 문이 닫혔

---

* 개조 자동차 경주 대회.

다. 몇 분 뒤 차에서 내려 집 옆 숲으로 들어가 부엌을 훑어보았다. 그녀가 그릇을 나르고 있었다. 점심이나 어제저녁 먹고 치우지 않은 그릇 같았다. 그녀는 그릇을 개수대에 넣고 잠시 아래를 보았다. 고개를 돌리고 있어 얼굴이 보이지 않았지만 이렇게 멀리서도 화난 기색이 역력히 전해졌다.

갈색 머리를 기른 비쩍 마른 아들이 나타났다. 몸짓을 보아 조심하고 있다는 걸 알 수 있었다. 아이가 엄마에게 뭐라고 말했다. 그녀가 고개를 홱 돌리자 아이는 금방 고개를 끄덕였다. 그러고는 물러났다. 그녀는 여전히 싱크대 앞에 서서 그릇을 뚫어져라 내려다보았다. 그릇을 개수대에 처박아둔 채 부엌을 나가며 손으로 벽을 훑다가 스위치를 탁 껐다. 내가 있는 곳에서도 그 성난 몸짓이 내는 소리가 들리는 듯했다.

나는 아들이 있는 자리에서 그녀를 만나고 싶지 않았기 때문에 모텔로 돌아갔다.

다음날 아침 일찍 일어나 교사들이 출근하기 전에 학교로 갔다. 일곱시 십오분, 그녀가 모는 캠리가 언뜻 보였다. 그녀가 차에서 내려 웃음기 없는 표정으로 학교로 성큼성큼 걸어들어갔다. 주위에 보는 눈이 많은데다 그녀도 대화를 나누기에는 혼란스러워 보였다.

자리를 떴다가 오후 세시에 학교로 돌아왔다. 학교에서 나오는 애너벨을 따라나섰다. 그녀는 가까운 상점가로 가서 해리스 티터 채소 가게에 머물렀다. 장을 보고 나오는 데 삼십 분이 걸렸다. 그녀가 물건이 든 비닐봉투들을 트렁크에 실었다. 주차장이 내 주장을 전달하기에 최적의 장소는 아니지만 일단 접근하기로 했다. 그때 그녀가 차문을 잠그고 근처 식당으로 들어갔다.

세시 반이니 점심이나 저녁을 먹을 리는 없었다. 나는 그녀가 무슨 생각을 하는지 알았다. 님의 영향력에 휘둘리는 사람은 술을 자주 찾는다. 통합으로 인한 불안과 분노를 누그러뜨리기 위해서다.

적당히 때를 봐서 그녀에게 술을 줄이라고 권하겠지만, 지금은 술기운이 약간 돌아 긴장이 풀린 상태가 도움이 될 터였다. 오 분을 기다렸다가 안으로 들어갔다. 크레졸과 양파 냄새가 진동하는 어둑어둑한 펍을 둘러보다가 바에서 그녀를 찾았다. 보드카나 진이 들어간 칵테일을 마시고 있었다. 주스 같기도 했다. 한 잔을 거의 다 비우고 두번째 잔을 주문하려던 참이었다.

나는 두 자리 떨어져 앉아 다이어트콜라를 주문했다. 그녀가 내 쪽으로 고개를 돌렸다가, 일전에 만난 사람인지 기억을 더듬듯 고개를 갸우뚱하더니 자신의 잔으로 돌아갔다. 그러다가 기억이 떠올랐는지 나를 다시 돌아보았다.

나는 고개를 들지 않고 말했다. "저는 전문 상담사입니다. 어디까지나 그 자격으로 여기 왔어요. 당신에게 도움을 줄 수 있어요. 대화를 나누고 싶습니다."

"그러니까…… 나를 미행한 건가요? 롤리에서 여기까지?"

쓸데없이 길게 머무를 의사가 없음을 보여주는 동시에 그녀를 편하게 해주려고 나는 콜라 값을 바에 올려놓았다.

"맞습니다. 하지만 무서워할 건 없습니다."

마침내 고개를 들어 그녀를 보았다. 예상대로 가늘게 치뜬 차가운 눈은 전혀 다른 사람의 것이었다. 내 생각보다 님이 훨씬 강력했다.

"경찰을 부르겠어요."

"이해합니다. 하지만 제 말 좀 들어보세요. 드리고 싶은 얘기가 있어요. 원하신다면 지금 바로 롤리로 돌아가죠. 좋을 대로 하세요."

"빨리 말하고 나가요." 그녀는 한 잔을 더 주문했다.

"행복하지 않은 사람들을 치료하는 게 제 전공입니다. 꽤 유능한 치료사죠. 요전날 스타벅스에서 당신을 만났을 때 제 전문지식으로 도움을 줄 수 있겠다고 생각했습니다. 당신을 돕고 싶습니다."

물론 님 이야기는 꺼내지 않았다.

"정신과의사는 필요 없어요."

"실은 정신과의사가 아닙니다. 심리학자이기는 하지만 의사는 아니에요."

"당신이 뭐든 난 관심 없어요. 그런데 이런 거…… 사업을 선전하고 다니는 거 신고 대상 아닌가요?"

"맞아요. 얼마든지 신고하셔도 됩니다. 하지만 저는 위험을 무릅쓰고라도 당신을 돕고 싶습니다. 돈 문제는 괜찮습니다. 낼 수 있는 만큼만 내세요. 그저 당신을 돕고 싶을 뿐이니까. 제 자격을 확인할 수 있는 연락처도 알려드릴 수 있습니다."

"교사인 여자친구가 있기는 한가요?"

"아니요. 거짓말이었어요. 당신을 도우려면 어쩔 수 없이…… 다시는 그러지 않겠습니다."

그러자 그녀의 표정이 누그러졌다. 고개를 끄덕였다.

가슴이 세차게 뛰었다. 도박이나 다름없는 시도였지만 결국 그녀도 설득될 것이다. 치료과정은 힘겨울 것이다. 우리 둘 모두에게. 하지만 그녀를 그냥 내버려두기에는 너무 위험했다. 우리가 큰 진전을 볼 거라 나는 믿었다.

나는 지갑에서 명함을 꺼내려고 몸을 돌렸다. "그래서 말인데 여기……"

그녀가 다시 돌아앉는 내 얼굴에 술을 확 끼얹었다. 알코올 성분과 톡 쏘는 주스 때문에 눈이 화끈거렸다. 나는 냅킨을 뽑아 얼굴을 닦았다.

"애니, 무슨 일이에요?" 바텐더가 재빨리 다가왔다. 흐린 시야에 그가 내게 술잔을 던지려는 그녀의 팔을 붙잡고 말리는 게 보였다. 나는 팔을 쳐들어 방어했다.

"저 사람이 무슨 짓 했어요?"

"씨발, 이거 놔!" 그녀가 바텐더에게 소리쳤다.

"자아, 진정해요, 애니. 어어—"

그 순간 그녀가 바텐더에게로 잔을 던졌고 그가 몸을 숙여 피했다. 대신 늘어선 다른 술잔들에 부딪혀 절반 가까이 깨졌다. 그녀는 완전히 이성을 잃었다. 전형적인 모습이다.

"둘 다 재수없어!" 그녀는 소리를 질렀고 지갑에서 지폐 한 장을 꺼내 바 쪽으로 던졌다.

"제가 도와줄게요."

"또 한번 내 눈앞에 나타났다간 경찰을 부를 줄 알아." 그녀가 뛰쳐나갔다.

"이봐요. 도대체 애니한테 뭐라고 한 거요?"

나는 대답하지 않았다. 냅킨을 더 뽑아서 얼굴을 닦으며 창가로 갔다. 아들에게 걸어가는 그녀가 보였다. 여기서 만나기로 했던 모양인지 아이가 책가방을 메고 근처에 서 있었다. 그녀가 술집에서 술을 마시는 동안 아이가 밖에서 엄마를 기다리는 일이 얼마나 자주 있었을까? 1월의 추운 날씨에 옹송그리고 손을 호호 불며 기다리는 아이의 모습이 눈에 선했다.

그녀가 아이에게 따라오라는 손짓을 했다. 학교가 끝나고 하기로 한 일이 있었던 모양인지 아이는 낙담한 표정으로 양팔을 들고는 근처의 스포츠용품점을 흘낏 보았다. 하지만 오늘은 쇼핑하러 갈 상황이 아니었다. 그녀가 아이의 팔을 사납게 잡아챘다. 아이가 몸을 빼내려 했지만 그녀가 다시 잡아당기며 찰싹 때렸다. 아이는 차 쪽으로 내키지 않는 발걸음을 옮겼다. 안전벨트를 매고 눈물을 닦는 모습이 보였다.

나는 바텐더에게 눈길도 주지 않고 술집을 나왔다.

모텔로 돌아가 채비를 하려고 차로 걸어갔다. 결과에 맥이 빠졌지만 애너벨 영보다 더 힘든 경우도 다뤄본 적이 있었다. 접근방식을 달리해야 했다. 나는 수년간 경험을 통해 어떤 방법이 통하고 어떤 방법이 통하지 않는지 깨달았다. 치료사라면 으레 겪는 일이다.

다음날 아침 여섯시, 에타스 식당 뒤편 주차장의 외진 곳에 차를 댔다. 식당은 애너벨의 집 바로 뒤편에 있었다. 언덕에 난 길을 따라 올라가면 그녀의 집이 있는 주택단지 보도로 연결되었다. 들키지 않게 조심조심 접근했다. 내가 오는지 보기라도 하면 절대로 문을 열어주지 않을 것이다. 그래봤자지만.

솔향기와 촉촉한 흙냄새가 풍겨오는 시원한 아침이었다. 봄이라서 이른 시각인데도 날이 벌써 환하게 밝았다. 덕분에 길을 따라 걷기가 수월했다. 나는 남편이 죽기 전 애너벨의 삶이 지금과 얼마나 달랐을지 궁금했다. 님은 얼마나 빠르게 그녀에게 통합되었을까. 예전에는 쾌활하고 자상한 엄마이자 아내였을 것이다. 지금처럼 걸핏하면 이성을 잃고 화내는 사람과는 딴판이었으리라.

나는 수풀 가장자리까지 가서 꽃이 활짝 핀 뒤쪽 동백나무들에 숨어 기다렸다. 여섯시 삼십분이 되자 그녀의 아들이 무거운 책가방을 들고 현관문으로 나왔다. 막다른 길로 걸어나가는 걸 보니 버스를 타려는 모양이었다.

아이가 사라지자 나는 포치로 가서 계단을 올랐다.

마음의 준비가 되었나? 스스로에게 물었다.

치료사 일을 한 지 그렇게 오래되었는데도 늘 이렇게 자신 없는 순간이 찾아온다.

항상 그렇다.

그러나 이내 마음이 편해진다. 내 인생의 임무는 사람들을 구하는 거야. 그 일을 잘하지. 내가 무엇을 하고 있는지도 잘 알고.

그래, 준비되었어.

초인종을 누르고 현관문 외시경 옆으로 비켜섰다. 다가오는 발소리가 들렸다. 문을 열고 내 모습을 본 찰나의 순간 그녀는 기겁했다. 내가 머리에 검은 스타킹을 뒤집어쓰고 장갑 낀 손에 긴 칼을 들고 있었기 때문이다.

나는 그녀의 머리칼을 잡아채고는 칼로 가슴을 세 차례 찔렀다. 그런 다음 목을 벴다. 양쪽으로 깊게. 숨은 금방 끊어졌다.

그녀에게 고통을 주고 싶지 않았다.

둘

애너벨 영 살인사건을 맡아 마틴 코벨을 사형 또는 종신형에 처하도록 하는 임무가 웨더비카운티의 지방검사 글렌 홀로에게 주어졌다.

카운티 경찰의 연락을 받은 순간부터 그는 적극적으로 이 일에 임했다. 올해 마흔두 살인 홀로는 노스캐롤라이나에서 가장 잘나가는 검사였다. 승률 면에서도 그렇고, 언론 노출에서도 그를 당할 자가 없었다. 언론에서 집중적으로 조명되는 이유는 그가 험악한 범죄사건을 주로 맡기 때문이다. 그는 웨더비에서의 승승장구에 힘입어 11월에 주 검찰총장에 출마할 예정이었다. 누구도 그의 당선을 의심하지 않았다.

하지만 원대한 계획이 있다고 해서 애너벨 영의 살인범 기소에 소홀하지 않았다. 대도시에서는 검사들이 책상머리에서 경찰 조서만 붙들고 사건을 다룬다. 글렌 홀로는 달랐다. 살인사건 소식을 듣자마자 자동차에 푸른빛 경광등을 달고 십 분 후 영의 집 앞에 도착했다. 감식반이 여전히 혈흔을 채취하고 사진을 찍는 중이었다.

그는 지금 웨더비카운티 법원으로 들어가고 있었다. 옛 남부의 흔적이라고는 일절 없었다. 덜루스나 털리도, 스키넥터디에서나 볼 법한 건물이었다. 하얀 석재로 된 특징 없는 단층건물, 세금을 펑펑 쓰는 냉방 시설, 흠집이 잔뜩 난 리놀륨 바닥, 현기증을 일으키는 푸르스름한 형광등까지.

홀로는 마른 체형으로 홀쭉한 볼, 앙상한 머리통에 딱 붙인 검은 머리칼이 특징적이었다. 피고들은 그가 시체 파먹는 악귀인 굴처럼 보인다고 했다. 수염만 빼면 〈모비 딕〉에 출연한 그레고리 펙과 닮았다는 말도 들었다. 그는 음침하고 과묵한 편이었으며 사생활을 철저히 숨겼다.

브리검 롤린스 판사실 앞의 대기실에서 그가 비서에게 고개를 끄덕였다.

"들어가시죠, 글렌."

안에는 두 명의 거구가 있었다. 오십대 중반의 롤린스 판사는 얼굴에 얽은자국이 있고, 잿빛 머리를 일주일만 방치해도 난리 나는 크루컷* 스타일로 뾰족뾰족하게 잘랐다. 재킷 없이 와이셔츠에 넥타이 차림이었다. 과감한 노란색 멜빵을 착용했는데 그 바람에 위로 끌어올려진 거대한 황갈색 바지가 꼭 기중기에 들린 시멘트 통 같았다. 소매 아래로 잿빛 반점들이 드러나 있고, 평소처럼 올드스파이스를 뒤집어쓰다시피 했다.

---

* 스포츠머리.

맞은편에는 밥 링글링 변호사가 앉아 있었다—오랫동안 중소도시에서 변호사로 일해온지라 이제는 이름을 가지고 링글링 형제*에 대한 농담을 던지는 일도 없고, 실제로 서커스단에 친척이 있지도 않았다. 다부진 체구에다 금발 섞인 갈색 머리를 단정히 다듬은 겉모습만 보면 마흔다섯 살의 퇴역 장교 같았다. 페이엣빌**이 멀지 않으니 그리 생각할 만도 하지만 링글링 형제와 마찬가지로 이 또한 사실이 아니었다.

홀로는 링글링이 싫지도 좋지도 않았다. 태도가 거칠기는 하지만 공정하고, 홀로가 승리를 위해 노력하게 만들었다. 홀로는 지당하고 생각했다. 신은 법의 공정성을 보여주고 기만이나 나태 없이 기소가 이루어지게 하려고 변호사라는 직업을 만들었다는 것이 그의 지론이었다. 유치장에 구금된 키 173센티미터의 흑인 갱단원이 실제로 총을 쏜 173센티미터의 흑인 갱단원이 아닐 확률은 극히 드물었다.

롤린스 판사가 사건 파일을 정독하고 나서 덮었다. 그는 툴툴거리며 말했다. "지금 사건 처리가 어디까지 진행됐소?"

홀로가 먼저 말을 꺼냈다. "네, 판사님. 주 검찰은 특수살해 혐의를 적용하려 합니다."

"목이 잘린 교사 사건 맞지요?"

"네, 벌건 대낮에 자기집에서요."

---

* 한 세기 넘게 미국에서 활동한 유명 서커스단.

** 포트브래그 육군기지로 유명한 도시.

판사가 혐오스럽다는 듯 얼굴을 찌푸렸다. 충격을 받은 건 아니었다. 롤린스는 판사 생활을 오래해왔다.

법원 건물은 85번 국도와 헨더슨 로드가 만나는 만곡부에 자리했다. 창밖으로 풀을 뜯는 벨티드 갤러웨이 소들이 보였다. 신이 자를 대고 그은 듯 흰색과 검은색 세로띠를 반듯하게 두르고 있었다. 홀로는 판사의 어깨 너머로 소 여덟 마리가 되새김질하는 모습을 보았다. 다른 창문으로는 T. J. 맥스 의류점과 반스앤노블 서점, 그리고 공사중인 멀티플렉스 건물이 보였다. 웨더비를 대변하는 대조적인 풍경이었다.

"어찌된 일인지 정황이나 들어봅시다."

"코벨이라는 심리 치료사가 그녀를 스토킹했습니다. 교사 회의 때문에 롤리에 갔을 때 스타벅스에서 만났는데요. 목격자 말이 그가 명함을 줬는데 그냥 버렸답니다. 이후 그가 뒤를 밟아서 웨더비까지 쫓아왔던 겁니다. 해리스티터 근처의 레드로빈에서 언쟁이 있었고 그녀가 그의 얼굴에 술을 끼얹었습니다. 그리고 살해되던 날 아침 그의 차가 에타스 식당에 주차되어 있는 걸 본 목격자가 있습니다."

"오늘의 메뉴가 콘비프인 곳 말이지." 판사가 말했다.

"그 집이 자랑하는 메뉴죠." 링글링이 거들었다.

홀로는 계속했다. "그는 언덕을 올라가 집 뒤편 숲으로 숨어들었습니다. 그리고 그녀가 문을 열자 살해한 거죠. 아이가 외출하고 난 뒤를 노렸습니다."

"그렇게 된 거로군. 경찰은 어떻게 그를 체포하게 되었소?"

"범인이 재수가 없었죠. 에타스의 접시닦이가 담배를 피우려다 가 숲에서 뭔가를 들고 나오는 그를 본 겁니다. 주차되어 있던 자리 주변에서 핏자국도 찾았고요. 그래서 경찰에 곧장 신고하고 자동차 제조사와 모델을 알려주었습니다. 경찰은 코벨이 버린 칼과 복면, 장갑을 찾아냈습니다. 섬유 조직과 DNA, 지문이 장갑 안쪽에서 발견됐습니다. 사람들이 거기까지는 신경쓰지 않죠. CSI 드라마를 너무 많이 봐서 그런가…… 아무튼 그는 순순히 자백했습니다."

"뭐라고?" 판사가 목소리를 높였다.

"네. 피의자의 권리를 알려주었습니다. 두 번이나요."

"그럼 대체 여기서 뭐하고 있는 겁니까? 진술서 들고 가서 일을 마무리지어야지."

판사가 링글링 변호사를 흘깃 쳐다보자 그는 오히려 홀로에게 눈길을 던졌다.

롤린스 판사는 머그잔을 쥐고 뜨거운 커피를 마셨다. "뭘 또 부인하려는 거요? 괜히 농간 부릴 생각 마시오. 당신 술수에 감명 받을 배심원은 없으니."

링글링이 말했다. "그는 완전히 미친놈입니다."

판사가 의심스럽다는 듯 눈썹을 찌푸렸다. "그런 사람이 복면과 장갑을 준비했단 말이오?"

정신 나간 사람들은 대체로 정체가 발각되든 말든 상관하지 않는다. 도망칠 궁리도 하지 않고, 닌자나 청부살인업자처럼 복장을 갖추지도 않는다. 종국에는 사건 현장 주변을 어슬렁거리고 희생자의 피가 묻은 지문을 남긴다.

링글링은 어깨를 으쓱했다.

판사가 물었다. "재판을 받을 수는 있소?"

"네, 판사님. 단지 범행 당시 정신이 나갔을 뿐입니다. 당시 그에 겐 옳고 그름을 판단할 수 있는 능력이 없었습니다. 현실감각을 잃었던 겁니다."

판사가 투덜댔다.

'정신이상'은 판결에서 최우선 고려사항인 책임소재를 둘러싼 방어 전략이다. 우리는 자신이 저지른 행위에 대해 어디까지 책임을 져야 할까? 가령 교통사고를 내서 민사상 손해배상을 청구당했다고 치자. 분별 있는 사람이 미끄러지기 쉬운 도로에서 과연 시속 56킬로미터 속도로 달리겠느냐고 법이 물을 때 배심원이 그렇다고 하면, 우리는 사고에 대한 책임을 면하게 된다.

어떤 범죄를 저질러 붙잡혔는데, 범죄임을 알고도 의도적으로 저지른 것이냐고 물을 때 아니라고 한다면, 그에게 죄를 물을 수 없다.

형사 법정에서 정신이상이 인정되는 경우는 두 가지다. 하나는 피고의 이상 정도가 심각해서 아예 재판을 받을 수 없는 경우다. 미국 헌법은 피고와 기소인이 대면하도록 규정하므로 이 경우 재판 자체가 성립되지 않는다.

하지만 이런 사례는 『보스턴 리걸』이나 '페리 메이슨 시리즈'*

---

* 각각 법정을 배경으로 하는 텔레비전 시리즈와 연작 추리소설의 제목이다.

에 익숙한 사람들 대부분이 생각하는 정신이상 변론이 아니다. 밥
링글링도 이는 코벨 사건에 적용할 수 있는 경우가 아니라고 확인
했다.

　보다 일반적인 경우는 '맥너튼 원칙'에서 파생된 것이다. 피고가
범행 당시 그것이 그릇된 행동임을 인지할 능력이 없었다면 죄를
물을 수 없다는 논리다. 그렇다고 처벌을 면하는 것은 아니다. 더
이상 위험인물이 아니라고 판정될 때까지 정신병동에 갇혀 지내야
한다.

　이것이 마틴 코벨에 대한 링글링 변호사의 주장이었다.

　글렌 홀로는 실소를 터뜨렸다. "그는 미치지 않았네. 자신을 무
시한 예쁜 여자에게 앙심을 품은 치료사일 뿐이지. 나는 특수살해
혐의를 주장할 거야. 사형을 구형할 거고."

　링글링이 판사에게 말했다. "정신이상입니다. 버틀러 교도소에
종신 감금형을 선고하시죠. 저희는 이의를 제기하지 않겠습니다.
재판 없이 가죠. 모두에게 유리한 결정입니다."

　홀로가 말했다. "오 년 후 그가 다시 세상에 나와서 누군가를 또
죽이지 말라는 법 있나?"

　"아, 검찰총장이 되려고 그를 여론몰이의 희생양으로 삼으려는
속셈이시로군."

　"내가 원하는 건 정의야." 홀로는 그 말이 가식적으로 들린다고
생각했지만 조금도 개의치 않았다. 그래, 명예도 조금 탐나는 건
사실이지. 하지만 인정하지 않았다.

　"루니툰*이라는 증거는 있소?" 판사가 물었다. 그는 법정에 앉아

있을 때와 집무실에 있을 때가 딴판이었다. 아마 에타스 식당에서 콘비프를 먹을 때도 딴판일 것이다.

"그는 아무것도 잘못한 게 없다고 믿고 있습니다. 애너벨 반의 아이들을 구한 거라고 생각합니다. 이 부분에 대해 제가 거듭 확인했습니다. 정말로 그렇게 믿고 있습니다."

"그가 믿고 있다는 게 정확히 뭡니까?" 판사가 물었다.

"그녀가 악령 같은 것에 사로잡혔다고 믿고 있습니다. 그래서 제가 조사해봤습니다. 인터넷에 떠도는 악령 숭배 같은 거 말입니다. 조사해보니 어떤 혼령 같은 게 사람들로 하여금 이성을 잃게 만든다는 주장이 있습니다. 여기에 사로잡히면 갑자기 불같이 화를 내고 아내나 아이를 개 패듯 팬답니다. 심지어 살인까지도 저지르게 만든다는데, 그걸 '님'이라고 부르더군요."

"님이라."

홀로가 말했다. "저도 조사해봤습니다. 판사님도 당장 조사해보시면 나올 겁니다. 코벨도 마찬가지로 조사했던 거죠. 정신이상을 주장하려고 밑밥으로 쓸 만한 걸 찾아둔 겁니다. 그는 자신을 무시했다는 이유로 젊고 아름다운 여자를 살해했습니다. 그러고는 지금 정신이상자처럼 보이려고 이상한 이론을 믿는 척합니다."

"만약 정말로 그렇다면," 링글링이 진지한 말투로 끼어들었다. "그가 불과 이 주 전 만난 여자를 살해하려고 십대 때부터 계획을

---

* 1930년 시작된 워너브라더스의 대표적 애니메이션 시리즈. 동물 캐릭터들이 자해에 가까운 우스꽝스러운 행동을 곧잘 한다.

세웠다는 얘기인가요?"

"그건 또 무슨 소리요?"

"그가 고등학생일 때 부모가 교통사고로 죽었는데, 의사 말이 그때 현실감각을 잃었답니다. 경계성 인격장애 진단을 받았죠."

"내 사촌도 그런 경우지." 판사가 말했다. "같이 있는 게 불편해서 아내랑 나는 될 수 있으면 그녀를 초대하지 않소."

"코벨은 당시 자기 가족을 죽인 운전자가 뭔가에 씌었다고 말해서 여덟 달이나 정신병원에 수감되었습니다. 지금과 똑같은 상황이죠."

"하지만 치료사가 되려면 학교를 다녔을 거 아니오?" 판사가 지적했다. "졸업도 했고. 그렇다면 법적으로 미친 사람이라 볼 수 없지."

이때다 싶어 홀로도 말을 보탰다. "맞습니다. 그는 심리학 석사에 사회복지학 학위도 있습니다. 성적도 좋았고요. 환자들을 멀쩡히 진료합니다. 게다가 책까지 썼죠."

"마침 저도 한 권 가지고 있는데 증거로 제출할까 합니다. 고맙군요, 글렌 씨, 생각나게 해줘서." 변호사는 서류가방을 열고 A4 정도 크기의 묵직한 책 한 권을 꺼내 판사의 책상에 올려놓았다. "자비 출판이고 직접 손으로 썼더군요."

홀로가 살펴보았다. 시력이 꽤 좋은 편인데도 글씨가 깨알 같아서 제목 말고는 알아보기 힘들었다. 우아하지만 편집증적인 필체의 단어가 책장마다 빽빽했다.

영혼에 통합된 해로운 감정 에너지에 관한 성서상의 증거

마틴 코벨 지음

ⓒ저작권법에 의해 보호를 받는 저작물임

"저작권법에 의해 보호를 받는다고?" 홀로가 코웃음을 쳤다. "누가 이딴 책을 표절한다고. 게다가 고딕체는 또 뭐야?"

"글렌 씨, 이런 책이 대략 서른 권이나 됩니다. 그러니 다 쓰는 데 족히 이십 년은 걸렸겠죠. 게다가 이 책이 가장 얇은 것이랍니다."

"속임수야." 홀로가 재차 주장했다.

판사는 미심쩍은 표정이었다. "그렇게 오래전으로 거슬러올라간단 말인가?"

"좋습니다. 이상한 사람이라고 치죠. 하지만 그는 위험인물이기도 합니다. 그의 환자 두 명이 자살했는데 정황상 코벨이 암시를 주었을 가능성이 커요. 또 한 명은 사무실에서 코벨을 공격했다는 이유로 현재 오 년 형을 살고 있는 중입니다. 그가 주장하기를 코벨이 먼저 도발했답니다. 게다가 그는 육 년 전 장례식장에 침입해서 시체를 갖고 장난치다가 체포된 적도 있습니다."

"뭐요?"

"그런 건 아닙니다. 해부를 하고 있었죠. 그러니까 이 뭐냐, 님이란 것의 증거를 찾고 있었습니다."

링글링은 흡족해하며 말을 이었다. "그가 쓴 책 중에는 해부에 관한 것도 있습니다. 천팔백 쪽이 넘고 도판도 있죠."

"그건 해부가 아니었네, 밥 변호사. 장례식장에 몰래 들어가 시체를 주무른 거지." 홀로는 점점 부아가 났지만, 어쩌면 정말 님 때문일 수도 있겠다는 냉소적인 생각이 들었다. "그는 학술대회에도 참석했습니다."

"초자연 현상 대회죠. 그와 똑같은 미친놈들이 득실거리는 학술대회."

"이봐, 밥. 중형을 피하려고 정신이상을 들먹이는 사람들은 대개 편집성 조현병이야. 잘 씻지도 않고, 약에 취해 환각을 보는 사람들이라고. 잘도 빌어먹을 스타벅스에 가서 빌어먹을 시럽을 더 달라고 하겠군."

근 일 년간 홀로가 오늘처럼 욕을 많이 하기는 처음이었다.

링글링이 말했다. "그들이 사람을 죽이는 건 악령에 들렸기 때문이죠. 정상이 아니에요. 제 얘기는 여기까지입니다."

판사가 한 손을 들었다. "여러분도 알다시피 지구가 생겨난 지 얼마 안 됐을 때는 아프리카와 남아메리카 대륙이 나란히 붙어 있었소. 15미터 정도 떨어져 있었을걸. 한번 생각해보게. 두 사람도 마찬가지요. 양측 입장이 아주 가까워. 함께 이 문제를 풀어봅시다. 어떤 게 두 사람에게 이익이 될지 잘 생각하시오. 재판으로 가게 되면 피차 힘들 테니. 나는 '계속하세요'와 '기각합니다'를 반복할 거고."

"밥, 그는 학교 선생을 죽였어. 아주 냉혈한이야. 나는 그를 영원히 추방하겠어. 위험한데다 병까지 앓고 있으니. 인정사정 봐주지 않을 거야. 단, 종신형을 받아들인다면 특수살해 혐의는 취소하지.

대신 가석방은 없어."

판사가 기대하는 표정으로 변호사를 쳐다보았다. "괜찮은 제안 같은데."

"그럴 줄 알았어. 의뢰인이랑 얘기했는데, 그는 아무 잘못 없다고 주장하고 사법제도를 믿고 있어. 뭔가가 주위를 떠돌아다니다가 사람에게 들러붙어 나쁜 행동을 하도록 만든다고 굳게 믿고 있다고. 아니, 우리는 정신이상을 주장할 거야."

홀로는 얼굴을 찌푸렸다. "그렇게 하고 싶으면 전문가를 불러보시지. 우리도 우리 쪽 전문가를 부를 테니."

판사가 툴툴거렸다. "그럼 날짜를 정하지. 재판으로 가자고. 그리고 누가 설명 좀 해주지. 그 지랄맞은 님이라는 게 도대체 뭔가?"

7월의 어느 수요일, 노스캐롤라이나주 정부 대 코벨 사건의 심리가 시작되었다.

글렌 홀로는 일련의 목격자 진술과 법의학 증거에 관한 경찰 조서로 시작했다. 반박할 수 없는 증거였다. 밥 링글링은 별다른 이의를 제기하지 않았다. 논점에서 벗어난 몇 가지 미세증거를 제외해줄 것을 요구했을 뿐이었고, 이는 홀로도 개의치 않았다.

홀로 쪽 증인 가운데는 롤리 스타벅스의 점원이 있었다. 그는 코벨이 명함을 건넸다는 사실을 증언했다. (홀로는 몇몇 배심원과 방청객의 얼굴에 떠오른 당혹스러운 표정을 놓치지 않았다. 직업상 분별 있는 사람이, 바리스타들도 지켜보는 장소에서 왜 그렇게 경솔한 행동을 했을까 의아해하는 듯했다.)

다른 증인들은 스토킹과 관련있는 행동들에 대해 증언했다. 살인사건이 일어나기 전날 웨더비에서 코벨을 보았다는 사람도 여럿이었다. 애너벨 영이 가르치는 학교 바깥에 주차된 그의 차량을 여러 사람이 목격했다. 증언을 좀더 정확히 옮기자면, 중학교 바깥에 주차한 중년 남성을 보았다고 해야 할 것이다. 아무튼 그를 목격했다면서 경찰에게 차량번호를 댄 사람이 여덟 명이었다.

에타스 식당의 접시닦이도 스페인어 통역사의 도움을 받아 검찰측에 유리한 증언을 내놓았다.

한편, 앞머리가 비스듬히 흘러내리고 몸에 맞지도 않는 양복을 입은 코벨은 피고인석에 앉아 개미가 지나간 길 같은 글씨로 미친 듯이 무언가를 적고 있었다.

개새끼! 홀로는 생각했다. 순전히 밥 링글링이 시켜서 하는 연기였다. 마틴 코벨은 조현병 환자 역할을 하고 있었다. 홀로는 경찰 면담 비디오를 보았었다. 화면에서 피고는 말끔하게 몸단장을 했고, 말도 또박또박했고, 토네이도가 몰아쳐도 낮잠을 자는, 홀로가 기르는 열 살짜리 래브라도보다 침착했다.

아무튼 둘째 날에는 재판이 끝날 것이다. 원고측에 유리한 판결이 내려지면 지루한 항소가 뒤따르겠지만, 결국에는 사형집행인이 주사를 오른팔에 놓을지 왼팔에 놓을지 고민하는 꺼림칙한 순간이 찾아올 것이다.

물론 이게 다는 아니다. 실제 전투가 아직 남았다.

변호인측 증인으로 출두한 정신과의사는 피고가 법적으로 정신이상이며 옳고 그름을 구분하지 못한다는 소견을 밝혔다. 코벨은 정말로 애너벨 영이 그녀의 학생과 아들에게 위협적인 존재라고 믿었다. 자신이 실재한다고 믿는 님에 감염되었다는 이유로.

"그는 편집증과 망상증을 보이고 있습니다. 그가 느끼는 현실은 우리와 아주, 아주 다릅니다." 이것이 의사의 결론이었다.

그는 흠잡을 데 없는 자격을 지닌 의사였다. 어차피 공격할 수 있는 지점은 그것밖에 없었으므로 홀로는 그가 말하는 대로 내버려두었다.

이어서 링글링이 말했다. "존경하는 재판장님, 변호인측 증거물 1번부터 28번까지를 제출하고자 합니다."

님에 관한 코벨의 공책과 자비 출판 논문이 말 그대로 수레에 실려 판사석에 제출되자 모두의 관심이 집중되었다.

변호인측 증인으로 나선 두번째 전문가가 이 글들에 대해 증언했다. "이것들에선 전형적인 망상증이 보입니다." 그는 코벨이 쓴 모든 글이 현실과의 접점을 잃은 개인에게서 나타나는 편집증과 망상증의 전형이라고 했다. 님이라는 개념에 대해 과학적 근거가 전혀 없다고 일축했다. "부두교나 뱀파이어, 혹은 늑대인간 같은 거죠."

링글링은 마지막에 쐐기를 박을 셈으로 의사에게 도저히 이해할 수 없는 헛소리들로 가득한 이 '과학 논문'의 한 쪽을 직접 읽어달라고 요청했다. 깜빡 졸 뻔했던 롤린스 판사가 황급히 제지했다. "무슨 말인지 알았으니 됐습니다."

반대신문에서 홀로는 변호인측의 증언을 충분히 꺾지 못했다. 기껏 한다는 질문이 이런 식이었다. "해리 포터를 읽으십니까?"

"저, 사실은, 네, 읽었습니다."

"저는 넷째 권을 가장 좋아하는데요. 시리즈 중에서 가장 좋아하는 책이 뭔가요?"

"그게, 잘 모르겠네요."

검사가 증인에게 다시 질문했다. "코벨 씨의 이 글들이 단지 소설 창작을 위한 습작일 수도 있지 않을까요? 일종의 판타지 문학 같은."

"저어…… 저는 그렇게 생각하지 않습니다."

"하지만 가능하기는 한 거죠?"

"그럴 수야 있겠죠. 하지만 그러면 절대 영화 판권을 팔지 않을 겁니다."

법정은 웃음바다가 되었고, 판사가 증인더러 내려가도 좋다고 했다.

기괴한 해부에 대한 증언이 이어졌고 홀로는 굳이 반박하려 들지 않았다.

밥 링글링은 코벨의 환자 두 명을 증인석에 세웠다. 그들은 코벨이 자기들 몸속에 유령이니 혼령이니 하는 것들이 산다는 말을 계속해서 상담을 그만두었다고 증언했다.

마침내 변호사가 코벨을 증인석에 세웠다. 미친 사람으로 보이도록 계획적으로 구깃구깃하고 지저분한 옷을 입은 그는 입술을 깨물고, 초조하고 괴상야릇한 표정을 지었다.

이 결정은—피고를 증인석에 세운다는 것 자체가 정신 나간 생각이다—큰 도박이었다. 반대신문 때 홀로 검사가 피고에게 애너

510

벨 영을 죽였는지 단도직입적으로 물을 수 있기 때문이다. 그는 이미 자백한 바가 있으므로 범행 사실을 재차 인정해야 한다. 그렇지 않더라도 홀로가 그의 진술서를 읽으면 된다. 어떤 경우든 배심원들은 자신의 범죄를 인정하는 피고의 진술을 듣게 된다.

링글링은 그 부분을 정면으로 돌파했다. 첫 질문을 이렇게 던졌다. "코벨 씨, 당신이 애너벨 영을 살해했습니까?"

"아, 네, 물론 제가 그랬죠." 코벨은 뜻밖이라는 목소리였다.

법정에 헉하고 숨을 들이마시는 소리가 가득했다.

"왜 그랬습니까, 코벨 씨?"

"아이들을 위해서였습니다."

"그게 무슨 말이죠?"

"아시다시피 그녀는 교사였어요. 세상에! 매해 서른에서 마흔 명의 감수성 예민한 아이들이 영향을 받게 되는 겁니다. 그녀는 아이들의 마음을 오염시켰을 겁니다. 아이들에게 상처를 주고 학대하고 증오로 물들게 했을 겁니다." 말을 마친 그는 눈을 감고 몸서리쳤다.

아카데미상 수상자급의 정신이상자 살인범 연기였다.

"자, 이제 말해보시죠. 당신은 애너벨 영이 왜 아이들을 해칠 거라고 생각했습니까?"

"님의 영향하에 있었으니까요."

"조금 전에 들었던 그것 말인가요? 당신 논문에 쓰인?"

"맞습니다."

"간단하게 설명해주시겠어요? 님이 도대체 뭔지."

"한마디로 에너지라 할 수 있습니다. 사악한 에너지죠. 일단 사람의 마음에 들러붙으면 떨어지지 않아요. 끔찍하죠. 님에 통합된 사람은 범죄를 저지르거나 사람들을 학대하거나 쉽게 화를 터뜨립니다. 많은 분노발작과 난폭, 보복 운전의 원인이 님입니다. 도처에 있어요. 개체수가 족히 수백만은 될 겁니다."

"당신 생각에는 그녀가 바로 그 님에 홀렸다는 말이죠?"

"홀리는 게 아닙니다." 코벨은 단호히 말했다. "홀린다는 표현은 종교적인 개념이죠. 님은 순수한 과학적 개념입니다. 바이러스처럼요."

"그렇다면 님이 바이러스처럼 실재하는 존재라 생각합니까?"

"당연하죠! 제 말을 믿어야 해요. 엄연히 존재합니다!"

"그녀는 님들의 영향하에 있었고요?"

"님들이 아니라 님 하나였어요."

"게다가 학생들을 해치려고 했지요."

"자기 아들도요. 그래요, 저는 알고 있었어요. 님을 알아보는 능력이 있거든요. 아이들을 구해야 했습니다."

"그녀에게 반해서 스토킹을 했던 건 아닙니까?"

코벨의 목소리가 갈라졌다. "아니요. 절대 그렇지 않습니다. 그저 상담치료를 해주고 싶었을 뿐입니다. 조금 일찍 손썼다면 그녀를 구할 수도 있었어요. 하지만 상황이 너무 심각했습니다. 그래서 어쩔 수 없이 죽였습니다. 모두를 위해 그 편이 나아요. 그럴 수밖에 없었습니다." 눈물이 글썽글썽했다.

맙소사······

"검찰측 신문하시죠."

홀로는 최선을 다했다. 그는 애너벨 영에 대해 질문하지 않기로 했다. 코벨의 살인 여부는 이 사건의 쟁점이 아니었다. 문제는 피고의 정신 상태였다. 홀로는 피고로 하여금 십대 시절 딱 한 번 정신병원에 있었으며 그후로 정신과의사를 만난 적이 없다는 사실을 인정하게 만들었다. 피고는 항정신성 약물을 복용하지도 않았다. "그런 약을 복용하면 정신이 무뎌져요. 님과 싸울 때는 집중할 필요가 있는데 말이죠."

"묻는 말에만 대답하세요, 피고."

홀로는 이제 지난 삼 년간 코벨의 세금 환급 건을 들고 나왔다.

링글링이 이의를 제기하자 홀로는 판사에게 말했다. "존경하는 재판장님, 정신 상태가 정상이 아니라는 사람이 이렇게 세금 환급 신청서를 작성할 수 있었을까요?"

"논란의 여지가 있겠군요." 판사의 미온적인 답변에 장내는 웃음바다가 되었다.

판사 자리에 있으면 다 저런 식인가, 글렌 홀로는 생각했다. 나도 검찰총장 임기를 마치고 나면 저렇게 될까?

롤린스 판사가 말했다. "증거 채택을 인정합니다."

"피고, 이 서류들은 당신이 작성한 신청서지요?"

"그런 것 같군요."

"여기 보니 상담치료로 상당한 돈을 버는군요. 연 수입이 4만 달러 정도 되네요."

"아마 그 정도 될 겁니다."

"그렇다면 피고는 아까 증언했던 두 환자 말고도 상당히 많은 환자들을 정기적으로 치료하고 있었겠군요. 물론 그들은 당신의 치료에 만족할 테고요."

코벨이 검사의 눈을 똑바로 보았다. "저기 밖에는 많은 님들이 돌아다니고 있습니다. 누군가는 그것들과 싸워야 합니다."

홀로는 한숨을 내쉬었다. "질문 마치겠습니다, 재판장님."

다음에 검사는 코벨의 정신 상태를 진단한 정신과의사를 증인으로 불렀다. 증언의 요지는 코벨이 괴상한 면이 있긴 하지만 법적으로 정신이상은 아니라는 것이었다. 피고는 자신의 행동을 분명하게 인식하고 있었으며, 희생자를 살해할 때도 자신이 범죄를 저지르고 있다는 것을 잘 알고 있었다고 했다.

링글링도 몇 가지 질문을 했지만 반대신문이 길어지지는 않았다.

막바지에 잠시 휴정하는 사이 글렌 홀로는 배심원석을 슬쩍 보았다. 그는 검사로서 오랜 경험을 쌓은 법률 전문가일 뿐 아니라 배심원의 마음을 읽는 데도 전문가였다.

그런데 이런 빌어먹을! 배심원들은 밥 링글링이 의도한 대로 반응하고 있었다. 그들은 마틴 코벨을 증오하고 두려워하는 게 틀림없었다. 하지만 코벨이 너무 괴물인 탓에, 그가 내뱉는 말들이 너무 괴상망측한 탓에 배심원들의 윤리와 행동 기준으로는 도저히 이해할 수 없는 존재가 되어버렸다. 이 교활한 링글링 자식! 그는 자기 의뢰인을 희생자로 포장하지 않았다. 유년기에 학대받아서 트라우마에 시달리는 사람으로 만들지도 않았다(그는 코벨 가족의 죽음에 대해 거의 언급하지 않았다).

오히려 피고인석에 앉아 있는 것은 인간이 아니라는 인상을 심어주고 있었다.

"코벨의 현실은 우리 현실과는 다릅니다"라는 변호인측 전문가의 증언도 다 그런 맥락에서 나온 것이었다.

홀로는 비쩍 마른 다리를 앞으로 뻗어 끈 없는 로퍼에 달린 술을 바라봤다. 아무래도 이 재판은 질 거 같아, 지겠어. 그리고 저 개자식은 오륙 년 후에 세상에 나와 또 스토킹할 여자를 찾겠지.

상황은 절망적이었다.

님이라니…… 젠장할.

그때 법원 서기와 이야기를 나누던 판사가 고개를 돌려 그를 불렀다. "홀로 검사? 계속해서 변호인 주장에 대한 검찰측의 반론을 들어볼까요?"

그 순간 좋은 생각이 그의 머릿속에 번뜩였다. 잠시 따져보다가 그 파장을 예측하자 숨이 턱 막혔다.

"홀로 검사?"

"존경하는 재판장님, 괜찮으시다면 내일까지 휴정을 청하고 싶습니다. 부탁드립니다."

롤린스 판사는 곰곰이 생각하더니 시계를 들여다보았다. "좋습니다. 내일 오전 아홉시에 재판을 재개하겠습니다."

글렌 홀로는 판사에게 감사의 말을 하고, 신참들에게 서류를 챙겨 사무실로 가져가라고 지시했다. 그는 자리에서 일어나 법정 문을 나섰다. 법원 건물을 완전히 빠져나올 때까지 뛰지 않았다. 배심원들 앞에서는 항상 품위를 지켜야 한다고 생각했기 때문이다.

다음날 아침 아홉시가 조금 지나 글렌 홀로가 자리에서 일어섰다. "제임스 페더 박사를 증인으로 신청합니다."

"이의 있습니다." 밥 링글링이 일어섰다.

"이유가 뭡니까?" 판사가 말했다.

"이 증인이 나온다는 소식을 어제 저녁 여덟시가 되어서야 들었습니다. 대비할 시간이 충분하지 못했습니다."

"여덟시에 어디 있었나요?"

링글링은 눈을 깜빡였다. "그러니까 그게, 저는…… 아내와 저녁식사를 하러 나갔습니다."

"저녁 여덟시에 나는 이 사건 자료를 읽고 있었어요, 링글링 변호인. 그리고 홀로 검사는 당신에게 곧 부를 증인에 대해 고지를 하고 있었겠고요. 우리 둘 다 한가하게 뷔페를 즐길 시간도 없이 말이죠."

"하지만—"

"신속하게 대응하세요, 변호인. 그러라고 그렇게 높은 수임료를 받는 거 아니겠습니까? 이의는 기각합니다. 홀로 검사, 계속하세요."

부스스한 검은 곱슬머리에 여윈 얼굴을 하고 안색이 어두운 페더 박사가 증인선서를 하고 자리에 앉았다.

"자, 페더 박사님, 본인의 자격에 대해 말씀해주시겠습니까?"

"네, 저는 이스턴버지니아대학과 알바니대학, 노던애리조나대학

516

에서 심리학과 생물학 학위를 취득했습니다."

"모두 인가받은 사년제 대학교죠?"

"네."

"현재 직업은 무엇입니까?"

"글을 쓰고 강의를 합니다."

"저서도 있죠?"

"네. 한 열댓 권 됩니다."

"자비 출판입니까?"

"아닙니다. 기성 출판사에서 나왔습니다."

"강의는 어디서 합니까?"

"전국 여기저기서 합니다. 학교, 도서관, 서점, 사설 행사장 등에서요."

"강의를 듣는 사람은 어느 정도 됩니까?"

"평균 사백에서 육백 명 정도 됩니다."

"일 년에 강의를 몇 번 하십니까?"

"백 회 정도 합니다."

홀로가 잠시 뜸을 들이다가 마저 질문했다. "님이라는 개념에 대해 알고 계십니까?"

"네."

"그 용어를 만든 사람이 박사님이라던데요?"

"그렇습니다."

"그 말이 지칭하는 게 뭡니까?"

"'네거티브'와 '밈'이란 말을 조합해서 만든 조어입니다. '네거티브'란 말 그대로 부정적이라는 뜻이고, '밈'은 노래나 캐치프레이즈 같이 사람들의 상상력을 사로잡으며 사회 전체에 급속도로 퍼져가는 현상을 가리킵니다."

"그 밈이라는 개념의 핵심을 설명해주시겠습니까?"

"간단히요?"

"네. 저는 과학과목에서 C학점을 받았거든요. 간단하고 알기 쉽게 설명 부탁드립니다."

좋았어! 홀로는 자신의 임기응변이 흡족했다. 과학과목이라.

페더 박사가 설명을 이어갔다. "그건 마치 사람들의 감정을 파괴적인 방향으로 이끌어가는 에너지 뭉치와 같습니다. 길을 걷다가 별안간 기분이 이상하게 바뀔 때가 있죠? 아무 이유 없이 말입니다. 기분이 그렇게 돌변하는 데는 여러 이유가 있습니다만, 대뇌에 밈이 통합되었기 때문일 수도 있습니다."

"박사님은 '네거티브'라고 하셨는데요. 그러면 밈은 나쁜 건가요?"

"글쎄요. 나쁘다는 표현은 어디까지나 인간의 입장에서 내린 평가죠. 밈 자체는 중립적입니다만, 그로 인해 우리가 행동하는 방식을 사회는 나쁘다고 규정하는 겁니다. 바다에서 수영을 한다고 쳐보죠. 상어랑 해파리는 나쁘지 않습니다. 자연의 이치대로 존재할 뿐이죠. 하지만 그것들이 우리를 물거나 침으로 쏘면 우리는 나쁘다고 합니다. 밈도 마찬가지입니다. 그들이 우리에게 시키는 일은 자기들한테는 중립적이지만 우리는 그것을 나쁘다고 하는 겁니다."

"그러면 박사님은 밈이 실재한다고 보십니까?"

"오, 물론이죠. 확실히 존재합니다."

"님의 실재를 믿는 이들이 또 있습니까?"

"네, 아주 많습니다."

"그 사람들은 과학자입니까?"

"일부는요. 치료사, 화학자, 생물학자, 심리학자들이죠."

"이상 질문을 마치겠습니다."

"변호인, 질문하시죠."

이미 드러났다시피, 피고측 변호인은 허를 찔려 제대로 대응하지 못했다. 그는 검찰측에서 전문가 진술을 들고 나와 피고의 정신 이상 주장을 공격할 거라고만 생각하고 있었다.

홀로가 님의 실재를 증명하리라고는 예측하지 못했기에 그에 대한 준비도 하지 못했다. 링글링은 하나마나 마찬가지인 질문만 몇 가지 던지고 그냥 끝냈다.

한편 홀로는 링글링이 페더 박사의 이력과 초심리학, 유사과학 분야의 자격을 검토하지 않았다는 데 안도했다. 페더 박사의 블로그 포스트도 뒤져보지 않은 게 확실했다. 그랬더라면 달 착륙은 휴스턴의 영화 스튜디오에서 찍은 사기극이라는 주장과 9·11 테러의 배후가 이스라엘과 조지 부시 대통령이라는 주장을 찾아냈을 것이다. 홀로가 특히 걱정했던 내용은 2012년 대종말에 관한 박사의 에세이였다.

위험한 순간은 이제 지나갔다고 그는 생각했다.

링글링은 박사에게 신문을 마치겠다고 했다. 어쨌든 증인신문은 전체적으로 변호인측에 유리하게 끝났다고 믿는 눈치였다.

이것으로 사건에 대한 논거 제시는 마쳤다. 이제 최후 변론의 시간이었다.

어제 페더 박사의 연락처를 찾아 법원을 서둘러 빠져나갈 때도 홀로는 속으로 최후 변론을 작성하고 있었다.

깡마르고 금욕적인 인상의 그가 배심원석 앞으로 걸어갔다. 배심원들에게 친근하게 다가가기 위해 평소에는 꼭꼭 채우던 재킷의 가운데 단추도 풀었다.

"배심원 여러분, 저는 여러분과 불쌍한 피해자, 그리고 그녀의 가족을 존중하는 뜻에서 한말씀 드리고자 합니다. 그녀의 가족은, 그리고 애너벨 영의 영혼은 정의를 원하고 마땅히 그럴 자격이 있습니다. 여러분이 빠른 시일 내에 그 정의를 바로 세울수록 모두에게 이로울 것입니다.

이 사건을 맡은 성실한 경관들은 마틴 코벨이 젊고 활달한 학교 선생이자 어린 자녀를 둔 어머니를 양심의 가책 없이 잔인하게 찔러 죽인 자라는 사실을 이미 확고하게 입증했습니다. 코벨 씨는 그녀를 일주일간 스토킹하고 롤리에서부터 뒤를 밟아 염탐했습니다. 하교한 아들을 만나려고 식당에서 기다리고 있던 그녀를 달아나게 만들기까지 했습니다. 이 모두가 이론의 여지가 없는 사실들입니다. 코벨 씨의 자백 또한 타당성에 의문이 없습니다. 그는 자신의 권리를 고지받은 후 본인의 의지로 진술했습니다. 그리고 여러분 앞에서도 같은 내용을 재차 진술한 바 있습니다.

이 사건의 유일한 쟁점은 극악무도한 범죄를 저지를 당시 피고가 과연 정신이상 상태였는가 하는 점입니다. 정신이상의 사유로 피고에게 무죄가 선고되려면 무엇보다 애너벨을 살해할 당시 그에게 옳고 그름을 판단할 능력이 결여되어 있었다는 사실이 밝혀져야 합니다. 여러분과 제가 아는 바의 현실을 그가 이해하지 못했다는 사실을 증명해야 합니다.

여러분은 애너벨 영이 님이라는 힘에 감염되었기 때문에 죽여야 했다는 피고의 주장을 앞서 들었습니다. 이 점을 잠시 생각해봅시다. 만약 코벨 씨가 애너벨을 감염시킨 게 외계인이나 좀비, 뱀파이어라고 주장했다면, 그가 정신이상이라는 변론은 그럭저럭 타당할 수도 있을 겁니다. 하지만 그의 주장은 그런 게 아닙니다. 그는 기본적으로 그녀가 감염된 것이 바이러스와 비슷한…… 열이나 오한 같은 증상이 나타나진 않지만 나쁜 행동을 하도록 유도하는 것이라고 주장합니다."

여기서 그는 미소를 지었다. "솔직히 처음 이 주장을 들었을 때만 해도 저는 정말 미친 소리라고 생각했습니다. 그런데 자꾸 생각을 거듭할수록 뭔가 석연치 않은 느낌을 지울 수가 없었습니다. 그리고 재판이 진행되면서 코벨 씨와 페더 박사의 진술을 듣고 어젯밤새 코벨 씨의 장문의 글을 읽으면서 생각이 바뀌었습니다…… 저도 이제는 님의 존재를 믿습니다."

법정 여기저기서 탄성이 크게 터져나왔다.

"저는 마틴 코벨의 주장이 옳다고 확신합니다. 님은 존재합니다. 생각해보세요. 조금 전까지만 해도 멀쩡하던 사람들이 별안간 불같이 화를 내고 난폭하게 구는 이유를 달리 어떻게 설명할 수 있겠습니까?"

맞아…… 몇몇 배심원들이 그 말에 공감하듯 고개를 끄덕였다. 이제 그들은 검사 편이었다!

홀로의 목소리가 커졌다. "생각해보세요! 눈에 보이지 않는 에너지가 우리의 행동에 영향을 줘서 그런 겁니다. 우리에게 영향을 미치는 달의 인력도 눈에 보이지 않기는 마찬가지 아닙니까? 방사능은 어떻습니까? 눈에는 보이지 않습니다. 님은 달리 이해하기 어려운 행동들을 완벽하게 설명해주는 개념입니다.

비행기를 타고 하늘을 나는 것은 마법의 세계에서나 있을 법하다고 생각하던 때가 있었습니다. GPS도 그렇습니다. 현대 의학도 마찬가지고요. 전구, 컴퓨터 등 수많은 현대의 산물들도 오늘날에는 그것이 과학적 사실에 기반하고 있다는 걸 알지만, 처음 그 개념이 알려졌을 때만 해도 흑마술 취급을 받지 않았습니까?"

홀로는 몰입해 있는 배심원단을 향해 다가갔다. "하지만…… 하지만 말입니다. 코벨 씨와 제가 믿고 있는 것처럼 님이란 게 정말 존재한다면, 님은 현실세계의 일부로 봐야 합니다. 그것들은 우리 사회의 일부입니다. 좋든 나쁘든 우리는 그것들과 연결되어 있습니다. 따라서 애너벨 영이 님에 감염되었다는 말은 그녀가 독감에 걸렸으니 다른 사람에게 옮길 수 있다고 말하는 것과 다르지 않습니다. 나이가 많든 적든 독감에 감염된 사람은 죽을 수 있습니다. 애석하고 비극적인 일이죠…… 하지만 그렇다고 해서 다른 사람들을 구하려고 예방 차원에서 그녀를 살해하는 게 옳은 일일까요? 저는 단호히 아니라고 말씀드립니다! 결단코 도리에 어긋나는 짓입니다, 여러분. 지금 제가 믿고 있는 것처럼 애너벨 영이 님에 감염되었다면, 마틴 코벨은 훈련받은 전문가로서 마땅히 그녀를 치료하고 도왔어야 합니다. 그녀를 도왔어야죠. 살해하는 게 아니라.

부디 애너벨 영을 잊지 말아주십시오. 법의 정신을 존중해주십시오. 개인의 책임을 기억해주십시오. 피고의 정신 상태는 정상입니다. 젊은 여성의 목숨을 앗아간 그에게 일급살인죄를 선고해주시기 바랍니다. 그는 잘못이라고는 아픈 죄밖에 없는 사람, 언젠가 나아서 행복하고 보람된 삶을 살 수도 있었던 사람의 생명을 빼앗은 극악무도한 살인자입니다. 감사합니다."

글렌 홀로는 쿵쾅거리는 가슴을 안고 쥐죽은듯 조용한 법정을 가로질러 검사석으로 돌아갔다. 모두가 자기만 쳐다보고 있다는 것을 알았다.

그가 자리에 앉았다. 아무 목소리도, 부스럭거리는 소리도 나지 않았다. 적막만이 흘렀다.

한 시간처럼 느껴지는 삼십 초가 흐른 뒤 밥 링글링이 일어섰다. 그는 목청을 가다듬고 최후 변론을 했다. 홀로는 그의 말에 신경쓰지 않았다. 다른 사람들도 마찬가지인 듯했다. 법정 안 모두의 시선이 글렌 홀로에게 고정되어 있었다. 아마 그가 했던 어떤 변론보다도 분명하고 극적인 이날의 최후 변론을 마음속에 되새기고 있는 듯했다. 막판 뒤집기란 이런 걸 두고 하는 말일 터였다.

지금 제가 믿고 있는 것처럼 애너벨 영이 님에 감염되었다면, 마틴 코벨은 훈련받은 전문가로서 마땅히 그녀를 치료하고 도왔어야 합니다. 그녀를 도왔어야죠. 살해하는 게 아니라.

글렌 홀로는 본래 겸손한 사람이지만, 이 순간만은 자신이 일생일대의 쾌거를 이루었다고 믿었다.

그래서 배심원단이 홀로의 주장을 완전히 배제하고 정신이상의 사유를 들어 마틴 코벨에게 무죄를 평결했을 때, 그는 충격을 받지 않을 수 없었다. 그것도 웨더비카운티 역사상 최단 시간에 나온 평결이었다.

셋

될 수 있으면 일광욕실에는 가지 않는다.

거기에는 미친 사람들이 가득하기 때문이다. 입술을 깨무는 사람, 항정신성 약물인 할돌에 전 사람, 망상에 빠진 미치광이. 고약한 냄새가 나고, 여물통에 고개를 처박은 돼지처럼 먹고, 소리를 지르고, 자해를 막기 위해 미식축구 헬멧을 썼다. 그게 가능하기라도 하다는 듯. 재판 때 정신병자 연기를 과하게 하지 않았나 싶다. 물론 그것은 기우였다. 법정에서의 내 연기는 전혀 지나치지 않았다.

이곳 버틀러 주립병원에서는 '범죄 성향을 지닌 정신이상자'라는 표현 자체가 없다. 와보면 알겠지만 하나같이 그런 사람들뿐이기 때문이다.

어쨌든 일광욕실은 피했다. 대신 작은 도서관에 즐겨 가게 되었다. 이곳에 수감된 두 달 동안 대부분의 시간을 도서관에서 보냈다.

오늘 나는 도서관에 하나 있는 창문 근처 팔걸이의자에 앉아 있었다. 보통은 잭이라는 비쩍 마른 친구와 팔걸이의자를 두고 경쟁

했다. 그는 자신의 기밀을 북부군에게 팔아넘겼다며 아내를 의심해서 이곳에 왔다. 아내를 여섯 시간 고문한 끝에 살해하고 토막내지만 않았어도 그냥 웃기는 일로 그쳤을 텐데.

잭은 지적 호기심이 많은 친구다. 어떤 때 보면 영리한 것 같기도 하고 남북전쟁에 관한 한 전문가 수준이다. 그런데도 게임 규칙을 영 이해하지 못한다. 도서관에 먼저 온 사람이 팔걸이의자를 차지한다는 규칙 말이다.

나는 오늘 이 의자에 앉아서 글을 읽기를 얼마나 고대했는지 모른다.

그런데 어떤 일 때문에 계획이 틀어지고 말았다. 오늘자 조간을 펴들자 나를 기소했던 검사에 관한 기사가 눈에 들어온 것이다. 이름이 꼭 부동산업자 같다며 변호사에게 농담했던 바로 그 글렌 홀로였다. 바람과 달리 내가 멀쩡한 사람처럼 농담하자 링글링은 불안해하는 기색이었다. 물론 나는 미친 사람이 아니다.

기사는 당 관계자들이 홀로의 검찰총장 출마 지지를 철회했다는 내용이었다. 그는 경선에서 탈락했다. 기사를 마저 읽으면서, 나를 일급살인으로 기소한 재판에서 패한 뒤로 그의 인생이 완전히 끝장났다는 사실을 알게 되었다. 검사직에서 물러나야 했고, 주 내의 로펌에서도 받아주는 곳이 없었다. 사실상 어디서도 일자리를 얻지 못했다.

문제는 재판에서 졌다는 것이 아니었다. 그가 사람들을 홀리고 범죄를 저지르게끔 만드는 혼령의 존재를 증거로 제출했다는 것이었다. 님이 실재한다고 한 발언도 발목을 잡았다. 그가 증인석에 세웠던 전문가는 괴짜임이 드러났다. 나야 여전히 페더 박사의 천재성을 믿지만. 레오나르도 다빈치도 성공적인 발명품을 하나 내놓기까지 쓰레기 같은 발명품 수백 개를 쏟아내지 않았던가.

사실 홀로의 전략은 뛰어났고, 법정에서 나는 매우 불리한 순간에 처했었다. 밥 링글링 역시 마찬가지였다. 배심원들이 검사의 주장을 받아들여 나를 사형대로 보내지 않은 것이 나로서는 오히려 놀라웠다.

이런 고백을 하자니 마음이 불편하다. 그에게 미안한 마음이 들어서다. 개인적인 악감정은 조금도 없다. 하지만 기사의 마지막 단락에 이르자 나는 일련의 일이 지닌 충격적인 진상을 알게 되었다.

코벨 재판 전까지만 해도 홀로는 차기 주 검찰총장으로 점쳐지고 있었다. 그는 노스캐롤라이나에서 가장 승률이 높은 검사였다. 특히 강간이나 가정폭력 같은 강력범죄에서 두각을 나타냈다. 실제로 그는 몇 년 전 일어났던 한 난폭, 보복 운전 사건에 사전 계획에 의한 살인죄를 적용해 승리한 최초의 검사이기도 했다.

이 기사를 읽고 나는 뒤통수를 얻어맞은 듯한 충격에 사로잡혔다. 오, 이런…… 오, 이런…… 그야말로 숨이 턱 막혔다. 나는 함정에 빠졌다.

갑자기 모든 게 분명해졌다. 애너벨 영이 스타벅스에서 내 옆자리에 앉았을 때부터 나는 그것들의 계획에 말려든 것이다. 님 말이다. 녀석들은 내가 사명감을 가지고 그녀를 치료하려 들 거라는 사실을 알고 있었다. 그리고 내가 그녀 안에 자리잡은 님이 너무도 강력하고 주위에 위해를 끼칠 것이 명백하다는 것을 간파하고는 그녀를 살해하리라는 것도 알고 있었다. (물론 애너벨 이전에도 이와 비슷한 처방을 내린 적이 있었다. 전문 치료사라면 환자에게 맞는 치료법을 택할 줄 알아야 한다.)

그렇다면 님은 어디서 숙주를 골라야 했을까? 그들에게 가장 위협적인 검사가 있는 카운티였을 것이다. 충동에 의한 폭력 사건 재판에서 매번 승리하는 사람, 녀석들의 가장 성공적인 침투 사례인 학대범, 강간범, 살인범을 감옥에 가두는 사람을 제거해야 할 필요가 있었다.

자, 이제껏 아무도 대답하지 못했던 질문에 대한 답이 나왔다. 그렇다. 님은 서로 소통한다.

그것들은 계획을 세우고 전략을 짠다. 필시 이 문제를 논의했다. 글렌 홀로를 제거하기로 하고 그 대가로 나를 정신이상 주장으로 풀려나게 했다. 그 결과 내가 몇 년 후 사회로 다시 돌아가 녀석들을 공격하고, 글을 쓰고, 환자를 상담하는 일이 있더라도 말이다.

그리고 필요하면 환자를 죽이더라도.

그런 대가를 감수하더라도 글렌 홀로는 제거되어야 할 위협이라고 판단했던 것이다.

하지만 나는 아니었다. 그들의 진짜 목표가 아니었다. 그래서 빠져나올 수 있었다. 나는 눈을 감고 한숨을 길게 내쉬었다. "난 아니었어. 하느님 감사합니다, 난 아니었어."

그때 무릎에 놓인 신문 위로 드리워진 그림자가 눈에 들어왔다.

고개를 들어보니 동료 환자 잭이 나를 내려다보고 있었다.

"미안하지만 이 의자 오늘은 내 차지야." 나는 충격적인 깨달음으로 정신이 어수선한 채로 그에게 말했다. "내일……"

그의 얼굴을 쳐다보는 내 목소리가 점점 잦아들었다.

그 눈…… 그 눈……

안 돼!

숨이 턱 막힌 나는 자리에서 몸을 일으키며 간수를 부르려 했다. 그러나 잭이 먼저 내 위에 올라탔다. "내 의자, 네가 내 의자를 빼앗아갔지. 빼앗아갔어! ……"

그가 움켜쥔 커트러리의 날카로운 끝이 내 가슴을 잇따라 내리찍었다. 미친 녀석은 뭔가 다른 말을 중얼거리기 시작했다. 시야가 흐려지고 귀에 들리는 소리도 점점 멀어졌다. 메마른 입술 사이로 흘러나오는 말소리가 어렴풋이 들렸다. 아마 이런 말이었던 것 같다. "그래, 너야, 너, 바로 네가……"

평행선

팀 파워스

원래 오늘은 그들의 생일이었다. 그야 생일은 생일이지, 캐럴린은 생각했다. 하지만 비비가 세상을 떠난 마당에 '생일'이 무슨 의미란 말인가. 혼자서 일흔세 살 생일을 맞다니.

　오 분 전 거실 데이베드에 앉은 후로 오른손이 간간이 경련했다. 그래서 왼손으로 커피잔을 들었다. 커피 온도는 알맞았지만 아무 맛도 나지 않았다. 테이블, 쓸쓸한 토끼 귀 같은 안테나가 달린, 이제는 쓸모없는 아날로그 텔레비전, 하얀 벽돌 벽난로 옆에 놓인 흔들의자가 등뒤 동쪽 창문으로 비쳐드는 햇살을 받아 빛나고 있었다. 거실의 가구 배치가 무슨 박물관 디오라마 같았다. 조금도 움직일 여지가 없다는 점에서.

　요 구 주간 정신없이 보내느라 묘비 문제를 아직 매듭짓지 못했다. 0.18제곱미터 크기의 화강암 비석은 450달러였는데, 네바다에 있는 회사에 베벌리 베로니카 얼리치와 캐럴린 앤 얼리치의 생일을 똑같이 써넣고, 캐럴린의 이름 아래 사망일을 무기한 비워두라는 말을 분명히 전달하지 못했다.

비비는 명이 다해 죽은 게 아니었다. 암—그것이 암이었다면 말이지만—에 걸려 더는 고통을 견딜 수 없게 되자 집에 있는 진통제인 다보셋과 바이코딘을 몽땅 털어넣고 삶을 끝냈다. 일 년여 동안 비비는 상당한 통증을 달고 살았다. 그녀가 이따금 가쁜 숨을 내쉬고, 늘 이마에 땀이 맺혀 있던 모습을 캐럴린은 기억했다. 언제부터인가는 윗입술 안쪽을 반복적으로 핥는 버릇이 생겼다. 운전할 때는 자세를 자꾸 고쳐 앉으며 바닥이나 운전대에 몸을 지탱했다. 옆집에 사는 작달막한 십대 소녀 앰버에게 의지하는 경우가 점점 많아졌다. 이건 캐럴린도 마찬가지였다. 앰버는 집안 청소를 하고 장을 봐주었다. 한 시간에 5달러밖에 안 주는데다 사사건건 비비가 타박해도 고마워했다.

하지만 묘비 회사에 지시하는 일까지 앰버에게 시킬 수는 없었다. 캐럴린은 데이베드 앞쪽으로 몸을 당겨 앉고는 다초점안경이 아니라 돋보기안경을 썼는지 확인하느라 고개를 숙였다 젖혔다 했다. 그리고 갈색 전화번호부를 펼쳤다. 짧은 은색 연필이 비닐 끈 고리에 매달려 있었다. 더듬더듬 연필을 찾아 쥐었다.

그때였다. 오른손이 경련을 일으키며 테이블 앞쪽에 놓인 커피 잔을 쳐서 떨어뜨렸다. 늙고 검버섯 핀 손가락이 떨리는 바람에 손에 쥔 연필이 종이 위에서 이리저리 미끄러졌다.

실수한 게 두려워서 순간적으로 부엌 쪽을 흘깃 보았다. 그러다 비비가 죽었다는 사실을 떠올리고는 마음을 놓고, 오래된 주소와 전화번호 위로 그어진 구불구불한 선을 바라보았다.

들쭉날쭉하긴 해도 알아볼 수 있는 필기체였다.

나좀도와줘제발

영락없는 비비의 손글씨였다!

캐럴린의 손이 다시 경련을 일으키며 똑같은 일련의 글자들을 휘갈겼다. 그녀는 연필을 들었다. 동작을 멈추고 가만있는 이 순간 모든 생각을 뒷전으로 미루었다. 몇 초 뒤 손이 다시 한번 경련을 일으켰고 의심할 바 없이 똑같은 글자들을 허공에 휘갈겼다. 몸이 오싹하며 소름이 돋았다. 금방이라도 토할 것 같았다. 양탄자 위로 몸을 숙였지만 욕지기는 가셨다.

잠에서 깬 후로 손으로 허공에 계속 이 메시지를 쓰고 있었던 게 틀림없었다.

하지만 캐럴린이 기억하기로 비비는 뭔가를 부탁할 때 제발이란 말을 하지 않았다. 반어적인 의미라면 모를까.

별개로 마침 앉아 있었던 것이 조금은 다행스러웠다. 가슴이 놀라우리만치 쿵쾅거리고, 비비가 떠나지 않았다는, 완전히 떠나지는 않았다는 엄청난 생각에 머리가 어질어질했다. 문득 이러다 쓰러져 테이블을 넘어뜨리거나 흔들의자를 구를까봐 무서워져 데이베드 가장자리를 움켜쥐었다. 쏟아진 커피 냄새가 코를 찔렀다.

"알았어." 그녀는 나지막이 말했다. "알았어!"라고 더 크게 말했다. 손떨림이 가라앉자 전화번호부 맨 뒤의 달력 페이지를 펼치고 상단에 '알았어'라고 휘갈겼다.

손가락이 다시 씰룩거렸다. 하지만 그녀는 마음속에 떠오르는 질문을 물리치듯 손을 들었다. 허공에서 이리저리 움직이는 연필을 차마 종이에 대지 못했다.

그녀가 돌아오길 내가 정말 바라는 걸까? 캐럴린이 생각했다. 아니야, 그렇지 않아. 하지만 지난 구 주 동안 내게 관심을 가져주는 사람이 곁에 없자, 그 관심이 어떤 것인지는 차치하고, 나 자신이 더이상 존재하지 않는 것처럼 느껴졌어. 요즘 나는 그저 옆집에 사는 앰버의 상상 속 친구에 지나지 않아. 그나마도 앰버가 어른이 되면 금세 잊히고 말겠지.

그녀는 한숨을 내쉬고 전화번호부로 손을 내렸다. 그녀가 '알았어'라고 썼던 글씨 위로 연필이 뭔가를 갈겨썼다.

나비비야

"맙소사." 캐럴린은 나직이 탄성을 내지르며 눈을 감았다. "나한테 할말 있어?"

손이 제멋대로 움직이며 똑같은 말을 다시 썼다. 도중에 연필심이 부러졌는데도 멈추지 않고 빠르게 움직였다. 같은 동작을 세 번더 반복하며 쪼개진 나무 끝으로 종이를 긁어댔다. 마침내 경련이 가라앉았다.

그녀는 연필을 바닥에 던지고 주황색 플라스틱 처방약 통을 뒤지며 펜을 찾았다. 하나 찾아내자 이렇게 썼다. 뭘 하면 될까? 도와

주려면

마지막 물음표를 붙일 새도 없이 손에 다시 경련이 와서 글자를 적어내려갔다.

네몸속으로들어가게해줘

조금 이따 또 적었다.

여러가지로미안해

캐럴린은 손에 들린 펜이 이 두 문장을 두 번 더 적는 것을 지켜보았다. 허리를 펴들자 펜을 든 손이 허공에서 한바탕 부지런히 움직이더니 차츰 잠잠해지다가 축 늘어졌다.

캐럴린은 눈을 깜빡거렸다. 눈물이 났다. 손목 관절이 아파서 이러나보다 생각했다. 하지만 비비가 사과를 하다니! 살아 있을 때도 비비는 아주 예외적인 경우가 아니면 사과하는 법이 없었다. 그나마도 짜증스러운 기색이 묻어났다. 뭐, 내가 그랬다면 미안하다고 치자, 이런 식으로.

살아생전 집안을 호령하던 사람도 저승에 가면 자존심이 사라지나? 캐럴린은 의아했다. 비비는 캐럴린을 자신의 일부로 여기며 보살폈다. 그 결과 둘은 세상과 고립되었다. 말년에는 사실상 둘이서만 지냈다. 쌍둥이 자매에게는 남자 형제가 둘 있고 못해도 조카가 두셋 있었다. 그리고 살아 있다면 아흔한 살일 어머니도 있다. 하지만 캐럴린은 가족들 근황을 일절 몰랐다. 비비가 모든 우편물을 관리해왔기 때문이다.

그녀는 재빨리 달력 페이지에 썼다. 알고 싶어. 날 사랑해?

거의 일 분간 대답을 기다렸다. 펜을 쥔 쪽의 어깨 근육이 뻣뻣하게 굳어갔다. 마침내 그녀의 손이 종이 위에 펜을 대고 움직이며 글자를 적었다.

그래

캐럴린은 숨이 턱 막혔다. 눈물이 앞을 가렸다. 하지만 자신의 손이 자꾸만 같은 말을 쓰고 또 쓴다는 것을 느낄 수 있었다. 그러다가 경련이 다시 가라앉았다.

그런 말은 죽기 전에 해주면 좀 어때서? 그녀는 생각했다.

그런데 네 몸을 쓰게 해줘, 네 몸속으로 들어가게 해줘라니. 이게 무슨 말이지? 내 몸속에 들어온 비비가 그대로 눌러앉기라도 하면 어쩌지?

정말 그래도 될까? 캐럴린은 생각했다.

아무튼 그렇게 되면 캐럴린은 구 주 전에 잃어버렸던 완전체에 좀더 가까워질 터였다.

손이 다시 경련했다. 허공에서 끼적거리는 손을 잠시 내버려두었다가 펜을 잡고 종이에 댔다. 펜이 글씨를 썼다.

그래영원히

그녀는 연거푸 같은 말을 반복해 써서 글씨를 알아보지 못하게 될까봐 손을 옆으로 치웠다.

펜을 쥔 손이 잠잠해지자 몸을 앞으로 숙이고 이렇게 썼다. 그래, 널 초대할게. 그러나 손이 제멋대로 움직이며 문장을 끝냈다.

피곤하니까나중에다시하자

피곤하다고? 유령도 이렇게까지 하려면 힘이 드나? 비비는 연필을 움직이려고 어딘가에 몸을 갖다대고 힘을 주어야 했을까?

하지만 사실 캐럴린도 피곤하기는 마찬가지였다. 손이 욱신거렸다. 구깃구깃한 크리넥스 휴지 조각에 코를 풀었다. 멘톨과 유칼립투스 향이 섞인 파스 냄새에 눈물이 다시 고였다. 그녀는 데이베드에 누워 눈을 감았다.

현관문을 쾅쾅 두드리는 소리에 잠이 깼다. 안경이 없어서 처음엔 아침인지 저녁인지 분간이 되지 않았지만, 손가락이 움찔거리고 있다는 것은 알았다. 아까부터 그러고 있었던 모양이다.

그녀는 몸을 일으켜 왼손으로 펜을 잡고 오른손 엄지와 검지 사이에 끼웠다. 펜이 달력 위를 가볍게 미끄러지기 시작했다. 뭔가를 한참 적어댔다. 중간에 펜이 잠시 멈추었을 때는 문장이 끊어지지 않게 하려고 전화번호부를 돌리기까지 했다.

문 두드리는 소리가 또다시 났다. 캐럴린은 "잠시만요!"라고 대답하고는 메시지가 반복되기를 기다리며 작은 전화번호부 위로 몸을 수그렸다.

메시지는 반복되지 않았다. 보아하니 마지막 메시지를 가까스로 포착했던 모양이다. 그것도 메시지의 끄트머리 같았다.

뭐라고 썼는지 알아볼 수가 없었다. 안경을 썼더라도 스탠드를 켜지 않아 안 보이기는 마찬가지였을 것이다.

"캐럴린 할머니?" 현관문 밖에서 부르는 소리가 들려왔다. 앰버의 목소리였다.

"나간다." 캐럴린은 뻣뻣한 몸을 일으켜 절뚝거리며 문으로 향했다. 문을 열자 아보카도 나뭇가지 사이로 정오의 햇살이 쏟아져 눈을 찡그렸다.

문 앞에 선 아이는 트레이닝복 바지와 헐렁한 티셔츠를 걸치고 햇빛에 번득이는 둥근 안경을 썼다. 갈색 머리는 정수리에 틀어올렸다. "죄송해요. 주무시는데 방해했나봐요." 옆집에서 뛰어왔는지 숨을 헐떡거렸다.

캐럴린은 신선한 공기를 느꼈다. 햇볕에 달궈진 돌멩이와 자동차 매연의 냄새를 실어온 바람이 아이의 땀이 밴 두피를 식혔다. "괜찮아." 그녀는 쉰 목소리로 대답했다. "그런데 무슨 일이니?" 이 아이더러 오늘 오라고 했던가? 기억이 나지 않았다. 펜과 전화번호부로 빨리 돌아가고 싶어 조바심이 났다.

"그냥요." 앰버가 서둘러 말했다. "할머니도 알겠지만 제가 비비 할머니를 정말 좋아했잖아요. 그래서 말인데요. 할머니를 추억할 만한 물건을 얻을 수 있을까요? 값나가지 않는 걸로요. 헤어브러시

같은 건 어떨까요?"

"비비의 헤어브러시가 갖고 싶니?"

"안 된다고 하시면 할 수 없죠. 전 그냥—"

"갖다주마. 잠깐 기다리렴." 다른 유품을 들먹이며 지체하느니 빨리 헤어브러시를 줘버리고 보내는 게 나을 것 같았다. 그녀로서도 비비의 헤어브러시 따위 아무래도 좋았다. 똑같은 게 자기도 있으니까. 캐럴린과 비비는 항상 물건을 똑같은 걸로 샀다. 칫솔, 커피 잔, 신발, 손목시계 등.

캐럴린이 브러시를 갖고 현관에 돌아오자 앰버는 그것을 받아들고 쿵쿵 뛰어가며 "고맙습니다!" 하고 외쳤다.

아직 잠기운이 가시지 않은 캐럴린은 문을 닫고 데이베드로 돌아가 담요를 더듬어 안경을 찾아서 썼다.

자리에 앉아 스탠드를 켜고 전화번호부를 들여다보았다. 가장 마지막에 적은 메시지를 알아보려고 전화번호부를 이리저리 돌렸다.

으냉계좌가있어
지금그녀한테가서내헤어브러시받아와

"미안, 미안!" 캐럴린이 소리쳤다. 그리고 자기 손글씨로 종이에 이렇게 적었다. 다시 찾아올게.

그녀는 잠시 기다렸다. 왜 앰버에게서 헤어브러시를 되찾아와야 하는지 생각했다. 비비의 물건을 몽땅 보관해야 하나? 아마 그럴지도 모른다. 적어도 부두교 식으로 신원을 확인할 수 있는 고유의 표시가 남은 물건들은. 빗에 걸린 머리카락, 틀니에 말라붙은 침, 쓰레기통에 버린 휴지 등 DNA를 채취할 수 있는 샘플들. 하지만 ─

별안간 섬뜩한 기분이 들어 가슴이 철렁했다.

이 메시지는 앰버에게 헤어브러시를 주기도 전에 적힌 것이다! 그리고 캐럴린은 자다가 일어나 메시지의 *끄트머리*를 겨우 전달받았는데, 아마도 깨어나기 전 적어도 일 분 동안은 계속 반복되고 있었을 터였다.

메시지는 그녀가 아니라 옆집의 앰버에게 보낸 것이었다. 어찌된 영문인지는 모르겠지만 앰버가 그 메시지를 읽고 고분고분 헤어브러시를 가지러 왔던 것이다.

이 메시지는 다 그 아이에게 보낸 것일까?

캐럴린은 비비가 무덤 저편에서 메시지를 전하려고 어딘가에 몸을 갖다대고 힘을 주는 광경을 상상해보았다. 비비가 앰버에게 말을 전하려고 아직 살아 있는 쌍둥이 동생 캐럴린에게 의지했단 말인가? 고작 앰버에게?

캐럴린은 현기증이 났지만 자리에서 일어나 침실로 가서 외출용 신발을 들고 거실로 돌아왔다. 침실의 침대는 비비가 쓰던 것이라 거기 앉아 신발을 신고 싶지 않았다. 오는 길에 욕실에서 자기 헤어브러시도 집어들었다.

캐럴린은 교회 갈 때 입는 치마를 꺼내 입고 립스틱을 고쳐 바르고는 커다란 자수 핸드백을 들고 현관문을 나서서 천천히 걸었다. 나뭇가지 위로 새파란 하늘에 구름 몇 점이 저 높이 떠 있었다. 문득 비비의 장례식 이후로 외출한 적이 없다는 사실을 깨달았다. 그녀는 운전을 하지 않았다. 요즘 구형 폰티악은 앰버 차지였다. 식료품을 사러 간 것도, 캐럴린의 수표로 계산한 것도 앰버였다. 우편으로 배송된 수표책 상자를 길가 우편함에서 가져온 것도 앰버였다. 앰버와 소원하게 지냈더라면 이 모든 것을 혼자서 할 수 있었을까? 아마 굶어죽었을 것이다.

보도로 나와서 오른쪽으로 돌아 앰버네 집으로 가는데 손이 꿈틀거리기 시작했다. 하지만 캐럴린은 핸드백에서 펜을 꺼내고 싶은 충동을 가까스로 억눌렀다. 그녀는 내게 말하고 있는 게 아니야. 지나가는 차들의 앞유리와 범퍼에 반사되는 햇빛에 눈물이 나오려 하자 눈을 깜박이며 꾹 눌러 참았다. 그녀는 멍청한 앰버에게 말하는 거야. 난 엿듣고 싶지 않아.

스페인 양식으로 지어진 앰버네 집은 경사진 잔디밭이 잘 손질되어 있고, 현관 쪽 커다란 아치형 창문 위로 초록색 캔버스 차양이 달려 있었다. 캐럴린은 그나마 쓸 만한 왼손으로 손차양을 했지만 어둠침침한 집안에서는 아무도 보이지 않았다. 할 수 없이 간격이 넓은 계단을 헉헉대며 올라가 숨을 고르고 있을 때 안에서 문이 열렸다. 서늘한 바닥광택제 냄새가 훅 끼쳤다.

크리스틸인가 크리스틴인가 하는 앰버의 젊은 엄마가 호기심어린 얼굴로 쳐다보았다. "캐럴린 할머니……신가요?"

"네." 캐럴린은 스스로가 늙고 바보 같다고 느끼면서 미소를 지었다. "앰버랑 얘기 좀 할 수 있을까요?" 앰버 엄마는 미심쩍은 표정이었다. "앰버에게 시급을 올려주려고요. 그리고 우리, 아니, 제수표책 잔액을 맞추려고 하는데 도와줄지 모르겠네요."

무슨 말인지 알겠다는 듯 그녀가 고개를 끄덕였다. "그런 일이라면 앰버에게도 좋은 경험이 되겠네요." 잠시 머뭇거리더니 옆으로 비켜섰다. "들어오셔서 앰버에게 직접 물어보세요. 방에 있답니다."

캐럴린은 실내를 재빨리 둘러보았다. 어둑한 거실은 가구들에 투명한 비닐커버가 씌워져 있고, 환한 부엌에는 구리 팬이 여기저기 걸려 있었다. 앰버 엄마가 침실 문을 두드리고 말했다. "앰버, 손님 오셨다." 그리고 문을 열었다.

"그럼 말씀 나누세요." 앰버 엄마가 거실 쪽으로 물러났다.

캐럴린이 방으로 들어갔다. 분홍색 침대시트 위에 책상다리를 하고 앉아 있던 앰버가 고개를 들었다. 그 앞의 판지에 돌멩이, 연필, 비비의 헤어브러시가 놓여 있었다. 길가에 면한 창문의 레이스 커튼으로 빛이 비쳐들었고, 교과서로 보이는 책들이 맞은편 구석의 흰 책상 위에 쌓여 있었다. 벽에 붙인 두어 점의 그림은 파스텔 색조의 덩어리로 어렴풋이 보였다. 방에서 케이크 같은 달달한 냄새가 났다.

캐럴린은 무슨 말을 할까 고민하다가 한참 만에 물었다. "내가 좀 도와줄까?"

경계하는 눈치던 앰버가 생기가 돌며 똑바로 앉았다. "문 닫으세요."

캐럴린이 문을 닫자 앰버가 말했다. "비비 할머니가 돌아온 거 아세요?" 그녀는 몸 앞쪽의 판지를 손으로 가리켰다. "하루종일 제게 말을 하세요."

"나도 안다, 애야."

캐럴린은 앞으로 몇 걸음 나아가서 판지를 내려다보았다. 아이가 원호를 그리며 쓴 글자들이 눈에 들어왔다.

"유령과 대화를 나누기 위한 거예요." 앰버의 목소리에 자부심이 묻어났다. "지는 수성을 가시고 글자들을 가리키죠. 무서워하는 사람도 있지만 좋은 수정이에요."

"위저보드 같은 거구나."

"맞아요. 밤새도록 똑같은 꿈을 계속 꿨어요. 비비 할머니 때문에요. 오늘이 생신이었으니까요. 참, 캐럴린 할머니 생신이기도 하죠. 처음에는 사방치기 같은 건 줄 알았어요. 그런데 더 자세히 들여다보라고 해서 결국 알아냈죠." 그녀는 입술을 꼭 다물었다. "운에 맞춰 적느라 실수로 H와 I를 두 번 쓰고 J와 K는 빼버렸어요." 앰버는 판지 밑에서 줄 친 종이 한 장을 꺼냈다. "이제 문제가 다 해결되었어요."

"내가 볼까? 음, 이거 나도 해보고 싶은데."

"그러세요. 비비 할머니는 어디 안 가요. 제 안에 있거든요. 할머니한테도 얘기해요?" 그녀가 종이를 내밀었다. "줄을 그어 단어를 끊었어요."

"그래, 나한테도 얘기하더구나." 캐럴린은 앰버에게서 천천히 종이를 받아들고 가까이 들어 연필로 적힌 문장들을 읽었다.

나/좀/도와줘/제발

누구예요?

나/비비야

어떻게 도와드려요?

네/몸속으로/들어가게/해줘

여러/가지로/미안해

할머니 지금 천사예요? 소원도 들어줄 수 있어요?

그래

나 예쁘게 만들어줄 수 있어요?

그래/영원히

좋아요. 어떻게 해드릴까요?

피곤하니까나중에다시하자

비비 할머니? 점심시간 지났어요. 아직 주무세요?

아니다

예쁘게 만들어주세요.

동생한테/가서/내/헤어브러시/받아와

'헤어브러시'요?

그래/그런/다음/네/몸속으로/들어가게/해줘

어떻게 하는데요?

우리가/네/안에/함께/있는/거지

그러고 나서 뭐할 건데요?

날씬한/몸으로/세계를/여행하지

돈은 있어요?

응/으냉계좌가/있어 지금/그녀한테/가서/내/헤어브러시/받아와 알았어요.

밤에/내/무덤에/와서/머리를/빗고/몸속으로/날/들여보내줘

"으냉은 은행이겠죠." 앰버가 거들며 설명했다. "그리고 할머니, 오늘밤에 차 좀 쓸 수 있을까요?"

말이 제대로 나오지 않을 것 같아서 캐럴린은 고개만 끄덕이고 종이를 앰버에게 다시 건넸다. 혹여 얼굴이 붉어지거나 창백해지지는 않았을까 걱정했다. 그녀는 무시당하고 절연당한 기분이었다. 비비는 쌍둥이 동생에게 부탁할 수도 있었지만 그러기엔 캐럴린이 너무 늦었다. 이 아이의 몸을 빌려 쌍둥이보다 더 친밀한 관계가 된다면, 보나마나 캐럴린을 떠날 것이다. 이미 진통제를 몽땅 털어넣고 떠나지 않았던가.

캐럴린은 수정을 집어들었다. 석영의 일종이었다.

"그때가……" 말하려니 목이 메었다. 목청을 가다듬고 다시 차분하게 말했다. "마지막에서 두번째 메시지를 받았을 때가 언제였니? 은행계좌랑 헤어브러시 얘기 말이야."

"아, 그거요? 음, 할머니 집에 가서 문 두드리기 일 분 전일걸요."

캐럴린이 고개를 끄덕였다. 자신에게도 똑같은 메시지를, 그것도 여러 차례 반복해서 남겼다는 것을 비비는 알고 있었을지 암울한 심정으로 궁금해졌다.

그녀가 수정을 판지에 내려놓고 헤어브러시를 집어들었다. 앰버는 말리려는 듯 뭐라고 말하려다가 잠자코 있었다.

브러시에 흰머리가 잔뜩 엉켜 있었다.

캐럴린이 브러시를 핸드백에 집어넣었다.

"그거 필요해요." 앰버가 잽싸게 몸을 앞으로 숙이며 말했다. "비비 할머니가 그게 있어야 한다고 했단 말이에요."

"오, 그래, 미안." 캐럴린은 송장같이 섬뜩한 미소를 지으며 핸드백에서 자기 헤어브러시를 꺼내 아이에게 건넸다. 비비 것과 똑같았다. 거기에도 흰머리가 엉켜 있었다.

앰버가 그것을 받아 슬쩍 보니 캐럴린의 손이 닿지 않게 베개에 올려두었다.

"둘 사이를…… 내가 방해하지 않는 게 좋겠구나." 캐럴린이 땅이 꺼져라 깊은 한숨을 내쉬었다. 그리고 핸드백에서 차 열쇠를 꺼내 침대 위로 던졌다. "여기 있다. 도움이 필요하면…… 언제든지 우리집으로 오렴."

"네, 그럴게요." 그녀가 간다고 하니 앰버는 안심이 되는 모양이었다.

다음날 아침 캐럴린은 오른손이 쑤시는 통증에 눈을 떴다. 돌아누워 십 분을 더 자다가 머리맡의 전화가 줄기차게 울려대는 바람에, 한 시간여 동안 정신을 사로잡았던 단조로운 꿈에서 깨고야 말았다.

침대에서 일어나 앉았다. 벽난로에서 나는 눌어붙은 냄새에 코를 찡그렸다. 커피 한 잔이 간절했다. 꿈에서 본 위저보드가 아직도 눈에 어른거렸다.

그녀는 움찔 놀라며 전화를 받았다. "여보세요?"

"캐럴린 할머니." 앰버의 목소리였다. "어젯밤 공동묘지에서 아무 일도 안 일어났어요. 비비 할머니는 제가 묻는 말에는 대답도 안 해요. 뭐라고 엉뚱한 소리만 글자로 써주시고. 지금까지 할머니가 써준 건, 잠깐만요, 음, 네가 이겼어, 넌 해낼 거야, 우린 항상 한 팀이었잖아, 이건데요. 이거 캐럴린 할머니한테 하는 말 아닌가요?"

캐럴린은 벽난로 쪽을 흘낏 보았다. 어젯밤 그녀는 여기에 비비의 칫솔, 면도기, 틀니, 헤어롤러 등을 넣고 태워버렸다. 물론 헤어브러시도 포함해서. 오늘은 묘비 회사에 전화해서 주문을 취소할 참이었다. 비비의 묘를 아무나 쉽게 찾도록 해선 안 된다.

"나한테?" 캐럴린은 오른손을 아프도록 꼭 쥐었다. "비비 할머니가 왜 나한테 말하겠니?"

"쌍둥이시잖아요. 그러니까 어쩌면—"

"앰버, 비비 할머니는 죽었잖니. 구 주 전에."

"하지만 다시 돌아오실 거잖아요. 저를 예쁘게 만들어주신다고 했단 말이에요! 비비 할머니는—"

"애야, 죽은 비비 할머니가 뭘 할 수 있겠니? 다 잊어버려."

그러자 앰버가 뭐라고 볼멘소리를 하는 것 같았지만, 이미 캐럴린의 생각은 이제 얼굴도 가물가물해진 형제들, 한 번도 만나보지 못한 조카들과 그 자식들, 지금쯤이면 아마도 돌아가셨을 게 틀림없는 어머니에게로 가 있었다. 비비 말고도 만나봐야 할 가족들이 있었다. 남은 시간이 별로 없었다.

캐럴린은 왼손으로 쓰는 법을 배워야겠다고 생각했다. 아프긴 하지만 오른손은 계속 허공에다 뭔가를 썼으면 하고 바랐다.

마침내 그녀가 일어섰다. 수화기를 아직 손에 든 채였다. 캐럴린은 앰버의 말을 끊고 이렇게 말했다. "내 차 열쇠 좀 가져다줄래? 볼일이 있어서 말이야."

코 숭배

알 사란토니오

코 숭배를 언급한 최초의 문헌은 독일의 이단자 야코부스 메스무스의 소논문이다. 서기 1349년 즈음의 기록으로 추정되는데, 브레체 마을에 돈 전염병을 설명하며 이렇게 적고 있다. "이날 마을 사람들은 섬뜩한 코를 달고 마을 외곽에서 흥겹게 뛰어다니는 두 남녀를 목격했다. 횃불로 위협하고 돌을 던져 이들을 마을에서 쫓아냈다." 메스무스는 계속해서 이상한 코를 단 사람들이 등장했다고 이야기한다. 두 명일 때도 있고, 남녀와 어린아이 이렇게 셋일 때도 있었다. 문헌은 부분적으로 훼손되었고 혼란스러운 구석도 있다. 전염병이 창궐하던 시기에 대해 말하다가 돌연 이 병이 마지막으로 발생했던 사례를 말하고 끝을 맺는다. 논문 말미에(곁가지로, 날씨를 주로 다루고 있다) "이상한 코를 단 사람들"이 이후에도 간혹 교회 종탑에서 발견되었다는 애매한 구절이 있긴 하다.

사실 코 숭배 사례는 그전으로 한참 거슬러올라간다. 증거도 부족하고 간략한 언급에 불과하지만 이집트 왕조 시대에도 존재했다. 전설에 따르면 람세스 2세의 매장실에서도 코 가면이 발견되었다고 한다. 물론 이를 뒷받침할 구체적인 물증이나 보강 증언은 없다.

야코부스 메스무스의 논문이 나온 이후로 코 숭배에 대한 언급은 점차 빈번해졌다. 브뤼헐의 삼면 제단화에 코 가면을 쓴 인물이 등장한다. 예상 가능하듯이 히에로니무스 보스의 그림에서도 코 숭배자를 여럿 볼 수 있다. 흥미로운 것은 르누아르의 잘 알려지지 않은(그리고 장식이 등장한다는 이유로 모조품으로 여겨지는) 그림 속 코 숭배자 모습이다. 빨간 양산을 든 아이 뒤에서 자그마한 사람이 살짝 고개를 내밀고 웃고 있는데, 끈이 달린 코를 얼굴에 쓰고 있다. 전하는 말에 따르면 그림에 나오는 아이는 유명한 목사 M. 에브레지의 딸로 이 그림의 모델이 된 직후 알 수 없는 이유로 죽었다고 한다.

그 밖에 모파상, 에밀리와 샬럿 브론테의 작품, 그리고 미국 작가로는 호손과 트웨인의 후기 작품에서 코가 언급된다.

코 숭배는 현대에 들어와 지어낸 이야기이며 아이들과 유치한 어른들에게 바보 같은 즐거움을 주기 위한 것이라는, 나아가 현대 신비주의 교단이 적극 조장하고 있다는 주장이 있으나, 이는 잘못되었을뿐더러 위험하리만치 본질을 오도하는 주장이다. 코 가면은 옛날에 갖고 놀던 노리개이기도 하지만, 역사시대 초기까지 그 기원이 거슬러올라간다는 사실에 주목할 필요가 있다(이에 대해서는 앞서 언급한 바 있다). 코 가면이 수면 밑으로 가라앉을 때도 있었다. 비교적 평온하고 사회적, 종교적으로 안정된 시기로, 이때는 장난감 정도로 취급받았다. 하지만 이런 평온한 시대는 항상 짧았고 그러고 나면 코 가면은 어김없이 신비로운 권위를—두려운 모호성을 되찾았다.

물론 우리가 사는 시대도 바로 그런 짧은 안정기에 해당한다.

이쯤에서 짚고 넘어가야 할 점은, 코 숭배에 대한 나의 관심은 최근 꽃피운 것이 아니라는 사실이다. 나는 오랜 세월 관련 자료를 수집하며 신중하게 이론을 정립해왔다.

공식적으로 코 숭배에 대한 나의 관심이 촉발된 시기는 자유세계가 베트남전쟁에서 조금씩 퇴각하던 무렵이었다. 당시 나는 미국 정보부의 비밀부서와 손잡고 일하는 특수보좌관으로, 공산주의 배후에서 활동하는 스파이와 반정부 운동가가 찍어온 흑백사진을 분석했다. 전쟁포로수용소 같은 곳에서 흘러나온 사진들이었다. 이 시기는 또한 개인적으로 불운했던 어떤 사건을 잊으려고 애쓴 시기이기도 하다는 점을 언급해야겠다. 집을 오래 비우던 나 때문에 외로웠던 젊은 아내가 다른 남자와 눈이 맞아 아기까지 가진 것이다. 나는 일에 몰두하며 위안을 찾으려 했다.

그러던 중 내가 다루는 몇몇 사진들에서 반복적으로 등장하는 기이한 현상을 알아채기 시작했다. 얼굴에 가짜 코를 쓴 듯한 괴상한 인물이 여기저기, 구석에 처박히거나 막사 뒤편에서 삐죽 고개를 내밀고 있었다. 흔히 남자로 보였지만, 어떤 때는 여자, 심지어 아이 같을 때도 있었다. 당시 전쟁포로들은 영양실조로 극심하게 수척했던 탓에 성별을 구분하기 쉽지 않았다. 나이조차 가늠하기 힘들었다. 따라서 확실히 알아보기가 어려웠음을 감안해야 한다. 이상한 코를 단 사람들 중 상당수가 무덤 옆에 있거나, 혹은 죽은 사람이 아닌데도 집단무덤 안에 있었다.

나는 사진들을 옆으로 치워두고, 내 상관들은 이런 것에 관심 없겠지만 뭔가 더 캐볼 필요가 있겠다고 생각했다.

보스의 그림 속 끔찍한 지옥 짐승들을 닮은, 새부리 같은 가짜 코를 단 사람들이 내 꿈속에 나타나기 시작했다.

나는 이런 사진들을 점점 더 많이 모았다. 끔찍한 장면일수록—이 시기 우리는 미국인과 베트남인 불교도들을 억류하고 있는 죽음의 수용소에서 비밀리에 나온 사진들을 매일같이 입수했다—코를 단 사람들의 수가 늘어났다.

지금까지도 내가 지갑에 넣어다니는 한 사진을 보면, 뼈밖에 남지 않은 앙상한 몸에 누더기를 걸친 지치고 희망을 잃은 포로들의 긴 줄에서, 남녀 한쌍과 한 아이가 기관총을 멘 군인들에게 이끌려 순순히 구덩이로 향하면서 잠시 카메라를 향해 고개를 돌리고 해골 같은 미소를 짓고 있다. 그들은 앞뒤 사람들보다 살이 약간 더 붙어 보였다.

세 명 모두 코를 달고 있었다.

내가 이런 기이한 사진들에 완전히 빠져들지 않았던 것은 곧 다른 일들이 일어났기 때문이다. 종전 후 몬트리올—이혼한 아내와 아이, 남편(그는 아주 많은 곳을 여행했다)이 사는 곳과 아주 멀었다—에 정착하고 나서 한참 동안 사진들을 잊고 살았다. 그러다가 어느 날 상자 속에서 작은 사진 꾸러미를 우연히 발견했고(앞서 말한 사진도 거기서 찾았다), 예전의 관심이 일제히 되살아났다. 나는 다른 자료들을 찾기 시작했다. 전쟁중 수행했던 임무 덕분에 일반인은 쉽게 구하기 어려운 자료들을 접할 수 있었다. 다른 전투 구역에서 찍은 사진들을 뒤지며 마찬가지로 이상한 코를 단 사람들이 있는지 확인하기 시작했다.

이후에는 연구 범위를 넓혀 2차대전 기록 가운데서도 비슷한 자료들을 찾아냈다. 그러다가 제3제국 대회 사진에서 이상한 코를 가진 두 명을 발견했다. 귀중한 증거였는데 아쉽게도 최근 화재로 유실되었다. 이 사진이 지금도 생생하게 기억나는 이유는, 한 명이 히틀러와 몇 발짝 떨어지지 않은 곳에 서서 카메라를 향해 기분 나쁘게 웃고 있었기 때문이다.

그후로 나의 관심은 다시 시들해졌다가 신문 사진 한 장으로 불붙었다. 1979년 어느 날 아침, 런던의 신문 하나를 집어들었더니 암살당한 남한 대통령 박정희의 시신 사진이 1면에 실려 있었다. 그런데 시신의 오른쪽, 어두운 배경에 이상한 코를 단 인물이 어렴풋이 보이는 게 아닌가.

곧바로 현장을 찍은 다른 사진들도 찾아보았지만 별다른 소득이 없었다.

하지만 같은 주 오하이오에서 마흔다섯 명이 사망한 열차 탈선 사고 사진에 또 나타났다. 뒤틀린 차량 사이에 가느다란 은색 끈으로 가짜 코를 매단 머리 하나가 튀어나와 있었다. 주위의 승객들은 모두 죽었지만 그 인물만은 명백히 살아 있었다.

나는 시체보관소 사진과 신문 파일들을 샅샅이 훑기 시작했다. 수백 장의 사진에 그와 비슷한 사람들이 등장했다. 대개가 재앙이거나 그에 육박하는 사건들로, 이 인물들의 수와 표정은 그들을 둘러싼 파괴의 규모와 밀접하게 관련된다는 것을 알아냈다. 학살과 혼란이 극에 달할수록 그들의 얼굴은 기쁨으로 빛났다. 엄밀하게 수치화할 수 있을 정도는 아니지만 둘 사이에는 대체적으로 상관관계가 존재하는 듯했다.

불행히도 이런 사진들 대부분이 불타 소실되었다.

문학에도 이런 이상한 코 또는 코를 가진 사람들의 숭배에 관한 언급이 존재한다는 것을 알게 되었다. 비록 그 언급이 많지 않고 눈에 잘 띄지도 않긴 하지만. 그래서 자연스럽게 조사 영역을 그쪽으로 넓히게 되었다. 이에 대해서는 앞서 이미 말한 바 있다.

일반 대중이 거의 알아차리지 못해온 무언가를, 역사시대 이래로 일반인의 관심 바로 밖에 존재해온 무언가를 내가 우연히 맞닥뜨린 것이다. 대단히 불가사의하고 사악하고 비밀스러운 종파가 있었다. 혹시 악마적인 프리메이슨이 아닐까? 여기저기 흩어진 자료뿐이거나, 어쩌면 애초부터 그런 자료는 없었는지도 모른다. 기본 자료가 없는 가운데 그 존재를 증명할 수 있는 것이라고는 가뭄에 콩 나듯 드문 사진과 상징—코 가면—뿐이었다. 그나마 그 상징도 대중의 인식에는 바보 얼간이의 이미지로 각인되어 있어서 설령 노출되더라도 진짜 정체가 탄로 날 가능성은 전혀 없었다.

물론 나로서는 이 숭배 현상의 현대적 흔적들을 찾아보는 수밖에 없었다.

작업은 어려웠고 시간이 많이 걸렸다. 내가 수없이 맞닥뜨렸던 막다른 골목과 정체 상태를 여기 풀어놓자면 몇 날 며칠도 부족하다. 가짜나 잘못된 정보(그중에 어떤 것은 정교했다), 음모, 사기, 목숨을 건 시도까지. 그리고 단편적인 증거들을 수년간 꼼꼼하게 살펴본 결과, 이 숭배 현상의 실체를 드디어 밝혀내고야 말았다.

수많은 난관이 있었지만 결국 성공했다.

올해 봄 나는 이 문제를 풀기 위해 파리로 향했다. 에펠탑의 피라미드 모양 그림자 아래에서 한 남자를 만날 수 있을까 해서였다. 어느 카페에서 기다리다가 오후 세시에 웨이터에게 옆자리로 옮기고 싶다고 말할 생각이었다. 적당히 맑고 흐린 4월 초의 날씨였다. 따뜻한가 싶다가도 잠복해 있던 겨울이 느닷없이 축축한 얼굴을 드러내는 산들바람이 불었다. 나는 코트 위에 머플러를 두르고 검은 중절모를 썼다. 우산을 접어 들고 있었다. 그렇게 하라는 지시를 받았던 것이다. 마그리트의 그림 속 사람이 된 기분이었다. 길 건너 빨간 벽돌가게 위의 허공에 둥둥 떠다니기라도 해야 할 것 같았다. 종이인형처럼 뻣뻣하고 윤곽이 뚜렷한 모습으로. 세시가 되자 자리를 바꾸었다. 웨이터에게 사례로 팁을 주고 또 기다렸다. 아무 일도 일어나지 않았다. 지나가는 행상에게서 신문을 사서 펼치고 읽기 시작했다. 이런 일은 전에도 많이 겪어봤다. 십 분만 더 기다렸다가 아무 일 없으면 의연하게 호텔로 돌아갈 생각이었다. 신문 1면에는 검은색 중절모를 쓰고 가짜 코를 단 신사의 사진이 실려 있었다. 그때 내가 방금 전까지 앉아 있던 옥외 테이블의 철제의자가 바닥에 끌리는 소리가 들렸다. 사진 속 남자가 실물로 건너편에 앉아 있었다. 그는 코 가면을 쓰고 있었다. 신문 사진은 이제 보니 오려붙인 것이었다.

"지시대로 잘 따랐군요." 그는 감정이 묻어나지 않는 딱딱한 영어로 말했다. 세계 각국에서 가르치는 교과서 영어였다. 그는 내 대답을 기다리지 않고 곧바로 봉투를 꺼냈다.

"이걸 받고 계속 지시에 따라주길 바랍니다."

봉투 안에는 뉴욕에서 열리는 야구경기 티켓이 들어 있었다.

이틀 후 나는 양키 스타디움에 갔다. 관중으로 북적였지만 8회 내내 옆자리는 비어 있었다. 홈팀이 압도적으로 우세하자 많은 관중이 자리를 떴다. 나는 한 소년이 어느새 옆자리를 차지하고 앉은 것도 몰랐다. 아마 값이 싼 위쪽 좌석에서 자리를 옮긴 모양이었다. 그냥 그렇게 생각했다.

아이가 내 쪽으로 얼굴을 돌렸을 때야 야구모자 아래로 이상한 코를 달고 있는 것을 보았다. 아이는 삐뚜름한 미소를 지은 후 내게 봉투 하나를 내밀고 빠져나갔다.

그후 나는 몇 주 동안 여러 공공장소—극장, 음식점, 런던 동물원, 피커딜리서커스, 샌프란시스코 전차—를 전전하며 연달아 비슷한 만남을 가졌다. 패턴은 항상 똑같았다. 코 가면을 쓴 심부름꾼이 접근해서 내게 티켓이나 추적이 불가능한 짧은 메모가 담긴 봉투를 전달했다.

나는 매번 시키는 대로 했다. 나의 집착은 어느새 강박이 되었다. 미스터리의 근원을 철저히 파헤칠 작정이었다.

이제는 어디서나 가짜 코가 보이기 시작했다. 줄을 서 있다가, 시장에서, 길거리 인파 속에서 불쑥불쑥 그 얼굴들을 만나곤 했다. 마치 그들이 상자를 놓고 그 위에 올라선 것처럼 눈에 확 띄었다. 꿈에도 나타났다. 나는 한밤중에 나올 테면 나오라고, 한번 해보자고 소리치면서 잠에서 깨곤 했다. 어머니와 아버지가 어린 나를 목욕시키느라 작은 욕조 위로 몸을 숙이고 물을 끼얹어주며 웃는 환각도 보았다. 그들도 코 가면을 쓰고 있었다. 황금빛 코였고 뒤통수에는 선홍색 리본이 묶여 있었다. 시애틀에서 어느 날 아침 수면 부족에 시달리던 나는 웬 남자가 호텔 침실로 불쑥 들어오는 환각을 보았다. 은색 코 가면이 든 금속 통을 들고 있었다. 정작 그 자신의 얼굴은 형체 없이 달걀형의 만질만질한 살덩어리였다.

그리고 바로 그날, 뜻밖에도, 마침내 그들의 정체를 알게 되었다.

환영이 사라지자 아침 내내 욕조에 들어가 있었다. 눈을 꼭 감고 선잠에 빠졌다.

호텔방을 노크하는 소리가 들렸다. 무시했다. 노크 소리가 다시 들렸다.

나는 망설이다가 겁에 질린 목소리로 대답했다.

문 뒤에서 까르르거리는, 비현실적인 웃음소리가 들려왔다. 나는 미처 문을 잠그지 않았다. 물을 뚝뚝 흘리며 욕조에서 나와 거실로 갔을 때 문손잡이가 돌아가는 게 보였다. 나는 얼굴 없는 사내가 정체를 드러내기를 기다렸다.

문이 열리자 텅 빈 복도에는 아무것도 없었다.

나는 잽싸게 마그리트풍 복장으로 갈아입었다. 검은 중절모, 우산, 검은색 구두. 조사 자료들을 황급히 서류가방에 쓸어담고 절컥 닫았다. 그 바람에 히틀러와 이상한 코를 단 어둠 속 인물 사진이 바닥에 툭 떨어졌다. 사진을 주워든 나는 그 속에 코를 단 사람이 더 있다는 사실을 알게 되었다.

히틀러가 서 있는 연단에는 온통 코 가면을 쓴 사람들뿐이었다.

사진을 가방에 쑤셔넣고 닫았다. 문가 테이블에서 아침신문을 집어들었다. 1면에 욕조에서 익사한 채 발견된 갱단의 사진이 실렸다. 물에 잠긴 얼굴 근처에 가짜 코가 떠다니고 있었다.

문득 이상한 느낌이 들어 창가로 갔다. 여덟 층 아래 호텔 현관으로 들어서는 남녀와 아이가 보였다. 내가 뻔히 보였을 텐데도 그들은 올려다보지 않았다.

넥타이를 똑바로 했다. 이상한 느낌이 또 들어 창문 쪽으로 돌아섰다. 아니나다를까 아까 본 남녀와 아이가 있었다. 호텔 입구에서 연석으로 물러서더니 거기서 기대하는 표정으로 나를 올려다보았다. 아이가 손을 흔들었다.

야구장에서 만났던 삐뚜름한 미소를 짓던 아이였다.

남자는 에펠탑 아래에서 보았던 사람이었다.

여자도 어딘가 낯익은 얼굴이었다.

셋 다 코 가면을 쓰고 있었다.

그들이 호텔로 다시 들어가자 나는 재빨리 창문에서 떨어져 서류가방을 문 옆에 내려놓았다.

신문이 있던 테이블에 액체가 든 깡통이 놓여 있었다. 조심스럽게 뚜껑을 땄다. 공업용 약품 냄새가 코를 찔렀다. 방 여기저기에 그 액체를 뿌렸다. 깡통을 다 비우고 나서 서류가방 옆에 놓았다. 그리고 코트 주머니에서 담배 라이터를 꺼내 무심히 켰다.

별안간 불길이 치솟아 손가락을 데었고, 그 바람에 라이터를 떨어뜨렸다. 라이터의 불은 꺼지지 않은 채 바닥의 액체로 떨어졌다.

코앞에서 불꽃이 살아서 뜨겁게 타올랐다. 순간적으로 앞이 보이지 않았다. 다시 보이기 시작했을 때는 방안이 연기로 자욱했다. 창밖 거리에서 아우성치는 소리가 들렸다. 경보기 소리도 났다.

어찌된 영문인지 코 가면을 쓴 남녀와 아이가 방으로 들어와 나를 보고 웃었다. 그들은 재빨리 서로의 몸을 밧줄로 묶었다.

숨이 막혀와 손으로 문을 더듬어 찾아 열었다. 휘청거리며 복도로 나가 비상계단을 통해 내려왔다. 거리로 난 문 앞에서 잠시 옷매무새를 고쳤다.

뒤에서 비명소리가 들렸다. 싸구려 호텔이 부시통처럼 화염에 휩싸였다.

문을 열고 거리로 나섰다. 방송국 취재진이 벌써 와 있었다. 이들이 찍은 사진 하나가 내일자 신문 1면을 장식하게 될 것이다. 코트 안에 손을 넣어 몬트리올행 비행기 티켓이 있는지 확인했다. 그대로 있었다. 거리에 늘어선 기자들과 구경꾼들 가운데 코 가면을 쓴 사람이 많았다. 코 가면을 쓴 여자 하나가 비명을 지르며 추락했다, 몸에 불이 붙은 채. 내 눈앞의 보도로. 호텔방에서 보았던 여자였다. 손이 등뒤로 묶여 있었다.

바로 그 순간 나는 서류가방을 두고 나왔다는 사실을 깨닫고 경악했다.

화염이 막아섰지만, 돌아서서 호텔로 뛰어들어갔다.

여러분도 짐작하겠지만, 나는 이 상태가 너무도 고통스럽다. 붕대로 눈을 가려 앞이 보이지 않는다. 붕대를 풀었을 때 다시 볼 수 있을 거란 얘기도 듣지 못했다.

그리고 지금, 두려운 것은 코 숭배에 관한 나의 증언이 반박을 받고 있다는 점이다.

내 메모들이 소실되어 다시 연구되어야겠지만, 문학에서 코 숭배를 언급한 부분들은 내가 꾸며낸 게 아니다. 다른 문서들도 존재한다. 애써 모은 자료들이 파괴되었으니 그것들도 다시 수집해야 한다. 엉터리 검사는 내 지갑에 들어 있는 유일한 증거 사진이 내가 직접 찍은 것이며 조작된 것이므로 증거로 채택될 수 없다고 한다. 죽음의 수용소는 어찌된 일인지 놀이공원으로 바뀌어 있고, 아이만 코 가면을 쓰고 있었다. 다른 사람들의 코 가면은 희한하게도 누군가 펠트펜으로 사진에 그린 것이었다. 사진은 울타리 뒤에 숨어서 찍었는지 중앙에 나뭇가지와 작은 잎들이 있었다.

아무래도 사기와 교묘한 속임수에 당한 모양이었다.

그래도 나를 막을 수는 없다.

그 무엇도.

왜냐고?

나는 코 숭배가 존재한다는 가장 유력한 증거를 갖고 있기 때문이다.

　나는 일말의 의심도 없이 그것의 존재를 믿는다.

　어떻게 믿느냐고?

　분명하니까.

　그 이유는,

　지금 여기서 나의 주장을 반박하는 모든 증언에도 불구하고, 모든 거짓과 비난에도 불구하고, 다 쓰러져가는 호텔에 내가 고의로 불을 질렀다는 엉터리 검사의 거짓된 주장에도 불구하고—외국에 나가 있는 동안 나를 배신하고 다른 남자의 아이를 가진 전처에게 집착해 몇 달이고 몇 년이고 그들 가족의 행적을 추적하고 마침내 살인을 저질렀다나—나는 안다. 붕대를 풀기만 하면, 화상으로 녹아내린 얼굴이 회복되고 시력을 되찾으면, 두텁게 바른 쓸모없는 연고와 머리를 칭칭 감은 거즈 너머로 볼 수만 있다면, 내게 사형선고를 내린 당신들 열두 명의 얼굴에 내가 그토록 열변을 토하며 설명했던 장식물이 걸려 있다는 것을.

스파이

커트 앤더슨

그는 거짓말을 하면 몸이 다 아플 지경이었다. 거의 평생을 스파이로 살아온 사람에게는 가혹한 일이었다.

모든 것이 계획대로 진행되던 당시에도 해가 거듭될수록 실수가 잦았다. 날아가는 비행정이 행인에게 목격되기도 하고, 심지어 아이들이나 순박한 부모에게 자신이 누구고 어디에 사는지 밝힐 때도 있었다. 당시에는 그게 대수였겠나? 게다가 그런 허물없는 태도는 원주민들과 친밀한 관계를 형성하는 데 기여한다고 스스로 되뇌었다. 하지만 주된 이유는 따로 있었다. 그는 외로웠다.

사람들이 직업을 물어볼 때 오랜 세월 그의 일반적인 대답은 '작가' 또는 '인류학자'였다. 하지만 나중에는 위험하게도 보다 진실에 가까운 대답을 흘렸다. 정체를 슬쩍 드러낼 때면 친밀함의 전조인 짜릿한 흥분을 느꼈다. 그러나 자신을 진짜 위험에 빠뜨리는 일은 절대 하지 않았다. 하긴 21세기 미국에서 말쑥하게 차려입고 지적이고 민첩하고 상냥하고 한두 마디 근사한 말을 던질 줄 아는 앵글로색슨계 노신사에게 누군들 매혹되지 않겠는가? "난 스파이라네." 그는 미소와 함께 한쪽 눈을 찡긋하며 수수께끼 같은 말을 던졌다. "여기서 오랫동안 정보 수집을 하고 있지. 하지만 일급기밀이라 미안하게도 더는 얘기해줄 수 없어."

그는 지금보다 젊었을 때도 노인처럼 보였다. 일찌감치, 스파이로 파견되기 전부터 수염을 덥수룩하게 길렀다. 턱과 목의 벌건 수술 자국을 가리기 위해서였다. 나이가 들어 외모와 실제 나이가 들어맞게 되자 기뻤다. 그는 늙어 보일 뿐 아니라 정말로 늙었다. 덕분에 거짓말을 해야 할 거리가 하나 줄었다.

물론 그가 진실을 말한다 해도 듣는 사람이 미치지 않고서야 그를 미쳤다고 생각할 것이다. 그러면 당국에 보고가 들어가고, 아무리 지금이 계몽된 시대라 해도 그는 남은 평생 감금될 것이다. 그가 그토록 시간과 노력을 기울였던, 그렇다, 의무감 때문이기도 했지만 열의를 갖고 헌신했던 프로젝트가 수포로 돌아갈 것이다.

한편으로 세월이 흐르니 꼭 그렇게 나쁘게만 생각할 일도 아니었다. 갇혀서 하루 이십사 시간 내내 멍하니 지내는 것이 유쾌할 리 없겠지만, 이제 여생도 얼마 되지 않으니 그럭저럭 어떻게든 버틸 수 있을 것 같았다.

프로젝트를 날린다 할지언정 본부에 그의 존재나 임무에 대해 아는 이가 과연 있을까 의문이었다. 그것도 본부가 지금까지 남아 있다면 하는 말이지만. 날이 갈수록, 특히 텔레비전과 인터넷 덕분에 일하는 것이 한결 수월해졌다. 대신 잡다한 정보의 홍수 속에서 그의 임무가 가치를 잃은 것도 사실이었다. 어쩌면 프로젝트는 이미 쓸모없는 것이 되었는지도 모른다.

그런데도 그는 비상시 대책의 네 가지 주요 명령을 신조처럼 지켰다. 본부에 보고한 마지막 위치에서 벗어나지 말 것, 최대한 신중하고 비밀스러운 태도를 유지할 것, 침투한 사회와 그곳 사람들에 대해 가능한 한 자세히 연대순으로 기록할 것, 회수 명령을 기다릴 것. '회수'가 원래 의미에 가장 가까운 단어였다. 추락사고 이후 '구조'라는 말은 금욕적인 관료주의 냄새가 나서 싫어하게 되었다. (그도 이제 현지인이 다 됐나? 그럴지도.)

그리하여 그는 이곳에 살고 있다. 처음 도착했을 때보다 천 배는 더 커진 도시에서 연대순으로 정보를 기록하고 기다리고, 기록하고 기다리고, 기록하고 여전히 기다리며.

1959년 세밑, 매서운 추위가 기분좋게 느껴지는 어느 날 오후, 그는 시카고 공공도서관에서 『마지막 승부』와 『고도를 기다리며』를 읽고 파리에 사는 사뮈엘 베케트에게 요란한 장문의 팬레터를 썼다. 두 희곡이 "셰익스피어 이래로 가장 심오한 문학작품"이라고 상찬하며, 이 작품들을 만난 덕분에 "이번 크리스마스를 가장 행복하게 지낼 수 있었다"고 떠들어댔다. 등사판으로 인쇄된 퉁명스럽고 상투적인 편지를 답장으로 받았는데 그에게는 이것도 재미있기만 했다. 불시착한 이후 겉으로 쾌활하게 지낸 것은 아니지만, 그렇다고 유머감각마저 잃지는 않았다. 천성도 그렇고 훈련받은 것도 있어서 그는 긴 안목으로 세상을 바라볼 줄 알았다.

그렇기에 원격전파탐지기가 처음으로 깜박이기 시작했을 때는 불안하기보다 호기심이 일었다. 정확히 언제부터 신호가 오기 시작했는지 몰랐다. 탐지기를 침실 옷장의 높은 선반 뒤쪽에 깊숙이 숨겨두었기 때문이다. 그저 몇 달에 한 번씩 마지못해 점검했는데 탐지기를 꺼내 테스트 버튼을 눌러볼 때마다 얼간이가 된 기분이었다. 문제없이 작동하고 연결 상태가 좋다는 것을 알리는 삐 소리를 만 번도 더 들었다. 아무리 험하게 굴려도 어쩌나 맷집이 좋은지! 에너자이저 버니*보다 오래가는 게 없네! 그러고는 점멸 신호가 결코 켜지는 법이 없는 탐지기를 십 초간 지켜보다가 도로 선반에 올려놓았다.

2007년 9월 16일의 예외적인 저녁 전까지만 해도 그랬다. 그날 처음으로 깜박이는 탐지기의 자주색 불빛을 보고 환호성을 지르는 바람에 아래층 젊은이가 괜찮은지 살펴보러 올라왔다. 비상시 대책의 지시에 따르면 상자의 불빛은 아홉 가지 색깔로 표시되고 각기 다른 경보 신호를 의미했다. 자줏빛은 4000킬로미터가량 떨어진 기지국의 센서가 방금 햇빛에 노출되었다는 뜻이었다.

오래전 기지국이 설치되었을 때만 해도 한여름조차 수십 미터의 얼음에 덮여 있어서 절대 들킬 염려가 없었다. 피어리, 아문센, 버드 같은 탐험가나 떠돌이 이누이트족이 아닌 이상 그렇게 최북단까지 올라오는 사람은 아무도 없었다. 하지만 지난 수십 년간 여름마다 북극의 빙하가 녹아내리기 시작했다. 급기야 2007년 여름에는 극지방 만년설이 3분의 1이나 바다로 떠내려갔다. 그러니 수

---

* 듀라셀 건전지의 브랜드 캐릭터.

면 아래 잠겨 있던 450미터의 타원형 배관과 탱크로 이루어진 기지국 상층부가 밖으로 드러났음이 틀림없다. 이제 북극권 여기저기에 연구소가 들어서 있고, 인적이 끊긴 황무지 구석구석을 정찰 위성이 고해상도 사진으로 찍어 전송한다.

그런데 왜 이렇게 오래 걸렸지? 지금도 겨울엔 얼음이 다시 두꺼워져 기지가 숨겨질지도 모른다. 하지만 지난 삼 년간 그는 여름만 되면 혹시라도 "'하이테크 아틀란티스'가 북극점 근처에서 발견되다"라는 뉴스 기사가 뜨고 전 세계가 발작적 흥분에 빠지는 광경을 기다렸다. 그는 기지국의 발견이 인류에게 집단적인 혼란을, 본부의 문건에 따르면 "예측 불허의 문화적, 존재론적 충격"을 가져올까봐 진심으로 걱정했다. 하지만 인류의 냉철한 지도부는 성숙한 존재들이므로 초기의 충격을 딛고 새로운 현실에 적응하는 법을 배우리라는 희망적인 예감도 가졌다.

개인적으로 그는 기지국의 사진들을 꼭 다시 한번 보고 싶었다. 그래서 자신의 흐릿한 기억을 선명한 디지털 이미지와 대조해보고 싶었다. 비록 그런 바람이 불충(누구에게?)하고 나아가 반역(무엇에 대해?)이라는 생각도 어렴풋이 들었지만, 오랫동안 홀로 알고 있던 진실을 언젠가 지구상의 모두가 알게 되리라는 예상에 흥분했다.

오슬로발 비행기가 오혜어공항에 접근하자 낸시 주커먼은 스발바르에서 시간을 보내는 사람이라면 누구든 조만간 내뱉게 되는 말을 다시 한번 떠올렸다. 다른 행성에서 산다면 아마 이런 기분이겠지. 미국항공우주국은 실제로 캐나다 북극에 있는 연구소에 화성 식민지와 똑같은 환경을 조성했다.

예전부터 그녀는 야외활동을 좋아했다. 일곱 살 때는 낚싯바늘에 살아 있는 벌레를 꿰고 혼자서 텐트를 치기도 했다. 커서 탐험가가 되겠다고 결심한 것은 여덟 살 되던 해 여름에 개봉한 〈인디아나 존스〉 3편을 보고 나서였다. 예전 같으면 탐험가가 되겠다고 말하는 어린 소녀를 보면 어른들은 미소만 지었을 것이다. 하지만 21세기로 접어드는 무렵 콜로라도 볼더의 어른들이 어린 낸시 주커먼을 보고 미소 지으며 격려했던 것은 여자아이여서가 아니라 그녀의 깜찍한 꿈인 탐험가가 더는 존재하지 않기 때문이었다.

다행히 그녀는 협동적인 동시에 독립적인 사람이었다. 팀의 분위기를 북돋우는 역할도 잘하지만 혼자서도 즐겁게 일했다. 그녀는 종종 이런 말을 했다. "내가 슈퍼히어로가 된다면 〈엑스맨〉이나 〈저스티스리그〉의 2군으로 참가하고 싶어." 그러다보니 과학 전반, 그 가운데서도 전공으로 선택한 분야는—북극이 연구 주제인 지구물리탐사—그녀에게 딱 맞았다. 그녀는 박사후과정의 일환으로 지난 일 년 반을 스발바르제도의 작은 마을 롱위에아르뷔엔에서 지냈다. 노르웨이 최북단에 위치한 이곳은 오슬로에서 2000킬로미터, 북극에서 1000킬로미터 떨어진 곳이다. 그곳은 고독의 성채이기도 하고 아니기도 했다. 동료 연구원들과 교수진 사이에 코즈모폴리턴의 분위기가 넘쳤다. 세계 각지에서 모여든 그들은 영어로 대화하며 카페인에 절어 있는 사람들로, 여섯 달 동안 지속되는 백야를 보내기에 좋은 말벗이었다. 그리고 스발바르에서 자라스스로가 얼마나 잘생겼는지 모르는 젊은 광부 총각 에이나르 덕분에 여섯 달에 걸친 어두운 영하의 계절을 그럭저럭 견딜 수 있었다. 그가 영어를 거의 할 줄 모른다는 사실은 문제가 되지 않았다. 어쩌면 오히려 도움이 되었는지도 모른다. 그녀는 스쿼시와 실내수영을 하고 사진을 찍었다.

그녀는 시암대수층에 포집된 이산화탄소를 얻으려고 실험용 우물을 파는 팀에 소속되었다. 바닷물을 얼음 위로 펌프질해 얼려서 빙하를 더 두텁게 만들 수 있는지 알아보는 프로젝트에도 가담했다. 데이터 수집은 성공적이었다. 정교하게 기술을 가다듬어 상당한 진척이 있었다. 어릴 적 꿈꾸던 영웅적인 탐험은 아니었지만, 서른 살 가까이 먹으면서 점증하는 과학과 현실의 요구에 어느 정도 타협할 줄도 알게 되었다.

몇 주 전까지만 해도 그렇게 생각했다. 빙하 남단을 둘러보러 학부 신입생들을 인솔해 대학교 소유의 20미터 길이 연구용 선박 '용감무쌍'호에 승선한 지 닷새째였다. 7월 11일 오전 두시경, 그녀는 잠이 오지 않아 혼자 모터보트를 타고 빙하 근처로 나갔다. 북극곰을 발견하면 사진이나 찍을 생각이었다. 섭씨 7, 8도의 따뜻한 날씨였고 구름도 거의 없었다. 물론 백야라서 태양이 높이 떠 있었다. 바다는 고요했다. 빙하로부터 27미터쯤 떨어진, 최근 형성된 작은 만의 입구에서 모터를 끄고 배가 흘러가는 대로 내버려두었다. 선체 중앙에 책상다리를 하고 앉아 바다를 관찰했다. 카메라와 망원렌즈는 이미 준비해두었다. 그녀는 탐험을 하고 있었다. 삼십분쯤 지났다. 제비갈매기가 몇 마리 날아들었지만 바다표범과 곰은 눈 씻고 찾아봐도 없었다.

쿵 소리와 함께 배가 흔들렸을 때 그녀는 배가 물밑 빙하에 부딪힌 모양이라고 생각했다. 살펴보려고 일어서는데 보트가 제자리에서 마구 흔들렸다. 수면 아래에 있는 물체에 배의 우면과 좌면이 충돌했다. 마치 요트 계류장으로 흘러든 듯했다.

젠장, 뭐야?

그녀는 노의 날끝으로 수면 아래를 찔러보았다. 50센티미터 아래에 빙하는 아니고 파이프 같은 물체가 있었다. 딱딱한 표면을 노로 쓸어보니 직경이 1미터도 넘는 커다란 파이프였다. 더 알아보기 위해 우현 너머로도 노를 내려 물속을 찔러보았다. 반대편에도 똑같이 생긴 파이프가 나란히 있었다. 둘 사이의 거리는 3, 3.5미터 정도 되었다.

별일이 다 있군.

침몰선인가? 순간적으로 그런 생각이 스쳤지만 스스로가 유치하고 어리석게 느껴졌다. 이곳은 수심이 1600미터나 된다. 난파선이 수면까지 떠오를 리가 없었다. 떨어져나간 송유관이나 가스관도 마찬가지다. 그렇다면 이런! 지금껏 알려지지 않은 북극해의 모래톱이나 암초를 발견한 건가? 아무튼 뭔가 발견한 건 틀림없었다. 더욱 중요한 사실은 그걸 발견한 사람이 자신이라는 점이었다.

그녀는 무릎을 꿇고 앉아 좌현 쪽의 파이프에 노 끝을 대고 배를 뒤로 밀기 시작했다─노를 대고 밀어 몇 미터 움직이고, 다시 대고 밀어 움직이고. 떠내려온 방향으로 보이는 입구 쪽으로 천천히 배를 움직였다.

그때 돌연 배가 멈추었다. 당황스럽게도 파이프 사이에 걸려버렸다. 알고 보니 양쪽 파이프는 평행한 게 아니라 비스듬하게 한곳으로 모였는데 배가 그 꼭짓점 부근에 끼어버린 것이었다. 그녀는 자리에서 일어났다. 배는 도무지 움직일 생각을 하지 않았다. 노에 힘껏 체중을 실어봤지만 소용없었다. 단단히 붙들렸다. 그녀는 쭈그리고 앉아 모터 옆으로 상체를 내밀어 보트 바로 뒤 물속으로 노를 넣었다. 매끈하고 단단한 또다른 물체에 닿았다. 이건 달랐다. 파이프가 아니라 깔때기 모양이었다. 그녀는 양손으로 노를 잡고는 깔때기의 목으로 찔러넣었다.

노 끝이 기계에 휙 붙잡히는 느낌이 들어 그녀는 헉하고 숨을 들이마셨다. 곧 천천히 물속으로 당겨져 30센티미터 더 빨려들어갔다. 그녀는 손을 놓았다. 노의 손잡이 부분이 파도 사이로 삐죽 나와 있었다. 그녀는 얼떨떨해서 아래를 물끄러미 내려다보았다.

그러고는 믿기지 않는 상황에 질겁했다. 보트 아래부터 뒤쪽으로 길고 좁은 부분에 격랑이 일기 시작하며 30미터 길이의 관처럼 생긴 파도가 만들어졌다. 부서지는 파도가 높이 치솟는다면 이 물결은 정반대로 수면 아래로 깊이 파였다. 물마루가 수면 위가 아니라 수면에서 3미터 아래 움푹 들어간 곳에 형성되었다. 그녀는 어머니와 형제들, 돌아가신 아버지가 생각났다. 이렇게 반대로 뒤집힌 괴상한 해일을 발견한 공로를 인정받지도 못할 것이다. 일단 살아서 빠져나가지 못할 테니.

하지만 뒤집힌 파도는 그녀의 배를 집어삼키지도 가라앉히지도 않았다. 계속 출렁거릴 뿐이었다. 다시 말해, 바다에 폭 3미터인 도랑이 생겼고 양옆에 잔잔한 물이 3미터 깊이의 벽을 이루고 발아래서는 물결이 부서지며 포말이 일었다. 낸시 주커먼의 배는 이제 완전히 모습을 드러낸 거대한 두 파이프에 지탱되어 이 완벽하고 믿기지 않는 도랑 맨 위에 떠 있었다.

출애굽기 14장에서 바닷물이 갈라졌듯이 바다가 그녀의 왼쪽과 오른쪽에 벽을 이루며 서 있었다. 그런 꿈같은 순간에도 주커먼의 과학과 이성에 대한 믿음은 흔들리지 않았다. 기적이란 현재 벌어지는 상황을 설명하지 못하는 무지에서 비롯되는 것이다. 어떤 기계적 수단을 이용한다면 수십만 리터의 바닷물을 빨아들여 반원통형으로 비워내는 것도 불가능한 일은 아니었다. 놀랍기 짝이 없지만 이런 현상은 덴버의 워터월드에서도 찾아볼 수 있었다.

마침내 평정을 되찾은 그녀는 GPS 버튼을 누르고, 다시 눌러 좌표를 기록했다. 동경 14° 48′ 53″, 북위 86° 19′ 27″.

그때 고무로 된 파란색 덮개가 움푹 들어간 저 아래에서 올라와 선체 주위를 진공 포장하듯 에워쌌다. 또다시 놀라 겁에 질리긴 했지만 결국 그녀의 짐작이 옳았다. 기계가 작동하는 것이었다. 신이나 악마가 아니라. 배가 바다 가운데 움푹 들어간 곳으로 천천히 부드럽게 움직이기 시작하자 그녀는 탈출을 고려했다. 구멍에 들어가기 전에 바다로 뛰어들어 헤엄쳐 도망칠까, 빙하까지 가서 저체온증이 나타나기 전에 물 밖으로 나가면 되지 않을까, 나와 보트가 없어진 것을 안 '용감무쌍'호에서 수색대가 출동해 구조되지 않을까. 하지만 결국 호기심이 그녀를 배 안에 잡아두었다. 기계가 자신을 안개와 어둠 속으로 데려가는 동안 그녀는 주위의 모든 것을 주의깊게 듣고 보고 냄새 맡았다. 그녀는 탐험가가 되었다.

십이 일 전 그의 탐지기—지금은 옷장 선반에서 꺼내 거실 테이블에 놓았다—가 연녹색과 자주색 신호를 번갈아 표시하기 시작했다. 연두색은 기지국에 침입자가 있다는 뜻이었다. 기지국의 매핑 콘솔이 여전히 작동한다면 침입자는 원격전파탐지기의 정확한 위치를 알 수 있을 것이다. 그래서 그는 장치를 제거할까도 생각했다. 사냥개를 따돌리기 위해 전철이나 시카고강에 버리는 것이다. 하지만 곧 자신이 추적되기를 원한다는 사실을 단호히 인정했다. 그는 누군가에게 발각되기를 간절히 원했다.

그래서 수집한 문건과 사진을 연대순으로 정리했다. 옷가방을 챙기고 아파트를 정돈했다. 내내 케이블뉴스를 보고 웹서핑을 했다. 발각되는 건 이제 시간문제였다.

하지만 현관문의 초인종이 울리자 그는 깜짝 놀란다. 그가 기대했던 것은 헬리콥터가 뜨고 조명탄이 터지고, 검은 바이저로 얼굴을 가리고 화생방 마스크를 쓴 특수부대가 자동소총과 최루탄으로 무장한 채 문과 창문을 부수고 진입하는 광경이었다. 심지어 머리 위에 손깍지를 끼고 바닥에 엎드리는 연습까지 했다. 오바마 대통령의 하이드파크 저택이 그의 아파트에서 십 분 거리에 있다. 이 사실도 난리법석을 한층 요란하게 만들리라 생각했다. 그는 인터폰 앞에 서서 창문 너머 킴바크거리를 내다본다. 여느 여름날 오후와 다름없이 차들이 지나가고 사람들이 한가로이 거닐고 있다. 사람들이 대피한 블록이나 비상차량, 건물 주변을 둘러싼 병력은 보이지 않는다.

초인종이 다시 울린다. UPS 배달원인가 싶다.

"네?"

"여보세요?" 머뭇거리는 여자 목소리였다.

"누구세요?"

"아, 저는 북위 86° 19′ 27″에 사는 사람을 찾고 있는데요."

그는 활짝 웃으며 버튼을 눌러 그녀를 들인다.

아파트 문을 열자 그는 또 한번 놀란다. 여자는 혼자이고 무장도 하지 않았다. 게다가 아주 젊은 아가씨다. 그녀가 오른손을 내민다.

"낸시 주커먼입니다."

"안녕하세요. 난 니컬러스 워커예요."

"저는 북극을 조사하는 연구원입니다."

"그래요?" 그는 웃으며 그녀더러 들어오라고 손짓한다. "나도 그런데! 정말 잘됐군요."

그들은 자리에 앉는다. 그녀는 그가 건넨 카디건을 옆에 내려놓고 긴장된 목소리로 빠르게 어찌된 연유인지 설명한다. 자신이 왜 북극 지방에 갔는지, 어쩌다 배가 기지국 위로 흘러갔는지, 어떻게 노를 지렛대 삼아 입구를 열었는지 말한다. 처음에는 미국이든 러시아든 중국이든 국가 군사시설이 틀림없다고 생각했다. 하지만 몇 시간에 걸쳐 내부를 탐험하면서 특이한 소재와 모양, 인터페이스 기술, 매우 독특한 인공조명, 알아볼 수 없는 글자와 나열된 이미지를 보고 새로운 가설을 세웠다. 그녀는 북미 중간 지점에 작은 불빛이 깜빡이는 매핑 콘솔을 포함한 모든 것을 사진으로 담았다. 롱위에아르뷔엔에 있는 연구실로 돌아와 컴퓨터에 이미지를 입력해보고는 깜빡이는 지점의 위치가 북위 41° 47′ 54.1475″, 서경 87° 35′ 41.7095″, 즉 시카고 사우스킴바크거리 53번가와 54번가 사이라는 것을 알아냈다. 기지국에서 그의 모습이 담긴 작은 사진을 포함하여 몇 가지 물건도 가져왔다. 그러면서 이 집을 찾기 위해 아래층에 사는 부인에게도 보여주었다는 사진을 그에게 건넨다.

"아아, 이때는 나도 참 젊었군!" 그는 사진을 내려놓고 고개를 들어 그녀를 바라본다. 이야기를 나눈 지 벌써 십 분이 지났는데도 그녀는 여태 그가 어디서 왔는지 여기서 무엇을 하고 있는지 묻지 않는다. 그는 그것이 달갑다. 어차피 남는 게 시간이다.

그녀는 살짝 어리둥절한 기색이다. "제가 얼마나 흥분한 상태인지 말씀드려야겠네요. 이게 꿈은 아닌가 싶어요. 기절할 것만 같아요. 약에 취한 것 같기도 하고 천국에 온 기분이기도 하고요. 이건, 그러니까 이렇게 흥분되는 일은 이제껏 한 번도 경험해보지 못했어요." 그러고는 숨을 깊이 들이마신다. "조금 겁나기도 하고요."

"겁난다고요? 나 때문에요? 오, 제발 그러지 마요."

"아니요. 제가 두려운 건 아직 이 일에 대해 아무한테도 말하지 않아서예요. 동료나 상사, 정부 관리, 엄마, 아무한테도 말하지 않았거든요. 이런 경우 법이 어떤지는 모르겠지만 엄청나게 어기고 있다는 건 분명해요."

이거 흥미로운데. "왜 비밀로 했죠?" 비밀을 안고 산다는 것이 어떤 건지 그는 잘 안다.

"그게, 제가 걱정하는 부분은…… 좋아요, 말씀드리죠. 제가 최초로 이 모든 것을 밝혀낸 사람이 되었으면 해요. 그러니까 '발견자'가 되는 거죠. 콜럼버스나 마젤란, 갈릴레오, 아인슈타인처럼. 죄송하지만 그 사람들이 누군지는 아시죠?"

그는 미소 지었다. "네."

"온 세상이 이 일에 달려들어 저를 밀어내기 전에 최대한 많이 알아내고 싶어요. 전문가가 되는 거죠."

그는 이 아가씨가 마음에 든다. 그녀가 원하는 정보를 기꺼이 선물할 생각이다.

"참, 이런." 그녀는 가방을 뒤적여 녹음기 두 대를 꺼낸다. "대화를 녹음해도 될까요?"

"물론이죠." 가방 안의 무언가가 그의 눈에 들어온다. "금을 찾았나요? 기지국에서?"

그녀는 얼굴을 붉히며 립스틱만한 크기에 200그램이 조금 넘는 원통형 금괴를 꺼낸다. "이건 돌려드릴게요. 연구용 샘플로 하나 더 있어요."

그는 한 손가락으로 금괴를 쓸어본다. "기지국에서 영상을 봤다고 했나요?"

"사무실 같은 공간의 커다란 구처럼 생긴 모니터들에 비친 영상이었어요."

"들어가서 왼쪽 뒤편에 있는 거 말이죠?"

"모니터에 수백 장의 3D 컬러사진이 보이더군요. 오두막, 주택, 마을, 가축, 항아리, 수레, 군인, 아이들, 사원 등이었고, 전 세계에서 찍은 사진 같았어요. 유럽, 아시아, 아프리카—"

그는 우쭐해하는 모습을 보이고 싶지 않다. 원래 그런 사람처럼 비칠까봐 걱정된다. 하지만 배시시 비어져나오는 웃음을 참기 어렵다. 그래서 그녀의 말을 끊는다. "알아요. 내가 찍은 사진들이니."

"머리 위에서 찍은 사진이 많던데요. 망원렌즈를 썼나요?"

"정보 수집은 은밀히 해야 하는 법이죠. 그리고 호손 효과도 최소화하려고 했고요. 보는 눈을 의식하면 사람들이 평소와 다르게 행동하니까."

"아주 옛날 사진이 잔뜩 있던데요. 믿기지 않을 만큼 옛날요. 제 말은 사진이 오래되었다는 뜻이 아니라 거기 찍힌 사람들이나 건물 같은 게 오래전 것이라는 말이에요."

"맞아요. 오래되었지."

그녀는 잠시 망설이더니 이렇게 물었다. "그렇다면 당신은 오래전부터…… 그러니까 사진이 발명되기도 전부터 전 세계를 돌아다니며 그것들을 찍었단 말인가요?" 그녀는 그렇게 추정했다. 만약 그렇다면 그가 이백 살도 넘었다는 이야기인데, 말도 안 되는 소리다.

"그리고 동영상도 그래요. 비디오 말인데, 제가 그곳에 도착한 순간부터 카메라가 망가질 때까지가 찍혀 있었어요. 그런 기술이 존재했다면…… 애당초 제가 장비를 준비할 일도 없었겠죠."

"실례지만 올해 나이가 몇인가요?"

이번엔 그가 말을 잠시 중단하고 상대방의 반응을 기다린다. "그 기지국이 설치된 건 서기 429년이랍니다."

그녀는 빤히 쳐다본다. 아무 말이 없다. 놀라움에 이어 뒤늦게 의심이 확 든다.

그는 그녀가 사실을 제대로 파악할 수 있도록 다시 한번 반복한다. "나는 천오백팔십일 년 전에 이곳에 왔어요."

"그럼 천육백살이란 말씀인가요?"

"천팔백일곱 살이지. 우리 행성 나이로도 꽤 먹은 셈이죠."

마침내 그녀는 이해한다. 우리 행성. 말도 안 되는 소리지만 그것 말고는 달리 설명이 되지 않는다. 그녀는 숨이 가빠오는 것을 주체하려 애쓴다. "어디, 그러니까 어느 행성 출신이세요?"

"우리는 그곳을 브리즈홍일이라고 부른다오." 이름을 발음하는 순간 그의 목소리가 쉭쉭거리는 소리와 윙윙거리는 소리가 반씩 섞인 비인간적인 소리로 바뀌었다가 이내 자연스러운 영어 발음으로 돌아온다. "사실 큰 행성 주위를 도는 위성이죠. 물론 그 행성은 우리의 태양을 따라 돌고, 여기서 육십이 광년쯤 떨어져 있어요. 우주 전체로 보자면 아주 가깝다고 할 수 있죠. 나를 여기 방치해둘 만큼 무척이나 먼 거리이기도 하지만."

낸시는 말없이 쳐다보기만 한다. 이게 가능한 일일까? 이 모든 게 진짜일까?

그는 이런 만남을 수백 번, 아니, 수천 번도 더 상상하고 연습까지 했다. "내가 미쳤다고 생각하는군요. 하긴 워낙 오래 이렇게 지내다보니 스스로도 그런 의심이 든 적이 몇 번 있었답니다. 내가 미친 건 아닐까? 이건 지어낸 이야기가 아닐까? 다른 행성의 스파이가 지구에 왔는데 상급자들이 그를 버렸다. 그것도 거의 이천 년 동안 극지방 바다 밑에 내버려둔 채. 그런 건 다 한낱 망상에 불과

582

하고, 정신분열증에 걸린 웬 불쌍한 노인네가 지어낸 횡설수설이 아닐까? 그런 존재론적 위기에 처할 때마다 내가 미치지 않았다는 걸, 내가 스스로 믿고 있는 존재라는 것을 증명하기 위해 하는 행동이 몇 가지 있다오."

그는 테이블에서 손톱가위를 들어 오른손 바닥을 푹 찌른다. 형광 오렌지색 피가 흘러나온다. 피가 테이블에 뚝뚝 떨어지자 산성 용액처럼 목재가 지글거리며 까맣게 탄다.

그는 휴지를 집어 손과 테이블을 닦으며 말한다. "물론 의심 많은 사람은 이것도 속임수라고 생각하겠지. 연극에서 쓰는 특수효과 같은 거라고. 하지만 주커먼 씨는 북극 기지국을 보지 않았나요? 거기서 내 사진도 찾아냈고."

"네."

"증거를 봤으니 진실을 증명하기 위해 다른 치욕스러운 짓을 하진 않아도 되겠죠?" 그는 웃었다. 눈구멍에서 안구를 뽑거나 바지를 내려 인광을 발하고 두 갈래로 갈라진 성기를 내보이거나 항문이 없는 것을 그녀에게 보여줄 생각은 눈곱만치도 없었다.

"당신을 믿어요." 그녀가 그에게 말한다.

그는 자신들의 정부가 브리즈홀일에서 도달 가능한 거리에 있는 행성들의 문명에 대해 감시 시스템을 구축했다고 설명한다. 그가 팔십삼 년 걸려 날아와 도착한 지구는 그런 백열여섯 개의 행성 가운데 하나였다. 그가 타고 온 커다란 우주선에는 인접한 또다른 네 행성으로 향하는 네 명의 요원이 함께 탑승하고 있었다. 아울러 행성 기지국을 만들기 위한 조립 부품과 개인 탐험 비행정도 실려 있었다. 그는 정찰용 무인비행정을 지표면에 먼저 보내 인간의 사진을 찍은 다음, 귀를 개조하고 밖으로 드러난 목 연골을 제거하고 부드러운 재질의 분홍빛 피부를 씌우는 성형수술을 모선의 의사들로부터 받았다. 기지국은 극지방 빙하 아래 설치했다. 그리고 여봐란듯이 혼자 힘으로 살았다.

지구와 브리즈홍일 간에 메시지를 전송하는 데 육십이 년이 걸렸으므로 통신은 실질적으로 불가능했다. 그는 해마다 육 주간 현장조사를 했다. 지구 곳곳을 날아다니며 인간의 거주지를 관찰하고, 사진과 영상을 찍고, 노트에 기록했다. 그리고 나머지 시간 동안 자료들을 정리하고 선별했다.

"네?" 그녀가 말한다.

"뭐가 잘못됐나요?"

"자료를 모으고 편집하는 데 그렇게 많은 시간이 걸려요?"

"그러게 말이지. 우리는 생산성에 문제가 있어요. 하루에 스무 시간 내지 스물한 시간을 자니. 유일하게 당신한테 너무나 부러운 점이죠. 내 말은, 여기 인간들 말이에요." 먹고 소화하는 인간들의 면모가 끔찍하기 짝이 없다는 말은 굳이 보태지 않았다. 지적 생명체에는 으레 끔찍하고 병적인 예외가 있기 마련이다. 사이코패스, 살인자, 자해자, 텔레비전 전도사 같은 존재들. 하지만 지구에 사는 인간은 너나없이 음식을 씹어 삼키고 똥을 쌌다. 그는 지금도 이를 혐오스럽게 여긴다.

백 년에 한 번 모선이 와서 보급품을 가져다주고 자신이 꼼꼼하게 기록한 멀티미디어 연대기 자료를 고향으로 가져갔다고 그는 말한다. 그가 기록한 처음 여섯 연대기는 본부에서 최고 평가를 받았다.

"그러면 당신네 행성 사람들이 지구에 대한 보고서를 볼 땐 이미 백 년이 지난 사실을 열람하는 셈이네요?"

"백 년도 더 지난 거죠."

"그들을 보려면 당신은 또다시 백 년을 기다려야 하고요?"

그는 어깨를 으쓱했다. "빛의 속도란 것에도 한계가 있으니까."

원래대로라면 팔백 회의 정찰 임무를 마친 13세기에 젊은 요원이 와서 그와 교대해야 했다. 그러면 그는 브리즈홍일로 돌아가 본부에서 오백 년을 더 근무한 다음 퇴직할 계획이었다. 하지만 1229년에 모선은 오지 않았다. 이후로도 소식이 없었다. 그는 줄곧 기다려야 했다. 퇴직도 하지 못했다. "연대기는 부질없이 계속 작성중이고 말이죠." 그가 말한다.

인간의 기준에서 보면 그들은 비상한 언어 습득 능력을 갖고 있다. 그래서 일 년에 두 번 떠나는 원정—12월에는 북반구, 6월에는 남반구—에서도 사람들 사이에서 신분을 들키지 않을 수 있었다. 해를 당하거나 붙잡힐 위험에 대처하기 위해 긴 지팡이를 갖고 다녔다.

이 무기를 휘두르면 반경 60미터 이내에 있는 모든 생물이 일시적으로 마비되는데 "희한하게도 유대류 동물에게는 통하지 않았다"고 한다. 기록에 따르면, 그는 지구에서 천사백사십 년을 살아오는 동안 지팡이를 삼백칠십세 번 사용했다.

하지만 그의 정찰용 비행정이 낮은 고도에서 장시간 맴돌 때면 사람들이 보고 놀라는 일이 자주 있었다. 그러면 그는 해치려는 의도가 없다는 뜻을 전달하려고 배지나 구슬, 금붙이를 뿌렸다.

"여론조사에서 응답자에게 약간의 현금을 주는 거나 마찬가지죠. 우리 표준행동규약에 들어 있는 내용이에요." 그는 약간 변명하는 투로 말했다.

"그럼 기지국이 북극에 설치된 것도 보안을 위해서였군요?"

그는 고개를 끄덕인다. "맞아요. 개인적으로 편한 것도 있고. 브리즈홍일은 추운 행성이지. 지금같이 이런 끔찍한 계절에는 에어컨이라는 발명품에 매일 감사하게 되죠." 이 말을 하면서 그는 창문을 보며 고개를 끄덕였다. 밖은 섭씨 32도나 되었지만 낸시는 그의 스웨터를 껴입고 있다. "그래도 내가 태어난 지역은 따뜻한 편이죠. 페어뱅크스랑 기온이 거의 비슷해요. 지금은 좀 달라졌으려나. 아무튼."

"그런데 왜 여기 시카고에 살아요? 북극에 있어야 되는 거 아닌가요?"

"내게 딱 맞는 동네니까요?"

그녀는 그의 농담을 이해하지 못한다.

"사고였지." 그는 해마다 하는 북반구 탐사를 거의 마무리한 참이었다. 미시시피강과 일리노이 지류들이 합류하는 지점에 있는 커호키아 인디언의 큰 도시를 재방문해 촬영하고 북쪽 기지로 돌아가던 중 갑자기 연료가 떨어져 미시건호에 불시착했다. 그는 금과 호신용 지팡이, 비디오 장비, 휴대용 탐지기—말하면서 탁자 위에서 깜빡거리는 장치를 만졌다—를 챙겨 비상용 보트로 옮겨 탔다. 비행정은 호수에 가라앉고 말았다.

"이럴 때 지켜야 할 사항은 분명하죠. 마지막으로 보고한 자리에서 가급적 벗어나지 말 것, 그리고…… 구조를 기다릴 것. 게다가 그땐 북극으로 돌아갈 수단도 없었고. 그래서 숲속에 집을 짓고 원주민들과 함께 살았지. 원주민들의 신임을 얻기 위해 지팡이를 자주 휘둘렀다오. 그들이 생각하는 것처럼 '하늘에서 내려온 백인 신'이 아니라고는 차마 말할 수 없었거든." 그가 미소 짓는다.

"유럽인 정착민들은 어땠어요?"

"그들은 나중에 왔지. 훨씬 나중에." 그는 극적인 효과를 노리고 말을 잠시 멈춘다. "삼백오십육 년 후. 사고가 났던 건 1317년 2월이었고. 다행히 그곳에 도착한 프랑스인들은 인디언들의 말을 믿지 않았죠. 야만인들의 미신에 자주 등장하는 초자연적인 존재라고 여겼지. 꾸며낸 이야기일 뿐이라고."

"음식은요. 사냥하거나 채집하나요?"

"나는 먹지 않아요. 일반적인 의미에서는. 내 몸이 알아서 대기 중의 영양분을 흡수해요." 문득 그는 그녀가 화장실을 써도 되느냐고 물어볼까봐 걱정된다. 화장실에는 휴지가 없다.

그는 시카고가 형성된 지 얼마 되지 않았을 때부터 들어와 살았다고 말한다. 수중의 금붙이로 필요한 걸 살 수 있었고, 금을 다 써버리면 곤란했기에 허드렛일도 마다하지 않았다. 1871년 대화재때 비디오카메라와 지팡이를 잃어버렸고, 요즘에는 소득세랑 연금, 신분증명서 때문에 취업이 어렵다고 한다. 물론 의사에게 치료를 받을 일은 없었다. 그가 왜 나이를 먹지 않고 죽지 않는지 이웃들이 수상하게 여길 수 있으므로 자주 이사를 다녀야 했다. 이번이 열네번째 아파트다. "한번 인류학자는 평생 인류학자이기에" 교외 생활을 직접 체험해보려고 1940년대부터 1960년대까지 위네트커에서 지냈던 시기를 제외하면 1837년 이래로 줄곧 시카고에서 살았다.

그들이 이야기를 나눈 지도 이제 세 시간이 넘어가는 참이었다. 낸시가 오기 전 이미 세 시간을 깨어 있었던 니컬러스는 점점 졸리기 시작한다.

"당신네 행성에 대해서는 아직 아무 얘기도 하지 않았잖아요? 그곳 사람들, 역사에 대해서도. 할 얘기가 너무 많아요."

"그렇죠. 하지만 괜찮다면 오늘은 이만하고 내일 계속하는 게 어떻겠어요?"

"아, 물론이죠. 그럼 그래요." 하지만 그가 달아난다면? 밤새 죽어버리기라도 한다면? 그녀는 스스로를 안심시켰다. 그래도 오늘 한 이야기를 녹음해놓았다. 사진도 찍었고, 기지국 사진도 있고, 정확한 위치도 안다. 괜찮을 거야. 그녀는 손을 뻗어 그의 어깨를 만진다.

"고맙습니다. 이건 너무나 특별한 경우라서, 정말…… 뭐라고 말씀드려야 할지…… 고마워요."

"나도 기쁘네요. 발견한 사람이 당신이라서. 나는 정말 정말 행운아예요."

"당신이 행운아라고요? 복권에 당첨된 건 바로 저예요. 오늘은 7월의 크리스마스예요!"

그는 뭐가 우스운지 처음엔 킬킬대다가 자리에 도로 앉아 사레가 들릴 정도로 크게 웃는다.

그녀는 겁이 났다. 이러다가 이게 다 농담이었다고 말하는 건 아닐까? 이건 깜짝카메라였고, 자신은 실감나게 연기했을 뿐이라고 하는 건 아닐까?

"미안해요." 그는 여전히 킬킬대며 말한다. "너무 피곤하다보니 무례를 범했네요."

"뭐가요?"

"당신이 알아야 할 사실이 더 있는데 내일 말하려고 했거든요. 그런데 이렇게 불안하게 했으니 지금 말해야겠군요."

그는 비행정의 모습을 아까보다 자세히 묘사한다. 길이가 8미터밖에 되지 않을 정도로 작고, 커다랗고 투명한 캐노피가 있으며, 바퀴 대신 레일이 달려 있고, 동체 앞면에는 내비게이션 탐침이 여러 개 뻗어 있다고.

"구백 년 전과 천백 년 전 겨울 하늘을 낮게 날아가는 내 비행정를 보고 북유럽 사람들과 라플란드 사람들이 뭐라고 생각했겠소?"

낸시는 고개를 가로젓는다. 그가 무슨 이야기를 하려는 건지 도통 짐작하지 못한다.

"하늘을 나는 썰매요! 수염이 덥수룩한 사람이 썰매를 몰고 선물을 가져다준다고 생각했다니까."

"오, 이런!"

"날아가는 썰매를 끄는 건 뭐겠어요? 그냥 저절로 날아간다고? 그건 안 될 말이지. 비행정 앞면의 안테나들이 사람들에게 무엇으로 보였겠어요?"

"세상에!"

"사슴의 뿔이었지."

"맙소사!" 자신이 외계인 기지를 발견했고 어쩌면 외계 생명체를 발견할 수도 있겠다는 생각에 익숙해지기까지 삼 주라는 시간이 걸렸다. 하지만 산타클로스를 만나다니. 이건 정말 감당하기 어려운 충격이다.

"사람들이 내 이름을 물을 때면 사용하던 이름이 있죠. 지역에 따라 조금씩 다른데, 니콜라오스, 니콜라, 니컬러스라고 대답했지. 사는 곳을 물을 때면 진실을 감출 이유가 없어서 '코르바툰투리 산 너머, 세상 꼭대기' 근처에 산다고 했고. '북극점'에 산다는 말은 하지 않았답니다."

다음날 오후 다시 그의 집을 찾은 그녀가 초인종을 누른다. 응답이 없다. 오, 안 돼. 그녀는 다시 초인종을 누른다. 세번째 누르려는 찰나 그의 목소리가 스피커에서 흘러나온다.

"낸시? 미안해요! 올라와요."

그녀에게 이토록 흥분되는 순간이 또 있었던가? 그는 아직 이곳에 있다. 여전히 호의적이고, 그의 창문에는 여전히 믿기지 않게 서리가 끼어 있다. 그는 자신이 찍은 영상물을 다시 훑어보고 있다. 그는 그녀에게 소파 옆자리를 권하고는 매직 8볼*을 연상시키는 작고 검은 공 모양의 장치를 보라고 한다.

"아직 텔레비전에 연결하는 방법은 잘 모르겠군." 그러면서 그가 재생 버튼을 누른다.

"우아, 소리도 나네!" 낸시는 그렇게 말하고는 민망해한다. "죄송해요. 제가 좀 바보 같죠? 소리가 나는 게 당연한데."

샌드 힐스의 절벽 위로 아메리카들소를 쫓아가는 라코타 인디언들과 바그다드 티그리스강의 범선과 곤돌라, 아직 반밖에 축조되지 않은 중국의 만리장성을 하늘에서 찍은 전경을 그녀는 본다. 그리고 사람들을 몰래 찍은 영상을 본다. 잉글랜드 북부의 북적이는 바이킹 선술집, 11세기 베냉**에서 나무상자에 청동상을 꾸려넣는 사람들, 로마 콜로세움의 모의 해상 전투, 카메라를 보고 웃으며 뭐라고 옹알거리는 일본 에도시대의 아기, 1858년 여름 시카고에서 장신에 수염 없는 남자가 연설하는 모습. "그래요. 에이브러햄 링컨이죠."

그녀는 경이감에 사로잡혀 있다. 언제까지고 볼 수 있을 것 같다. 하지만 어제의 경험 이후 자꾸 시간을 의식하게 된다. 이제 곧 그가 졸려할 텐데.

"니컬러스, 우리 이제 어떻게 할까요?"

"이 영상들을 좀더 봐도 되고 얘기를 해도 좋고. 원한다면요."

"제 말은 장기적으로 말이에요. 말만 해요. 다 해드릴게요. 기지국으로 모셔다드릴까요? 브리즈홍크, 브리즈…… 죄송해요, 그쪽 행성의 본부에서 지난 칠백 년 동안 메시지를 보냈는지도 확인할

---

* 마텔에서 1946년에 처음 선보인 장난감으로 운세를 알려주거나 조언을 해준다.
** 서아프리카 기니만에 면한 국가.

수 있어요. 당신이 그들에게 메시지를 보낼 순 없나요?"

"그러고는 백이십사 년 동안 답신을 기다리고요? 회신을 보낼 사람이 있기나 할까요?" 그는 고개를 가로젓는다. 할 수만 있다면 울고 싶은 심정이다.

그녀는 잠시 말이 없다. "저어, 만약 당신 이야기를 세상에 알려도 된다고 허락해주시면요. 그러니까 당신이 돌아갈 때까지 제가 기다렸다가 그제야 모든 것을 밝히는 게 좋겠다고 하시면, 그렇게 할게요. 전 이해해요. 당신의 비밀을 지키고 싶다면 말이에요."

"고마워요. 한데 내 비록 나이가 많은 건 사실이지만, 앞으로도 사오십 년은 더 살 수 있어요. 브리즈홀일 사람들은 수명이 이천 살 정도 되니까."

"잘됐네요!"

"하지만 당신이 그렇게 오래 기다려야 한다면 부담스럽고 실망스럽지 않겠어요? 게다가 그사이 다른 사람이 기지국을 발견할 수도 있고." 그는 몸을 앞으로 숙인다. "난 비밀이라면 이제 신물이 나요. 괜찮아요, 낸시. 난 준비가 됐으니까." 원래 '밀착취재에 준비가 됐으니까'라고 말하려다가 그녀가 무슨 뜻인지 못 알아들을 것 같아서 관두었다.

그녀는 눈물을 훔친다. "당신을 설득하기 어려울 거라고 생각했어요."

"당신도 알겠지만 나는 이 문제를 질리도록 오래 생각했답니다."

그는 자신의 생각과 관심사와 계획을 제시한다. 가장 큰 문제는 북극의 기지국이 군사용이 아니라는 것을 세상에 알리고 지구 침

592

공 계획 따위 없음을 설득시키는 것이다. 일단 대중 앞에 모습을 드러내기 전에 루퍼트 머독*과 만나는 게 좋을 것 같다. 폭스뉴스가 쓸데없이 미국인들을 공포로 몰아넣지 않도록 그에게 취재 독점권을 주는 것도 생각해볼 만한다. 낸시는 그가 농담하는 줄 안다. 그는 그렇지 않다고 말한다.

"정말 진부하게 들린다는 거 알아요. '산타' 비즈니스 말이에요. 하지만 초장부터 호감을 사려면 누구 말따나 '지구인들에게 주는 선물'을 생각해보는 게 가장 좋지 않겠어요."

그는 총 이백사십만 단어로 작성한 연대기를 넘겨줄 것이다. "정말 흥미진진할 겁니다." 그리고 그가 5세기 초부터 19세기 말까지 매년 남극을 제외한 모든 대륙을 돌아다니며 찍은 칠만삼천사백구십육 시간 분량의 비디오 영상도 건넬 것이다.

그는 은하계에서 지구와 가까운 별들에 사는 생명체에 관해 알고 있는 모든 것을 말해줄 것이다. 기지국에 저장된 텍스트와 영상 자료를 증거로 제시하며. "물론 끔찍이도 오래된 자료들뿐이지만 없는 거보단 낫겠지요."

자신이 보유한 기술도 지구인들에게 알려줄 것이다. 특히 설치된 지 천오백팔십일 년이 지난 지금도 잘 돌아가는 비디오플레이어와 휴대용 무선탐지기, 북극 기지국에 전력을 공급해주는 배터리 기술에는 많은 지구인들이 관심을 가질 것이다. "똑똑한 과학자라면 역설계로 장치의 기술적 원리를 알아낼 수 있겠죠."

---

* 미국 언론 재벌로, 폭스뉴스가 속한 폭스코퍼레이션 회장.

그녀는 브리즈홀일 배터리가 금전적으로 어느 정도 가치가 있을까 하다가 문득 그런 생각을 한 자신이 혐오스러웠다. "믿기지 않는 일이에요, 니컬러스."

그가 웃었다. "설마."

"제 말은, 엄청난 사건이 될 거란 뜻이에요, 인류 역사상 가장……"

"그래요. 인간만이 우주에서 유일한 지성체가 아니라는 사실을 모든 사람이 마침내, 확실히 알게 돼서 기뻐했으면 좋겠군요." 그는 마음속으로 생각한다. 그래야 나의 외로움도 마침내 끝나서 말할 수 없이 행복해질 테니까.

"니컬러스?"

"네?"

"안아봐도 돼요?"

이야기들

마이클 무어콕

이것은 지난 9월 어느 일요일 오후, 레이크 디스트릭트*에 있는 자신의 서재에서 염병할 책들 위로 복잡한 뇌를 날려버린 내 친구 렉스 피시의 이야기다. 자연히 그곳을 치우느라 난리도 아니었지만, 렉스는 자신이 떠난 자리가 얼마나 난장판이 되든지 아랑곳 않는 사람이었다. 내가 진저리났던 것은 바로 그 쓰레기였다. 터져나간 뇌세포 하나하나마다 그가 하지 않은 이야기가 담겨 있었다. 어느 누구도 하지 못할 독특한 이야기가. 렉스도 자신은 물론이고 자신을 아낀 오랜 친구들에게 상처를 주리라는 걸 알았다. 함께 어울리던 친구들도 이제 몇 명 남지 않았다. 호손, 헤일리, 슬레이드, 앨러드가 암으로 같은 해에 죽었다. 앞의 세 명은 렉스가 런던에 처

* 잉글랜드 북서부 지역으로 워즈워스, 러스킨 등 많은 문인들에게 영감을 준 자연 풍광으로 유명하다.

음 왔을 때 함께 살았다. 그래서 그 자식이 우리가 함께 나눈 기억을 고의로 날려버린 것은 아무래도 좋게 봐주기 어렵다.

장례식에서 내가 말했듯이, 렉스는 아무리 오래 살았어도 자기 안에 가지고 있는 이야기를 다 꺼내놓지 못했을 사람이다. 탁월한 이야기꾼으로 천연덕스럽고 웃긴 서술시에서 감정적으로 과장된 사회 드라마에 이르기까지 온갖 형태의 이야기를 만들어냈다. 소설, 희곡, 단편, 만화, 오페라, 영화, 롤플레잉게임을 오가며 작가 경력 내내 다양한 내러티브를 줄기차게 시도했다. 그런 점에서 우리는 상당히 비슷했고, 그래서 스스로의 능력에 대해 약간은 불편해했다. 둘 다 발자크에 공감했는데 특히 사악한 악당 자크 콜랭에 매료되었다. 여기저기서 여러 이름으로 등장하고『창녀의 영광과 비참』에서 라 토르피유를 망가뜨리기 시작하는 바로 그 인물이다. 렉스는 대부분의 사람들이 애매모호한 진실을 가감 없이 드러내기보다 관습적 편견이 살짝 가미된 좋은 이야기를 선호한다는 사실을 깨달았다. 실제로 사람들은 삶의 가장 중대한 결정을 내릴 때 타블로이드 신문이나 리얼리티 텔레비전 프로그램에서 접한 이야기를 크게 참고했다. 그럼에도 렉스는 자신의 정신이 빈번히 깨치는 진실을 말하기를 결코 멈추지 않았다. 설령 그 자신은 거짓을 말하고 있다고 생각할 때조차 어딘가에는 진실이 담겨 있었다. 말년에는 우익의 입장을 취했지만, 발자크와 마찬가지로 가난한 사람들의 꿈을 반영했고 그들의 절실한 소망을 이해했다. 그의 야망과 달리 공감능력은 나도 부러웠다. 그가 쓰지 못했던 이야기가 하나 있었다. 그것은 우리 모두가 기대하는 그런 것이자, 렉스에게 그토록 바라던 문학적 명성을 안겨줄 만한 이야기였다. 그러나 그는 『파리 리뷰』 편집자들이 "펄프작가의 냄새가 나서" 싫어할 것이라고 믿었다. 반면 편집자로서 나는 『파리 리뷰』의 냄새가 나는 이야기를 거절했다. 그런 잡지에 실리기에는 우리 실력이 너무 아깝다는 것이 내 판단이었다. 본격문학의 관습은 할리퀸 로맨스 장르보다 더 고리타분했다. 바로 그런 이유에서 렉스는 『미스티어리어스』에서 가장 필요로 하는 작가였다.

우리는 예순두 살로 동갑이었고, 비록 렉스는 머리가 살짝 벗어지긴 했지만, 서로 비슷한 외양과 유머를 공유했다. 내가 생각하기에 우리의 차이는 성장배경에서 비롯되었다. 나는 런던 태생이었고, 렉스는 텍사스주 와코에서 65킬로미터 떨어진 리글리라는, 인구 1204명의 작은 고장에서 태어나 자랐다. 그는 어릴 적 그곳에서 들은 모든 이야기를 그대로 믿었다. 나중에 오스틴에 가서야 소도시의 확고부동한 가치관에 회의를 품기 시작했고, 텍사스대학의 문학 집단과 교류하며 속물근성을 접했다. 지방적 편협성을 조금 늦게 벗어던졌지만 학계에 대한 존중심은 결코 잃지 않았다. 대단히 냉소적이어서 독자들에게 자신의 이야기를 믿는 것은 바보라고 똑똑히 말했다. 하지만 런던에 갓 도착했을 무렵만 해도 묘하게 순진해 보였다. 스페인을 거쳐온 그는 여전히 편견의 잔재를 지니고 있었고, 문예창작과 학위를 마치지 않은 상태였다. 미국 범죄소설과 과학소설 다이제스트에 원고를 몇 편 발표하고 미국보다 훨씬 낮은 우리 수준에 경악했다. 하지만 무엇을 쓰든 얼마나 장황하게 쓰든 우리가 다 사주자 기뻐했다. 처음 만났을 때 우리는 스물

다섯 살이었다. 줄리 미스트랄 같은 문학계의 실력자는 이미 그를 새로운 세대의 제임스 M. 케인*이라고 칭했다. 앵거스 윌슨은 나를 제럴드 커시와 아널드 베넷 같은 작가와 비교했다.

'다이제스트'란 펄프잡지들이 세련되어 보이려고 추상표현주의 표지에 멋들어진 제목을 단 것을 말한다. 하지만 어릴 적 나는 강렬한 그림에 쏘아붙이는 대사(도나는 그 누구와도 같기를 거부하는 귀부인이었고, 켈리는 살인이라면 사족을 못 쓰는 경찰이었다!)가 등장하는 진짜 펄프소설을 읽으며 자랐다. 포장이 다를 뿐 작품의 질은 똑같았다.

팰컨과 섹스턴 블레이크 라이브러리에서 일하면서 나는 저물어가는 펄프시대에 내 자리는 없다고 생각했지만 그래도 한 가지는 확실했다. 펄프작가라는 것은 없다는 사실이었다. 펄프잡지에는 캐럴 존 데일리 같은 형편없는 작가도, 대실 해밋 같은 뛰어난 작가도 작품을 썼다. 그들의 명성은 대개 문화적 맥락과 관련있었다. 이를테면 잭 트레버 스토리는 섹스턴 블레이크를 위해 쓴 소설을 나중에 약간 수정해서 세커 앤드 워버그**에 싣곤 했다.

내가 넘겨받았을 때 행크 잰슨의 『미스터리 매거진』은 영국의 거의 마지막 스릴러 다이제스트였다. 나는 철없게도 장르에서 완전히 손을 떼고 최대한 넓은 독자층을 겨냥한 잡지로 탈바꿈하자는 생각을 했다. 1964년에는 단편소설 잡지가 거의 남아 있지 않

* 『포스트맨은 벨을 두 번 울린다』로 유명한 하드보일드 소설가이자 저널리스트.
** 조지 오웰, 시몬 드 보부아르, 존 쿳시, 귄터 그라스 등의 작품을 소개했던 출판사.

았었고, 그나마도 포괄적으로 장르를 다루었다. 로맨스, 밀리터리, 미스터리, SF 등을 가리지 않았다. 작품을 출판하고 고료를 받으려면 투박하게 조직된 플롯을 집어넣어야 했다. 그렇게 순응하고 배우면서 밥벌이를 했다. 우리가 '영문학과 소설'이라 불렀던 것을 쓰고 싶지는 않았다. 대학교에서 배운 위대한 모더니스트들의 스타일과 주제를 가련하게 모방한 소설은. 우리가 쓰고 싶었던 것은 좋은 상업소설의 활력과 좋은 문학작품의 영리한 야망을 품은, 우리 시대의 감성과 사건을 다루는 글이었다. 프루스트나 포크너의 열정과 헌신으로 우리를 고양시키면서도 장르소설 특유의 잘 단련된 활력이 매장마다 넘쳐나는 작품 말이다

몇 명이서 정크, 중간소설*과 본격소설을 결합하려고 '양방향성'에 대해 이야기했다. 상업성이니 문학성이니 따지기 전에 발표되는 거의 모든 원고에 대해 우리만큼이나 다른 사람들도 실망하고 좌절해야 했다. 오랜 세월에 걸쳐 '두 문화'에 대한 논의가 있어왔는데, 우리는 이를 하나로 결합하고 싶었다. 시와 회화, 물리학에 대한 지식이 약간씩 있고 제럴드 커시, 엘리자베스 보엔, 머빈 피크를 좋아하는 독자를 위한 글, 사실주의와 그로테스크풍을 세련되고 능란하게 결합한 글을 원했다. 1963년경 우리는 나랑 가장 친한 두 작가 빌리 앨러드, 해리 헤일리와 함께 다이제스트에 몇 편의 예를 발표했다. 디자이너, 미술가, 과학자, 시인을 불러모아

---

* 본격문학의 예술성과 대중문학의 오락성을 지닌 소설. 2차대전 이후 잡지 시장과 독자층이 확대되면서 출현했다.

'매끈한' 사절판 잡지를 낼 계획도 세웠다. 물론 아트지 비용만으로도 출판업자는 고개를 가로저었다.

그러다가 잡지를 언제까지고 운영할 것 같았던 나이든 술꾼 렌 헤인스가 이제 은퇴하고 마요르카에서 딸과 함께 살겠다며 나더러 잡지를 맡아달라고 했다.

당시 헬레나 데넘과 결혼한 지 일 년이 안 되었던 나는 지주인 래크먼 소유의 땅인 노팅힐의 콜빌 테라스에 살았다. 첫딸 세라가 있었고, 페이지보이* 스타일의 밤색 머리와 하트 모양 얼굴이 아름다운 헬레나는 서둘러 둘째 캐스를 임신한 상태였다. 나는 정당잡지 『리버럴 토픽스』에서 막 해고된 참이었다. 열한 살 때 윈스턴 처칠이라면 결코 자유당원이 되지 않을 거라고 큰소리쳤던 주제에 그곳에서 월급을 받으며 일했던 것이다. 고로 나는 돈이 필요했다. 더 중요한 것은 우리가 오랫동안 말만 하던 일을 마침내 실현할 수 있는 기회였다는 점이었다. 나는 헬레나와 동료들과 이 문제를 상의했다.

나는 출판업자 데이브와 하워드 배서먼을 찾아가서 세 가지 조건을 내걸었다. 내가 정책을 정하게 해줄 것, 잡지 제목을 점차적으로 바꾸게 해줄 것, 판매부수가 늘어나면 내가 원하는 종이와 판형으로 내도록 해줄 것. 제목을 좀더 고급스럽게 달면 주류 유통망을 타는 데 도움이 되리라 생각했다. 나는 중심가 소매상들의 주목을 끌 자신이 있다고 그들을 설득했다. 그리고 친구들을 바쁘게 만

---

* 대개 컬이 없는 단발 끝을 안으로 말아넣은 여성의 헤어스타일.

들었다. 마땅한 디자이너가 없었지만 나로서는 최선을 다했다. 첫 호에서 우리는 선언에 그치는 게 아니라 정책을 실현해 보이려고 노력했다. 그리고 삽화를 풍부하게 실었다. 내 경험에 따르면 성공적인 잡지의 비결 가운데 하나인 삽화는 잭 호손이 맡았다.

헤일리는 내내 말하고 다니던 중편소설이 거의 마무리에 접어들었다. 형사가 꿈을 통해 사건 해결의 실마리를 얻는 이야기였다. 앨러드는 달리와 에른스트에서 빌려온 형이상학적 심상으로 가득한 새 연재물을 시작했다. 헬레나는 비열한 나치당원이 나오는 대체역사소설을 끝냈다. 나는 펄프소설이 윌리엄 버로스에게 미친 영향을 사설에 썼다. 마침 버로스가 새 책의 한 장을 우리에게 보내왔다. 미국의 비트족과 영국의 팝아트 미술가들은 우리가 열광하는 누아르 영화와 유사점이 있었다. 앨러드는 객원 사설에서 '우주시대'를 맞아 새로운 어휘사전, 새로운 문학적 아이디어가 필요하다고 주장했다. 내가 필명으로 단편 하나를 기고했고, 나머지는 이전 고정 필자들의 글로 채웠다.

우리 세 명 다 영국 출신이었지만 남들과 같은 어린 시절을 보내지 못했다. 전쟁 때 독일의 폭명탄에 부모를 잃은 헤일리는 지역 신문사에서 일하다가 공군에 입대했고, 옥스퍼드에서 형이상학을 공부하던 중 앨러드를 만났다. 앨러드는 나치가 점령한 프랑스에서 영국계 유대인 어머니 아래 자랐다. 그의 어머니는 아우슈비츠에 마지막으로 끌려간 유대인들 가운데 하나였다. 어린 그는 레지스탕스를 도와서 싸우고 마침내 고향으로 돌아왔지만, 그곳에선 전쟁 전 메이페어 같은 환상 속 세계가 아니라 오웰이 포착한 절망적인 교외의 금욕적 삶이 그를 기다리고 있었다. 공군에서 복무한 뒤 옥스퍼드에서 물리학을 공부하다가 헤일리를 알게 되었다. 둘 다 몇 학기 다니다가 그만두고 『오센틱』이나 『바르고 스태튼스』 같은 잡지에 특집기사와 누아르 SF풍 이야기를 기고했다. 앨러드는 한물간 프로펠러 비행기를 몰 줄 알았고, 헤일리는 무선통신사 자격이 있었다. 나는 항공관제사 교육을 이 년간 받았는데, 징집되기 직전에 제도가 폐지되고 말았다. 이후 청소년잡지, 업계지, 섹스턴 블레이크를 거쳤으니 편집자 경험은 많지만, 정규교육은 거의 받지 못했다.

우리는 허구한 날 술집에 죽치고 앉아 현대소설이 왜 쓰레기인지, 대중소설의 방법론과 관심사를 왜 받아들여야 하는지 토론했다. 다들 스릴러 혹은 SF 판타지 펄프잡지에 글을 팔아본 경험이 있었다. 그래서 자신이 무엇에 대해 이야기하고 있는지 안다고 여겼다. 이런저런 운명의 장난으로 사회 변두리에서 자랐고 파운드, 엘리엇, 프루스트 등의 작가들은 물론 초현실주의, 부조리주의, 프랑스 누벨바그 영화도 사랑했다. 우리 세대의 부지런한 독학자들이 그렇듯이 장 가뱅의 38구경 리볼버, 로버트 미첨의 45구경 매그넘, 리처드 위드마크의 번쩍이는 칼과 관련된 것이면 무엇이든 좋아했다. 브레히트와 쿠르트 바일, "나는 아직 살아 있어"라고 외치는 카뮈의 파시스트 풍자극 「칼리굴라」, 검은 창살 너머로 보이는 얼굴들을 통해 우리가 사는 세상이 감옥임을 강조하는 사르트르의 「닫힌 방」, 여기에 〈심야의 탈주〉의 제임스 메이슨, 〈제3의 사나이〉의 해리 라임, 제럴드 커쉬의 『밤 그리고 도시』, 알프레드 베스터의 『파괴된 사나이』, 레이 브래드버리의 『화씨 451』, 제프리 하우스홀드의 『로그 메일』, 존 로드윅의 『형제의 죽음』도 빼놓을 수 없다. 우리는 소호 콜로니룸 클럽에서 프랜시스 베이컨, 서머싯 몸, 모리스 리처드슨 같은 사람들을 만났고, 올림피아 출판사를 통해 베케트, 밀러, 더럴을 읽었다. 당대 최고의 소설가, 저널리스트, 아티스트가 우리의 스승이었다. 앨러드는 나보다 멜빌을 더 좋아했고, 헤일리는 카프카를, 나는 조지 메러디스를 좋아했다. 그들의 가르침이 대중예술을 통해 현대 문화에 전파되어야 한다는 입장이었다. 보르헤스도 마찬가지였다. 그는 펄링게티가 세운 시티라이츠 출판사를 통해 영어권에 막 소개되던 참이었다. 우리는 또한 소설이 부조리주의, 미래주의에서 빌려온 테크닉과 우리의 새로운 사상을 결합해 가급적 많은 내러티브를 담아내야 한다고 보았다. 우리 생각에 동조하는 작가가 수백 명은 된다고 생각했다. 하지만 그보다 훨씬 많은 독자들이 『미스티어리어스』를 통해 우리가 해낸 일을 환영했는데도 기고자들이 생각만큼 많이 몰려들지는 않았다.

1965년까지 우리는 양방향성의 토대를 세웠다. 팝아트가 하나였고 펄프가 다른 하나였다. 비틀스와 밥 딜런이 사운드를 혁신했다. 그들은 지각변동을 일으켰고 보상을 받았다. 하지만 우리가 말하는 '고급' 예술과 '저급' 예술의 결합이 무슨 뜻인지 정말로 이해하는 사람은 거의 없었다. 두 문화의 대립은 빅뱅과 거대한 컴퓨터만큼이나 매체에 자주 오르는 주제였는데도 그랬다. 우리는 통속소설에 은유를 도입하고 야심작에는 당연히 과장이 구사되기를 바랐다. 하지만 비평적 어휘를 개발하고 소설에 진지함을 더하는 일은 속도가 더뎠다. 이에 좌절한 우리는 뭔가 중요한 것을 놓치고 있다고 생각했다. 잡지의 제목을 조금씩 줄여 한 단어로 만드는 것으로는 충분치 않았다. 현대의 고전에 필적하는 작품으로 양방향 통행의 무게를 감당할 수 있는 진짜 다리를 놓아줄 작가가 필요했다.

1965년 렉스가 나타나서 우리에게 보여준 작품은 독자와 작가들에게 우리의 권위를 세워주기에 충분했다. 앨러드나 헤일리처럼, 그는 내가 아는 동년배 작가들 중 가장 글을 잘 썼다. 냉소적인 스타일이 기만적이리만치 단순했다. 역시 발자크의 팬으로 자크 콜랭/보트랭에 대한 애정이 각별했다. 우리는 같은 또래였고, 나처럼 그도 열여섯 살 때부터 혼자 힘으로 살았다. 렉스는 가부장적인 독일계 가톨릭 술꾼 집안에서 자랐다. 텍사스대학을 중퇴하기 전 다이제스트에 이야기를 몇 편 팔았는데 덕분에 책 두 권을 계약해서 그 돈으로 유럽 여행을 했다. 그는 자신의 경력을 한 단계 끌어올려줄 기회라 여기고, 같은 텍사스 출신의 가톨릭신자이자 풍자의 대가인 제이크 슬레이드와 함께 유럽으로 왔다.

나는 짐 톰프슨의 짧은 소설 혹은 「의회의 페인」이나 「클리닉」에서 렉스가 스스로를 묘사한 부분을 통해 그의 세계를 조금 엿보았을 뿐이다. 당연히 텍사스에는 가본 적이 없고 미국은 맨해튼밖에 몰랐다. 제이크의 이야기는 출판된 것이 없었다. 직설적이고 장난스럽고 언제 터질지 모르는 폭탄 같았다. 렉스의 글은 속도감 넘치는 헨리 제임스 같았다. 속사포처럼 떠들어대지만 모호하지 않고, 생동감 넘치는데다가 술술 읽히면서도 품격이 있었다. 친숙한 우리 세상에 뿌리를 두고 있었다.

　제이크와 렉스는 스페인에서 함께 미스터리소설을 쓰고 한동안 유럽을 돌아다니다가 오스틴이나 뉴욕으로 돌아갈 계획이었다. 그런데 뜻하지 않게 스페인에서 몹쓸 애시드 때문에 황달에 걸려 글을 마무리할 때까지 어쩔 수 없이 런던에서 지내게 되었다. 줄리엣 매스터스가 쓴 〈뉴욕 타임스〉 칼럼에서 우리에 대해 읽은 적이 있는 렉스는 혹시나 생활비를 벌 수 있을까 하는 기대로 우리를 찾아왔다. 제이크가 쓴 원고도 조금 가져왔는데 나는 우리에게 행운이 찾아왔음을 금방 알아보았다. 두 사람은 대중주의 전통과 거리가 멀었지만 펄프에 애착이 있었다. 우리가 관심을 두는 주제에 최고의 학구적인 야심을 더했다. 바로 내가 찾던 작가들이었다. 양방향 거리의 반대쪽 끝에서 고함을 치며 새 작가들과 독자들 무리를 끌고 올 인물이었다. 두 마리 토끼를 한꺼번에 잡기. 살인과 인간의 영혼. 사회의 얼굴과 미래의 뼈대. 그들의 집중력과 지성에는 주저와 저속이 없었다. 고상한 문학 에이전트들이 고객이 미천한 세계를 슬쩍 둘러보고 내놓은 지루한 시도 중에서도 끔찍한 작품들을 떠넘기려 했을 때 내가 게재를 거절했던 이유가 바로 그것이었다. 그리고 그들은 문예창작 수업의 악취를 풍기지도 않았다.

　격식을 약간 차리고 눈치가 빨라 촉매 역할을 하는, 사교적인 사람인 렉스는 텍사스대학에서 알고 지내던 친구들을 내게 소개시켜주었다. 덕분에 재능 있는 순수 미술가 페기 조린, 질리와 지미 코니시 부부를 비롯한 여러 친구들을 알게 되었고, 그들은 텍사스에서 런던으로 건너와 『미스티어리어스』에 합류했다. 마침내 우리는 우리의 구상을 실현시켜줄 뛰어난 기고자들을 모두 확보했다. 이들은 서로 영향을 주고받으며 중량감을 키웠고, 다른 작가들을 끌어들여 우리 목차에 훌륭한 이야기들이 더해졌다. 오랜만에 읽는 최고의 이야기, 지금은 당연시되지만 당시에는 획기적인 진전이라 평가받았던 세련미와 활력이 결합된 이야기들을 소개했다. 덕분에 『미스티어리어스』는 당대에 가장 유명한 문학잡지가 되었다. 불현듯 논란이 사라졌다. 우리는 논했던 모든 것을 실제로 보여주었다. 이것이 렉스 피시가 『미스티어리어스』를 위해, 그리고 어설픈 운동—우리는 한사코 운동이 아니라고 부인했지만—을 위해 한 일이었다. 우리는 전성기를 맞이했다. 우리 잡지에 실린 거의 모든 이야기가 선집에 수록되었고, 수상작도 많이 배출했다.

물론 나는 우리가 목표하던 것을 이루고 개개인이 자리잡으면 이 작은 혁명이 가파르게 추락하리라는 것을 알았다. 좋은 시절이 끝나자 현실은 우울해졌다. 첫번째 비극은 빌리 앨러드의 아내 제인이 낭트 근처의 본가로 가던 중 사고로 죽은 것이었다. 빌리는 아이들을 키우려고 스트레텀으로 이사를 갔다. 우리는 가끔 그를 만나러 갔다. 다음으로 렉스가 범성애자로 소문이 자자한 스파이크 앨리슨을 비롯한 몇몇 유명 시인들과 함께 시 낭송 투어를 떠난 사건이 있었다. 그는 게이가 되어 돌아왔고(친구들은 그러려니 했다) 런던에 와서 스파이크에게 차이자 엄청 괴로워했다. 우리는 갈라서기도 하고 관계를 재정립하고 내분을 봉합하기도 했다. 사람들은 혁명에 가담해서 개인적으로 원하는 것을 얻었고, 이어 전리품을 차지하려고 다툼을 벌였다. 그것이 어디까지나 허상일지라도. 오히려 내가 놀란 것은 많은 우리의 우정이 변치 않았다는 점이다. 주로 논픽션을 썼던 제이크는 그 지역 토박이인 데이지 앤젤리노와 눈이 맞아 사무실 근처 포토벨로 로드에 살림을 차렸다. 렉스는 파리의 에스 앤 엠 바에서 메인주 출신의 칙 아처를 만났다. 둘은 사랑에 빠져 몇 년간 떠돌며 살다가 레이크 디스트릭트에 춥고 낡은 집을 마련했다. 거세고 맹렬한 구름둑이 사정없이 비를 뿌리고, 그러다가 갑자기 햇살이 비치면서 풍광이 살아 있는 육체처럼 윤곽과 그림자를 드러내는 그야말로 워즈워스적인 동네였다. 렉스는 거대한 응접실 창문으로 그 광경을 바라보며 마치 자신의 소유인 것처럼 으스댔다. 기다란 흉터 같은 와튼데일 에지에 가끔 돌풍이 불어 검은 호수에 물결이 일었다. 지금도 통신사를 통해 여러 곳에 게재되는 『메리 스톤』 만화에서 칙이 그곳 풍경을 아름답게 그린 모습들을 볼 수 있다. 렉스가 그렇게 대담하고 멋진 신문 만화를 써서 매우 큰 돈을 벌었다는 사실은 거의가 몰랐다. 그들의 집에 정당한 부의 냄새가 났던 이유였다.

렉스와 나는 여전히 깔깔거리며 놀았는데, 칙은 말은 안 했지만 그러는 것을 아주 싫어했다. 그러면 렉스는 가학성이 발동해 칙의 불편한 심기를 더 자극했다. 우리가 그렇게 자주 초대받지 못했던 이유는 아마 이 때문이었을 것이다. 해리는 더블린 출신의 아내를 따라 아일랜드로 갔다. 코크 외곽의 비참한 공공주택에서 혼자 지내는 장모를 돌보기 위해서였다. 해리는 그곳에 틀어박혀 점점 우울해졌고, 니체에 관한 긴 책을 쓰기 시작했다. 영국국립도서관에 자료 조사차 들른 그를 나는 가끔 만났다. 지미와 질 코니시는 터프넬 힐의 오래된 제분소 근처에 살았다. 지미는 『런던 리뷰 오브 북스』에 리뷰와 평론을 게재했고 논픽션 가이드를 썼다. 질은 자신의 화랑 전시회에 사용할 포스터를 만들었다. 다른 이들도 계속해서 소설을 출간하고 전시회를 열며 성공을 거두었다. 피트 베이츠는 프랑스로 자전거 여행을 떠났다가 실종되었다. 브르타뉴의 한 해안절벽 아래에서 그의 자전거가 발견되었다. 그 밖에 여러 좋은 작가들과 미술가들이 우리와 일하고 헤어졌다. 찰리 래츠가 우리 디자이너가 되었다. 나는 디프 픽스와 함께 연주를 하고 음반도 냈다.

우리는 1960년대의 황금기를 계속 이어가고 있다고 생각했지만 실은 이미 끝난 것이었다. 나는 『미스티어리어스』를 계속 출간했지만, 편집은 다른 이들이 맡았다. 사적인 관계가 네 대륙 여기저기서 극적으로 무너져내렸다. 성역할이 모든 방면에서 흔들렸다. 견고하던 사중주단은 풀오케스트라가 되었고, 위태롭던 듀엣은 바위처럼 단단한 트리오가 되었다. 샌프란시스코에 가서 친구들이라도 만날라치면 누가 누구랑 왜 언제 어디서 어울렸는지 파악하느라 머리가 복잡해졌다. 칙과 렉스는 노년의 앨런 버넷*같은 생활로 접어들었다. 칙은 이제 주말을 맞아 쉬려고 런던에서 내려온 합창단 소년처럼 약간은 남들 이목을 의식했고, 렉스는 어느덧 텍사스 사투리를 버리고 노엘 카워드처럼 매력적이고 느릿한 말투를 구사했다. 가끔 집으로 전화할 때면 예전 말투가 불쑥 튀어나왔다. 칙은 갈수록 툭툭 끊어 말했다. 도덕적 모범이었던 두 사람은

---

* 영국의 극작가 겸 배우로 말년에 동성애자임을 밝혔다.

어찌나 서로에게 충실한지 에이즈로 흉흉할 때도 전혀 불안해하지 않았다. 그리고 물론, 다른 사람들보다 대단히 우월한 듯한 태도를 취했다. 특히 내게 그랬다. 사랑스러운 세 아이를 둔 나는 헬레나와 맥없이 이혼했고, 어린 신부 제니와 재혼해 길 건너편으로 이사했다.

나는 렉스의 성정체성 변화와 사소한 변절들을 보면서도 묵묵히 견뎌냈는데, 그는 나와 헬레나가 갈라선 것을 두고 『마음의 죽음』*에 나오는 에디의 변심 이후 가장 수치스러운 행동이라고 했다. 나는 헬레나와 나름대로 우호적으로 결별했다고 생각했다. 여전히 모두를 부양하고 있었다. 나는 이혼에 대단히 솔직하게 임했다. 하지만 제니를 와튼데일에 처음으로 데려가 친구들에게 소개했을 때, 렉스의 투덜거림이 언제까지고 계속되리라는 것을 알았다. 킴과 디 스탠리가 평소처럼 내게 차를 태워달라고 부탁하지 않았다면 우리는 토요일 아침에 바로 돌아왔을 것이다. 나는 화가 머리끝까지 나서 우리의 우정을 당장 끝내고 싶었다.

제니가 나를 겨우 말렸다. "나는 당신과 렉스가 들려주는 이야기가 좋아." 그러면서 활짝 웃었다. "둘 다 대단한 거짓말쟁이거든."

이후 삼 년 동안 나는 렉스나 칙을 거의 보지 않았다. 칙이 크리스마스에 혼자만 서명해서 카드를 보내면 제니가 우리를 대표해서 답장을 했다. 하지만 나는 질렸다. 『미스터리어스』에 글을 쓰는 필자 중에 렉스만 까다로운 게 아니어서 더이상 버틸 기력이 없었다.

---

* 엘리자베스 보엔이 1938년에 발표한 소설.

어쨌든 렉스는 새 편집자가 된 찰리 래츠를 통해 원고를 계속 보내왔다. 찰리가 그를 정기적으로 만났다. 그의 부모가 은퇴하고 케직 외곽의 대저택에서 살았는데, 렉스와 칙이 사는 곳에서 불과 3킬로미터 떨어져 있었다. 찰리는 런던으로 돌아올 때마다 새 이야기를 한두 편 받아왔다. 제이크 슬레이드가 가서 원고를 받아올 때도 있었다.

렉스는 잡지에 글을 발표하고 얻는 명망을 잘 알았다. 대중은 우리의 균열을 전혀 몰랐다. 우리는 과분한 칭찬을 들었다. 한 비평가가 우리의 화해를 이끌었다. 초창기부터 우리를 지지했던 〈뉴욕 타임스〉의 줄리 미스트랄이 영국에서 산 지 반년째 되었을 때 자기와 잘 아는 소위 A급 명사들을 불러 파티를 열었다. 거대하고 낡은 호텔 레스토랑을 빌려 우리 모두를 초대했다.

제니와 나는 파티 초반에 도착했다. 렉스와 칙은 이미 와서 자크 송 샴페인을 홀짝이고 있었다. 렉스가 우리를 발견하고 다가오더니 예의 흥겹고 애정어린 몸짓으로 반겼다. 제이크가 '그레이트 빅 하이'라고 부르는 인사였다. 우리는 서로 껴안고 입맞춤을 했다. 기분이 얼떨떨했다.

나는 눈치 빠르게 그 자리에서는 어떻게 된 영문인지 묻지 않았고, 나중에 제니가 칙으로부터 들었다. 발행부수가 스무 부 남짓인 〈트리뷴〉에 헬레나가 기고한 「잃어버린 시간의 세레나데」 리뷰를 렉스가 우연히 보았던 것이다. 프루스트를 패러디한 렉스의 야심작이었는데, 리뷰에서 그녀는 높이 평가하지 않았다. 허세로 가득하고, 뛰어난 작가에 어울리지 않는 글이라고 했다. 악평은 아니었지만 렉스는 친구라면 한껏 칭찬하거나 아예 평을 하지 말았어야 했다고 생각했다. 지금은 나도 헬레나가 왜 초대받지 못했는지 알았다. 나는 그런 외교적 결례를 범하지 않았기에 다시 호의를 얻었던 것이다. 그때 칙이 다가오더니 말없이 혐오스럽다는 표정을 지었다. 렉스가 이랬다저랬다 할 때마다 그는 늘 그런 식으로 친분을 유지했다. 나는 그의 속을 여전히 몰랐다. 실은 모든 것이 불확실했다. 제니가 실험의 국면이라고 일컬은 시기로 막 접어들었기 때문이다. 결국 이런 실험은 우리의 성생활에 활력소가 되었지만 결혼을 망가뜨렸다. 나보다 열네 살이나 어렸던 그녀는 자신이 아직 세상 경험이 많지 않다고 느꼈다.

처음에는 나도 우리의 성적 실험이 즐거웠음을 인정하지 않을 수 없다. 하지만 아내의 엉덩이를 때리려다 자기 다리를 잘못 치는 바람에 소리를 지르며 침실을 펄쩍펄쩍 뛰는 데서 얻는 성적 쾌감은 크지 않았다. 나는 천성적으로 이쪽 취향이 아니었다. 하지만 결국에는 적당한 기술이 생겨 잔인한 폭군 행세를 하며 오르가슴을 느끼는 척했다.

처음부터 제니는 성적 판타지를 꿈꾸었다. 예컨대 내 친구가 자신을 능욕하는 장면을 내가 지켜보는 것인데, 그녀의 작은 머릿속에는 이런 시나리오가 천 개나 있었다. 나는 그런 판타지가 없었다. 아마도 일하느라 이야기를 다 써버린 모양이다. 나는 꿈도 꾸지 않았다. 하루가 끝나면 이야기에서 해방되어 쉬어야 했다. 하지만 그녀를 실망시키기 싫어서 최선을 다했다.

어느 날 저녁 렉스가 한 손에 알제리산 포도주 병을 들고 다른 손에는 물이 뚝뚝 떨어지는 모자와 코트를 들고 나타나서는 "안녕!"이라고 했을 때, 나는 제니가 계획한 시나리오임을 알아챘다. 그는 거동이 불편한 상태에서도 활짝 웃었다. 그 모습이 매력적이었다. 최선을 다해 더없이 행복한 듯 행동했다. 그는 부드럽고 우람한 팔로 우리를 껴안았다. 유니버설 영화사에서 누구를 만나고 오는 길에 잠시 들렀다고 했다. 나는 이날 저녁이 우리의 새로운 우정을 축하하는 자리가 될 것임을 알았다. 제니는 렉스에게 홀딱 빠져서 패그해그*처럼 추근거리고, 렉스가 흥분해서 재잘재잘 떠들게 만들었다. 우리는 저녁식사를 함께 했다. 내가 설거지를 하는 동안 그녀가 그의 귀에 대고 속삭였다.

제니는 셋이서 하는 걸 좋아했지만, 대개는 멍하니 수음을 하면서 덜 지친 사내가 자기를 덮쳐주기를 기다렸다. 대체로 내가 그 역할을 맡았고 렉스는 자위를 했다. 나라고 이런 광경이 좋은 건 아니다. 사나흘을 이렇게 보내자 나는 렉스가 느끼는 짜릿함은 대개 자신이 이러고 있는 줄 칙은 짐작도 못하리라 생각하는 데서 오는 것임을 깨달았다.

물론 렉스는 자신의 악취미를 보태려고 우리와 한 일을 칙에게 털어놓았다. 그는 그래야 했다. 좋은 이야깃거리가 있으면 털어놓지 않고는 못 배기는 사람이었으니까. 열정 없는 섹스로 이어진 며칠 밤은 결국 칙을 속인 꼴만 되었다. 이번에는 칙이 우리를 멀리했다.

---

* 게이와 잘 어울리는 이성애자 여자.

필연적으로 우리의 게임이 막 나갈수록 나와 제니의 관계는 더 소원해졌다. 렉스는 이것 때문에 파리로 간 칙과 진즉에 사이가 틀어졌다. 현실의 판타지는 전업작가의 정신을 어지럽힌다. 몇 년 전 렉스가 내게 직접 해준 말이다. "그건 법정에 서는 것만큼 안 좋아. 이야기가 지배하기 시작해. 마치 사랑에 빠지는 것처럼. 감상적이고 통속적이지. 시나리오는 관습적이고 반복적이 돼. 결국 모든 게 장르의 안락함에 안주하고 말아." 그의 말이 맞았다. 섹스 게임은 애거사 크리스티의 소설보다 더 지루하다.

아무튼 특별한 의상과 성 보조기구까지 구입하면서 내가 애를 써도 제니는 충분한 짜릿함을 얻지 못했다. 공포영화나 슈퍼히어로 만화처럼 잠깐 멈추고 쉴 틈을 주거나 계속 몰아붙이거나 둘 중 하나다. 나는 우리의 모험은 지루하지 않았지만 아는 사람이 계속 늘어나는 것이 따분했다. 혼자 있는 시간을 갖기가 어려웠다. 개인, 커플, 히피공동체들까지 들러붙었다. 좋은 문단 한두 개만 주었어도 그렇게 신경이 거슬리지 않았을 텐데, 모든 시나리오가 유치하리만치 천편일률적이었다. 제니와 나는 갈수록 법률상 '성행위'라 부르는 문제로 소원해졌다. 나는 렉스와 칙은 어떻게 지내는지 알아보려 했다. 어떻게 채찍 소리, 축축한 가죽 냄새, 반복의 주술을 헤쳐갔는지 알고 싶었다. 그냥 세월이 흐르면 나아지는 걸까? 종종 제니는 맥빠져 있다가도 친숙한 주제를 신선하게 변형시켜 다시 기운을 차렸다. 그녀는 타고난 중독자였다. 나는 뭔가에 진지하게 중독된 적이 한 번도 없었다. 그녀에게 습성을 끊게 해보려 했지만 잘 먹히지 않았다. 그녀는 이런저런 핑계를 댔고, 몰래 하기 시작했다. 나는 일상에서 애매한 것이 싫다. 일만으로도 이미 충분했다. 작가에게는 반복적 일상과 확실한 것들이 필요하다. 그러니 내가 뭐라고 말하겠는가? 옛 친구들과 사이가 소원해졌을 뿐 아니라 제니와도 관계가 끊겼다. 그녀는 예전의 친밀함을 회복하겠답시고 되는대로 몇 가지 새로운 모험을 들려주었다. 나는 잠시 솔깃해서 더 털어놓으라고 졸랐다. 그녀는 내게 그래야 하지 않나. 하지만 그래봐야 차갑게 식기만 했다. 죄다 어린 여자애들을 유혹하는 이야기였다. 내 친구들이 그런 것을 좋아했다. 나는 얼마나 많은 여자들이 색다른 강간을 당연한 것으로 여기는지 알고는 놀랐다. 너무 많은 비밀이 밝혀졌다. 우정은 만신창이가 되었다. 렉스가 이야기에 다시 등장했다. 나는 집을 나갔다.

이참에 보고 싶었던 아이들을 데리고 미국으로 긴 여행을 떠났다. 기분이 한결 나아졌다. 아이들과의 관계도 회복되었다. 예전의 나로 돌아간 기분을 느끼며 집으로 돌아와 풀럼에 작은 아파트를 단기 임대로 구했다. 노팅힐은 이제 고급 주택가로 바뀌는 중이었다. 나는 제니를 보면서 우리 관계가 완전히 끝났다는 것을 알았다. 그녀가 스스로에게 한 일이 영 못마땅했다. 머리를 밝은 금발로 염색했고, 갈색 눈은 흐리멍덩하고 거울처럼 반사할 뿐 제대로 보지 못했다. 유머감각도 잃었고, 각종 괴상한 관계에 빠져 있으면서 여전히 좋은 삶을 찾으려고 했다. 내가 마지막 물건을 옮길 때 그녀는 관계를 봉합하려는 미지근한 시도를 했다. 아이가 갖고 싶다고 했다. 예전의 가정적인 일상으로 돌아가자고 했다. 하지만 그녀가 이런 제안을 하는 동안에도 위층에서는 나랑 막연히 아는 사

616

내놈이 우리 것이었던 침대에서 자고 있었다. 예전에는 나도 프루스트처럼 침대에서 대부분의 글을 썼다. 내가 정신을 집중해서 이야기를 구상하던 장소가 진정한 이야기는 죽고 재미나 보는 장소로 전락한 것이었다. 나는 그녀에게 집을 가지라고 했다. 그녀는 대출금만 꼬박꼬박 내면 되었다.

"하지만 난 당신을 사랑해." 그녀는 흐느껴 울며 곤란하게도 옛시절을 상기시키려 했다. "밤에 당신 팔에 안겨 당신이 해주는 이야기를 듣던 때가 그리워."

나는 슬펐다. "너무 늦었어, 제니." 그 이야기들은 끝났다.

나는 윈더미어로 가서 렉스와 칙에게 연락했다. 하지만 칙은 싸늘했다. 나 때문에 그들 사이가 거의 깨질 뻔했던 것을 잊고 있었다. 나는 사과했다. 깊이 뉘우친다고 말했다. 냉담하고 도도한 렉스는 전화를 끊어버렸다. 나는 두 사람을 켄들에서 한두 번 보았고 그래스미어에서도 보았다. 그들은 나와 말을 하지 않았다. 한번은 렉스가 어깨 너머로 나에게 특유의 음흉하기 짝이 없는 시선을 던진 적이 있었다. 그는 우리가 아직도 칙을 속이기를 원했을까? 그 생각을 하자 소름이 끼쳤다. 그에게 무슨 문제라도 있었던 걸까?

물론 나는 헬레나에게 돌아가고 싶었다. 하지만 그녀는 이미 유쾌한 스코틀랜드인 셰프와 살고 있었고, 최고의 작품을 쓰는 중이었다. 그러니 변화를 원할 까닭이 없었다.

잠자리에서 나눈 이야기가 두어 편의 단편에 영감을 주기는 했지만, 나는 제니의 그룹 섹스의 일원이 되는 게 정말로 싫었다. 그 가운데는 다시는 보고 싶지 않은 사람도 있었고, 거리를 둬야 하는 사람도 있었다. 찰리 래츠나 조니 파울러는 아직 만날 준비가 되지 않았다. 피트는 여전히 프랑스에서 실종 상태였는데 사망한 것으로 추정되었다. 나는 『미스티어리어스』에 흥미를 잃었다. 잡지는 나 없이도 잘 돌아갔다. 웨스트요크스의 잉글턴 근처에 집을 하나 마련했다. 처음에 관리자로 들어온 에마 머큐언은 비와 추위를 싫어해서 중앙난방에 못마땅해하는 그 지역 여자를 알아보았다. 그 무렵 내가 지금까지 사랑하는 루신다를 만난 뒤에도 나는 렉스와의 우정을 회복하기를 간절히 원했다. 루는 나의 이런 집착을 이상하게 여겼지만, 리즈에서 열린 테드 휴즈 문학주간에서 렉스를 만나보고는 생각을 바꿨다. 루의 십대 딸이 렉스의 작품을 좋아해서 책에 사인을 받고 싶어했다. 그런데 수줍어서 부탁을 못하자 금발과 파란 눈동자가 매력적인 루가 렉스가 앉아 있는 탁자로 다가가서 말했다. "당신이 마이크의 오랜 친구죠. 저는 그의 새 아내고 이쪽은 제 딸이에요. 딸은 당신의 소설을 거의 다 읽었고 무척 좋아해요. 제 생각에도 좋은 소설 같더군요. 그래서 말인데 여기 사인좀 부탁할게요. 그리고 하는 김에 두 사람 이제 악수하는 게 어때요?" 그래서 우리는 그렇게 했다.

나중에 술집에서 렉스가 말하길, 추잡한 '유혹'을 했다며 칙이 나를 비난했다고 했다. 우리는 그날 하루종일 그 일로 웃었다. 나중에 칙이 나타나서 우리를 노려보았고, 키가 180센티미터나 되는 루신다가 그의 손을 잡고 말했다. "다 끝난 일이에요. 누군가를 비난하려거든 그 불쌍하고 정신 나간 계집 제니를 욕해요. 그녀가 당신들을 바보 같은 일에 끌어들였으니까." 렉스가 아직도 제니를 만나고 다닌다고 칙이 불평해서 나는 놀랐다. 루가 말했다. "그녀는 내가 볼 때 독이에요. 이제 마이크가 돌아왔으니 렉스는 그녀가 필요하지 않아요." 그러자 칙이 눈물을 왈칵 쏟았다. 그리고 그녀에게 말하기를 내가 렉스의 가장 친한 친구인데 자기들을 배신했다고 했다. 이것도 나는 인정할 수밖에 없었다. 이어지는 주말에 우리는 함께 어울렸다. 돌아오는 길에 그녀가 말했다. "당신네 둘은 예언자 예레미야도 마룻바닥을 구르며 깔깔 웃게 만들 수 있겠어."

나는 렉스가 제니를 왜 계속 만났는지 이해하지 못했다. 그저 칙에게 상처 주는 것이 즐거웠던 모양이다. 그에게는 그런 잔인한 면이 있었다. 칙과 그 문제에 대해 이야기했다. 칙은 그가 본인에게도 그렇게 잔인해야 한다고 생각했다. 그가 짐작하기로 렉스에게 제니는 나를 대신하는 사람이었다. 우리가 화해하자마자 렉스가 제니를 차버린 것을 보면 충분히 그럴 만했다. 제니는 아직도 렉스에게 연락했다.

그후로 나는 제니를 몇 번 보았다. 그녀는 예전의 모습으로 많이 돌아간 듯했다. 쌍둥이가 있었고, 서식스주 해안의 워딩에서 어머니와 같이 살았다. 홀로 아이를 키우는 엄마들이 그렇듯이 그녀도 지친 기색이 역력했지만, 가난하긴 해도 행복하다며, 내가 "성적으로 보수적"이어서 매력을 잃었다는 말을 넌지시 했다. 다음에 켄징턴 하이스트리트에서 우연히 마주쳤을 때는 혈색이 다시 창백했고, 화장과 염색이 과했다. 활력이라고는 찾아볼 수 없었다. 마약을 하는 게 아닐까 싶었다. 눈동자가 멍했다. 런던에 살아? 만나는 사람은 있어? 내 질문에 웃는 모습이 더 허약해 보였다. "남의 일에 웬 신경?" 그 말에 더는 물어볼 수가 없었다.

물론 나는 그녀와 렉스가 무슨 짓을 하고 다녔는지 알고 싶었다. 내가 볼 때 그녀는 그에게 차였다는 사실을 받아들이지 못하는 것 같았다. 일 년인가 이 년 후에 브라이튼에서 열린 파티에서 그녀를 다시 만났다. 전보다 상태가 더 나빠 보였고,『스펙테이터』*에 등장하는 신흥 하층계급 보수당원 부류인 루퍼트 허버트에게 찰싹 붙어 있었다. 화장과 염색은 더 진해졌고, 골루아즈**를 연달아 피워댔다. 진심으로 그녀가 가여웠다. 그때 렉스가 나타났는데 그녀를 완전히 무시했다. 그에게 질려서 그녀에게 말을 걸려고 다가갔더니 이번에는 그녀가 나를 싹 무시했다. 루가 내게 와서 낮은 목소리로 '불쌍한 계집'이라고 했고 진심이었다. 그녀는 우리 사이에서 『미스티어리어스』일당이 착하고 상상력 없는 여자를 망가뜨렸다고 생각했다. 완전히 온당한 말은 아니었다. 웅성거리는 소음 위로 제니가 한때 같이 살았던 유명한 영화 제작자에 대해 말하는 소리가 들렸다. 그는 렉스에게서 「톰의 악덕」 판권을 사서 한심하기 짝이 없는 쓰레기를 만든 작자였다. "그 자식이……" 그녀가 말했다. 뒷말은 듣지 않아도 대충 짐작이 갔다. 어쩌면 루의 판단이 옳았다.

이후 십여 년은 누구도 관여하기를 꺼릴, 전형적인 수순을 밟았다. 렉스는 갈수록 편집자, 출판업자, 나중에는 에이전트와도 터무

---

* 영국의 보수언론 잡지.

** 프랑스 담배 브랜드.

니없는 말다툼을 벌여 결국에는 아무도 그와 같이 작업하려 하지 않았다. 편집자들이 그의 비위를 맞춰야 할 만큼 책이 잘 팔리는 것도 아니었다. 그는 걸핏하면 화를 냈고, 그것도 복수심에 불타는 시를 통해 공개적으로 밝혔다. 칙은 더이상 그를 감당하지 못하겠다고 말했다. 나는 어쩌면 잘된 일이라 생각했다. 천성적으로 관습에 기대고 문학 명사에 매료되는 칙 때문에 렉스가 자조적이고 저속한 행동을 멈추지 않는 것이라고 믿었던 것이다. 발자크와 보트랭보다는 프루스트와 알베르틴이 그의 모델에 더 가까웠다. 그의 작품은 스스로를 변명하는 것 같았다. 갈수록 대중과의 교감을 잃었고, 그렇다고 비평적으로 찬사를 받는 것도 아니었다. 오로지 『메리 스톤』 만화만 계속 잘나갔다. 그의 단편은 예전보다 뜸해졌다. 그래도 전화를 걸어 이야기를 처음부터 끝까지 읽어주는 습관을 버리지는 않았다. 그리고 자동응답기가 받으면 이야기 지어내기를 여전히 좋아했다. "오, 자네가 뭘 하는지 알겠어. 또 그 잘생긴 농부를 만나 오소리를 관찰하러 간 거겠지." 보통은 그가 상상의 나래를 미처 다 펼치기 전에 녹음이 끝나곤 했다. 그의 새 소설은 앞의 몇 장章이 지나면 흐지부지되곤 했다. 낙담한 나는 그를 대신해 계속 써볼까도 생각했다. 아이디어가 괜찮았다. 가끔은 그 아이디어를 풀어낼 좋은 방법이 떠오르기도 했다. 그의 풍자적인 서술시의 재능은 결코 사라지지 않았다. 그가 몇 분 만에 뚝딱 해내는 것을 나는 몇 시간이 걸려야 비슷하게 해냈다. 칙이 그에게 고전음악 취향을 기르도록 도와주었고, 덕분에 그는 세 편의 오페라를 썼다. 커시의 『놋쇠 황소』, 발자크의 『잃어버린 환상』이 원작이었다.

팝음악에 대해서는 고고한 태도를 취했는데 마음만 먹었다면 멋진 가사를 썼을 것이다. 나는 그의 시 몇 편을 가져다가 음악을 붙였고, 진부한 스릴러소설을 그럴듯하게 보이려고 그의 시를 인용하기도 했다. 그의 오페라 가운데 무대에서 상연된 것은 로널드 퍼뱅크의 『피렐리 추기경』을 각색한 것이 유일했다. 렉스는 가톨릭교도들을 당황하게 만들며 즐거워했지만, 우리는 그의 공격에 별 관심이 없었다.

그 무렵 우리는 육십대로 접어들면서 시름시름 앓기 시작했다. 지나가는 상처가 아니라 진짜 질병이었다. 렉스는 당뇨병과 관절염에 시달렸다. 칙은 우리 가운데 처음으로 암 판정을 받았다. 말은 안 했지만 내가 볼 때 결장암 같았다. 렉스조차 그 일에 관해서는 입을 다물었다. 다행히 수술이 잘되어 나은 것 같았다. 제니가 뇌졸중 발작으로 쓰러졌다는 소식도 들었다. 그 무렵 그녀는 옛 친구들을 거의 만나지 않았다. 수술을 했다는데 무엇 때문이었는지는 나도 모른다. 렉스는 제니를 정기적으로 만났던 시절에 대해 말하지 않았다. 우리 모두 북부 언덕 지대인 토드모든과 켄들에 살면서 그 어느 때보다 가깝게 지냈는데도. 해리는 여전히 아일랜드에 살았다. 빌리 앨러드는 아이들이 다 자라자 그리스 케르키라섬으로 갔다. 피트는 아직도 생사가 불확실했다. 페기 조란은 뉴욕으로 돌아가 대대적인 성공을 거두었다. 코니시 부부는 커크비 론즈데일로 이사했다. 나는 탈장 수술을 받았는데 이게 잘못되었다. 봉합하다가 동맥을 자르는 바람에 다리에 문제가 생겨 더이상 걷지 못하게 되었다. 렉스는 음주 때문에 당뇨병이 악화되었다. 칙이 옆에서 도와서 술을 끊게 했다. 2005년 내가 파리에 머무를 때 렉스가 이메일을 보냈는데, 칙이 다시 에어데일병원에 입원했다고 무심하게 전했다. 당장 병원에 전화를 걸었다. "약간 전이된 모양이야. 며칠 뒤면 나갈 거야." 칙이 말했다. 그래서 우리는 서둘러 집으로 돌아갔다. 칙은 살이 많이 빠졌다. 유령처럼 창백했는데 그럼에도 렉스는 별일 아니라는 듯 굴었다. 수술을 여러 차례 해야 했다. 칙이 「오버 더 나이프」라는 단편을 쓰기 시작했다면서 우리에게 보여주었다. 대단히 신비주의적이고 냉소적인 글이었다. 그의 부탁으로 잭 호손에게 『메리 스톤』을 맡아달라고 청했는데, 잭은 그럴 마음이 없었다. 이어 칙이 다시 입원했다는 소식을 들었다. 우리는 그를 보러 스킵튼으로 갔다. 칙은 문병도 전화도 하지 않는 친구들을 호되게 비난했다. "그럼 망할 홀마크* 카드나 개떡 같은 꽃다발이라도 보내든가." 렉스는 내가 그곳에 있을 때 옆에서 자주 이 말을 반복했다. 나는 친구들이 칙을 만나러 오도록 애썼다. 하지만 거의 아무도 오지 않았다. 다들 먹고사느라 바쁜 모양이었다. 병원에서 우리는 일상적인 농담을 주고받고 칙의 용기를 칭찬했다. 그가 웃었다. "너희는 그냥 나 때문에 우울하지 않아서 좋은 거야. 모든 사람의 주목을 받을 때는 용감해지기 쉽거든." 그가 희미한 미소를 지었다고 나중에 렉스가 회상하며 낄낄거렸다. 칙은 우리에게 꽃을 그만 보내라고 했다. 냄새 때문에 장례식이 자꾸 생각난다고 했다. 내 어머니도 비슷한 불평을 했던 기억이 난다.

---

* 영국 어디서나 흔하게 살 수 있는 카드 브랜드.

렉스는 여전히 현실을 부정했다. 누가 그를 비난하랴? 갈수록 말수가 줄었다. 울고 싶지 않거나 무슨 일이 벌어지고 있는지 떠올리고 싶지 않아서였다. 반면 거의 사십 년간 그의 파트너였던 칙은 거리낌없이 말했다. 그는 시간이 별로 없었다. 후속 조치로 장을 '수리'하기 위한 수술을 받았다. 집으로 돌아간 지 불과 몇 주 혹은 며칠 만에 병원으로 다시 돌아가야 했다. 수술을 몇 번 더 해야 한다는 말을 들었지만 더이상은 받지 않겠다며 거부했다. 그는 위엄을 지키면서 죽고 싶었다. 수년간 묵묵히 영국성공회교도로 살아온 그는 이제 떠날 준비가 되었다. 나는 그에게 두렵냐고 물었다. "어떤 면에서는 그래." 그가 말했다. "마치 구직 면접 가는 기분이야." 그는 렉스가 공과금 납부와 집수리를 제때 하도록 옆에서 잘 보살펴달라고 우리에게 신신당부했다. 지금껏 칙이 이런 일을 도맡아서 렉스는 아무 걱정 없이 글을 쓸 수 있었다. "힘들다는 거 알지만 그에게는 친한 친구가 너밖에 없잖아." 일종의 협박이었다. 그래도 원망하지 않았다. 다른 친구들에게도 아마 똑같은 말을 했을 것이다. "애초에 술을 시작하지 말았어야 했어. 네가 자꾸 귀찮게 간섭해야지, 안 그러면 집안 꼴이 엉망일걸. 대출금도 아직 좀 남았어. 수영장을 관리해야 하는데. 렉스에게 꼭 열쇠를 달라고 해. 아 참, 총도 있으니까 총알은 네가 꼭 챙겨. 그가 정신이 홱 돌면 어떻게 되는지 알잖아." 다음에 보았을 때 그는 교육받은 미국인의 육필로 적은 목록을 우리에게 건넸다. 수도꼭지가 어디 있는지, 급수를 언제 어디에 해야 하는지 적은 목록이었다. 기름 배달원, 가스회사와 전기회사 직원, 솜씨 좋은 배관공과 믿을 만한 전기기사의 이름, 연락처는 물론, 잡역부, 지방세무국, 기타 살림과 관련된 모든 사항이 빠짐없이 적혀 있었다. 우리는 걱정하지 말라고 그에게 약속했다.

코밑수염을 허옇게 기른 그의 야윈 잿빛 얼굴이 진지해졌다. "렉스가 무슨 말을 해도?"

우리는 약속했다.

"그가 무슨 얘기를 해도? 아니, 내가 무슨 얘기를 해도?" 당혹스러웠지만 우리는 그러겠다고 했다. 우리의 다짐을 받자 그는 긴 한숨을 쉬었다. 그러더니 "그가 제니와 무슨 짓을 했는지 알아?"

"알고 싶지 않아." 내가 대답하기도 전에 루가 말했다. 물론 나는 그가 말해주기를 원했다.

"그래, 그럼." 칙이 베개들에 기댄 채 돌아누웠다. "그게 나을지도 모르지."

루와 나는 집으로 돌아가는 내내 아무 말도 하지 않았다.

며칠 뒤 칙은 세상을 떠났다. 8월 말이어서 많은 친구들이 휴가를 간 터라 장례식에 참석하지 못했다. 렉스는 물론 그들을 비난했다. 만약 연로한 칙의 아버지가 장례식에 왔더라면 그는 분명……? 나는 그의 곁에 있어주러 갔다. 그는 멍한 상태였다. 칙의 일기를 우리보다 먼저 발견했다. "내 아들녀석이 무엇을 포기하고 살았는지, 왜 그렇게 불행했는지 전혀 몰랐어." 나는 일기는 사람을 오해하게 만든다고 말해주었다. 일시적인 불행이나 좌절의 순간, 표출하고 싶지 않은 분노를 기록하는 용도로 일기를 사용한다고. 만족스러울 때는 일기가 필요 없다. 하지만 그는 나의 위안을 거부했다. 칙에게 도움이 못 됐어. 그가 할 말은 그것이 다였다. 그는 술을 다시 마시고 있었다.

렉스는 장례식에서 '정식 상복'을 갖춰 입어야 한다며 까다롭게 굴었다. 여자는 검은색 모자와 베일을 쓰고, 남자는 정장에 타이를 착용해야 한다고 고집했다. 칙이 묻히고 싶어했던 그래스미어묘지에는 겨우 일곱 명밖에 오지 않았다. 렉스는 예의 건방진 표정을 지으며 슬픔을 견뎠다. 장례식 음식은 루신다가 준비했다. 렉스는 모든 것을 간소하게 하자고 했다. 칙도 그것을 원했다고 했다. 다들 집으로 돌아간 뒤 그는 서재에 앉아서 참석하지 못한 모든 사람에게 전화를 걸었다. 전화를 받지 않으면 자동응답기에 메시지를 남겼다. 여느 때 하던 시시껄렁한 이야기가 아니었다. 자신과 칙은 늘 그들의 부족한 재능, 못생긴 아이들, 터무니없이 비대한 자아, 끔찍한 요리 솜씨, 형편없는 취향에 대해 뒤에서 쑥덕거렸다고 했다. 렉스가 상처받은 만큼 모두가 상처를 받았다. 다음날 복수심에 취한 그는 자신이 한 일을 내게 생생히 털어놓았다. 그중 여러 명이 나중에 내게 연락했다. 눈물을 흘리는 친구가 많았다. 거의 모두가 렉스를 용서하려 했다. 몇몇은 그의 말이 정말인지 알고 싶어했다. 내 딸 캐스가 헬레나의 안부를 전하려고 렉스에게 연락했는데 그가 모질게 대했던 모양이다. 그 소식을 내게 전하는 동안에도 계속 훌쩍거렸다. 그애도 아마 그를 용서할 것이다.

일주일 뒤 루가 건강염려증인 어머니를 방문하러 간 동안, 나는 렉스가 어떻게 지내는지 보려고 찾아갔다. 그는 술에 잔뜩 취해 있었다. "이렇게 와줘서 기뻐." 그가 말했다. "몇 년 전 내가 너한테 어떤 호의를 베풀었는지 알아줬으면 좋겠어." 나는 저녁을 준비했고, 이어 그가 날 위해 무엇을 했었는지 말했다. 그는 내가 기뻐할 줄 알았다고 했다. 나는 그가 무슨 소리를 하는지 몰랐다. 음주로 관절염 통증이 도지는지 그는 숨을 헐떡거리고 낑낑거리며 부지깽이로 난롯불을 쑤시고 우리 잔에 코냑을 따랐다. 그러고는 찬찬히 거창하게 맛을 음미했는데 이런 모습은 독서 때나 볼 수 있었다. 그것은 복수담이라 불러도 좋을 것이었다. 그가 발자크나 제임스 1세 시대가 배경인 드라마에서 좋아했던 모든 요소가 들어 있었다. 제니와 헤어진 직후 나는 그녀의 '꼬임'에 넘어가 우리 셋이서 놀아나는 바람에 칙이 우스운 꼴이 되었다며 그녀를 비난했지만, 렉스는 그의 말에 따르자면 그녀의 고해 신부가 되어 성적 모험의 아이디어를 제안하고, 종종 사람들을 연결해주고, 이른바 '마흔 명의 유명한 변태' 명단을 건넸다고 했다. 때로는 저녁식사와 파티에 동행해서 그녀 혼자서는 감히 해보지 못했던 짜릿한 모험을 권유하기도 했다. "나는 그녀를 점점 그쪽으로 몰아갔어. 아마 너도 좋아했을 거야! 멈칫할 때마다 옆에서 계속 부채질했어. 헤로인은 중독성이 없다고 했지!" (다행히 그녀에게 헤로인 흡입을 권했던 사람은 그가 유일했다.) "나는 그녀에게 자신이 타고난 창녀임을 깨닫게 했어. 결국 그녀가 가장 믿는 친구가 되었지. 보트랭이 에마를 자신의 휘하에 두었듯이!" 그는 끔찍한, 독선적인 웃음을 껄껄 웃었다. 커다란 가죽 의자에 앉아 어둠이 내리는 풍경을 지켜보면서 냉소적인 만족감에 빠져 하늘을 보았다. 평소 풍자시를 읊을 때나 보이던 운율을 맞춘 조롱의 말투였다. "너도 그러기를 원했겠지만 그러지 못했지. 그래서 마이크, 내가 대신 복수를 해줬어!"

"맙소사, 렉스. 왜 그렇게 그녀를…… 나는 절대……"

"오, 마이크! 그녀가 그런 일을 당해도 싸다는 걸 너도 알잖아. 너라면 절대 그러지 못하겠지. 하지만 보트랭이라면 할 수 있어, 안 그래? 너와 달리 나는 발자크로부터 배운 게 있거든." 그 순간 세상이 어두워지고 불빛이 얼굴에 아른거리자 그는 완벽한 발자크의 괴물이었다. 완전히 미친 사람 같았다. 나는 속이 메스꺼웠고 그의 정신 상태가 염려되었다. 무엇보다 제니에게 미안했다. 루신다는 과연 이 사실을 알았을까 궁금했다. 칙이 우리에게 사실을 말해주겠다고 했을 때 그녀는 왜 거절했을까? 렉스는 모든 사실을 신나서 털어놓았다. 킥킥거리며 어떻게 그녀에게 그렇게 천박한 행동을 하도록 부추겼는지 설명했다. 나는 가학적인 성격이 아니지만 그는 그랬다. 그는 여자를 싫어할 수 있었다. 계속해서 정황과 이름과 장소를 나열하며 온갖 공포와 고통을 불러일으켰다. 수수께끼는 거의 해명하지도 않고 일화와 결과를, 배신의 목록을 나열했다. 칙은 그 가운데 절반도 몰랐을 것이다. 나는 당장이라도 그곳에서 나가고 싶었지만, 한편으로는 그의 이야기에 홀렸다. 무엇보다 칙에게 렉스를 지키겠다고 약속한 터였다. 나는 그를 버릴 수 없었다. 어쨌거나 이것이 나와의 우정을 지키는 렉스의 방식이었다. 나는 그가 복수에 얼마나 푹 빠져 있는지 알았다. 그는 다른 사람들도 겉으로만 아닌 척할 뿐, 실은 자기와 똑같이 복수를 좋아한다고 진심으로 믿었다.

나는 그날 밤 그와 같이 있겠다고 약속한 터였다. 자러 갈 때까지 그에게 아무 말도 하지 못했다. 그도 얼마든지 친절할 수 있는 사람이고, 제니에게 얼마나 친절하게 대했는지 나는 익히 알고 있었다. 하지만 그렇게 복잡하고 정교하게 잔혹한 짓을 계획할 줄은 상상도 못했다. 새벽 세시쯤 나는 수면제 두 알을 먹었고, 화창한 여덟시에 일어났다. 맑은 청회색 하늘 아래 화강암과 잔디가 빛났다. 렉스는 판석을 깐 커다란 부엌에서 아침을 만들고 있었다. 나는 음식에 독이라도 든 것처럼 조심스럽게 먹었다. 진입로의 내 차 옆에서 그를 껴안았다. "사랑해, 렉스." 진심이었다. 비록 그 순간 그를 제대로 쳐다보지 못했지만. 그는 잠시 내 말을 곱씹는 듯했다. 그러더니 별안간 눈물을 글썽였다. 적절한 말을 찾을 때면 늘 그러듯이 소리 죽인 윙윙 소리를 내더니 해답이 떠올랐는지 입술을 달싹거리고 숨을 크게 들이마셨다.

"나도 사랑해." 마침내 그가 말했다.

그날 오후 나는 집으로 돌아갔다. 도중에 마음을 진정시키느라 두 번이나 갓길에 차를 대야 했다. 루신다는 여전히 외출중이었다. 나는 그녀가 나보다 먼저 집에 와 있기를 바랐었다. 전화기의 음성 메시지 신호가 깜빡거렸다. 그녀에게 무슨 일이 일어났다는 좋지 않은 예감이 들었다. 하지만 렉스였다. 한껏 들뜬 목소리로 봐서 술을 마시고 있는 게 분명했다. "안녕, 마이크! 네 친구 목사 잭 러셀스한테 조잘대러 간 거 다 알아. 그러니까 불쌍하고 늙은 이 렉스와는 보낼 시간이 없다는 말이지……" 그렇게 이야기가 계속 이어지다가 응답기 테이프가 다 돌아갔다. 집에 돌아오는 데 시간이 걸려 천만다행이었다. 루가 동네에서 피시앤칩스를 사들고 돌아왔는데 어머니 때문에 짜증이 나서 내 기분을 알아채지 못했다. 그래서 나는 밤새 렉스와 지내느라 얼마나 피곤했는지 설명했다.

우리는 그날 이후로 렉스를 몇 번 더 보았다. 딱히 그에게서 달라진 점이 보이지 않았기에 나는 그가 그날 밤 내게 털어놓은 이야기는 정교하게 꾸며낸 것이라 단정지었다. 어쩌면 내 판단이 옳았을 것이다. 두 달 뒤 그는 제니의 이야기를 가지고 나를 상대로 연습이라도 해본 것처럼 다시 글을 쓰기 시작했다. 그래서 다행이다 싶었지만, 우리는 그가 아무것도 마무리하지 못한다는 것을 결국 깨달았다. 그는 내러티브 재능과 앞서가는 감각을 잃었다. 우리는 그를 격려하고 계속 몰입하도록 갖은 노력을 했다. 아이디어 자체는 좋았다. 그는 전화를 걸어 응답기에 대고 첫 두세 문단을 읽어주었다. 렉스다운 멋진 도입부였다. 루신다가 메시지를 지우지 않고 그냥 놔둘 만큼 괜찮았다. 내가 집에서 전화를 받으면 그는 몇 쪽, 때로는 한 장章을 읽어주기도 했다. 하지만 두 장이 그가 감당할 수 있는 한계였다. 예전에는 칙이 항상 옆에서 이야기 구성을 도왔다. 내가 편집을 마치면 그는 더이상 원고에 손대지 못하게 했다. 그는 칙의 일기 때문에 자신이 이야기를 마무리하지 못하는 것이라고 주장했다. "어쩌면 이야기가 어떻게 끝나는지 내가 알기 때문인지도 몰라."

렉스는 평생을 이야기에 바쳤다. 나로서는 그렇게밖에 말하지 못하겠다. 그는 지금도 서술시를 쓰며 이 주에 한 번 내게 전화를 걸어 새 이야기의 시작 부분을 들려주었고, 우리가 집에 없으면 자동응답기에 남겼다.

그러다가 그는 점점 더 곤경에 처했다. 그가 세금을 제대로 신고하지 않아 당국의 경고를 받았다거나 건축업자가 서재 지붕을 수리하다 말고 다른 일을 하러 떠나 책들이 비에 쫄딱 젖었다는 말을 나는 전화 통화로 알게 되었다. 그럴 때마다 그의 집에 가서 내가 할 수 있는 일을 했지만 결국에는 집으로 돌아와야 했다. 칙과의 약속을 떠올리며 심한 죄책감을 느꼈다. 칙이 무슨 말을 했는지 렉스에게 알리지 않아서가 아니었다. 내가 그곳에 계속 있을 수 없어서였다. 그는 우리의 도움이 불편한 기색을 자주 보였다. 그가 우편으로 주문한 와인 상자도 도움이 되지 못했던 모양이다. 아무튼 그는 잘 먹었고, 당뇨병과 집안의 여러 문제—친구들이 많이 도와주었다—에도 불구하고 시간이 가면서 상황이 나아지는 듯했다. 무엇보다 현실감각이 굳건해진 것 같았다. 그는 정신적으로 무너지는 일이 전보다 덜했고, 파티와 학술대회에도 모습을 보이기 시작했다. 예전에 모욕을 준 친구들과도 화해했다. 우리는 그가 예전 모습을 되찾아가고 있다고 낙관적으로 말했다. 그는 좋은 의미로 내성적인 사람이 되었다.

또다시 8월이 되었고 렉스는 상당히 긍정적으로 보였다. 비참한 기분이 들다가도 대화를 나누면서 금세 기운을 차렸다. 우리는 소문을 전하거나 친한 친구를 놀리며 놀았다. 그게 우리였다. 그는 칙에 대해서도 농담을 했다. 나는 그것도 그가 나아지고 있다는 증거라고 생각했다. 루신다는 웃음소리만 듣고도 누가 전화를 걸었는지 알았다. 9월의 첫번째 월요일에 그와 통화를 했다. 그는 술에 취해 있었지만 흔한 일이었다. 내게 이메일을 보냈다고 했다. 이메일을 혐오하는 그로서는 이례적이었다. 그래서 컴퓨터로 가서 확인했다. 렉스가 그 정도로 자기 이야기를 한 적은 좀처럼 없었다. 마치 자기 자신과 대화를 계속 주고받는 느낌이었다. 나는 충격을 받아 주말에 그를 만나러 가야겠다고 생각했다. 짧지만 충격적인 내용이었다.

'이제까지 내 삶에 대한 이야기는 한 번도 써본 적이 없어. 아버지에게 내 가치를 확인시키지 못해서 불행했지. 쓰려고 노력은 했지만 어떻게 써야 할지 용기도 없었고 방법도 몰랐어. 내가 글을 쓴 이유는 사람들에게 인상을 남기기 위해서였어. 시는 항상 위트 있게, 산문은 재기발랄하게 썼지. 내가 겁에 질려 한시도 경계를 늦추지 않았다는 이야기를 예전에 너에게 했던 거 기억날 거야. 내게는 진실보다 성공이 더 중요했어. 사람들에게 인상을 남기면 아버지가 좋아하리라 생각했지. 다른 사람의 의견은 중요하지 않아. 아버지가 〈새터데이 이브닝 포스트〉에서 내 글을 보지 못한다면 나는 작가로서 존재하지 않는 거니까.' 나는 그가 무슨 말을 더 하려 했다고 생각하지만, 글은 거기까지였다.

목요일에 지미 코니시가 내게 전화해서 렉스가 죽었다고 말했다. 나머지는 부고를 통해 확인했다. 용서받지 못하고 떠나버린 것이다.

나는 결국 칙과의 약속을 지키지 못했다. 총알을 챙겼어야 했는데. 그의 회계사에게 얘기했어야 했는데. 그를 알코올중독자 모임에 데려갔어야 했는데. 나는 사람들이 왜 폭음을 하는지 이해하지 못했다. 배수로를 구르며 노래를 불러대는 사람을 이해하지 못했다. 나는 온갖 신호를 놓쳤고 중요한 약속을 지키지 못했다. 처음이 아니었다. 나는 아이에게 지키지 못할 약속을 절대로 하지 않지만, 어른에게 한 약속은 걸핏하면 어겼다. 렉스는 자신이 무엇을 하고 있는지 정확히 알았다. 머릿속으로 시나리오를 계속 돌려보며 후회하는 사람이 나 혼자만은 아니었다. 내가 만약 총을 발견해서 몰래 가지고 왔더라면…… 그가 얼마나 술을 마시고 있었는지 확인했더라면…… 그의 말을 좀더 귀담아들었더라면……

렉스는 멋진 유령 이야기를 여러 편 썼다. 친구들을 섬뜩하게 괴롭히는 면에서는 그를 당할 자가 없었다. 제니에게 한 일로 봐서 그는 자신이 무엇을 노리는지 정확하게 알고 있었다. 사람들은 유령 이야기가 사후세계에 대한 믿음을 보인다는 점에서 낙천적이라고 말한다. 그렇게 따지면 모든 예술가가 낙천적이다. 창조 행위 자체가 낙천적이기 때문이다. 렉스의 시들과 소설 도입부들은 지금도 내 자동응답기에 남아 있다. 루가 지우지 않고 남겨두었다. 잠이 오지 않는 밤이면 와인을 따르고 버튼을 눌러 그의 목소리를 듣는다. 내가 욕조에 몸을 담글 때 온수 수도꼭지 안으로 발가락을 밀어넣는다는 둥 등산을 마치고 돌아가는 길에 부랑죄로 체포되었다는 둥 터무니없는 이야기를 지어내는 것을 듣는다. 가벼운 조롱기가 담긴 그의 말은 항상 중간에 끊긴다. 나는 기분이 내킬 때면 부드럽고 친숙한 노래를 듣듯 그의 이야기를 듣는다.

아마 그래서 칙이 죽은 뒤 렉스가 어떤 것도 마무리하지 못했던 것 같다. 그가 정말 해야 했던 이야기는 딱 하나였다. 계속 속으로 억누르다가 결국에는 자살을 택하고 만 '렉스와 칙의 이야기' 말이다. 그런 끔찍한 스트레스를 받으면서도 그는 끝내 이야기를 털어놓지 않았다. 칙의 일기를 사람들이 절대 알지 못하도록 폐기했다. 그러고는 자기 자신도 폐기했다.

나는 그런 생각을 곱씹느니 친숙한 그의 판타지를 다시 한번 듣겠다. 그런 다음 응답기를 끄고, 녀석을 거짓말쟁이, 겁쟁이, 자기 밖에 모르는 망할 사디스트라고 저주하고는 그의 책 한 권을 들고 침대로 가겠다. 들려줄 이야기가 아직도 내게 남아 있고, 내 이야기를 기억해줄 지긋지긋한 친구들이 있다는 사실이 나는 기쁘다.

매콜리의 벨레로폰 첫 비행

엘리자베스 핸드

헤드에서 여덟 시간 근무하는 것은 박물관의 경호 업무 가운데 최악이었다. 삼십 년이 지난 요즘도 로비는 자신이 초기비행관, 비행선관, 우주생성관을 어슬렁거리다가 어둠 속에 우두커니 혼자 서서 저명한 과학자가 우주의 본질에 대해 장황하게 강연하는 모습을 멍하니 쳐다보는 꿈을 꾸었다.

"그때는 그게 최악의 일이었지." 로비는 생각에 잠긴 눈빛으로 빈 잔을 물끄러미 보다가 웨이터에게 버번코크를 한 잔 더 주문했다. 탁자 맞은편에서는 오랜 친구 에머리가 맥주를 마시고 있었다.

"나는 헤드가 좋았어." 에머리는 헛기침을 하더니 바로 그 저명한 과학자의 거만한 말투로 이야기를 이어갔다. "수조의 은하에서 우리가 사는 이곳은 한줌의 먼지에 지나지 않아. 덕분에 네가 생각하고 있는 거야."

"덕분에 네가 자살할 궁리도 하고 말이지." 로비가 말했다. "내가 그 소리를 얼마나 많이 들었는지 알아?"

"일조 번 되나?"

"오천 번이야." 웨이터가 로비에게 네번째 잔을 대령했다. "한 시간에 스물다섯 번, 하루 여덟 시간, 일주일에 닷새로 해서 다섯을 곱하면 그렇게 돼."

"오천 번이면 많지도 않네, 뭐. 더군다나 우주에 존재하는 수조의 갤러리, 그러니까 은하를 생각하면 말이야. 겨우 다섯 달 일했어? 훨씬 길었던 것 같은데."

"그해 여름이 다였어. 나도 한참 일한 것 같아."

에머리는 맥주잔을 툭툭 쳤다. "까마득한 옛날 일이군. 머나먼 갤러리." 그가 이렇게 말한 것도 처음이 아니었다.

지금으로부터 삼십 년 전 미국항공우주박물관이 개장했다. 그해 여름 열아홉 살이던 로비는 메릴랜드대학을 막 중퇴하고 마운드 레이니어의 공동주택에 살고 있었다. 일자리 구하기가 쉽지 않은 시절이었다. 자이언트푸드에서 식료품을 슬쩍하는 것보다는 새로 생긴 박물관에서 3.40달러의 시급을 받으며 경호 보조요원으로 일하는 것이 나아 보였다. 매일 아침 로비는 경호원 대기실에 가서 출근 도장을 찍고 제복으로 갈아입었다. 그리고 밖으로 슬쩍 나가 마리화나를 한 대 피운 다음 아래층으로 가서 그날의 업무를 배정받았다.

대부분의 경호원들은 로비보다 나이가 많고 군대 경력이 있었다. 나중에 워싱턴 DC 경찰국이나 FBI 같은 곳에서 일할 수 있지 않을까 해서 지원한 사람이 많았다. 그래도 그들은 머리를 기르고 눈이 벌건 로비를 악의 없이 놀리며 곧잘 받아주었다. 경호실장 혜지는 예외였다. 그는 머리를 반들반들하게 민 거구의 사내로 폐쇄회로 비디오 모니터들 뒤에 앉아 뜨개질을 하며 경멸어린 비웃음에 차서 관광객과 경호원들을 지켜보았다.

"뭘 뜨고 있어요?" 언젠가 로비가 물어보았다. 혜지는 양손을 들어 정교한 무늬의 아기 담요를 보여주었다. "우아, 멋지네요. 뜨개질은 어디서 배웠어요?"

"감옥에서." 혜지는 눈살을 찌푸렸다. "오피, 너 또 마리화나 했지? 내가 그럴 줄 알았어. 7번 갤러리로 가서 존스와 교대해."

그 말에 로비는 잠깐 선뜩했지만 혜지가 자신을 해고하지 않으리라는 것을 깨닫고 안심했다. "7번 갤러리요? 네, 물론 가야죠. 언제까지 있어요?"

"평생 거기 있어." 혜지가 말했다.

"오, 네가 헤드의 새 담당자로군." 존스는 로비를 보자 희희낙락하며 손뼉을 쳤다. "엉덩이 쪽 조심해. 애들이 오물을 던질 테니까." 그렇게 말하고 유유히 사라졌다.

어두컴컴한 방 양쪽 끝에서 두 대의 영사기가 머리 모양으로 생긴 스티로폼에 동일한 은색 불빛 두 줄기를 쏘았다. 저명한 과학자를 한 번에 촬영했는지, 서로 다른 각도에서 두 번에 걸쳐 찍었는지 로비는 알 수 없었다.

아무튼 형체가 없는 헤드의 모습은 무척이나 인상적이었다. 사방의 벽과 천장에 영사된 수백 개의 반짝이는 별들 위로 홀로그램이 둥둥 떠다니는 것 같았다. 게다가 헤드가 중얼거리면서 명멸하는 모습에선 거드름을 피우는 와중에도 살짝 곤혹스러운 느낌이 묻어나 더더욱 기괴했다. 저명한 과학자는 자신의 몸이 사라진 것을 방금 깨닫고는 다른 사람이 알아채지 못하기를 바라는 듯했다. 한번은 정말로 약에 취해 축 늘어져 있었을 때 헤드가 대본에도 없는 말을 했다고 로비는 주장했다.

"뭐라고 했는데?" 에머리가 물었다. 당시 그는 일반항공관에서 근무하면서 관광객들이 삼 분가량 타볼 수 있는 모의 비행 장치를 작동했다.

"복숭아가 어쩌고저쩌고했어." 로비가 말했다. "웅얼거려서 뭔 말인지 못 알아들었어."

매일 아침 로비는 우주생성관 입구 밖에 서서 관광객들이 줄지어 입구를 지나 비행전시실로 들어가는 모습을 지켜보았다. 머리 위로 전설적인 항공기들이 천장에 매달려 있었다. 1903년 첫 비행에 성공한 라이트 비행기가 오빌의 마네킹과 함께 보였고, 오토 릴리엔탈의 글라이더, 음속의 벽을 최초로 돌파했던 척 예거의 벨 X-1도 있었다. 전시실 중앙에 움푹 들어간 자리에는 대륙간탄도미사일 미니트맨 III가 우람한 위용을 드러냈는데, 몇 달 전 한 시위자가 돼지 피를 뿌려서 생긴 얼룩이 여태 남아 있었다. 그리고 전시관 로비가 근무하는 갤러리 입구 바로 위로 '세인트루이스 정신'이 자랑스럽게 매달려 있었다. 위층 천문관에서 근무하는 보조요원들이 날개 위로 종이클립을 던지며 놀았다.

로비는 옛 기억에 얼굴을 찡그렸다. 술잔을 마저 비우고 한숨을 쉬었다. "까마득한 옛날 일이야."

"세월이 쏜살같이 흐르지. 어디 보자—" 에머리가 호주머니를 뒤져 블랙베리를 꺼냈다. "이거 봐. 레너드가 보낸 메시지야."

로비가 침침한 눈을 비비고 읽었다.

발신: l.scopes@MAAA.SI.edu
제목: 위중한 병
날짜: 4월 6일 오후 7:58:22 동부시간
수신: emeryubergeek@gmail.com

에머리에게

매기 블레빈이 많이 아프다는 소식을 방금 들었어. 크리스마스에 편지를 썼는데 답장이 없더군. 푸아드 엘하지 말로는 지난가을 유방암 진단을 받았는데 예후가 좋지 않은가봐. 아직 페이엣빌 지역에 살고 있고 호스피스에서 지낸대. 어떻게 받아들일지 모르겠지만 그래도 한번 들러보고 싶어. 그녀에게 전해줄 게 있는데 그것 때문이라도 너랑 상의를 해야 돼.

L

"아아." 로비가 탄식했다. "이게 웬 날벼락이야."

"참 안됐어. 아무튼 너도 알고 있어야 할 것 같아서."

로비는 콧날을 꼬집었다. 사 년 전 그의 아내 애나도 유방암으로 세상을 떠났다. 깊은 슬픔에 빠진 그는 마치 그녀를 살리는 데 실패한 화학물질이 독이 되어 자신의 정맥 속으로 들어온 듯 한동안 휘청거렸다. 애나는 암센터에서 간호사로 일했다. 처음에는 그 사실이 빈약한 블랙유머처럼 여겨졌지만, 결국엔 대체의학을 아예 쳐다보지도 않는 통에 그 실낱같은 헛된 희망을 품을 기회조차 없었다.

미처 손쓸 틈이 없었다. 아들 재크는 막 열두 살이 된 터였다. 아내를 잃은 슬픔에다 사춘기 아들의 돌발행동까지 감당해야 하는 로비는 아들이 등교하려고 집을 나서기도 전부터 버번코크 첫 잔을 마시기 시작했다. 이 년 뒤 그는 카운티공원 관리소에서 해고되었다.

현재는 스몰스 할인매장의 배송 부서에서 일하고 있다. 몰락한 지방 공항처럼 생긴 황량한 쇼핑몰 내에 있는 매장인데, 로비는 묘하게도 그곳에 가면 예전의 박물관이 생각나서 마음이 편했다. 개성 없는 안마당과 대량 생산된 바닥 깔개, 흐릿한 유리를 통해 비치는 쓸쓸한 햇빛까지 똑같았다. 염가 생활용품점에서 선글라스 매장으로 터덜터덜 걸어가는 명한 표정의 사람들을 보면 일반항공관과 우주생성관을 어슬렁거리던 관광객들이 생각났다.

"가엾은 매기." 로비는 블랙베리를 돌려주었다. "한참 동안 잊고 있었어."

"레너드를 만나러 가야겠어."

"언제 갈 거야? 시간 되면 같이 가자."

"지금." 에머리는 맥주병 밑에 20센트 동전을 두고 일어섰다. "나랑 가자."

"뭐라고?"

"넌 운전하면 안 돼. 뽕갔잖아. 또 경찰한테 잡혔다간 면허가 정지될 거야."

"잡힌다고? 누가 잡혀? 내가 무슨 약을 해." 로비는 잠시 생각에 잠겼다. "떡이 됐다는 말이 잘못 나온 거군."

"뭐가 됐건." 에머리는 로비의 어깨를 붙잡고 문 쪽으로 밀었다. "가자."

에머리는 연료탱크에 기름을 한 번 채우면 록빌에서 뉴욕주 유티카까지 달리는 값비싼 하이브리드 차를 몰았다. 장식 번호판에 MarvO라 적혀 있었고, 그 옆에 붙은 범퍼스티커의 내용은 이랬다. '소총으로는 사람들을 못 죽이지만 2형 페이저*는 사람들을 죽이지. 그러니까 좋은 말로 할 때 꺼져.' 에머리 말로는 클링온 언어**로 쓰였다는 슬로건도 몇 개 보였다.

에머리는 로비가 아는 사람 중 유일한 유명인이었다. 1980년대 초에 에머리는 〈마보 선장의 은밀한 시공간〉이라는 지역 케이블 쇼를 제작했다. 부모 집의 지하실에서 촬영한 그 쇼에서 그는 알루미늄포일로 만든 의상을 입고 마분지로 된 우주선 콘솔을 조종하는 주인공으로 나왔다. 마보 선장은 '서기 페이로: 문더스트' 같은 제목이 달린 1950년대 저예산 SF 연속극 비디오테이프들을 보면서 부조종사 멍빈과 노닥거렸다. 멍빈은 레너드가 집에서 만든 꼭두각시 로봇 인형이었다.

---

* SF 드라마 〈스타 트렉〉에 등장하는 무기.
** 〈스타 트렉〉 속 외계 종족 클링온족의 언어.

약을 빨고 보면 꽤나 재미있는 쇼였다. 마보 선장은 소수의 열혈 팬을 거느린 히트작이 되었고, 이후 메이저 네트워크에서 심야방송으로 내보내면서 커다란 인기를 누렸다. 에머리는 박물관 일을 그만두고 볼티모어에 스튜디오를 빌렸다. 몇 년 후 그는 판권을 팔아버렸고, 루렉스 의상을 걸친 배우와 번쩍번쩍한 로봇이 주인공과 부조종사 역할을 넘겨받았다. 쇼는 한 시즌을 위태롭게 버티다가 결국 종영되었다. 에머리의 팬들은 자신들의 슬래커* 영웅이 밀려나서 그렇게 되었다고 주장했다.

하지만 어쩌면 팬들이 예전만큼 약을 많이 하지 않기 때문인지도 모른다. 오늘날까지도 프로그램은 인터넷에서 놀라운 생명력을 이어갔다. 로비의 아들 재크도 친구들과 인터넷으로 보았을 정도고, 에머리는 마보 선장 공식 웹사이트에서 기념품을 팔며 짭짤한 수입을 거두었다.

한 시간 가까이 걸려 워싱턴 DC로 진입했다. 내셔널몰 근처에 주차했을 무렵엔 로비도 술이 다 깨서 그냥 술집에 있을 걸 그랬다고 후회했다.

"이거 받아." 에머리가 그에게 무가당 민트 사탕을 건네고는 '스몰스'라는 자주색 글자가 새겨진 로비의 선녹색 셔츠 칼라를 잡아당겼다. "맙소사, 로비, 꼴이 이게 뭐야."

에머리는 뒷좌석으로 손을 뻗어 가방에서 검은색 티셔츠를 꺼

---

* 정치, 사회 문제에 무관심하고 목적 없이 빈둥거리는 베이비부머 이후 세대를 가리키는 말.

냈다. "이걸로 갈아입어."

로비는 셔츠를 갈아입고 차에서 엉거주춤 내렸다. 4월 중순인데도 벌써부터 후텁지근했다. 보도 위로 아지랑이가 피어올랐고, 달콤한 사과꽃 향기와 수많은 에어컨에서 풍기는 냉각수 냄새가 코를 자극했다. 박물관 입구까지 다 와서 유리벽에 비친 모습을 보고서야 로비는 자신이 입은 티셔츠에 '오, 선장, 나의 선장'이라는 글자 위로 젊은 에머리의 얼굴과 포일 헬멧이 새겨져 있음을 알았다.

"요즘도 이 티셔츠 입고 다녀?" 에머리를 따라 문으로 들어가면서 그가 물었다.

"체육관에서만 입어. 깨끗한 셔츠가 없거든."

보안 창구에서 대기하는 동안 경호원 한 명이 둘의 신분증을 검사하고, 위층 레너드의 사무실에 연락하고, 서명을 받고, 사진을 찍은 뒤 임시 통행증을 내주었다.

"기다리고 있으면 레너드가 와서 위층까지 안내할 겁니다." 경호원이 말했다.

"예전과 많이 달라졌지, 안 그래, 로비?" 에머리는 로비의 어깨에 팔을 두르고 그를 비행전시실로 데려갔다. "시계로 망막 스캔을 하지도 않고 말이야."

박물관은 그다지 달라진 게 없었다. 똑같은 항공기와 우주캡슐이 머리 위에서 반짝이고 있었다. 달에서 가져온 월석 조각이 놓인 투명한 피라미드 주위에 관광객들이 모여 있었다. 군인 머리에 문신을 한 구릿빛 피부의 사내들이 F-15 조종실 모형을 유심히 보았다. 지저분한 바닥 깔개, 기계기름, 식당 스팀테이블에서 나는 축축한 세탁물 냄새 등 사방에서 오래된 박물관 냄새가 풍겼다.

그러나 헤드는 이미 사라지고 없었다. 로비는 오래전 죽은 저명한 과학자를 기억하는 사람이 과연 있을까 궁금했다. 에머리와 레너드가 모의 비행 장치를 작동했고 매기 블레빈을 처음으로 만난 곳이기도 한 일반항공관은 이제 개인비행관이 되어 제트 추진 비행 장치를 착용한 실물과 빼닮은 마네킹들이 진열되어 있었다.

"레너드가 이걸 설계했어." 에머리는 태양광 스케이트보드 위에 떠 있는 것처럼 보이는 어린아이 크기의 모형을 멈춰 서서 쳐다보았다. "그의 실력이라면 할리우드에 갈 수도 있었는데."

"아직 늦지 않았어."

로비와 에머리가 뒤를 돌아보니 옛 동료가 와 있었다.

"레너드." 에머리가 말했다.

두 사람은 반갑게 껴안았다. 레너드가 뒤로 한 발 물러나 옆으로 고개를 돌렸다. "로비, 네가 오다니 뜻밖인데."

"놀라게 해주려고 왔지." 로비가 말했다. 둘은 어색하게 악수를 나누었다. "이렇게 보니 반갑네."

레너드는 억지로 미소를 지었다. "나도 그래."

그들은 직원용 엘리베이터로 갔다. 예전에 레너드는 길고 풍성한 금발이었다. 비행기 조종사 분위기를 내려고 따로 제작한 개똥색 제복 재킷의 등으로 풀어헤친 머리가 흘러내려와 있었다. 당시그와 에머리를 비롯해 일반항공관에서 일하던 직원들은 이 제복을 입고 모의 비행기 조종실을 여기저기 만져보려는 관광객들에게 해설을 했다. 귀족 같은 외모와 준엄한 회색 눈동자를 지닌 레너드만은 진짜 조종사처럼 보였다.

이제 그의 외모는 〈스타 워즈〉의 오비완 케노비와 컨트리 가수 윌리 넬슨을 섞어놓은 듯했다. 하얗게 센 머리카락은 두 갈래로 땋아 허리까지 늘어뜨렸다. 쓰레기 같은 폴리에스테르 제복 대신 흰색 리넨 튜닉을 입고, 헐렁한 검은색 바지 끝자락을 닳아빠진 카우보이 부츠 안으로 집어넣었다. 터키석과 산호가 달린 목걸이를 걸고 로비의 엄지만한 해골 귀고리를 했다. 옷깃에는 예전 박물관 제복 재킷에 달았던 모조 조종사 배지가 반짝거렸다. 레너드는 맡은 임무를 항상 진지하게 여겼다. 매기 블레빈이 프로토비행관의 첫 큐레이터로 온 이후에는 특히 더 그랬다. 반면 로비는 일을 대하는 태도가 정반대여서 그가 박물관을 떠나고 오랜 시간이 지나도록 두 사람은 적잖이 마찰을 빚었다.

로비는 헛기침을 하고 입을 열었다. "어, 그러니까 요즘 무슨 일 해?" 그는 에머리의 멍청한 티셔츠를 입고 있는 자신의 몰골이 부끄러웠다.

"직접 보여줄게." 레너드가 말했다.

위층으로 올라간 그들은 예전의 사진자료실로 들어갔다. 그곳은 이제 컴퓨터와 디지털카메라, 스캐너가 빼곡히 들어찬 영상센터로 바뀌어 있었다.

"지금도 저기서 필름을 현상해." 〈지구 최후의 날〉과 〈달의 여인〉의 현장 사진을 걸어놓은 복도를 지나면서 레너드가 말했다. "네거티브필름들이랑 옛날 영화 필름들을 사람들이 지금도 우리에게 보내줘."

"흥미로운 거라도 있어?" 에머리가 물었다.

레너드는 어깨를 으쓱했다. "가끔. 뭐가 있는지 다 파악을 못했어. 매기가 남긴 유산인데 언제라도 새로운 뭔가가 나올 수 있어."

로비는 눈을 감았다. 레너드의 목소리를 듣고 있으니 이가 욱신거렸다. "매기가 저쪽 서랍 속 핸드백 아래 스카치위스키 병을 숨겨두고 있었던 거 기억나?" 로비가 말했다.

그 말에 레너드는 얼굴을 찌푸렸지만 에머리는 웃었다. "맞아! 참 대단했어."

"매기는 품위 있는 여자였어." 레너드가 침울한 어조로 말했다.

병신, 꼴값 떨고 있네, 로비가 속으로 생각했다.

레너드가 암호를 입력하고 문을 열었다. "예전에는 여기 벽장에 물건들을 뒀었는데."

그들은 안으로 들어갔다. 로비는 이곳이 생각났다. 오래전 이름을 까먹은 일반항공관 보조요원과 여기서 섹스를 한 적이 있었다. 당시에는 꽤 넓은 물품 보관실이었고 선반에 쌓인 필름에서 묘한 향기가 났다.

이제 이곳은 대단히 물건들이 빽빽이 들어찬 사무실이었다. 선반에는 책들과 1981년 이래 전시 보고서들과 내용물을 알 수 없는 ─아마도 레너드의 공공 일자리 신청서 원본이 들어 있는─문서 상자들이 빼곡히 놓여 있었다. 한구석 바닥에 코트가 떨어져 있었고, 커다란 철제 책상 위에는 매니큐어 병들이 있었다. 오래된 회전의자도 있었는데 로비는 거기서 점심식사를 마치고 몰래 밀회를 나누던 기억이 어렴풋이 났다.

하지만 방에는 마분지로 만든 축소 모형 세트, 모의 우주캡슐과 비행선 등 레너드의 물건이 대부분이었다. 매니큐어 냄새가 진동했다. 그리고 무척 추웠다.

"추워서 엉덩이가 다 얼겠어." 로비는 팔을 문질렀다.

에머리가 작은 병 하나를 집어들었다. "미용관리사 자격증이라도 따려고?"

레너드는 몸짓으로 책상을 가리켰다. "매니큐어로 모형을 색칠하고 있어. 효과가 아주 독특해."

"알았다." 로비가 말했다. "매니큐어를 흡입하는구나." 그는 선반을 훑어보고는 뜻밖에도 감명받았다. "이런, 레너드, 이거 다 네가 만든 거야?"

"당연히 내가 했지."

로비가 레너드를 처음 만났을 때 두 사람은 모두 최하급 일반직 공무원이었다. 당시 레너드는 낡은 슈윈 자전거를 타고 출근했다. 종이클립을 모았고, 풍선으로 동물을 만들어 관광객들을 즐겁게 해주었다. 남는 시간에는 망가진 램프와 점화플러그를 가지고 마보 선장의 로봇 친구 멍빈을 만들었다.

그는 재미있는 펜화도 수백 장 그렸다. 몽골피에 열기구에 사악한 얼굴을 그려넣은 그림도 있었고, B-52 폭격기가 비누 거품을 잔뜩 싣고 날아가는 그림, 박물관 관장과 수석큐레이터를 서로 엉덩이에 코를 박고 킁킁대는 그레이하운드 두 마리로 묘사한 캐리커처도 있었다.

레너드가 법률 문서에 끼적거린 그 캐리커처가 마거릿 블레빈의 눈에 띄었다. 그녀가 일반항공관을 처음으로 한 바퀴 둘러볼 때 레너드의 재킷에서 종이가 그만 떨어졌던 것이다. 그는 박물관 부관장이 구겨진 종이를 주우려고 허리를 굽히는 모습을 망연자실하게 바라보았다.

"제가 처리하죠." 부관장 옆에 있던 여자가 말했다. 그녀는 호리호리한 사십대로 고불고불한 빨간 머리에 커다란 링 귀고리를 했다. 인도 문양이 들어간 튜닉과 딱 붙는 하늘색 바지를 입고 밑창이 두꺼운 가죽신발을 신었다. 그녀는 펜화를 낚아채서 주머니에 넣고는 전시관을 마저 돌았다. 부관장이 떠난 뒤 매기는 레너드가 있는 모의 비행 장치 쪽으로 갔다. 레너드는 추바카* 티셔츠를 입은 과체중 아이를 감당하느라 폴리에스테르 재킷이 축축해지도록 땀을 흘렸다. 매기는 아이가 장치에서 내려올 때까지 기다렸다가 구겨진 종이를 들이대며 물었다.

"이거 누가 그린 거죠?"

옆에 있던 두 보조요원—한 명은 에머리—은 고개를 저었다.

"제가 했는데요." 레너드가 말했다.

여자는 한 손가락을 까딱했다. "따라와요."

"해고하는 겁니까?" 그녀를 따라 전시관을 나서며 레너드가 물었다.

"그럴 리가요. 난 매기 블레빈이에요. 우리는 모의 비행기 조종실을 폐쇄하고 새 전시관을 만들 생각이에요. 내가 담당자예요. 그

---

* 영화 〈스타 워즈〉에 나오는 캐릭터.

래서 나를 도와 카탈로그 작업을 해줄 사람이 필요해요. 사전 작업
으로 스케치도 좀 해야 하고. 일거리를 원하죠?"

"아, 네." 레너드는 말을 더듬었다. "물론이죠."

"좋아요." 그녀는 종이를 둘둘 말아 쓰레기통에 던졌다. "당신 재
능이 낭비되는 것 같아서요. 아까 그 그림, 관장님 엉덩이 같던데."

"걔를 생각하고 그린 겁니다."

"개자식이긴 하지. 진짜 닮았더군요." 매기가 말했다. "그럼 직원
들을 만나러 갈까요?"

레너드의 현재 직함은 '박물관 특수효과 전문가'이며 9급 10단
계 공무원이다. 지난 이십 년 동안 박물관에 전시할 작은 인형과
모형을 만들어왔다. 전투기와 여객기 모형은 맡지 않았다. 그런 모
형들은 제작을 전담하는 부서가 따로 있었다.

레너드는 좀더 희귀한 모형을 제작했다. 작은 방에 조금이라도
여유 공간이 있는 곳마다 그가 만든 초창기 비행기계가 수십 개씩
놓여 있었다. 로켓선, 박쥐 모양의 에어드롬, 복엽비행기, 삼엽비행
기, 비행접시. 대개 줄무늬거나 물방울무늬거나 매니큐어로 광택
을 내서 마치 리본캔디로 만든 것 같았다.

그의 장기는 한 번도 날아보지 못한 항공기 모형을 만드는 것이
었다. 애초부터 날 수 없도록 설계된 항공기도 많았다. 불만을 품
은 몇몇 큐레이터들은 '휴면 항공기'라 부르기도 했다. 레너드는
매기 블레빈이 정비한 문서보관소에서 찾아낸 설계도, 사진, 도안,
기타 자료들을 가지고 작업했다. 1920년대에 제작된 참나무 서류
캐비닛에 보관되어 있던 자료들이었다. 문서보관소의 공식 명칭은

'랭글리* 전前 시대 컬렉션'이었지만, 매기를 포함해 박물관의 모두가 '미치광이 서류실'이라 불렀다.

레너드가 우연한 일로 승진한 뒤 로비와 에머리는 근무가 끝나면 가끔 위층으로 올라가서 자료실 구석에 위치한 그의 자리 주변을 어슬렁거렸다. 당시에는 가능한 일이었다. 이름을 적고 통행증을 받거나 경호원의 허락을 받지 않아도 작업실, 창고, 자료실과 문서보관소를 마음대로 돌아다닐 수 있었다. 로비는 그저 재미 삼아 갔지만 에머리는 레너드가 미치광이 서류실에서 찾아낸 물건들에 매혹되었다. UFO로 추정되는 물체가 찍힌 거친 입자의 흑백사진, 네바다 사막에서 죽은 러시아 우주비행사들을 만났다는 기록, 라엘리언** 신도의 결혼식에 번쩍거리는 심홍색 천체가 나타났다는 목격담. 전설적인 로켓 과학자와 사별한 부인이 기증한 커다란 상자도 있었는데, 그 안에는 1950년대 발 페티시 외설물과 항공 개척자들 여럿이 얼룩덜룩한 돼지와 꼴사나운 일을 벌이는 모습을 찍은 16밀리미터 필름이 들어 있었다.

"그 돼지 필름은 어떻게 됐어?" 로비는 보라색 줄무늬의 보조날개가 달린 복엽비행기에 감탄하며 물었다.

"매각했어." 레너드가 말했다.

그는 회전의자를 빼서 에머리에게 앉으라고 손짓한 다음 자기는 책상 모서리에 걸터앉았다. 로비는 헛되이 다른 의자를 찾다가

---

* 스미소니언협회 회장을 지낸 초창기 항공 개척자.
** 지구상의 모든 생명체는 외계인에 의해 창조된 것이라고 믿는 종교.

결국 빈 매니큐어 병이 가득한 쓰레기통 옆 바닥에 주저앉았다.

"나한테 계획이 있어." 레너드가 말했다. 그는 방안에 둘만 있는 듯 에머리만 보며 말했다. "매기를 돕고 싶어. 혹시 '벨레로폰' 기억나?"

에머리가 미간을 찡그렸다. "어렴풋이. 오래된 필름에 찍힌 추락한 비행기 말이지?"

"어디까지나 추정이지. 추락했다고 추정할 뿐 발견된 잔해는 없었으니까. 맞아, 그게 벨레로폰이야. 우리 갤러리, 그러니까 매기의 갤러리에서 상영했었지."

"맞아, 불에 탄 필름 말이지!" 로비가 끼어들었다. "기억나. 필름이 영사기 스프로켓인가 뭔가에 걸렸지. 화재경보기가 작동해서 박물관 사람들이 다 대피했어. 다들 매기에 대해 한마디씩 했어. 그녀가 장비를 잘못 설치했다고."

"그녀가 그런 게 아니야." 레너드가 화난 목소리로 말했다. "기술자 하나가 설치를 잘못한 거야. 몇 년 전 그가 내게 말했어. 송풍 장치를 제대로 안 했대. 그래서 영사기 전구가 과열되면서 필름에 불이 붙은 거라고. 그는 그녀가 잘려서 항상 마음이 아팠다고 했어."

"하지만 매기는 그것 때문에 해고된 게 아니잖아." 로비는 곁눈으로 레너드를 슬쩍 보았다. "UFO 일로—"

에머리가 그의 말을 잘랐다. "다들 그녀를 노리고 있었어. 로비, 왜 이래. 다들 알고 있었다고. 군 출신 늙다리들이 운영하는 여기서 여자가 얼쩡거리는 걸 못마땅해하는 사람이 한둘이 아니었잖아. 그녀가 공군이나 뭐 그딴 거였으면 안 그랬을걸. 몇 년 복무한

게 대수라고. 빌어먹을 자식들. 오죽하면 내가 상영을 계속하게 해달라고 청원서를 썼겠어. 소용없었지만."

"어떻게 해도 소용없었을 거야." 레너드가 탄식했다. "그녀는 앞을 내다볼 줄 알았어. 그래, 선견지명이 있었지." 그리고 서둘러 덧붙였다. "그래서 내가 이 일을 하려는 거야."

그가 책상에서 훌쩍 뛰어내리더니 한쪽 구석을 뒤져 커다란 마분지 상자를 꺼냈다.

"잠깐 비켜봐." 그가 말했다.

로비가 바닥에서 일어났다. 레너드는 상자에서 물건들을 꺼내 책상에 조심스럽게 올려놓았다. 에머리도 의자에서 일어나 로비 옆으로 붙어 공간을 더 만들어주었다. 두 사람은 레너드가 서류 뭉치, 돌돌 말린 8×10 크기의 빛바랜 설계도, 낡은 35밀리미터 필름 렌즈, 빨간 끈으로 봉해놓은 커다란 마닐라 봉투들을 늘어놓는 모습을 지켜보았다. 마지막으로 그는 상자 옆에 무릎을 꿇고 조심조심해가며 안으로 손을 넣었다.

"린드버그의 아기라도 들어 있나?" 에머리가 수군거렸다.

레너드가 양손에 뭔가를 들고 일어나 몸을 돌려 책상 중앙에 내려놓았다.

"맙소사." 에머리가 탄성을 질렀다. "레너드, 이게 정말 네가 만든 거야?"

로비는 눈높이에서 보려고 몸을 웅크렸다. 비행기계 모형이었는데 누구도, 심지어 레너드나 매기 블레빈도 그것이 진짜 날 수 있으리라고는 상상하지 않았을 것이다. 몸체는 체펠린처럼 생겼고,

록히드 스타파이터처럼 앞쪽 끝이 뾰족하고 위로 살짝 들려 있었다. 그 아래에 자그마한 기어와 체인으로 들어찬 바구니가 매달려 있고, 초기 나무 자전거에서 볼 법한 바퀴 세 개가 달린 기계장치가 그 밑에 보였다. 바퀴에는 겨우 손톱만한 크기의 플랩 수십 개가 부착되어 있고 프로펠러는 그보다도 작았다.

그리고 사방에, 몸체에 2.5센티미터 간격으로 날개들이 무수히 돋아 있었다. 캔버스 천, 발사나무, 종이, 거즈를 자르고 이어붙인 것이었다. 새 모양 날개, 박쥐 모양 날개, 상자 연처럼 생긴 사각형 날개, 승강타와 원뿔꼴 철사, 배플과 플랩이 빼곡히 들어차 있는 기다란 튜브. 날개 사이로 보조날개들과 받침대들이 가느다란 금실과 모노필라멘트와 사람 머리카락처럼 보이는 것으로 한데 묶여 복잡한 격자 모양을 이루고 있었다. 모든 부품은 보라색, 선녹색, 주홍색, 자홍색, 금색으로 밝게 칠했고, 곳곳에 작은 거울과 색유리 조각, 딱정벌레 딱지, 운모 조각을 박아넣어 표면이 반들거렸다.

마지막으로 거대한 독버섯 갓처럼 생긴 동체 위로 대나무 살과 화려한 빛깔의 비단으로 만든 파라솔이 펼쳐져 있었다.

만화경으로 라이트형제의 비행기를 들여다보는 기분이었다.

"말도 안 돼!" 로비가 소리쳤다. "대체 이런 걸 어떻게 만든 거야?"

"이제 이게 날 수 있는지 알아보기만 하면 돼." 레너드가 말했다.

로비는 허리를 세웠다. "저게 난다고?"

"원본은 날았어." 레너드는 벽에 몸을 기댔다. "내 이론에 의하면 똑같은 조건, 정말로 똑같은 조건을 재현하면 날 수 있어."

"하지만." 로비가 에머리를 슬쩍 쳐다보았다. "원본은 날지 않았어. 추락했지. 그러니까, 추정은 그래."

에머리도 고개를 끄덕였다. "게다가 누가 타고 있었잖아. 매카트니—"

"매콜리야." 레너드가 말했다.

"맞아, 매콜리. 그런데 저 비행기에 누가 타겠어?" 에머리는 말도 안 된다는 표정으로 그를 쏘아보았다. "설마 실제 크기 모형을 만들려는 생각은 아니겠지? 그건 누가 봐도 미친 짓이야."

"그럴 생각 없어." 레너드는 해골 귀고리를 만지작거렸다. "나는 영화를 다시 만들 거야. 원본을 그대로 재현하는 거지. 매기조차 못 알아볼 만큼 원본과 똑같이. 이미 준비는 다 마쳤어." 그는 에머리를 쳐다보았다. "디지털로 촬영할 수도 있어. 네가 카메라를 빌려준다면. 그럼 노트북으로 편집해서 페이엣빌에 가져가 그녀에게 보여줄 거야."

로비와 에머리는 서로를 쳐다보았다.

"뭐 그렇게 정신 나간 소리는 아닌 것 같은데." 로비가 말했다.

"하지만 매기는 원본이 파괴되었다는 걸 알잖아." 에머리가 말했다. "그러니까 내 말은 그녀가 보았다는 얘기지. 우리 모두 보았잖아. 매기는 암에 걸린 거지? 알츠하이머병이나 치매나 기억상실증, 뭐 그런 게 아니라."

"그냥 포토샵 같은 걸로 하면 안 되나?" 로비가 물었다. "오마주 하는 식으로 둘러대면 되잖아."

레너드의 시선이 싸늘해졌다. "이건 오마주가 아니야. 난 매콜리

656

가 그랬듯이 코와나섬에 갈 거야. 그래서 벨레로폰의 첫 비행을 재현할 거야. 그 장면을 촬영하고 편집하고, 완성되면 매기에게 가져가 문서보관소에서 복사본을 찾아냈다고 할 거야. 필름이 불탔을 때 그녀가 얼마나 괴로워했어? 그러니 이걸 돌려주고 싶어."

로비가 고개를 숙이고 신발코만 보고 있어서 레너드는 그의 표정을 보지 못했다. 잠시 뒤 로비가 말했다. "애나가 아팠을 때 나도 그 비슷한 일을 하고 싶었어. 재크가 태어나기 전에 우리가 머물렀던 마운트 워싱턴의 집으로 가보려 했지. 그곳에서 카누를 타고 놀았던 사진도 있는데, 정말 아름다운 곳이야. 하지만 겨울이라 기다렸다가 여름에 가자고 했어."

"나는 기다리지 않을 거야." 레너드는 책상 위의 서류를 뒤졌다. "여기 보면—"

그는 마닐라 봉투를 하나 열고 파라핀지로 된 앨범 속지 몇 장을 꺼냈다. 그중 한 장을 확인하고는 에머리에게 넘겼다.

"이게 원본 필름 가운데 지금껏 남은 거야. 사실 원본이 아니지. 원본은 1901년 질산셀룰로오스 필름으로 촬영했으니까. 매기와 내가 '미치광이 서류실'을 처음 뒤지기 시작했을 때 찾아냈어. 너희도 알겠지만 질산 필름은 시한폭탄과 같아서 언제 어떻게 될지 몰라. 그래서 사진자료실에서 안전한 필름으로 복사해뒀어. 그게 바로 이거야."

에머리는 필름을 들고 불빛에 비추어보았다. 로비도 그 옆에 서서 보았다. 다섯 프레임이고 귀갑무늬처럼 얼룩덜룩한 황갈색이었다. 수풀 같기도 하고 구름이나 연기 같기도 한 흐릿한 영상이 그가 볼 수 있는 전부였다.

에머리가 물었다. "몇 프레임이나 남았어?"

"전부 해서? 72프레임."

에머리는 고개를 저었다. "그리 많진 않군. 얼마였지, 십오 초였나?"

"십칠 초."

"초당 24프레임으로 치면 대략 400프레임에서 그 정도 남았다는 소린데."

"아니지. 실제로는 그보다 적어. 무성영화는 초당 18프레임의 속도로 돌아가니까 총 400프레임 정도 되고, 그 말은 우리에게 원본의 4분의 1 정도가 있다는 뜻이야." 레너드는 무슨 말을 하려다 멈췄다. 그가 고개를 들었다. "거기 문 좀 잠가줄래, 로비?"

로비가 문을 잠그고 돌아보자 레너드가 구석에 웅크리고 앉아 코트를 옆으로 치웠고 금고가 보였다. 그는 뚜껑을 비틀어 열었다.

상자 안에는 물이 들어 있었다―로비는 그게 물이길 바랐다. "그거 수조야?"

레너드는 로비의 말을 무시한 채 소매를 걷고 양손을 깊숙이 집어넣었다. 대단히 조심하며 또다른 금속 상자를 꺼냈다. 바닥에 놓고 코트자락으로 조심조심 뚜껑을 문질러 닦고는 로비를 돌아보았다.

"언제든 자물쇠를 열 준비를 하고 있어. 잽싸게 달아나야 할지도 모르니까."

"맙소사, 레너드, 뭐야?" 에머리가 소리쳤다. "뱀이라도 들어 있어?"

"아니." 레너드가 상자에서 뭔가를 꺼냈다. 둘둘 말린 리본이 허공에 펼쳐지자 에머리는 질겁했다. "남은 원본이야. 1901년 필름 말이야."

"질산셀룰로오스 필름?" 에머리는 믿기지 않는다는 표정으로 그를 쳐다보았다. "제정신이야! 대체 어디서 났어?"

"필름이 폐기되기 전에 조금 잘라냈지. 괜찮을 거야. 내가 매일 꺼내니까 가스가 차 있지 않아. 매니큐어와 화학반응을 일으키는 것 같지도 않고. 매콜리가 나오는 부분이랑 비행기가 가장 잘 보이는 부분으로 골랐어. 보여?"

그는 에머리 앞에 필름을 들이댔다. 에머리가 문 쪽으로 뒤로 물러났다. "저리 치워!"

"내가 봐도 될까?" 로비가 말했다.

레너드는 가늠하는 얼굴로 보더니 고개를 끄덕였다. "여기 끝을 잡고—"

로비의 눈이 초점을 제대로 잡는 데 시간이 조금 걸렸다. "정말이네." 그가 말했다. "그의 모습이 보여. 매콜리인지는 모르겠지만. 그리고 비행기도 확실히 보이고."

필름을 돌려받은 레너드는 세심한 주의를 기울여 다시 양철통에 넣고 물이 차 있는 금고에 집어넣었다.

"이 일로 네 목이 날아갈 수도 있어." 에머리의 사납게 속삭이는 말투에 불신의 기운이 역력했다. "혹시 폭발하면? 여기 전체가 화염에 휩싸이면 어쩌려고 그래?"

"꼭 나쁜 일처럼 말하네." 레너드는 코트로 금고를 덮고는 웃음을 터뜨렸다. "아무튼 다 됐어. 밤에 사진자료실에서 복사본을 만들어 집에 갖다놓았으니까. 그리고 이것은—"

그는 구석 쪽으로 머리를 살짝 숙였다. "원본은 집에 가져가 뒤뜰에서 바이킹 장례식을 치러줄 거야. 원한다면 와서 봐도 돼."

"오늘밤에?" 로비가 물었다.

"아니, 오늘밤은 늦게까지 할일이 있어. 떠나기 전에 몇 가지 확인할 게 있어."

에머리가 문에 기대고 섰다. "어디 가는데?"

"사우스캐롤라이나. 말했잖아, 코와나섬에 갈 거라고. 그리고……" 레너드가 벨레로폰을 집어들자 로비에게 아세톤 냄새가 훅 끼쳤다. "이 녀석을 날릴 거야."

"완전히 돌았어. 그가 매기를 마지막으로 본 게 언제였지?" 에머리가 모는 차를 타고 내셔널몰로 돌아가는 길에 로비가 물었다. "정말 뭐가 뭔지 모르겠다. UFO 말고 무슨 일이 더 있었던 게 분명한데."

"레너드가 다른 누구랑 놀아나는 걸 매기가 봤어. 꼴사나운 광경이었지. 그래서 그를 해고하려 하자 그는 보인턴에게 가서 매기가 요즘 UFO 연구에 온통 시간과 예산을 쏟는다고 말했지. 불행히도 그건 사실이었어. 그들은 감사를 했고 그녀를 해고했지. 그전에 그녀는 이미 신경쇠약에 걸렸고."

"병신 같은 자식."

에머리는 한숨을 쉬었다. "잔인하지. 레너드는 거기에 대해 입을 닫고 있어. 아직 충격이 남았나봐. 그녀에 대해서도 그렇고."

"그래, 하지만……" 로비는 고개를 저었다. "그녀는 우리보다 스무 살 위잖아. 그들 사이가 그렇고 그랬을 리 없어. 불편한 감정이 남아 있다면 그냥 만나보러 가면 되잖아. 말도 안 되는 이 얘기는 뭐야?"

"아무래도 가스 때문인 것 같아. 질산셀룰로오스 말이야. 매니큐어에도 그 성분이 들어 있지. 그래서 뇌가 어떻게 되었나봐."

"그게 가능해?"

"이론적으로 그렇다고." 에머리는 깊은 생각에 잠긴 듯 말했다.

로비의 집은 록빌 교외의 지저분한 주택단지에 있었다. 콘크리트블록으로 기초를 놓고 메이소나이트 외장재를 쓴 작은 주택으로 콘크리트에는 금이 가고 한때 애나가 가꾸었던 정원은 방치되어 있었다. 등록증이 만료된 녹색 GMC 픽업트럭 한 대가 주차장에 서 있었다. 로비가 차 안을 들여다보니 버드라이트 빈병이 잔뜩 쌓여 있었다.

집안에서는 재크가 픽업 주인인 친구 타일러와 함께 구부정하게 책상에 앉아 컴퓨터 화면을 뚫어져라 보고 있었다.

"뭐예요?" 재크는 돌아보지도 않고 말했다.

"별일 아냐. 그냥 얼굴이나 보려고."

재크가 고개를 들었다. 체구가 자그마한 그는 애나를 닮은 풍성한 금발 곱슬머리를 로비가 질색하는 빡빡머리로 밀었다. 키가 크고 호리호리한 타일러는 검은 머리를 치렁치렁 늘어뜨리고 금속테 선글라스를 꼈다. 둘 다 홀치기염색 티셔츠와 체크 무명 반바지를 즐겨 입어서 항상 놀러 다니는 사람처럼 보였다.

로비는 부엌으로 가서 맥주를 꺼냈다. "너희 뭐 좀 먹었니?"

"집에 오는 길에 먹었어."

맥주를 마시며 로비는 아이들을 쳐다보았다. 집안에서 에머리가 총각 냄새라고 불렀던 냄새가 났다. 지저분한 빨랫감, 바닥에 쏟은 맥주, 마리화나 연기가 뒤섞인 묘한 냄새였다. 로비는 오래전 마리화나를 끊었지만 재크와 타일러는 주야장천 피워댔다. 아이들에게 소리도 쳐보았지만 결국 두 손 들었다. 자신이 울적한 모습으로 이러고 사는데 애들을 바로잡을 좋은 본보기가 될 리 있겠나?

얼마 있다가 재크가 고개를 다시 들었다. "아빠, 셔츠 좋은데요."

"고맙구나." 로비는 빈백에 앉았다. "에머리하고 박물관에 갔다가 레너드를 봤다."

"레너드 아저씨!" 타일러가 웃음을 터뜨렸다. "되게 웃긴 아저씨죠! 내가 만나본 사람 중에 제일 또라이예요."

"아빠 친구들은 다 이상해." 재크가 말했다.

"맞아, 하지만 에머리 아저씨는 멋지잖아. 한데 레너드 아저씨는 괴짜야."

로비는 음울하게 고개를 끄덕이고 맥주병을 마저 비웠다. "레너드가 괴짜이긴 하지. 지금 영화를 만든대."

"진짜 영화요?" 재크가 물었다.

"그보단 홈무비라고 해야 하나. 모르겠다. 이미 만들어진 다른 영화가 있는데 그걸 똑같이 다시 만들고 싶어해. 숏 하나하나를 그대로 재현하는 거지."

타일러가 고개를 끄덕였다. "〈링〉 같은 영화군요. 무슨 내용인데요?"

"1901년의 비행기 추락사고를 찍은 십칠 초짜리 영상인데, 원본이 망가져서 다시 찍는대."

"비행기 추락이라고요?" 재크는 타일러를 쳐다보았다. "우리도 가서 볼 수 있을까요?"

"진짜 추락하는 건 아니고, 모형 비행기로 작업할 모양이야."

"그때도 비행기가 있었나?" 타일러가 물었다.

"아저씨도 유튜브에 올려야 해." 재크는 그렇게 말하고 컴퓨터로 돌아갔다.

"잠깐 나와봐라." 로비는 기진맥진한 듯 머리를 문질렀다. "인터넷 좀 써야겠다."

아이들은 아우성치다가 금방 포기했다. 타일러는 집으로 돌아갔고, 재크는 휴대전화를 들고 위층 자기 방으로 구부정하니 올라갔다. 로비는 맥주를 한 병 더 마시며 컴퓨터 앞에 앉아 아이들이 하던 게임을 로그아웃하고 '매콜리 벨레로폰'을 검색창에 입력했다.

여남은 개의 결과가 화면에 떴다. 그는 위아래를 훑어보다가 위키백과의 '어네스토 매콜리' 항목을 클릭했다.

매콜리, 어네스토(18??-1901) 미국의 발명가. 그가 만든 기이한 항공기 벨레로폰은 1901년 사우스캐롤라이나 코와나섬에서 시험비행 도중 십칠 초 동안 날다가 추락한 것으로 추정되며, 매콜리도 이

사고로 죽었다. 1980년대에 이 비행이 성공했고 라이트형제보다 이 년 앞선 최초의 비행이라는 주장이 제기되었다. 스미소니언의 한 전문가가 보관소에서 찾아낸 필름을 근거로 이런 주장을 펼쳤지만 그후 반박되었고 불행히도 필름 기록은 화재로 소실되었다. 묘하게도 매콜리와 그의 항공기에 관한 다른 기록은 전혀 발견된 바가 없다.

로비는 맥주를 한 모금 쭉 들이켜고 '마거릿 블레빈'을 입력했다.

블레빈, 마거릿(1938-) 영향력 있는 문화사학자. 초창기 비행에 관한 독보적인 연구로 '위대한 블레빈'이라는 별명을 얻었다. 스미소니언의 미국항공우주박물관에 재직하는 동안 일반항공관을 새롭게 단장해 상대적으로 덜 알려진 비행 선구자들을 조명했으며, 대표적인 이들로 찰스 델쇼, 어네스토 매콜리……

"'위대한 블레빈'이라고?" 로비는 코웃음을 쳤다. 그는 맥주를 하나 더 마시며 계속 읽었다.

하지만 블레빈이 비행의 역사에 미친 가장 지속적인 영향력은 1986년 출간된 베스트셀러 『인류애를 위한 날개!』를 통해서였다. 이 책에서 그녀는 이카로스 신화에서 라이트형제로, 그후로 이어지는 비행의 신비주의적인 측면을 극적이고 몽상적으로 소개한다. 수천 년 전 한 선량한 종족이 지구에 씨를 뿌려 고립된 특정 지역에 가면 인간이 스스로의 힘으로 날아오를 수 있다는 것이 그녀의 핵심 전제다.

"우리가 비행을 꿈꾸는 것은 그것이 천부적인 권리이기 때문이다." 『인류애를 위한 날개!』는 출간 이후 지금까지 한 번도 절판된 적이 없다.

"레너드가 이 정신 나간 글을 썼군!"

"뭐라고요?" 재크가 아래층으로 내려오며 하품을 했다.

"이 위키백과 항목 말이야!" 로비가 손으로 화면을 가리키며 말했다. "그 책이 무슨 베스트셀러야. 박물관 기념품 코너에 자기가 슬쩍 올려놓았으면서. 아무도 사는 사람이 없어. 여태까지 절판되지 않은 건 자비 출판이라서야."

재크가 그의 어깨 너머로 글을 훑어보았다. "멋진데요."

로비는 완강하게 고개를 저었다. "그녀는 완전히 돌았어. 외계인이니 크롭서클*이니 하는 뉴에이지 헛소리에 푹 빠졌지. 그녀는 비행기가 특정 장소에서만 날 수 있다고 생각해. 초창기 비행기들이 추락한 게 그런 이유라나. 항공기 설계에 문제가 있었던 게 아니라 잘못된 장소에서 이륙했기 때문이라는 거야."

"그렇다면 어떻게 해서 세계 곳곳에 공항이 있는 거죠?"

"그녀로서는 절대로 이해 못할 일이지."

"'우리는 영원히 지구에 속박되지 않으려면 은하의 유산을, 인간 비행의 영적 차원을 받아들여야 한다.'" 재크는 화면 속 문장을 읽었다. "그녀도 그때 비행기에서 추락했어요?"

---

* 농지나 들판의 곡물이 일정한 방향으로 누워 상공에서 보면 거대한 기하학적 문양을 그리는 현상.

"아니, 아직 살아 있어. 그녀는 그 문제만 나오면 광분했어. 그 비행기를 발명한 사람이 라이트형제보다 몇 년 앞서 비행에 성공했다고 생각했는데 입증하지는 못했어."

"하지만 필름이 있다면서요." 재크가 말했다. "그래서 누군가 봤다잖아요."

"이건 위키피디아야." 로비는 경멸의 눈빛으로 화면을 쳐다보았다. "어떤 머저리 같은 글을 올려도 믿는 사람이 있어. 레너드가 이 글을 쓴 게 뻔해. 그 필름도 그녀가 위조한 걸 거야. 레너드가 지금 하려는 일도 그런 거고. 필름을 재현해서 매기에게 진본이라며 건네려는 거지."

재크는 빈백에 몸을 던졌다. "왜요?"

"그도 미쳤으니까. 그와 매기는 그렇고 그런 사이였거든."

재크는 얼굴을 찡그렸다. "으윽."

"왜, 우리라고 처음부터 노인네였던 줄 알아? 우리는 너희 또래였어. 매기는 우리보다 스무 살쯤 많았고—"

"젊은 남자를 밝히는 여자였군요!" 재크는 웃음을 터뜨렸다. "아빠한테는 왜 접근 안 했어요?"

"하하하." 로비는 빈 맥주병을 벽 쪽으로 치웠다. "여자들은 레너드를 좋아했지. 이해가 안 돼. 네 엄마도 한동안 그와 사귀었어. 물론 나랑 약혼하기 전 일이지만."

재크의 흐리멍덩한 눈이 감길락 말락 했다. "그만해요."

"참 묘한 인연이라고 우리도 생각했지." 로비도 인정했다. "하지만 매기는 늙은 히피치고는 외모가 괜찮았어." 그는 위키피디아 항목을 힐끗 보고 셈을 했다. "그녀도 이제 칠십대겠군. 레너드가 연락하고 지내는데 암에 걸렸대. 유방암."

"그 얘긴 아까 들었어요." 재크는 소파에서 몸을 일으켜 휴대전화를 열고 문자를 보내기 시작했다. "자러 갈게요."

로비는 계속 앉아서 화면을 쳐다보았다. 한참 뒤 컴퓨터를 껐다. 부엌으로 느릿느릿 가서 선반을 열고 식초와 식용유 뒤에 숨겨놓은 짐빔 병을 꺼냈다. 전날 밤 사용했던 유리잔을 물로 대충 헹구고 한 모금 따라 들이켜고는 병을 들고 침실로 갔다.

다음날 로비가 일을 마치고 술집에서 두 잔째 마시고 있을 때 에머리가 들어왔다.

"어이." 로비가 옆의 의자를 몸짓으로 가리키며 말했다. "여기 앉아."

"운전할 수 있어?"

"물론이지." 로비는 얼굴을 찌푸렸다. "뭐야, 날 미행한 거야?"

"아니. 너한테 뭐 좀 보여주려고. 우리집에서. 레너드도 오기로 했어. 여섯시 반에 만날 거야. 너한테 계속 연락했는데 전화기가 꺼져 있더군."

"아, 맞다. 미안." 로비는 바텐더에게 계산서를 부탁했다. "그래, 이번에는 우리한테 매니큐어라도 칠해준대?"

"좋은 계획이 있어. 집에 가서 말해줄게. 먼저 마트에 들러 먹을 것 좀 사고. 이따 봐—"

에머리는 적당히 성공한 독신남의 집 분위기가 나는 큰 타운하우스에 살았다. 마보 선장과 멍빈의 사진 액자들이 J. J. 애덤스 사령관*으로 분한 레슬리 닐슨의 실물 크기 그림과 함께 벽에 걸려 있었다.

하지만 이건 아무것도 아니었다. 온도 조절이 되는 지하실로 내려가면 마보 선장 관련 기념품과 포장재가 가득했다. 또다른 커다란 방에는 사운드시스템, 비디오 모니터, 데크 등 전자장비가 쌓여 있고, 마보 선장 에피소드들과 쇼에 등장했던 저예산 영화 복사본들을 모아놓은 선반과 파일이 있었다.

로비는 싹 수리된 스틴벡 필름 편집 테이블 위로 몸을 숙여 살피고 있는 레너드를 보았다.

"로비." 레너드가 손을 흔들어 인사하고는 빙글빙글 돌아가며 감기고 있는 필름으로 다시 몸을 돌렸다. "에머리는 저녁 사왔대?"

"어." 로비는 그의 옆에 의자를 끌어다가 앉았다. "뭐해?"

"어제 보여줬던 질산 필름을 틀어주려고."

"설마 폭발하는 건 아니겠지?"

"안심해, 로비. 폭발하지 않으니까." 레너드가 입을 앙다물었다. "에머리가 말했어?"

"무슨 계획이 있다고만 하던데. 대체 무슨 일이야?"

"에머리한테 들어."

로비는 화가 나서 얼굴이 달아올랐지만, 뭐라고 쏘아붙이기 전에 문 두드리는 소리가 들렸다.

"친구들, 식사시간이야." 에머리가 김이 나는 종이봉투 두 개를

---

* 영화 〈금지된 행성〉의 등장인물.

들고 들어왔다. "잠시 놔두고 이리 와, 레너드."

그들은 옆방 소파에 앉아서 먹었다. 에머리는 마보 선장을 휴대전화 포맷으로 전환해서 다시 선보일 거라고 했다. "그런 식으로 잘해서 수익을 거둘 수 있다면 정말 짜릿하겠지."

레너드는 아무 말도 하지 않았다. 로비는 그의 흰색 튜닉 소매와 손톱이 오렌지색 물감으로 지저분해진 것을 알아차렸다. 주름이 패고 눈이 퀭하니 지친 얼굴이었다.

"잠은 제대로 잤어?" 에머리가 물었다.

레너드는 힘없이 웃었다. "충분히 잤어."

마침내 식사가 끝나고 맥주도 다 마셨다. 에머리는 양손으로 무릎을 탁 치고 빈 그릇을 옆으로 치우고는 상체를 앞으로 구부렸다.

"좋아, 이제 계획을 말해볼게. 코와나섬에 묵을 곳을 빌렸어. 일주일이고 이번주 토요일부터야. 인터넷으로 검색해봤는데 열 시간 정도 걸리더라고. 너희 둘이 금요일에 일이 끝나는 대로 곧장 출발해서 밤새 달리면 토요일 이른 아침이면 도착할 수 있어. 레너드, 모든 게 준비되었다고 했으니까 너는 짐만 싸면 돼. 나는 여기서 다른 것들을 챙길게. 프리우스는 좁으니까 차 두 대로 가자. 필요한 것은 다 가지고 갈 거야. 촬영과 편집과 기타 모든 작업을 일주일 안에 마쳐야 해. 그런 다음 돌아오는 길에 페이엣빌에 들러 매기에게 완성본을 보여주는 거야. 어떻게 생각해?"

"시간이 많지 않네." 레너드가 말했다. "하지만 해낼 수 있겠어."

에머리는 로비를 돌아보았다. "네 차는 잘 굴러가? 왕복 1200마일을 달려야 하는데."

로비는 그를 빤히 쳐다보았다. "대체 무슨 소리 하는 거야?"

"벨레로폰 말이야. 레너드가 스토리보드랑 도안이랑 스틸사진이 충분해서 작업에 지장이 없대. 그리고 찰스턴의 부동산 중개업자가 말하길 이렇게 이른 시기에는 사람이 별로 없어. 게다가 이 년전 허리케인이 휩쓸고 지나가서 섬이 큰 타격을 입었는데 비용 문제로 아직 복구가 안 됐나봐. 덕분에 우리가 섬을 마음대로 쓸 수있어."

"둘 다 약 했냐." 로비는 소리 내어 웃었다. "나는 한가하지 않아. 직장이 있는 몸이야."

"휴가 내면 되잖아. 일주일인데 뭐. 정말 즐거울 거야. 중개업자말이 거긴 벌써 기온이 26도가 넘는대. 따뜻한 물에 해변에, 뭐가더 필요해?"

"흐음, 그러니까 너와 레너드 말고 해변에서 같이 놀아줄 사람이더 필요한 거군." 로비는 맥주를 더 마시려고 헛되이 뒤졌다. "아무튼 난 못 가. 다음주면 재크의 봄방학이기도 하고."

"뭐라고?" 에머리는 고개를 저었다. "그럼 넌 하루종일 매장에붙어 있고, 애는 집에서 내내 마리화나나 피우며 지내겠군. 그러지말고 재크도 데려와. 시킬 일도 있으니까."

그 말에 레너드는 얼굴을 찡그렸지만, 로비는 뭔가 생각하는 듯했다. "그래, 네 말도 일리가 있어. 그 생각을 못했네. 애를 혼자 둘수는 없어. 한번 생각해볼게."

"뭘 생각해. 그냥 하면 되지. 오늘 수요일이니까 다음주에 쉬겠다고 해. 자르기야 하겠어?"

"어쩌면."

"나는 애 보는 일은—" 레너드가 말을 꺼내려 하자 에머리가 서둘러 잘랐다.

"필름 다 감았어? 한번 보자."

그들은 작업실로 갔다. 레너드가 스틴벡 앞에 앉았다. 다른 두 명은 그가 필름을 스프로켓에 거는 것을 지켜보았다. 레너드는 로비를 돌아보고는 데크 중앙에 놓인 검은 영사기 상자를 가리켰다.

"에머리는 다 아니까 너한테 설명할게. 저건 석영 할로겐램프야. 아직 켜보지 않았는데 저기 있는 필름이 타버릴 수도 있어. 우리도 그렇고. 그래도 겨우 사 초 분량이니까, 까짓것 해보지 뭐. 박물관에서 아마 봤을 거야. 기억나지?"

로비는 고개를 끄덕였다. "그래, 수십 번도 더 봤지. 헤드만큼 자주는 아니지만 잘 알아."

"좋아. 거기 불 좀 꺼줄래, 에머리? 다들 준비됐지? 눈 깜짝할 사이니까 잘 봐."

로비는 목을 쑥 빼고 휑한 흰색 스크린을 쳐다보았다. 윙 하고 영사기에서 필름 돌아가는 소리가 들렸다.

프레임 아래쪽의 수평선이 한쪽으로 기울더니 밝은 빛이 깜빡거렸다. 망망대해인 것 같았다. 이어 빛바랜 흑갈색과 황갈색의 흐릿한 영상이 나타났다. 얼룩덜룩한 반점과 딱정벌레 다리처럼 생긴 물체가 보였는데, 로비는 그 우스꽝스러운 구조물이 벨레로폰임을 알아보았다. 움직이는 것은 그것밖에 없었다. 정확히 말하면 날고 있었다. 수많은 기어와 프로펠러와 날개가 일제히 회전하고

돌고 퍼덕거렸다. 전체가 진동하면서 천 개의 부품으로 떨어져나
갈 것만 같았다. 동체 아래 세발자전거 위에 어둑한 형체가 위태롭
게 앉아 있었다. 비행기 다리는 공기를 베어내는 가위처럼 움직였
다. 프레임 왼쪽 구석에서 불길이 피어올랐다. 마치 별똥별이 떨어
지거나 폭죽이 날아온 듯했다. 페달을 밟던 조종사는 한쪽으로 기
울어—

　그게 끝이었다. 영화는 느닷없이 시작해 느닷없이 끝났다. 레너
드는 재빨리 램프를 끄고 서둘러 필름을 테이크업 드라이브*에서
꺼냈다.

　로비는 목 피부가 따끔따끔했다. 방금 본 영상이 얼마나 기이하
고 섬뜩한지 잊어버릴 정도였다.

　"맙소사, 정말 기분이 이상해." 에머리가 말했다.

　"진짜 같지가 않아." 로비는 레너드가 필름을 감아 양철통에 넣
는 모습을 보았다. "그러니까 내 말은, 저 남자가 가짜 같다고."

　에머리가 고개를 끄덕였다. "그래, 나도 알아. 〈잃어버린 세계〉나
뭐 그런 옛날 무성영화처럼 보이지. 하지만 아니야. 예전에 박물관
에서 일할 때 하루에 백 번씩 봤어. 네가 헤드를 수없이 보았던 것
처럼. 그래서 말인데 결단코 진짜야. 최소한 조종사 매콜리는 진
짜 사람이야. 언젠가 커다란 확대경으로 필름을 꼼꼼히 살펴본 적
이 있어. 그가 숨쉬는 모습을 확인했어. 내 눈으로 봤다니까. 그리
고 비행기도 확실해. 내가 이해하기 어려운 건 대체 누가 저 영상

---

　* 스프로켓을 지나며 읽힌 필름이 마지막에 감기는 은색 원반.

을 찍었느냐는 거야. 어느 각도에서 찍었는지도 모르겠어."

로비는 빈 스크린을 쳐다보다가 눈을 감았다. 일반항공관에서 상영되었을 때 본 영화의 나머지 부분을 떠올려보려고 했다. 괴상하게 생긴 탈것이 움찔하며 그리는 궤도, 검은색 양복에 중절모를 쓴 별난 조종사, 갑자기 스크린 구석에서 불꽃이 터지더니 조종사가 자리에서 떨어져 하얀 허공으로 추락하던 모습. 마지막 장면은 프레임 아래쪽에 자그마한 손이 비친 모습이었다. 이어서 텅 빈 리더* 화면이 나오고 '매콜리의 벨레로폰 첫 비행, 1901년'이라는 자막이 떴다. 그리고 처음부터 다시 반복되었다.

"마치 누군가가 공중에 떠서 그의 옆에서 찍은 것 같아." 로비가 말했다. "지면에서 사람 키 높이만큼 뜨지 않으면 불가능해. 그래서 나는 항상 가짜라고 생각했어."

"가짜는 아니야." 레너드가 말했다. "카메라맨은 해변에서 촬영했어. 비행에 도움이 되겠다고 생각해서 바람 부는 날을 골랐는데 갑작스레 돌풍이 불었나봐. '벨레로폰'이 바다에 떨어지자 카메라맨이 매콜리를 구하려고 물속에 뛰어들었어. 둘 다 익사했지. 시체도 잔해도 발견하지 못했어. 카메라와 필름만 현장에 남았고."

"누가 발견했어?" 로비가 물었다.

"우리는 몰라." 레너드는 어깨를 축 늘어뜨리고 한숨을 쉬었다. "아무것도 아는 게 없어. 카메라맨의 이름도, 아무것도. 매기와 내

---

* 필름 손상을 방지하기 위해 릴 앞부분에 붙이는 여분의 필름으로, 표준 리더는 10부터 0까지 숫자가 줄어들며 마지막에 차례로 음향과 영상이 나오기 시작한다.

가 원본을 처음 틀었을 때 리더에 '매콜리의 벨레로폰 첫 비행'이라는 자막이 뜬 게 다야. 양철통에 날짜와 함께 '코와나섬'이라고 쓰여 있었어. 그래서 매기와 나는 조사를 하려고 그곳에 갔어. 이상한 곳이었어. 여름이었는데 사람이 거의 없었지. 섬에 소규모 역사 연구 단체가 있었지만 우리는 매콜리나 비행기에 대해 아무것도 찾아내지 못했어. 뉴스 기사도, 묘비도. 딱 하나, 당시 우편물을 배달하던 사람의 일기를 찾았어. 1901년 5월 13일자 일기를 보면, 바람이 심하게 불었고, 두 남자가 해변에서 비행기계를 띄우려다가 물에 빠져 죽었다고 적혀 있어. 이후 누군가가 카메라를 발견했겠지. 또 누군가가 필름을 현상했을 테고, 어찌저찌해서 박물관까지 오게 된 거야."

로비는 레너드를 따라 옆방으로 갔다. "그 이상한 섬광은 뭐였지?"

"나도 몰라." 레너드는 유리문 너머로 주차장을 내다보았다. "하지만 과다노출이나 렌즈플레어 같은 기술적인 문제는 아니야. 카메라맨이 실제로 촬영한 거야. 어쩌면 물일지도 몰라. 그날 바람이 심하게 불었으니 커다란 파도가 해변을 덮쳤을 수도 있지."

"나는 항상 불이라고 생각했는데. 로켓이나 뭐 그런 거."

레너드는 고개를 끄덕였다. "매기도 그렇게 생각했어. 우편배달부가 남긴 기록은 거의 날씨에 관한 내용이었는데, 하루종일 마차를 끌고 다녔으니까 그럴 만도 하지. 그가 비행기계를 언급하기 이주 전에 유성우 현상처럼 보이는 사건을 기록한 내용이 있어."

"그렇다면 매기도 유성 때문이라고 생각했어?"

"아니." 레너드는 한숨을 쉬었다. "뭔가 다른 거라고 생각했어. 희한하게도 몇 년 전 내가 인터넷으로 검색하다 알게 된 사실인데, 1901년 유성의 활동이 이례적으로 많았다고 해."

로비는 눈썹을 치켜올렸다. "그렇다면?"

레너드는 말이 없었다. 그는 문을 열고 밖으로 나갔다. 나머지 두 명도 뒤따라갔다.

그들은 주차장 끝에 다다랐다. 갈라진 아스팔트 포장이 끝나고 돌길이 이어졌다. 레너드는 뒤를 슬쩍 돌아보더니 멈춰 섰다. 허리를 숙여 바닥의 나뭇잎과 죽은 풀들을 손으로 쓸어내고는 필름통을 땅에 내려놓고 금속 뚜껑을 열었다. 둘둘 말린 필름의 한쪽 끝을 부드럽게 잡아당겨 땅 위에 살짝 늘어뜨렸다. 그런 다음 라이터를 꺼내서 불을 켜고 불길을 필름에 갖다댔다.

"대체 무슨—" 로비가 말하려는 찰나였다.

둔하게 쉬익 하는 소리가 났다. 가스버너가 점화되는 소리와 비슷했다. 양철통에서 심홍색과 황금색의 불꽃이 확 일더니 뭉게뭉게 피어오르는 검은 연기 안에서 꿈틀거렸다. 레너드는 비틀거리며 일어서더니 머리를 감싸쥐고 뒤로 물러났다.

"레너드!" 에머리가 그의 몸을 거칠게 붙잡았고, 이어 돌아서서 집으로 뛰어갔다.

로비가 미처 움직이기도 전에 유독한 화학약품 냄새가 코를 찔렀다. 화염이 빛나는 한줄기로 줄어들어 너울거리며 연기의 기세에 맞서 싸우다가 재가 되었다. 로비는 머리를 숙이고 기침을 했다. 레너드의 팔을 잡고 잡아당겼다. 고개를 들어보니 에머리가 소화기를 들고 달려오고 있었다.

"미안해." 레너드가 가쁜 숨을 몰아쉬었다. 그는 손을 휘휘 저어 연기를 쫓았다. 불꽃이 꺼졌다. 얼굴이 재로 시꺼멨다. 로비는 조심스럽게 뺨을 만져보고 손가락을 보았다. 손가락들은 끈적거리는 검은 물질에 뒤덮여 있었다.

멈춰 서서 헐떡거리던 에머리는 필름통의 비틀린 잔해를 보았다. 그 옆의 땅바닥에서 시뻘겋게 달아오른 필름이 낙엽 쪽으로 꿈틀거리다가 생명을 잃고 회색빛으로 변했다. 에머리는 위협적으로 소화기를 들었다가 내려놓고 양철통을 발로 밟았다.

"박물관에서 그러지 않은 게 천만다행이야." 로비가 말했다. 그는 레너드의 팔을 놓았다.

"그런 생각을 안 했던 게 아니야." 레너드는 그렇게 말하고 집으로 들어갔다.

그들은 금요일 저녁에 출발했다. 로비는 미심쩍어하는 상사에게 남쪽에 사는 친척이 죽어가고 있다고 장황하게 설명한 후에야 일주일 휴가를 받았다. 재크는 봄방학 때 아버지와 여행 갈 거라는 말을 듣자 소리를 지르고 스탠드를 부수었다.

"에머리 아저씨랑 레너드 아저씨도 같이 간다고요? 제정신으로 하는 소리예요?"

로비는 너무 지쳐서 대꾸할 기력조차 없었다. 그래서 타일러도 원한다면 같이 가자고 했다. 타일러는 뜻밖에도 가겠다고 했고, 금요일 오후부터 와서 차에 짐 싣는 것을 도왔다. 로비는 아이들이 낡은 토러스 트렁크에 던져놓은 배낭과 더플백 속에 무엇이 들었는지 애써 무시하려 했다. 술이든 마리화나든 권총이든 상관하지 않기로 했다.

대신 코와나섬의 일기예보를 찾아보았다. 26도에 맑은 날씨, 푸른 바다와 백사장과 파도 위로 낮게 날아가는 펠리컨떼 사진이 인터넷에 검색되었다. 열 시간이면 그리 나쁘지 않았다. 로비는 또다시 마음이 약해져 재크에게 도중에 운전을 해도 좋다고 말했다. 잠시 눈도 붙일 겸 해서.

"저는요?" 타일러가 물었다. "저도 운전하면 안 돼요?"

"내가 절대로 깨어나지 않으면 그때 해라." 로비가 말했다.

저녁 여섯시경 에머리가 집 앞 진입로로 들어오며 경적을 울렸다. 아이들은 이미 로비의 차에 자리잡은 뒤였다. 앞좌석에 앉은 재크는 이어폰 줄을 주렁주렁 늘어뜨린 채 니트 모자를 눈까지 덮어썼고, 뒷좌석의 타일러는 벌써 고속도로를 달리기라도 하듯 멍하니 창밖을 바라보았다.

"준비됐어?" 에머리가 차창을 내리고 물었다. 파란색 플란넬 셔츠를 입고 '스타플리트 아카데미'*라고 쓰인 야구모자를 썼다. 하이브리드 승용차의 조수석에서는 레너드가 도로 지도책을 열심히 들여다보고 있었다. 그가 고개를 들어 로비에게 웃어 보였다.

"어이, 도로 지도책 여기 있어."

"그래." 로비도 웃으며 자동차 지붕을 툭툭 쳤다. "그럼 이따 봐."

* 〈스타 트렉〉에 나오는 함선 엔터프라이즈호의 승무원 양성 학교.

워싱턴 순환도로의 중력에서 벗어나기까지 두 시간 가까이 걸렸다.

농장과 숲은 끝없는 쇼핑몰과 주택단지 개발에 밀려 사라진 지 오래였다. 그마저도 상당수가 텅 비어 있었다. 라디오에서 로비가 좋아하는 노래가 나올 때마다 볼륨을 올리자 아이들은 이어폰을 끼고 있어도 다 들린다며 불평을 했다.

어스름이 깔리고 버지니아주에서 노스캐롤라이나주로 접어들자마자 세상이 동화처럼 은은한 빛을 띠었다. 저멀리 초록색과 노란색 불빛이 초저녁에 뜬 별들과 환한 초승달을 비추었다. 사방으로 뻗어나간 교외는 어느덧 소나무숲으로 바뀌어 있었다. 아이들은 몇 시간째 자고 있었다. 어른이 있든 말든 십오 분 이상 시간이 남으면 경탄스러우리만치 언제라도 겨울잠에 들 수 있었다. 로비는 라디오를 작게 틀고 친숙한 멜로디를 찾아 주파수를 이리저리 돌렸다. 칭얼거리는 재크를 뒷좌석에 태우고 애나와 드라이브하던 시절이 생각났다. 정처 없이 달리다가 아이가 잠들면 이야기를 나누었고, 한번은 공터에 차를 대고 섹스를 즐기기도 했다.

이런 기억을 떠올린 게 얼마 만일까? 족히 몇 년은 된 것 같았다. 그동안 로비는 애나 생각을 하지 않으려고 싸웠다. 때로는 애나 자체와 싸웠다. 술을 한 잔 더 따르거나 비틀거리며 침대로 갈 때면 그녀가 주먹으로 마구 때리는 듯 느껴졌다.

그 옛날 드라이브로 어린 재크가 스르륵 잠들었듯이 이제 어둠이 그의 마음을 진정시켰다. 가슴을 누르던 통증이 가시 뽑힌 듯 사라졌다. 눈을 깜박였고 백미러에 애나의 얼굴이 얼핏 비쳤다. 차창 밖으로 흘러가는 하늘을 보느라 얼굴을 살짝 옆으로 돌린 채였다.

그는 깜빡 졸았다는 것을 깨달았다. 계기반의 연료 표시기에 빨간불이 들어왔다. 그는 에머리에게 연락했고, 다음 출구에서 고속도로를 빠져나왔다. 프리우스가 뒤따라왔다.

몇 분 뒤 도로에서 비켜난 소나무숲에서 주유소를 발견했다. 낡은 주유기가 마당에 있고 방충망 문에서 노란 불빛이 흘러나왔다. 아이들이 눈을 떴다.

"여기가 어디예요?" 재크가 물었다.

"모르겠다." 로비가 차에서 내리며 말했다. "노스캐롤라이나주야."

불가사의한 정원이나 동물원의 숨겨진 생태계에 발을 들인 기분이었다. 온기가 주위를 감쌌고, 보라색과 살랑거리는 초록색이 흘러넘쳤으며, 인동덩굴과 축축한 돌 냄새가 코를 찔렀다. 졸졸 흐르는 물소리, 나뭇잎이 바스락거리는 소리, 헤아릴 수 없이 많은 작은 소리들—개구리 울음소리, 그가 모르는 온갖 벌레 소리. 밤꾀꼬리가 재잘재잘 노래했다. 건물 뒤쪽 어두운 곳에서는 칡덩굴에 칭칭 감겨 질식당하고 있는 나무들 사이로 개똥벌레들이 빛을 내는 작은 물고기처럼 날아다녔다.

로비는 잠시 아늑한 어둠에 몸을 맡겼다. 따스한 공기가 그를 통과해 지나갔다. 향긋한 냄새를 싣고, 그에게는 보이지도 만져지지도 않는 생명력으로 약동하며. 목구멍 안쪽에서 달달하고 희미하게 떫은맛이 느껴졌다. 날카롭게 숨을 들이켰다.

"왜 그래요?" 재크가 물었다.

"아무것도 아냐." 로비는 고개를 젓고 주유기로 돌아섰다. "그

낭―여기 참 좋지 않니?"

그는 연료탱크를 채웠다. 재크와 타일러는 먹을거리를 사러 갔다. 에머리가 천천히 다가왔다.

"할 만해?"

"괜찮아. 재크에게 운전 맡기고 잠시 눈 좀 붙일까봐."

그는 차를 옮긴 다음 계산을 하려고 안으로 들어갔다. 레너드가 담배를 사고 있었고, 아이들은 에너지음료와 감자칩을 잔뜩 안고 밖으로 나갔다. 로비는 카운터의 점원에게 신용카드를 내밀었다. 탱크톱 차림이라 문신이 눈에 잘 띄었는데 매릴린 맨슨 얼굴 같았다. 어쩌면 예수 같기도 하고.

"여기 화장실이 어디죠?"

점원이 열쇠를 건넸다. "뒤로 돌아가요."

"여기서 화장실 가라." 로비가 아이들에게 소리쳤다. "다음에 안선다."

아이들은 그를 따라가 회색 벽으로 둘러싸인 눅눅한 공간으로 들어갔다. 머리 위에서 형광등이 윙윙 소리를 냈다. 타일러가 먼저 나가고 로비와 재크는 손을 씻으려고 세면대 앞에 나란히 섰다. 녹슨 수도꼭지에서는 물이 나오지 않았다.

"젠장," 로비가 말했다. "가자. 너 운전할래?"

"아빠." 재크가 천장을 가리켰다. "아빠, 봐요."

로비가 고개를 들었다. 세면대 위쪽 작은 창문의 방충망이 볼록 튀어나와 있었다. 바람에 날린 나뭇잎이나 종잇조각이 달라붙은 모양이었다.

그런데 나뭇잎이 움직였다. 나뭇잎이 아니라 나비였다.

아니, 나비도 아니었다. 나방이었다. 그는 이렇게 큰 나방은 처음 보았다. 그의 손보다 더 컸다. 부채 모양 앞날개를 펴자 선명한 황금색 반점이 드러났다. 희부연 형광 초록빛을 띤 뒷날개는 완벽한 아라베스크를 그렸다.

"산누에나방이야." 로비는 나직이 말했다. "저런 건 본 적 없는데."

재크가 세면대 위로 올라갔다. "나가고 싶나봐요—"

"꽉 잡아." 아이의 무게 때문에 세면대가 벽에서 떨어질까 싶어 로비는 재크를 밑에서 받쳤다. "조심해! 다칠라—"

나방은 그 자리에 가만히 있었다. 로비는 끙끙거렸다. 재크의 몸무게가 자기만큼이나 많이 나갔다. 아이가 벽에서 방충망을 비틀다가 당겨서 떼어내려고 애쓰는 동안 다리가 후들거렸다.

"꽉 끼었어요. 도저히 뺄낼 수가—"

나방은 힘없이 퍼덕거렸다. 한쪽 날개 끝이 불에 그슬린 것처럼 너덜너덜했다.

"뜯어버려!" 로비가 소리쳤다. "그냥 방충망을 뜯어."

재크는 손가락을 창문틀 모서리 아래로 집어넣어 확 잡아당겼다. 어찌나 세게 당겼는지 쓰러지는 그를 로비가 밑에서 꼭 붙잡았다. 찢겨나간 방충망이 세면대 위에서 너덜거렸다. 산누에나방이 천천히 창턱을 기어올랐다.

"가!" 재크가 손으로 벽을 쳤다. "어서 날아가!"

바람을 타는 연처럼 나방의 몸이 위로 들렸다. 치렁치렁한 뒷날개가 바들바들 떨리고 반점이 깜빡이는 듯 보였다. 창백한 얼굴로 어둠 속에서 그들을 응시했다. 그러고는 사라졌다.

"와, 끝내주네요." 한순간 재크의 팔이 아버지의 어깨에 걸쳐 있었다. 어쩌면 순간적으로 로비가 그렇게 상상했는지도 모른다. "차로 갈게요."

아들이 나간 뒤 로비는 방충망을 창문에 도로 끼워넣어보려 했다. 그는 열쇠를 돌려주고, 숲 어귀에 있는 레너드에게 가서 담배를 피웠다. 뒤에서 자동차 경적 소리가 났다.

"빨리요!" 재크가 소리쳤다. "지금 출발해요!"

"여행 잘해." 레너드가 말했다.

재크가 운전하는 동안 로비는 뒷좌석에서 자다 깨다 했다. 두 아이는 음악 선곡과 아일린이라는 여자애에 대해 말다툼을 벌였다. 한 시간 뒤 그가 운전대를 다시 잡았다.

밤이 계속 이어졌다. 아이들은 다시 잠들었다. 로비는 아이들이 사다놓은 레드불을 마시고 아직도 아른거리는 산누에나방의 경이로움에 대해 생각했다. 가느다란 선녹색 층이 수평선에 생기더니 서서히 하늘을 뒤덮으면서 구릿빛으로, 이어 황금빛으로 진해져갔다. 테다소나무와 핀참나무 사이로 팔메토 야자나무가 눈에 띄기 시작했다. 그가 모르는 뾰족뾰족한 식물들도 보였다. 창문을 열자 공기 중에서 장미향과 바다 내음이 났다.

"어이." 그는 옆에서 세상모르고 자는 재크를 쿡쿡 찔렀다. "거의 다 왔어."

로비가 방향을 살피느라 시선을 들었을 때 하이브리드 차가 옆

을 지나갔고, 에머리가 왼쪽에 난 모랫길을 가리키며 따라오라고
했다. 철조망 담장과 레몬크림색 꽃이 활짝 핀 선인장 무더기가 양
쪽으로 서 있었다. 소나무들이 팔메토 야자나무들과 선사시대를
연상시키는 고목들로 바뀌었다. 고목의 뒤틀린 뿌리들이 튀어나온
웅덩이에서는 해오라기와 왜가리가 개구리를 사냥하고 있었다.

"저기 봐." 로비가 말했다.

앞쪽의 도로는 차 한 대가 겨우 지나갈 정도로 좁은데다 조개껍
데기와 콘크리트 더미가 쌓인 길로 바뀌었다. 한쪽에 삼나무와 키
큰 새들이 어렴풋이 보였다. 반대쪽은 옥색 하구가 바다와 굽이진
모래언덕으로 이어졌다.

로비는 차의 속도를 늦춰 서행하면서 곳곳에 쌓인 조개더미를
가로지르고 싱크홀을 피하느라 진땀을 뺐다. 400미터를 나아가자
임시로 만든 둑길이 끝났다. 잔해 무더기 사이에 덩굴로 뒤덮인 낡
은 쇠문이 있었다. 그 위로 비바람에 풍화된 간판 하나가 삼나무에
걸려 있었다.

코와나섬에 오신 것을 환영합니다.
듄 버기*는 금지입니다.

그들은 폐허가 된 이동식 주택을 지나갔다. 에머리의 차는 보이
지 않았다. 로비는 휴대전화를 보았지만 신호가 잡히지 않았다. 뒷

---

* 모래언덕이나 사막을 달리는 소형 자동차.

좌석에서 타일러가 몸을 뒤척였다.

"아저씨, 여기 어디예요?"

"다 왔어. 우리의 목적지 섬이야."

"다행이다." 타일러는 몸을 앞으로 숙여 재크를 흔들어 깨웠다. "야, 일어나."

로비는 웃자란 초목 사이로 해변 주택 비슷한 것을 찾아보았다. 이 지역을 휩쓸고 지나간 허리케인이 뭐였는지 기억을 더듬었다. 언제였지? 이 년 전? 오 년 전?

그곳은 마치 수십 년간 방치되었던 곳처럼 보였다. 팔메토 야자나무가 사방에 쓰러져 있고, 그 나뭇잎은 빳빳하고 녹슨 칼날처럼 적갈색을 띠었다. 똑바로 선 나무들도 있었지만 꼭대기가 잘려나갔다. 양치류가 아스팔트 포장을 뚫고 나온 차도에서 연두색 도마뱀들이 볕을 쬐고 있었다. 목재와 곰팡이가 검게 핀 석고보드 더미 위로 간이차고 지붕이 위태롭게 덜렁거렸다. 덩굴식물로 가득한 수풀 사이에서 가끔씩 말짱한 집이 보였다.

하지만 사람은 없었다. 쓰러진 전봇대에 깔려 찌그러진 SUV 한 대를 제외하면 차도 없었다. 전면이 벽돌로 된 수수한 식료품점이 유일한 가게로, 깨진 창문 너머로 얼핏 보이는 통로와 진열품의 내부 풍경이 으스스했다.

"무슨 〈28일 후〉* 같네." 재크가 아버지에게 심술궂은 시선을 던졌다.

---

* 신형 바이러스 출현으로 황폐화된 세상을 그린 영화.

684

로비는 어깨를 으쓱했다. "스타플리트 아카데미 출신 아저씨한테 말해보지 그래."

그는 바큇자국이 나 있는 차도로 차를 몰았다. 하이브리드 차가 무성한 팔메토 야자나무 아래 서 있었다. 가장자리에 유목을 간 오솔길을 따라가자 토대 기둥 같은 말뚝 위에 세운 낡은 목조집이 한 채 나타났다. 활짝 핀 선인장 군락이 주위를 에워쌌고, 인동덩굴이 나무들을 칭칭 감았다. 너덕너덕한 잔디밭에 수백 개의 소라고둥 껍데기가 동심원과 나선 모양으로 깔려 있었다. 베란다에서는 나달나달해진 빨간색 팔랑개비가 산들바람에 돌았고, 밧줄을 엮은 그물침대가 흐늘흐늘한 고치처럼 나무에 걸려 있었다.

"저는 저기서 잘게요." 타일러가 말했다.

레너드는 무슨 생각을 하는지 알 수 없는 표정으로 집을 쳐다보았다. 에머리는 정문으로 짐작되는 곳으로 난 울퉁불퉁한 계단을 벌써 오르는 중이었다. 계단 꼭대기에 이르자 그는 허리를 굽혀 코코넛 매트를 들어올리고 밑에서 뭔가를 꺼냈다. 그러고는 허리를 펴고 활짝 웃었다.

"어서 와!" 그가 소리치고 돌아서서 문을 열었다. 다른 이들도 서둘러 그에게로 갔다.

리놀륨 바닥은 모래로 얇게 뒤덮여 있고 가구는 서로 어울리지 않았다. 등나무 의자와 색 바랜 수피포 쿠션으로 덮인 소파, 체인으로 천장에 매달아놓은 캔버스 의자는 아이들이 걸터앉을 때마다 위태롭게 삐걱거렸다. 창가에 걸린 먼지투성이 흰색 커튼이 바닷

바람에 살랑거렸다. 애놀도마뱀이 바닥을 누비고 다녔다. 타일러는 옥외 샤워실에서 검은과부거미를 보고 비명을 지르며 뛰쳐나왔다. 전기는 들어왔지만 에어컨도 텔레비전도 인터넷도 없었다.

"비수기에 300달러로 구할 수 있는 데가 이렇지 뭐." 타일러가 불평하자 에머리가 그렇게 대답했다.

"이해가 안 돼." 로비는 베란다에 서서 텅 빈 도로 너머로 뻗은 모래언덕과 군데군데 자란 가시덤불을 바라보았다. "아무리 허리케인이 닥쳤대도 그렇지. 어쨌든 여기는 바다가 바로 보이는 곳이잖아. 다들 어디에 있는 거야?"

"재건할 여건이 안 되었나보지." 레너드가 말했다. "날이 더워지기 전에 내 물건부터 안으로 옮겨야겠어."

레너드는 안방을 차지했다. 노트북과 에머리의 카메라 장비를 설치했고, 스토리보드, '벨레로폰' 미니어처가 든 상자를 갖다놓았다. 물건이 워낙 많아서 바닥은 물론 탁구대 위까지 차지했다.

"침실에 탁구대가 왜 있지?" 로비가 삼각대를 내려놓으면서 물었다.

에머리는 어깨를 으쓱했다. "이렇게 물을 수도 있지. 왜 침실마다 탁구대가 놓여 있지 않느냐고."

"우린 해변에 갈게요." 재크가 알렸다.

로비는 신발을 벗고 아이들을 따라나섰다. 인적 없는 도로를 건너고 오솔길로 접어들어 선인장과 뻣뻣한 덩굴식물이 우거진 작은 황야를 꾸불꾸불 돌았다. 그는 간밤에 잠을 못 잔데다가 에머리가 가져온 상자에서 꺼내 마신 맥주 때문에 가벼운 두통을 느꼈다. 벌써부터 모래가 뜨거웠고, 두 번이나 걸음을 멈추고 맨발에 박힌 뾰족한 잔가지를 빼내야 했다. 뿔도마뱀 한 마리가 길 위를 휙 지나갔고 혀가 파란 스킹크도마뱀 한 마리도 나타났다. 아들의 목소리가, 웃음소리가 들렸고 해변의 파도 소리도 전해졌다.

마지막 모래언덕 꼭대기는 자그마한 노란색 장미로 빽빽이 뒤덮여 있었다. 비누 같은 꽃향기가 소금기를 머금은 바람과 뒤섞였다. 로비는 몸을 숙이고 꽃잎을 한 움큼 뜯어 공중에 뿌렸다.

"비행하기 나쁜 곳은 아니지, 안 그래?"

그가 고개를 돌리니 웃통을 벗은 에머리가 와 있었다. 그는 입구에 라임 조각을 꽂은 테카테 맥주병을 로비에게 건네고는 자신의 병을 들어 한 모금 마셨다.

"아름답네." 로비는 라임을 병에 밀어넣고 마셨다. "하지만 저건 모형이야. 날지 않아."

"나도 알아." 에머리는 재크와 타일러가 얕은 바다에 첨벙 뛰어들어 서로 장난치며 튀기는 물이 흩뿌려지며 무지개가 생기는 광경을 바라보았다.

"그래도 덕분에 이렇게 휴가를 왔잖아."

"하긴 그러네." 로비는 모래언덕을 미끄러져내려가 아이들과 어울렸다.

그후 며칠간 그들은 이상한, 거의 수면 부족에 가까운 생활리듬에 빠졌다. 새벽 두세시까지 술을 마시고 떠들며 잠을 자지 않았다. 어른들은 아이들이 냉장고에서 맥주를 슬쩍해도 모른 척했다.

아이들이 잠자리에 든 뒤 베란다에서 마리화나 냄새가 흘러들어와도 무시했다. 모두가, 심지어 아이들도 동이 트면 바로 일어났다. 낡은 커튼 사이로 쨍쨍한 햇빛이 비쳐들었다. 재크와 타일러가 해먹에 웅크리고 누운 베란다에서는 청개구리가 경첩이 삐걱대는 소리를 내며 울어댔다. 그래서 다들 잠이 부족했고 술은 지나치게 마셨다.

그래도 별문제 없었다. 몸속의 피만큼 따스한 물속으로 걸어들어가 하늘을 보고 누워 자신을 스치듯 날아가는 펠리컨을 지켜보다보면 로비는 숙취가 풀렸다. 그런 다음 집에서 장비를 꺼내 에머리가 낡은 캔버스 의자와 침대시트로 만든 간이숙소가 있는 모래언덕까지 옮겼다. 아이들이 그를 도와 셋이서 삼각대와 디지털카메라, 레너드의 '벨레로폰' 모형이 든 상자, 맥주와 레드불이 담긴 아이스박스를 날랐다.

자연히 집안일은 에머리 몫이 되었다. 그는 모래언덕에 반쯤 파묻힌 빨간색 낡은 수레를 발견해 토르티야와 맥주와 라임을 나르는 데 이용했다. 처음 도착한 날 지나가면서 보았던 버려진 폐허를 제외하면 섬에는 가게가 전무했다. 주유소도 없고, 역사 연구 단체 건물은 오래전 사라진 듯했다.

그러던 중 에머리는 차를 몰고 돌아다니다가 길가에서 메이슨 자jar에 든 수제 살사소스와 마분지 상자에 담긴 회녹색 달걀을 파는 노점을 발견했다. 옆 도로는 철조망으로 막혀 있고, 머리 둘 달린 개를 조심하라는 경고판이 달려 있었다.

"저거 봤어요?" 타일러가 물었다.

"아니. 앨리게이터를 빼고 쥐새끼 한 마리 없던데." 에머리는 맥주병을 땄다. "그리고 앨리게이터는 머리 둘 달린 개를 잡아먹을 만큼 크더라."

목요일 아침까지 그들은 섬의 한쪽 끝에서 다른 쪽 끝까지 물품을 날랐다. 레너드가 모래언덕을 올라갔다 내려갔다 하며 시무룩하니 푸른 수평선을 살피는 동안 다들 초조하게 기다렸다.

"적절한 장소가 어딘지 어떻게 알아?" 로비가 물었다.

레너드는 고개를 저었다. "나도 몰라. 매기는 저기 어디쯤이라고 했는데—"

그는 한 팔을 휘저으며 해변 위로 파도처럼 높이 솟은 모래 능선을 아울렀다. 아래에서는 타일러와 재크가 언덕 위로 짐을 전부 다시 나르는 게 누구 차례인지를 두고 입씨름을 벌였다. 로비는 선글라스를 밀어올렸다.

"매콜리가 여기 온 이후 해변은 무수히 씻겨내려갔어. 어쩌면 그냥 무작위로 한 곳을 골라야 할지도 몰라. 가장 높은 모래언덕이 어떨까?"

"그래야겠지." 레너드는 한숨을 쉬었다. "그럼 여기가 최선의 선택지야."

그는 자리에 서서 한동안 하늘을 응시했다. 마침내 돌아서서 아이들이 있는 곳으로 내려갔다.

"여기로 하자." 그는 퉁명스럽게 말하고 집으로 돌아갔다.

그날 오후 늦게 그들은 해변에서 모닥불을 피웠다. 날이 저물면서 날씨가 우중충했고 다른 때보다 훨씬 선선했다. 살짝 멍든 것 같은 색을 띤 연무가 태양을 가렸다. 로비는 발치에 닿는 소라고둥들을 느끼며 얕은 물속을 걸었다. 재크는 모닥불 옆에서 기타 피크만한 상어 이빨을 발견했다.

"이거 백만 년은 됐겠다." 타일러가 부러워했다.

"아빠 나이 정도 되었을걸." 재크가 말했다.

로비가 레너드 옆에 털썩 주저앉았다. "거 참 이상하네." 그는 소라껍질에서 모래를 털어내며 말했다. "사방에 섬이 널렸는데 우리가 여기 온 이후로 배를 한 척도 못 봤잖아."

"그래서 불만이야?" 레너드가 말했다.

"불만이 아니라 이상하잖아, 안 그래?"

"어쩌면 그럴지도." 레너드는 담배를 불속에 던졌다.

"나는 여기가 좋아." 재크는 바닥에 등을 대고 누워 초저녁의 별들 사이로 불꽃이 날아오르는 것을 바라보았다. "아빠, 우리 그냥 여기 있으면 안 돼?"

로비는 맥주를 쭉 들이켰다. "일하러 가야지. 너희는 학교에 가야 하고."

"빌어먹을 학교." 재크와 타일러가 한목소리로 말했다.

"내 말 잘 들어." 레너드가 아이들을 노려보며 조용히 시켰다. "내일 아침까지 모든 준비를 마칠 거야. 바람이 거세지기 전에 촬영할 거야. 그리고 나머지 시간에는 편집을 할 거야. 그런 다음 짐을 싸서 토요일에 페이엣빌로 출발. 저렴한 숙박 시설에서 하룻밤 지내고 일요일에 집 도착."

아이들이 구시렁거렸다. 에머리는 한숨을 쉬었다. "지겨운 곳으로 돌아가는구나. 면회시간을 알아봐야겠어."

"매기와 몇 시간을 함께 보낼 생각이야." 레너드는 은색 해골 귀고리를 잡아당겼다. "토요일 정오 전에 간다고 간호사한테 말해놓았어."

"그러려면 굉장히 빨리 출발해야 해." 에머리가 말했다.

몇 분 동안 아무도 말이 없었다. 바람이 불어 뒤에 있는 모래언덕의 잡목이 바스락거렸다. 모닥불이 확 일었다가 사그라지자 재크가 유목을 던져넣었다. 처음 보는 새가 날카로운 고음으로 노래했고 다른 새들이 하나둘 합세해서 어느덧 구슬픈 새소리가 잠시나마 잔잔한 파도 소리를 뒤덮었다.

로비는 어두워져가는 바다를 응시했다. 손에 들린 소라껍데기가 따뜻하고 피부처럼 매끄러웠다.

"아빠, 저기 봐요." 재크가 말했다. "박쥐예요."

로비가 몸을 젖혀 머리 위로 검은 형체가 불꽃을 피해 날아가는 것을 보았다.

"멋지네." 그의 목소리가 음주로 탁했다.

"그럼," 레너드가 일어나 담배에 불을 붙였다. "난 자러 가야겠어."

"나도요." 재크가 말했다.

로비는 아이들이 하품을 하며 피곤한 몸을 일으키는 모습을 보고 약간 뜻밖이라고 생각했다. 에머리가 아이스박스에서 맥주를 하나 꺼내 로비에게 건넸다.

"불 잘 지키고 있어, 친구." 그러면서 그도 다른 이들을 따라 안으로 들어갔다.

로비는 꺼져가는 불길을 가만히 지켜보았다. 괴이하게도 유목가지를 따라 여기저기 초록색과 파란색 액체가 흘렀다. 레너드는 아이들에게 소금이라고 설명했지만, 로비는 과연 사실일지 의문이었다. 레너드는 이 모든 것을 어떻게 아는 걸까? 로비는 얼굴을 찌푸리며 모래를 한 움큼 쥐어 가물거리는 불에 던졌다. 불꽃이 금방 꺼져 깜부기불로 변했다.

로비는 나직이 욕을 내뱉었다. 맥주를 다 마시고 일어나서 비틀거리며 바다로 걸어갔다. 구름에 가린 달이 먼 파도 위로 희미한 적갈색 빛을 드리웠다. 그는 수평선을 뚫어져라 보며 생명의 신호를 헛되이 찾았다. 유람선의 불빛도 좋고 비행기 불빛도 좋았다. 아무것도 발견하지 못하자 돌아서서 해변을 위아래로 훑어보았다.

아무것도 없었다. 모닥불도 이미 꺼졌다. 그는 까치발로 서서 높은 모래언덕 너머 팔메토 숲에 위치한 해변 주택을 쳐다보았다. 밤이 모든 것을 삼켜버렸다.

바다를 향해 다시 돌아섰다. 파도가 맨발을 핥고 지나갔다. 뭔가가 얼굴을 쏘았는데 바람에 날린 모래거나 어쩌면 각다귀일지 몰랐다. 그는 손을 저어 내쫓다가 얼어붙었다.

물속에서 깃털 모양의 불빛이 휘감기고 펼쳐지며 그를 매혹시켰다. 짙은 보라색과 선녹색 불빛이 눈을 찌르는 듯했고, 청록색과 주홍색 불빛이 너울거리며 타올랐다. 그는 고개를 흔들며 뒤로 물러섰다. 정신을 차리고 주위를 둘러보았다.

아무도 없었다. 다시 그곳을 보았다. 불빛은 그대로였다. 수면 바로 아래서 신비한 리듬에 따라 감겼다 풀렸다 했다.

기계 같은데, 그는 생각했다. 일종의 수중 풍력발전인가? 아니면 조력발전?

하지만 말도 안 되는 소리였다. 그는 뺨을 비비고 정신을 차리려 했다. 언젠가 늦은 밤 메릴랜드의 오션시티에서 비슷한 광경을 본 적이 있었다─레너드가 물속에서 빛을 내는 플랑크톤과 해파리 같은 생물에 대해 설명했고, 한껏 취한 그들은 대서양으로 차를 몰고 가 보드 없이 맨몸으로 파도를 타며 옅은 녹색의 생명체들이 자신들 뒤를 쫓아오는 광경을 보았다.

그는 심호흡하고 물속으로 들어가 파도를 찼다. 그리고 멈춰 서서 야광운을 손으로 휘저어보았다.

어둠이 거의 무릎까지 찰랑거렸다. 그래서 그가 물을 휘저은 곳에서는 불빛의 정체를 알 수 없었다. 하지만 몇 미터 떨어진 곳에서는 불빛이 계속 수면 아래에서 돌고 돌았다. 마치 주먹 크기의 성운 수십 개가 소리 없이 꾸준히 맥동하는 듯했다.

시선을 고정하고 한참을 응시하자니 머리가 아팠다. 불빛은 인광처럼 옆으로 흩어지지도, 해파리처럼 떠다니지도 않았다. 그의 손이 닿을 만큼 가까운 곳에 뿌리를 내리고 있는 듯했다.

하지만 그는 눈의 초점을 맞출 수 없었다. 착시 현상이나 현기증 나는 컴퓨터게임처럼 집중하면 할수록 불빛이 자꾸 흔들렸다.

오 분 동안, 어쩌면 더 오래 그곳에 서 있었다. 아무런 변화가 없었다. 그는 천천히 뒤로 물러나기 시작했다. 마침내 돌아서서 모래 사장을 터벅터벅 걸었고 이따금 멈춰 서서 뒤를 돌아보았다. 노르스름한 불빛은 조금 흐려졌지만 여전히 같은 자리에 있었다.

그는 집까지 남은 거리를 뛰었다. 불이 꺼져 있었다. 음악도 웃음소리도 들리지 않았다.

하지만 담배 냄새가 났다. 냄새를 따라 베란다로 가보니 레너드가 난간 옆에 서 있었다.

"레너드!" 로비는 그의 옆에서 숨을 고르고 아이들을 찾았다.

"안에서 잔대." 레너드가 말했다. "너무 추워서."

"저기, 보여줄 게 있어. 바다에서 불빛을 봤어. 해변이 아니라 물속에서." 로비는 레너드의 팔을 잡았다. "같이 가자."

레너드는 화를 내며 그를 뿌리쳤다. "너 취했구나."

"안 취했어! 그러니까, 그래, 어쩌면 좀 취했지. 하지만 농담 아니야. 저기—"

그러면서 팔메토 야자나무 숲바다 너머, 모래언덕 너머, 어둑어둑한 파도 쪽을 가리켰다. 노란 불빛은 이제 은빛으로 반짝거렸다. 수면에 퍼져서 수평선으로 갈수록 희미해졌다. 마치 숲속으로 사라지는 오솔길처럼.

레너드는 그쪽을 쳐다보더니 불신의 표정으로 돌아섰다. "멍청하긴. 저건 달이잖아."

로비가 고개를 들었다. 그랬다, 상현달이, 구름 사이로 환하게 비치는 황금빛이 보였다.

"저거 말고." 그는 술에 취한 자신의 목소리가 절박하게 들린다는 것을 알았다. "물속에 있다니까."

"생물발광 현상이야." 레너드는 한숨을 쉬고 피우던 담배를 던지고는 문으로 갔다. "잠이나 자, 로비."

로비는 그의 뒤에 대고 소리를 지르기 시작했다. 그러다 정신을 차리고 난간에 몸을 기댔다. 머리가 지끈거렸다. 눈앞에서 빛의 환영이 빙빙 돌았다. 현기증이 일며 눈물이 나려 했다.

그는 눈을 감고 심호흡을 했다. 총천연색으로 소용돌이치던 빛을, 물속에서 피어오르던 작은 은하를 떠올리며 머릿속에서 울려대는 고통을 잊으려 했다. 일 분 뒤 해변 쪽을 다시 보았다. 아무것도 없었다. 달빛어린 하늘을 배경으로 팔메토 나뭇잎의 예리한 실루엣만 보였다.

몇 시간 뒤 그는 소파에서 눈을 떴다. 이마에 도끼가 박힌 듯한 느낌이었다. 희뿌연 빛이 바닥을 쓸고 갔다. 날이 쌀쌀해 담요를 찾아 더듬었지만 헛수고여서 투덜거리며 일어나 앉았다.

에머리가 부엌 싱크대에서 뭔가를 씻고 있었다. 로비를 보더니 커피포트를 들어 보였다. "줄까?"

로비는 고개를 끄덕였다. 에머리가 김이 나는 머그잔을 내밀었다. "몇시야?" 로비가 물었다.

"여덟시 조금 넘었어. 애들은 레너드랑 같이 나갔는데 한 시간쯤 됐어. 비가 올 거 같아. 계획을 망치겠어. 어쩌면 비행을 연기해야 할지도 몰라."

로비는 커피를 마셨다. "십칠 초라. 그냥 공중에 띄우기만 하면 되잖아."

"그치, 내 생각도 그래. 그나저나 어젯밤에 어떻게 된 거야?"

"아무것도 아니야. 맥주를 너무 많이 마셨어."

"레너드 말로는 술에 취해 날뛰었다던데."

"레너드가 워낙 나에 대한 기대가 없잖아. 내가—막 나갔나봐."

"음, 아무튼 이제부터 정신 똑바로 차려야 해. 너를 깨워서 여덟 시까지는 해변에 데려가겠다고 말했어."

"그런데 내 역할이 뭐지? 카메라맨인가?"

"허허, 촬영은 내가 해. 너는 작동법도 모르잖아. 내 카메라이기도 하고. 아이들은 바람막이와 받침대, 뭐 그런 걸 맡았지. 레너드에게 물건을 건넬 거야."

"물건? 무슨 물건?" 로비는 얼굴을 찌푸렸다. "빌어먹을 모형 비행기잖아. 게다가 리모컨도 없는, 안 그래? 리모컨만 있었어도 좋았을 텐데."

에머리는 카메라 가방을 집어들었다. "이제 가야지. 삼각대는 들 수 있지? 애들이 너한테 물건을 넘길 거야. 그걸 레너드에게 전해주면 돼."

"곧 갈게. 레너드한테는 나 없이 시작해도 된다고 해."

에머리가 먼저 나가자 로비는 커피를 마저 마시고 방으로 갔다. 옷가지를 뒤져 이부프로펜 병을 찾아 여섯 알을 삼키고는 후드티를 입고 침대 모서리에 걸터앉아 벽을 쳐다보았다.

정신을 잃었던 게 분명했다. 공원 관리소에서 해고된 후로 처음이었다. 맥주를 일곱 병째 마신 이후 기억이 흐릿했다. 크레용 빛깔의 팔랑개비가 어두운 물속에서 돌았고, 비틀거리며 해변에서 도망쳤었지. 지겹다는 듯 "멍청하긴. 저건 달이잖아" 하던 레너드의 목소리도 기억났다.

로비는 얼굴을 찌푸렸다. 뭔가 보기는 보았다. 확실했다.

그러나 아무리 애써도 더는 생각나지 않았다. 그나마 기억나는 것은 도무지 말이 되지 않았다. 반쯤 졸면서 본 영화 장면이나 차로 지나가면서 얼핏 본 교통사고 광경 같았다. 어쩌면 달빛이었거나 형광빛을 내는 해초였는지도 모른다.

혹은 내가 완전히 맛이 갔거나.

로비는 한숨을 쉬었다. 그는 운동화를 신고 에머리의 삼각대를 들고 밖으로 나갔다.

해변에 도착하니 차가운 비가 흩뿌렸다. 바람이 거셌다. 바다는 구겨진 은박지처럼 잿빛과 은빛을 띠었다. 해초 더미가 모래를 뒤덮었고, 뿌연 유리 같은 작은 원반형 물체가 있었는데 해파리, 그것도 수백 마리의 해파리였다. 로비는 해파리를 발로 쿡쿡 찔러보고는 해변을 따라 계속 내려갔다.

모래언덕은 섬의 북쪽에 있었다. 모래사장 위로 족히 5미터는 가파르게 치솟은 곳으로, 지금은 썰물 몇 시간 전이어서 바닷물이 9미터가량 떨어져 있었다. 기체역학을 잘 모르는 사람은 여기야말로 비행기를 띄우기 딱 좋은 곳이라고 생각할지 몰랐다. 로비도 잘은 몰랐지만 이보다 훨씬 높은 곳이어야 한다고 확신했다.

아무튼 그건 실물 크기의 비행기일 때의 이야기였다. 두 손으로 움켜잡을 수 있는 크기의 모형이라면 그 정도 높이로도 충분할 듯했다. 저쪽에 비디오카메라를 목에 걸고 물가를 걷고 있는 에머리가 보였다. 다른 사람들은 보이지 않았다. 모래언덕으로 쭉 이어진 발자국만 남아 있었다. 로비는 색깔과 질감이 꼭 물을 섞은 옥수숫가루 같은 모래에서 미끄러지지 않으려고 삼각대로 몸을 지지하면서 언덕을 올라갔다. 정상에 도착했을 때는 숨이 찼다.

"아빠, 어디 있다가 이제 와요?"

바람막이 텐트 안에서 내다보는 재크를 향해 로비는 힘없이 웃어 보였다. "코가 막혀서."

재크는 안으로 들어오라고 손짓했다. "어서요. 나는 여기를 비우면 안 돼요."

로비는 삼각대를 내려놓고 허리를 숙여 임시로 만든 텐트에 들어갔다. 빗자루 손잡이, 유목, 부서진 접의자로 나름 정성껏 세운 뼈대가 바람에 펄럭이는 침대시트를 간신히 붙잡고 있었다. 타일러와 재크는 담요 위에 책상다리를 하고 앉아 휴대전화를 들여다보고 있었다.

"여기선 신호가 잘 잡혀요." 타일러가 말했다. "이런, 또 안 되네."

그들 곁에 레너드가 무릎을 꿇은 채 마분지 상자 옆에 있었다. 늘 입는 흰색 튜닉 말고 노란색 새를 수놓은 하늘색 튜닉을 입었다. 그의 잿빛 눈이 싸늘한 경멸의 눈초리로 로비를 흘깃 보았다. "여긴 세 명밖에 못 들어오는데."

"괜찮아요. 내가 나갈게요." 재크가 말했다. 그가 시트 사이의 틈으로 기어나갔다. 타일러도 따라갔다. 로비는 주머니에 손을 넣고 어색하게 웃었다.

"그건 그렇고," 그가 말했다. "저 밖에 해파리들 봤어?"

레너드는 그를 보지도 않고 고개만 끄덕였다. 그는 대단히 조심

조심 벨레로폰을 꺼내 말끔히 접은 수건에 올려놓았다. 다시 상자 속으로 손을 넣어 뭔가를 꺼냈다. 그의 손만한 인형으로 검은색 프록코트와 바지를 걸치고 중절모를 썼다. 앙증맞은 중절모는 로비에겐 한입거리겠다 싶었다.

"어때?" 레너드가 말했다.

"세상에, 레너드." 로비는 잠시 말문이 막혔다. "좀 봐도 돼?"

놀랍게도 레너드가 고개를 끄덕였다. 로비는 인형을 들었다. 너무 가벼워서 속에 아무것도 넣지 않은 듯했다.

하지만 인형을 살살 이리저리 살펴보니 천 아래로 가냘픈 관절이, 미니어처 몸통이 만져졌다. 자그마한 손이 소매에서 밖으로 나왔고, 검은 가죽으로 만든 세밀하고 반질반질 윤이 나는 신발을 신었다. 프록코트 안에 조끼를 받쳐 입고, 거의 보이지도 않는 조끼 주머니 밖으로 금색 시곗줄이 늘어져 있었다. 중절모 아래로 식물 솜털처럼 가는 빨간 머리카락이 살짝 비어져나왔다. 로비를 쳐다보고 있는 자그마한 얼굴은 매기 블레빈이었다. 세밀한 붓터치로 칠해 속눈썹과 둥근 뺨의 주름살 하나하나까지 다 보였다.

로비는 경탄하며 레너드를 보았다. "이거 어떻게 한 거야?"

"오래 걸렸지." 그가 손을 내밀자 로비는 인형을 돌려주었다. "가장 어려웠던 부분은 벨레로폰이 인형의 무게를 감당할 수 있어야 한다는 거였어. 좌석에 쏙 들어가야 하고 페달도 밟아야 했지. 별거 아니라고 생각하겠지만 꽤 어려운 작업이었어."

"그거, 진짜 그녀처럼 보여." 로비는 인형을 다시 한번 보았다. "난 네가 모든 걸 원본과 똑같이 보이게 만들려 한다고 생각했는데. 그러니까 매콜리는 태우고—그게 핵심이라고 생각했어."

"제일 중요한 건 날게 하는 거야."

"하지만—"

"굳이 이해하지 않아도 돼. 매기는 이해할 테니까."

레너드는 색색깔의 날개와 비단 파라솔이 장난감 회전목마처럼 경쾌한 분위기를 자아내는 자그마한 비행기로 허리를 숙이고는 인형 크기의 조종사를 사랑스럽게 좌석에 고정하기 시작했다.

로비는 오싹했다. 전에도 레너드가 만든 수세공 작품을 본 적이 있었다. 그의 마네킹은 워낙 감쪽같아서 관광객들이 정말 살아 있는지 보려고 연신 쿡쿡 찔러대곤 했다.

하지만 그건 실물 크기였다. 그리고 그가 아는 누군가와 닮지도 않았다. 레너드가 자그마한 매기 블레빈을 마치 사로잡힌 새처럼 사랑스럽게 들고 있는 모습을 보자 로비는 가벼운 두통과 메스꺼움을 느꼈다. 그는 텐트 입구로 몸을 돌렸다. "에머리가 장비 설치하는 걸 도와야겠어."

레너드는 작은 인형에서 한시도 눈을 떼지 않았다. "이따 봐." 마침내 그가 말했다.

언덕 기슭에서 아이들이 에머리에게 카메라를 만져보게 해달라며 조르고 있었다.

"안 된다니까." 그는 언덕을 내려오는 로비를 보고 손을 흔들었다. "이건 너희 아빠도 절대 못 만져."

"그건 아빠가 왕재수니까요." 재크가 말했다. 에머리는 로비의 팔을 잡고 바다 쪽으로 데려갔다. "잠깐만 보자."

"스태프들이 말썽이라도 피워?" 로비가 물었다.

"아니, 그냥 지루한가봐."

"그 인형 봤어?"

"왕창 축소된 매기?" 에머리는 걸음을 멈추고 모래언덕을 쳐다보았다. "레너드 말인데, 난 개가 똑똑한 건지 아니면 잠재적으로 위험한 건지 정말 모르겠어. 은퇴하고 정부연금을 받게 된다는 걸 보면 정상인 것 같은데, 매기 부두인형을 보면 또……"

그는 고개를 절레절레 젓더니 다시 걷기 시작했다. 로비도 옆에서 걸으며 젖은 모래를 발로 차고 하늘을 신기한 듯 올려다보았다. 대기 중에 오존 같기도 하고 달궈진 금속 같기도 한 묘한 냄새가 났다. 하지만 뇌우가 치기에는 날씨가 너무 쌀쌀했고, 팔메토 야자나무와 참나무 위로 드리운 기압마루는 뭉게구름보다 안개에 가까웠다.

"아무튼 바람은 제대로 된 방향에서 부니 다행이야." 로비가 말했다.

에머리가 고개를 끄덕였다. "그러게, 지붕에서 날려야 하나 생각하던 참이었는데."

몇 분 뒤 레너드의 목소리가 바람을 타고 전해졌다. "좋아, 다들 여기 있었군."

모래언덕 기슭에 모인 그들은 레너드를 올려다보았다. 그의 튜닉이 음산한 하늘을 배경으로 담청색 그늘을 드리웠다. 그의 양발 사이에 마분지 상자가 있었다. 그는 상자를 흘긋 내려다보더니 말을 이었다.

"나는 바람이 적당하다 싶을 때까지 기다렸다가 '지금이야!' 하고 외칠게. 에머리, 너는 나를 지켜보다가 비행기가 어디로 가는지 봐. 그리고 최대한 잘 찍어. 재크와 타일러, 너희는 부채질을 하고 비행기가 떨어질 것 같으면 잡을 준비를 해. 살살 잡아야 해."

"나는 뭘 하지?" 로비가 물었다.

"에머리 옆에서 무슨 일이 생기면 보조해줘."

"보조하라고?" 로비는 눈살을 찌푸렸다.

"혹시 말이야." 에머리가 낮은 목소리로 말했다. "레너드를 정신병원에 데려갈 때 네 도움이 필요할지도 몰라."

아이들은 바다 쪽으로 걷기 시작했다. 타일러가 휴대전화를 꺼냈다. 그러고는 주머니에서 휴대전화를 꺼내는 재크를 보았다.

"쟤들 서로 문자 보내는 거야?" 에머리가 믿기지 않는다는 듯이 물었다. "겨우 3미터 떨어져 있으면서?"

"준비됐어?" 레너드가 소리쳤다.

"준비됐어요." 아이들도 소리쳐 응답했다.

로비는 에머리를 향해 돌아섰다. "마보 선장, 넌 어때?"

에머리는 씩 웃으며 카메라를 들었다. "준비 완료."

언덕 꼭대기에서 레너드가 몸을 굽혀 상자에서 벨레로폰을 꺼냈다. 프로펠러가 미친듯이 돌아가기 시작했다. 가슴에 잡고 있는 비행기의 줄무늬 회전날개가 팔랑개비처럼 돌았고 길게 땋은 백발이 파라솔과 엉킬 것만 같았다.

갑자기 바람이 몰아쳤다. 동체 아래에서 자그마한 검은 인형이 가속이 붙은 진자처럼 앞뒤로 마구 흔들리는 것을 보자 로비는 목이 막혔다. 레너드는 모래에서 발이 미끄러져 균형을 잡으려고 안간힘을 썼다.

"어어." 에머리가 말했다.

바람이 잦아들자 레너드가 똑바로 섰다. 해변에서도 하얗게 질린 그의 얼굴이 보였다.

"괜찮아요?" 재크가 소리쳤다.

"괜찮아." 레너드가 소리쳐 대답했다.

그는 불안한 미소를 지어 보이고는 수평선을 집중해서 응시했다. 일 분이 지났을 때 무슨 소리를 듣기라도 하듯 그의 머리가 한쪽으로 기울었다. 돌연 그는 몸을 똑바로 세우고 양손으로 벨레로폰을 높이 들어올렸다. 그의 뒤에서 팔메토 야자나무가 돌풍에 몸부림쳤다.

"지금이야!" 그가 소리쳤다.

레너드가 양손을 놓았다. 나비처럼 벨레로폰이 공중으로 날아올랐다. 깃털 같은 파라솔이 부풀어올랐다. 부채 모양의 날개가 올라갔다 내려갔다 했다. 보조날개가 퍼덕거리고, 기어가 풍차처럼 빙빙 돌았다. 기차가 터널로 돌진해 들어가는 소리가 났다. 로비는 벨레로폰이 하늘을 가르며 미끄러지듯 날아올라 조종사가 맹렬하게 페달을 밟으며 바다로 향하는 광경을 넋을 잃고 바라보았다.

로비는 숨이 멎을 것 같았다. 아이들이 비행기를 쫓아 달려가며 소리를 질렀다. 에머리도 카메라에 얼굴을 댄 채 뒤따랐고 로비가 뒤를 쫓았다.

"정말 믿기지 않는군!" 에머리가 소리쳤다. "저것 좀 봐!"

그들은 물가 몇 미터 앞에서 멈추었다. 벨레로폰이 팔을 뻗으면 닿을 듯 그들 머리 위를 휙 지나갔다. 로비는 갖가지 화려한 색깔이 빙글빙글 돌며 날아가는 그 모습을 지켜보느라 눈이 다 침침했다. 손에 닿을 듯 날아오르는 비행기는 모든 아이의 꿈이다. 에머리는 카메라를 들고 얕은 바다로 들어갔다. 아이들이 그 뒤를 쫓아 첨벙거리며 작은 비행기에 부채질을 했다. 저 뒤의 모래언덕에서 레너드의 목소리가 울려퍼졌다.

"행운이 있기를."

로비는 벨레로폰이 날아가는 동안 수평선을 말없이 쳐다보았다. 하늘을 배경으로 조종사의 검은 실루엣과 돛처럼 활짝 펼쳐진 날개가 보였다. 비행기 돌아가는 소리가 점점 약해지더니 어느덧 새들이 날아가는 소리처럼 들렸다. 조만간 사라질 터였다. 로비는 물가로 걸어가서 목을 쭉 빼고 비행기에서 눈을 떼지 않았다.

예고 없이 초록색 섬광이 파도에서 치솟아 작은 비행기를 향해 뻗었다. 위로 치솟는 별똥별처럼 선녹색 불꽃이 터져 눈부신 빛을 발하며 벨레로폰을 삼켜버렸다. 한순간 로비는 혜성의 심장부에서 비행기계를, 빙글빙글 도는 황금색 회전체를 보았다.

그리고 불꽃이 사라졌다. 그와 함께 벨레로폰도 사라졌다.

로비는 멍하니 허공을 쳐다보았다. 영원과도 같은 순간이 흐른 뒤 뭔가가—누군가가—자신을 향해 다가오는 것을 알아챘다. 돌아서서 보니 흠뻑 젖은 에머리가 카메라를 내리고 비틀거리며 다가왔다.

"놓쳤어." 그가 숨을 헐떡거렸다. "뭔지는 모르겠지만, 그게 왔을 때 카메라를 떨어뜨렸어."

로비는 그를 부축해 모래에 앉혔다.

"그게 느껴졌다고." 에머리는 로비의 팔을 꼭 잡고 몸을 부르르 떨었다. "역방향 조류 같았는데, 하마터면 익사할 뻔했어."

로비는 그에게서 팔을 빼고 두리번거렸다. "재크?" 그는 당황해서 목소리가 높아졌다. "타일러, 재크, 너희—"

에머리가 바다를 가리켰다. 파도를 첨벙첨벙 가르고 의기양양하게 소리를 지르며 해변으로 돌아오는 아이들이 보였다.

"어떻게 됐어?" 레너드가 로비 옆으로 달려와 그의 팔을 잡고 물었다. "그거 봤어?"

로비는 고개를 끄덕였다. 레너드는 흥분해서 에머리를 돌아보았다. "찍었어? 벨레로폰 말이야? 그리고 섬광은? 원본이랑 똑같아! 하나도 다르지 않아!"

에머리가 로비를 향해 손을 뻗었다. "카메라 줘봐! 말릴 수 있을지 모르겠다."

레너드는 에머리의 흠뻑 젖은 옷과 물이 뚝뚝 떨어지는 비디오 카메라를 멍하니 보았다.

"오, 안 돼!" 그는 양손으로 얼굴을 감싸쥐었다. "제발……"

"우리가 찍었어요!" 재크가 어른들 사이를 밀고 들어왔다. "우리가 찍었다고요!" 타일러가 그의 옆으로 달려와 휴대전화를 흔들었다. "여기요!"

모두가 그리로 모였다. 아이들은 액정 화면이 검게 보이는 각도를 찾아 휴대전화를 이리저리 기울였다.

"됐다." 타일러가 말했다. "자, 봐요!"

로비는 손차양을 하고 눈을 가늘게 떴다.

거기 있었다. 밝은 점 하나가 흔들리면서 형체 없는 회색 지대를 가로질러 점점 커지더니 마침내 또렷이 보였다. 빙글빙글 돌아가는 날개와 기어, 불룩해진 공작 깃털 같은 파라솔, 바퀴에 흔들림 없이 앉아 있는 조종사, 그리고 재빠르게 소리 없이 섬광이 물속에서 튀어나오더니 눈 깜짝할 사이 사라지는 모습까지.

"내가 찍은 것도 봐요." 재크가 말했다. 똑같은 장면이 다른 각도에서 찍혔다. "십팔 초예요."

"내 건 이십 초야." 타일러가 말했다.

로비는 불안한 눈빛으로 바다를 흘끗 보았다. "집으로 돌아가는 게 좋겠어."

레너드가 재크의 어깨를 짚으며 말했다. "나한테 보내줄래? 둘 다. 이메일로."

"물론이죠. 신호가 잡히는 곳으로 가서요."

"내가 태워주지." 에머리가 말했다. "나는 일단 마른 옷으로 갈아입어야겠다."

그는 돌아서서 해변을 터덜터덜 걸어갔고, 아이들도 웃으며 뒤를 따랐다.

레너드는 몇 걸음 떼어 물가까지 갔다. 카우보이 부츠 한쪽에 물보라가 튀어 지저분했다. 그는 얼떨떨하면서도 기대에 찬 표정으로 수평선을 바라보았다.

로비는 머뭇거리다가 그의 옆으로 갔다. 바다는 잠잠해 보였다.

회황색 하늘 아래로 투명한 초록빛 파도가 길게 굽이쳤다. 그는 구름 사이로 푸른 섬광 하나가 한낮의 별처럼 반짝이는 것을 놓치지 않았다. 말없이 쳐다보다가 일 분 뒤 입을 열었다. "그런 일이 일어날 줄 알고 있었어?"

레너드는 고개를 저었다. "아니, 내가 어떻게 알았겠어?"

"그러면, 그건 뭐였지?" 로비는 난감한 표정으로 그를 보았다. "아는 거라도 있어?"

레너드는 대꾸가 없었다. 마침내 그가 몸을 돌려 로비를 보았다. 뜻밖에도 웃고 있었다.

"전혀 모르겠어. 하지만 너도 봤잖아?" 로비는 고개를 끄덕였다. "그녀가 날아가는 것도 봤지. 벨레로폰 말이야."

레너드는 발치의 파도도 아랑곳없이 한 걸음 내디뎠다. "그녀는 날았어." 그의 목소리는 흡사 속삭임에 가까웠다. "정말로 날았어."

그날 밤 아무도 자지 않았다. 에머리는 재크, 타일러, 레너드를 차에 태우고 던킨도너츠에 갔고, 거기서 아이들은 휴대전화에 저장된 동영상을 레너드의 노트북으로 전송했다. 집에 돌아오고 나서 레너드는 어딘가로 사라졌고 다른 사람들은 베란다에 앉아 자신이 본 것을 이야기하고 또 이야기했다. 아이들은 해변에 다시 가고 싶어했지만 로비가 허락하지 않았다. 대신 화해의 선물로 맥주를 한 병씩 건넸다. 레너드가 노트북을 들고 방에서 나왔을 때는 새벽 세시가 넘었다.

그는 거실 탁자에 컴퓨터를 놓았다. "내가 어떻게 했는지 봐." 다들 주위로 모이자 그가 재생 버튼을 눌렀다.

얼룩덜룩한 글자가 화면을 가득 채웠다. '매콜리의 벨레로폰 첫 비행.' 이어 적갈색과 황갈색의 기우뚱한 수평선이 나타났고, 바다 밑에서 은빛이 어른거렸다. 로비는 숨을 죽였다.

마침내 벨레로폰이 나타났다. 어른거리는 바퀴와 날개, 굳건히 페달을 밟는 조종사가 보였고, 아래에서 환한 빛이 때리면서 영상은 갑작스럽게 끝났다. 정확히 십칠 초였다. 아무도 그 형체가 매콜리가 아니라 매기인 줄 알아보지 못할 터였다. 다른 것은 똑같았다. 레너드가 몇 번을 다시 돌려 확인했다.

"이제 됐지." 그가 이렇게 말하고 노트북을 닫았다.

"유튜브에 올릴 거예요?" 재크가 물었다.

"아니." 그는 피곤한 기색으로 대답했다. 아이들은 시선을 교환할 뿐 아무 말도 하지 않았다.

"그럼 이제," 에머리가 자리에서 일어나 기지개를 켜고 하품을 했다. "짐 싸야지."

두 시간 뒤 그들은 출발했다.

호스피스는 마을에서 몇 킬로미터 떨어진 곳에 있었다. 불규칙하게 퍼져나간 오래된 흰색 저택으로 잘 가꾼 진달래와 철쭉에 둘러싸여 있었다. 아이들은 근처에서 놀게 하고 어른들만 베란다로 올라갔다. 노트북을 든 레너드는 눈이 퀭하고 면도를 하지 않아 몰골이 끔찍했다. 에머리가 한 팔을 그의 어깨에 올리자 레너드가 뻣뻣하게 고개를 끄덕였다.

간호사 한 명이 문에서 그들을 맞았다. 금발을 가지런히 자르고 치노바지와 노란 블라우스를 입은 여자였다.

"여러분이 오신다는 얘기를 전했습니다." 간호사는 고리버들 가구와 책과 잡지가 놓인 낮은 탁자가 있는 볕 잘 드는 방으로 그들을 안내했다. "여기에는 지금 그분 혼자예요. 내일 또다른 환자가 올 겁니다."

"그녀는 어떻게 지냅니까?" 레너드가 물었다.

"내부분의 시간은 잠을 잡니다. 그리고 통증 때문에 모르핀 주사를 맞아서 정신이 맑지는 않아요. 몸 여기저기가 말을 안 듣고요. 하지만 의식은 있습니다."

"방문객들이 좀 있었나요?" 에머리가 물었다.

"여기서는 한 명도 없었어요. 병원에서는 이웃이 몇 명 들렀다던데. 안타깝게도 가족은 없는 것 같더라고요." 그녀는 슬프게 고개를 저었다. "참 사랑스러운 분인데."

"지금 만나볼 수 있나요?" 레너드는 환한 방 끝에 있는 닫힌 문을 흘끔 보았다.

"물론이죠."

로비와 에머리는 그곳으로 가는 그들을 보고 고리버들 의자에 앉았다.

"맙소사, 여긴 참 우울하군." 에머리가 말했다.

"그래도 병원보다 나아." 로비가 말했다. "애나도 호스피스에 가려고 했지만 그러기 전에 죽었지."

에머리는 움찔했다. "미안해, 그 생각을 못했네."

"괜찮아."

로비는 등을 기대고 눈을 감았다. 애나가 진달래 핀 잔디밭에 앉아 있고, 벌들이 날아다니고, 재크가 웃는 모습이 보였다. 그가 손을 펼쳐 초록색 나방을 놓아주자 잠시 그녀의 머리에 앉아 빛을 밝히다가 하늘로 날아갔다.

"로비." 그는 정신이 들었다. 에머리가 옆에서 그를 조용히 흔들었다. "이봐, 나 지금 들어갈 거야. 피곤하면 더 자. 이따 나와서 깨워줄게."

로비는 멍한 채로 주위를 둘러보았다. "레너드는 어디 있어?"

"산책 나갔어. 상태가 안 좋아. 잠시 혼자 있고 싶대."

"그렇겠지." 로비는 눈을 비볐다. "난 그냥 여기서 기다릴게."

에머리가 나가고 그는 일어나서 방안을 천천히 돌아다녔다. 얼마 뒤 한숨을 내쉬고 의자에 도로 앉아 탁자에 놓인 잡지와 책을 한가롭게 뒤적였다. 『트라이사이클』『뉴스위크』『우트니 리더』, 임종 문제를 다룬 소책자, 빅토르 프랑클과 엘리자베스 퀴블러 로스의 책이 보였다.

그리고 어제 신문 밑에, 벌거벗은 남녀가 손을 잡고 광대한 심해에 떠 있고 번쩍거리는 자줏빛 천체가 주위를 둘러싸고 있는 조잡한 그림이 그려진 낯익은 하늘색 커버가 보였다. 그 아래 돋을새김한 초록색 글자로 제목이 적혀 있었다.

인류애를 위한 날개!
다음 발걸음은 **우리의 것!**
마거릿 S. 블레빈 박사 지음

로비는 책을 집어들었다. 뒷면을 보니 흰색 자수 튜닉을 입고 매력적인 얼굴에 머리카락이 환한 화관처럼 둘러싼 젊은 시절 매기의 사진이 실렸다. 그녀는 비행전시실의 모의 아폴로 달착륙선 옆에 서 있었고, 머리 위로 라이트형제의 비행기가 떠 있었다. 환영의 뜻으로 양팔을 벌리고 웃고 있었다. 그는 아무 페이지나 펼쳐서 읽어보았다.

……때가 되었다. 황금의 천년이 도래하면 우리는 그들의 귀환을 환영할 것이다. 우리 종의 천부적 권리인 영광을 함께 나눌 동등한 존재로 맞이할 것이다.

로비는 권두 삽화와 속표지를 훑어보고, 이어 헌사 페이지를 펼쳤다.

절대 의심하지 않았던 레너드를 위해.

"정말 멋진 책 아닌가요?"

로비가 고개를 드니 간호사가 자신을 보며 미소 짓고 있었다.

"아, 네." 그는 책을 탁자에 내려놓았다.

"그렇게 많은 걸 내다보았다니 믿기지 않아요." 간호사는 고개를 내저었다. "허블 망원경, 빙하에서 발견된 동굴인간, 그리고 렌즈 낀 남자였나요? 제트기류에서 에너지를 얻는 터빈도 있다면서요? 나는 한 번도 못 들어봤는데 남편 말로는 전부 진짜라고 하더라고요. 그녀가 말하는 것들은 하나같이 굉장히 희망적이에요. 아시죠?"

로비는 그녀를 쳐다보다가 금세 고개를 끄덕였다. 그녀 뒤의 문이 열리고 에머리가 나왔다.

"정신이 오락가락하더군." 그가 말했다.

"아침이 좋을 때예요. 이 시간이면 기력이 희미해지죠." 간호사는 시계를 슬쩍 보고 로비를 보았다. "이제 들어가봐요. 그녀가 꾸벅꾸벅 졸더라도 놀라지 말고요."

그는 자리에서 일어섰다. "네, 고마워요."

벽이 은은한 연보라색으로 칠해진 작은 방이다. 침대 옆 커다란 창문으로 정원이 내다보였다. 황금방울새와 작은 초록색 굴뚝새가 새집과 납작한 흰 자갈로 둘레를 두른 작은 연못 사이를 오갔다. 잠시 로비는 침대가 비었다고 생각했다. 그때 흰 시트 사이로 미끄러져들어간 비쩍 마른 형체가 보였다. 베개와 쿠션 때문에 왜소해 보였다.

"매기?"

그녀가 고개를 들었다. 머리가 다 빠지고, 피부가 종잇장처럼 하얗고, 잉크를 쏟은 것처럼 곳곳이 멍자국으로 얼룩덜룩했다. 입술과 손톱은 보랏빛이었고, 얼굴은 너무도 창백하고 잔주름이 가서 마치 깨진 달걀을 보는 듯했다. 커다랗고 아기처럼 짙은 암청색 눈동자만이 매기임을 말해주었다. 그녀는 로비를 쳐다보면서 야윈 팔을 천천히 들어 손가락을 어깨에 댔다. 그 모습이 사마귀를 연상시켜 로비는 마음이 불편했다.

"날 기억할지 모르겠네요." 그는 침대 옆 의자에 앉았다. "로비예요. 레너드와 같이 박물관에서 일했던."

"그가 말해줬어요." 그녀의 목소리가 너무 작아서 몸을 가까이 기울여야 했다. "그들이 여기 와서 기뻐요. 어제 올 줄 알았어요. 눈도 내렸었는데."

로비는 병원 침대에 누워 약에 취해 혼잣말을 하던 애나가 생각났다. "그러게요."

매기는 성가시다는 눈빛으로 그를 힐끗 보더니 정원으로 눈을 돌렸다. 힘겹게 손을 들어올리는 그녀의 눈이 커지고 손가락이 부르르 떨렸다. 로비는 그녀가 손을 흔들고 있다는 것을 알아차렸다. 고개를 돌려 창밖을 보았다. 하지만 아무도 없었다. 매기가 그를 보더니 몸짓으로 문을 가리켰다.

"이제 나가봐도 돼요." 그녀가 말했다. "손님이 오기로 해서."

"아, 그래요, 죄송합니다."

로비는 어색하게 일어나서는 몸을 숙여 그녀의 이마에 입을 맞추었다. 피부가 금속처럼 매끈하고 차가웠다. "안녕, 매기."

그는 문 앞에서 뒤돌아보았다. 그녀가 황홀한 표정으로 창밖을 내다보고 있었다. 고개를 살짝 모로 꼬고 양팔을 벌린 모습이 마치 햇빛을 잡으려는 것 같았다.

집으로 돌아오고 이틀 뒤 로비는 레너드의 이메일을 받았다.

안녕, 로비,
매기가 오늘 아침 세상을 떠났어. 간호사 말이 어제 아침부터 의식

불명이었대. 고통을 겪은 듯하지만 길지는 않았나봐. 화장해달라는 말을 남겼고, 장례식 같은 것은 일절 하지 말라고 했다는군. 그래도 그녀를 위해 뭔가 하고 싶어. 아마도 가을 즈음이 될 것 같은데 그때 연락할게.

레너드

로비는 탄식했다. 코와나섬에서 보낸 시간이 벌써 오래전 일처럼 여겨졌다. 어린 시절 방학이 그랬듯 기억이 가물가물했다. 그는 레너드에게 애도의 글을 보내고 매장으로 출근했다.

몇 주가 흘렀다. 재크와 타일러는 벨레로폰 동영상을 인터넷에 올렸다. 로비는 일이 주에 한 번 에머리를 만나 술을 마셨고, 독립 기념일에 에머리 집에서 열린 바비큐파티에서 레너드를 보았다. 여름이 끝날 무렵 타일러의 동영상은 조회수가 347,623회에 이르렀고, 재크의 동영상은 347,401회를 기록했다. 두 영상 모두 마보 선장 웹사이트 링크를 달아두었고, 에머리는 거기서 『인류애를 위한 날개!』 전문을 무료로 다운로드받을 수 있게 했다. 이제 구글에서 마거릿 블레빈을 검색하면 천여 개의 결과가 떴다. 에머리는 벨레로폰 티셔츠를 기념품 목록에 추가했다. 지나치게 화려한 비행기와 중절모를 쓴 조종사 모습이 실크스크린으로 인쇄된 유기농 면티셔츠였다.

9월 초 레너드가 로비에게 연락했다.

"내일 저녁 여덟시 반에 박물관으로 올 수 있어? 너랑 나, 에머리, 이렇게 셋이서 매기를 위한 추도식을 할까 하는데. 폐장시간

이후에도 들어올 수 있게 해놓을게."

"좋아." 로비가 말했다. "뭐 준비할 거라도?"

"그냥 빈손으로 와. 그때 보자."

그는 에머리와 같이 차로 갔다. 황혼녘의 내셔널몰을 가로질러 박물관으로 걸어갔다. 정육면체 흰색 건물이 빠르게 남빛으로 어두워가는 하늘을 배경으로 희미하게 빛났다. 레너드가 옆문에서 그들을 기다리고 있었다. 하늘색 자수 튜닉을 입고 흰머리를 어깨 위로 길게 늘어뜨렸다. 상표가 작게 인쇄된 마분지 상자를 들고 있었다.

"어서 와." 그가 말했다. 박물관은 다섯시 이후 입장객을 받지 않지만, 경호원이 그들에게 문을 열어주었다. "시간이 별로 없어."

헤지가 보안창구에 앉아 있었다. 머리가 벗어지고, 수십 년 전 마지막으로 보았을 때보다 더 위압적이었다. 그들이 방문객 서명을 하는 동안 그는 로비를 묘한 눈초리로 보더니 서명을 확인하고는 히죽 웃었다.

"기억난다. 오피, 맞지?"

별명이 불린 로비는 움찔했다가 고개를 끄덕였다. 헤지가 레너드에게 종이쪽지를 건넸다. "서두르라고."

"고마워요."

그들은 직원용 엘리베이터로 갔다. 텅 빈 박물관은 파란색 조명을 받아 으스스했다. 머리 위에 높이 걸린 조용한 비행기들은 예전보다 작아 보였고, 세월에 낡아 묘하게 장난감 같았다. 로비는 제미니 7호 우주캡슐에 생긴 금을 알아보았다. 라이트 비행기에는 먼지가 들러붙은 채 끊어진 거미줄이 여러 가닥 매달려 있었다. 3층에 도착하자 레너드가 그들을 복도로 안내했다. 사진자료실과 직원용 식당을 지났고, 예전에 미치광이 서류실이었던 자료실을 지났다. 마침내 천장에 배관이 드러난 문 앞에 멈춰 섰다. 레너드는 헤지가 준 종이쪽지를 보고 일련번호를 입력한 뒤 문을 열고 들어가 스위치를 켰다. 안은 좁은 방이었고, 한쪽 벽에 금속 사다리가 놓여 있었다.

"우리 어디로 가는 거야?" 로비가 물었다.

"옥상." 레너드가 말했다. "만약 들키면 헤지와 나는 끝장이야. 아니, 우리 모두 끝장이지. 그러니 서둘러야 해."

그는 마분지 상자를 가슴에 꼭 대고 사다리를 오르기 시작했다. 에머리와 로비가 뒤를 따랐다. 작은 금속 발판과 또다른 문이 나왔다. 레너드가 다른 암호를 입력하고 문을 밀어 열었다. 그들은 밤 속으로 나갔다.

마치 여객선 꼭대기에 오른 것 같았다. 박물관 옥상은 평평한 바닥이 거의 한 블록 길이만큼 이어져 있었다. 거대한 환기구에서 뜨거운 공기가 뿜어져나왔다. 레너드는 다른 둘에게 그곳에서 물러나라고 손짓하면서 건물 반대쪽 끝을 가리켰다.

그곳은 훨씬 선선했다. 구름 없는 하늘이었지만 싱그러운 바람에서 빗물에 씻긴 냄새가 났다. 저 아래 길게 뻗은 내셔널몰이 거대한 초록색 게임보드처럼 보였다. 상아색, 칠흑색, 유리로 된 다른 박물관과 기념물들은 거대한 게임 말 같았다. 저멀리 솟아오른 워싱턴기념탑 꼭대기가 보이고, 그 너머로 로슬린과 크리스털시티가 반짝이고 있었다.

"여기는 처음 와봐." 로비가 레너드 옆에 서며 말했다.

에머리가 고개를 저었다. "나도 처음이야."

"나는 딱 한 번 와봤어." 레너드는 그렇게 말하고 웃었다. "매기와 왔었지."

국회의사당 돔 위에 보름달이 걸려 있었다. 별빛 없는 하늘에 달이 휘영청해서 로비는 레너드가 들고 있는 상자에 인쇄된 글자가잘 보였다.

마거릿 블레빈

"매기를 화장한 재야." 레너드가 상자를 바닥에 내려놓고 뚜껑을열자 지퍼백이 나왔다. 지퍼백을 열더니 상자를 다시 들고 일어섰다. "뼛가루를 여기 뿌려달라고 했지. 나는 너희랑 같이 하고 싶었어."

그는 봉투에 손을 집어넣고 한 움큼 쥐었고, 이어 상자를 에머리에게 건넸다. 그도 말없이 고개를 끄덕이고는 똑같이 했다. 이제로비 차례였다.

"너도 해." 그가 말했다.

로비는 잠시 망설이다가 상자에 손을 집어넣었다. 까칠까칠한감촉이 뼛가루라기보다는 모래에 가까웠다. 그가 고개를 드니 레너드가 앞으로 걸어나가 고개를 뒤로 젖히고 달을 올려다보았다. 팔을 뒤로 젖혔다가 뼛가루를 하늘에 뿌렸다. 그리고 몸을 구부려재를 더 쥐었다.

에머리가 로비를 흘끗 보았다. 둘은 쥐고 있던 주먹을 폈다.

로비는 손가락 사이로 흘러내리는 뼛가루를 지켜보았다. 작은 나방이 날아가는 것 같았다. 그는 돌아서서 재를 더 쥐었다. 셋은 그렇게 차례로 하늘에 재를 뿌렸다.

마침내 상자가 비었다. 로비는 허리를 펴고 가쁜 숨을 몰아쉬며 손으로 눈가를 훔쳤다. 달빛에 홀렸는지 선선한 바람이 마술을 부렸는지는 모르겠지만, 사방이, 그의 시선이 닿는 어디나 온통 날개로 가득했다.

계단 위의 악마

조 힐

나는 술레
스칼레에서
평범한 벽돌공의
자식으로 태어났다.

내 고향은
포시타노의 가장
높고 뾰족한 산마루에
둥지를 튼 마을이다. 쌀쌀한
봄, 구름이 유령의 행렬처럼 낮게
기어갔다. 마을에서 아래 세상까지는
팔백이십 개의 계단을 내려가야 했다. 나는
잘 알고 있었다. 나는 그 길을 아버지와 함께 몇
번이고 걷고 또 걸었다. 그의 발걸음을 좇아 하늘 높은

곳에 자리한 우리집에서 내려갔다 돌아오기를 몇 번이고
반복했다. 아버지가 돌아가신 후에는 혼자서 그 길을 걸었다.

짐을   내려가다보면
    멘 채   오르고
         계단을

                무릎뼈가
                뾰족하고
            하얀 조각들로
           갈려나가는 것 같았다.

절벽을 따라
미로처럼 휘도는 계단은
벽돌로 된 곳도 있고, 화강암이나
대리석, 석회암으로 된 곳도 있다. 점토
타일이나 나무판을 댄 곳도 있다. 계단을 만드는
건 으레 아버지의 몫이었다. 봄비에 쓸려나간 계단을
복구하는 것도 아버지의 몫이었다. 수년 동안 아버지는 돌짐을
당나귀 등에 얹어 날랐다. 당나귀가 죽자 내가 그 짐을 지고 날랐다.

                   물론
               나는 그런
            아버지가 몹시
           미웠다. 아버지는
         고양이들을 키웠다.

녀석들에게 노래도 불러주고
접시에 우유도 부어주었다. 바보
같은 이야기를 들려주거나 무릎에
올려 쓰다듬어주기도 했다. 한 녀석을
내가 발로 찬 적이 있었는데—왜 그랬는지는
나도 기억 나지 않는다—그러자 아버지는 나에게
발길질을 하며 자기 새끼들을 건드리지 말라고 했다.

그래서 나는
책가방을 메고
다녀야 할 나이에
돌짐을 짊어졌다. 그렇다고
아버지에게 반항하는 기색을
보일 수는 없었다. 나는 공부엔
젬병이었다. 배우는 것도 읽는 것도
싫었다. 달랑 교실 하나뿐인 교사校舍가
숨막히게 답답했다. 학교에서 그나마 좋은
점이라고는 사촌 리소도라가 있다는 것이었다.
그녀는 어린아이들에게 책을 읽어주었다. 꼿꼿한
자세로 의자에 앉아 턱을 쳐들고 하얀 목덜미를 드러내며.

교회 대리석
제단처럼 차가운
그녀의 목덜미를 자주
상상했다. 그 제단에 엎드려

절하듯 그녀의 목덜미에 이마를
대고 쉬고 싶었다. 책을 읽는 그녀의
낮고 차분한 목소리를 듣노라면 아플 때
이제 괜찮아질 거라고 위로해주는 것 같다.
육체의 달콤한 열기가 배어나오는 목소리다. 그녀가
침대 옆에 누워 책을 읽어준다면 나도 책을 사랑했을 텐데.
술레 스칼레와
포시타노를 잇는
계단길의 층계 하나
하나를 나는 다 알았다.
협곡 사이를 지나고, 석회암
터널로 들어가서는 과수원과 폐허로
변한 제지공장을 지나고, 폭포와 푸른
웅덩이를 지났다. 꿈속에서도 이 길을 걸었다.

아버지와
자주 걷던 길을
따라가다보면 붉게
칠한 문이 나왔다. 빗장을
질러놓은 뒤로 구불구불한 계단이
이어졌다. 나는 그 길로 가면 개인
별장으로 이어지나보다 생각하고 별 관심을
두지 않았는데, 어느 날 대리석 짐을 지고 내려가던
도중에 잠시 쉬었다 가려고 문에 기대자 슬쩍 밀리며 열렸다.

724

아버지는 서른
계단쯤 뒤처져 있었고
나 혼자였다. 문틈으로 들어가
계단이 어디로 이어지는지 살펴보았다.
별장이나 포도밭 같은 것은 보이지 않았고,
깎아지른 절벽을 따라 떨어지는 계단만 보였다.

"아버지,"
나는 소리쳐 불렀다.
거친 숨을 몰아쉬며 다가오는
아버지의 발소리가 바위 사이로
메아리쳤다. "너 이 계단 내려갔었어?"

문 안쪽에
서 있는 나를
보고 아버지는 파랗게
질렸다. 다급하게 내 어깨를
붙잡아 원래 계단으로 끌었다. 그리고
"빨간 문은 어떻게 연 거니?"라고 물었다.

"도착해보니
열려 있었어요."
내가 말했다. "아래로
내려가면 바다가 나오지 않나요?"

"아니다."
"하지만 꼭 바닥으로

내려가는 길처럼 보여요."

"그보다
더 밑으로
내려간다." 아버지는
그렇게 말하며 성호를 그었다.
그러고는 "항상 잠겨 있었는데" 하며
두 눈을 매섭게 흡뜨고 나를 노려보았다.
아버지의 그런 눈빛은 처음이었다. 그가 나를
두려워하는 모습을 보게 되리라고는 생각도 못했다.

내 얘기를
들은 리소도라는
아버지가 미신이나
믿는 노인이라며 웃었다.
그러면서 빨간 문 너머의
계단으로 내려가면 지옥이
나온다는 얘기가 있다고 했다.
그 산을 리소도라보다 훨씬 많이
걸었던 나다. 그런데 내가 들어보지도
못한 그런 이야기를 그녀는 어떻게 알까?

그녀는
노인들은 절대
말하지 않지만 지역
역사책에 보면 나오는

이야기라고 했다. 선생님이 내준
과제물을 읽어봤으면 나도 알았을
거라고 했다. 나는 그녀와 같은 교실에
있으면 책에 집중하기 어렵다고 말했다. 그녀는
웃었다. 하지만 내가 목덜미를 만지려고 하자 몸을 움츠렸다.
손가락이
미끄러져서
가슴을 건드렸고,
그녀는 화를 내면서
나더러 손을 씻으라고 했다.

아버지가
돌아가시고
나자─타일을
지고 계단을 내려가던
중 갑자기 튀어나온 고양이를
피하려다 허공을 짚었고, 결국
15미터 아래 나무로 떨어져 찔려 죽었다─
나는 당나귀처럼 튼튼한 다리와 활대 같은 어깨를
이용해 돈을 벌기 시작했다. 나는 술레 스칼레의 비탈에
계단식 포도밭을 소유한 돈 카를로타 밑에서 일하게 되었다.
그의 와인을
지고 팔백여 개의
계단을 내려가 포시타노까지

운반하는 것이 내 일이었다. 그곳에서
돈의 와인은 검은 피부에 늘씬하고 우리
말을 나보다 더 잘하는 사라센의 부자에게
팔렸다. 사람들 말로는 왕자라고 했고, 악보,
별자리, 지도, 육분의를 읽을 줄 아는 똑똑한 젊은이었다.

한번은 와인을
짊어지고 벽돌 계단을
내려가다 발을 헛디뎌 짐을
멘 끈이 흘러내린 적이 있었다.
그 바람에 등에 진 나무상자가 절벽에
부딪혀 병 하나가 깨졌다. 나는 그것을
부둣가의 사라센인에게 그대로 가져갔다. 그는
내가 마셔놓고, 혹은 슬쩍해놓고 핑계를 대고 있다고
했다. 와인 한 병이 내 한 달 품삯이나 하니 남는 장사로
생각하라고 했다. 그는 검은 얼굴에 하얀 이를 드러내며 웃었다.
그가 나를 조롱할
때는 정신이 말짱했지만,
금세 나는 술에 잔뜩 취했다.
돈 카를로타의 부드러우면서 알싸한
레드마운틴 와인이 아니라 술집에서 내
실업자 친구들과 싸구려 키안티 와인을 진탕 마셨다.

날이
어두워졌을 때

리소도라가 나를 찾아와
옆에서 내려다보았다. 옆으로
흘러내린 검은 머리 때문에 차갑고
눈부시게 아름답고 화가 나 있고 사랑스러운
그녀의 얼굴이 도드라져 보였다. 그녀는 내가 못
받은 은화를 받아냈다고 말했다. 그리고 친구 이흐메드에게
정직한 사람을 모욕했다며 항의했다고 했다. 우리 가족은 힘들게
일해서 살아가며 절대 거짓말하지 않으며, 운좋은 줄 알라고 맞서자—
"—방금
그를 친구라고
했어? 예수그리스도도
모르는 사막의 원숭이를?"

그녀가
나를 빤히
노려보았고
나는 왠지 부끄러웠다.
그녀가 내 앞에 은화를 내려놓았을
때는 더욱 부끄러웠다. "너는 나보다 이
돈이 더 중요하구나." 그러고는 가버렸다.

나는 그녀를
쫓아갈 뻔했다.
거의. 그런데 친구
하나가 이렇게 말했다.

"사라센인이 네 사촌에게 발목에
두르라며 노예 발찌를 선물했다던데,
은방울이 달린 고리 말이야. 아랍 땅에서 그런
선물은 하렘의 새로 온 창녀에게나 하는 거 아닌가?"

나는 앉았던
의자가 나동그라지게
펄쩍 뛰어올라 양손으로 녀석의
멱살을 움켜잡았다. "거짓말. 이교도 검둥이한테서
그런 선물이나 받게 그애 아버지가 가만히 놔둘 리 없어."
하지만 또다른
친구의 말이 그 아랍
상인은 이제 이교도가 아니라고
했다. 리소도라가 아흐메드에게 성경으로
라틴어 읽는 법을 가르쳐줘서 이제 예수그리스도를
영접했다고 한다. 하느님의 영광을 알게 해준 보답으로 그가
그녀에게 발찌를 선물했다는 것은 부모도 다 아는 사실이라고 했다.

그제야 숨을
고른 아까 그 녀석이
리소도라는 매일 밤 몰래
그를 만나러 계단을 올라간다고
했다. 양치기의 빈 오두막이나 동굴, 폐허가
된 제지공장, 물방울이 달빛에 물들어 은색으로 튀는
폭포 가에서 만날 때도 있는데, 그곳에서 그녀는 거꾸로

제자가 되고, 그는 엄격하고 몹시 까다로운 선생이 된다고 했다.
항상 그가
먼저 올라가 있고
나중에 그녀가 올라가는데,
계단을 오르는 그녀의 발목에서 나는
방울소리가 어둠 속에서 들리면 사라센인이
촛불을 밝혀 수업이 시작되는 곳으로 안내한다고 했다.

나는
완전히
취해버렸다.

무작정
리소도라의
집을 찾아갔다.
도착할 때까지도 어떻게
해야겠다는 생각은 없었다. 그녀가
부모와 함께 사는 집 뒤쪽으로 가서 창가에
돌을 던져 그녀를 불러내야겠다고 생각했다. 집 뒤쪽으로
살금살금 다가가는데 위쪽 어디선가 짤랑거리는 방울소리가 들렸다.

그녀는 이미 흰색
드레스를 나풀거리며 계단을
올라 별빛 속으로 들어가고 있었다.
발목에 찬 발찌가 어둠 속에서 유난히 빛났다.

심장이

쿵쾅거렸다.

술통이 계단을

세차게 굴러떨어지는

소리 같았다. 쿵 쿵 쿵.

누구보다 그곳 지리에 밝은 나는 지름길로 내달렸다. 가파른

오르막에 난 엉성한 진흙 계단으로

올라가 술레 스칼레로 가는 계단 쪽에서

먼저 기다릴 생각이었다. 사라센 왕자가 그녀에게

주었다던 은화가 내 호주머니에 있었다. 마땅히 받았어야

할 품삯이라며 구걸하다시피 해서 내 명예를 실추시킨 그 돈 말이다.

은화를

가지고 있던

양철통에 담았다. 걸음걸이를

늦추고 배신자의 동전을 흔들어대며

걸었다. 짤랑거리는 동전소리가 협곡과 계단

너머로, 포시타노의 밤하늘 위로, 대지를 굴복시키려는

바다의 욕망에 따라 부서지고 탄식하는 파도 위로 퍼져나갔다.

숨을 고르기 위해

잠시 멈춰 섰다. 어둠

속에서 촛불이 피어올랐다.

위치를 보니 높은 화강암 벽이 들꽃과

담쟁이로 뒤덮인 당당한 폐허였다. 널따란 입구

너머로 바닥에 잔디가 깔리고 별이 박힌 하늘을 지붕

삼은 공간이 보였다. 자연으로부터의 피난처라기보다 오히려
야생 처녀지를 인간의 침입으로부터 보호하기 위한 곳처럼 보였다.

어떻게 보면
이교도적인 공간
같기도 했다. 염소 발굽과
피리와 털북숭이 음경을 가진 판Pan이
음란한 파티를 벌이기에 알맞았다. 잡초와 푸르른
잔디가 무성한 뜰로 통하는 아치형 입구도 바쿠스의
잔치에 참석할 난봉꾼들을 맞이하는 홀의 입구처럼 보였다.

그는 담요를
깔고 돈의 와인과
책 몇 권을 놓아둔 채
그녀를 기다리고 있었다. 내가
다가가면서 나는 짤랑거리는 은화 소리에
그가 미소 지었다. 그러다가 불빛에 드러난 내 모습을
보고는 그만 얼어붙었다. 내 손에는 커다란 돌덩이가 들려 있었다.

나는
그곳에서
그를 죽였다.

내가 그를 죽인
것은 가족의 명예나
질투심 때문이 아니었다.
내게 결코 허락된 적이 없는

리소도라의 차갑고 흰 몸뚱이를 그가
손에 넣었기 때문에 돌덩이로 내려친 것도 아니었다.

                                        내가
                                  그를 돌덩이로
                            쳐죽인 이유는 그의 검은
                            얼굴이 보기 싫었기 때문이다.

돌로 치는
것을 멈추고 그의
곁에 앉았다. 맥박이
아직도 뛰는지 확인하려고
손목을 잡았다. 하지만 그가
죽었음을 확인한 뒤에도 나는 그의
손을 놓지 않았다. 풀숲에서 귀뚜라미
소리가 들렸다. 그는 자그마한 아이 같았다.
오랫동안 잠을 청하려고 뒤척이다 겨우 잠든 내 아이.

                                    인사불성의
                                  나를 깨운 것은
                              계단을 올라오는
                            그녀의 방울소리였다.

벌떡 일어나
달렸지만 리소도라가
이미 입구를 지나 이리로
오고 있었다. 뛰어나가다가 그녀와

거의 부딪칠 뻔했다. 그녀는 내 이름을
부르며 가녀린 흰 손을 뻗었지만 나는 멈추지
않고 달렸다. 머릿속이 텅 빈 채 한 번에 계단을
세 개씩 건너뛰었다. 그래봐야 원하는 만큼 멀리 가지는
못했다. 그녀가 그의 이름을 소리쳐 부르고 또 부르는 소리가 들렸다.

어디로

뛰어가는지

나도 몰랐다.

아마도 술레 스칼레였을

것이다. 리소도라가 계단을 내려가서

내가 아랍인에게 무슨 짓을 했는지 말하면

마을 사람들이 당장 나부터 찾을 텐데도. 나는 숨이

가빠오고 가슴속에 불덩어리가 차오를 때까지 달리는

속도를 늦추지 않았다. 그러다 길가의 문에 몸을 기댔다.

여러분도
아는 그 문이다.

슬쩍 손을 대기만

했는데도 문이 열렸다.

안으로 들어가 가파른 계단을

내려가기 시작했다. 이곳에 숨으면

아무도 나를 못 찾겠지. 한동안 여기 숨어서—

아니지.

이 계단을

따라 내려가면

큰 길을 만나 나폴리로

도망갈 수 있을지도 몰라.

거기서 미국행 배표를 사는 거야.

그러고 나서 이름을 바꾸고 새 삶을—

아니야.

이제

됐어.

사실은.

나는 계단

끝에 지옥이 있다는

것을 알았다. 지옥이야말로

내가 가려고 했던 곳이었다.

계단은 처음에

낡은 흰색 돌이었지만

내가 내려갈수록 점점 검게

그을린 돌로 바뀌었다. 산의 다른

지점에서 내려오는 계단들이 군데군데

이 길과 만났다. 나는 어찌된 영문인지 몰랐다.

지금 이 길 말고는 모든 계단을 다 걸어본 줄 알았는데,

다른 계단들이 어디서 이어지는지 도무지 알 도리가 없었다.

주위의 숲은

그리 오래지 않은

과거의 언젠가 불이 나
몽땅 타버렸다. 그을리고 부서진
소나무들을 지나 온통 새카맣게 탄
산비탈을 내려갔다. 내가 기억하기로는 언덕
이쪽에 불이 난 적이 없었다. 온기를 확연히 실은
산들바람이 어디선가 불어왔다. 몸이 불쾌할 정도로 더워졌다.
이리저리
휘도는 계단을
따라 내려가다가
저 아래 층계참에
앉아 있는 소년을 보았다.

아이는 담요
위에 별난 물건들을
늘어놓고 있었다. 새장 속
태엽 감는 양철새, 흰 사과들이
담긴 바구니, 찌그러진 금색 라이터.
항아리도 있었는데 안에서 불빛이 새어
나오고 있었다. 빛은 점점 밝아져서 떠오르는
해처럼 층계참을 환히 밝히다가, 이내 어두워지면서
작은 점으로 줄어들었다. 믿을 수 없게 화려한 반딧불이 같았다.
아이가
나를 보며
웃었다. 금발이었고

이제껏 내가 본 가장
아름다운 미소였다. 아이가
내 이름을 부르기 전부터 나는
그가 두려웠다. 못 들은 척, 거기
없어서 못 본 척하면서 옆을 지나갔다.
허둥대는 내 모습을 보며 아이가 깔깔 웃었다.

길은 아래로
내려갈수록 점점
가팔라졌다. 저 아래
바위 선반 너머 나무들 사이로
불빛이 흘러나왔다. 로마 같은 거대한
도시가 들어선 듯 사발 모양의 불빛이었다.
어디선가 음식 냄새가 바람을 타고 전해졌다.

숯불에
구운 고기
냄새 같은 것이
허기를 자극했다.

저 앞에서
목소리가 들렸다.
한 남자가 길고 지루한
담론을 혼잣말로 힘없이
중얼거렸다. 누군가는 웃어댔다.
심란하고 화가 난 듯한 웃음이었다.

뭐라고 질문을 던지는 목소리도 있었다.
"끌려가는
처녀를 조용히
시키려고 입에 물렸던
자두가 더 달콤한가? 사자가
내장을 뜯어먹고 남긴 양의 사체로
만든 요람에 잠든 아기는 누구 아기인가?" 등등.

계단을
더 내려가
모퉁이를 돌자
마침내 그들의 모습이
보였다. 계단을 따라 여섯 명이
검게 탄 소나무 십자가에 매달려 있었다.
나는 앞으로 나아갈 수도 없고, 고양이 때문에
뒤로 물러서지도 못했다. 한 남자의 옆구리에서 피가
뚝뚝 떨어져 계단에 웅덩이를 이루었다. 새끼고양이들이
마치 크림 먹듯 피를 핥아댔다. 남자는 지친 목소리로 실컷 마시라고 했다.
가까이
다가가지
않아서 그의
얼굴은 보지 못했다.

결국
후들거리는

다리로 길을 되짚어
돌아갔다. 이상한 물건들을
늘어놓은 아이가 나를 기다리고 있었다.
"잠깐 앉아서
쉬지 그래, 퀴리누스
칼비노?" 나는 그의 맞은편에
앉았다. 그러고 싶어서가 아니라
다리에 힘이 빠져서 더 갈 수가 없었다.

처음에는 둘 다 말이 없었다. 아이는 물건들을 늘어놓은 담요 너머로 나를 보고 웃었다. 나는 층계참 위쪽의 석벽에 흥미 있는 척했다. 항아리 속 불빛이 커지고 커져 우리의 그림자가 일그러진 거인처럼 바위에 달려들었다. 그러다가 불빛이 사그라지면서 우리도 다시 어둠 속으로 빠져들었다. 아이가 가죽 주머니에 든 물을 권했지만 나는 아무것도 받지 않는 게 좋다는 걸 알았다. 아니, 잘은 모르겠지만 그래야 할 것 같았다. 항아리 속 불빛이 다시 커지더니 풍선처럼 순백의 점으로 부풀어올라 이리저리 흔들렸다. 똑바로 보려 했지만 눈 뒤쪽에서 통증이 언뜻 느껴지길래 고개를 돌렸다.

"뭐지? 눈이 쓰라려." 내가 말했다.

"태양에서 훔쳐온 작은 불꽃이야. 이것만 있으면 온갖 신기한 일을 할 수 있어. 온 도시를 덮힐 거대한 용광로를 만들 수도 있고, 천 개의 백열등을 밝힐 수도 있지. 얼마나 밝은지 봐. 하지만 조심해야 돼. 자칫 항아리를 깨뜨려 불꽃이 도망가기라도 하면, 도시 하나가 번쩍하는 빛과 함께 사라지고 말 테니까. 원한다면 너 줄게."

"아니, 됐어."

"그래. 물론 싫겠지. 네가 가질 만한 물건이 아니니까. 상관없어. 나중에 누군가가 와서 가져갈 테니까. 원하는 거 있으면 가져가."

"너 루시퍼니?" 내 목소리가 갈라져나왔다.

"루시퍼는 갈퀴와 발굽을 가진 끔찍한 늙은 염소야. 사람들에게 고통이나 주는. 나는 고통이 싫어. 사람들을 도와주고 싶을 뿐이야. 선물을 주지. 그러려고 여기 있는 거야. 이 계단을 지나가는 사람은 누구나 환영 선물을 받고서 전성기를 맞아. 목말라 보이네. 사과 먹을래?" 그러면서 바구니에서 흰 사과를 꺼내들었다.

나는 몹시도 목이 말랐다. 목구멍이 따끔거리는 정도가 아니라 연기라도 마신 듯 타올랐다. 거의 반사적으로 사과를 향해 손을 뻗었다. 그러다가 책에서 읽은 교훈이 생각나서 손을 거둬들였다. 아이는 그런 나를 보며 씩 웃었다.

"혹시 저거—" 내가 물었다.

"아주 오래되고 고귀한 나무에서 따왔어. 이렇게 달고 맛있는 사과는 맛본 적이 없을걸. 게다가 한입 베어물면 지혜가 생겨. 퀴리누스 칼비노 너처럼 읽는 법을 거의 못 배운 사람도 말이야."

"생각 없어." 솔직히 내 이름을 부르지 말라고 말하고 싶었다. 그가 내 이름을 안다는 사실이 참을 수 없었다.

"누구나 맛보고 싶어하는 과일이야. 먹고 또 먹어서 지혜로워지기를 바라지. 외국어 배우기도 아주 쉬워져. 아, 폭탄 만드는 일도. 그냥 한입 먹기만 하면 돼. 이 라이터는 어때? 무엇이든 다 불붙일 수 있어. 담배, 파이프, 모닥불은 물론 상상력, 혁명, 책, 강, 하늘, 다른 사람의 영혼까지. 사람의 영혼도 불이 잘 붙는 온도가 있지. 라이터는 매혹적이야. 지구의 가장 깊은 유전에 닿으면 기름이 다할 때까지, 내가 보기에는 영원히 불꽃이 꺼지지 않아."

"네가 가진 것들은 다 필요 없어."

"사람은 누구나 원하는 게 있기 마련이고 나한테 그게 있어."

나는 갈 곳이 없었지만 자리를 뜨려고 일어났다. 계단을 다시 내려갈 수는 없었다. 생각만으로도 아찔했다. 그렇다고 올라갈 수도 없었다. 지금쯤이면 리소도라가 마을에 도착했을 테니 사람들이 나를 잡으려고 횃불을 들고 계단을 뒤질 것이다. 그런데 왜 아직도 마을 사람들 소리가 들리지 않는 걸까.

내가 갈피를 잡지 못하는데 양철새가 고개를 들고 나를 보았다. 눈을 깜빡거릴 때마다 금속성 셔터 소리가 났다. 쩍쩍 울음에는 녹슨 소리가 섞였다. 녀석이 별안간 움직이는 바람에 나도 화들짝 놀라 새된 소리를 냈다. 움직이지 않는 장난감인 줄 알았는데. 새가 한참이나 나를 쳐다봐서 나도 마주 노려보았다.

어릴 적 나는 기발한 기계장치에 관심이 많았다. 정오를 알리는 종소리가 댕댕 울리면 시계 안에서 달려나오는 인형들, 나무하는 나무꾼, 춤추는 아가씨 인형. 나의 시선을 따라가던 아이가 웃으며 새장을 열고 안으로 손을 넣었다. 새가 그의 손가락 위로 가볍게 뛰어올랐다.

"노랫소리가 정말 아름답지. 주인을 찾고 있어. 듬직한 어깨를 말이야. 주인을 위해서라면 죽을 때까지 노래 부를 거야. 노래 부르게 하려면 거짓말을 하면 돼. 큰 거짓말일수록 좋아. 녀석에게 거짓말을 하면 환상적인 소리를 들려줄 거야. 사람들은 녀석의 노랫소리를 정말 사랑하지. 너무 사랑해서 자기들이 거짓말을 하고 있다는 것조차 신경쓰지 않아. 가지고 싶으면 가져."

"네가 주는 것은 아무것도 필요 없어." 그때 새가 지저귀기 시작했다. 너무도 달콤하고 부드러운 선율이었다. 예쁜 소녀의 웃음소리, 저녁식사를 알리는 엄마의 목소리처럼 아름다웠다. 뮤직박스에서 나는 소리와 약간 비슷해서 오돌토돌한 원통이 안에서 은색 빗을 튕기며 돌아가고 있다고 상상했다. 소리에 전율했다. 이곳에서, 이 계단에서 그런 소리를 들을 거라고는 상상도 못했다.

칼집에서 칼이 튀어나오듯이 찰칵 소리가 나며 새의 옆구리에서 날개가 펼쳐지더니 미끄러지듯 날아올라 내 어깨에 내려앉았다.

"거봐. 널 좋아하잖아." 계단에서 아이가 말했다.

"난 돈이 없어." 갈라진 내 목소리가 낯설게 들렸다.

"벌써 값을 치렀어."

그러더니 아이는 고개를 돌려 계단 아래를 내려다보며 무슨 소리를 듣는 것 같았다. 내 귀에는 바람소리가 들렸다. 계단을 타고 올라오는 낮게 쏴쏴 하는 그 소리는 신음이었다. 깊고 외롭고 쉼 없는 울부짖음이었다. 아이가 나를 돌아보며 말했다. "이제 돌아가. 아버지가 오고 있어. 끔찍한 늙은 염소 말이야."

뒤로 물러서다가 층계에 뒤꿈치를 부딪혔다. 서둘러 달아나다가 화강암 계단 위로 크게 넘어졌다. 새가 어깨에서 날아올라 공중에서 큰 원을 빙빙 그리다가 내가 일어서자 다시
어깨에

내려앉았다.

나는 내려왔던 길을

다시 되짚어 올라갔다.

한동안

허둥지둥 달렸지만

이내 지쳐서 천천히 걸어올라갔다.

본 계단에 이르러 사람들에게 발견되면

뭐라고 말할지 궁리하기 시작했다. "모든 걸 실토하고

달게 벌을 받아야지." 내 말에 양철새가 밝고 경쾌한 노래를 불렀다.

문에

다다르자

새소리가 그쳤다.

멀지 않은 곳에서 다른

소리가 들려왔다. 소녀가

흐느끼는 소리였다. 그 소리를

듣자 혼란스러워졌다. 잘은 모르겠지만

리소도라의 연인을 살해한 그 장소로 돌아온

모양이었다. 도라의 울부짖음 말고는 아무것도

들리지 않았다. 사람들이 외치는 소리도, 계단을

달리는 발소리도 들리지 않았다. 밤이 반쯤 흘러간

줄 알았는데, 사라센인을 버리고 떠났던 그 장소에

돌아와 리소도라를 보니 불과 몇 분밖에 지나지 않은 듯했다.

그녀에게

다가가 속삭였다.

들릴까 두려웠다. 두번째로

이름을 불렀을 때 그녀가 돌아보았다.

증오로 벌게진 눈으로 나를 쳐다보며 꺼지라고

악을 썼다. 나는 진심으로 그녀를 위로하며 미안하다고

말하고 싶었다. 하지만 다가서자 그녀가 별안간 달려들어

욕을 퍼부으며 나를 때리고 손톱으로 내 얼굴을 할퀴었다.

그녀를

진정시키려고

어깨를 잡으려던 중

내 손이 그녀의 희고

부드러운 목을 움켜쥐었다.

그녀의

아버지와

동료들, 내

실업자 친구들이

그녀 위에서 울고 있는

나를 발견했다. 손가락으로

그녀의 매끄러운 긴 검은 머리를

쓸어내렸다. 그녀의 아버지가 무릎을

꿇고 그녀를 품에 안았다. 한동안 그녀의

이름이 산등성이에 몇 번이고 울려퍼졌다.

소총을 가진

사내가 어떻게 된

일인지 내게 물었다.

그래서 그에게 말했다―그에게

말을 했다―그 아랍인, 사막의 원숭이가

그녀의 순결을 빼앗으려다가 뜻을 이루지 못하자

풀밭 위에서 그녀의 목을 졸랐고, 이 현장을 발견한

내가 그와 격투를 벌인 끝에 돌덩이로 쳐죽였다고 말했다.

내가 이 말을

할 때 새가 세상에서

가장 구슬프고 아름다운

선율을 지저귀며 노래하기 시작했다.

사람들은 슬픈 노래가 끝날 때까지 가만히 들었다.

나는 리소도라를

팔에 안았고 우리는

계단길을 도로 걸어내려갔다.

도중에 사람들에게 그 사라센인이 가장

예쁘고 귀여운 아가씨들을 납치해서 아라비아에

팔 계획이었다고 말했다. 와인보다 그것이 더 돈벌이가

된다고 했다. 그러자 새가 다시 노래를 불렀다. 이번에는 행진

곡이었다. 함께 걷던 사람들의 표정이 딱딱하게 굳으며 어두워졌다.

아흐메드의

부하들은 배와 함께

불태워져 항구에 가라앉았다.

부둣가 창고에 쌓여 있던 그의
물건들은 압수되었다. 그의 돈 상자는
내 차지가 되었다. 영웅적 행위의 보상이었다.

내가
어렸을
땐 누구도
내가 아말피
해안에서 가장
부유한 상인이 될
거라고 상상하지 못했다.
내가 돈 카를로타의 소중한
포도밭을, 한때 돈 몇 푼을 위해
노새처럼 일했던 곳을 손에 넣으리라고는.

누구도
내가 술레
스칼레의 존경받는
시장이 될 거라고 짐작하지
못했다. 명망 있는 사람이 되어 교황
성하를 친히 알현하게 될 거라고도 생각하지
못했다. 교황은 나의 잘 알려진 기부 행위를 치하했다.

시간이
지나자 예쁜
양철새 안의 태엽들이

느슨해졌다. 새는 더이상 노래하지
않았지만 상관없었다. 내 거짓말을 사람들이
믿든 믿지 않든 내게는 부와 권력과 명예가 있었다.

그러나
양철새가
완전히 침묵하기
몇 해 전의 어느 날
아침이었다. 저택에서
일어나보니 창턱에 새가 철사로
둥지를 짓고 그 안에 은박지로 덮인
연약한 알들을 낳았다. 불길한 느낌이 들어
알들을 건드리려 하자 어미가 바늘처럼 날카로운
부리로 물었다. 그래서 그후로는 절대 건드리지 않았다.

몇 달
후 둥지에는
찢어진 은박지
껍데기만 가득했다.
새로운 시대의 창조물,
새로운 종種의 새끼들이 날개를
퍼덕이며 제 갈 길을 떠난 모양이었다.

양철과 철사로
이루어져 있고 전류가
흐르는 새들이 이 세상에

지금 얼마나 많이 퍼졌는지
모르겠다. 하지만 바로 이달에
우리의 새로운 총통 무솔리니가
연설할 때, 그가 이탈리아 민중의
위대함과 이웃 독일과의 우애에 대해
말할 때, 나는 그와 함께 노래하는 새소리를
들었다. 라디오를 통해 증폭되어 똑똑히 들렸다.

나는
더이상
언덕에 살지
않는다. 술레
스칼레에 가본 지도
오래되었다. 정년이 되어
은퇴할 때가 되자 더이상 계단을
오를 수 없었다. 사람들에게는 나이를
먹으니 무릎이 쑤셔서 그렇다고 말했다.

하지만 사실은
이제 높은
곳이 무서워진
탓이다.

더블린 태생의 로디 도일은 소설, 희곡, 각본을 오가며 다양한 작품을 썼다. 장편소설 『패디 클라크 하하하』로 1993년 부커상을 수상했다. 배리타운 삼부작 『커미트먼트』『스내퍼』『밴』은 영화로 만들어졌다.

조이스 캐럴 오츠는 지금까지 오십 편이 넘는 장편소설을 발표했고, 수많은 단편소설과 시, 논픽션을 썼다. 1970년 장편소설 『그들』로 전미도서상을 수상했다.

조안 해리스는 『악의 씨』와 런던 타임스 베스트셀러이자 1999년 휫브레드상 최종 후보에 오른 『초콜릿』의 작가다. 2007년 발표한 『룬마크』는 어린이와 청소년을 위해 쓴 첫번째 책이었다.

마이클 마셜 스미스는 영국의 소설가이자 각본가다. 영국환상문학상, 어거스트 덜레스 상, 필립 K. 딕 상을 수상했다. 『인트루더스』는 BBC에서 드라마 시리즈로 방영되었다.

조 R. 랜스데일은 수많은 소설을 발표했으며 '하프 앤드 레너드' 미스터리 시리즈로 널리 알려져 있다. 브램 스토커 상을 여러 차례 수상했다. 현재 미국 텍사스주 내커도치스에 살고 있다.

월터 모슬리는 다양한 장르에 걸쳐 스무 편이 넘는 책을 썼지만 이지 롤린스가 등장하는 하드보일드 탐정물이 대중적으로나 비평적으로 가장 유명하다. 미국 로스앤젤레스에서 태어났고 현재 뉴욕에 살고 있다.

리처드 애덤스는 『샤딕』『그네 타는 소녀』 등 여러 편의 장편소설을 썼으며, 가장 널리 알려진 대표작은 카네기상과 가디언상을 수상한 베스트셀러 『워터십 다운』이다.

조디 피코는 전 세계적으로 1400만 부 이상이 팔린 베스트셀러 작가다. 2003년 뉴잉글랜드 도서상을 수상했고, 현재 미국 뉴햄프셔주 하노버에 살고 있다.

마이클 스완윅은 1980년대 초부터 작품을 발표했고, 현재 미국 필라델피아에서 주로 활동하고 있다. 휴고상, 세계환상문학상, 시어도어 스터전 메모리얼 상, 네뷸러상을 수상했다.

피터 스트라우브는 현대 공포소설의 최고봉이라는 평가를 받는 『고스트 스토리』의 작가다. 브램 스토커 상, 세계환상문학상, 세계 호러협회상을 수상했다. 미국 위스콘신주 밀워키에서 태어났고 2022년 사망했다.

로런스 블록은 사립탐정 매튜 스커더가 등장하는 시리즈와 사기꾼 버니 로덴바가 나오는 시리즈로 유명하다. 1993년 미국추리작가협회로부터 그랜드 마스터 칭호를 얻었다.

제프리 포드는 도발적이고 어두운 판타지소설로 유명하다. 단편, 장편소설로 여러 상을 수상했다. 미국 뉴저지주 남부에 살고 있다.

척 팔라닉은 『파이트 클럽』을 비롯해 여러 편의 장편소설을 썼고, 2012년 『피그미』를 발표했다. 퍼시픽노스웨스트 서점협회상과 여러 상을 수상했다.

다이애나 윈 존스는 아이와 어른을 위한 판타지소설을 여럿 썼다. 그중 크레스토만시 시리즈는 1977년 가디언상을 수상했다. 『하울의 움직이는 성』은 일본의 미야자키 하야오 감독에 의해 애니메이션으로 만들어졌다. 2011년 영국 브리스톨에서 사망했다.

미국 피츠버그 태생의 스튜어트 오넌은 『실종자들을 위한 노래』 『좋은 아내』를 비롯해 여러 장편을 썼다. 첫 단편집 『벽으로 둘러싸인 도시』으로 1993년 드루 하인즈 문학상을 수상했다.

판타지와 SF로 수상 경력이 화려한 진 울프는 전4권의 『새로운 태양의 서』로 가장 널리 알려져 있다. 2019년 일리노이주에서 사망했다.

캐럴린 파크허스트는 베스트셀러 『바벨의 개』(2003년 뉴욕 타임스 주목할 만한 책)와 『분실물 보관소』의 작가다. 미국 워싱턴 DC에 살고 있다.

캣 하워드는 미네소타대학에서 법학을 전공했고 영문학 박사학위를 받았다. 2008년 '클라리온 작가 워크숍'을 졸업했다. 여기 수록된 단편소설 「소설 속의 삶」은 첫 출간작이다.

마술적 사실주의 작가로 분류되는 조너선 캐럴은 『웃음의 나라』를 비롯하여 여러 편의 소설을 썼다. 브램 스토커 상, 세계환상문학상, 영국환상문학상을 수상했다.

세계적인 베스트셀러 작가 제프리 디버의 작품은 지금까지 150개국 25개 언어로 소개되었다. 수많은 상을 수상했다. 최근작으로 『남겨진 자들』 『더욱 뒤틀어서: 단편집 2권』이 있다.

또 한 명의 마술적 사실주의 작가 팀 파워스는 『마지막 통화』와 『디클레어』로 두 차례 세계환상문학상을 수상했다. 미국 뉴욕주 버펄로 태생으로 캘리포니아에서 자랐고 현재도 그곳에 살고 있다.

커트 앤더슨은 소설가이며 미국 공영라디오 프로그램 〈스튜디오 360〉을 진행했다. 잡지 『스파이』의 공동창간자이며 주간지 〈뉴욕〉의 편집장으로 일했다. 『배니티페어』 〈타임〉 〈뉴욕 타임스〉 『뉴요커』에 기고했다.

마이클 무어콕은 SF와 판타지뿐만 아니라 본격문학 작품도 많이 썼다. 잡지 『뉴월드』의 편집자로 일하면서 과학소설의 뉴웨이브 운동이 문학의 주류로 진출하는 데 이바지했다.

엘리자베스 핸드는 미국 뉴욕에서 자랐고 현재 메인주에 살고 있다. 세계환상문학상, 셜리 잭슨 상, 세계호러협회상을 수상했다. 작품으로 『일리리야』와 『세대 손실』이 있다.

미국 뉴잉글랜드 태생의 조 힐은 첫 장편소설 『하트 모양 상자』가 베스트셀러가 되었고 여러 상을 수상했다. 2005년 첫 단편집 『20세기 고스트』가 출간되었다.

닐 게이먼은 소설 『네버웨어』 『스타더스트』 『신들의 전쟁』 『코렐라인』 『아난시의 아이들』 『그레이브야드 북』 『멋진 징조들』(테리 프래쳇과 공저), 그래픽노블 『샌드맨』 시리즈, 단편집 『연기와 거울』『연약한 것들』로 유명한 베스트셀러 작가다. 휴고상, 브램 스토커 상, 세계환상문학상, 뉴베리상 등을 수상했다.

www.neilgaiman.com

알 사란토니오는 높은 평가를 받은 몇 권의 소설을 포함해 지금까지 사십여 권의 책을 썼다. 특히 편집자로 명성이 높아 수많은 선집을 기획했으며, 대표작으로 『999: 새로운 호러와 서스펜스 이야기』와 『비상: 드높은 판타지 비전』이 있다.

www.alsarrantonio.com

옮긴이 **장호연**
서울대학교 미학과와 음악학과 대학원을 졸업하고, 음악과 과학, 문학 분야를 넘나드는 번역가로 활동중이다. 『뮤지코필리아』『말년의 양식에 관하여』『라스베이거스의 공포와 혐오』『사라진 세계』『우리 시대의 작가』『콜럼바인』『죽은 자들의 도시를 위한 교향곡』 『슈베르트의 겨울 나그네』『데이비드 보위의 삶을 바꾼 100권의 책』『고전적 양식』 등을 우리말로 옮겼다.

문학동네 세계문학

이야기들 닐 게이먼과 26인 작가들의 앤솔러지

1판 1쇄 2022년 12월 2일 | 1판 2쇄 2023년 1월 20일

지은이 닐 게이먼 외 26명 | 엮은이 닐 게이먼 알 사란토니오 | 옮긴이 장호연

책임편집 양수현 | 편집 홍지은 황문정
디자인 김유진 이주영 | 저작권 박지영 형소진 이영은 김하림
마케팅 정민호 이숙재 박치우 한민아 이민경 안남영 왕지경 김수현 정경주 김혜원
브랜딩 함유지 함근아 김희숙 고보미 박민재 박진희 정승민
제작 강신은 김동욱 임현식 | 제작처 상지사

펴낸곳 (주)문학동네 | 펴낸이 김소영
출판등록 1993년 10월 22일 제2003-000045호
주소 10881 경기도 파주시 회동길 210
전자우편 editor@munhak.com | 대표전화 031) 955-8888 | 팩스 031) 955-8855
문의전화 031) 955-3578(마케팅) 031) 955-2684(편집)
문학동네카페 http://cafe.naver.com/mhdn
인스타그램 @munhakdongne | 트위터 @munhakdongne
북클럽문학동네 http://bookclubmunhak.com

ISBN 978-89-546-9010-2 03840

잘못된 책은 구입하신 서점에서 교환해드립니다.
기타 교환 문의 031) 955-2661, 3580

www.munhak.com